BASTEI LÜBBE

Von Ken Follett sind folgende
BASTEI LÜBBE TASCHENBÜCHER erschienen:

| | |
|---|---|
| 10 026 | Die Nadel |
| 10 321 | Dreifach |
| 10 481 | Der Schlüssel zu Rebecca |
| 10 531 | Der Mann aus St. Petersburg |
| 10 704 | Auf den Schwingen des Adlers |
| 11 388 | Die Löwen |
| 11 675 | Der Modigliani-Skandal |
| 11 896 | Die Säulen der Erde |
| 12 739 | Die Säulen der Erde (Schuberausgabe) |
| 12 168 | Nacht über den Wassern |
| 12 501 | Die Pfeiler der Macht |
| 12 585 | Die Spur der Füchse |
| 12 815 | Die Brücken der Freiheit |
| 12 942 | Der dritte Zwilling |
| 14 535 | Die Kinder von Eden |
| 14 911 | Das zweite Gedächtnis |
| 15 132 | Die Leopardin |

Über den Autor:

Ken Follett wurde am 6. Juni 1949 in Cardiff (Wales) geboren. Nach einem Philosophie-Studium am University College (London) arbeitete er als Reporter bei einer Londoner Abendzeitung. Der Durchbruch als Schriftsteller gelang ihm mit dem Spionagethriller Die Nadel, die in 30 Sprachen lieferbar ist, den Edgar Award erhielt und mit Donald Sutherland verfilmt wurde. Nach der Nadel schrieb Follett weitere 14 Romane, alle Bestseller, die auch zum Teil erfolgreich verfilmt wurden. Ken Follett ist verheiratet und lebt wahlweise in Chelsea (London) oder Stevenage (Herfordshire), dem Wahlkreis seiner Frau, die als Labour-Abgeordnete dem britischen Unterhaus angehört. Er spielt Bass-Gitarre in der Bluesband, die er mit Freunden gegründet hat, liest mit Vorliebe Romane und setzt sich als Präsident des »Dyslexia Institute« für Lese- und Sprachförderung ein.

# KEN FOLLETT

# Das zweite Gedächtnis

Roman

Ins Deutsche übertragen von
Till R. Lohmeyer und Christel Rost

BASTEI LÜBBE

BASTEI LÜBBE TASCHENBUCH
Band 26369

Vollständige Taschenbuchausgabe
der im Gustav Lübbe Verlag erschienenen Hardcoverausgabe

Bastei Lübbe Taschenbücher und Gustav Lübbe Verlag
sind Imprints der Verlagsgruppe Lübbe

Titel der englischen Originalausgabe: CODE TO ZERO

Einbandgestaltung: Tanja Østlyngen
Titelbild: Bob Crist / Corbis
Satz: Kremerdruck GmbH, Lindlar
Druck und Verarbeitung: GGP Media GmbH, Pößneck
Printed in Germany, Oktober 2004
ISBN 3-404-26369-3

# Historische Anmerkung

Der Start des ersten amerikanischen Weltraumsatelliten, *Explorer I*, war ursprünglich für Mittwoch, den 29. Januar 1958, vorgesehen. Am späten Abend wurde er auf den nächsten Tag verschoben, angeblich wegen ungünstiger Witterungsbedingungen. Beobachter in Cape Canaveral begriffen das nicht, denn in Florida herrschte strahlender Sonnenschein. Die Armee dagegen verwies auf den Jetstream, eine starke Luftströmung in großen Höhen, der ungünstig gewesen sei.

Am nächsten Abend kam es erneut zu einer Verschiebung – aus den gleichen Gründen, wie es hieß.

Am Freitag, dem 31. Januar, wurde es ernst.

Seit ihren Anfängen im Jahr 1947 hat die Central Intelligence Agency Millionen von Dollar in ein Forschungsprogramm investiert, dessen Ziel es war, ganz normale Menschen, ob nun freiwillig oder unfreiwillig, mithilfe von Drogen und anderen esoterischen Methoden völlig unter ihre Kontrolle zu bekommen. Auf Befehl sollten sie handeln, sprechen, die wertvollsten Geheimnisse ausplaudern – und sogar vergessen.

John Marks, *The Search for the ›Manchurian Candidate‹: The CIA and Mind Control*, 1979.

ERSTER TEIL

# 05.00 Uhr

**Die Jupiter-C-Rakete steht auf der Abschussrampe im Komplex 26, Cape Canaveral. Aus Geheimhaltungsgründen ist sie mit riesigen Planen verhängt, die lediglich den unteren Teil der ersten Stufe freilassen. Es ist der gleiche wie bei den bekannten Redstone-Interkontinentalraketen, doch was sich sonst unter der Hülle verbirgt, ist ganz und gar einzigartig ...**

Als er aufwachte, fürchtete er sich.

Schlimmer noch: Er hatte eine Höllenangst. Sein Herz schlug ihm bis zum Hals, sein Atem ging stoßweise, sein Körper war gespannt wie eine Bogensehne. Es war wie nach einem Albtraum – nur dass das Aufwachen keine Erlösung mit sich brachte. Er hatte das Gefühl, dass etwas Furchtbares geschehen sein musste, wusste aber nicht, was es war.

Er öffnete die Augen. Das Licht aus einem anderen, dürftig beleuchteten Raum erhellte seine Umgebung schwach. Er nahm undeutliche Schemen wahr; sie wirkten vertraut, aber zugleich beunruhigend. Irgendwo in der Nähe lief Wasser in einen Behälter.

Er versuchte, sich zu beruhigen, schluckte, atmete regelmäßig, bemühte sich, klare Gedanken zu fassen. Er lag auf einem beinharten Untergrund. Er fror, und alles tat ihm weh. Er hatte eine Art Kater: Kopfschmerzen, Übelkeit, sein Mund war trocken.

Er setzte sich auf und schlotterte vor Angst. Es roch unangenehm nach feuchten Fliesen, die mit einem starken Desinfektionsmittel gereinigt worden waren. Er erkannte die Konturen einer Reihe von Waschbecken.

Er befand sich in einer öffentlichen Bedürfnisanstalt.

Ekel überkam ihn. Er hatte auf dem Fußboden in einer Männertoilette geschlafen! Was, zum Teufel, war mit ihm geschehen? Er konzentrierte sich. Er war vollständig bekleidet mit einer Art Mantel und schweren Stiefeln, hatte jedoch das Gefühl, dass es sich dabei nicht um seine eigenen Sachen handelte. Allmählich legte sich die Panik, doch an ihre Stelle trat eine tiefere Furcht – eine, die nicht so sehr auf Hysterie, sondern mehr auf Vernunft gründete. Was immer ihm zugestoßen sein mochte: Es war sehr schlimm.

Er brauchte Licht.

Er rappelte sich auf, stand, sah sich um, spähte in die Düsternis und fragte sich, wo der Ausgang sein mochte. Zum Schutz vor unsichtbaren Hindernissen streckte er die Arme aus, bis er an eine Wand stieß, von dort aus tastete er sich wie eine Krabbe im Seitwärtsgang weiter. Eine kalte, glasige Oberfläche deutete er als Spiegel. Dann waren da eine Handtuchrolle und ein Metallkasten, bei dem es sich wahrscheinlich um einen Automaten handelte. Schließlich fanden seine Fingerspitzen einen Schalter. Er knipste ihn an.

Helles Licht ergoss sich über weiß gekachelte Wände, einen Betonfußboden und mehrere Toilettenkammern, deren Türen offen standen. In einer Ecke lag etwas, das aussah wie ein Bündel alter Kleider. Er dachte angestrengt nach. Was war gestern Abend passiert? Er hatte keinerlei Erinnerung daran.

Die hysterische Furcht kehrte zurück, als ihm klar wurde, dass er sich *an absolut gar nichts* erinnern konnte.

Er biss die Zähne zusammen, um nicht laut herauszubrüllen. Gestern … vorgestern … nichts. Wie war sein Name? Er wusste es nicht.

Er ging auf eine Reihe Waschbecken zu, über der ein großer Spiegel angebracht war. Ein schmutziger, in Lumpen gehüllter Landstreicher mit stumpfem Haar, verdrecktem Gesicht, irrem Blick und hervortretenden Augen sah ihn an. Eine Sekunde lang starrte er die Gestalt an – dann überkam ihn eine furchtbare Erkenntnis. Erschrocken schrie er auf und fuhr zurück.

Der Mann im Spiegel tat das Gleiche. Der Landstreicher war er selbst.

Jetzt hatte er der Panik nichts mehr entgegenzusetzen; sie überrollte ihn wie eine Woge. Er öffnete den Mund und rief mit vor Entsetzen zitternder Stimme: »Wer bin ich?«

Das Kleiderbündel bewegte sich, drehte sich um. Ein Gesicht erschien, eine Stimme brummte: »Du bist ein Penner, Luke, reg dich ab.«

Ich heiße Luke.

Es erschütterte ihn, wie ungeheuer dankbar er für diese Auskunft war. Ein Name bedeutete nicht viel, aber er war immerhin etwas, woran man sich festhalten konnte. Er starrte seinen Gefährten an. Der Mann trug einen zerrissenen Tweedmantel, der um die Taille von einem Stück Schnur zusammengehalten wurde. Ein verschlagener Blick lag auf dem verschmierten Gesicht. Der Mann rieb sich die Augen und stammelte: »Mir brummt der Schädel.«

»Wer bist du?«, fragte Luke.

»Ich bin Pete, du Schwachkopf, hast du keine Augen im Kopf?«

»Ich kann mich nicht…« Luke schluckte, um die Panik in den Griff zu bekommen. »Ich habe mein Gedächtnis verloren!«

»Das überrascht mich nicht! Du hast die Pulle gestern Abend ja fast allein geleert. Ein Wunder, dass von deinem Verstand überhaupt noch was übrig ist.« Pete leckte sich die Lippen. »Ich hab kaum einen Schluck von dem verdammten Bourbon abbekommen.«

Bourbon! Das kann einen Kater schon erklären, dachte Luke. »Warum sollte ich eine ganze Flasche Whiskey in mich hineinkippen?«, wollte er wissen.

Pete lachte spöttisch. »Das ist so ungefähr die dämlichste Frage, die ich je gehört habe. Um dir einen anzusaufen natürlich!«

Wieder dieser Horror. Ich bin ein besoffener Penner, der nachts in Männerklos unterkriecht, dachte Luke.

Er hatte einen Wahnsinnsdurst. Er beugte sich über ein Waschbecken, drehte das kalte Wasser an und trank direkt aus dem Hahn. Sofort ging es ihm besser. Er wischte sich den Mund ab und zwang sich erneut zu einem Blick in den Spiegel.

Das Gesicht wirkte jetzt ruhiger, der irre Blick war verflogen und einem eher bestürzten, verzweifelten Ausdruck gewichen. Das Spiegelbild zeigte einen dunkelhaarigen, blauäugigen Mann Ende dreißig ohne Bart, aber mit starkem Bartwuchs. Dunkle Stoppeln umschatteten sein Kinn.

Er wandte sich wieder an seinen Gefährten. »Luke wie? Wie heiße ich mit Nachnamen?«

»Luke … soundso. Woher soll ich das wissen, verdammt noch mal?«

»Wie komme ich hier her? Seit wann geht das schon so? Wie ist das passiert?«

Pete kam mühsam auf die Beine. »Ich brauch 'n Frühstück«, sagte er.

Luke spürte, dass er auch Hunger hatte. Ob ich Geld bei mir habe, fragte er sich und durchsuchte seine Taschen – den Regenmantel, das Jackett, die Hosen. Alles leer. Er hatte weder Geld noch eine Brieftasche, nicht einmal ein Taschentuch. Keine Wertgegenstände, keinerlei Hinweise. »Ich glaub, ich bin pleite«, sagte er.

»Was du nicht sagst«, erwiderte Pete sarkastisch. »Komm jetzt!« Er stolperte durch eine Tür.

Luke ging ihm nach.

Der nächste Schock folgte auf dem Fuße: Luke betrat einen riesigen, menschenleeren Tempel. Es herrschte eine unheimliche Stille. Auf dem Marmorfußboden standen Bankreihen aus Mahagoni, standen da wie in einer Kirche vor Beginn einer gespenstischen Versammlung. Auf Steinträgern über Säulenreihen erhoben sich surreale, behelmte Steinkrieger und wachten über die heilige Stätte. Hoch über ihren Häuptern wölbte sich eine reich mit vergoldeten Achtecken geschmückte Kuppel. Luke schoss der verrückte Gedanke durch den Kopf, er sei einem sinistren Kult zum Opfer gefallen und habe bei dessen Ritualen das Gedächtnis verloren.

Von ehrfürchtiger Scheu ergriffen fragte er: »Wo sind wir denn hier?«

»Union Station, Washington, D.C.«, antwortete Pete.

Der Groschen fiel, und Luke begriff endlich, was das alles bedeutete. Erleichtert sah er den Dreck an den Wänden, die platt getretenen Kaugummis auf dem Marmorboden, die Bonbonpapiere und Zigarettenschachteln in den Ecken, und kam sich furchtbar dumm vor. Er befand sich in einer pompösen Bahnhofshalle, und es war noch zu früh am Morgen, als dass sie schon voller Reisender gewesen wäre. Er hatte sich selbst Angst eingejagt wie ein Kind, das sich im dunklen Schlafzimmer vor eingebildeten Gespenstern fürchtet.

Pete hielt Kurs auf einen Triumphbogen mit der Aufschrift *Exit*, und Luke lief ihm hinterher.

Eine aggressive Stimme rief: »He! He, Sie da!«

»O je«, sagte Pete und beschleunigte seinen Schritt.

Ein untersetzter Mann in eng sitzender Eisenbahner-Uniform stürzte, sichtlich empört, auf die beiden zu. »Wo kommt ihr zwei Berber her?«

»Wir gehen ja schon, wir gehen ja schon«, winselte Pete.

Luke empfand es als Demütigung, sich von einem feisten Amtsträger aus dem Bahnhof jagen zu lassen.

Doch der Mann gab sich nicht damit zufrieden, sie einfach los zu werden. Er blieb ihnen dicht auf den Fersen und schimpfte: »Ihr habt hier wohl gepennt, was? Ihr wisst doch, dass das verboten ist!«

Es ärgerte Luke, wie ein Schuljunge zurechtgewiesen zu werden, obwohl er sich eingestand, dass er es vermutlich nicht anders verdiente – schließlich *hatte* er ja in der verdammten Toilette geschlafen. Er verkniff sich eine scharfe Entgegnung und ging schneller.

»Das ist keine Absteige hier«, fuhr der Mann fort. »Und jetzt verpisst euch, ihr Penner, ihr verfluchten!« Er rempelte Luke an der Schulter.

Luke drehte sich um und stellte sich dem Mann von der Bahn. »Fass mich nicht an!«, sagte er und war selbst überrascht von der ruhigen Drohung, die in seiner Stimme mitschwang. Der Eisenbahner blieb abrupt stehen. »Wir gehen ja schon. Sie können sich also jedes weitere Wort sparen, ist das klar?«

Der Mann trat einen Schritt zurück, er hatte offenbar Angst.

Pete packte Luke am Arm. »Komm, wir verschwinden.«

Luke schämte sich. Der Typ war ein dummer Wichtigtuer, er selbst und Pete hingegen Vagabunden. Jeder Bahnangestellte hatte das Recht, sie hinauszuwerfen – es gab also nicht die geringste Veranlassung zu Drohgebärden.

Sie traten durch das majestätische Portal ins Freie. Draußen war es noch dunkel. Auf dem kreisförmigen Bahnhofsvorplatz parkten ein paar Autos, doch die Straßen waren still. Die Luft war bitterkalt. Luke zog die Lumpen, die er trug, enger um seinen Körper. Es war ein frostiger Wintermorgen in Washington, Januar oder Februar vielleicht.

Welches Jahr haben wir, fragte er sich.

Pete wandte sich nach links; er wusste offenbar, wohin er wollte. Luke folgte ihm. »Wohin gehen wir?«, fragte er.

»Ich kenne da so eine Kirche in der H-Straße, da gibt's 'n Frühstück umsonst – solange du dich nicht dagegen sträubst, ein frommes Lied zu singen. Oder zwei.«

»Meinetwegen ein ganzes Oratorium. Ich bin am Verhungern!«

Zielstrebig steuerte Pete im Zickzack durch das von heruntergekommenen Mietshäusern geprägte Viertel. Die Stadt war noch nicht erwacht. Die Häuser waren dunkel, die Läden vor den Geschäften, die Schnellrestaurants und Zeitungskioske noch geschlossen. Lukes Blick fiel auf ein mit billigen Vorhängen verhängtes Schlafzimmerfenster, und er stellte sich dahinter einen Mann im Tiefschlaf vor, in Decken gehüllt, neben sich, warm und kuschelig, die Ehefrau. Neid wallte in ihm auf. Anscheinend gehörte er, Luke, zu jener menschlichen Gemeinschaft, die sich im allerfrühesten Morgengrauen, wenn der Normalbürger noch friedlich im Bett liegt und schläft, auf die Straße hinauswagt: der Mann in Arbeitskluft unterwegs zu einem frühen Job; der junge Radfahrer, dick vermummt in Schal und Handschuhen; die einsame Frau, die im hell erleuchteten Innenraum eines Busses eine Zigarette raucht.

Wirre, beklemmende Fragen schwirrten ihm durch den Kopf. Wie lange bin ich schon Alkoholiker? Habe ich jemals versucht, trocken zu werden? Habe ich eine Familie, die mir gegebenenfalls helfen kann? Wo habe ich Pete kennen gelernt? Woher haben wir den Sprit bekommen, wo ihn getrunken?

Doch Pete war maulfaul, und Luke bezwang seine Ungeduld in der Hoffnung, dass sein Begleiter vielleicht etwas mitteilsamer wurde, wenn er erst einmal etwas im Magen hatte.

Sie kamen zu einer kleinen Kirche, die trotzig ihren Platz zwischen einem Kino und einem Tabakladen behauptete. Sie traten durch einen Nebeneingang ein und stiegen eine Treppe hinunter, die in den Keller führte. Luke fand sich in einem lang gestreckten Raum mit niedriger Decke wieder, bei dem es sich anscheinend um die Krypta handelte. Auf der einen Seite erkannte er ein Klavier und eine kleine Kanzel, an der anderen befand sich eine Küchenzeile. Dazwischen standen drei einfache, auf Schragen gestellte Tische mit Bänken. Drei andere Penner saßen bereits da – je einer an jedem Tisch – und starrten geduldig ins Nichts. In der Küchenecke stand eine rundliche Frau und rührte in einem großen Kochtopf. Der Mann neben ihr, ein Graubart mit Priesterkragen, sah von seinem Kaffeebecher auf und lächelte.

»Nur herein, meine Herren, nur herein mit Ihnen!«, sagte er fröhlich. »Kommen Sie ins Warme!« Luke beäugte ihn misstrauisch und fragte sich, ob hier alles mit rechten Dingen zuging.

Es war in der Tat warm – atemberaubend warm nach der kalten Winterluft draußen. Luke knöpfte seinen abgewetzten Trenchcoat auf, und Pete sagte: »Morgen, Pastor Lonegan.«

»Waren Sie schon einmal hier?«, fragte der Pastor. »Ich habe Ihren Namen vergessen.«

»Ich bin Pete – und der da ist Luke.«

»Petrus und Lukas, zwei Jünger des Herrn!« Die Jovialität wirkte echt. »Fürs Frühstück kommen Sie ein wenig zu früh, aber frischen Kaffee gibt es schon.«

Luke hätte gerne gewusst, wie es ein Mann, der in aller Herrgottsfrühe aufstehen musste, um einen Raum voll verblödeter Vagabunden mit Frühstück zu versorgen, schaffte, sich seinen Frohsinn zu bewahren.

Der Pastor goss Kaffee in zwei Steingutbecher. »Milch und Zucker?«

Luke wusste nicht, ob er Milch und Zucker im Kaffee mochte. »Ja, bitte«, sagte er aufs Geratewohl, bedankte sich, nahm den Becher und nippte am Kaffee. Er schmeckte ekelhaft sahnig und süß. Wahrscheinlich trinke ich ihn normalerweise schwarz, dachte Luke. Doch da das Gebräu auch das Hungergefühl besänftigte, trank er den Becher rasch aus.

»In ein paar Minuten werden wir ein kurzes Gebet sprechen«, sagte der Pastor, »und danach dürfte Mrs. Lonegans berühmter Haferbrei servierfertig sein.«

Luke kam zu dem Schluss, dass sein Verdacht ungerechtfertigt gewesen war: Bei Pastor Lonegan stimmten Schein und Wirklichkeit überein – er war ein fröhlicher Zeitgenosse, der gerne anderen Menschen half.

Luke und Pete setzten sich an den klobigen Brettertisch, und Luke musterte seinen Gefährten. Bisher waren ihm nur das dreckige Gesicht und die Lumpen aufgefallen, die er am Leibe trug. Jetzt bemerkte er, dass die typischen Merkmale des Langzeitsäufers fehlten: keine geplatzten Äderchen, keine trockenen Hautfetzen, die sich vom Gesicht abschälten, keine Schnitte oder blauen Flecken. Vielleicht ist Pete einfach noch zu jung, dachte Luke; er schätzte ihn auf etwa fünfundzwanzig. Pete hatte eine kleine Missbildung: Ein dunkelrotes Muttermal zwischen rechtem Ohr und Kiefer. Seine Zähne waren schief und verfärbt. Den dunklen Schnurrbart hat er sich wahrscheinlich stehen lassen, um von seinen schlechten Zähnen abzulenken – irgendwann in längst vergangenen Tagen, als ihm seine äußere Erscheinung noch nicht gleichgültig war. Luke spürte unterdrückte Wut in seinem Kumpel – einen Hass auf die Welt, vielleicht, weil sie ihn hässlich gemacht hatte, vielleicht aber auch aus einem ganz anderen Grund. Vielleicht hing Pete einer Verschwörungstheorie an und glaubte, irgendeine ihm verhasste Bevölkerungsgruppe richte das Land zugrunde – chinesische Einwanderer, arrivierte Neger oder ein undurchsichtiger Klub von zehn Superreichen, die insgeheim den Aktienmarkt beherrschten.

»Was glotzt du mich so an?«, fragte Pete.

Luke zuckte mit den Schultern, antwortete aber nicht. Auf dem Tisch lag eine Zeitung, daneben ein Bleistiftstummel; die Seite mit dem Kreuzworträtsel war aufgeschlagen. Lukes Blick fiel auf die leeren Kästchen; er nahm den Bleistift zur Hand und begann, die gesuchten Wörter einzutragen.

Immer mehr Berber schlurften herein. Mrs. Lonegan stellte einen Stapel Geschirr bereit: schwere Suppenschalen und Löffel. Luke hatte das Kreuzworträtsel fast gelöst, nur ein Wort fehlte noch, *Kleiner Ort in Dänemark*, mit sechs Buchstaben. Pastor Lonegan sah ihm über die Schulter, zog überrascht die Augenbrauen hoch und sagte leise zu seiner Frau: »Oh, welch ein edler Geist ist hier zerstört!«

Sofort war das fehlende Wort da – *Hamlet*. Luke trug es ein und dachte: Woher weiß ich das?

Er schlug die Zeitung auf und sah nach dem Datum auf der Titelseite. Es war Mittwoch, der 29. Januar 1958. Dann fesselte die Schlagzeile seinen Blick – *US-Erdtrabant bleibt auf dem Boden* –, und er las:

*Cape Canaveral, Dienstag:* Nach zahlreichen technischen Problemen hat die US-Marine einen zweiten Versuch, ihre Vanguard-Rakete in den Weltraum zu schicken, kurz vor dem geplanten Start abgebrochen.

Die Entscheidung fiel zwei Monate nach dem ersten Versuch, der mit einer demütigenden Katastrophe endete.

Damals war die Rakete zwei Sekunden nach der Zündung explodiert.

Die amerikanischen Hoffnungen auf den Start eines Weltraumsatelliten, der dem sowjetischen Sputnik erfolgreich Paroli bieten kann, richten sich nun auf die konkurrierende Jupiter-Rakete der Armee.

Ein lauter Akkord auf dem Klavier ließ Luke aufblicken. Mrs. Lonegan spielte die einleitenden Töne eines bekannten Kirchenlieds, und gleich darauf begannen sie und ihr Mann *What a Friend We Have in Jesus* zu singen. Froh darüber, dass er sich an das Lied erinnern konnte, stimmte Luke ein.

Dieser Bourbon wirkt sich echt seltsam aus, dachte er. Ich kann ein Kreuzworträtsel lösen und ein Kirchenlied mitsingen, habe aber keine Ahnung, wie meine Mutter heißt. Trinke ich vielleicht schon seit Jahren, sodass mein Gehirn entsprechend ruiniert ist? Wie habe ich es nur so weit kommen lassen können?

Nach dem Choral las Pastor Lonegan einige Bibelverse und versicherte daraufhin allen Anwesenden, dass auch sie gerettet werden könnten. Das hat diese Bande hier auch dringend nötig, dachte Luke. Doch wie auch immer – selbst empfand er nicht das Bedürfnis, sein Vertrauen in Jesus zu setzen. Zunächst einmal wollte er herausfinden, wer er überhaupt war.

Der Pastor extemporierte einen Segen, alle sprachen ein Tischgebet, dann stellten sich die Männer an, und Mrs. Lonegan teilte Haferbrei mit Sirup aus. Luke schlang drei Schalen voll hinunter. Danach ging es ihm wesentlich besser, und der Kater verschwand rasch.

Luke war ungeduldig, er hatte noch so viele Fragen. Er wandte sich an den Pastor: »Sagen Sie, Sir, haben Sie mich hier schon einmal gesehen? Ich habe mein Gedächtnis verloren.«

Lonegan musterte ihn aufmerksam. »Ich glaube, nein«, sagte er. »Aber ich kann mich irren. Ich habe jede Woche mit Hunderten von Leuten zu tun, wissen Sie. Wie alt sind Sie?«

»Das weiß ich nicht«, sagte Luke und kam sich dabei sehr dumm vor.

»Ende dreißig, würde ich sagen. Lange sind Sie noch nicht auf der Straße, das sieht man einem nämlich an. Sie haben einen federnden Gang, Ihre Haut ist rein unter dem Dreck, und außerdem sind Sie geistig noch so fit, dass Sie ein Kreuzworträtsel lösen können. Hören Sie auf zu trinken, und Sie werden wieder ein ganz normales Leben führen können.«

Luke fragte sich, wie oft der Pastor diesen Rat schon erteilt haben mochte. »Ich werd 's versuchen«, versprach er.

»Wenn Sie Hilfe brauchen, wenden Sie sich an uns.« Ein junger Mann, der offensichtlich geistig behindert war, tätschelte beharrlich Lonegans Arm. Der Pastor wandte sich ihm mit geduldigem Lächeln zu.

»Wie lange kennst du mich schon?«, fragte Luke Pete.

»Weiß nicht. Du hängst hier schon 'ne Zeit lang rum.«

»Wo haben wir die vorletzte Nacht verbracht?«

»Immer mit der Ruhe, ja! Früher oder später wird sich dein Gedächtnis schon wieder melden.«

»Ich muss aber wissen, wo ich herkomme.«

Pete wirkte unschlüssig. »Was wir jetzt brauchen, ist ein Bier«, sagte er endlich. »Dann können wir wieder klar denken.« Er wandte sich zum Gehen.

Luke hielt ihn am Arm fest. »Ich will kein Bier«, sagte er entschieden. Pete will offenbar nicht, dass ich mich mit meiner Vergangenheit beschäftige, dachte er. Vielleicht hat er Angst, einen Kumpel zu verlieren. Aber da kann ich ihm auch nicht helfen – ich habe Wichtigeres zu tun als Pete Gesellschaft zu leisten. »Ehrlich gesagt, ich wär jetzt gerne ein Weilchen allein.«

»Für wen hältst du dich eigentlich? Für Greta Garbo?«

»Ich meine das ernst.«

»Du brauchst mich aber! Allein schaffst du 's nicht. Mensch, du weißt ja nicht mal, wie alt du bist.«

In Petes Blick lag eine gewisse Verzweiflung, doch Luke ließ sich davon nicht beirren. »Du machst dir Sorgen um mich, das ist nett von dir. Aber ich will herausfinden, wer ich bin, und dabei bist du mir keine Hilfe.«

Pete zögerte einen Augenblick, dann zuckte er mit den Schultern. »Na schön, das ist dein gutes Recht.« Er wandte sich wieder dem Ausgang zu. »Alsdann, bis irgendwann mal.«

»Bis irgendwann mal, ja.«

Pete ging. Luke schüttelte Pastor Lonegan die Hand. »Vielen Dank für alles«, sagte er.

»Ich hoffe, Sie finden, was Sie suchen«, antwortete der Pastor.

Luke stieg die Treppe hinauf und trat auf die Straße. Einen Straßenzug weiter stand Pete und sprach mit einem Mann in einem grünen Regenmantel und einer dazu passenden Mütze. Wahrscheinlich bettelt er ihn an, damit er sich sein Bier kaufen kann, dachte Luke, schlug die entgegengesetzte Richtung ein und bog bei nächster Gelegenheit um die Ecke.

Es war noch immer dunkel. Luke bekam kalte Füße und spürte plötzlich, dass er zwar Stiefel trug, aber keine Socken. Während er weiterhastete, begann es leicht zu schneien. Nach ein paar Minuten verlangsamte er seine Schritte wieder. Es gab keinen Grund zur Eile; es war vollkommen egal, ob er schnell ging oder langsam. Er blieb stehen und suchte Schutz in einem Hauseingang.

Er hatte keine Ahnung, wohin er sich wenden sollte.

## 06.00 Uhr

**Die Rakete ist auf drei Seiten von einem gerüstartigen Wartungsturm umgeben, der sie in stählerner Umarmung hält. Der Turm – eine umgebaute Ölbohrplattform – ist auf zwei Radpaare montiert, die auf breitspurigen Schienen laufen. Vor dem Start wird die Konstruktion, die höher ist als ein mehrstöckiges Haus, um knapp einhundert Meter zurückgerollt.**

Elspeth wachte auf voller Sorge um Luke.

Eine Weile blieb sie noch im Bett liegen. Das Herz war ihr schwer, so sehr bangte sie um den Mann, den sie liebte. Schließlich knipste sie die Nachttischlampe an und setzte sich auf.

Ihr Motelzimmer war mit Weltraumdekor ausgestattet. Die Stehlampe hatte die Form einer Rakete, und die Bilder an den Wänden zeigten Planeten, Halbmonde und Umlaufbahnen in einem aberwitzig unrealistischen Nachthimmel. Das Starlite gehörte zu einer dicht gedrängten Gruppe neuer Motels, die im Dünengelände um Cocoa Beach, Florida, zwölf Kilometer südlich von Cape Canaveral, wie Pilze aus dem Boden geschossen waren, um die wachsende Zahl von Gästen aufzunehmen. Der Innenarchitekt hatte offenbar das Thema »Weltraum« für genau das Richtige gehalten, doch Elspeth kam sich vor, als hätte man sie im Zimmer eines Zehnjährigen einquartiert.

Sie griff nach dem Telefon, das auf dem Nachttisch stand, und wählte die Nummer von Anthony Carrolls Büro in Washington, D. C. Der Ruf ging ab, aber am anderen Ende meldete sich niemand.

Sie probierte es mit der Privatnummer, doch das Ergebnis war das gleiche. War etwas schief gegangen?

Ihr wurde übel vor Angst. Anthony ist gerade auf dem Weg ins Büro, redete sie sich ein. Ich probiere es in einer halben Stunde noch einmal. Länger als dreißig Minuten ist er bestimmt nicht unterwegs.

Unter der Dusche musste sie daran denken, wie sie Luke und Anthony kennen gelernt hatte. Die beiden studierten vor dem Krieg in Harvard und sie in Radcliffe. Die Jungs gehörten beide dem Harvard Glee Club an, dem Universitätschor. Luke hatte einen hübschen Bariton, Anthony einen prächtigen Tenor. Sie selbst war damals Dirigentin der Radcliffe Choral Society und hatte ein gemeinsames Konzert mit dem Glee Club organisiert.

Luke und Anthony waren die besten Freunde und doch ein ungleiches Paar. Beide waren sie große, sportliche Typen, doch damit endete auch schon die Ähnlichkeit. Bei den Radcliffe-Mädchen hießen sie »der Schöne und das Biest«. Der Schöne war der stets elegant gekleidete Luke mit seinem welligen schwarzen Haar. Anthony mit seiner großen Nase und dem langen Kinn sah nicht gut aus, und man hatte bei ihm immer den Eindruck, er trage einen Anzug, der ihm nicht gehörte. Seine Energie und Begeisterungsfähigkeit machten ihn dennoch anziehend für die Studentinnen.

Elspeth hielt sich nicht lange unter der Dusche auf. Im Morgenrock setzte sie sich an den Schminktisch und trug ihr Make-up auf. Ihre Armbanduhr hatte sie zuvor neben den Eyeliner gelegt, um ja nicht zu verpassen, wann die halbe Stunde vorüber war.

Auch damals, als sie zum ersten Mal mit Luke sprach, hatte sie im Morgenrock am Schminktisch gesessen. Bei einer so genannten Schlüpferjagd. Eine Gruppe von Harvard-Boys, einige davon angetrunken, war spätabends durch ein Fenster im Erdgeschoss in das Studentinnenheim eingedrungen. Heute, fast zwanzig Jahre später, kam es Elspeth schier unglaublich vor, dass sie und die anderen Mädchen damals nichts Schlimmeres befürchtet hatten, als dass man ihnen womöglich die Unterwäsche klauen könne. War die Welt damals noch so unschuldig gewesen?

Luke war rein zufällig bei ihr im Zimmer gelandet. Er studierte Mathematik wie sie. Zwar trug er eine Maske, doch Elspeth erkannte ihn an seinen Kleidern, dem hellgrauen Jackett aus irischem Tweedstoff mit einem rot gepunkteten Baumwolltaschentuch in der Brusttasche. Unter vier Augen mit ihr wirkte Luke auf einmal sehr gehemmt, als ginge ihm just in diesem Augenblick auf, dass er einen großen Blödsinn begangen hatte. Elspeth hatte gelächelt, auf ihren Kleiderschrank gedeutet und gesagt: »Oberstes Fach.« Worauf Luke zu ihrem Bedauern – denn sie waren recht teuer gewesen – zwei hübsche weiße Schlüpfer mit Spitzenbesatz an sich nahm. Doch schon am nächsten Tag bat er sie um ein Rendezvous.

Elspeth konzentrierte sich auf ihr Make-up. Da sie schlecht geschlafen hatte, war es diesmal schwieriger als sonst. Grundierung glättete ihre Wangen, und lachsrosa Lippenstift hellte ihre Mundpartie auf. Sie konnte ein abgeschlossenes Mathematikstudium von der renommierten Universität Radcliffe vorweisen, doch am Arbeitsplatz erwartete man von ihr immer noch, dass sie wie ein Mannequin aussah.

Sie bürstete sich das Haar. Es war rotbraun und modisch geschnitten: kinnlang und am Hinterkopf nach innen gewellt. Dann zog sie sich rasch an: ein Kleid mit einem ärmellosen Oberteil aus braun-grün gestreifter Baumwolle und mit einem breiten, dunkelbraunen Kunstledergürtel.

Seit ihrem ersten Versuch, Anthony telefonisch zu erreichen, waren neunundzwanzig Minuten vergangen.

Die letzte Warteminute vertrieb sie sich mit Gedankenspielen um die Zahl 29.

Es war eine Primzahl – also eine Zahl, die lediglich durch den Faktor 1 geteilt werden konnte. Abgesehen davon war die 29 ziemlich uninteressant. Das einzig Ungewöhnliche war, dass 29 plus $2x^2$ für jeden x-Wert bis 28 ebenfalls eine Primzahl war.

Sie zählte die Reihe in Gedanken auf: 29, 31, 37, 47, 61, 79, 101, 127 …

Dann griff sie zum Telefon und wählte noch einmal Anthonys Büronummer.

Niemand hob ab.

# 1941

Elspeth Twomey verliebte sich in Luke, als er sie zum ersten Mal küsste.

Die meisten Harvard-Studenten hatten vom Küssen keine Ahnung. Entweder verletzten sie einem die Lippen mit ihrem brutalen Ungestüm, oder aber sie rissen den Mund so weit auf, dass man sich wie eine Zahnärztin vorkam. Luke küsste sie fünf Minuten vor Mitternacht im Schatten des Studentinnenheims von Radcliffe ebenso leidenschaftlich wie zärtlich. Seine Lippen waren ständig in Bewegung, nicht nur auf ihrem Mund, sondern auch auf ihren Wangen, ihren Augenlidern und an ihrem Hals. Seine Zungenspitze schob sich sanft zwischen ihre Lippen und bat höflich um Einlass, den Elspeth ihr nicht einmal andeutungsweise verwehrte. Als sie danach in ihrem Zimmer saß, flüsterte sie ihrem Spiegelbild zu: »Ich glaube, ich liebe ihn.«

Ein halbes Jahr war seither vergangen, und das Gefühl war immer stärker geworden. Mittlerweile sahen sie sich beinahe täglich. Für beide war es das Jahr vor den letzten Examina. Entweder trafen sie sich zum Mittagessen, oder sie lernten ein paar Stunden zusammen. Die Wochenenden verbrachten sie fast immer gemeinsam.

Dass sich eine Radcliffe-Studentin im letzten Studienjahr mit einem Harvard-Studenten oder einem jungen Professor verlobte, war nicht ungewöhnlich. Im Sommer wurde dann geheiratet und eine lange Hochzeitsreise angetreten. Danach bezog man eine gemeinsame Wohnung, fing an zu arbeiten – und ungefähr ein Jahr später kam das erste Kind zur Welt.

Luke aber hatte nie vom Heiraten gesprochen.

Jetzt sah sie ihn vor sich und beobachtete ihn: Er saß in

einer Nische in Flanagan's Bar und führte ein Streitgespräch mit Bern Rothsten, einem langen postgraduierten Studenten mit buschigem schwarzem Schnurrbart und kampferprobtem Blick. Luke fielen die dunklen Haare immer wieder ins Gesicht und über die Augen, worauf er sie mit der linken Hand wieder zurückstrich – eine vertraute Geste. Wenn er älter ist und in Amt und Würden, dachte Elspeth, wird er sich Pomade ins Haar schmieren, damit es an Ort und Stelle bleibt, aber so verführerisch wie jetzt sieht er dann bestimmt nicht mehr aus …

Bern war, wie viele Studenten und Professoren in Harvard, Kommunist. »Dein Vater ist Bankier«, sagte er voller Verachtung zu Luke. »Und du wirst auch einer. Ganz klar, dass du den Kapitalismus großartig findest.«

Elspeth sah, wie sich Lukes Hals rötete. Sein Vater war vor kurzem im *Time Magazine* als einer von zehn Männern porträtiert worden, die seit der Weltwirtschaftskrise Millionäre geworden waren. Elspeth ging jedoch davon aus, dass Luke nicht etwa rot wurde, weil er sich seiner reichen Herkunft schämte, sondern weil er seine Familie liebte und die indirekte Kritik an seinem Vater missbilligte. Sie schlug sich auf seine Seite und erwiderte empört: »Wir beurteilen einen Menschen nicht nach seinen Eltern, Bern!«

»Wie dem auch sei«, sagte Luke, »Bankier ist ein anständiger Beruf. Bankiers helfen anderen Leuten bei Unternehmensgründungen und sorgen für neue Arbeitsplätze.«

»Wie man 1929 ja gesehen hat.«

»Sie machen Fehler, ja. Manchmal helfen sie den Falschen. Auch Soldaten machen Fehler – sie schießen manchmal die falschen Leute tot. Trotzdem behaupte ich nicht, dass du ein Mörder bist.«

Nun war es an Bern, beleidigt zu sein. Er hatte im Spanischen Bürgerkrieg gekämpft – er war drei oder vier Jahre älter als seine Kommilitonen –, und Elspeth gewann den Eindruck, dass ihn die Erinnerung an einen tragischen Irrtum plagte.

»Außerdem habe ich nicht die geringste Absicht, Bankier zu werden«, fügte Luke hinzu.

Berns Freundin Peg, ein Mädchen ohne jeden Schick, beugte sich neugierig vor. Wie Bern stand sie fest zu ihren Überzeugungen, verfügte jedoch nicht über dessen sarkastisches Mundwerk. »Was denn dann?«

»Wissenschaftler.«

»Was für einer?«

Luke deutete mit dem Finger himmelwärts. »Ich will wissen, was außerhalb unseres Planeten vorgeht.«

Bern lachte verächtlich. »Weltraumraketen! Hirngespinste eines Schuljungen!«

Wieder warf sich Elspeth für Luke in die Bresche. »Komm, hör auf, Bern, du hast doch keine Ahnung, wovon du redest.« Bern studierte französische Literatur.

Luke indessen schienen die Sticheleien nichts auszumachen – vielleicht war er schon daran gewöhnt, dass man über seine Träume lachte. »Ich bin sicher, dass die Raketen kommen werden«, sagte er. »Und noch was, das du dir hinter die Ohren schreiben kannst: Ich bin fest davon überzeugt, dass noch zu unserern Lebzeiten Wissenschaft und Forschung mehr fürs einfache Volk tun werden als der Kommunismus.«

Elspeth zuckte zusammen. Sie liebte Luke, hielt seine politische Einstellung aber für naiv. »So simpel ist das nicht«, sagte sie. »Die Früchte von Wissenschaft und Forschung bleiben einer privilegierten Elite vorbehalten.«

»Das stimmt einfach nicht«, erwiderte Luke. »Dampfschiffe machen nicht nur Transatlantikpassagieren das Leben leichter, sondern auch den Seeleuten.«

»Hast du jemals den Maschinenraum eines Ozeandampfers von innen gesehen?«, fragte Bern.

»Ja, hab ich. Und keiner ist da unten an Skorbut gestorben.«

Der Schatten einer hoch gewachsenen Gestalt fiel über ihren Tisch. »Sind die Herrschaften denn schon alt genug, um in der Öffentlichkeit Alkohol trinken zu dürfen?« Es war Anthony Carroll. Er trug einen Anzug aus blauem Serge, der aussah, als hätte er darin geschlafen.

Anthony war nicht allein, und die auffallende Erscheinung neben ihm verblüffte Elspeth dermaßen, dass ihr ein unfreiwilliger Überraschungslaut entfuhr: Die junge Frau war klein und ihre zierliche Figur modisch mit einer roten Jacke und einem weiten schwarzen Rock bekleidet. Unter ihrer roten Schirmkappe quoll dicht gelocktes schwarzes Haar hervor.

»Ich möchte euch Billie Josephson vorstellen«, sagte Anthony.

»Bist du Jüdin?«, wollte Bern Rothsten wissen.

»Ja.« Die unverblümte Direktheit der Frage hatte sie erschreckt.

»Gut, dann kannst du Anthony zwar heiraten, aber kein Mitglied in seinem Country-Club werden.«

Anthony protestierte. »Ich bin doch gar kein Mitglied in einem Country-Club!«

»Wart 's nur ab!«, sagte Bern.

Luke stand auf, um Billie die Hand zu geben. Dabei stieß er mit der Hüfte an den Tisch und warf ein Glas um, eine Unbeholfenheit, die gar nicht zu ihm passte. Elspeth erkannte mit einem Anflug von Ärger, dass er sich unmittelbar von Miss Josephson angezogen fühlte. »Ich bin überrascht«, sagte er und schenkte ihr sein charmantestes Lächeln. »Als Anthony sagte, seine Begleiterin heute Abend heiße Billie, habe ich mir eine Person von eins achtzig mit der Figur eines Ringers vorgestellt.«

Billie lachte fröhlich und rutschte auf den Sitz neben Luke. »Mein richtiger Name ist Bilhah und stammt aus der Bibel. Bilhah war die Magd Jakobs und die Mutter von Dan. Aber ich bin in Dallas aufgewachsen, und dort hat man mich Billie-Jo genannt.«

Anthony setzte sich neben Elspeth und sagte leise: »Ist sie nicht hübsch?«

Direkt hübsch ist sie eigentlich nicht, dachte Elspeth bei sich. Billie hatte ein schmales Gesicht mit einer scharf geschnittenen Nase, großen, dunkelbraunen Augen und durchdringendem Blick. Das Faszinierende an ihr war die Gesamterscheinung –

das Lippenrot, die schief aufgesetzte Kappe, der texanische Akzent, vor allem aber ihre Lebhaftigkeit. Im Augenblick war sie dabei, Luke eine Anekdote über die Texaner zu erzählen; dabei lächelte sie, runzelte die Stirn, brachte pantomimenhaft eine ganze Palette von Gefühlen zum Ausdruck. »Sie ist süß«, sagte Elspeth zu Anthony. »Ich frage mich, warum sie mir bisher nie aufgefallen ist.«

»Sie arbeitet die ganze Zeit und geht nur selten auf Partys.«

»Und wie hast du sie dann kennen gelernt?«

»Ich hab sie im Fogg Museum entdeckt. Sie trug einen grünen Mantel mit Messingknöpfen und auf dem Kopf ein Barett. Sie kam mir vor wie ein Spielzeugsoldat, frisch aus der Packung.«

Ein Spielzeug ist sie bestimmt nicht, dachte Elspeth. Dazu ist sie viel zu gefährlich. Billie lachte über eine Bemerkung Lukes und gab ihm in gespielter Entrüstung einen Klaps auf den Arm – eine Geste nicht ohne Koketterie, wie Elspeth fand. Nervös unterbrach sie die beiden und sagte zu Billie: »Hast du vor, heute Abend die Sperrstunde zu brechen?«

Die Radcliffe-Studentinnen hatten um zehn Uhr abends auf ihren Zimmern zu sein. Es gab Ausnahmegenehmigungen, doch musste man sich in diesen Fällen in ein Buch eintragen und angeben, wohin man gehen und wann man zurückkommen wollte. Die pünktliche Rückkehr wurde kontrolliert. Natürlich inspirierte das komplizierte Regelwerk die jungen Frauen, clever wie sie waren, zu einer Reihe raffinierter Täuschungsmanöver.

»Ich verbringe die Nacht offiziell bei einer Tante, die auf Besuch ist und sich im *Ritz* eine Suite genommen hat«, sagte Billie. »Was hast du dir ausgedacht?«

»Kein Märchen – ich verlasse mich auf ein Fenster im Erdgeschoss, das die Nacht über offen bleibt.«

Billie senkte die Stimme. »In Wirklichkeit übernachte ich bei Freunden von Anthony in Fenway.«

Anthony wirkte verlegen. »Bekannte meiner Mutter mit einer Riesenwohnung«, sagte er zu Elspeth. »Schau mich nicht so altmodisch an, diese Leute sind furchtbar solide und konventionell.«

»Na, hoffentlich«, gab Elspeth spröde zurück und registrierte mit Zufriedenheit, dass Billie rot wurde. An Luke gewandt, sagte sie: »Wann fängt denn der Film an, Liebling?«

Luke warf einen Blick auf seine Armbanduhr. »Ja, wir müssen gehen«, sagte er.

Er hatte sich übers Wochenende einen Wagen geliehen, einen zweisitzigen Ford-A-Roadster, der schon zehn Jahre auf dem Buckel hatte und neben den stromlinienförmigen Fahrzeugen der frühen vierziger Jahre wie eine rollende Hutschachtel wirkte.

Luke hatte das alte Vehikel gut im Griff; das Chauffieren machte ihm sichtlich Spaß. Sie fuhren nach Boston. Elspeth fragte sich unterwegs, ob sie sich Billie gegenüber nicht zu gehässig verhalten hatte. Ein bisschen vielleicht, dachte sie, aber deswegen würde sie bestimmt keine Träne vergießen.

Im Loew's State Theatre sahen sie sich *Suspicion* an, den jüngsten Film von Alfred Hitchcock. In der Dunkelheit legte Luke seinen Arm um Elspeth, und sie lehnte den Kopf an seine Schulter. Sie fand es schade, dass sie sich ausgerechnet einen Film über eine Ehekatastrophe ausgesucht hatten.

Gegen Mitternacht fuhren sie nach Cambridge zurück und parkten gegenüber dem Charles River am Memorial Drive, unweit des Bootshauses. Der Wagen hatte keine Heizung. Elspeth klappte den Pelzkragen ihres Mantels hoch und kuschelte sich an Luke, um die Wärme seines Körpers zu spüren.

Sie unterhielten sich über den Film. Elspeth war überzeugt, dass sich ein unterdrücktes und in einem erzkonservativen Elternhaus aufgewachsenes Mädchen – im Film dargestellt von Joan Fontaine – im realen Leben nie zu einem solchen Tunichtgut hingezogen fühlen konnte, wie Cary Grant ihn verkörperte.

Luke widersprach ihr. »Aber das ist es doch gerade, was ihn so anziehend für sie gemacht hat – er war gefährlich!«

»Sind gefährliche Menschen attraktiv?«

»Ja, absolut!«

Elspeth wandte sich ab und betrachtete das Spiegelbild des Mondes auf der unruhigen Wasserfläche. Billie Josephson ist gefährlich, dachte sie.

Luke spürte ihre Missstimmung und wechselte das Thema. »Professor Davies hat heute Nachmittag zu mir gesagt, dass ich mein Master's Degree hier in Harvard machen kann, wenn ich will.«

»Und wie kommt er darauf?«

»Ich hatte erwähnt, dass ich mir Hoffnungen mache, mein Studium an der Columbia-Universität fortzusetzen. ›Wozu denn?‹, fragte er. ›Bleiben Sie doch hier!‹ Ich erklärte ihm, dass meine Familie in New York lebt, da sagte er: ›Familie! O je!‹ So was Ähnliches jedenfalls. Es klang, als wäre ich als Mathematiker nicht ernst zu nehmen, wenn ich ab und zu meine kleine Schwester sehen möchte.«

Luke war das älteste von vier Kindern. Seine Mutter war Französin; sein Vater hatte sie gegen Ende des Ersten Weltkriegs in Paris kennen gelernt.

Elspeth wusste, dass Luke seine beiden halbwüchsigen Brüder sehr gern hatte und in seine elfjährige Schwester geradezu vernarrt war. »Professor Davies ist Junggeselle«, sagte sie. »Er lebt nur für seine Arbeit.«

»Was hast du eigentlich vor?«, fragte Luke. »Willst du auch den Magister machen?«

Elspeths Herz stockte. »Soll ich?« Wollte er sie bitten, mit ihm zusammen nach New York zu gehen?

»Du bist besser in Mathe als die meisten Männer hier in Harvard.«

»Ich wollte eigentlich immer einen Job im Außenministerium.«

»Das hieße also Washington als Wohnort.«

Elspeth war sich sicher, dass Luke dieses Gespräch nicht geplant hatte. Er dachte bloß laut nach. Typisch Mann – von einer Minute zur anderen kam er ohne Bedenken auf Dinge zu sprechen, die für ihr beider Leben entscheidend sein konnten. Immerhin schien ihn die Aussicht, sie könnten in verschiedene Städte ziehen, zu bestürzen. Dabei liegt die Lösung des Problems doch auf der Hand, dachte Elspeth glücklich, für ihn genauso wie für mich.

»Warst du jemals verliebt?«, sagte er plötzlich, bemerkte seine Taktlosigkeit aber sofort und fügte hinzu: »Ich weiß, das ist eine sehr persönliche Frage, die ich eigentlich nicht stellen sollte.«

»Schon in Ordnung«, sagte sie. Wenn Luke mit ihr über die Liebe sprechen wollte, war es immer in Ordnung. »Um ehrlich zu sein, ja. Ich war mal verliebt.« Sie sah sein Gesicht im Mondschein und registrierte nicht ohne Genugtuung einen Anflug von Empörung in seiner Miene. »Als ich siebzehn war, gab es in Chicago einen Metallarbeiterstreik. Ich war damals politisch sehr engagiert und stellte mich als freiwillige Helferin zur Verfügung. Ich durfte Botengänge machen und Kaffee kochen. Der junge Gewerkschaftsfunktionär, dem ich zugeteilt war, hieß Jack Largo, und ich hab mich in ihn verliebt.«

»Und er sich in dich?«

»Meine Güte, nein! Er war fünfundzwanzig und hielt mich für ein Kind. Er war freundlich zu mir, charmant sogar, aber das war er allen gegenüber.« Elspeth zögerte. »Einmal hat er mich allerdings geküsst.« Sie war sich nicht sicher, ob sie Luke das erzählen sollte, wollte sich aber von der Last befreien. »Wir waren allein in einem Hinterzimmer und packten Flugblätter ein. Ich sagte irgendetwas, das ihn zum Lachen brachte – ich weiß gar nicht mehr, was. ›Du bist ein Schatz, Ellie‹, sagte er – er gehörte zu den Leuten, die alle Vornamen abkürzen, dich hätte er sicher Lou genannt. Ja, und dann hat er mich geküsst, direkt auf den Mund. Ich wäre vor Glück fast gestorben. Aber dann packte er weiter Flugblätter ein, als wäre nichts geschehen.«

»Er hat sich bestimmt nicht getraut. Wahrscheinlich war er doch in dich verknallt.«

»Kann sein.«

»Hast du noch Kontakt zu ihm?«

Elspeth schüttelte den Kopf. »Er ist tot.«

»Was? In dem Alter?«

»Man hat ihn umgebracht.« Sie schluckte die plötzlich aufsteigenden Tränen hinunter. Das Letzte, was sie wollte, war, dass Luke den Eindruck gewann, sie wäre noch in den toten Jack verliebt. »Zwei Polizisten, die sich außerdienstlich von den Stahlbossen anheuern ließen, drängten ihn in eine enge Gasse und schlugen ihn mit Eisenstangen tot.«

»Herr im Himmel!« Luke starrte sie an.

»Jeder vor Ort wusste, wer es gewesen war, aber festgenommen wurde niemand.«

Luke ergriff ihre Hand. »Von solchen Sachen habe ich bisher nur in der Zeitung gelesen – es kam mir immer irgendwie irreal vor.«

»So sieht die Realität aber aus. Die Walzen im Stahlwerk müssen sich drehen. Wer quer schießt, wird zum Schweigen gebracht.«

»So wie du das sagst, klingt es, als wäre die Industrie um keinen Deut besser als ein Gangstersyndikat.«

»Ich seh da auch keinen großen Unterschied. Aber ich mische mich nicht mehr ein. Das hat mir damals gereicht.« Luke hatte von Liebe gesprochen – und ihr war doch wahrhaftig nichts Gescheiteres eingefallen, als eine politische Diskussion daraus werden zu lassen. Sie versuchte, zum eigentlichen Thema zurückzukehren. »Und du?«, fragte sie. »Warst du schon mal verliebt?«

»Ich weiß es nicht genau«, sagte er zögernd. »Ich glaube, ich weiß gar nicht, was Liebe ist.« So eine Antwort war typisch für einen jungen Mann. Dann küsste er sie, und Elspeths Ärger über sich selbst legte sich.

Sie streichelte ihn beim Küssen gern mit den Fingerspitzen, ließ sie über seine Ohren gleiten, folgte der Linie seiner Wangenknochen, strich ihm über Haar und Nacken. Manchmal hielt er einen Augenblick inne und studierte mit der Andeutung eines Lächelns ihr Gesicht, was Elspeth an ein Ophelia-

Zitat aus *Hamlet* erinnerte: ›… betrachtet' er so prüfend mein Gesicht, als wollt' er 's zeichnen.‹ Dann küsste er sie wieder. Dass er sie so gern hatte, war ein wunderbares Gefühl.

Nach einer Weile zog er sich zurück und seufzte schwer. »Ich frag mich, warum Ehepaare sich jemals langweilen. Die brauchen doch nie aufzuhören.«

Das Thema Ehe gefiel ihr. »Ich glaube, die Kinder hindern sie daran«, sagte sie und lachte.

»Möchtest du Kinder haben – irgendwann?«

Sie spürte, wie sich ihr Atem beschleunigte. Was fragte er da? »Selbstverständlich will ich Kinder.«

»Ich möchte vier.«

So viele wie seine Eltern. »Mädchen oder Jungs?«

»Sowohl als auch.«

Sie schwiegen. Elspeth hatte Angst, etwas Falsches zu sagen. Die Stille zog sich in die Länge. Dann endlich drehte Luke sich zu ihr um und fragte sie mit ernster Miene: »Was hältst du davon? Möchtest du vier Kinder haben?«

Auf dieses Stichwort hatte Elspeth nur gewartet. Sie lächelte glücklich. »Ja, unbedingt«, sagte sie. »Wenn sie von dir sind.«

Er küsste sie wieder.

Bald wurde es ihnen zu kalt, sodass sie sich widerstrebend zur Rückkehr entschlossen.

Der Weg nach Radcliffe führte über den Harvard Square. In der Dunkelheit stand eine Gestalt am Straßenrand und winkte ihnen zu. Luke traute seinen Augen nicht. »Ist das nicht Anthony?«, fragte er.

Er war es, Elspeth erkannte ihn. Neben ihm stand Billie.

Luke hielt an, und Anthony kam ans Seitenfenster. »Ein Glück, dass ich dich erwischt habe«, sagte er. »Du musst mir einen Gefallen tun.«

Schlotternd in der kalten Nachtluft stand Billie hinter Anthony und war offenbar sehr aufgebracht.

»Was treibt ihr eigentlich hier draußen?«, wollte Elspeth von Anthony wissen.

»Es ist alles schief gelaufen. Meine Freunde in Fenway sind übers Wochenende verreist – sie haben anscheinend das Datum verwechselt. Billie weiß nicht, wo sie pennen soll.«

Billie hatte sich unter Angabe falscher Tatsachen aus dem Studentinnenheim entfernt. Kehrte sie jetzt zurück, flog der Schwindel unweigerlich auf.

»Ich habe sie mit ins Haus genommen« – damit meinte er Cambridge House, wo er und Luke wohnten. Die Unterkünfte der Harvard-Studenten wurden »Häuser« genannt. »Ich dachte, sie könnte vielleicht in unserem Zimmer schlafen. Luke und ich hätten in der Bibliothek übernachten können.«

»Du spinnst wohl«, sagte Elspeth.

»Hat 's alles schon gegeben«, warf Luke ein. »Wieso hat das nicht geklappt?«

»Man hat uns gesehen.«

»O nein!«, rief Elspeth. Keine Frau durfte sich in einem Männerzimmer erwischen lassen, schon gar nicht nachts. Das galt als gravierender Verstoß gegen die Hausordnung. Beide, Mann und Frau, konnten deswegen von der Universität verwiesen werden.

»Wer hat euch denn gesehen?«, fragte Luke.

»Geoff Pidgeon und eine ganze Horde anderer.«

»Geoff ist okay, aber wer waren die anderen?«

»Kann ich nicht genau sagen. Es war fast dunkel, und sie waren alle betrunken. Morgen Früh rede ich mit ihnen.«

Luke nickte. »Und was wollt ihr jetzt machen?«

»Billie hat einen Cousin in Newport, Rhode Island«, sagte Anthony. »Könntet ihr sie hinfahren?«

»Was?«, rief Elspeth. »Das sind doch achtzig Kilometer!«

»Dann dauert es halt ein Stündchen oder zwei«, sagte Anthony abschätzig. »Was meinst du, Luke?«

»Selbstverständlich«, sagte Luke.

Elspeth hatte gewusst, dass er Ja sagen würde. Für Luke war es Ehrensache, einem Freund aus der Patsche zu helfen, auch wenn es unbequem war. Trotzdem machte sie das wütend.

»Danke dir«, sagte Anthony erleichtert.

»Kein Problem«, sagte Luke, »oder doch: Ein Problem haben wir. Der Wagen ist ein Zweisitzer.«

Elspeth öffnete die Tür und stieg aus. »Bitte sehr«, sagte sie missmutig und schämte sich im selben Atemzug ihrer schlechten Laune. Es war doch nur recht und billig, dass Luke einem Freund half, der in Schwierigkeiten steckte. Dennoch war ihr der Gedanke verhasst, dass er zwei Stunden mit der kessen Billie Josephson in dem kleinen Wagen verbringen würde.

Luke spürte ihren Unmut und sagte: »Komm, Elspeth, steig wieder ein. Ich fahr dich zuerst nach Hause.«

Sie versuchte sich mit Großmut aus der Affäre zu ziehen. »Nicht nötig! Anthony kann mich bis zum Heim begleiten. Außerdem sieht Billie aus, als würde sie gleich erfrieren.«

»Na gut, wenn du meinst«, sagte Luke.

Schon bereute Elspeth, dass sie so schnell zugestimmt hatte.

Billie drückte ihr einen Kuss auf die Wange. »Ich weiß gar nicht, wie ich euch danken soll«, sagte sie. Dann stieg sie ins Auto, ohne Anthony gute Nacht zu sagen.

Luke winkte zum Abschied und fuhr los.

Anthony und Elspeth blieben noch stehen, bis der Wagen in der Dunkelheit verschwand.

»Verdammt«, sagte Elspeth.

## 06.30 Uhr

**Auf die Flanke der weissen Rakete ist mit riesengrossen schwarzen Buchstaben die Bezeichnung »UE« eingestanzt. Es handelt sich um einen einfachen Code:**

| | | | | | | | | | |
|---|---|---|---|---|---|---|---|---|---|
| H | U | N | T | S | V | I | L | E | X |
| 1 | 2 | 3 | 4 | 5 | 6 | 7 | 8 | 9 | 0 |

**UE ist demnach die Rakete Nr. 29. Der Code soll verhindern, dass Rückschlüsse auf die Gesamtzahl der produzierten Raketen gezogen werden können.**

Unmerklich kroch das Tageslicht in die kalte Stadt. Männer und Frauen verließen ihre Häuser, kniffen die Augen zusammen und schürzten die Lippen gegen den beißenden Wind, eilten durch die grauen Straßen und strebten den warmen, hell erleuchteten Büros, den Läden, Hotels oder Restaurants zu, in denen sie arbeiteten.

Luke hatte kein Ziel. Eine Straße ist wie die andere, wenn keine einem etwas sagt. Kann ja sein, dachte er, ich gehe um die Ecke und weiß auf einmal, wo ich mich befinde. Vielleicht ist es die Straße, in der ich aufgewachsen bin. Oder ich stehe plötzlich vor einem Gebäude, in dem ich mal gearbeitet habe.

Doch jede Straßenecke entpuppte sich als Enttäuschung.

Mit der Zeit wurde es heller, und er konzentrierte sich auf die Menschen, die ihm entgegen kamen. Einer von ihnen konnte sein Vater sein, eine Frau seine Schwester, ein Jugendlicher vielleicht sogar sein Sohn. Er hoffte, irgendjemand möge ihn erkennen, stehen bleiben, ihn umarmen und sagen: »He, Luke, was ist denn mit dir passiert? Komm mit nach Hause, lass dir helfen!« Ebenso gut war es natürlich auch möglich, dass ein Verwandter vorbeikam, ihn erkannte und ihm dennoch die kalte Schulter zeigte. Vielleicht habe ich meine Familie ja in irgendeiner Weise vor den Kopf gestoßen, dachte er, oder sie lebt ganz woanders.

Nein, das brachte alles nichts. Kein Passant fiel ihm mit einem Freudenschrei um den Hals, und auch, dass er urplötzlich die Straße erkannte, in der er gelebt hatte, war nichts als ein frommer Wunsch. Ziellos herumzustreunen und auf einen glücklichen Zufall zu warten, das war keine Strategie. Er brauchte einen Plan. Es musste doch die eine oder andere Möglichkeit geben, seine verlorene Identität wiederzufinden.

Vielleicht liegt eine Vermisstenmeldung über mich vor? Sicher gab es irgendwo eine entsprechende Liste mit Personenbeschreibungen. Wer führte solche Listen? Bestimmt die Polizei.

Er glaubte sich zu erinnern, dass er vor wenigen Minuten erst an einer Polizeiwache vorübergekommen war, und machte auf dem Absatz kehrt. Dabei stieß er unversehens mit einem jungen Mann in einem olivfarbenen Regenmantel und einer dazu passenden Mütze zusammen, von dem er das Gefühl hatte, ihn schon einmal gesehen zu haben. Ihre Blicke trafen sich, und Luke hoffte schon, endlich erkannt worden zu sein, doch da wandte der Mann peinlich berührt den Blick ab und entfernte sich.

Luke schluckte die Enttäuschung hinunter und bemühte sich, den Weg zu finden, den er gekommen war. Das war gar nicht so leicht, denn er war immer wieder mehr oder weniger willkürlich abgebogen und hatte Straßen überquert, wie es ihm gerade eingefallen war. Trotzdem: Früher oder später musste er auf eine Polizeiwache stoßen.

Unterwegs versuchte er, auf eigene Faust Informationen über sich herauszubekommen. Ein großer Mann mit einem grauen Homburg auf dem Kopf zündete sich eine Zigarette an und nahm einen tiefen, befriedigenden Zug. Luke empfand bei diesem Anblick keinerlei Lust auf Tabak. Also bin ich wahrscheinlich Nichtraucher, dachte er. Er sah sich die Autos näher an und stellte fest, dass die rassigen, tief liegenden Modelle, die ihm gut gefielen, neu waren. Er stellte fest, dass er schnelle Wagen mochte und war überzeugt davon, dass er Auto fahren konnte. Außerdem kannte er die meisten Marken- und Modellnamen. Diese Art von Informationen war ihm ebenso erhalten geblieben wie seine englische Muttersprache.

Als er in einem Schaufenster sein Spiegelbild musterte, sah er einen Penner unbestimmbaren Alters. Bei den Passanten fiel es ihm dagegen leicht zu sagen, ob sie in den Zwanzigern oder Dreißigern, in den Vierzigern oder älter waren. Auch fand er heraus, dass er automatisch jeden der Vorübergehenden taxierte: Der ist älter, der ist jünger als ich. Als er darüber nachdachte, ging ihm auf, dass er die Menschen zwischen zwanzig und dreißig generell für jünger hielt und die Vierziger für älter. Also gehörte er selbst irgendwo dazwischen.

Diese ersten kleinen Siege im Kampf gegen die Amnesie erfüllten ihn mit einem ungeheuren Triumphgefühl.

Inzwischen jedoch hatte er sich vollkommen verlaufen. Er befand sich, wie er mit Widerwillen feststellte, in einer heruntergekommenen Straße mit vielen Billigläden: Kleiderläden mit Schaufenstern voller Sonderangebote, Second-Hand-Möbelgeschäfte, Pfandleiher und Lebensmittelhändler, die Essenmarken akzeptierten. Unvermittelt blieb er stehen und sah sich um. Keine zehn Meter hinter ihm stand der Mann im grünen Gabardine-Regenmantel und stierte in ein Schaufenster, hinter dem ein Fernsehgerät lief.

Luke runzelte die Stirn und dachte: Beschattet der mich?

Ein Beschatter war stets allein, trug nur selten eine Aktentasche oder eine Einkaufstüte und erweckte unvermeidlich den Eindruck, als schlendere er ziellos herum, anstatt einem bestimmten Zweck nachzugehen. Der Mann mit der olivgrünen Mütze erfüllte all diese Voraussetzungen.

Aber die Sache ließ sich ja leicht überprüfen.

An der nächsten Kreuzung überquerte Luke die Straße und ging auf der anderen Seite zurück. Am Ende des nächsten Häuserblocks trat er an den Bordstein und sah sich nach beiden

Seiten um. Der olivgrüne Regenmantel war zehn Meter hinter ihm. Wieder überquerte Luke die Straße. Um keinen Verdacht zu erregen, besah er sich aufmerksam alle Eingänge, an denen er vorbeikam, als suche er nach einer bestimmten Hausnummer.

Der Regenmantel blieb ihm auf den Fersen.

Luke konnte sich keinen Reim darauf machen, doch in seinem Innern keimte Hoffnung auf. Ein Mann, der ihn verfolgte, musste etwas über ihn wissen – vielleicht kannte er sogar seine Identität.

Um die letzten Zweifel zu beseitigen, musste Luke ein Fahrzeug benutzen und seinen Schatten dazu zwingen, das Gleiche zu tun.

Obwohl er ziemlich aufgeregt war, flüsterte ihm ein distanzierter Beobachter im Hinterkopf zu: »Woher weißt du eigentlich so genau, wie man herausfindet, dass man verfolgt wird?« Der Trick mit dem Fahrzeug war ihm spontan eingefallen, einfach so. Bin ich etwa vor meiner Pennerkarriere Geheimdienstler oder so etwas gewesen, fragte er sich.

Doch darüber konnte er sich später noch Gedanken machen. Was er jetzt vorrangig brauchte, war ein Busfahrschein. In den Lumpen, die er am Leibe trug, steckte nicht ein Cent, doch das war kein Problem. Bargeld gab es überall: in Taschen, in Läden, in Taxis und in Häusern.

Plötzlich sah er seine Umgebung mit anderen Augen: Da waren Zeitungskioske, die man ausrauben, Handtaschen, die man stibitzen und Hosentaschen, in die man greifen konnte. Sein Blick fiel in ein Café, wo ein Mann hinter dem Tresen stand und eine Kellnerin servierte. Ob nun dort oder woanders, es war ihm egal. Er trat ein.

Seine Augen überflogen die Tische. War nicht irgendwo das Wechselgeld liegen geblieben, als Trinkgeld gedacht? Nein, so leicht war es nicht. Er ging zum Tresen. Im Radio liefen die Nachrichten: »Nach Aussagen von Raketen-Experten hat Amerika noch eine letzte Chance, den Vorsprung der Russen im Wettlauf um die Beherrschung des Weltraums aufzuholen.«

Der Mann hinterm Tresen brühte gerade einen Espresso auf; aus der spiegelblanken Maschine quoll Wasserdampf. Der köstliche Duft dehnte Lukes Nasenlöcher.

Was würde ein Penner sagen? »Ham Se nich' 'n alten Berliner für mich?«, fragte Luke.

»Verschwinde!«, gab der Mann grob zurück. »Und lass dich nie mehr hier blicken!«

Luke überlegte, ob er über den Tresen springen und sich über die Registrierkasse hermachen sollte, doch das wäre zu viel Aufwand für einen Busfahrschein.

Dann sah er, was er brauchte. Neben der Kasse und problemlos erreichbar stand eine Büchse mit einem Schlitz auf dem Deckel. Auf dem Etikett war ein Kind abgebildet, und die Bildunterschrift lautete: »Denkt an die Blinden!« Luke stellte sich so, dass sein Körper die Büchse vor den Blicken der Kellnerin und der Gäste abschirmte. Jetzt brauchte er bloß noch den Mann am Tresen abzulenken.

»Kann ich vielleicht 'n paar Cent kriegen?«, fragte er.

»Okay, jetzt reicht's«, sagte der Mann, stellte einen Krug auf den Tresen, dass es schepperte, und wischte sich die Hände an der Schürze ab. Um herauszukommen, musste er sich unter dem Tresen hindurch ducken und verlor Luke daher für eine Sekunde aus den Augen.

In diesem Moment packte Luke die Sammelbüchse und ließ sie in die Innentasche seines Mantels gleiten. Sie war enttäuschend leicht, aber immerhin rasselte sie, war also nicht leer.

Der Barmann packte Luke am Kragen und stieß ihn mit Gewalt quer durch das Café. Luke wehrte sich erst, als er an der Tür einen schmerzhaften Tritt in den Hintern verspürte. Sekundenlang vergaß er die Rolle, die er spielte, fuhr herum und ging in Kampfstellung. Der Mann bekam es auf einmal mit der Angst zu tun und wich zurück.

Worüber regst du dich eigentlich so auf, fragte sich Luke. Du latschst da als Bettler rein und gehst nicht, obwohl man dich dazu auffordert. Na gut, der Tritt war überflüssig – aber irgendwie auch nicht unverdient, schließlich hast du den blinden Kindern ihr Geld gestohlen!

Trotzdem kostete es ihn Überwindung, seinen Stolz hinunterzuschlucken und sich wie ein Hund mit eingekniffenem Schwanz davonzustehlen.

Er verdrückte sich in eine Gasse, fand einen Stein mit scharfer Kante und ließ seine Wut an der Sammelbüchse aus. Es dauerte nicht lange, und sie platzte auf. Das Geld darin, überwiegend geringwertige Münzen, ergab nach Lukes Schätzung zusammen vielleicht zwei oder drei Dollar. Er verstaute es in seinen Manteltaschen und kehrte wieder auf die Straße zurück. Er dankte dem Himmel für die Mildtätigkeit seiner Mitmenschen und gelobte, der Blindenmission drei Dollar zu spenden, falls er je aus seinem derzeitigen Schlamassel herauskam.

Okay, dachte er, dreißig Dollar.

Der Mann im olivgrünen Regenmantel stand neben einem Kiosk und las Zeitung.

Ein paar Meter von Luke entfernt hielt ein Bus. Er hatte keine Ahnung, wohin der fuhr, aber darauf kam es jetzt auch gar nicht an. Er stieg ein. Der Fahrer sah ihn kritisch an, warf ihn aber nicht hinaus. »Drei Haltestellen«, sagte Luke.

»Spielt keine Rolle, wie weit du willst. Einheitspreis siebzehn Cents – es sei denn, du hast ’ne Marke.«

Luke bezahlte mit Münzen aus der gestohlenen Sammelbüchse.

Vielleicht werde ich ja gar nicht beschattet, dachte er. Auf dem Weg zum Heck des Busses spähte er angestrengt aus dem Fenster. Der Mann im Regenmantel entfernte sich mit der Zeitung unterm Arm. Luke kniff die Brauen zusammen. Eigentlich hätte sein Verfolger jetzt ein Taxi anhalten müssen. Enttäuscht gestand Luke sich ein, dass der Mann vielleicht doch nicht hinter ihm her gewesen war.

Der Bus fuhr an, und Luke setzte sich auf einen freien Platz.

Wieder die gleiche Frage: Woher weiß ich das alles nur? Irgendwer muss mir dieses konspirative Verhalten doch beigebracht haben. Doch zu welchem Zweck? Bin ich ein Bulle? Oder hängt das alles mit dem Krieg zusammen? Er wusste, dass es einen Krieg gegeben hatte – Amerika hatte in Europa gegen die Deutschen und im Pazifik gegen die Japaner gekämpft.

Ob er selbst an diesem Krieg beteiligt gewesen war, wusste er nicht.

An der dritten Haltestelle stieg er zusammen mit einer Hand voll anderer Passagiere aus. Er spähte in beiden Richtungen die Straße entlang – nirgendwo war ein Taxi zu sehen, nirgends der Mann im olivgrünen Regenmantel. Er dachte noch darüber nach, wohin er nun gehen sollte, da fiel ihm auf, dass einer der anderen Buspassagiere, die mit ihm ausgestiegen waren, in einem Ladeneingang stehen geblieben war und in seinen Taschen herumfingerte. Luke sah, wie er eine Zigarette hervorkramte, sie entzündete und einen langen, befriedigenden Zug nahm.

Ein großer Mann mit einem grauen Homburg auf dem Kopf.

Den habe ich doch auch schon mal gesehen, dachte Luke.

# 07.00 Uhr

**Die Abschussrampe ist ein einfacher Stahltisch mit vier Beinen und einem Loch in der Mitte, durch das der Feuerstrahl der Rakete geleitet wird, den ein darunter befindlicher konischer Deflektor horizontal ablenkt und damit abschwächt.**

Anthony Carroll fuhr im fünf Jahre alten Cadillac Eldorado seiner Mutter die Constitution Avenue entlang. Er hatte ihn sich vor einem Jahr ausgeliehen, um von seinem Elternhaus in Virginia nach Washington zu gelangen, und irgendwie war er nie dazu gekommen, ihn zurückzugeben. Seine Mutter hatte sich inzwischen wahrscheinlich längst einen neuen Wagen gekauft.

Er fuhr auf einen Parkplatz vor dem Q-Gebäude in der Alphabet Row, einer während des Krieges hastig errichteten Zeile barackenartiger Gebäude im Parkgelände unweit des Lincoln Memorials. Scheußlich sahen sie aus, das stand außer Frage, aber Anthony mochte sie trotzdem, denn als Mitarbeiter des ›Office for Strategic Services‹, des Vorgängers der CIA, hatte er die Kriegszeit zum großen Teil hier verbracht. Damals, in der guten alten Zeit, konnte ein Geheimdienst noch weitgehend schalten und walten, wie er wollte, und musste sich ausschließlich beim Präsidenten rückversichern.

Die CIA war die am schnellsten wachsende Bürokratie in Washington. In Langley, Virginia, auf der anderen Seite der Brücke über den Potomac, entstand gerade das neue Hauptquartier – ein riesiger, viele Millionen Dollar verschlingender Gebäudekomplex, nach dessen Fertigstellung Alphabet Row abgerissen werden sollte.

Anthony hatte sich vehement gegen das Projekt in Langley eingesetzt und dies nicht nur deshalb, weil ihn mit dem Q-Gebäude lieb gewordene Erinnerungen verbanden. Gegenwärtig verteilten sich die Büros der CIA auf insgesamt einunddreißig Häuser im zentrumnahen, von Behörden dominierten Stadtviertel Foggy Bottom, und dabei hätte es, wie Anthony immer wieder lauthals forderte, auch bleiben sollen. Solange die Dienststellen weit verstreut zwischen anderen Behörden einquartiert waren, taten sich ausländische Agenten äußerst schwer, Größe und Macht der CIA richtig einzuschätzen. Nach der Eröffnung von Langley würde sich das ändern: Da brauchte man bloß daran vorbeizufahren, um sich einen Eindruck von der Personalstärke und den verfügbaren Mitteln zu verschaffen. Selbst Rückschlüsse auf den Etat wären dann möglich.

Aber Anthony hatte sich mit seinen Argumenten nicht durchsetzen können. Die Verantwortlichen waren entschlossen, die CIA an eine kürzere Leine zu legen. Anthony hatte die Geheimdienstarbeit immer als Betätigungsfeld für Abenteurer und Freibeuter gesehen, und während des Krieges war sie das auch gewesen. Inzwischen jedoch dominierten die Buchhalter und Federfuchser.

Er verfügte über einen eigenen Stellplatz – reserviert für den »Leiter der Technischen Dienste« –, ignorierte ihn jedoch und parkte unmittelbar vor dem Haupteingang. Beim Anblick des hässlichen Gebäudes fragte er sich unwillkürlich, ob dessen bevorstehende Demontage auch das Ende einer Ära bedeutete. Obwohl es in letzter Zeit immer öfter vorkam, dass Anthony in bürokratischen Auseinandersetzungen den Kürzeren zog, war er innerhalb der CIA noch immer eine äußerst mächtige Figur. »Technische Dienste« war die euphemistische Bezeichnung für Einbruch, Telefonüberwachung, Drogentests und andere illegale Machenschaften. Der Spitzname der Abteilung lautete »Schmutzige Tricks«. Anthonys Stellung beruhte auf seinem Ruhm als Kriegsheld und auf diversen erfolgreichen Coups während des Kalten Kriegs. Doch mittlerweile gab es Leute, welche die CIA in das verwandeln wollten, was ihrem Bild in der Öffentlichkeit entsprach, nämlich in eine Behörde, die sich auf das Sammeln von Informationen beschränkte.

Nur über meine Leiche, dachte Anthony.

Ja, er hatte Feinde: Vorgesetzte, die er mit seinen ungehobelten Manieren verprellt, sowie schwache und unfähige Agenten, deren Beförderung er vereitelt hatte. Es gab Bürohengste, denen die ganze Richtung nicht passte: Sie hielten nichts von regierungsamtlichen Geheimoperationen und wollten ihn zur Strecke bringen. Sie warteten nur darauf, dass er einen Fehler machte.

Und heute hatte er seinen Kopf so weit zum Fenster hinausgestreckt wie nie zuvor.

Beim Betreten des Gebäudes verdrängte er bewusst seine üblichen Sorgen und konzentrierte sich auf das Problem des Tages: Dr. Claude Lucas – bekannt als Luke –, der gefährlichste Mann Amerikas; der Mann, der alles bedrohte, wofür sich Anthony sein Leben lang eingesetzt hatte.

Die Nacht hatte Anthony weitgehend im Büro verbracht und war dann nur kurz nach Hause gefahren, um sich zu rasieren und ein frisches Hemd anzuziehen. Entsprechend überrascht sah ihn der Wachtposten im Foyer an und sagte: »Guten Morgen, Mr. Carroll! Schon zurück?«

»Ein Engel erschien mir im Traum und sprach zu mir: ›Sieh zu, dass du zurück an deinen Schreibtisch kommst, du fauler Sack!‹ Guten Morgen!«

Der Wachtposten lachte. »Mr. Maxell wartet in Ihrem Büro, Sir.«

Anthony runzelte die Stirn. Pete Maxell sollte bei Luke sein. War etwas schief gegangen?

Er rannte die Treppe hinauf.

Pete saß im Sessel gegenüber von Anthonys Schreibtisch. Er trug noch immer sein Lumpenkostüm, und das rote Muttermal auf seinem Gesicht wurde zum Teil von einem Schmutzstreifen überdeckt. Als Anthony das Büro betrat, sprang er auf. Er wirkte verängstigt.

»Was ist passiert?«, fragte Anthony.

»Luke wollte allein sein.«

Damit hatte Anthony gerechnet. »Wer hat ihn übernommen?«

»Simons überwacht ihn, Betts kann jederzeit einspringen.«

Anthony nickte nachdenklich. Einen Beschatter war Luke schon los. Er konnte auch andere abschütteln.

»Was ist mit Lukes Gedächtnis?«

»Das ist weg. Total weg.«

Anthony zog sich den Mantel aus und setzte sich an den Schreibtisch. Luke machte Schwierigkeiten, aber das hatte er einkalkuliert, und nun war er zu allem bereit.

Er musterte sein Gegenüber. Pete war ein guter Agent, kompetent und vorsichtig. Zwar fehlte es ihm noch an Erfahrung, doch dafür war er Anthony treu ergeben.

Alle jungen Agenten wussten, dass Anthony persönlich ein Attentat organisiert hatte: die Ermordung von Admiral Darlan, einem politischen Führer der Vichy-Regierung. Weihnachten 1942 war Darlan in Algier umgebracht worden. Dass CIA-Agenten töteten, kam vor, aber nicht oft. Vor Anthony hatten sie einen Heidenrespekt.

Pete, das kam hinzu, war ihm noch aus einem ganz anderen Grund zu Dank verpflichtet. Auf seinem Bewerbungsbogen hatte er angegeben, noch nie mit dem Gesetz in Konflikt geraten zu sein. Das war eine Lüge. Anthony hatte später herausgefunden, dass Pete als Student in San Francisco bestraft worden war, weil er eine Prostituierte besucht hatte. Für die falsche Angabe hatte er fristlos entlassen werden können. Anthony hielt die Information jedoch geheim, und Pete war ihm dafür ewig dankbar.

Und nun stand er da wie ein Häuflein Elend und schämte sich, weil er glaubte, Anthony enttäuscht zu haben.

»Beruhigen Sie sich«, sagte Anthony in väterlichem Ton, »und erzählen Sie mir genau, was passiert ist.«

Dankbar blickte Pete ihn an, setzte sich wieder hin und erstattete Bericht: »Er war völlig durchgedreht, als er aufwachte. ›Wer bin ich?‹, schrie er und so weiter. Ich habe ihn dann beruhigt… Aber dabei ist mir ein Fehler unterlaufen. Ich habe ihn Luke genannt.«

Anthony hatte ihn instruiert, Luke zu beobachten, ihm jedoch keinerlei Informationen zu geben. »Egal, es ist ja nicht sein richtiger Name.«

»Dann fragte er mich nach meinem Namen, und ich sagte: ›Pete.‹ Das ist mir einfach so rausgerutscht. Ich wollte ihn unbedingt zum Schweigen bringen.«

Pete war es sehr peinlich, diese Fehler eingestehen zu müssen, doch sie waren im Grunde nicht so schlimm. Mit einer Handbewegung wischte Anthony seine Entschuldigungen beiseite. »Was geschah dann?«

»Ich nahm ihn mit zur Kirche, so wie wir es geplant hatten. Aber er hörte nicht auf, raffinierte Fragen zu stellen. So wollte er zum Beispiel vom Pastor wissen, ob der ihn schon einmal gesehen hatte.«

Anthony nickte. »Das darf uns nicht überraschen. Im Krieg war er unser bester Agent. Er hat sein Gedächtnis verloren, aber nicht seine Instinkte.« Mit der Rechten rieb er sich das Gesicht. Die Müdigkeit holte ihn allmählich ein.

»Ich hab versucht, ihn von der Beschäftigung mit seiner Vergangenheit abzulenken, aber ich glaube, er hat meine Absicht durchschaut. Ja, und dann hat er gesagt, dass er allein sein will.«

»Hat er irgendwas entdeckt? Ist irgendetwas geschehen, das ihn auf die richtige Spur bringen könnte?«

»Nein. In der Zeitung stand ein Artikel über das Weltraumprogramm, und den hat er gelesen. Aber ich hatte nicht den Eindruck, dass ihm dabei ein Licht aufgegangen ist.«

»Ist Ihnen irgendetwas Außergewöhnliches an ihm aufgefallen?«

»Der Pastor war überrascht, dass er ein Kreuzworträtsel lösen konnte. Die meisten dieser Penner können ja nicht einmal lesen.«

Das wird schwierig, aber wir kriegen es wohl in den Griff, dachte Anthony. Er hatte damit gerechnet. »Wo ist Luke jetzt?«

»Ich weiß es nicht, Sir. Steve ruft an, sobald sich eine Gelegenheit ergibt.«

»Wenn er sich rührt, fahren Sie sofort zu ihm und unterstützen ihn. Was immer geschieht, Luke darf uns nicht entkommen.«

»Okay.«

Das weiße Telefon auf Anthonys Schreibtisch klingelte, sein direkter Anschluss. Er starrte den Apparat einen Moment lang irritiert an. Nur wenige kannten diese Nummer.

Anthony hob ab.

»Ich bin's«, sagte Elspeths Stimme. »Was ist passiert?«

»Reg dich nicht auf«, sagte er. »Wir haben alles unter Kontrolle.«

## 07.30 Uhr

**Die Rakete ist 20,9 m hoch und damit höher als ein grosses Wohnhaus. Ihr Gewicht auf der Rampe beträgt 29 030 kg – doch das meiste davon ist Treibstoff. Der Satellit selbst ist lediglich 86 Zentimeter lang und wiegt nur knapp 8,2 kg.**

Der Beschatter folgte Luke, der die Achte Straße in südlicher Richtung ging, ungefähr vierhundert Meter weit.

Inzwischen war es hell geworden, und obwohl die Straße mittlerweile ziemlich bevölkert war, hatte Luke keine Probleme, den grauen Homburg zu erkennen, der immer wieder zwischen den sich an Straßenkreuzungen und Bushaltestellen drängenden Köpfen auftauchte. Doch als Luke die Pennsylvania Avenue überquert hatte, war der Hut verschwunden. Wieder einmal fragte er sich, ob er sich das alles nur einredete. Alles war möglich in der seltsamen Welt, in der er heute Morgen erwacht war. Das Gefühl, verfolgt zu werden – war es also doch nur ein Hirngespinst? Nein, das konnte er kaum glauben.

Eine Minute später sah er den grünen Regenmantel aus einer Bäckerei kommen.

»*Toi, encore*«, sagte er mit angehaltenem Atem, »du schon wieder…« Er wunderte sich kurz, warum er unwillkürlich Französisch gesprochen hatte, dachte aber nicht länger darüber nach. Es gab Dringenderes zu tun. Nun bestand kein Zweifel mehr: Er wurde von zwei Personen in einer gut aufeinander abgestimmten Gemeinschaftsaktion verfolgt. Das mussten Profis sein.

Er versuchte, sich darauf einen Reim zu machen. Homburg und Regenmantel waren möglicherweise Polizisten. Vielleicht habe ich im Suff was ausgefressen, dachte er, oder sogar wen umgebracht. Nicht auszuschließen war auch, dass die beiden Agenten waren, vom KGB oder von der CIA, auch wenn die Vorstellung, ein Berber wie er könne in eine Spionageaffäre verwickelt sein, kaum realistisch schien. Wahrscheinlich habe ich vor vielen Jahren meine Frau verlassen. Jetzt will sie sich scheiden lassen und hat deshalb Privatdetektive angeheuert, die meine Lebensumstände ausspionieren sollen. Vielleicht ist sie Französin.

Obwohl keine dieser Versionen besonders attraktiv war, verspürte Luke eine gewisse Erheiterung. Die beiden Beschatter wussten vermutlich, wer er war, oder zumindest wussten sie einiges über ihn – auf jeden Fall mehr als er selber.

Er beschloss, das Gespann auseinander zu bringen und sich dann den Jüngeren der beiden vorzuknöpfen.

Er ging in einen Tabakladen und kaufte sich von dem gestohlenen Kleingeld eine Packung Pall Mall. Als er wieder herauskam, war Regenmantel verschwunden und Homburg hatte übernommen. Luke ging weiter und bog an der nächsten Kreuzung um die Ecke.

Ein Coca-Cola-Laster parkte am Bordstein. Der Fahrer lud gerade Kisten ab und schleppte sie in ein Schnellrestaurant. Luke trat auf die Straße und stellte sich auf der anderen Seite des Lastwagens an eine Stelle, von der aus er die Straße überblicken konnte, ohne von jemandem, der um die Ecke kam, gesehen zu werden.

Nach einer Minute erschien Homburg. Er ging schnell und suchte die Hauseingänge und Schaufenster nach Luke ab.

Luke ließ sich zu Boden fallen und rollte sich unter den Lastwagen. Aus der Froschperspektive konnte er auf dem Bürgersteig die blauen Anzughosen und braunen Halbschuhe seines Beschatters sehen.

Der Mann hatte noch einen Zahn zugelegt – dass Luke plötzlich wie vom Erdboden verschluckt war, bereitete ihm offenbar Kopfzerbrechen. Dann drehte er sich um, kam zurück, verschwand in dem Schnellrestaurant, kam wieder heraus, ging kurz um den Lastwagen herum und setzte seinen Weg auf dem Bürgersteig fort. Einen Augenblick später fing er an zu rennen.

Luke war mit sich zufrieden. Er wusste nicht, wo er dieses Spiel gelernt hatte, aber offensichtlich beherrschte er es. Er robbte zur Vorderfront des Lastwagens, kroch ins Freie und rappelte sich auf. Ein Blick um den nächsten Kotflügel verriet ihm, dass Homburg sich im Laufschritt entfernte.

Luke überquerte den Bürgersteig, bog um die Ecke und blieb vor einem Elektrogeschäft stehen. Er täuschte Interesse an einem Plattenspieler vor, der achtzig Dollar kostete, öffnete die Zigarettenschachtel, zog einen Glimmstängel heraus und wartete. Die Straße behielt er im Auge.

Regenmantel tauchte auf.

Er war groß – annähernd so groß wie Luke – und athletisch gebaut. Aber er war ungefähr zehn Jahre jünger und sah ziemlich angespannt aus. Luke spürte, dass dieser Mann noch nicht viel Erfahrung in seinem Gewerbe hatte.

Als er Luke erkannte, fuhr er nervös zusammen. Luke sah ihm unverwandt ins Gesicht. Der Mann wich seinem Blick aus und ging weiter, wobei er einen weiten Bogen um Luke machte, so wie andere Leute auch, die mit einem Penner nicht in Berührung kommen wollen.

Luke trat ihm in den Weg, steckte sich die Zigarette zwischen die Lippen und sagte: »Haste mal Feuer, Kumpel?«

Regenmantel wusste nicht, was er tun sollte. Er zögerte und wirkte höchst beunruhigt. Im ersten Moment dachte Luke, er würde wortlos weitergehen, doch dann entschied der Mann sich spontan anders und blieb stehen.

»Aber sicher«, sagte er und gab sich betont lässig. Er kramte aus seiner Manteltasche ein Streichholzheftchen hervor, brach ein Hölzchen heraus und zündete es an.

Luke nahm die Zigarette aus dem Mund und sagte: »Du weißt, wer ich bin, was?«

Jetzt ging dem Mann offensichtlich die Muffe. Auf ein Beobachtungsobjekt, das seinem Beschatter Fragen stellt, hatte ihn seine Ausbildung nicht vorbereitet. Sprachlos starrte er Luke an, bis das Zündholz heruntergebrannt war. Dann ließ er es fallen und sagte: »Ich weiß nicht, was Sie meinen, Mann.«

»Du verfolgst mich«, sagte Luke. »Also weißt du, wer ich bin.«

Regenmantel spielte nach wie vor den Unbedarften. »Wollen Sie mir irgendwas verkaufen?«

»Bin ich vielleicht angezogen wie ein Vertreter? Komm, mach mir nichts vor!«

»Ich verfolge niemanden.«

»Du bist seit einer Stunde hinter mir her – und ich habe mich verlaufen!«

Der Mann rang sich zu einer Entscheidung durch. »Sie haben doch den Verstand verloren«, sagte er und versuchte, an Luke vorbeizukommen.

Mit einem Schritt zur Seite versperrte Luke ihm den Weg.

»Und jetzt entschuldigen Sie mich bitte«, sagte Regenmantel.

Luke war nicht bereit, den Mann laufen zu lassen. Er packte ihn bei den Aufschlägen seines Regenmantels und rammte ihn gegen die Schaufensterscheibe. Das Glas klirrte. Frustration und Wut überwältigten ihn. »*Putain de merde!*«, brüllte er.

Regenmantel war jünger und besser durchtrainiert als Luke, leistete jedoch keinen Widerstand. »Nehmen Sie Ihre dreckigen Flossen weg«, sagte er mit flacher Stimme. »Ich verfolge Sie nicht.«

»Wer bin ich?«, schrie Luke ihn an. »Sag mir sofort, wer ich bin!«

»Woher soll ich das wissen?« Er umklammerte Lukes Handgelenke und versuchte, seinen Mantel aus dem Griff zu befreien.

Luke ließ den Mantel los und packte den Mann an der Kehle. »Ich glaub dir kein Wort von diesem Quatsch«, raunte er. »Du wirst mir jetzt genau sagen, was hier eigentlich gespielt wird.«

Regenmantel verlor seine Gelassenheit, und seine Augen

weiteten sich vor Angst. Er versuchte, Lukes Griff um seinen Hals zu lösen, was ihm jedoch nicht gelang. Dann holte er aus und boxte ihn in die Rippen. Der Hieb traf und tat weh. Luke zuckte zusammen, lockerte seinen Griff aber nicht und ging auf Tuchfühlung, sodass die nächsten Schläge kaum noch Wirkung zeigten. Er presste dem Gegner die Daumen in den Hals. Regenmantel röchelte. Er bekam keine Luft mehr, und in seinen Augen stand Todesangst.

Hinter Luke war die erschrockene Stimme eines Passanten zu hören: »He, was ist denn hier los?«

Plötzlich erschrak Luke über sich selbst. Ich bringe den Kerl ja um! Er lockerte seinen Griff. Was ist nur los mit mir? Bin ich ein Mörder?

Regenmantel kam frei. Luke war so erschüttert über seine eigene Gewalttätigkeit, dass er die Hände hatte sinken lassen.

Der junge Mann wich zurück. »Du Wahnsinniger!«, rief er, die Augen immer noch voller Angst. »Du wolltest mich umbringen!«

»Ich will bloß wissen, was hier gespielt wird, und ich weiß, dass du mir das sagen kannst.«

Regenmantel rieb sich den Hals. »Arschloch«, sagte er. »Du hast doch einen Sprung in der Schüssel!«

Lukes Wut kehrte zurück. »Du lügst!«, brüllte er, und seine Hände schnellten vor, um den Mann erneut zu packen.

Da machte Regenmantel kehrt und rannte davon.

Luke hätte ihn verfolgen können, doch er zögerte. Was habe ich davon, dachte er. Was soll ich tun, wenn ich den Kerl erwische? Soll ich ihn vielleicht foltern?

Jetzt war es ohnehin zu spät. Drei Passanten, die stehen geblieben waren, um sich die Schlägerei anzusehen, starrten Luke aus sicherem Abstand an. Nach einer kurzen Pause entfernte er sich. Seine Beschatter waren in ein und derselben Richtung verschwunden. Luke schlug die entgegengesetzte ein.

So schlecht hatte er sich den ganzen Tag noch nicht gefühlt. Er zitterte noch ein wenig nach seinem Wutausbruch und hätte kotzen können, so wenig war dabei herausgekommen. Zwei

Menschen war er begegnet, die ihm wahrscheinlich beide hätten sagen können, wer er war – und doch stand er mit leeren Händen da.

»Klasse gemacht, Luke«, sagte er zu sich selbst. »Ergebnis gleich Null.«

Er war wieder auf sich allein gestellt.

## 08.00 Uhr

**Die Jupiter-C-Rakete hat vier Stufen. Die grösste davon ist eine verstärkte Version der Redstone-Interkontinentalrakete. Sie ist die Start-Stufe, eine ungeheuer leistungsstarkes Triebwerk mit der titanischen Aufgabe, die Rakete dem machtvollen Zug der irdischen Schwerkaft zu entreissen.**

Dr. Billie Josephson kam in Zeitnot.

Sie hatte ihre Mutter aufgeweckt, ihr in einen wattierten Bademantel geholfen, sie daran erinnert, das Hörgerät anzulegen, und sie danach in die Küche gebracht, wo Mutter nun beim Kaffee saß. Auch den siebenjährigen Larry hatte sie aus den Federn geholt, hatte ihn gelobt dafür, dass das Bett trocken geblieben war, und ihm klargemacht, dass er trotzdem unter die Dusche müsse. Dann war sie wieder in die Küche gegangen.

Ihre Mutter, eine kleine, rundliche Frau von siebzig Jahren, die alle Becky-Ma nannten, hatte das Radio laut aufgedreht. Perry Como sang *Catch a Falling Star.* Billie schob Weißbrotscheiben in den Toaster und deckte den Tisch mit Butter und Traubenmarmelade für Becky-Ma. Für Larry schüttete sie Cornflakes in eine Schale, schnitt eine Banane hinein und füllte einen Krug mit Milch.

Sie schmierte ein Sandwich mit Erdnussbutter und Marmelade und steckte es zusammen mit einem Apfel in Larrys Schulbrotdose, die sie dann zusammen mit Larrys Lesebuch und Larrys Baseball-Handschuh – einem Geschenk seines Vaters – im Schulranzen verstaute.

Ein Rundfunkreporter interviewte gerade Touristen am

Strand vor Cape Canaveral, die darauf hofften, einen Raketenstart mitzuerleben.

Larry kam in die Küche. Er hatte vergessen, seine Schnürsenkel zuzubinden, und sein Hemd war verknöpft. Billie brachte beides in Ordnung, sorgte dafür, dass er sich über seine Cornflakes hermachte und bereitete auf dem Herd ein paar Rühreier.

Es war jetzt Viertel nach acht, und Billie war fast schon wieder in ihrem Zeitplan. Sie liebte ihren Sohn und ihre Mutter, doch ein Teil von ihr hasste insgeheim die Plackerei, die mit der Fürsorge für die beiden verbunden war.

Der Rundfunkreporter interviewte jetzt einen Armeesprecher. »Sind die Schaulustigen hier nicht in Gefahr? Was, wenn die Rakete vom Kurs abkommt und direkt hier auf den Strand stürzt?«

»Nein, eine solche Gefahr besteht nicht«, lautete die Antwort. »Jede Rakete hat einen Selbstzerstörungsmechanismus. Wenn sie vom Kurs abkommt, wird sie in der Luft gesprengt.«

»Aber wie kann man sie in die Luft sprengen, wenn sie schon abgehoben hat?«

»Die Sprengladung wird von einem Sicherheitsoffizier durch ein Funksignal zur Entzündung gebracht.«

»Das klingt ja auch schon wieder gefährlich! Da kann die Sprengung doch durch einen x-beliebigen Funkamateur ausgelöst werden, der an seinem Gerät herumspielt.«

»Der Mechanismus reagiert nur auf ein kompliziertes Signal, eine Art Code. Diese Raketen sind teuer, da gehen wir kein Risiko ein.«

»Ich muss heute eine Weltraumrakete basteln«, sagte Larry. »Kann ich den Jogurtbecher mit in die Schule nehmen?«

»Nein, das geht nicht, er ist ja noch halb voll«, erwiderte Billie.

»Aber ich muss unbedingt ein paar Behälter oder so was Ähnliches mitbringen. Miss Page wird fuchsteufelswild, wenn ich nichts dabeihabe.« Mit dem raschen Stimmungswechsel eines Siebenjährigen war er plötzlich den Tränen nahe.

»Wozu braucht ihr denn die Behälter?«

»Um eine Weltraumrakete zu bauen! Das hat sie uns schon vorige Woche gesagt!«

Billie seufzte. »Larry, wenn du das vorige Woche *mir* gesagt hättest, dann hätte ich dir einen ganzen Berg von dem Zeug aufgehoben. Wie oft muss ich dir noch sagen, dass du mit solchen Sachen nicht immer bis zur letzten Minute warten sollst?«

»Also, was soll ich jetzt tun?«

»Ich such dir noch was raus. Wir schütten den Jogurt in eine Schale, und … was für Behälter willst du noch?«

»Na, solche, die wie eine Rakete geformt sind.«

Billie schoss die Frage durch den Kopf, ob diese Lehrer jemals daran dachten, was für eine Arbeit sie viel beschäftigten Müttern aufhalsten mit ihren fröhlichen Aufforderungen an die Kinder, dies und jenes von zu Hause mitzubringen. Sie verteilte mit Butter bestrichene Toastscheiben auf drei Teller und gab Rührei dazu. Doch statt zu essen, lief sie durchs Haus und suchte einen röhrenförmigen Waschmittelbehälter, eine Plastikflasche, die mit Flüssigseife gefüllt gewesen war, eine Eiskremschachtel und eine herzförmige Schokoladendose zusammen.

Auf den meisten Packungen waren Familien zu sehen, welche die entsprechenden Produkte benutzten – normalerweise eine hübsche Hausfrau, zwei glückliche Kinder und im Hintergrund ein Pfeife rauchender Ehemann. Billie fragte sich, ob derartige Klischees anderen Frauen genauso zuwider waren wie ihr. Sie hatte nie in einer solchen Familie gelebt. Ihr Vater, ein armer Schneider in Dallas, war gestorben, als Billie noch ein Baby war, und ihre Mutter hatte in zermürbender Armut fünf Kinder groß gezogen. Billie selbst hatte sich, als Larry zwei Jahre alt war, scheiden lassen. Es gab viele Familien ohne Mann. Die Mütter waren verwitwet oder geschieden, oder es handelte sich um so genannte »gefallene Frauen«. Nur waren solche Familien nie auf Cornflakes-Schachteln abgebildet.

Sie steckte ihre Fundstücke in eine Einkaufstasche, die Larry mit in die Schule nehmen konnte.

»Au, toll, ich glaub, jetzt hab ich mehr als die anderen!«, sagte er. »Danke, Mom!«

Billies Frühstück war kalt, doch Larry war glücklich.

Vor dem Haus ertönte eine Hupe. Billie warf einen raschen Blick ins Glas einer Schranktür und prüfte ihr Äußeres. Ihr schwarzer Lockenkopf war nur flüchtig gekämmt, und außer dem Lidstrich, den sie vergangene Nacht nicht entfernt hatte, trug sie keinerlei Make-up. Auch war der rosa Pullover, den sie trug, deutlich zu groß. Doch alles in allem wirkte sie irgendwie sexy.

Die Hintertür ging auf, und Roy Brodsky kam herein. Roy war Larrys bester Freund. Die beiden begrüßten einander mit einer Begeisterung, als hätten sie sich einen Monat lang nicht gesehen anstatt nur ein paar Stunden. Billie war nicht entgangen, dass alle Freunde Larrys inzwischen Jungen waren. Im Kindergarten war es noch ganz anders gewesen; da hatten Jungen und Mädchen unterschiedslos miteinander gespielt. Sie hätte gerne gewusst, welche psychischen Veränderungen dahinter steckten, dass Kinder ungefähr vom sechsten Lebensjahr an lieber mit ihren Geschlechtsgenossen spielten.

Hinter Roy trat dessen Vater Harold ein, ein gut aussehender Mann mit sanften braunen Augen. Harold Brodsky war Witwer; Roys Mutter war bei einem Verkehrsunfall ums Leben gekommen. Harold lehrte Chemie an der George-Washington-Universität. Billie und Harold gingen ab und zu miteinander aus. Er sah sie schwärmerisch an und sagte: »Mein Gott, siehst du großartig aus.« Billie grinste und küsste ihn auf die Wange.

Wie Larry hatte auch Roy eine Einkaufstasche mit Kartons dabei. »Musstest du auch die Hälfte aller Behälter in deiner Küche ausleeren?«, fragte Billie Harold.

»Ja, genau. Ich habe jetzt lauter kleine Suppenschalen voller Waschmittel, Schokolade und Schmelzkäse. Und sechs Rollen Toilettenpapier ohne Rolle.«

»Verflixt, auf die Toilettenpapierrollen bin ich nicht gekommen!«

Er lachte. »Sag mal, hättest du vielleicht Lust, heute Abend bei mir zu essen?«

Das kam überraschend. »Hast du vor zu kochen?«

»Nein, nicht ganz … Ich dachte, ich könnte Mrs. Riley bitten, einen Auflauf zu machen. Den brauche ich dann nur aufzuwärmen.«

»Warum nicht?«, sagte sie. Bisher hatte sie noch nie bei ihm zu Abend gegessen. Normalerweise gingen sie gemeinsam ins Kino, in Konzerte mit klassischer Musik oder zu Cocktailpartys in den Wohnungen anderer Universitätsprofessoren. Was bringt ihn dazu, mich einzuladen, dachte sie.

»Roy ist heute Abend auf der Geburtstagsfeier eines Cousins und übernachtet auch bei ihm. Da können wir uns ungestört unterhalten.«

»Okay«, sagte Billie nachdenklich. Man konnte sich natürlich auch in einem Restaurant ungestört unterhalten. Nein, Harold hatte noch einen anderen Grund, sie einzuladen, wenn sein Kind die Nacht woanders verbrachte. Sie sah ihn an. Sein Ausdruck war offen, er verbarg nichts. Er wusste, was sie jetzt dachte. »Ja, das ist gut«, sagte sie.

»Ich hole dich so gegen acht ab. So, Jungs, kommt jetzt!« Er scheuchte die Kinder zur Hintertür hinaus. Larry verschwand, ohne sich zu verabschieden, was nach Billies Erfahrung hieß, dass alles in Butter war. Hatte er Angst vor irgendetwas oder kündigte sich eine Krankheit an, dann bummelte er herum und wollte sie gar nicht mehr loslassen.

»Harold ist ein guter Mann«, sagte Billies Mutter. »Du solltest ihn möglichst bald heiraten, bevor er sich 's anders überlegt.«

»Er überlegt sich 's aber nicht mehr anders.«

»Lass dich ja auf nichts ein, bevor er nicht Farbe bekennt!«

Billie lächelte. »Dir entgeht auch gar nichts, Ma, wie?«

»Ich bin alt, aber nicht blöd.«

Billie räumte den Tisch ab und warf ihr Frühstück in den

Mülleimer. Es wurde höchste Zeit. Sie zog ihr Bett ab, danach auch Larrys Bett und das ihrer Mutter. Sie knüllte die Laken und Bezüge zusammen, stopfte sie in den Wäschebeutel, zeigte den Beutel Becky-Ma und sagte: »Wenn der Mann von der Wäscherei kommt, gibst du ihm diesen Sack hier, ja? Das ist alles, was du zu tun hast, okay, Mutter? Bitte vergiss es nicht.«

»Ich hab keine Herztabletten mehr«, sagte Becky-Ma.

»Herr im Himmel!« Billie fluchte nur selten in Gegenwart ihrer Mutter, aber jetzt war das Maß voll. »Ich habe einen harten Arbeitstag vor mir, Mutter. Mir fehlt einfach die Zeit, zu deiner gottverdammten Apotheke zu gehen!«

»Ich kann's nicht ändern. Sie sind mir ausgegangen.«

Becky-Ma hatte eine Eigenschaft, die Billie zur Weißglut treiben konnte: Sie war imstande, sich von einer Sekunde auf die andere aus einer verständnisvollen Mutter in ein hilfloses Kind zu verwandeln. »Das hättest du mir auch schon *gestern* sagen können, da war ich einkaufen! Ich kann nicht jeden Tag einkaufen gehen. Ich habe einen Beruf.«

Doch dann riss sich Billie sofort wieder am Riemen. »Entschuldige, Mutter«, sagte sie. Genau wie Larry fing Becky-Ma leicht an zu weinen. Vor fünf Jahren, als sie zusammengezogen waren, hatte ihre Mutter Larry noch oft gehütet. Inzwischen schaffte sie es kaum mehr, ein paar Stunden auf ihn aufzupassen, wenn er von der Schule kam. Billie hoffte, dass alles leichter werden würde, sobald sie erst einmal mit Harold verheiratet war.

Das Telefon klingelte. Sie gab ihrer Mutter einen beruhigenden Klaps auf die Schulter und nahm den Hörer ab. Bern Rothsten, ihr Ex-Mann, war am Apparat. Obwohl sie längst geschieden waren, kam Billie gut mit ihm aus. Zwei- oder dreimal in der Woche besuchte er Larry, und er kam ohne Murren seinen Unterhaltspflichten nach. Es hatte einmal eine Zeit gegeben, da Billie sehr wütend auf ihn gewesen war, doch das war längst vorbei. Jetzt sagte sie: »Hallo, Bern – schon so früh aus den Federn?«

»Und ob. Sag mal, hast du was von Luke gehört?«

Sie erschrak. »Luke Lucas? In letzter Zeit? Nein. Stimmt etwas nicht?«

»Kann sein. Ich weiß es nicht genau.«

Bern und Luke verband die Vertrautheit alter Rivalen. In ihrer Jugend hatten sie unablässig gestritten. Ihre Auseinandersetzungen nahmen oft scharfe Töne an, und doch waren die beiden nicht nur in ihrer College-Zeit, sondern auch die Kriegsjahre hindurch immer eng miteinander befreundet gewesen.

»Was ist denn passiert?«, wollte Billie wissen.

»Er hat mich am Montag angerufen – zu meiner Überraschung, wie ich gestehen muss; ich höre nicht oft von ihm.«

»Ich auch nicht.« Billie versuchte sich zu erinnern. »Ich glaube, das letzte Mal habe ich ihn vor zwei Jahren gesehen.« Wie lange das schon wieder her war! Sie hätte gerne gewusst, warum sie die Freundschaft nicht besser gepflegt hatte. Wahrscheinlich lag es bloß daran, dass ich immer so viel zu tun habe, dachte sie. Schade.

»Vergangenen Sommer hat er mir kurz geschrieben«, sagte Bern. »Er hatte seiner Nichte meine Bücher vorgelesen.« Bern war der Autor von *Die schrecklichen Zwillinge*, einer erfolgreichen Kinderbuchserie. »Er hätte sehr lachen müssen, meinte er. Es war ein sehr netter Brief.«

»Und warum hat er dich am Montag angerufen?«

»Er sagte, er sei auf dem Weg nach Washington und wolle bei mir vorbeischauen. Irgendwas war passiert.«

»Hat er gesagt, was?«

»Nein, nicht genau. Er meinte bloß: ›Es geht um so was Ähnliches wie damals im Krieg.‹«

Billie zog besorgt die Brauen zusammen. Luke und Bern waren während des Kriegs im OSS gewesen und hatten hinter den feindlichen Linien die französische Résistance unterstützt. Dann aber, 1946, hatten sie diese Welt verlassen – oder etwa nicht? »Was, meinst du, wollte er damit sagen?«

»Keine Ahnung. Er wollte mich anrufen, sobald er in Washington war. Am Montagabend hat er ein Zimmer im Carlton-Hotel bezogen. Heute haben wir Mittwoch, und er hat sich noch nicht bei mir gemeldet. Und außerdem ist sein Hotelbett in der vergangenen Nacht unbenützt geblieben.«

»Wie hast du denn das rausgefunden?«

Bern räusperte sich ungeduldig. »Billie, du warst doch selbst im OSS. Was hättest du denn getan?«

»Wahrscheinlich hätte ich dem Zimmermädchen ein paar Dollar zugesteckt.«

»Genau. Also: Luke ist abends ausgegangen und danach nicht zurückgekehrt.«

»Vielleicht hat er sich was angelacht?«

»Ja, ja, und vielleicht raucht Billy Graham Marihuana, aber eigentlich kann ich mir das nicht vorstellen. Du etwa?«

Bern hatte Recht. Luke hatte einen starken Sexualtrieb, aber es ging ihm, wie Billie wusste, mehr um Qualität als um Quantität. »Nein, das wäre unwahrscheinlich«, sagte sie.

»Ruf mich an, wenn du was von ihm hören solltest, okay?«

»Ja, natürlich.«

»Dann bis bald mal wieder.«

»Mach's gut.« Billie legte auf.

Dann setzte sie sich an den Küchentisch, vergaß ihre Arbeit, und dachte an Luke.

Die Straße Nr. 138 schlängelte sich südwärts durch Massachusetts auf Rhode Island zu. Es war eine wolkenlose Nacht, und auf der Fahrbahn schimmerte das Licht des Mondes. Der alte Ford hatte keine Heizung. Billie war in Mantel, Schal und Handschuhe gehüllt, doch ihre Füße waren schon taub vor Kälte. Es machte ihr nichts aus. Ein paar gemeinsame Stunden mit Luke Lucas im Wagen – das war kein großes Malheur, auch wenn er der Freund einer anderen war. Nach ihren bisherigen Erfahrungen waren schöne Männer anödend eitel. Dieser hier war offenbar eine Ausnahme.

Die Fahrt nach Newport schien kein Ende zu nehmen, was Luke sichtlich freute. Andere Harvard-Typen wurden in Gegenwart attraktiver Frauen nervös; sie rauchten eine Zigarette nach der anderen, griffen immer wieder zum Flachmann, glätteten sich dauernd das Haar oder richteten unablässig ihre Krawatte. Auf Luke traf nichts von alledem zu. Er war ganz locker, chauffierte mühelos und plauderte fröhlich drauflos. Da nicht viel Verkehr war, blickte er ebenso oft auf Billie wie auf die Straße.

Sie unterhielten sich über den Krieg in Europa. Am Vormittag hatten rivalisierende Studentengruppen auf dem Radcliffe-Gelände Stände errichtet und Flugblätter verteilt. Die »Interventionisten« plädierten leidenschaftlich für den Kriegseintritt Amerikas, die anderen mit gleicher Inbrunst und unter dem Banner »Amerika zuerst« für das Gegenteil. Eine kleine Menschenmenge, bestehend aus Männern und Frauen, Studenten und Professoren, hatte sich versammelt. Da jeder wusste, dass unter den ersten Toten auch Harvard-Studenten sein würden, ging es bei den Diskussionen heiß her.

»Ich habe Vettern und Kusinen in Paris«, sagte Luke jetzt, »und mir wär's durchaus recht, wenn wir rübergehen und sie retten könnten. Aber das ist ein mehr oder weniger persönliches Motiv.«

»Das habe ich als Jüdin auch«, erwiderte Billie, »aber mir wär's lieber, wir würden keine Amerikaner in den Tod schicken, sondern unser Land für Flüchtlinge öffnen – also Leben retten anstatt Menschen töten.«

»Das meint auch Anthony.«

Billie war noch immer erbost, weil an diesem Abend alles schief gegangen war. »Ich kann dir gar nicht sagen, wie wütend ich auf Anthony bin«, sagte sie. »Er hätte wirklich dafür sorgen können, dass das mit der Übernachtung bei seinen Freunden klappt.«

Sie hoffte auf Lukes Mitgefühl, aber der enttäuschte sie. »Ich denke, ihr habt euch das beide ein wenig zu einfach vorgestellt«, sagte er mit einem freundlichen Lächeln, das die sanfte Zurechtweisung freilich nicht verbergen konnte.

Billie war beleidigt – doch andererseits stand sie in seiner Schuld, weil er sie jetzt nach Newport fuhr. Also verkniff sie sich eine scharfe Erwiderung und sagte ruhig: »Du verteidigst deinen Freund, das ist okay. Aber ich denke doch, dass es seine Pflicht gewesen wäre, meinen Ruf zu schützen.«

»Schon – aber das gilt auch für dich.«

Die herbe Kritik überraschte sie. Bisher war er der Charme in Person gewesen. »Willst du damit sagen, dass es meine Schuld war?«

»Im Wesentlichen habt ihr Pech gehabt«, sagte er. »Aber Anthony hat dich in eine Situation gebracht, in der dir ein bisschen Pech 'ne Menge Schwierigkeiten bereiten kann.«

»Das ist die Wahrheit.«

»Und du hast es so weit kommen lassen.«

Billie ärgerte sich über seine Missbilligung. Sie wollte, dass er ein gutes Bild von ihr hatte – obwohl sie nicht wusste, warum ihr daran so lag. »Ist ja auch egal!«, sagte sie heftig. »Jedenfalls passiert mir das nicht noch einmal – mit keinem Mann!«

»Anthony ist ein toller Kerl. Sehr gescheit – und irgendwie ein Exzentriker.«

»Ihm wär's am liebsten, die Mädchen würden ihn bedienen – ihm die Haare kämmen, seinen Anzug bügeln und ihm Hühnersuppe kochen!«

Luke lachte. »Darf ich dir eine persönliche Frage stellen?«

»Du kannst es ja mal versuchen.«

Ihre Blicke trafen sich und trennten sich wieder. »Liebst du Anthony?«

Das kam nun doch sehr plötzlich – doch Billie mochte Männer, die es fertig brachten, sie zu überraschen. »Nein«, sagte sie. »Ich mag ihn, ich bin gerne mit ihm zusammen. Aber ich liebe ihn nicht.« Sie musste an Lukes Freundin denken. Elspeth war die strahlendste Schönheit auf dem Campus, eine hoch gewachsene Frau mit langem, kupferrotem Haar und dem blassen, entschlossenen Gesicht einer nordischen Königin. »Was ist mit dir? Liebst du Elspeth?«

Er starrte auf die Straße. »Ich glaube, ich weiß gar nicht, was Liebe ist.«

»Red nicht um den heißen Brei herum!«

»Ja, du hast Recht.« Er musterte sie kritisch von der Seite und kam offensichtlich zu dem Schluss, dass er ihr vertrauen konnte. »Um ehrlich zu sein: Ich war noch nie so nah dran an der Liebe, aber ob sie es wirklich ist, weiß ich nach wie vor nicht.«

Billie hatte auf einmal ein schlechtes Gewissen. »Ich frag mich, was Anthony und Elspeth von unserem Gespräch halten würden.«

Luke hüstelte, es war ihm peinlich. Er wechselte das Thema. »Echt blöd, dass ihr im Haus diesen Kerlen über den Weg gelaufen seid.«

»Hoffentlich fliegt Anthony nicht auf. Die könnten ihn rausschmeißen.«

»Nicht nur ihn. Auch für dich kann's kritisch werden.«

Sie hatte versucht, das zu verdrängen. »Ich glaube nicht, dass mich jemand von denen erkannt hat. ›Nutte‹ hat der eine gesagt, ich hab's gehört.«

Luke warf ihr einen erstaunten Blick zu.

Elspeth hätte dieses Wort wahrscheinlich nicht verwendet, dachte sie und wünschte, sie hätte es nicht ausgesprochen. »Aber irgendwie hab ich 's auch nicht anders verdient«, sagte sie. »Es stimmt ja, dass ich mich nachts in einer Männerunterkunft aufgehalten habe.«

»Ich glaube nicht, dass es überhaupt je eine plausible Entschuldigung für schlechtes Benehmen gibt.«

Diese Zurechtweisung ist ebenso auf mich gemünzt wie auf den Mann, der mich beleidigt hat, dachte Billie verstimmt. Luke konnte ganz schön provozieren. Er ärgerte sie – und gerade das machte ihn interessant. Sie nahm den Fehdehandschuh auf. »Und du? Hältst große Moralpredigten, was mich und Anthony betrifft – und dabei hockst du am gleichen Abend mit Elspeth bis nach Mitternacht im Auto und bringst auch sie in eine riskante Lage.«

Zu ihrer Verblüffung reagierte er mit einem zustimmenden Lachen und sagte: »Du hast Recht – und ich bin ein aufgeblasener Trottel! Wir alle haben Vabanque gespielt.«

»Das ist die Wahrheit.« Billie schauderte. »Ich weiß wirklich nicht, was ich machen soll, wenn sie mich von der Uni werfen.«

»Dann studierst du halt irgendwo anders, oder?«

Sie schüttelte den Kopf. »Ich bekomme ein Stipendium. Mein Vater ist tot, meine Mutter eine mittellose Witwe. Wenn ich wegen eines moralischen Delikts exmatrikuliert werde, sind die Chancen auf ein neues Stipendium gleich Null. Was guckst du so perplex?«

»Ehrlich gesagt, wie ein Mädchen mit Stipendium siehst du nicht gerade aus.«

Es freute sie, dass ihm ihre Kleidung aufgefallen war. »Ich hab ein Leavenworth«, erklärte sie.

»*Wow!*« Um ein Leavenworth-Stipendium, das bekanntermaßen großzügig bemessen war, bewarben sich Tausende von hervorragenden Studenten. »Da musst du ja ein echtes Genie sein.«

»So sicher bin ich mir da nicht.« Sie genoss die Anerkennung in seiner Stimme. »Ich bin ja nicht einmal gescheit genug, dafür zu sorgen, dass ich heute Nacht ein Dach über dem Kopf habe.«

»Andererseits – so furchtbar ist der Rausschmiss aus dem College nun auch wieder nicht. Manchmal trifft's die Allerbesten – sie fliegen raus, machen irgendwie weiter und sind am Ende alle Millionäre.«

»Für mich wär's der Weltuntergang. Ich will nicht Millionär werden. Ich möchte kranken Menschen helfen, gesund zu werden.«

»Du willst Ärztin werden?«

»Psychologin. Ich will rausfinden, wie der menschliche Geist funktioniert.«

»Warum?«

»Das ist alles so rätselhaft und kompliziert. Die Logik, zum Beispiel, oder wie unser Denken funktioniert. Dass wir uns Dinge vorstellen können, die wir nicht unmittelbar vor uns sehen. Tiere können das nicht. Oder unser Gedächtnis. Fische haben kein Gedächtnis, wusstest du das?«

Er nickte. »Und woher kommt es, dass fast jeder Mensch in der Lage ist, eine Oktave zu erkennen? Zwei Noten, bei denen die Frequenz der einen doppelt so hoch ist wie die der anderen – woher weiß dein Gehirn das?«

»Du interessierst dich auch dafür?« Es beglückte sie, dass er ihre Neugier auf diesem Gebiet teilte.

»Woran ist dein Vater gestorben?«

Von plötzlicher Trauer überwältigt, schluckte Billie heftig. Sie musste gegen die Tränen ankämpfen. So war es immer bei ihr: Ein zufälliges Wort, und von irgendwoher kam ein so tiefer Kummer, dass es ihr fast die Sprache verschlug.

»Tut mir leid, Billie«, sagte Luke. »Ich wollte dich nicht verletzen.«

»Nicht deine Schuld«, brachte sie hervor und atmete tief durch. »Er hat den Verstand verloren. Eines Sonntagmorgens ging er im Trinity River baden. Tatsache ist aber, dass er absolut wasserscheu war und gar nicht schwimmen konnte. Ich glaube, er wollte sterben. Der Coroner, der den Fall untersuchte, meinte das auch. Die Jury aber hatte Mitleid mit uns und sprach von einem Unfall, damit uns die Lebensversicherung nicht verloren ging. Es waren hundert Dollar, von denen wir dann ein Jahr lang gelebt haben.« Wieder holte sie tief Luft. »Komm, lass uns über was anderes reden. Erzähl mir was über Mathematik.«

»Okay …« Er überlegte einen Augenblick. »Mathe ist genauso verzwickt wie Psychologie. Denk bloß an die Zahl π. Warum muss das Verhältnis von Umfang zu Durchmesser genau 3,142 und ein paar Zerquetschte betragen? Warum nicht sechs oder zweieinhalb? Wer hat das so festgelegt und aus welchen Gründen?«

»Du willst den Weltraum erforschen?«

»Ja, ich halte das für das aufregendste Abenteuer, das sich der Menschheit je geboten hat.«

»Und ich möchte den menschlichen Geist kartieren …« Sie lächelte. Die Trauer um den Verlust des Vaters verflog. »Weißt du was? Eins haben wir beide gemeinsam – wir haben hochfliegende Ideen.«

Er lachte, dann trat er unvermittelt auf die Bremse. »Hoppla, hier kommt eine Kreuzung.«

Billie knipste die Taschenlampe an und studierte die Karte, die auf ihren Knien lag. »Bieg rechts ab«, sagte sie.

Sie näherten sich Newport. Die Zeit war schnell vergangen. Billie tat es leid, dass die Fahrt bald vorüber war. »Ich habe nicht die geringste Ahnung, was ich meinem Vater erzählen soll«, sagte sie.

»Was ist er für ein Typ?«

»Er ist … ein bisschen aus der Art geschlagen.«

»Aus der Art … auf welche Weise?«

»Auf die homosexuelle Weise.«

Luke sah sie verblüfft an. »Aha«, sagte er.

Billie hatte keine Geduld mit Männern, die von Frauen erwarteten, dass sie das Thema Sex wie die Pest mieden. »Jetzt hab ich dich schon wieder schockiert, was?«

Er grinste sie an. »Um es mit deinen Worten zu sagen: Das ist die Wahrheit.«

Sie lachte. Der Ausdruck war eine texanische Redewendung. Schön, dass ihm solche Kleinigkeiten an mir auffallen, dachte sie.

»Da vorn gabelt sich die Straße«, sagte Luke.

Wieder zog Billie die Karte zurate. »Halt mal an, ich kann das so schnell nicht finden.«

Er hielt und beugte sich über die von der Taschenlampe angestrahlte Karte. Als er sie sich ein wenig zudrehen wollte, berührte er Billies Hand. Sie war kalt, die seine warm. »Vielleicht sind wir da …«, sagte er und deutete mit dem Zeigefinger auf die Stelle.

Anstatt auf die Karte zu sehen, betrachtete Billie sein Gesicht. Es lag tief im Schatten, war nur vom Mondlicht und indirekt ein wenig vom Schein der Taschenlampe erhellt. Eine Haarsträhne fiel über sein linkes Auge. Kurz darauf spürte er ihren Blick und sah sie an. Unwillkürlich hob Billie die Hand und strich mit der Außenseite ihres kleinen Fingers über seine Wange. Lukes Blick veränderte sich. Verwunderung und Begehren lagen in seinen Augen.

»Wo müssen wir lang?«, murmelte sie.

Er wandte sich ruckartig von ihr ab und legte den ersten Gang ein. »Wir fahren …« Er räusperte sich. »Wir fahren hier links.«

Was treibst du denn da, verdammt noch mal, fragte Billie sich. Luke hat den ganzen Abend über mit dem schönsten Mädchen auf dem Campus poussiert, und du bist mit seinem Zimmergenossen unterwegs gewesen. Was denkst du dir eigentlich dabei?

Sie empfand nichts Ernstes für Anthony, da war schon vor dem Missgeschick heute Abend nicht viel gewesen. Dennoch ging sie mit ihm aus. Mit seinem besten Freund herumzuturteln war also alles andere als die feine englische Art.

»Warum hast du das eben getan?«, fragte Luke ärgerlich.

»Ich weiß es nicht«, sagte sie. »Ich … wollte das gar nicht. Es ist einfach passiert. Fahr langsamer!«

Er nahm eine Kurve mit zu hohem Tempo. »Ich will nichts für dich empfinden.«

»Wie?«

»Ach, schon gut.«

Der Geruch des Meeres drang in den Wagen. Billie merkte, dass es nicht mehr weit zum Haus ihres Cousins war. Sie erkannte die Straße. »Nächste links«, sagte sie. »Wenn du nicht langsamer fährst, verfehlst du sie.«

Luke bremste und bog ab. Die Seitenstraße war ungeteert.

Billie war innerlich gespalten. Die eine Hälfte von ihr wollte so schnell wie möglich ankommen, aus dem Wagen steigen und die unerträgliche Spannung hinter sich lassen. Die andere Hälfte wäre am liebsten bis in alle Ewigkeit mit Luke weitergefahren.

»Wir sind da«, sagte sie.

Sie hielten vor einem gepflegten niedrigen Holzhaus mit geschnitzten Dachtraufen und einer Lampe vor dem Eingang. Die Scheinwerfer des Fords strahlten eine Katze an, die bewegungslos auf einem Fensterbrett saß und sie mit ruhigem Blick betrachtete. Für den Aufruhr menschlicher Gefühle hatte sie nur Verachtung übrig.

»Komm mit rein«, sagte Billie. »Denny brüht dir eine Tasse Kaffee auf, damit du auf der Rückfahrt nicht einschläfst.«

»Nein, danke«, sagte er. »Ich warte bloß noch, bis du sicher im Haus bist.«

»Du warst sehr nett zu mir. Ich weiß gar nicht, womit ich das verdient habe.« Sie streckte ihm zum Abschied die Hand entgegen.

»Sind wir Freunde?«, fragte er und schlug ein.

Billie zog seine Hand an ihr Gesicht, küsste sie, drückte sie gegen ihre Wange und schloss die Augen. Gleich darauf hörte sie Luke leise stöhnen. Als sie die Augen wieder aufschlug, erkannte sie, dass er sie anstarrte. Seine Hand wanderte in ihren Nacken, zog sie an sich heran, und sie küssten sich. Es war ein sanfter Kuss – weiche Lippen, warmer Atem, seine Fingerspitzen federleicht in ihrem Nacken. Billie fasste ihn am Aufschlag seines Jacketts aus rauem Tweed und zog ihn an sich. Wenn er mich jetzt packt, werde ich mich nicht wehren, dachte sie, und der Gedanke erfüllte sie mit brennender Lust. Im wilden Überschwang der Gefühle nahm sie seine Unterlippe zwischen die Zähne und biss zu.

»Wer ist denn da draußen?« Das war Dennys Stimme.

Billie befreite sich aus Lukes Umarmung und sah hinaus. Im Haus brannte jetzt Licht, und auf der Schwelle stand Denny in einem violetten Morgenmantel aus Seide.

Sie wandte sich wieder Luke zu. »Ich könnte mich innerhalb von zwanzig Minuten restlos in dich verlieben«, sagte sie, »aber Freunde? Nein, daraus wird nichts, glaube ich.«

Nach einem letzten Blick, der ihr verriet, dass in seinem Herzen der gleiche brennende Konflikt tobte wie in ihrem, riss sie die Augen von ihm los, holte tief Luft und stieg aus.

»Billie?«, sagte Denny. »Um Gottes willen, was machst du denn hier?«

Sie lief durch den Vorgarten, ging die Treppe zur Veranda hoch und fiel ihm um den Hals. »Oh, Denny«, stammelte sie. »Ich liebe diesen Mann, aber er ist schon vergeben.«

Denny tätschelte zartfühlend ihren Rücken. »Ich weiß *genau*, was du jetzt empfindest, mein Schatz.«

Sie hörte Fahrgeräusche und drehte sich zum Winken um. Luke wendete den Wagen. Als er an ihr vorbeifuhr, sah sie sein Gesicht. Auf seinen Wangen lag ein eigenartiger Glanz.

Dann verschwand er in der Dunkelheit.

## 08.30 Uhr

**Auf der spitzen Nase der Redstone-Rakete sitzt etwas, das einem grossen Vogelkäfig ähnelt. Es hat ein steiles Dach, und durch die Mitte ist eine Fahnenstange getrieben. Dieser Abschnitt, knapp vier Meter lang, umfasst die zweite, dritte und vierte Stufe der Rakete – und den Satelliten.**

Nie waren Geheimagenten in den Vereinigten Staaten so mächtig wie im Januar 1958.

CIA-Direktor Allen Dulles war der Bruder von John Foster Dulles, dem Außenminister Präsident Eisenhowers – die Agentur hatte also einen direkten Draht zur Regierung. Doch das war bei weitem nicht der ganze Grund dafür.

Unter Dulles gab es vier Stellvertretende Direktoren, von denen allerdings nur einer wichtig war – der Leiter des Planungswesens. Das Planungsdirektorium – auch bekannt als CS für ›Clandestine Services‹, »Geheimoperationen« – hatte im Iran und in Guatemala Staatsstreiche gegen linkslastige Regierungen durchgeführt.

Das Weiße Haus unter Präsident Eisenhower war ebenso erstaunt wie glücklich darüber, dass diese Umstürze relativ billig und unblutig über die Bühne gegangen waren, vor allem, wenn man die Opfer und Kosten eines echten Kriegs wie jenem im Korea zum Vergleich heranzog. Infolgedessen erfreuten sich die Leute vom CS höchsten Ansehens in Regierungskreisen – nicht jedoch in der amerikanischen Öffentlichkeit, denn der hatte die Presse weisgemacht, beide Putsche seien das Werk einheimischer antikommunistischer Kräfte gewesen.

Zur Sektion Planungswesen gehörte auch die Unterabteilung ›Technical Services‹, »Technische Dienste«, und die wurde von Anthony Carroll geleitet. Er war 1947, gleich bei der Gründung der CIA, eingestellt worden. Seit jeher hatte er auf einen Job in Washington spekuliert. Sein Examen in Harvard hatte er in Verwaltungsrecht abgelegt, und während des Kriegs war er zum Star des OSS geworden. In den fünfziger Jahren war er in Berlin stationiert gewesen und hatte dort den Bau eines Tunnels vom amerikanischen in den sowjetischen Sektor organisiert. Auf diese Weise war es gelungen, eine Vermittlungsstelle anzuzapfen und die Fernmeldeverbindungen des KGB abzuhören. Sechs Monate lang blieb der Tunnel unentdeckt und verschaffte der CIA einen Berg von Informationen, deren Wert gar nicht überschätzt werden konnte. Zur Belohnung für den größten Spionagecoup des Kalten Kriegs war Anthony auf diesen Spitzenposten befördert worden.

Der Umstand, dass es der CIA gesetzlich verboten war, Operationen innerhalb der Vereinigten Staaten durchzuführen, war nicht mehr als eine harmlose Unbequemlichkeit. Theoretisch fungierten die »Technischen Dienste« als Ausbildungs- und Trainingseinheit. In einem großen alten Farmhaus in Virginia lernten die Rekruten, wie man in Häuser einbricht und versteckte Mikrofone anbringt, wie man mit Geheimcodes und unsichtbarer Tinte arbeitet, Diplomaten erpresst und Informanten einschüchtert. »Training« war darüber hinaus aber auch eine Allzwecktarnung für verdeckte Aktionen innerhalb der USA. Praktisch alles, was Anthony vorhatte, von der Telefonüberwachung bei Gewerkschaftsbossen bis zum Wahrheitsdrogentest an Gefängnisinsassen, ließ sich als Trainingsmaßnahme deklarieren.

Die Überwachung von Luke bildete da keine Ausnahme.

Sechs erfahrene Agenten hatten sich in Anthonys Büro versammelt. Es war ein großer, karg eingerichteter Raum mit billiger Kriegsmöblierung: einem kleinen Schreibtisch, einem stählernen Aktenschrank, einem Tapeziertisch und ein paar Klappstühlen. Es stand außer Frage, dass im neuen Hauptquartier in Langley Polstermöbel und Wandverkleidungen aus

Mahagoni dominieren würden, doch Anthony war das spartanische Ambiente lieber.

Pete Maxell reichte ein Fahndungsfoto von Luke und eine getippte Beschreibung seiner Bekleidung herum, während Anthony die Agenten instruierte. »Unsere Zielperson ist heute ein Angehöriger des mittleren Dienstes im Außenministerium und hoher Geheimnisträger«, sagte er. »Der Mann hat eine Art Nervenzusammenbruch erlitten. Er ist am Montag mit dem Flugzeug von Paris gekommen, hat die Nacht im Carlton-Hotel verbracht und am Dienstag eine Sauftour unternommen. Nachdem er die ganze Nacht unterwegs war, hat er heute Morgen in einem Obdachlosenasyl Zuflucht gesucht. Das Sicherheitsrisiko liegt auf der Hand.«

Einer der Agenten, »Red« Rifenberg, hob die Hand. »Eine Frage.«

»Bitte.«

»Warum schnappen wir ihn uns nicht einfach und fragen ihn, was, zum Teufel, in ihn gefahren ist?«

»Wir werden ihn uns schnappen. Später.«

Die Tür zu Anthonys Büro ging auf, und herein trat Carl Hobart. Der dicke, kahlköpfige Brillenträger war der Leiter des Bereichs ›Specialized Services‹, zu der neben dem Archiv und der Dekodierung auch die »Technischen Dienste« gehörten. Rein theoretisch gesehen war er Anthonys unmittelbarer Vorgesetzter. Anthony stöhnte innerlich auf und betete, Hobart möge nicht auf die Idee verfallen, ihm ausgerechnet heute Steine in den Weg legen zu wollen.

Er setzte seine Instruktionen fort. »Bevor wir unsere Karten auf den Tisch legen, wollen wir wissen, was das Objekt tut, wohin es geht, mit wem es gegebenenfalls Kontakt aufnimmt. Manchmal flippt einer bloß aus, weil er Probleme mit seiner Frau hat. Andererseits ist es aber auch möglich, dass er Informationen an die Gegenseite weitergibt, entweder aus ideologischen Gründen oder weil er erpresst wird. Und da ist ihm plötzlich der Stress über den Kopf gewachsen. Sollte er tatsächlich in irgendeine Form von Geheimnisverrat verwickelt sein, müssen wir so viele Informationen wie möglich sammeln, *bevor* wir ihn uns schnappen …«

Hobart unterbrach ihn. »Worum geht's hier eigentlich?«

Langsam drehte sich Anthony zu ihm um. »Eine kleine Trainingsstunde. Wir überwachen einen verdächtigen Diplomaten.«

»Überlassen Sie das dem FBI«, erwiderte Hobart kurz angebunden.

Hobart hatte den Krieg beim Abwehrdienst der Marine verbracht. Für ihn bestand Spionage in der ganz einfachen Frage: Wo hält sich der Feind auf, und was treibt er dort? Die OSS-Veteranen und ihre schmutzigen Tricks konnte er nicht ausstehen. Die Spaltung zog sich quer durch die Reihen der CIA: Die OSS-Leute galten als Freibeuter. Sie hatten ihr Gewerbe in Kriegszeiten gelernt und entsprechend wenig Achtung vor Budget- und Protokollfragen. Den Bürokraten war ihre Unverfrorenheit ein ständiger Dorn im Auge.

Anthony Carroll war der archetypische Freibeuter schlechthin, ein arroganter Teufelskerl, dem man sogar einen Mord durchgehen ließ, weil er so gut dabei war.

Anthony streifte Hobart mit einem kühlen Blick. »Warum?«

»Hier in den Staaten kommunistische Spione zu fangen ist Aufgabe des FBI, nicht unsere. Und das wissen Sie ganz genau.«

»Wir müssen die Spur bis an ihren Anfang zurückverfolgen. In einem Fall wie diesem lassen sich, wenn wir 's richtig anstellen, massenhaft Informationen gewinnen. Die Leute vom FBI sind dagegen bloß an der Publicity interessiert, die sie kriegen, wenn sie wieder ein paar Rote auf den elektrischen Stuhl gebracht haben.«

»Es ist aber Gesetz!«

»Es ist Blödsinn, das wissen Sie genauso wie ich.«

»Und wenn schon.«

Eine Gemeinsamkeit, die alle rivalisierenden Gruppen innerhalb der CIA verband, war ihr Hass auf das FBI und dessen größenwahnsinnigen Direktor J. Edgar Hoover. Daher sagte

Anthony jetzt: »Wann hat das FBI eigentlich das letzte Mal was für uns getan?«

»Das letzte Mal war niemals«, gab Hobart prompt zurück. »Aber ich habe heute eine andere Aufgabe für Sie.«

Anthony wurde wütend. Was fiel denn dem ein, diesem Arschloch? Aufgaben zu verteilen war nicht sein Job! »Was meinen Sie damit?«, fragte er.

»Das Weiße Haus hat einen Bericht über den möglichen Umgang mit einer Rebellengruppe in Kuba angefordert. Noch heute Vormittag findet eine Konferenz auf höchster Ebene statt. Ich brauche von Ihnen und Ihren erfahrensten Leuten die entsprechenden Informationen.«

»Sie wollen, dass ich Ihnen was über Fidel Castro erzähle?«

»Ach was! Über den weiß ich alles. Was ich von Ihnen brauche, sind konkrete Vorschläge für Gegenmaßnahmen.«

Anthony hasste dieses Herumgerede um den heißen Brei. »Warum reden Sie nicht Tacheles? Sie wollen wissen, wie man diese Kerle ausschaltet.«

»Kann sein.«

Anthony lachte verächtlich. »Ha, was sollten wir denn sonst mit denen tun? Vielleicht 'ne Sonntagsschule für sie gründen?«

»Die Entscheidung darüber liegt beim Weißen Haus. Unsere Aufgabe ist es, Optionen anzubieten. Sie können mir ein paar Vorschläge machen.«

Anthony tat nach außen hin weiter so, als interessiere ihn das alles herzlich wenig, insgeheim aber machte er sich Sorgen. Er hatte heute einfach keine Zeit für Ablenkungen welcher Art auch immer, und er brauchte seine besten Leute, um Luke im Auge zu behalten. »Ich sehe, was ich tun kann«, sagte er in der Hoffnung, Hobart möge sich mit einer vagen Zusage zufrieden geben.

Aber der tat ihm den Gefallen nicht. »Punkt zehn bei mir im Konferenzsaal«, sagte Hobart, »Sie mitsamt Ihren erfahrensten Kräften. Keine Ausreden.« Er wandte sich zum Gehen.

Anthony traf eine Entscheidung. »Nein«, sagte er.

Hobart, kurz vor der Tür, drehte sich um. »Das war eine Weisung, kein Vorschlag«, sagte er. »Seien Sie pünktlich.«

»Sehen Sie mich mal an«, sagte Anthony.

Widerwillig starrte Hobart ihm ins Gesicht.

»Verpiss dich!«, sagte Anthony mit übertrieben deutlicher Aussprache.

Einer der Agenten kicherte.

Hobarts Glatze lief rot an. »Das wird noch Folgen haben«, sagte er. »Darauf können Sie Gift nehmen.« Er ging und schmetterte die Tür hinter sich zu.

Alle brachen in Gelächter aus.

»Zurück zum Thema«, sagte Anthony. »Im Augenblick sind Simons und Betts am Objekt; sie werden jedoch turnusgemäß in ein paar Minuten abgelöst. Sobald sie sich zurückmelden, werden Red Rifenberg und Ackie Horwitz die Observation übernehmen. Wir arbeiten in vier Schichten zu je sechs Stunden, ein Hilfsteam steht im Bedarfsfall rund um die Uhr bereit. Das wär's fürs Erste.«

Die Agenten schwärmten aus, nur Pete Maxell blieb noch zurück. Er hatte sich rasiert und trug nun seinen normalen Geschäftsanzug mit einer schmalen Madison-Avenue-Krawatte. Seine schlechten Zähne und sein rotes Muttermal auf der Wange waren nun deutlicher sichtbar als vorher, wie zerbrochene Fensterscheiben in einem neuen Haus. Vielleicht lag es an seiner äußeren Erscheinung, dass er ein schüchterner Einzelgänger und seinen wenigen Freunden blind ergeben war. Besorgt sah er Anthony an und fragte: »Ist das nicht riskant, wie Sie da mit Hobart umgehen?«

»Er ist ein Arschloch.«

»Er ist Ihr Boss.«

»Ich kann nicht zulassen, dass er eine wichtige Überwachungsaktion torpediert.«

»Aber Sie haben ihn angelogen. Es kostet ihn nicht viel herauszufinden, dass Luke kein Diplomat aus Paris ist.«

Anthony zuckte mit den Schultern. »Dann binde ich ihm eben einen anderen Bären auf.«

Pete schien das nicht zu überzeugen. Dennoch nickte er zustimmend und ging zur Tür.

»Sie haben schon Recht«, sagte Anthony. »Ich hänge mich ziemlich weit raus mit dieser Sache. Wenn irgendwas schief geht, wird Hobart sich die Gelegenheit garantiert nicht entgehen lassen, mich einen Kopf kürzer zu machen.«

»Das hab ich mir eben auch gedacht.«

»Also sehen wir zu, dass nichts schief geht.«

Pete entfernte sich. Anthony behielt das Telefon im Auge. Er versuchte, sich zu beruhigen und zu sammeln. Kleinkarierte Bürohengste wie Hobart konnten ihn zur Weißglut bringen, waren aber offenbar unvermeidlich. Fünf Minuten später klingelte der Apparat, und Anthony nahm ab. »Hier Carroll.«

»Du hast mal wieder Carl Hobart geärgert.« Es war die pfeifende Stimme eine Mannes, der sein Leben lang mit Begeisterung geraucht und getrunken hat.

»Guten Morgen, George«, sagte Anthony. George Cooperman war Stellvertretender Leiter der Sektion Planungswesen und ein Kriegskamerad Anthonys, Hobarts direkter Vorgesetzter. »Hobart soll mir nicht dauernd dazwischenfunken.«

»Komm mal rüber, du arroganter junger Schnösel«, sagte George liebenswürdig.

»Schon unterwegs.« Anthony legte auf, öffnete die Schreibtischschublade und entnahm ihr einen dicken Stapel Kopien. Dann zog er seinen Mantel an und ging zu Coopermans Büro, das nebenan im P-Gebäude lag.

Cooperman war ein hoch gewachsener, hagerer Mann von fünfzig Jahren mit vorzeitig gerunzeltem Gesicht. Seine Füße lagen auf der Schreibtischplatte. Neben ihm stand ein riesiger Kaffeebecher, in seinem Mund steckte eine Zigarette. Er war in die Lektüre der Moskauer *Prawda* vertieft – in Princeton hatte er russische Literatur studiert.

Er warf die Zeitung beiseite. »Warum kannst du nicht einfach nett zu dem fetten Sack sein?«, maulte er, ohne die Zigarette aus dem Mundwinkel zu nehmen. »Ich weiß, dass es nicht leicht ist, aber mir zuliebe könntest du dich ein bisschen anstrengen.«

Anthony setzte sich. »Er ist selber schuld. Er sollte eigentlich längst wissen, dass ich ihn nur dann beleidige, wenn er zuerst austeilt.«

»Welche Ausrede hast du diesmal?«

Anthony warf ihm die Kopien auf den Schreibtisch. Cooperman nahm den Stapel auf und sah sich die Blätter durch. »Blaupausen«, sagte er. »Von einer Rakete, wie's aussieht. Also, schieß los.«

»Die sind top secret. Ich hab sie einem Observationsobjekt weggenommen. Einem Spion, George.«

»Und hast es vorgezogen, Hobart nichts davon zu erzählen.«

»Ich möchte diesem Kerl so lange auf den Fersen bleiben, bis er uns sein ganzes Netz verrät – und dann seine Operation zu einem Desinformationscoup nutzen. Hobart würde den Fall ans FBI abtreten. Die würden den Kerl hochgehen lassen und hinter Gitter bringen – aber das Netz hinter ihm bliebe im Dunkeln.«

»Verdammt, da hast du Recht. Trotzdem brauche ich dich bei dieser Konferenz. Ich leite sie. Aber dein Team soll die Observation weiterführen. Wenn irgendwas passiert, können sie dich aus dem Konferenzsaal holen.«

»Danke, George.«

»Und jetzt hör mir mal genau zu: Heute Morgen hast du Hobart in einem Raum voller Agenten den Arsch aufgerissen, stimmt's?«

»Ich schätze, ja.«

»Versuch's das nächste Mal auf die sanfte Art, okay?« Cooperman nahm seine *Prawda* wieder auf. Anthony erhob sich und sammelte die Blaupausen ein. Cooperman sagte: »Und pass bloß auf, dass bei dieser Oberservation nichts schief geht. Wenn du nicht nur deinen Vorgesetzten beleidigst, sondern obendrein noch Mist baust, kann ich dir nicht mehr viel helfen.«

Anthony ging.

Er kehrte nicht sofort in sein Büro zurück. Die zum Abriss

verurteilten Gebäude, in denen die CIA untergebracht war, standen auf einem Geländestreifen zwischen der Constitution Avenue und dem Platz mit dem großen Teich. Die Einfahrten für die Fahrzeuge befanden sich auf der Straßenseite. Anthony verließ das Gelände indessen durch ein Tor auf der Rückseite, das in den Park führte.

Er schlenderte die mit Ulmen gesäumte Allee entlang und atmete die kalte, frische Luft ein. Die alten Bäume und die ruhige Wasserfläche besänftigten ihn. An diesem Vormittag hatte er schon einige kritische Augenblicke überstehen müssen, dabei jedoch, dank unterschiedlicher Lügengeschichten für jeden Beteiligten, die Fäden in der Hand behalten.

Am Ende der Allee, ungefähr auf halbem Wege zwischen dem Lincoln Memorial und dem Washington Monument, blieb er stehen. Daran seid bloß ihr schuld, dachte er und meinte damit die beiden großen Präsidenten. Ihr habt den Leuten eingeredet, sie könnten frei sein. Und ich kämpfe für eure Ideale. Inzwischen weiß ich nicht einmal mehr, ob ich überhaupt noch an Ideale glaube – aber vermutlich bin ich einfach zu stur, um jetzt alles einfach sausen zu lassen. Ging das euch beiden nicht auch so, Jungs?

Die Präsidenten gaben ihm keine Antwort. Nach einer Weile kehrte Anthony ins Q-Gebäude zurück.

In seinem Büro traf er auf Pete und das Team, das Luke observiert hatte: Simons in einem Marinemantel, Betts in einem grünen Trenchcoat. Außerdem waren die beiden Agenten da, die sie hatten ablösen sollen, Rifenberg und Horwitz. »Was ist denn hier los, Teufel noch mal?«, rief Anthony, von plötzlicher Angst ergriffen. »Wer überwacht Luke?«

Simons hielt einen grauen Homburg zwischen den Fingern, der mit seinen Händen zitterte. »Niemand«, sagte er.

»Was ist passiert?«, brüllte Anthony. »Was habt ihr denn jetzt schon wieder verbockt, ihr verdammten Arschlöcher?«

Es war Pete, der nach einer kurzen Pause antwortete. »Er … äh …« Er schluckte. »Er ist uns entwischt.«

ZWEITER TEIL
CAPITOL HILL
Washington Ave.
THE MALL
National Air and Space Museum
Smithsonian Institution (The Castle)
Hirshhorn Museum
National Museum of African Art
A.M. Sackler Gallery
Freer Gallery of Art
National Museum of Natural History
Old Post Office
National Aquarium
National Museum of American History
The Ellipse
Washington Monument
US Holocaust Memorial Museum
Constitution Avenue
Madison Dr.

DIE ERSTEN [illegible] WURDEN VON DER CHRYSLER CORPORATION GEBAUT. DAS GROSSE [illegible]WERK DER ERSTEN STUFE STAMMT VON DER [illegible] NORTH AMERICAN AVIATION [illegible]. DIE ZWEITE, DRITTE UND VIERTE STUFE WURDEN VON DER FIRMA [illegible] IN [illegible] ENTWICKELT UND GEBAUT.

L[illegible]

[illegible]

**Die Jupiter C wurde im Auftrag der Armee von der Chrysler Corporation gebaut. Das grosse Raketentriebwerk der ersten Stufe stammt von der Firma North American Aviation, Inc. Die zweite, dritte und vierte Stufe wurden von der Firma Jet Propulsion Laboratory in Pasadena entwickelt und getestet.**

Luke ärgerte sich über sich selbst. Er hatte alles verpfuscht. Er hatte zwei Leute ausfindig gemacht, die höchstwahrscheinlich genau wussten, wer er war – und er hatte beide wieder verloren.

Er befand sich wieder in dem billigen Wohnviertel in der H-Straße, in der die Kirche mit der Aufwärmstube lag. Das zunehmend hellere Licht des Wintertags ließ die Straßen schmutziger, die Häuser älter und die Menschen noch heruntergekommener erscheinen. Zwei Berber lungerten im Eingang eines leer stehenden Ladens herum und tranken abwechselnd aus einer Bierflasche. Luke schauderte bei diesem Anblick, und er machte, dass er weiterkam.

Seltsam, dachte er einen Augenblick später. Säufer brauchen doch dauernd Stoff – aber mir wird allein schon bei dem Gedanken, ich müsse so früh am Tag Bier trinken, sterbenselend. Alkoholiker kann ich also keiner sein … Bei dieser logischen Erkenntnis fiel ihm ein Stein vom Herzen.

Wenn ich aber kein Säufer bin – was bin ich dann?

Er fasste noch einmal zusammen, was er inzwischen über sich selbst in Erfahrung gebracht hatte. Er war zwischen dreißig und vierzig Jahre alt. Er war Nichtraucher. Er war, seiner äußeren Erscheinung zum Trotz, kein Alkoholiker. Irgendwann in seinem Leben hatte er irgendwas mit dem Geheimdienst zu tun gehabt – und er konnte den Text von *What a Friend We Have in Jesus* auswendig.

Das war, alles in allem, erbärmlich wenig.

Auf seinem Streifzug hatte er unablässig nach einer Polizeiwache Ausschau gehalten, aber nirgendwo eine entdeckt. Er beschloss, sich danach zu erkundigen. Kurz darauf kam er an einem unbebauten, von einem stellenweise geborstenen oder eingeschlagen Wellblechzaun umgebenen Grundstück vorbei und sah durch eine Lücke einen Polizisten in Uniform auf den Gehsteig treten. Luke packte die Gelegenheit beim Schopf und sprach ihn an: »Wie komme ich von hier zur nächsten Wache?«

Der Polizist war ein fleischiger Typ mit sandbraunem Schnurrbart. Er strafte Luke mit einem verächtlichen Blick und erwiderte: »Im Kofferraum von meinem Streifenwagen, wenn du dich nicht auf der Stelle verpisst, du Scheißer.«

Die rüde Sprache stieß Luke ab. Was ist denn ihn den gefahren, fragte er sich. Doch da er das ziellose Umherstreifen satt hatte und die erbetene Auskunft wirklich brauchte, blieb er hartnäckig. »Ich will bloß wissen, wo die nächste Polizeiwache ist.«

»Das ist jetzt meine letzte Warnung, du Arschloch.«

Luke wurde ärgerlich. Was bildete sich dieser Kerl eigentlich ein? »Ich habe Ihnen eine höfliche Frage gestellt, Mister«, sagte er empört.

Der Polizist bewegte sich mit für einen Mann seines Kalibers überraschender Schnelligkeit. Er packte Luke an den Aufschlägen des zerlumpten Mantels und stieß ihn durch das Loch im Wellblechzaun. Luke stolperte, fiel auf einen betonierten Flecken am Boden und prellte sich den Arm.

Zu seiner Verblüffung war er nicht allein. Gleich hinter dem Zaun stand eine junge Frau. Sie hatte blond gefärbte Haare und ein übertriebenes Make-up. Über einem weiten Kleid trug sie einen langen, offen stehenden Mantel. Ihre Füße steckten in hochhackigen Schuhen und Strümpfen mit Laufmaschen.

Sie war im Begriff, ihren Schlüpfer hochzuziehen. Luke erkannte, dass es sich um eine Prostituierte handelte, die den Polizisten gerade bedient hatte.

Der Bulle kam jetzt auch durch die Zaunlücke und trat Luke in den Bauch.

»Herrgott noch mal, Sid«, hörte Luke die Nutte sagen, »was hat er denn angestellt? Auf den Bürgersteig gespuckt oder was? Lass den armen Penner doch in Ruhe!«

»Muss dem Scheißer Respekt beibringen«, blubberte der Cop.

Aus dem Augenwinkel sah Luke, wie der Mann seinen Schlagstock zückte. Als der erste Schlag auf ihn niedersauste, rollte er sich zur Seite. Doch er war nicht schnell genug; die Stockspitze traf seine linke Schulter so heftig, dass sich sein Arm vorübergehend wie gelähmt anfühlte. Und schon holte der Bulle erneut mit dem Schlagstock aus.

In Lukes Gehirn funkte es.

Anstatt sich aus der Gefahrenzone zu rollen, stürzte er sich auf den Polizisten und erwischte ihn mitten in der Vorwärtsbewegung. Der Mann ging zu Boden und ließ dabei den Schlagstock fallen.

Luke war sofort auf den Beinen, und während der Cop sich mühsam aufrappelte, tänzelte er auf ihn zu und rückte ihm so nahe auf den Pelz, dass er nicht mehr zuschlagen konnte. Dann riss er ihn an den Aufschlägen seiner Uniformjacke zu sich heran und rammte ihm den Kopf mitten ins Gesicht. Mit einem lauten Knirschen brach das Nasenbein, und der Cop brüllte vor Schmerzen auf.

Luke lockerte seinen Griff, vollführte eine Drehung auf einem Fuß und trat den Mann seitwärts ins Knie. Seine ausgetretenen Schuhe waren zu weich, als dass sie Knochen hätten brechen können. Doch ein Knie hat einem von der Seite geführten Schlag kaum etwas entgegenzusetzen, und so stürzte der Cop erneut zu Boden.

Eine Frage schoss Luke durch den Kopf: Wo hab ich bloß so zu kämpfen gelernt?

Der Bulle blutete aus Mund und Nase. Trotzdem gelang es ihm, sich auf den linken Ellbogen zu stützen und mit der Rechten nach seiner Pistole zu greifen.

Doch Luke war schon über ihm, bevor er die Waffe aus dem Holster ziehen konnte. Er packte den Mann am rechten Arm und schmetterte dessen Hand mit aller Kraft auf den Betonboden. Die Pistole entglitt ihr und schlitterte scheppernd über den Boden. Luke zerrte den Cop hoch und verdrehte ihm den Arm, bis sich der Mann auf den Bauch rollte. Er bog den Arm weit nach oben und rammte seinem Gegner beide Knie ins Steißbein, sodass der Mann keine Luft mehr bekam. Schließlich griff er sich den Zeigefinger des Cops und bog ihn nach hinten.

Wieder schrie der Polizist. Luke ließ sich davon nicht abhalten. Er bog den Finger weiter und weiter nach hinten. Plötzlich knackte es. Der Cop verlor das Bewusstsein.

»Du wirst jetzt für 'n Weilchen keine Penner mehr zusammenschlagen, du Arsch mit Ohren«, sagte Luke.

Er stand auf, schnappte sich die Pistole, entfernte sämtliche Patronen und warf sie ins Gelände.

Die Nutte starrte ihn an. »Wer, zum Teufel, bist denn du?«, wollte sie wissen. »Elliott Ness vielleicht?«

Luke drehte sich nach ihr um. Sie war mager, und ihr Make-up verdeckte einen schlechten Teint. »Ich weiß nicht, wer ich bin«, sagte er.

»Also eins ist sicher: 'n normaler Penner bist du nicht. Ich hab noch nie 'n Alki gesehen, der imstande wäre, so 'nen großen dicken Sack wie Sidney dermaßen fertig zu machen.«

»Das dachte ich gerade auch.«

»Wir hauen besser ab«, sagte sie. »Der dreht durch, wenn er wieder zu sich kommt.«

Luke nickte. Er hatte keine Angst vor diesem Sidney, mochte der auch noch so wild werden, aber über kurz oder lang würden Kollegen von ihm aufkreuzen, und denen ging er lieber aus dem Weg. Er trat durch die Zaunlücke auf die Straße und entfernte sich rasch.

Die Frau folgte ihm; er hörte ihre Pfennigabsätze auf dem Pflaster klicken. Er ging langsamer und ließ sie aufschließen. Eine Art Kameradschaft verband ihn mit ihr. Wachtmeister Sidney hatte sich gegen sie beide vergangen.

»War richtig nett zuzugucken, wie Sidney auch mal eins drauf kriegt«, sagte sie. »Ich glaub, ich bin dir was schuldig.«

»Ganz und gar nicht.«

»Na, gut. Aber wenn du mal wieder scharf bist – die Rechnung geht aufs Haus!«

Luke versuchte, sich seine Abscheu nicht anmerken zu lassen. »Wie heißt du?«, fragte er.

»Dee-Dee.«

Er zog eine Braue hoch und sah sie an.

»Na ja, eigentlich Doris Dobbs«, gab sie zu. »Aber was ist das schon für ein Name für eine, die aufn Strich geht?«

»Ich bin Luke. Meinen Nachnamen kenne ich nicht. Ich habe mein Gedächtnis verloren.«

»Mannomann, da musst du dir aber irgendwie… komisch vorkommen, oder?«

»Desorientiert, ja.«

»Richtig!«, sagte sie. »Das war das Wort, das mir auf der Zunge lag.«

Er musterte sie aufmerksam. Ein verschmitztes Lächeln lag auf ihrem Gesicht, und ihm wurde klar, dass sie sich über ihn lustig machte. Das gefiel ihm.

»Es ist ja nicht nur, dass ich meinen Namen und meine Adresse nicht kenne«, erklärte er. »Ich weiß nicht einmal, was für ein Mensch ich bin.«

»Was meinst du damit?«

»Ich weiß nicht mal, ob ich eine ehrliche Haut bin.« Vielleicht ist es dumm von mir, einem Straßenmädchen mein Herz auszuschütten, dachte er, aber ich habe ja niemand anders. »Bin ich ein treuer Ehemann, ein liebevoller Vater, ein zuverlässiger Arbeitskollege? Ich hab keine Ahnung. Genauso gut könnte ich ein Gangster sein. Diese Unsicherheit macht mich wahnsinnig.«

»Wenn du sonst keine Probleme hast, Schätzchen … also, was für 'n Typ du bist, kann ich dir sagen. Ein Gangster würde sich nämlich fragen: Hab ich Kohle? Leg ich die Weiber aufs Kreuz? Haben die Leute Angst vor mir?«

Da war was dran. Luke nickte, gab sich aber noch nicht zufrieden. »Ein guter Kerl sein zu wollen ist eine Sache – es tatsächlich auch zu sein eine ganz andere. Vielleicht erfülle ich meine eigenen Erwartungen nicht.«

»Willkommen im Reich der Menschen, Süßer«, antwortete sie. »Das geht uns doch allen so.« Vor einer Haustür blieb sie stehen. »Hier is' Endstation für mich. War 'ne lange Nacht.«

»Mach's gut.«

Sie zögerte. »Willst du 'n guten Rat hören?«

»Schieß los.«

»Wenn du willst, dass die Leute dich nicht länger wie ein Stück Scheiße behandeln, mach dich 'n bisschen hübsch. Rasier dich, kämm dir die Haare, such dir 'n andern Mantel – einen, der nicht so aussieht, als hättst du ihn 'nem alten Kutschengaul geklaut.«

Sie hat Recht, dachte Luke. So abgerissen, wie ich aussehe, nimmt mich kein Mensch ernst, geschweige denn, dass mir jemand helfen wird, meine Identität herauszufinden. »Das ist ein guter Rat«, sagte er. »Danke.« Er wandte sich zum Gehen.

»Und schaff dir 'n Hut an!«, rief sie ihm nach.

Luke fasste an seinen Kopf und sah sich um. Er war der einzige Mensch auf der Straße, egal ob Mann oder Frau, der keine Kopfbedeckung trug. Aber wie kam man als Penner an neue Klamotten? Mit der Hand voll Kleingeld in seiner Tasche war da nicht viel anzufangen.

Mit einem Schlag wusste er die Lösung. Entweder war die Frage ganz einfach zu beantworten – oder aber er war früher schon einmal in einer ähnlichen Situation gewesen. Er würde zu einem Bahnhof gehen. In Bahnhöfen wimmelte es normalerweise von Leuten, die in säuberlich gepackten Koffern nicht nur Kleidung zum Wechseln mit sich führten, sondern auch Rasierzeug und andere Toilettenartikel.

An der nächsten Straßenkreuzung orientierte er sich. Er befand sich an der Ecke A- und Siebter Straße. Als er in den ersten Morgenstunden die Union Station verlassen hatte, war ihm aufgefallen, dass der Bahnhof an der Kreuzung von F- und Zweiter Straße lag.

Diese Richtung schlug er nun ein.

## 10.00 Uhr

**Die erste Stufe der Rakete ist mit der zweiten durch Absprengbolzen verbunden, die von Spiralfedern aus Stahl umgeben sind. Wenn die Startrakete ausgebrannt ist, werden die Bolzen gezündet, und die Federn stossen die nun überflüssige erste Stufe ab.**

Die Georgetown-Nervenklinik war eine rote Backsteinvilla im viktorianischen Stil, an deren Rückseite sich ein moderner Anbau mit Flachdach anschloss. Billie Josephson stellte ihren roten Ford Thunderbird auf dem Parkplatz ab und eilte durch den Haupteingang hinein.

Sich dermaßen zu verspäten war ihr von Grund auf zuwider und kam ihr jedes Mal wie eine Respektlosigkeit gegenüber der eigenen Arbeit und der ihrer Kollegen vor. Dabei war das, womit sie sich beschäftigten, von zukunftsträchtiger Bedeutung. Schritt für Schritt, mit äußerster Genauigkeit und Umsicht, erschlossen sie sich die Funktionsweise des menschlichen Geistes. Es war wie die Kartierung eines weit entfernten Planeten, der nur durch Lücken in der Wolkendecke zu sehen ist – Lücken, die sich allerdings immer nur für qualvoll kurze Zeitspannen auftun.

Ihre heutige Verspätung hatte sie ihrer Mutter zu verdanken. Nachdem Larry das Haus verlassen hatte und sich auf dem Weg zur Schule befand, war Billie zur Apotheke gefahren und hatte die Herztabletten gekauft. Bei ihrer Rückkehr lag Becky-Ma voll angekleidet auf dem Bett und rang nach Luft. Der Arzt war zwar sofort gekommen, konnte ihnen aber auch nichts sagen, das sie nicht schon längst gewusst hätten: Becky-Ma hatte eben ein schwaches Herz. Wenn sie nicht genug Luft bekam, sollte sie sich hinlegen. Sie musste regelmäßig ihre Tabletten nehmen. Aufregung und Stress jeder Art waren schlecht für sie.

Und ich, hätte Billie am liebsten gefragt, was ist mit mir? Ist Stress für mich etwa gut? Stattdessen hatte sie wieder einmal beschlossen, ihre Mutter wie ein rohes Ei zu behandeln.

An der Anmeldung hielt sie inne und warf einen Blick auf die Liste mit den Neuzugängen. Gestern am späten Abend, nachdem sie die Klinik bereits verlassen hatte, war noch ein neuer Patient eingeliefert worden: Joseph Bellow, ein Schizophrener. Der Name kam ihr irgendwie bekannt vor, aber sie kam nicht darauf, warum. Überraschenderweise war der Patient im Laufe der Nacht bereits wieder entlassen worden. Das war seltsam.

Auf dem Weg zu ihrem Büro kam sie durch den Aufenthaltsraum. Der Fernseher lief und zeigte einen Reporter an einem staubigen Strand, der gerade sagte: »Hier in Cape Canaveral liegt allen Anwesenden die gleiche Frage auf der Zunge: ›Wann wird die Armee versuchen, ihre eigene Rakete zu starten?‹ Es muss innerhalb der nächsten Tage geschehen.«

Im Aufenthaltsraum saßen Billies Studienobjekte herum. Etliche sahen fern, andere lasen oder beschäftigten sich mit irgendwelchen Spielen. Einige wenige starrten mit leerem Blick vor sich hin. Billie winkte einem jungen Mann namens Tom zu, der die Bedeutung von Wörtern nicht zu erfassen vermochte. »Wie geht's dir, Tommy?« Er grinste und winkte zurück. Die Körpersprache beherrschte er, und so »antwortete« er oft, als habe er genau begriffen, was man zu ihm sagte. Billie hatte Monate gebraucht, bis sie herausfand, dass er kein einziges Wort verstand.

In einer Ecke flirtete Marlene, eine Alkoholikerin, mit einem jungen Pfleger. Sie war fünfzig Jahre alt, konnte sich aber an nichts mehr erinnern, was nach ihrem neunzehnten Lebensjahr geschehen war. Sie hielt sich noch immer für ein junges Mädchen und weigerte sich zu glauben, dass »der alte Mann«, der sie liebte und sich um sie kümmerte, ihr eigener Ehemann war.

Durch die Glaswand eines Sprechzimmers sah Billie Ronald sitzen, einen hervorragenden Architekten, der bei einem Autounfall schwere Hirnverletzungen davongetragen hatte. Er unterzog sich gerade einem schriftlichen Test. Sein Problem lag darin, dass er nicht mehr mit Zahlen umgehen konnte. Wenn er drei und vier addieren wollte, musste er die Finger zu Hilfe nehmen und kam auch so nur qualvoll langsam voran.

Viele Patienten litten an der einen oder anderen Form von Schizophrenie, einer Unfähigkeit, die reale Welt zu begreifen.

Einigen Patienten konnte geholfen werden, sei es mit Medikamenten, Elektroschocks oder mit beiden. Billies Aufgabe bestand darin, die Grenzen der Behinderungen genau zu bestimmen. Durch die Beobachtung kleinerer geistiger Beeinträchtigungen gelang es ihr, die Funktionen eines gesunden Gehirns zu umreißen. Ronald, der Architekt, konnte sich eine Gruppe von Gegenständen auf einem Tablett ansehen und dann sagen, ob es sich um drei oder vier Einzelteile handelte. Waren es jedoch zwölf, so musste er sie zählen, und das dauerte sehr lange und war mit einer hohen Fehlerquote behaftet.

Auf diese Weise drang Billie allmählich in die Tiefen des menschlichen Geistes vor und kartierte ihn entsprechend: Hier ließ sich das Gedächtnis lokalisieren, dort die Sprache, an einer dritten Stelle das mathematische Denken und so weiter. Stand die Behinderung in Zusammenhang mit kleineren Hirnschäden, so ließ sich vermuten, dass die fehlende Fähigkeit in dem zerstörten Hirnabschnitt angesiedelt war. Billies Forschungen dienten letztlich dem Zweck, die von ihr erarbeitete Landkarte geistiger Funktionen in Form eines Diagramms des menschlichen Gehirns darzustellen.

In dem Tempo jedoch, in dem sie gegenwärtig vorankam, würden bis zum Abschluss des Projekts an die zweihundert Jahre ins Land gehen. Allerdings war sie bei ihrer Arbeit auf sich allein gestellt. Mit einem Psychologenteam an ihrer Seite hätte sich die Sache erheblich beschleunigen lassen, ja es wäre sogar möglich, die »Gehirnkartierung« noch zu ihren Lebzeiten fertig zu stellen. Diesem Ziel galt ihr ganzer Ehrgeiz.

Von einer Erklärung für die Depression, die ihren Vater in den Selbstmord getrieben hatte, war das alles noch weit entfernt. Schnellkuren für geistig-seelische Erkrankungen gab es keine. Für die Wissenschaft war die menschliche Psyche weitgehend noch immer ein Buch mit sieben Siegeln. Wenn Billie mit ihrer Arbeit schneller vorankäme, ließe sich vieles schon bald besser verstehen – und dann konnte am Ende vielleicht sogar Menschen wie ihrem Vater geholfen werden.

Sie stieg die Treppe in die erste Etage hinauf und dachte dabei immer über den geheimnisvollen Patienten nach. Joseph Bellow klang wie Joe Blow – ein Kinderreim, vielleicht ein getürkter Name. Und warum war der Mann mitten in der Nacht wieder entlassen worden?

In ihrem Büro angekommen, fiel ihr Blick durch das Fenster auf eine Baustelle. Ein neuer Krankenhausflügel entstand – und mit ihm die neue Stelle eines Forschungsdirektors. Billie hatte sich um diesen Posten beworben, ebenso wie ein Kollege von ihr, Dr. Leonard Ross. Len war älter als Billie, doch sie verfügte über größere Erfahrung und hatte mehr Publikationen vorzuweisen: verschiedene Fachaufsätze und ein Lehrbuch mit dem Titel *Einführung in die Psychologie des Gedächtnisses*. Sie war sich zwar sicher, Len aus dem Feld schlagen zu können, wusste aber nicht, wer sonst noch im Rennen war. Für diesen Posten hätte sie sonst was gegeben. Als Direktorin stünde ihr eine ganze Reihe anderer Wissenschaftler zur Verfügung.

Ihr fiel auf, dass auf der Baustelle zwischen den Arbeitern eine Gruppe von Männern in Geschäftskleidung herumging: Schurwollmäntel und Homburgs statt Overalls und Sicherheitshelme. Sie schienen das Gelände zu inspizieren. Als Billie genauer hinsah, erkannte sie, dass sich auch Len unter ihnen befand.

Sie wandte sich an ihre Sekretärin: »Wer sind diese Leute, die Len Ross da auf der Baustelle herumführt?«

»Sie kommen von der Sowerby-Stiftung.«

Billie runzelte die Stirn. Die Sowerby-Stiftung finanzierte den neuen Posten und hatte von daher ein gewichtiges Wort bei dessen Besetzung mitzureden. Und da draußen trieb sich Len mit ihren Abgesandten herum und machte sich Liebkind!

»Wussten wir, dass diese Leute heute kommen?«, wollte Billie wissen.

»Len sagte, er hätte Ihnen eine Hausmitteilung zukommen lassen. Er war vorhin hier, um Sie abzuholen, aber Sie waren ja noch nicht da.«

Billie hätte schwören können, dass es nie eine Hausmitteilung gegeben hatte. Len hatte sie bewusst übergangen. Und dann war sie auch noch zu spät gekommen.

»Verdammt!«, sagte sie, und es kam von Herzen. Dann stürmte sie hinaus, um sich der Gruppe auf der Baustelle anzuschließen.

An Joseph Bellow dachte sie mehrere Stunden lang nicht mehr.

**Da die Rakete in grosser Eile zusammengebaut wurde, sind die oberen Stufen nicht mit einem neu konstruierten Raketentriebwerk ausgerüstet, sondern mit einem, das schon seit einigen Jahren in der Produktion ist. Die Experten haben sich für eine kleine Version der mehrfach erprobten und bewährten Sergeant-Rakete entschieden. Die oberen Stufen werden von mehreren Bündeln dieser kleinen Raketen angetrieben, die als »Baby-Sergeants« bezeichnet werden.**

Auf seinem Weg durch das Gitterwerk aus Straßen, die ihn am Ende zur Union Station führen sollten, überprüfte Luke alle paar Minuten, ob er nicht wieder verfolgt wurde.

Zwar war er seine Beschatter schon vor über einer Stunde losgeworden, doch musste er davon ausgehen, dass sie ihn inzwischen suchten. Allein der Gedanke daran beunruhigte ihn zutiefst. Was waren das für Leute und was hatten sie vor? Instinktiv spürte er, dass er von ihnen nichts Gutes zu erwarten hatte. Wozu sonst diese Geheimniskrämerei?

Er schüttelte den Kopf, um sein Hirn frei zu bekommen. Diese aus der Luft gegriffenen Spekulationen frustrierten ihn nur. Vermutungen brachten ihn nicht weiter – er brauchte Gewissheit.

Zuallererst aber musste er sich waschen. Er hatte vor, einem Reisenden den Koffer zu stehlen, und war sich ganz sicher, dass er so etwas irgendwann in seinem Leben schon einmal getan hatte. Als er sich zu erinnern versuchte, fielen ihm ein paar französische Worte ein: *la valise d'un type qui descend du train.*

Leicht würde es nicht werden. Mit den verdreckten Lumpen, die er am Leibe trug, fiel er unter seriösen Reisenden sofort negativ auf. Wenn er ungeschoren davonkommen wollte, musste er sehr schnell handeln. Aber ihm blieb keine andere Wahl. Die Nutte Dee-Dee hatte vollkommen Recht: Kein Mensch würde einen Penner auch nur anhören.

Im Falle seiner Festnahme hätte er keine Chance, die Polizei davon zu überzeugen, dass er kein obdachloser Vagabund war, und würde unweigerlich im Knast landen. Allein der Gedanke daran jagte ihm einen Schauder über den Rücken, wobei nicht so sehr die Furcht vor dem Gefängnis den Ausschlag gab, als vielmehr die Aussicht auf die langen Wochen oder Monate, die er in Unkenntnis und Verwirrung würde verbringen müssen – in der Ungewissheit um seine Identität und ohne jede Möglichkeit, an diesem Zustand irgendetwas zu ändern.

Vor ihm auf der Massachusetts Avenue sah er die weißen Granitbögen der Union Station auftauchen wie eine aus der Normandie verpflanzte romanische Kathedrale. Eins galt es zu bedenken: Nach dem Diebstahl musste er so schnell wie möglich verschwinden. Also brauchte er einen Wagen – und schlagartig war ihm klar, wie er sich einen beschaffen konnte.

Unweit des Bahnhofs stand ein Auto hinter dem anderen am Straßenrand geparkt. Die meisten Wagen gehörten sicher Leuten, die mit dem Zug unterwegs waren. Als vor ihm ein Pkw in eine Parklücke fuhr, verlangsamte Luke seinen Schritt. Es war ein blau-weißer Ford Fairlane, neu zwar, aber in keiner Weise besonders auffällig. Genau das Richtige. Der Anlasser funktionierte nicht mit einem Hebel, sondern mit einem Schlüssel, doch wäre es leicht, ein paar Kabel unter dem Armaturenbrett hervorzuziehen und den Motor kurzzuschließen.

Woher weiß ich das alles nur, fragte er sich.

Ein Mann in einem dunklen Mantel stieg aus, holte eine Aktentasche aus dem Kofferraum, sperrte den Wagen ab und verschwand in Richtung Bahnhof.

Wie lange würde er fortbleiben? Möglicherweise hatte er im Bahnhof nur kurz etwas zu erledigen und kam in ein paar

Minuten zurück. Er würde den Diebstahl melden, und von diesem Augenblick an hätte Luke, wenn er mit dem Wagen unterwegs war, jederzeit mit seiner Verhaftung zu rechnen. Das wäre verheerend. Er musste herausfinden, was der Mann vorhatte.

Luke eilte ihm nach in den Bahnhof. Die große Halle, die ihn am Morgen noch an einen verlassenen Tempel erinnert hatte, war nun voller Menschen. Luke kam sich sehr auffällig vor – alle anderen waren so sauber und gut angezogen! Die meisten wandten einfach den Blick ab, wenn sie seiner ansichtig wurden; manche aber sahen ihn direkt an, und aus ihren Mienen sprachen Abscheu und Verachtung. Hoffentlich laufe ich nicht diesem Aufsehertypen über den Weg, der uns heute Morgen hinausgeworfen hat, dachte er, das könnte unangenehm werden. Der Kerl kann sich garantiert noch an mich erinnern.

Der Besitzer des Fords reihte sich vor einem Fahrkartenschalter in die Schlange der Wartenden ein. Luke schloss sich ebenfalls an, den Blick zu Boden gerichtet, in der Hoffnung, dass niemand von ihm Notiz nahm.

Langsam rückte die Reihe vor, und schließlich stand seine Zielperson am Schalter. »Philadelphia, Tagesrückfahrkarte«, sagte der Mann.

Das reichte Luke. Philadelphia – das dauerte Stunden. Der Mann würde den ganzen Tag unterwegs sein und den Diebstahl seines Wagens erst nach seiner Rückkehr melden können. Bis heute Abend konnte Luke ungestört damit herumfahren.

Er scherte aus der Schlange aus und machte sich davon.

Es war eine echte Erleichterung, wieder im Freien zu sein. Auf den Straßen durften selbst Penner herumlaufen. Er ging wieder zur Massachusetts Avenue und suchte den geparkten Ford. Wenn er später Zeit sparen wollte, musste er ihn schon jetzt knacken. Luke sah sich um. Die Straße war voller Fahrzeuge und Menschen, ein steter Strom in beiden Richtungen. Ungut war, dass er wie ein Krimineller aussah – wollte er jedoch warten, bis keine Seele mehr zu sehen war, würde er wahrscheinlich noch am Abend hier stehen. Es musste eben alles ganz schnell gehen.

Er trat auf die Straße, ging um den Wagen herum, blieb vor der Fahrertür stehen, presste beide Hände flach auf die Seitenscheibe und drückte sie hinunter. Nichts rührte sich. Sein Mund fühlte sich ganz trocken an. Luke sah sich schnell nach beiden Seiten um – bisher war niemand auf ihn aufmerksam geworden. Er stellte sich auf Zehenspitzen, um den Druck auf den Fenstermechanismus mit seinem Körpergewicht zu verstärken. Endlich bewegte sich die Scheibe und glitt langsam hinunter.

Als das Fenster offen war, fasste Luke ins Wageninnere, öffnete die Tür, kurbelte das Fenster hoch und ließ die Tür wieder ins Schloss fallen. Nun war alles für eine rasche Flucht vorbereitet.

Er erwog, den Wagen jetzt schon zu starten und mit laufendem Motor stehen zu lassen, verwarf den Gedanken aber gleich wieder – ein vorübergehender Streifenpolizist oder auch bloß ein neugieriger Passant hätten schnell Verdacht schöpfen können.

Luke kehrte wieder ins Bahnhofsgebäude zurück, von der ständigen Sorge besessen, ein Bahnangestellter könne auf ihn aufmerksam werden. Dabei musste es sich gar nicht unbedingt um den Mann handeln, mit dem er schon am frühen Morgen eine Auseinandersetzung gehabt hatte – jeder Beamte konnte sich in den Kopf setzen, ihn hinauszuwerfen, nicht anders, als entferne er ein Bonbonpapier. Luke tat alles, um möglichst wenig aufzufallen – er ging weder zu schnell noch zu langsam; er hielt sich, wo immer es möglich war, nahe an der Wand; er achtete darauf, keinem in den Weg zu laufen, und sah niemandem in die Augen.

Der günstigste Moment, sich einen fremden Koffer anzueignen, ergab sich unmittelbar nach der Einfahrt eines dicht besetzten Fernzugs, wenn sich die Menschen in der Halle drängten. Luke studierte die Informationstafel. In zwölf Minuten sollte ein Expresszug aus New York eintreffen – der wäre optimal.

Noch einmal blickte er zu der Anzeigetafel auf, um nachzusehen, an welchem Bahnsteig der Zug einlaufen würde – und spürte im selben Augenblick, dass sich ihm die Nackenhaare sträubten.

Er sah sich um. Da musste irgendwas gewesen sein, irgendetwas, das er am Rande seines Blickfelds wahrgenommen hatte und das einen instinktiven Warnmechanismus in ihm ausgelöst hatte. Aber was war es? Sein Herzschlag beschleunigte sich. Wovor habe ich Angst, fragte er sich.

Im Bemühen, sich nichts anmerken zu lassen, schlenderte er zu einem Kiosk, blieb vor dem Ständer mit den Tageszeitungen stehen und las die Schlagzeilen:

START DER ARMEERAKETE STEHT UNMITTELBAR BEVOR
ZEHNFACHER KILLER GEHT INS NETZ
DULLES BERUHIGT DIE BAGDAD-GRUPPE
LETZTE CHANCE IN CAPE CANAVERAL

Schließlich blickte er sich erneut um. Einige Dutzend Menschen liefen kreuz und quer durch die Halle, entweder unterwegs zu einem der Vorortzüge oder gerade mit einem angekommen. Noch mehr Leute saßen auf den Mahagonibänken oder standen geduldig herum; es mochten Verwandte und Chauffeure von Reisenden sein, die mit dem Zug aus New York erwartet wurden. Vor einem Restaurant hielt ein Oberkellner Ausschau nach den ersten Lunch-Gästen. Fünf Gepäckträger hatten sich zu einer Gruppe zusammengefunden und rauchten Zigaretten …

Und dann waren da zwei Agenten.

Luke war sich seiner Sache ganz sicher: zwei junge Männer in Mantel und Hut, mit blitzblank polierten Flügelkappenschuhen. Dennoch verriet sie eher ihr Verhalten als ihr Aussehen. Mit ihren Blicken durchkämmten sie die Halle und musterten die Gesichter aller Vorübergehenden. Nichts entging ihnen. Nur die Informationstafel war ihnen gleichgültig. Das Einzige, was sie nicht interessierte, waren die Ankunfts- und die Abfahrtzeiten.

Es reizte Luke, die beiden anzusprechen. Als er darüber nachdachte, wurde ihm klar, woran das lag: Er verspürte einen überwältigenden Drang nach einfachen Kontakten mit Leuten, die ihn kannten. Er sehnte sich nach einem, der zu ihm sagte: »Hallo, Luke! Wie geht's dir? Schön, dich mal wieder zu sehen!«

Die Antwort der beiden Männer konnte er sich vorstellen: »Wir sind Agenten des FBI, und Sie sind festgenommen.« Luke war klar, dass er dies fast als Erleichterung empfunden hätte, doch eine innere Stimme warnte ihn davor. Jedes Mal, wenn er erwog, sich ihnen anzuvertrauen, erhob sich sofort die Frage: Wenn sie mir nichts Böses wollen – warum sind sie dann so klammheimlich hinter mir her?

Er kehrte ihnen den Rücken und entfernte sich, wobei er darauf achtete, dass der Kiosk zwischen ihm und den beiden Männern blieb. Im Schatten des großen Bogens riskierte er einen ersten Blick zurück. Die zwei durchquerten die Halle – und damit sein Blickfeld – von Osten nach Westen.

Wer, zum Teufel, waren die beiden?

Luke verließ den Bahnhof, ging ein paar Schritte durch die große Arkade an der Front und kehrte wieder in die Halle zurück. Er kam gerade rechtzeitig herein, um die zwei Männer noch von hinten zu sehen, wie sie Richtung Westausgang verschwanden.

Er warf einen Blick auf die Bahnhofsuhr. Zehn Minuten waren vergangen – nur noch zwei Minuten bis zur Ankunft des Expresszugs aus New York. Er ging rasch zur Sperre und wartete.

Als die ersten Reisenden ausstiegen, überkam Luke eiskalte Ruhe. Er musterte die Neuankömmlinge aufs Genaueste. Es war Mittwoch – Wochenmitte –, deshalb waren viele Geschäftsleute und Militärs in Uniform unterwegs, aber nur wenige Touristen und noch weniger Frauen und Kinder. Luke hielt Ausschau nach einem Mann, der so groß war wie er selbst und annähernd die gleiche Figur besaß.

Die soeben Eingetroffenen erreichten die Sperre, während

die Wartenden von der anderen Seite auf sie zu drängten. Es kam zu einer Art Stau. Vor der Sperre verdichtete sich die Menge, dahinter zerstreute sie sich. Einige, die es besonders eilig hatten, drängelten sich gereizt vor. Luke erspähte einen jungen Mann, der die richtige Größe hatte, jedoch einen Dufflecoat und eine eng sitzende wollene Strickmütze trug – kaum anzunehmen, dass sich in seinem Matchsack ein Anzug zum Wechseln verbarg. Auch ein älterer Herr kam für Luke nicht infrage: Er besaß zwar die geeignete Größe, war aber zu dünn. Wieder ein anderer war vom Körperbau her genau der Richtige, doch trug er nur eine Aktentasche bei sich.

Inzwischen waren mindestens hundert Passagiere ausgestiegen, ohne dass die Flut abebbte. Die Halle füllte sich mit ungeduldigen Menschen. Da endlich wurde Luke fündig: Der Mann war so groß wie er, ähnlich gebaut und auch ungefähr im gleichen Alter. Sein grauer Mantel stand offen und enthüllte ein Sportjackett aus Tweed sowie Flanellhosen – was die Vermutung nahe legte, dass sich in dem braunen Lederkoffer, den der Mann in der rechten Hand hielt, ein Geschäftsanzug befand. Die Miene des Mannes wirkte angespannt und nervös. Er ging schnell, als wolle er einen Termin einhalten.

Luke stürzte sich ins Getümmel und schob sich durch, bis er unmittelbar hinter dem Mann war. Das Gedränge war hier besonders dicht, und die Leute kamen kaum voran. Lukes Opfer musste immer wieder stehen bleiben, ehe es wieder ein paar Schritte weiterging. Dann lockerte sich die Menge ein wenig auf, und der Mann trat schnell in eine sich auftuende Lücke.

Und genau in diesem Augenblick stellte Luke ihm ein Bein. Er hakte seinen Fuß entschlossen über den Knöchel vor ihm und stieß ihn ruckartig hoch, als der Mann den nächsten Schritt machte. Das Bein wurde in Kniehöhe umgebogen.

Der Mann schrie auf und fiel nach vorne. Er ließ sowohl den Koffer als auch die Aktentasche los und riss die Hände vor, um den Sturz abzufangen. Er prallte gegen den Rücken einer Frau im Pelzmantel, die daraufhin ebenfalls ins Stolpern geriet und einen spitzen Schrei ausstieß; dann stürzte er mit einem hörbaren Plumps zu Boden. Sein Hut rollte davon. Sekundenbruchteile später fiel die Frau auf beide Knie und ließ ihre Handtasche sowie einen schicken weißen Lederkoffer fallen.

Rasch waren andere Reisende zur Stelle, versuchten zu helfen und fragten: »Geht's wieder? Sind Sie okay?«

Ohne Hast ergriff Luke den braunen Lederkoffer und ging mit schnellen Schritten davon. Sein Ziel war der nächste Torbogen mit einem Ausgang. Er sah sich nicht um, sondern horchte konzentriert, ob Protestschreie oder andere Geräusche laut wurden, die darauf hinwiesen, dass jemand etwas bemerkt hatte. In diesem Fall wollte er losrennen – freiwillig würde er seine neue, saubere Garderobe nicht aufgeben! Und dass er selbst mit einem Koffer in der Hand den meisten Verfolgern davonlaufen konnte, sagte ihm seine innere Überzeugung. Dennoch kam er sich auf seinem Marsch durch die Halle vor, als trüge er eine Zielscheibe auf dem Rücken.

Am Ausgang riskierte er schließlich doch einen Blick zurück. Die Menge wogte hin und her wie zuvor. Weder der Mann, den er zu Fall gebracht hatte, noch die Frau im Pelzmantel waren zu sehen. Aber ein großer Mann, offenbar eine Autoritätsperson, spähte in der Halle umher, als sei er auf der Suche nach etwas Bestimmtem. Und plötzlich drehte er den Kopf und sah in Lukes Richtung.

Luke verließ schleunigst das Gebäude.

Eine Minute später war er bei dem Ford Fairlane an der Massachusetts Avenue und versuchte automatisch, den Koffer im Kofferraum zu verstauen, doch der war verschlossen. Luke erinnerte sich jetzt, dass der Eigner ihn abgesperrt hatte. Er blickte zurück zum Bahnhof. Immer wieder vorbeifahrenden Autos ausweichend, rannte der große Mann durch den Kreisverkehr auf dem Vorplatz und kam direkt auf Luke zu. Wer war das? Ein Cop außer Dienst? Ein Detektiv? Einfach nur ein Neugieriger?

Luke ging schnell zur Fahrertür, öffnete sie und schleuderte den Koffer auf den Rücksitz. Dann setzte er sich auf den Fahrersitz und knallte die Tür zu.

Unter dem Armaturenbrett fand er die Kabel zu beiden Seiten des Zündschlosses. Er zog sie hervor und brachte sie miteinander in Kontakt. Nichts geschah. Trotz der Kälte lief ihm nun der Schweiß über die Stirn. Wieso klappte das nicht? Prompt fiel ihm die Antwort ein: falsches Kabel! Wieder fingerte er unter dem Armaturenbrett herum. Rechts vom Zündschloss fand er ein weiteres Kabel. Er zog es heraus und berührte mit ihm das Kabel von der linken Seite.

Der Motor sprang an.

Luke gab Gas, und der Motor heulte auf.

Er schaltete auf *Drive*, löste die Handbremse, blinkte und fuhr aus der Parklücke. Da der Wagen Richtung Bahnhof geparkt hatte, musste Luke wenden. Dann fuhr er davon.

Ein Lächeln huschte über sein Gesicht. Wenn er nicht ganz großes Pech hatte, besaß er nun eine vollständige, blitzsaubere Garderobe. Endlich nehme ich mein eigenes Leben wieder in die Hand, dachte er.

Jetzt brauche ich als Erstes einen Platz, wo ich duschen und mich umziehen kann.

**Die zweite Stufe besteht aus elf Baby-Sergeant-Raketen, die kreisförmig um eine zentrale Röhre angeordnet sind. Die dritte Stufe verfügt über drei Baby-Sergeant-Triebwerke, die von drei sternförmig angeordneten Querschotts zusammengehalten werden. Darüber sitzt die vierte Stufe, eine kleinere Rakete mit einem einzigen Triebwerk, an deren Spitze der Satellit befestigt ist.**

Der Countdown stand bei X minus 630 Minuten, und in Cape Canaveral herrschte fiebrige Geschäftigkeit.

Raketen-Experten waren alle gleich: Wenn die Regierung es von ihnen verlangte, konstruierten sie Waffen, doch ihre Träume galten dem Weltraum. Das *Explorer*-Team hatte schon viele Raketen gebaut und abgeschossen, aber diese hier sollte die erste sein, die sich von der Anziehungskraft der Erde befreite und die Atmosphäre hinter sich ließ. Für die meisten Mitarbeiter des Teams bedeutete der Start am kommenden Abend die Erfüllung lebenslanger Hoffnungen. Auch Elspeth gehörte dazu.

Sie waren in Hangar D und dem daneben liegenden Hangar R untergebracht. Die übliche Bauweise eines Flugzeughangars hatte sich auch für die Raketen als vorteilhaft erwiesen: Beiderseits einer großen, zentralen Halle, in der die Raketen überprüft werden konnten, befand sich jeweils ein zweistöckiger Flügel mit Büroräumen und kleineren Laboratorien.

Elspeth arbeitete in Hangar R. Sie verfügte über eine Schreibmaschine und einen Schreibtisch im Büro ihres Vorgesetzten, Willy Fredrickson, dem Startleiter, der freilich den größten Teil seiner Zeit außerhalb seines Büros verbrachte.

Ihre Aufgabe bestand darin, den Zeitplan für den Start auszuarbeiten und zu verteilen.

Das Problem lag darin, dass der Zeitplan laufend geändert wurde. Kein Mensch in Amerika hatte je zuvor eine Rakete in den Weltraum geschickt. Immer wieder tauchten neue Schwierigkeiten auf, und ständig war die Improvisationsgabe der Ingenieure gefordert: Irgendein Bauteil musste behelfsmäßig ausgetauscht, irgendein System überbrückt werden. Isolierband hieß auf Cape Canaveral »Raketenband«.

Elspeth erstellte die jeweils neuesten Versionen des Zeitplans. Sie musste mit allen beteiligten Arbeitsgruppen Kontakt halten, Änderungen im Plan auf ihrem Stenoblock notieren sowie die Aufzeichnungen abtippen, kopieren und verteilen. Ihr Job erforderte, dass sie ständig unterwegs war und fast alles wusste. Wenn es irgendwo hakte, erfuhr sie sofort davon, und sie gehörte auch zu den Ersten, die informiert wurden, wenn sich eine Lösung abzeichnete. Ihre Berufsbezeichnung war Sekretärin, und sie erhielt auch nur das Gehalt einer Sekretärin, doch ohne naturwissenschaftliches Hochschulstudium hätte kein Mensch ihre Aufgabe bewältigen können. Elspeth störte sich allerdings nicht an der niedrigen Bezahlung, sondern war dankbar für diese anspruchsvolle Tätigkeit. Einige ihrer ehemaligen Kommilitoninnen aus Radcliffe nahmen noch immer Diktate von Männern in grauen Flanellanzügen auf.

Die 12-Uhr-mittags-Version des Zeitplans war fertig. Sie nahm die säuberlich gestapelten Papiere an sich und machte sich auf den Weg, um sie zu verteilen. Sie war furchtbar in Eile, aber das war ihr heute gar nicht unlieb, verhinderte der Stress doch, dass sie sich ständig Gedanken um Luke machte. Am liebsten hätte sie alle paar Minuten bei Anthony angerufen und sich erkundigt, ob es etwas Neues gab. Aber das wäre Blödsinn gewesen. Es war besser, sie konzentrierte sich vorerst auf ihren Job.

Zunächst suchte sie die Presseabteilung auf, wo PR-Offiziere an den Telefonen saßen und vertrauenswürdigen Reportern verrieten, dass für heute Abend ein Start geplant war. Die

Armee wollte, dass die Journalisten über ihren Triumph berichteten, doch durfte die Information über den geglückten Start erst nach dem Ereignis freigegeben werden. Immer wieder wurden geplante Starts verschoben oder wegen unvorhergesehener Schwierigkeiten sogar abgesagt. Aus bitterer Erfahrung hatten die Raketen-Experten gelernt, dass ein Routineaufschub wegen technischer Probleme in Presseberichten plötzlich wie ein Abgrund an Unfähigkeit erschien. Also hatten sie mit sämtlichen großen Zeitungen eine Vereinbarung getroffen: Vorab-Informationen über Raketenstarts gab es nur noch unter der Bedingung, dass keine Berichte veröffentlicht wurden, bevor »Feuer unterm Schwanz« war, das hieß also, bevor die Raketentriebwerke gezündet hatten.

In der Presseabteilung arbeiteten nur Männer, und einige von ihnen glotzten Elspeth unverwandt an, als sie durch das Büro ging und dem Leitenden Presseoffizier eine Kopie des Zeitplans übergab. Sie wusste, dass sie attraktiv war: hellhäutig wie eine Wikingerin, groß, mit klassischer Figur. Aber da war auch ein anderer Zug an ihr, der eher einschüchternd wirkte: die entschlossene Mundpartie vielleicht oder das gefährliche Leuchten in ihren grünen Augen. Männer, die ihr am liebsten nachgepfiffen oder sie gern »Schätzchen« genannt hätten, überlegten sich das lieber zweimal.

Im Triebwerk-Entwicklungslabor stieß Elspeth auf fünf Wissenschaftler in Hemdsärmeln, die vor einer Werkbank standen und mit besorgten Blicken ein flaches Metallstück betrachteten, das aussah, als wäre es in ein Feuer geraten. Der Gruppenleiter, Dr. Keller, sagte: *»Good afternoon, Elspeth.«* Er sprach Englisch mit einem schweren Akzent. Wie die meisten anderen Experten war er Deutscher, der gegen Kriegsende in Gefangenschaft geraten und nach Amerika gebracht worden war, um dort an dem Raketenprogramm mitzuarbeiten.

Elspeth gab ihm sein Exemplar des neuen Zeitplans, und er nahm es in Empfang, ohne auch nur einen Blick darauf zu werfen. Elspeth wies mit einem Nicken auf den Gegenstand, der auf der Werkbank lag, und fragte: »Was ist das?«

»Ein Messflügel.«

Elspeth wusste, dass die Steuerung der ersten Stufe über Messflügel im Abgasstrom erfolgte. »Und was ist los mit dem?«

»Der brennende Treibstoff lässt das Metall korrodieren«, erklärte Dr. Keller, dessen deutscher Akzent immer stärker wurde, je mehr er sich für ein Thema begeisterte. »Bis zu einem gewissen Grade ist das immer so. Mit normalem Alkohol als Treibstoff halten die Flügel lange genug, um ihre Aufgabe zu erledigen. Heute benutzen wir aber einen neuen Treibstoff – Hydyne –, der eine längere Brenndauer und mehr Schubkraft besitzt. Nur führt er eben zu einer so starken Korrosion bei den Messflügeln, dass sie ihre Funktion verlieren.« In einer Geste der Verzweiflung breitete er die Hände aus. »Wir hatten einfach nicht die Zeit, genügend Tests durchzuführen.«

»Alles, was ich darüber wissen muss, ist, glaube ich, ob sich dadurch wieder eine Verzögerung des Starts ergibt.« Elspeth hatte das Gefühl, eine weitere Verschiebung nicht ertragen zu können. Die Spannung brachte sie jetzt schon fast um.

»Das versuchen wir ja gerade zu entscheiden.« Keller sah sich in seinem Kollegenkreis um. »Und ich glaube, unsere Antwort wird lauten: Gehen wir das Risiko ein!« Die anderen nickten düster.

Elspeth war erleichtert. »Ich drücke die Daumen, dass es klappt«, sagte sie und wandte sich zum Gehen.

»Viel mehr können wir im Grunde auch nicht tun«, sagte Keller, und seine Kollegen lachten trübsinnig.

Elspeth ging hinaus in die sengende Sonne Floridas. Die Hangars standen auf einer sandigen Lichtung, die man aus dem niedrigen Buschwerk gehackt hatte, welches das Kap bedeckte: Palmettopalmen, Zwergeichen und scharfes Ödlandgras, das einem beim Barfußlaufen in die Haut schnitt. Sie überquerte eine staubige Sandfläche und betrat Hangar D, dessen willkommener Schatten über ihr Gesicht fiel wie eine kühle Brise.

Im Telemetrie-Raum traf sie auf Hans Mueller, den alle nur

Hank nannten. Er zeigte mit dem Finger auf sie und sagte: »Hundertfünfunddreißig.«

Es war ein Spiel, das zwischen ihnen zur Gewohnheit geworden war. Elspeth musste nun erklären, was an der genannten Zahl ungewöhnlich war. »Zu leicht«, sagte sie. »Nehmen Sie die erste Ziffer, fügen Sie das Quadrat der zweiten hinzu und die dritte Potenz der dritten, und schon haben Sie Ihre Zahl.« Sie nannte ihm die Gleichung:

$1^1 + 3^2 + 5^3 = 135$

»Gut«, sagte Hank. »Und was ist die nächsthöhere Zahl, welche dieser Reihe entspricht?«

Elspeth dachte scharf nach und sagte: »Hundertfünfundsiebzig.«

$1^1 + 7^2 + 5^3 = 175$

»Richtig! Sie gewinnen den ersten Preis!« Er fummelte aus seiner Hosentasche ein Zehn-Cent-Stück hervor.

Elspeth nahm es an sich. »Ich gebe Ihnen die Chance, es zurückzugewinnen«, sagte sie. »Hundertsechsunddreißig.«

»Ach ja …« Er zog die Stirn kraus. »Moment … Addieren Sie die dritten Potenzen der einzelnen Ziffern.«

$1^3 + 3^3 + 6^3 = 244$

»Und jetzt wiederholen Sie den Vorgang mit den neuen Ziffern! Dann erhalten Sie die Zahl, die Sie genannt haben.«

$2^3 + 4^3 + 4^3 = 136$

Mit der Kopie des neuen Zeitplans gab Elspeth ihm auch seine Münze zurück.

Beim Gehen fiel ihr Blick auf ein Telegramm, das jemand an die Wand geheftet hatte: *Ich habe jetzt meinen kleinen Satelliten – nun seht zu, dass ihr auch euren bekommt.* Mueller sah, dass Elspeth den Text las, und erklärte: »Das stammt von Stuhlingers Frau.« Stuhlinger war der Forschungsdirektor. »Sie hat einen kleinen Jungen bekommen.« Elspeth lächelte.

Willy Fredrickson fand sie in der Fernmeldezentrale, wo er zusammen mit zwei Technikern aus der Armee gerade die Fernschreibverbindung zum Pentagon testete. Elspeths Boss war ein hoch gewachsener, hagerer Mann, kahlköpfig bis auf einen lockigen Haarkranz und von daher einem mittelalterlichen Mönch nicht unähnlich. Der Fernschreiber funktionierte nicht, worüber Willy sich maßlos ärgerte. Dennoch bedachte er Elspeth, als sie ihm den Zeitplan reichte, mit einem dankbaren Blick und sagte: »Sie sind ein Goldstück, Elspeth. Zwanzig Karat!«

Sekunden später kamen zwei Männer auf Willy zu – ein junger Armee-Offizier, der eine Karte in der Hand hielt, und Stimmens, ein Wissenschaftler. »Wir haben da ein Problem«, sagte der Offizier und gab Willy die Karte. »Der Jetstream hat sich nach Süden verlagert und bläst jetzt mit hundertsechsundvierzig Knoten.«

Es war zum Verzweifeln! Elspeth wusste, was das bedeutete. Der Jetstream war ein Wind in der Stratosphäre, ungefähr in einer Höhe von 9000 bis 12 000 Metern. Über Cape Canaveral gab es normalerweise keinen Jetstream, aber manchmal dehnte er sich bis dorthin aus. Ein zu heftig blasender Jetstream konnte eine Rakete vom Kurs abbringen.

»Wie weit nach Süden reicht er denn jetzt?«, fragte Willy.

»Über ganz Florida«, erwiderte der Offizier.

Willy wandte sich an Stimmens. »Das haben wir doch einkalkuliert, oder?«

»Nein, eigentlich nicht«, sagte Stimmens. »Wir können ja nur Vermutungen anstellen – aber nach unseren Schätzungen kann die Rakete Winden bis zu hundertzwanzig Knoten widerstehen, mehr nicht.«

Willy wandte sich wieder an den Offizier. »Wie lautet die Vorhersage für heute Abend?«

»Bis zu hundertsiebenundsiebzig Knoten und keinerlei Hinweis darauf, dass sich der Jetstream wieder nach Norden zurückzieht.«

»Verdammt!« Willy fuhr sich mit der Hand über seinen glatten Schädel. Elspeth wusste, was er jetzt dachte: Der Start wird vermutlich auf morgen verschoben werden müssen. »Schicken Sie bitte einen Wetterballon hoch«, ordnete er an. »Wir werden uns um 17 Uhr noch einmal die Vorhersage ansehen.«

Elspeth notierte sich den Termin der neuen Vorhersage und ging. Ihre Stimmung war gedrückt. Technische Probleme ließen sich lösen, aber gegen das Wetter war kein Kraut gewachsen.

Draußen auf dem Gelände setzte sie sich in einen Jeep und fuhr zur Abschussrampe 26. Der Weg dorthin war eine staubige, ungeteerte Piste quer durch den Busch, und der Jeep holperte über die Furchen. Sie schreckte einen Weißschwanzhirsch auf, der an einem Graben stand und trank, nun aber mit weiten Sprüngen im Unterholz verschwand. In dem niedrigen Buschwerk am Cape fanden viele wilde Tiere Deckung. Angeblich sollte es hier sogar Alligatoren und Florida-Panther geben; Elspeth hatte aber bisher weder die einen noch die anderen gesehen.

Vor dem Zentralgebäude, das »Blockhaus« genannt wurde, hielt sie an und spähte hinüber zur nur noch knapp dreihundert Meter entfernten Rampe 26B. Die Vorrichtung war eine umgebaute ehemalige Ölbohrplattform. Zum Schutz vor der feuchten, salzigen Luft in Florida hatte man sie mit orangeroter Rostschutzfarbe gestrichen. Auf der einen Seite war ein Aufzug angebracht, der als Zugang zu den Plattformen diente. Für Elspeths Empfinden handelte es sich um eine Konstruktion von brutaler Zweckmäßigkeit und ohne jede Eleganz – ein rein funktionales, zusammengenietetes Gebilde, bei dem man keinen Gedanken auf den äußeren Eindruck verschwendet hatte.

Die Jupiter-C-Rakete sah aus wie ein riesiger weißer Bleistift und schien in dem Gewirr aus orangefarbenen Trägern gefangen wie eine Libelle in einem Spinnennetz. Trotz ihrer phallischen Gestalt benutzten die Männer die weibliche Form, sagten ›she‹ und ›her‹, wenn sie von ihr sprachen. Auch in Elspeths Vorstellung war die *Explorer* weiblich. Ein Brautschleier aus Segeltuch hatte bisher die oberen Stufen vor neugierigen Augen abgeschottet, doch inzwischen hatte man ihn entfernt, und die Rakete bot sich frei den Blicken dar. Auf dem makellosen Anstrich reflektierte das Licht der Sonne.

Obwohl sich die meisten Wissenschaftler nicht sonderlich für Politik interessierten, wussten sie doch alle, dass in diesen Tagen die Augen der ganzen Welt auf sie gerichtet waren. Vier Monate zuvor war der Sowjetunion mit dem Start des Sputnik, des ersten Weltraumsatelliten, ein Coup gelungen, der rund um den Globus für größte Aufmerksamkeit gesorgt hatte. Vor allem in jenen Ländern, in denen der Kampf zwischen Kapitalismus und Kommunismus noch hin und her wogte, von Italien bis Indien, überall in Lateinamerika, Afrika und Indochina, war die Botschaft angekommen: Die kommunistische Wissenschaft ist die beste! Einen Monat später hatte die Sowjetunion mit Sputnik 2 bereits einen zweiten Satelliten in die Erdumlaufbahn geschickt, diesmal mit einem Hund an Bord. Die Amerikaner zogen lange Gesichter: Heute ein Hund, morgen ein Mensch.

Präsident Eisenhower versprach, noch vor Ende des Jahres würde auch ein amerikanischer Satellit im All sein. Am ersten Freitag im Dezember um fünfzehn Minuten vor zwölf startete die Navy vor den Augen der Weltpresse die Vanguard-Rakete. Sie stieg ein paar Meter hoch in die Luft, fing Feuer, kippte zur Seite und zerschellte auf dem Beton. *Ein Flopnik!* hieß es in einer Schlagzeile.

Die Jupiter C war Amerikas letzte Hoffnung. Eine dritte Rakete gab es nicht. Wenn heute wieder alles schief ging, hatten die USA den Wettlauf um die Eroberung des Weltraums endgültig verloren – mit schwerwiegenden Konsequenzen, von denen die Propaganda-Niederlage noch die geringste wäre. Im Falle eines Fehlschlags wäre das amerikanische Raumfahrtprogramm ein einziger Scherbenhaufen, und der erdnahe Weltraum bliebe bis auf Weiteres eine Domäne der UdSSR.

Alles hängt nun an dieser einen Rakete dort, dachte Elspeth.

Auf dem Gelände vor der Abschussrampe waren mit Ausnahme von wenigen unvermeidlichen Spezialgefährten wie Tankwagen keine Fahrzeuge zugelassen. Elspeth stieg daher aus und ging zu Fuß über den freien Platz zwischen Blockhaus und

Rampe, wobei sie sich an ein Metallrohr hielt, durch das die Kabelverbindungen zwischen den beiden Gebäuden verliefen. Auf Erdgeschossniveau schloss sich der Rampe auf der Rückseite eine lang gestreckte Stahlbaracke mit Büro- und Maschinenräumen an. Elspeth betrat sie durch eine Hintertür.

Harry Lane, der Rampenleiter, saß auf einem Klappstuhl. Er trug einen Schutzhelm und Arbeitsstiefel und studierte eine Blaupause. »Hallo, Harry«, sagte Elspeth fröhlich.

Lane brummte etwas vor sich hin. Er mochte keine Frauen auf der Abschussrampe und ließ sie das, von Höflichkeitsbedenken unberührt, deutlich spüren.

Elspeth legte ihm den neuen Zeitplan auf den Tisch und ging wieder zurück zum Blockhaus, einem flachen, weißen Gebäude, dessen schlitzartige Fensternischen mit dicken, grünen Glasscheiben versehen waren. Die Sicherheitstüren standen offen. Elspeth trat ein. Innen war das Gebäude in drei Sektionen unterteilt: in einen Raum für Anzeigen und Instrumente, der sich über die gesamte Breite des Gebäudes erstreckte, und zwei Start-Kontrollräume – A auf der linken und B auf der rechten Seite –, die jeweils auf eine der beiden von diesem Blockhaus aus gesteuerten Abschussrampen ausgerichtet waren. Elspeths Ziel war Start-Kontrollraum B.

Die starken Sonnenstrahlen, die durch die grünen Fensterscheiben drangen, tauchten das Interieur in ein seltsames Licht. Man kam sich vor wie in einem Aquarium. Vor den Fenstern saßen mehrere Experten nebeneinander vor Kontrollkonsolen – allesamt in kurzärmeligen Nylon-Hemden, sodass es aussah, als trügen sie eine Art Uniform. Über Kopfhörer und Mikrofone standen sie in ständigem Kontakt mit den Leuten auf der Rampe. Wenn sie von ihren Konsolen aufblickten, konnten sie durch die Fenster die Rakete sehen oder aber deren Abbild auf farbigen Fernsehmonitoren. An der Rückseite des Start-Kontrollraums reihte sich ein Aufzeichnungsgerät ans andere; sie gaben kontinuierlich Aufschluss über aktuelle Temperaturen, Druckverhältnisse im Treibstoffsystem und elektrische Daten. In der hintersten Ecke zeigte eine Skala das Gewicht der Rakete auf der Abschussrampe an. Die Männer mit den Kopfhörern, die unablässig in ihre Mikrofone murmelten, unermüdlich ihre Skalen und Zähler überwachten, hier einen Knopf drehten und dort einen Schalter umlegten, sorgten für eine Atmosphäre ruhiger, konzentrierter Geschäftigkeit. Über ihren Köpfen hing eine Countdown-Uhr und zeigte die Minuten bis zur Zündung der Triebwerke an. Als Elspeths Blick darauf fiel, rückte der Zeiger gerade von 600 auf 599.

Nachdem sie auch hier ihren neuen Zeitplan abgeliefert und das Blockhaus wieder verlassen hatte, fuhr sie zurück zum Hangar. Unterwegs musste sie an Luke denken – und dabei ging ihr auf, dass sie einen perfekten Vorwand hatte, Anthony anzurufen. Sie würde ihm von dem Jetstream erzählen und sich bei dieser Gelegenheit nach Luke erkundigen.

Der Gedanke gab ihr neuen Auftrieb. Eilig betrat sie den Hangar, hastete die Treppen zu ihrem Büro hinauf, wählte Anthonys Nummer und hatte ihn sofort am Apparat.

»Der Start wird höchstwahrscheinlich auf morgen verschoben«, berichtete sie. »In der Stratosphäre wehen zu starke Winde.«

»Ich wusste gar nicht, dass es da oben überhaupt Wind gibt.«

»Einen schon, den so genannten Jetstream. Die Verschiebung ist allerdings noch nicht definitiv. Heute Nachmittag um fünf gibt es einen neuen Wetterbericht, danach fällt die Entscheidung. Wie geht's Luke?«

»Lass mich wissen, was dabei rauskommt, ja?«

»Klar. Wie geht's Luke?«

»Na ja – da gibt's ein kleines Problem.«

Ihr Herz stockte. »Was denn für eins?«

»Wir haben ihn verloren.«

Ein kalter Schauer durchfuhr Elspeth. »Wie bitte?«

»Er ist meinen Leuten entwischt.«

»Ach du meine Güte!«, rief sie aus. »Jetzt sitzen wir in der Tinte.«

Im Morgengrauen kehrte Luke nach Boston zurück. Er stellte den alten Ford ab, schlüpfte durch die Hintertür ins Cambridge House und gelangte über die Nottreppe in seine Studentenbude. Anthony schlief wie ein Murmeltier. Luke wusch sich das Gesicht und ließ sich in Unterwäsche auf sein Bett fallen.

Er kam erst wieder zu sich, als Anthony ihn schüttelte und rief: »Luke! Steh auf!«

Er öffnete die Augen. Sofort war ihm klar, dass etwas Schlimmes passiert war, konnte sich im ersten Moment aber an nichts Genaues erinnern. »Wie viel Uhr ist es?«, murmelte er.

»Ein Uhr mittags! Unten wartet Elspeth auf dich.«

Die Erwähnung von Elspeth rüttelte auch sein Gedächtnis wach. Jetzt wusste er wieder, worin das Dilemma lag. Er liebte sie nicht mehr. »O Gott«, seufzte er.

»Am besten gehst du gleich runter und redest mit ihr.«

Er hatte sich in Billie Josephson verliebt – das war die Katastrophe. Er war drauf und dran, ihrer aller Leben zu ruinieren: Elspeths, Billies, Anthonys und sein eigenes.

»Tod und Teufel«, sagte er und stand auf.

Er zog sich ganz aus und nahm eine kalte Dusche. Als er die Augen schloss, sah er Billie vor sich: die funkelnden dunklen Augen, den lachenden roten Mund, den weißen Hals … Er zog sich eine Flanellhose über, schlüpfte in einen Sweater, stieg in seine Tennisschuhe und wankte die Treppe hinunter.

Elspeth wartete in der Lobby, der einzigen Räumlichkeit im ganzen Haus, zu der Mädchen Zutritt hatten (lediglich an so genannten »Damennachmittagen« wurde das Verbot ausgesetzt). Es war eine weite Halle mit einem offenen Kamin und bequemen Sesseln. Elspeth zog wie üblich alle Blicke auf sich.

Sie trug ein glockenblumenblaues Wollkleid und einen großen Hut. Noch gestern hätte dieser Anblick Lukes Herz erfreut – heute machte ihn das Bewusstsein, dass sie sich für ihn so herausgeputzt hatte, nur noch unglücklicher.

Sie lachte, als sie seiner ansichtig wurde. »Du siehst aus wie ein kleiner Junge, der verpennt hat!«

Er küsste sie auf die Wange und ließ sich in einen Sessel fallen. »Die Fahrt nach Newport dauert ja Ewigkeiten«, sagte er.

»Dir ist offensichtlich entfallen, dass du mich heute zum Mittagessen ausführen wolltest!«, sagte Elspeth gut gelaunt.

Er sah sie an. Sie war eine Schönheit, aber er liebte sie nicht. Ob er sie je geliebt hatte, wusste er nicht, doch dass es jetzt nicht mehr der Fall war, dessen war er sich sicher. Er war ein Schurke übelster Sorte. Elspeth war in so blendender Stimmung – und er stand im Begriff, ihr Glück zu zerstören. Er wusste nicht, wie er es ihr sagen sollte, und schämte sich in Grund und Boden.

Aber irgendetwas musste er sagen. »Können wir das Mittagessen heute ausfallen lassen? Ich bin noch nicht einmal rasiert.«

Ein Schatten flog über ihr blasses, stolzes Gesicht. Sie wusste genau, dass etwas nicht stimmte, und Luke spürte es. Ihre Antwort klang dennoch unbeschwert: »Ja, natürlich«, sagte sie. »Ritter in schimmernder Rüstung brauchen ihren Schönheitsschlaf.«

Er nahm sich vor, später am Tag ein ernstes Gespräch mit ihr zu führen und völlig offen zu ihr zu sein. »Es tut mir leid, dass du dich umsonst so schön gemacht hast«, sagte er und fühlte sich hundeelend dabei.

»Es war nicht umsonst – ich habe dich ja gesehen. Außerdem scheint meine Aufmachung auch deinen Mitbewohnern zu gefallen.« Sie erhob sich. »Wie dem auch sei – Professor Durkham und seine Frau geben ein *jolly up*.« Das war Radcliffe-Slang für »Party«.

Luke sprang auf und half ihr in den Mantel. »Wir können

uns ja später noch treffen.« Er musste es ihr heute noch sagen – es wäre einfach verlogen, ihr die Wahrheit noch länger zu verheimlichen.

»Ja, gerne«, sagte sie freudestrahlend. »Hol mich um sechs ab.« Sie warf ihm eine Kusshand zu und schritt davon wie eine Diva. Er wusste, dass ihr Auftritt nur gespielt war – aber das nicht schlecht.

Zutiefst betrübt kehrte er auf sein Zimmer zurück. Anthony las die Sonntagszeitung. »Ich hab Kaffee gemacht«, sagte er.

»Danke.« Luke schenkte sich eine Tasse ein.

»Ich bin dir verdammt was schuldig«, fuhr Anthony fort. »Du hast gestern Nacht Billies Haut gerettet.«

»Das hättest du für mich auch getan.« Luke nippte an seinem Kaffee und fühlte sich allmählich etwas besser. »Anscheinend sind wir noch einmal davon gekommen. Hat heute Morgen irgendjemand was zu dir gesagt?«

»Kein Wort.«

»Billie ist 'n tolles Mädchen«, sagte Luke. Er wusste, es war riskant, das Gespräch auf sie zu bringen, aber er konnte einfach nicht anders.

»Die ist 'ne Wucht, was?«, gab Anthony zurück, und Luke bemerkte mit Unbehagen einen stolzen Zug in der Miene seines Zimmergenossen. »Ich habe mich immer wieder gefragt: Was spricht eigentlich dagegen, dass sie mit mir ausgeht…«, fuhr Anthony fort. »Dass sie 's wirklich tun würde, hab ich natürlich nie geglaubt. Warum weiß ich auch nicht, vielleicht weil sie so blitzsauber und hübsch ist. Als sie dann Ja gesagt hat, hab ich meinen Ohren nicht getraut. Eigentlich wollte ich sie schriftlich darum bitten.«

Maßlose Übertreibung war Anthonys Art von Humor. Luke zwang sich zu einem Lächeln, war insgeheim jedoch entsetzt. Jemandem die Freundin wegzunehmen war ohnehin schon verabscheuenswürdig. Dass Anthony offensichtlich ganz vernarrt in Billie war, machte die Sache nur noch schlimmer.

Luke stöhnte, und Anthony fragte: »Was 'n mit dir los?«

Luke rang sich zu einer Halbwahrheit durch. »Ich liebe

Elspeth nicht mehr. Ich glaube, ich muss Schluss mit ihr machen.«

»Au weh!« Anthony wirkte erschrocken. »Ihr zwei seid doch schon ein etabliertes Paar.«

»Ich komme mir wie der letzte Schuft vor.«

»Bloß keine Selbstkasteiung! So was kommt vor. Ihr seid doch nicht verheiratet, ja nicht einmal verlobt.«

»Offiziell nicht …«

Anthony zog die Augenbrauen hoch. »Hast du ihr etwa einen Antrag gemacht?«

»Nein.«

»Dann seid ihr auch nicht verlobt, weder offiziell noch inoffiziell.«

»Wir haben darüber gesprochen, wie viele Kinder wir haben wollen.«

»Verlobt seid ihr deshalb noch lange nicht.«

»Ja, da hast du wahrscheinlich Recht. Trotzdem komme ich mir verdammt schäbig vor.«

Es klopfte an die Tür, und ein Mann, den Luke noch nie gesehen hatte, betrat das Zimmer. »Mr. Lucas und Mr. Carroll, nehme ich an?« Der Mann trug einen abgewetzten Anzug, doch sein Benehmen wirkte sehr hochnäsig. Luke vermutete in ihm einen College-Proktor, einen Disziplinarbeamten des Hauses.

Anthony sprang auf. »Jawohl, die sind wir«, bestätigte er. »Und Sie müssen Dr. Uterus sein, der berühmte Gynäkologe. Welch ein Glück, dass Sie gekommen sind!«

Luke war nicht zum Lachen zumute. Der Mann hielt zwei weiße Briefumschläge in der Hand, und Luke hatte das unangenehme Gefühl, dass er genau wusste, was darin stand.

»Ich bin der Sekretär des Studentendekans. Er hat mich gebeten, Ihnen diese Dokumente persönlich auszuhändigen.« Der Mann überreichte Anthony den einen, Luke den anderen Umschlag und ging.

»Verflucht!«, sagte Anthony, als die Tür zuschnappte, und riss das Kuvert auf. »Gottverdammter Mist!«

Auch Luke öffnete seinen Umschlag und las die kurze Mitteilung.

Sehr geehrter Mr. Lucas,
seien Sie so freundlich und suchen Sie mich heute um 15 Uhr in meinem Büro auf.

Mit vorzüglicher Hochachtung
Peter Ryder
(Studentendekan)

Solche Briefe bedeuteten stets, dass Schwierigkeiten disziplinärer Art ins Haus standen. Irgendjemand hatte dem Studentenvorsteher gemeldet, dass in der vergangenen Nacht ein Mädchen im Haus gewesen war. Anthony musste damit rechnen, vom College verwiesen zu werden.

Luke hatte seinen Freund noch nie ängstlich erlebt – seine Unbekümmertheit schien unerschütterlich zu sein. Doch jetzt war er schreckensbleich. »Das geht nicht«, flüsterte er. »Ich kann nicht nach Hause zurück.« Von seinem Elternhaus hatte er nie viel erzählt; in Lukes Vorstellung hatte sich lediglich das unscharfe Bild eines herrschsüchtigen Vaters und einer seit langem resignierten Mutter eingenistet. Jetzt ging ihm auf, dass die Wirklichkeit wahrscheinlich noch viel schlimmer aussah. Einen Augenblick lang gestattete Anthonys Miene Einblick in eine private Hölle.

Wieder klopfte es an der Tür, und diesmal kam Geoff Pidgeon herein, der nette, rundliche Nachbar aus dem Zimmer gegenüber.

»Habe ich hier gerade den Sekretär des Dekans gesehen?«

Luke wedelte mit seinem Brief. »Ja, da hast du dich leider nicht getäuscht.«

»Also eines versichere ich euch: Ich habe keiner Menschenseele erzählt, dass du gestern ein Mädchen hier hattest, Anthony.«

»Und wer war's dann?«, wollte Anthony wissen. »Die einzige Petze im Haus ist Jenkins.« Paul Jenkins war ein religiöser Eiferer, der seine Lebensaufgabe darin sah, die Sitten der Harvard-Studenten zu reformieren. »Aber der ist dieses Wochenende gar nicht da.«

»Doch«, sagte Pidgeon. »Er hat seine Pläne geändert.«

»Dann war er es, der widerliche Schnüffler!«, rief Anthony. »Ich drehe diesem Hurensohn eigenhändig den Hals um!«

Wenn Anthony vom College fliegt, ist Billie frei, schoss es Luke durch den Kopf, und er schämte sich sogleich des eigensüchtigen Gedankens, ausgerechnet in einem Moment, da das Leben seines Freundes ruiniert zu sein schien. Dann fiel ihm ein, dass möglicherweise auch Billie in Schwierigkeiten steckte. »Ich frage mich, ob Billie und Elspeth auch solche Briefe bekommen haben«, sagte er.

»Warum sollten sie?«, wollte Anthony wissen.

»Jenkins kennt die Namen unserer Freundinnen doch bestimmt. Der geilt sich doch an solchen Sachen auf.«

»Wenn er ihre Namen kennt, dann hat er sie garantiert auch gemeldet«, sagte Pidgeon. »So was sieht dem ähnlich.«

»Elspeth kann nichts passieren«, sagte Luke. »Sie war ja gar nicht hier, und niemand kann ihr das Gegenteil beweisen. Bei Billie ist das anders. Sie könnte rausfliegen. Und dann würde sie ihr Stipendium verlieren, das hat sie mir gestern Nacht erklärt. Sie könnte nirgendwo anders studieren.«

»Über Billie kann ich mir jetzt nicht den Kopf zerbrechen«, sagte Anthony. »Ich muss sehen, wie ich mich selber aus der Affäre ziehe.«

Luke war schockiert. Anthony hatte Billie in die Bredouille gebracht und hätte nun nach Lukes Maßstäben zunächst einmal überlegen müssen, wie er ihr helfen konnte, bevor er an sich selber dachte. Aber Luke sah plötzlich auch einen Vorwand, mit Billie ins Gespräch zu kommen, und dieser Versuchung konnte er nicht widerstehen. Er unterdrückte einen Anflug von schlechtem Gewissen und sagte: »Ich könnte doch mal bei den Mädchen vorbeischauen und nachsehen, ob Billie schon aus Newport zurück ist.«

»Würdest du das?«, fragte Anthony. »Ich wär dir echt dankbar.«

Pidgeon trollte sich wieder. Anthony setzte sich aufs Bett und rauchte trübselig eine Zigarette. Luke rasierte sich schnell und zog sich um. Obwohl er es eilig hatte, achtete er sorgfältig auf seine Kleidung. Er entschied sich für ein anschmiegsames blaues Hemd, eine neue Flanellhose und sein Lieblingsjackett aus grauem Tweed.

Gegen 14 Uhr erreichte er das Studentinnenheim von Radcliffe. Das Viereck aus roten Backsteinbauten umstand einen kleinen Park, in dem die Pärchen gern spazieren gingen. Betrübt dachte er daran, dass er Elspeth hier zum ersten Mal geküsst hatte – um Mitternacht an einem Samstag, am Ende ihres ersten Rendezvous. Er verachtete Männer, die ihre Loyalitäten wechselten wie ihre Oberhemden, war aber selber drauf und dran, sich genauso zu verhalten – und konnte nichts dagegen tun.

Ein uniformiertes Zimmermädchen ließ ihn ein. Er fragte nach Billie. Das Zimmermädchen setzte sich an einen Schreibtisch, nahm ein Sprachrohr zur Hand, wie man es auch von Schiffen kannte, blies in das Mundstück und sagte: »Besucher für Miss Josephson.«

In taubengrauem Kaschmirpullover und Schottenrock kam Billie die Treppe herunter. Sie sah reizend aus, aber auch sehr bedrückt. Luke hätte sie am liebsten spontan in den Arm genommen und getröstet. Auch sie hatte eine Vorladung ins Büro von Peter Ryder erhalten und sagte, dass der Mann, der ihr das Schreiben überbrachte, auch eines für Elspeth hinterlassen habe.

Billie führte Luke ins Raucherzimmer, wo den Mädchen gestattet war, männliche Besucher zu empfangen. »Was soll ich tun?«, sagte sie, und ihr Gesicht war ganz schmal vor Kummer. Sie sah aus wie eine trauernde Witwe. Luke fand sie noch hinreißender als in der vergangenen Nacht. Wie gern hätte er ihr gesagt, dass er alles wieder in Ordnung bringen würde. Aber ihm fiel auch kein Ausweg ein. »Anthony könnte behaupten, er habe eine andere mit im Zimmer gehabt, aber dann müsste er das Mädchen auch herbeizaubern.«

»Ich weiß nicht, wie ich das meiner Mutter beibringen soll.«

»Anthony könnte vielleicht einer Frau Geld dafür geben – einem Straßenmädchen, du weißt schon –, dass sie sagt, sie wäre es gewesen.«

Billie schüttelte den Kopf. »Das nimmt ihm doch kein Mensch ab.«

»Und Jenkins würde da auch nicht mitspielen … Er ist der Kerl, der dich angeschwärzt hat.«

»Meine Karriere ist ruiniert«, sagte Billie und ergänzte mit einem bitteren Lächeln: »Ich muss wieder nach Dallas und werd Sekretärin von so einem Ölheini in Cowboystiefeln.«

Noch vor vierundzwanzig Stunden war Luke ein glücklicher Mann gewesen. Es war kaum zu glauben.

Zwei Mädchen in Hut und Mantel stürmten herein. Ihre Gesichter waren gerötet. »Habt ihr die Nachrichten gehört?«, fragte die eine.

Luke waren die Nachrichten in diesem Moment vollkommen gleichgültig. Er schüttelte den Kopf. Billie fragte unkonzentriert: »Was gibt's denn?«

»Wir sind im Krieg.«

Luke runzelte die Stirn. »Wie bitte?«

»Es stimmt«, sagte das zweite Mädchen. »Die Japaner haben Hawaii bombadiert!«

Luke konnte es kaum fassen. »Hawaii? Wieso denn Hawaii? Was ist denn da los?«

Auch Billie fragte ungläubig. »Ist das wahr?«

»Da draußen redet alle Welt darüber. Die Leute halten ihre Autos an.«

Billie sah Luke an. »Ich habe Angst«, sagte sie.

Er nahm ihre Hand. Gern hätte er gesagt: Ich werde mich um dich kümmern, was immer geschehen mag.

Zwei weitere Mädchen kamen, aufgeregt miteinander redend, ins Raucherzimmer gerannt. Irgendjemand brachte ein Radio von oben, steckte den Stecker in die Dose, und alles wartete in gespannter Stille, bis das Gerät warm gelaufen war.

Dann ertönte die Stimme eines Nachrichtensprechers: »Wie es heißt, ist das Schlachtschiff *Arizona* zerstört und die *Oklahoma* in Pearl Harbour versenkt worden. Nach ersten Meldungen wurden auf der Marinebasis Ford Island sowie auf den Stützpunkten Wheeler Field und Hickam Field mehr als einhundert US-Kampfflugzeuge am Boden vernichtet. Die Verluste unter den amerikanischen Soldaten werden auf mindestens zweitausend Tote und tausend Verwundete geschätzt.«

Luke spürte, wie kalte Wut in ihm hoch stieg. »Zweitausend Tote!«, sagte er.

Immer mehr Studentinnen strömten in den Raum. Sie redeten aufgeregt durcheinander. »Ruhe!« – »Haltet die Klappe!«, tönte es ihnen entgegen.

Der Rundfunksprecher sagte: »Der japanische Angriff, der ohne Vorwarnung erfolgte, begann um 7.55 Uhr Ortszeit, also kurz vor 13 Uhr Eastern Standard Time.«

»Das bedeutet Krieg, nicht wahr?«, fragte Billie

»Darauf kannst du Gift nehmen«, erwiderte Luke wütend. Er wusste, wie dumm und irrational es war, eine ganze Nation zu hassen – doch war es genau das, was er jetzt empfand. »Ich würde Japan am liebsten in Grund und Boden bomben.«

Billie drückte seine Hand. »Ich möchte nicht, dass du in den Krieg ziehst«, sagte sie, und Tränen standen ihr in den Augen. »Ich will nicht, dass dir was passiert.«

Luke hatte das Gefühl, das Herz müsse ihm zerspringen. »Es ... es macht mich so glücklich, dass du ... dass du so denkst.« Er lächelte traurig. »Die Welt fällt in Stücke, und ich bin glücklich.« Er warf einen Blick auf seine Armbanduhr. »Den Gang zum Dekan wird uns leider auch der Krieg nicht ersparen.« Im gleichen Augenblick kam ihm ein Gedanke, der ihn verstummen ließ.

»Ist was?«, wollte Billie wissen. »Was hast du denn?«

»Vielleicht gibt es ja *doch* noch eine Chance für dich und Anthony, in Harvard zu bleiben.«

»Welche denn?«

»Ich muss noch darüber nachdenken.«

Elspeth war zwar nervös, redete sich jedoch ein, dass es für sie keinen Anlass zur Sorge gab. Ja, sie hatte letzte Nacht die Sperrstunde überschritten, war aber bei ihrer Rückkehr nicht erwischt worden. Nein, mit ihr und Luke konnte das alles eigentlich nichts zu tun haben – es waren Anthony und Billie, die in der Bredouille steckten. Billie kannte sie kaum, doch Anthonys Schicksal lag ihr durchaus am Herzen, und was ihn betraf, so konnte sie sich der bösen Vorahnung nicht erwehren, dass ihm der Rauswurf drohte.

Die Vier trafen sich vor dem Büro des Dekans. »Ich habe einen Plan«, sagte Luke, doch noch ehe er ihnen sein Vorhaben erläutern konnte, öffnete der Dekan die Tür und hieß sie eintreten. »Überlasst das Reden mir!«, konnte Luke den anderen gerade noch zuraunen.

Studentendekan Peter Ryder war ein pedantischer, altmodischer Mann in einem ordentlichen schwarzen Gehrock mit Weste und grau gestreifter Hose. Sein Binder war eine perfekte Fliege, seine Schuhe waren auf Hochglanz poliert, und sein öliges Haar sah aus wie schwarze Farbe auf einem gekochten Ei. Bei ihm befand sich eine grauhaarige alte Jungfer namens Iris Rayford, die für das moralische Wohlergehen der Studentinnen von Radcliffe zuständig war.

Sie bildeten einen Stuhlkreis wie in einem Seminar. Der Dekan zündete sich eine Zigarette an. »So, meine Herren«, begann er. »Sie täten gut daran, reinen Tisch zu machen, so gehört es sich für echte Gentlemen. Was ist vergangene Nacht auf Ihrem Zimmer vorgefallen?«

Anthony ging auf die Frage Ryders nicht ein und benahm sich, als hätte er hier das Sagen. »Wo ist Jenkins?«, fragte er brüsk. »Er hat uns angeschwärzt, oder?«

»Niemand anders wurde gebeten, sich unserer Runde anzuschließen«, sagte der Dekan.

»Aber jeder hat das Recht, mit seinem Ankläger konfrontiert zu werden.«

»Das ist hier keine Gerichtsverhandlung, Mr. Carroll«, erwiderte der Dekan gereizt. »Miss Rayford und ich wurden beauftragt, die Tatsachen aufzuklären. Disziplinarmaßnahmen, sofern sie sich denn als notwendig erweisen, erfolgen dann im weiteren Verlauf des Verfahrens.«

»Ich bin mir nicht sicher, dass das so akzeptabel ist«, sagte Anthony arrogant. »Jenkins sollte hier sein.«

Elspeth begriff, worauf Anthony hinaus wollte: Er hoffte, Jenkins würde es nicht wagen, seine Anklage im Beisein Anthonys zu wiederholen. In diesem Fall bliebe dem College kaum etwas Anderes übrig, als die Vorwürfe ad acta zu legen. Elspeth hielt diese Strategie nicht für erfolgversprechend, aber probieren konnte man es ja.

Doch da unterbrach Luke die Diskussion. »Das reicht«, sagte er mit einer ungeduldigen Geste und wandte sich an den Dekan: »Ich habe gestern Abend eine Frau ins Haus gebracht, Sir«, sagte er.

Elspeth hielt die Luft an. Was erzählte er da?

Der Dekan zog die Brauen zusammen. »Nach meinen Informationen war es Mr. Carroll, der diese Frau ins Haus lud.«

»Ich fürchte, da hat man Sie falsch unterrichtet.«

»Das stimmt doch alles gar nicht!«, platzte Elspeth heraus.

Luke streifte sie mit einem Blick, der ihr eiskalt durch die Glieder fuhr. »Miss Twomey war um Mitternacht auf ihrem Zimmer, wie Ihnen das Meldebuch der Aufseherin bestätigen wird.«

Elspeth starrte ihn an. Das Meldebuch *würde* es bestätigen, natürlich, denn eine Freundin hatte ja ihre Unterschrift gefälscht. Nun ging ihr auf, dass sie besser den Mund hielt, bevor sie sich um Kopf und Kragen redete. Was hatte Luke bloß im Sinn?

Anthony stellte sich die gleiche Frage. Vollkommen perplex starrte er Luke an und sagte: »Luke, ich weiß nicht, was du da vorhast, aber ...«

»Lasst mich erzählen, wie's gewesen ist«, sagte der und fügte, als er Anthonys skeptische Miene sah, hinzu: »Bitte!«

Anthony zuckte mit den Schultern.

»Bitte fahren Sie mit Ihren Ausführungen fort, Mr. Lucas«, sagte der Dekan sarkastisch. »Ich kann es kaum erwarten.«

»Ich hab dieses Mädchen im Dew Drop Inn aufgegabelt«, begann Luke.

Erstmals meldete sich Miss Rayford zu Wort: *»Do drop in* – ›hereinspaziert‹?«, sagte sie ungläubig. »Ist das ein Wortspiel?«

»Jawohl.«

»Fahren Sie fort.«

»Sie arbeitet dort als Kellnerin. Ihr Name ist Angela Carlotti.«

Der Dekan glaubte ihm kein Wort und machte auch keinen Hehl daraus. »Nach meinen Informationen handelte es sich bei der Person, die in Cambridge House gesehen wurde, um die hier anwesende Miss Bilhah Josephson.«

»Nein, Sir«, widersprach Luke im Tonfall unerschütterlicher Gewissheit. »Miss Josephson ist eine Freundin von uns, aber sie war gar nicht in der Stadt, sondern hat die vergangene Nacht bei einem Verwandten in Newport, Rhode Island, verbracht.«

Miss Rayford wandte sich an Billie: »Wird der Verwandte diese Aussage bestätigen?«

Billie warf Luke einen verwirrten Blick zu und sagte dann: »Gewiss, Miss Rayford.«

Elspeth starrte Luke an. Hatte er wirklich vor, seine Karriere zu opfern, um Anthony aus der Patsche zu helfen? Das war doch Wahnsinn! Luke hielt viel von Loyalität, aber was sich da abzeichnete, hieß die gute Freundschaft zu weit treiben.

»Können Sie diese … Kellnerin als Zeugin beibringen?«, wollte Ryder von Luke wissen. Das Wort »Kellnerin« hatte er mit hörbarem Abscheu ausgesprochen, als meine er »Prostituierte«.

»Ja, Sir, das kann ich.«

»Nun gut …« Der Dekan war sichtlich überrascht.

Elspeth wusste nicht mehr, was sie denken sollte. Hatte Luke ein Mädchen aus der Stadt bestochen, sich hier als Schuldige zu präsentieren? Wenn ja, war das Fiasko abzusehen. Jenkins würde jeden Eid darauf schwören, dass es die Falsche war.

»Aber ich habe nicht die Absicht, sie in diese Angelegenheit hineinzuziehen«, sagte Luke.

»Aha!«, bemerkte der Dekan. »In diesem Fall fällt es mir allerdings schwer, Ihnen Ihre Geschichte abzunehmen.«

Elspeth war wie vor den Kopf geschlagen. Da tischte Luke ihnen eine unglaubwürdige Geschichte auf und konnte keine Beweise für deren Richtigkeit vorlegen. Worauf wollte er bloß hinaus?

»Ich glaube nicht, dass Miss Carlottis Aussage noch erforderlich sein wird.«

»Da bin ich anderer Meinung, Mr. Lucas.«

Nun ließ Luke die Bombe platzen. »Ich werde das College noch heute Abend verlassen, Sir.«

»Luke!«, rief Anthony.

»Es ist nicht ratsam zu gehen, um einer Entlassung zuvor zu kommen«, sagte der Dekan. »Die Untersuchung wird trotzdem durchgeführt.«

»Unser Land befindet sich im Kriegszustand.«

»Das ist mir bekannt, junger Mann.«

»Ich werde mich morgen Vormittag zum Militärdienst melden, Sir.«

»Nein!«, schrie Elspeth auf.

Zum ersten Mal wusste der Dekan nicht mehr, was er sagen sollte. Mit offenem Mund starrte er Luke an.

Elspeth ging jetzt auf, wie clever Lukes Strategie war. Gegen einen Studenten, der sein Leben fürs Vaterland riskierte, konnte das College kaum ein Disziplinarverfahren einleiten. Und wenn es keine Untersuchung gab, war Billie aus dem Schneider.

Ein trauriger Gedanke überkam sie und legte sich wie Nebel über ihren Blick. Luke hatte alles aufgegeben – um Billie zu retten.

Miss Rayford mochte Billies Cousin trotzdem noch um eine Aussage bitten – doch der würde wahrscheinlich ihr zuliebe lügen. Der entscheidende Punkt lag darin, dass Radcliffe von Billie kaum verlangen konnte, die Kellnerin Angela Carlotti als Zeugin zu präsentieren.

Das alles war Elspeth jedoch in diesem Augenblick egal. Der einzige Gedanke, der sie beherrschte war: Ich habe Luke verloren.

Ryder murmelte etwas über einen Bericht, den er verfassen müsse; die Entscheidung wolle er anderen überlassen. Miss Rayford schrieb sich mit großer Umständlichkeit die Adresse von Billies Cousin auf. Doch das alles war nur noch Spiegelfechterei. Die beiden waren ausmanövriert worden – und wussten es genau.

Endlich durften die vier Studenten wieder gehen.

Kaum war die Tür hinter ihnen zugefallen, brach Billie in Tränen aus. »Zieh nicht in diesen Krieg, Luke!«, flehte sie.

Anthony sagte: »Du hast mir das Leben gerettet«, und umarmte Luke. »Ich werde dir das nie vergessen, niemals.« Er löste sich von Luke und ergriff Billies Hand. »Mach dir keine Sorgen«, sagte er zu ihr. »Luke ist viel zu gescheit, um sich umbringen zu lassen.«

Luke drehte sich zu Elspeth um. Als ihre Blicke sich trafen, zuckte er zusammen, und Elspeth wurde klar, dass jeder sehen konnte, wie wütend sie war. Aber das war ihr jetzt egal. Einen Augenblick lang starrte sie Luke an, dann holte sie aus und schlug ihn ins Gesicht, nur einmal, aber sehr hart. Luke stöhnte vor Schmerz und Überraschung unwillkürlich auf.

»Du Dreckschwein«, sagte Elspeth.

Dann machte sie kehrt und marschierte davon.

# 13.00 Uhr

**Jedes Baby-Sergeant-Triebwerk hat bei 1,22 m Länge 15,24 cm Durchmesser und wiegt 26,75 kg. Es brennt lediglich sechseinhalb Sekunden lang.**

Luke suchte eine ruhige Wohngegend. Er kannte sich in Washington überhaupt nicht aus, so als wäre er nie zuvor in der Stadt gewesen. Bei der Abfahrt vom Bahnhof hatte er irgendeine Richtung eingeschlagen und sich nach Westen gewandt. Die Straße führte ihn zunächst weiter in die Stadtmitte, ein Gebiet mit spektakulären Ausblicken und grandiosen Regierungsgebäuden. Wem es gefiel, der mochte es schön nennen – Luke empfand es eher als bedrückend. Wie auch immer – wenn er geradeaus weiterfuhr, musste er über kurz oder lang auch in ein Viertel kommen, wo ganz normale Familien in ganz normalen Häusern lebten.

Er überquerte einen Fluss, und schon befand er sich in einem bezaubernden Vorort mit vielen schmalen, von Bäumen gesäumten Straßen. Er kam an einem Gebäude vorbei, das ein Schild als »Nervenklinik Georgetown« auswies, und schloss daraus, dass der Vorort Georgetown hieß. Dann bog er in eine kleine Allee ein. Die Häuser machten einen bescheidenen Eindruck – und das war vielversprechend. Es war kaum damit zu rechnen, dass die Menschen, die hier lebten, sich rund um die Uhr beschäftigte Hausangestellte leisten konnten. Von daher standen die Chancen recht gut, ein Haus zu finden, in dem sich gegenwärtig niemand aufhielt.

Hinter einer Kurve war die Straße plötzlich zu Ende; ein Friedhof schloss sich an.

Luke parkte den gestohlenen Ford in entgegengesetzter

Fahrtrichtung, um im Notfall schnell wieder verschwinden zu können.

Jetzt brauchte er ein paar einfache Werkzeuge, einen Meißel oder einen Schraubenzieher und einen Hammer. Wahrscheinlich befand sich ein kleiner Werkzeugkasten im Kofferraum, doch der war abgeschlossen. Mithilfe eines Stücks Draht hätte er ihn öffnen können – sonst blieb ihm nur die Fahrt zu einem Eisenwarengeschäft, in dem er die benötigten Geräte kaufen oder stehlen konnte.

Luke drehte sich um und holte den gestohlenen Koffer vom Rücksitz. Er durchwühlte die Kleider, entdeckte eine Mappe mit Akten, streifte eine Büroklammer ab und machte den Koffer wieder zu.

Binnen dreißig Sekunden hatte er den Kofferraum geöffnet. In einer Blechdose neben dem Wagenheber fand er die erhofften Werkzeuge. Er suchte den größten Schraubenzieher heraus. Ein Hammer fehlte, aber es gab einen schweren justierbaren Schraubenschlüssel, der den gleichen Zweck erfüllen konnte. Er steckte die beiden Werkzeuge in die Tasche seines abgerissenen Regenmantels und schlug den Kofferraumdeckel zu.

Er holte den gestohlenen Koffer aus dem Wagen, schloss die Tür und ging um die Ecke. Ihm war klar, dass er ziemlich auffällig wirken musste: Ein in Lumpen gekleideter Pennbruder, der in einem netten Wohnviertel mit einem teuren Koffer unterwegs war. Wenn irgendein Wichtigtuer hier in der Straße die Polizei rief und wenn die Polizisten gerade nicht viel zu tun hatten, konnte er innerhalb von Minuten in den größten Schwierigkeiten stecken. Andererseits: Wenn alles gut ging, konnte er innerhalb einer halben Stunde gewaschen, rasiert und wie ein anständiger Bürger gekleidet sein.

Luke kam zum ersten Haus in der Straße. Er ging durch einen kleinen Vorgarten und klopfte an die Tür.

Rosemary Sims sah einen hübschen blau-weißen Wagen langsam an ihrem Haus vorbeifahren und fragte sich, wem der wohl gehörte. Gut möglich, dass die Brownings sich ein neues Auto gekauft hatten – an Geld fehlte es ihnen ja wirklich nicht. Mr. Cyrus war es allerdings auch zuzutrauen – ein Junggeselle wie er brauchte nicht zu knausern. War er es aber auch nicht, so musste es sich um einen Fremden handeln.

Ihre Augen waren noch sehr gut, und von ihrem gemütlichen Ohrensessel im ersten Stock aus konnte sie den größten Teil der Straße gut überblicken, vor allem im Winter, wenn die Bäume keine Blätter trugen. Also fiel ihr auch der große Fremde auf, der da um die Ecke marschiert kam. Und »fremd« war genau das richtige Wort: Er trug keinen Hut, sein Regenmantel war zerrissen, und seine Schuhe waren mit Schnur zusammengebunden, damit sie nicht auseinander fielen. Und dieser Fremde trug einen Koffer in der Hand, der wie neu aussah. Er ging an die Tür von Mrs. Britsky und klopfte an. Mrs. Britsky war eine alleinstehende Witwe – aber dumm war sie nicht. Sie würde den Fremden rasch abfertigen, da war Mrs. Sims sich ganz sicher. Schon tauchte Mrs. Britsky am Fenster auf und scheuchte den Mann mit einer herrischen Geste fort.

Der Fremde probierte es an der nächsten Tür wieder, bei Mrs. Loew. Die große, schwarzhaarige Frau, die nach Meinung von Mrs. Sims zu eingebildet war, öffnete, sagte ein paar Worte zu dem Mann und warf ihm die Tür vor der Nase zu.

Anscheinend hatte er vor, die ganze Straße abzugrasen. Die nächste Nachbarin war die junge Jeannie Evans. Sie kam mit Rita, ihrem Baby, auf dem Arm an die Tür, fummelte etwas aus ihrer Schürzentasche und reichte es ihm; wahrscheinlich waren es ein paar Münzen. Also war der Mann ein Bettler.

Der alte Mr. Clark kam in Bademantel und Schlappen an die Tür. Der Fremde zog unverrichteter Dinge wieder ab.

Mr. Bonetti, der Eigentümer des nächsten Hauses, war bei der Arbeit, und seine Frau Angelina, im siebten Monat schwanger, hatte das Haus vor fünf Minuten mit einem Einkaufsnetz in der Hand verlassen und war jetzt sicher unterwegs zum Laden. Bei denen war niemand zu Hause.

Luke hatte sich inzwischen die Türen genau angesehen. Es waren alle die gleichen, versehen mit so genannten Yale-Schlössern. Diese hatten einen Riegel auf der Türseite und ein Schließblech am Türstock. Von außen wurde das Schloss mit einem Schlüssel geöffnet, von innen mit einem Drehknopf.

Jede Tür hatte in Kopfhöhe ein kleines Fenster mit dunklem Glas. Am einfachsten war es, man schlug das Fenster ein, langte hinein und drehte von innen den Türknopf auf. Aber das zerbrochene Fenster wäre von der Straße aus sichtbar gewesen. Luke entschied sich daher für den Schraubenzieher.

Vorsichtig ließ er seinen Blick in beide Richtungen über die Straße schweifen. Er hatte Pech gehabt – erst beim fünften Versuch war er auf ein Haus gestoßen, in dem sich zurzeit offensichtlich niemand aufhielt. Gut möglich, dass er mittlerweile jemandem aufgefallen war, auch wenn sich weit und breit niemand blicken ließ. Doch egal – ihm blieb ohnehin keine andere Wahl. Er musste es riskieren.

Mrs. Sims drehte sich vom Fenster weg und griff nach dem Hörer des Telefons, das neben ihrem Sessel stand. Langsam und bedächtig wählte sie die Nummer der örtlichen Polizeiwache. Sie kannte sie auswendig.

Es musste schnell geschehen.

Luke schob die Klinge des Schraubenziehers in Höhe des Schlosses zwischen Tür und Türstock und schlug mit dem schweren Ende des Schraubenschlüssels auf den Griff, um die Klinge in das Schließblech zu treiben.

Der erste Schlag zeigte keine Wirkung. Der Schraubenzieher wurde vom Stahl des Schlosses blockiert. Luke stocherte herum, um ihn irgendwie an die gewünschte Stelle zu bekommen. Der zweite Schlag war fester, doch noch immer glitt die Schraubenzieherklinge nicht zwischen Tür und Blech. Luke spürte, wie ihm trotz der Kälte der Schweiß auf der Stirn ausbrach.

Immer mit der Ruhe, sagte er sich. Du hast das früher

schon mal getan. Bloß wann? Er hatte keine Ahnung. Es war auch egal. Die Technik stimmte, dessen war er sich sicher.

Wieder stocherte er mit dem Schraubenzieher herum – und dieses Mal fühlte es sich so an, als habe die Klinge irgendwo gefasst. Den nächsten Hammerschlag führte er mit aller Kraft. Der Schraubenzieher drang zwei, drei Zentimeter tief in den Zwischenraum ein.

Luke drückte den Griff zur Seite und hebelte damit den Riegel des Schlosses aus dem Schließblech. Zu seiner großen Erleichterung sprang die Tür auf und öffnete sich nach innen. Der Schaden am Türrahmen war so unauffällig, dass er von der Straße aus nicht gesehen werden konnte.

Schnell schlüpfte er ins Haus und schloss die Tür hinter sich.

Als Rosemary Sims die Nummer gewählt hatte, sah sie wieder aus dem Fenster. Der Fremde war verschwunden.

Das war aber schnell gegangen.

Die Polizeiwache meldete sich. Verwirrt und ohne ein Wort zu sagen legte Mrs. Sims den Hörer wieder auf.

Wieso hatte der Mann plötzlich aufgehört, Klinken zu putzen? Wo war er hin? Wer war er überhaupt?

Sie lächelte. Das waren Fragen, über die sie sich den ganzen Tag lang den Kopf zerbrechen konnte.

Es war das Heim eines jung verheirateten Paars. Die Wohnung war möbliert mit einer Mischung aus Hochzeitsgeschenken und Gelegenheitskäufen aus Trödelläden. Im Wohnzimmer hatten sie eine neue Couch und einen großen Fernsehapparat, doch in der Küche benutzten sie noch immer Orangenkisten für Vorräte und Geschirr. Ein ungeöffneter Brief auf dem Heizkörper in der Diele war an Mr. G. Bonetti adressiert.

Hinweise auf Kinder konnte Luke keine entdecken. Wahrscheinlich waren Mr. und Mrs. Bonetti beide berufstätig und kamen erst abends heim. Verlassen konnte man sich darauf allerdings nicht.

Luke ging rasch die Treppe hinauf. Von den drei Schlafzimmern war nur eines möbliert. Er warf den Koffer auf das ordentlich gemachte Bett, öffnete ihn und entnahm ihm einen sorgfältig zusammengelegten blauen Anzug mit Kreidestreifen, ein weißes Hemd und eine konservative gestreifte Krawatte. Des Weiteren fand er dunkle Socken, frische Unterwäsche und ein Paar auf Hochglanz polierte schwarze Halbschuhe, die lediglich eine halbe Nummer zu groß aussahen.

Er streifte seine Lumpengarderobe ab und gab ihr einen Tritt, sodass sie in eine Zimmerecke rutschte. Splitterfasernackt in einer fremden Wohnung – ein unheimliches Gefühl! Einen Moment lang erwog er, aufs Duschen zu verzichten. Aber er merkte selbst, wie schlimm er roch.

Er ging über den schmalen Treppenabsatz ins Bad. Ein herrliches Gefühl, unter dem warmen Wasser zu stehen und sich von Kopf bis Fuß einzuseifen! Als er aus der Dusche kam, blieb er stehen und lauschte aufmerksam. Im Haus war alles ruhig.

Er trocknete sich mit einem von Mrs. Bonettis rosa Badetüchern ab – auch ein Hochzeitsgeschenk, vermutete er – und zog die Unterwäsche, die Hosen, Socken und Schuhe aus dem gestohlenen Koffer an. Wenigstens halb angezogen zu sein erleichterte die Flucht, falls irgendetwas passierte, während er sich rasierte.

Mr. Bonetti benutzte einen elektrischen Rasierapparat. Luke war dagegen Nassrasierer. Im Koffer fand er einen Sicherheitsrasierer und einen Rasierpinsel. Er schäumte sich das Gesicht ein und brachte die Rasur rasch hinter sich.

Mr. Bonetti besaß kein Rasierwasser, aber vielleicht half der Koffer auch in diesem Fall weiter. Nachdem er den ganzen Vormittag über gestunken hatte wie ein Schwein, war der Gedanke an einen angenehmen Duft verführerisch. Er fand einen eleganten Kulturbeutel aus Leder und zog den Reißverschluss auf. Rasierwasser fand er keines – aber immerhin einhundert Dollar in sauber gefalteten Zwanzig-Dollar-Scheinen: eine Notreserve. Luke steckte das Geld in die Tasche. Er wollte es bei nächster Gelegenheit zurückzahlen.

Der Mann ist schließlich kein Kollaborateur, dachte er.

Er hielt inne: Was soll das denn heißen? Wie komme ich denn plötzlich auf so einen Begriff?

Noch ein Rätsel. Er zog Hemd und Jackett an. Beides saß wie angegossen – er hatte bei der Wahl seines Opfers ja auch sorgfältig darauf geachtet, einen Mann von seiner eigenen Größe und Statur zu finden. Die Kleidung war von guter Qualität. Auf dem Gepäckanhänger stand als Adresse Central Park South, New York. Der Besitzer des Koffers mochte ein hohes Tier aus der Führungsetage eines Konzerns sein, der für ein paar Tage zu Geschäftsterminen nach Washington gekommen war.

Auf der Innenseite der Badezimmertür befand sich ein raumhoher Spiegel. Seit dem frühen Morgen, als ihm in der Herrentoilette der Union Station ein verdreckter Penner entgegenstarrte, hatte Luke sich nicht mehr gesehen.

Jetzt nahm er seinen Mut zusammen und stellte sich vor den Spiegel.

Er sah einen großen, durchtrainierten Mann Mitte dreißig mit schwarzem Haar und blauen Augen – ein ganz normaler Mensch, der allerdings etwas gehetzt wirkte. Ein mattes Gefühl der Erleichterung überkam ihn.

Sieh dir den Kerl da an, dachte er. Womit der wohl seine Brötchen verdient?

Seine Hände waren weich und sahen nun, da sie gewaschen waren, nicht mehr aus wie die eines Mannes, der damit harte körperliche Arbeit leistet. Sein Gesicht war glatt, alles andere als von Wind und Wetter gegerbt – das sprach eher für eine Bürotätigkeit. Das Haar war gut geschnitten. Der Bursche im Spiegel schien sich in den Klamotten eines Managers ganz wohl zu fühlen.

Ein Polizist war er definitiv nicht.

Im Koffer fanden sich weder ein Hut noch ein Mantel. Luke wusste, dass ein Mann ohne Hut und Mantel an einem kalten Januartag auffallen musste, und fragte sich, ob vielleicht irgendwo im Haus was Passendes zu finden war. Die Suche war es wert, noch ein paar Sekunden länger zu bleiben.

Er öffnete den Kleiderschrank. Viel war nicht darin. Mrs. Bonetti besaß drei Kleider. Ihr Ehemann verfügte über einen sportlichen Mantel fürs Wochenende und einen schwarzen Schlips, den er vermutlich anlegte, wenn er in die Kirche ging. Ein Wintermantel fehlte – wahrscheinlich konnte sich Mr. Bonetti nur einen leisten, und den trug er natürlich jetzt. Immerhin hing noch ein leichter Regenmantel im Schrank. Luke nahm ihn vom Bügel. Besser als gar nichts, dachte er und zog ihn an. Er war eine Nummer zu klein, aber tragbar.

Ein Hut befand sich nicht im Schrank, doch Luke fand eine Tweedmütze, die Bonetti vermutlich am Samstag zu dem Sportmantel trug. Er setzte sie sich probehalber auf. Auch sie war zu klein. Er würde sich mit dem Geld aus dem Kulturbeutel einen Hut kaufen müssen, aber für eine Stunde oder so würde die Mütze schon reichen …

Er hörte ein Geräusch im Erdgeschoss und erstarrte.

Die Stimme einer jungen Frau sagte: »Was ist denn mit der Haustür passiert?«

Eine zweite, ähnliche Stimme antwortete: »Sieht so aus, als hätte jemand versucht einzubrechen!«

Luke unterdrückte einen Fluch. Er war zu lange geblieben.

»Au weh, ich glaub, du hast Recht!«

»Du holst wohl am besten die Polizei.«

Mrs. Bonetti war nicht bei der Arbeit, sondern wohl nur einkaufen gewesen. Dabei hatte sie eine Freundin getroffen und diese zu einer Tasse Kaffee eingeladen.

»Ich weiß nicht … Sieht irgendwie so aus, als wären die Diebe nicht reingekommen.«

»Woher willst du das wissen? Schau mal nach, ob was gestohlen wurde.«

Luke war klar, dass er jetzt so schnell wie möglich verschwinden musste.

»Was gibt's bei uns schon zu stehlen? Den Familienschmuck?«

»Den Fernsehapparat vielleicht?«

Luke öffnete die Schlafzimmertür und sah in den Vorgarten

hinaus. Es gab dort weder einen passenden Baum noch ein Abflussrohr für die Dachrinne, woran er hätte hinunterklettern können.

»Es fehlt nichts«, hörte er Mrs. Bonetti sagen. »Ich glaub nicht, dass die reingekommen sind.«

»Und oben?«

Lautlos huschte Luke über den Treppenabsatz ins Badezimmer. Auf der Rückseite des Hauses befand sich ein gepflasterter Innenhof. Wer da hinuntersprang, brach sich alle Knochen.

»Ich schau mal nach.«

»Hast du denn keine Angst?«

Ein nervöses Kichern folgte. »Doch, schon. Aber was bleibt mir anderes übrig? Stell dir mal vor, wir holen die Polizei, und niemand war im Haus. Da stünden wir ziemlich dämlich da.«

Luke hörte Schritte auf der Treppe. Er stand hinter der Badezimmertür.

Die Schritte kamen näher und tappten über den Treppenabsatz ins Schlafzimmer. Mrs. Bonetti stieß einen kurzen Schrei aus.

Die Stimme der Freundin sagte: »Wem gehört denn der Koffer hier?«

»Den hab ich noch nie gesehen!«

Geräuschlos glitt Luke aus dem Badezimmer. Er sah die offen stehende Schlafzimmertür, aber nicht die beiden Frauen. Auf Zehenspitzen schlich er die Treppe hinunter und war heilfroh, dass sie mit Teppichboden belegt war.

»Welche Einbrecher bringen denn ihr Gepäck mit?«

»Ich ruf sofort die Polizei an. Das ist mir unheimlich.« Luke öffnete die Haustür und trat ins Freie.

Er lächelte. Geschafft!

Leise zog er die Tür hinter sich zu und ging schnell davon.

Mrs. Sims runzelte die Stirn. Das war rätselhaft. Der Mann, der da aus dem Haus der Bonettis kam, trug Mr. Bonettis schwarzen Regenmantel und die graue Tweedmütze, die er immer aufsetzte, wenn er zu einem Spiel der Redskins ging.

Aber er war größer als Mr. Bonetti, und die Kleider saßen nicht richtig.

Sie sah ihm nach, wie er die Straße hinunterging und um die Ecke bog. Es war eine Sackgasse: Er musste also zurückkommen. Eine Minute später kam der blau-weiße Wagen, der ihr vorhin schon aufgefallen war, um die Ecke. Er fuhr zu schnell. Mit einem Schlag war ihr klar, dass der Mann, der aus dem Haus der Bonettis gekommen war, und der Bettler, den sie beobachtet hatte, ein und dieselbe Person waren. Er musste eingebrochen sein und Mr. Bonettis Kleider gestohlen haben!

Der Wagen fuhr unter ihrem Fenster vorbei. Mrs. Sims sah nach dem Nummernschild und prägte sich das Kennzeichen ein.

**DIE SERGEANT-TRIEBWERKE WURDEN 300 BODENTESTS UNTERZOGEN. AUCH 50 FLUGTESTS UND 290 ÜBERPRÜFUNGEN DES ZÜNDSYSTEMS HABEN SIE OHNE STÖRFÄLLE ÜBERSTANDEN.**

Kochend vor Wut und Ungeduld saß Anthony im Konferenzsaal.

Noch immer lief Luke irgendwo in Washington herum, und kein Mensch wusste, was er im Schilde führte. Er aber, Anthony, hockte hier wie auf Kohlen und musste sich das Geschwätz eines opportunistischen Wichtigtuers aus dem Außenministerium anhören, der unbedingt irgendwelche Rebellen bekämpfen wollte, die sich in den Bergen Kubas zusammenrotteten. Anthony wusste alles über Fidel Castro und Che Guevara. Sie hatten weniger als tausend Mann unter ihrem Kommando. Natürlich konnte man die ausradieren – aber darum ging es nicht. Wenn man Castro umbrachte, würde ein anderer seinen Platz einnehmen.

Was Anthony wollte, hatte nichts mit Kuba zu tun: Er wollte raus auf die Straße und Luke suchen.

Er und sein Stab hatten Fahndungsersuchen an fast alle Polizeiwachen im District of Columbia geschickt. Sie hatten die Reviere gebeten, sämtliche Vorfälle mit Säufern oder Pennern genau zu registrieren und sofort zu melden, des Weiteren alle Ereignisse, an denen ein Täter beteiligt war, der wie ein College-Professor redete, und darüber hinaus alles, was in irgendeiner Weise ungewöhnlich erschien. Die Polizisten arbeiteten gerne für die CIA – die Vorstellung, an der Bekämpfung internationaler Spionage mitwirken zu können, gefiel ihnen.

Der Mann aus dem Außenministerium hatte seinen Vortrag

beendet, und die Diskussion am runden Tisch nahm ihren Anfang. Anthony wusste, dass die USA nur eine Chance hatten, auf Kuba die Machtübernahme Castros oder einer ähnlichen Figur zu verhindern: Sie mussten sich auf der Insel für eine Regierung einsetzen, die gemäßigte Reformen auf den Weg bringen würde. Diese Gefahr bestand allerdings nicht – und die Kommunisten konnten sich ins Fäustchen lachen.

Die Tür ging auf, und Pete Maxell schlüpfte herein. Er entschuldigte sich mit einem Kopfnicken bei Konferenzleiter George Cooperman, nahm dann auf dem Stuhl neben Anthony Platz und reichte ihm eine Mappe mit Polizeiberichten.

Fast jede Polizeiwache konnte mit ungewöhnlichen Beobachtungen aufwarten: Eine bildschöne Frau, die am Jefferson Memorial wegen Taschendiebstahls festgenommen worden war, hatte sich als Mann entpuppt. Im Zoo hatten ein paar Beatniks eine Voliere zu öffnen versucht, um einen Adler freizulassen. In Wesley Heights hatte ein Mann den Versuch unternommen, seine Frau zu ersticken, wobei er sich einer Pizza mit einer Extraportion Käse bediente. Der Lieferwagen eines religiösen Verlags hatte in Petworth seine Ladung verloren, sodass der Verkehr in der Georgia Avenue durch einen Erdrutsch aus lauter Bibeln blockiert war.

Zwar lag es durchaus im Bereich des Möglichen, dass Luke Washington inzwischen verlassen hatte, doch hielt Anthony das für unwahrscheinlich. Luke hatte kein Geld für Zug- oder Busfahrkarten. Natürlich konnte er sich was stehlen – aber warum sollte er sich die Mühe machen? Wohin hätte er schon reisen sollen? Seine Mutter lebte in New York, seine Schwester in Baltimore, aber das wusste er schließlich nicht. Luke hatte nicht die geringste Veranlassung wegzufahren.

Während Anthony hastig die Berichte überflog, hörte er mit einem Ohr, was sein Boss Carl Hobart über den amerikanischen Botschafter auf Kuba, Earl Smith, zu sagen hatte, der sich unermüdlich bemühte, Kirchenführern und anderen engagierten Leuten, die Kuba mit friedlichen Mitteln reformieren wollten, das Leben so schwer wie möglich zu machen. Manchmal fragte sich Anthony, ob Smith nicht vielleicht ein Agent des Kreml sein mochte, doch wahrscheinlich war er einfach nur ein Dummkopf.

Einer der Polizeiberichte sah interessant aus. Er zeigte ihn Pete und flüsterte ungläubig: »Stimmt das?«

Pete nickte. »An der Kreuzung A-Straße–Siebte Straße hat ein Penner einen Polizisten angegriffen und zusammengeschlagen.«

»Ein *Penner* einen *Cop*?«

»Ja. Und gar nicht weit von der Stelle entfernt, wo wir Luke verloren haben.«

»Das könnte er gewesen sein!«, sagte Anthony aufgeregt. Carl Hobart, der noch immer das Wort führte, warf ihm einen verärgerten Blick zu. Anthony senkte die Stimme und flüsterte wieder: »Aber warum sollte er einen Polizisten angreifen? Hat er ihm was weggenommen – die Dienstwaffe zum Beispiel?«

»Nein, aber er hat den Cop ganz schön fertig gemacht. Der Mann musste im Krankenhaus behandelt werden. Er hat ihm den Zeigefinger der rechten Hand gebrochen.«

Ein Zittern durchfuhr Anthony wie ein elektrischer Schlag. »Das ist er!«, sagte er laut.

»Herrgott noch mal!«, rief Carl Hobart.

George Cooperman ließ sich nicht aus der Ruhe bringen und sagte freundlich: »Anthony – entweder, du hältst jetzt die Schnauze oder du verschwindest. Ihr könnt euch auch draußen unterhalten, oder?«

Anthony erhob sich. »Tut mir leid, George. Bin gleich wieder da.« Pete im Schlepptau, verließ er den Raum. Als die Tür hinter ihnen geschlossen war, sagte er: »Das war im Krieg sein Markenzeichen. Bei Gestapo-Leuten. Er hat ihnen die Finger gebrochen, mit denen sie geschossen haben.«

Pete sah ihn erstaunt an. »Woher wissen Sie denn das?«

Anthony wurde schlagartig klar, dass er einen Fehler gemacht hatte. Pete glaubte ja noch immer, Luke wäre ein Diplomat, der einen Nervenzusammenbruch erlitten hatte. Bisher hatte Anthony ihn nicht wissen lassen, dass er Luke persönlich kannte. Insgeheim verfluchte er sich wegen seiner Nachlässigkeit. »Ich habe Ihnen noch nicht alles erzählt«, sagte er betont beiläufig. »Wir haben im OSS zusammengearbeitet.«

Pete runzelte die Stirn. »Und nach dem Krieg wurde er Diplomat?« Er sah Anthony wissend an. »Er hat nicht nur Schwierigkeiten mit seiner Frau, oder?«

»Nein, ich bin mir ziemlich sicher, dass es sich um eine ernstere Angelegenheit handelt.«

Pete gab sich damit zufrieden. »Muss ein kaltblütiger Hund sein … bricht dem Kerl einfach so zum Vergnügen den Zeigefinger.«

»Kaltblütig?« Nein, auf diesen Gedanken wäre Anthony nie gekommen, obwohl Luke durchaus eine knallharte Seite hatte. »Ja, wenn's drauf ankam, war er das schon, glaube ich.« Ich habe den Fehler ausgebügelt, dachte er erleichtert. Trotzdem muss ich jetzt Luke finden. »Um welche Zeit hat diese Auseinandersetzung stattgefunden?«

»Halb zehn.«

»Verdammt, das ist mehr als vier Stunden her. Inzwischen kann er überall in der Stadt sein.«

»Was sollen wir tun?«

»Schicken Sie ein paar Leute runter zur A-Straße, die sollen das Foto von Luke herumzeigen. Und versuchen Sie rauszubringen, ob es Hinweise gibt, in welche Richtung er sich verdrückt hat. Und reden Sie mit dem Cop.«

»Okay.«

»Und wenn Sie irgendetwas finden sollten – haben Sie bloß keine Hemmungen, in diese Scheiß-Konferenz reinzuplatzen.«

»Kapiert.«

Anthony ging zurück in den Saal. George Cooperman, sein alter Kriegskamerad, sprach gerade. Er war ungeduldig. »Wir sollten eine Hand voll harter Burschen von den Special Forces reinschicken. Die räumen in anderthalb Tagen mit dieser Lumpenarmee von Castro auf.«

»Wäre es möglich, diese Aktion geheim zu halten?«, fragte der Mann aus dem Außenministerium nervös.

»Nein«, sagte George. »Aber wir können die Sache als lokalen Konflikt darstellen, so wie im Iran und in Guatemala.«

Carl Hobart mischte sich ein: »Entschuldigen Sie die dumme Frage – aber wieso ist das, was wir im Iran und in Guatemala getan haben, ein Geheimnis?«

»Wir wollen unsere Methoden nicht an die große Glocke hängen, das ist doch klar«, sagte der Mann aus dem Außenministerium.

»Entschuldigen Sie, aber das ist doch Unfug!«, widersprach Hobart. »Die Russen wissen, dass wir es waren. Die Iraner und die Guatemalteken wissen, dass wir es waren – und in Europa können Sie ganz offen in jeder Zeitung nachlesen, dass wir es waren. Einzig und allein das amerikanische Volk wurde für dumm verkauft. Warum sollen wir denn ausgerechnet die Amerikaner belügen?«

George antwortete mit wachsender Empörung: »Wenn alles rauskäme, gäbe es eine Untersuchung durch den Kongress. Irgendwelche bescheuerten Politiker würden sich aufspielen und fragen, ob wir überhaupt das Recht dazu hatten, ob die Aktionen legal waren und wie es den armen iranischen Bauerntrampeln geht und den beknackten spanischen Bananenpflückern.«

»Das sind vielleicht gar nicht einmal die dümmsten Fragen«, wandte Hobart unbeirrt ein. »Was haben wir denn in Guatemala schon Gutes erreicht? Kann mir hier jemand den Unterschied zwischen dem Armas-Regime und einer Gangsterbande erklären?«

George riss der Geduldsfaden. »Zum Teufel auch!«, brüllte er. »Wir sind nicht dazu da, Hunger leidende Iraner zu füttern und südamerikanischen Bauern bürgerliche Freiheiten zu verschaffen! Unser Job ist es, amerikanische Interessen durchzusetzen, basta! Auf die Demokratie ist geschissen!«

Einen Augenblick lang herrschte Stille. Dann sagte Carl Hobart: »Ich danke Ihnen, George. Gut, dass wir jetzt genau wissen, woran wir sind.«

## 14.00 Uhr

**Jedes Sergeant-Triebwerk hat ein Zündsystem, das aus zwei parallel geschalteten elektrischen Zündkerzen und einem gelartigen, in eine Plastikhülle gegossenen walzenförmigen metallischen Oxidationsmittel besteht. Die Zünder sind so empfindlich, dass sie abgetrennt werden müssen, sobald sich ein Gewitter einem Umkreis von 20 km um Cape Canaveral nähert. Ansonsten besteht die Gefahr einer unbeabsichtigten Zündung.**

In einem Herrenmodengeschäft in Georgetown kaufte sich Luke einen weichen, grauen Filzhut und einen marineblauen Wollmantel. Mit Hut und Mantel verließ er den Laden und hatte das Gefühl, der Welt wieder in die Augen sehen zu können.

Jetzt war er endlich bereit, konkrete Schritte zur Lösung seiner Probleme zu unternehmen. Zuerst musste er sich genauere Kenntnisse über die Funktion des Gedächtnisses aneignen. Er wollte wissen, wodurch Amnesie entstand, ob es verschiedene Formen des Gedächtnisschwunds gab und wie lange sie gegebenenfalls dauerten. Vor allem aber benötigte er Informationen über mögliche Behandlungsmethoden.

Wo bekam man solche Informationen? In einer Bibliothek. Wie fand man eine Bibliothek? Mithilfe eines Stadtplans. Am nächsten Zeitungsstand besorgte er sich einen Stadtplan von Washington, auf dem groß und deutlich die Städtische Zentralbibliothek an der Kreuzung von New-York- und Massachusetts-Avenue eingetragen war. Das war auf der anderen Seite der Stadt, da, wo er her gekommen war. Luke fuhr zurück.

Die Bibliothek befand sich in einem großen klassizistischen Gebäude, das wie ein griechischer Tempel auf einem kleinen Hügel stand. Auf dem Giebeldreieck des mit Säulen gesäumten Eingangs waren die Worte SCIENCE · POETRY · HISTORY eingraviert.

Auf der obersten Treppenstufe zögerte Luke kurz, dann erinnerte er sich daran, dass er wieder ein ganz normaler Bürger war, und betrat das Gebäude.

Seine neue äußere Erscheinung zeigte sofort Wirkung. Hinter dem Schalter erhob sich eine grauhaarige Bibliothekarin und fragte: »Kann ich Ihnen helfen, Sir?«

Luke empfand eine beklemmende Dankbarkeit darüber, dass man ihn plötzlich so höflich behandelte. »Ich wüsste gerne, wo ich hier Bücher zum Thema ›Gedächtnis‹ finde«, sagte er.

»In der Psychologie-Abteilung«, sagte die Frau. »Wenn Sie mir bitte folgen wollen.« Sie führte ihn durch ein weiträumiges Treppenhaus ins nächst höhere Stockwerk und deutete auf eine Ecke.

Luke ließ seinen Blick über das betreffende Regal wandern. Es gab eine Menge Bücher über Psychoanalyse, Kindesentwicklung und Wahrnehmung, die ihm alle aber nicht weiterhalfen. Er griff sich einen umfangreichen Band mit dem Titel *Das menschliche Gehirn* heraus und blätterte darin. Über das Gedächtnis fand er kaum etwas, und überdies kam ihm der Inhalt sehr technisch vor. Es enthielt einige Gleichungen und statistisch aufbereitetes Material, was er problemlos verstand, aber der Rest setzte ein humanbiologisches Wissen voraus, über das er nicht verfügte.

Dann fiel sein Blick auf einen anderen Titel: *Einführung in die Psychologie des Gedächtnisses* von Bilhah Josephson. Das klang vielversprechend. Er nahm das Buch zur Hand und fand ein Kapitel über Gedächtnisstörungen. Darin hieß es:

Die häufigste Form von »Gedächtnisverlust« ist bekannt als »globale Amnesie«.

Lukes Stimmung stieg. Er war also nicht der einzige Mensch, dem so etwas passierte.

Ein Patient, der unter globaler Amnesie leidet, weiß nicht mehr, wer er ist, und erkennt weder seine Eltern noch seine Kinder wieder. Allerdings kann er sich an viele andere Dinge erinnern. Es ist durchaus möglich, dass er Auto fahren, Fremdsprachen sprechen, eine Maschine auseinander nehmen und sagen kann, wie der Ministerpräsident von Kanada heißt. Besser wäre es daher, seinen Zustand als »autobiografische Amnesie« zu bezeichnen.

Genau das war es! Er konnte spüren, wenn er beschattet wurde, und er konnte einen gestohlenen Wagen ohne Schlüssel starten.

Dr. Josephson entwickelte im Folgenden die Theorie, dass das Gehirn für verschiedene Informationsarten verschiedene »Gedächtnisspeicher« besaß, vergleichbar mit getrennten Aktenschränken.

Das *autobiografische Gedächtnis* speichert unsere persönlichen Erfahrungen. Diese sind durch Zeiten und Orte gekennzeichnet: Normalerweise wissen wir nicht nur, was geschehen ist, sondern auch, wann und wo es geschah.

Das *semantische oder Langzeit-Gedächtnis* enthält allgemeines Wissen wie die Hauptstadt von Rumänien und die Fähigkeit, quadratische Gleichungen zu lösen.

Das *Kurzzeit-Gedächtnis* sorgt dafür, dass wir uns eine Telefonnummer jene paar Sekunden zwischen dem Nachschauen im Telefonbuch und dem Wählen merken können.

Dr. Josephson berichtete anhand von Beispielen, dass es Patienten gibt, bei denen ein »Aktenschrank« ausgefallen ist, während die anderen weiterhin funktionieren, so wie es bei Luke der Fall war. Nach und nach kam er dahinter, dass es sich bei dem, was ihm zugestoßen war, um ein bekanntes, gründlich erforschtes psychologisches Problem handelte, und er empfand tiefe Erleichterung und Dankbarkeit gegenüber der Autorin des Buches.

Dann kam ihm plötzlich ein aufregender Gedanke: Er war ungefähr Mitte dreißig und musste deshalb seit zirka zehn Jahren im Berufsleben stehen. Sein berufliches Wissen aber musste im Langzeitgedächtnis gespeichert und noch verfügbar sein. Es musste doch eine Möglichkeit geben, herauszufinden, auf welchem Gebiet er tätig gewesen war. Das wäre ein vielversprechender Auftakt zur baldigen Wiederentdeckung seiner Identität!

Er blickte von dem Buch auf und überlegte, welche besonderen Kenntnisse er besaß. Die Tricks eines Geheimagenten berücksichtigte er dabei nicht, denn er war aufgrund seiner weichen »Büro-Haut« bereits zu dem Schluss gekommen, dass er kein Polizist war. Doch über welches andere Spezialwissen verfügte er?

Das war wahnsinnig schwer zu sagen. Der Zugang zum Gedächtnis war ein anderer als der zu einem Kühlschrank, bei dem man einfach die Tür öffnete und auf einen Blick sah, was darin enthalten war. Eher ließ er sich mit einem Bibliothekskatalog vergleichen: Man musste wissen, was man suchte. Luke war enttäuscht, als er zunächst nicht weiterkam, zwang sich aber zu Geduld und konsequentem Nachdenken.

Wenn ich ein Rechtsanwalt wäre, dachte er, müsste ich mich dann an Tausende von Gesetzen erinnern? Oder angenommen, ich wäre Arzt – müsste ich dann nicht bei dieser oder jener Frau, die mir begegnet, sagen können, sie hat wahrscheinlich Appendicitis?

Nein, das funktionierte alles nicht. Das Einzige, was ihm auffiel, als er die letzten Minuten vor seinem geistigen Auge Revue passieren ließ, war, dass er die Gleichungen und Statistiken in *Das menschliche Gehirn* ohne weiteres verstanden hatte, während ihm andere Aspekte der Psychologie wie ein Buch mit sieben Siegeln vorgekommen waren. Vielleicht war er in einem Beruf tätig gewesen, der irgendetwas mit Zahlen zu tun hatte: Buchhaltung zum Beispiel oder Versicherungen. Vielleicht war er auch Mathelehrer.

Er suchte die Mathematik-Abteilung der Bibliothek auf und musterte die Regale. Ein Buch mit dem Titel *Zahlentheorie* fiel ihm ins Auge. Er blätterte eine Zeit lang darin herum. Es war alles klar und deutlich dargestellt, allerdings schon seit etlichen Jahren veraltet…

Unvermittelt sah er auf. Er hatte etwas entdeckt: Er verstand etwas von Zahlentheorie.

Das war ein wichtiger Hinweis. Auf den meisten Seiten des Buches, das er in der Hand hielt, standen mehr Gleichungen als Text. Es war nicht für den wissbegierigen Laien geschrieben – es war eine Universitätsarbeit. Und er begriff sie. Also musste er Naturwissenschaftler sein – nur, was für einer?

Mit wachsendem Optimismus suchte er sich das Chemie-Regal und nahm *Polymerchemie* heraus. Er fand es verständlich, aber nicht leicht. Unter den Physikbüchern griff er nach *Ein Symposium über das Verhalten kalter und sehr kalter Gase*. Ein faszinierendes Buch, das sich las wie ein guter Roman.

Er kreiste sein Gebiet immer mehr ein. Sein Beruf hatte etwas mit Mathematik und Physik zu tun. Welchem Zweig der Physik? Kalte Gase waren interessant, aber er hatte nicht das Gefühl, darüber so gut Bescheid zu wissen wie der Autor des Buches. Er suchte weiter, blieb bei der Geophysik stehen und musste an die Zeitungsschlagzeile denken: *US-Erdtrabant bleibt auf dem Boden*. Er nahm das Buch *Grundlagen des Raketenbaus* heraus.

Es war ein Lehrbuch für Anfänger – und dennoch fand Luke schon auf der ersten Seite einen Fehler – und, als er weiterlas, gleich die nächsten beiden…

»Ja!«, sagte er laut und schreckte damit einen Schüler auf, der neben ihm ein Biologiebuch studierte. Wenn ich in Lehrbüchern Fehler entdecke, muss ich ein Fachmann sein, dachte er. Ich bin Raketen-Experte.

Er fragte sich, wie viele Raketen-Spezialisten es in den Vereinigten Staaten geben mochte – wahrscheinlich ein paar

Hundert. Auf schnellstem Wege begab er sich wieder zum Informationstisch und wandte sich an die grauhaarige Bibliothekarin. »Gibt es so etwas wie eine Liste mit Wissenschaftlern?«

»Selbstverständlich«, sagte sie. »Das *Dictionary of American Scientists*. Es steht gleich am Eingang der Naturwissenschaftlichen Abteilung.«

Er fand es sofort – ein schweres Buch, das trotz seines Gewichts sicherlich nicht den Namen jedes amerikanischen Wissenschaftlers enthielt, sondern wahrscheinlich nur die prominenten. Immerhin, einen Versuch war es wert. Er setzte sich an einen Tisch und durchsuchte das Inhaltsverzeichnis nach allen »Lukes«, wobei er seine Ungeduld zügeln und sich zu einer sorgfältigen Suche zwingen musste.

Er fand einen Biologen namens Luke Parfitt, einen Archäologen namens Lucas Dimittry und einen Pharmakologen namnes Luc Fontainebleu, aber keinen Physiker.

Er machte die Gegenprobe und prüfte die Liste der Geophysiker und Astronomen. Unter den Vornamen fand sich keine Version des Namens Luke. Es stand ja auch, wie er sich zerknirscht eingestehen musste, nicht einmal mit Sicherheit fest, dass er wirklich Luke hieß. Pete hatte ihn so genannt, das war alles. Sein richtiger Name hätte auch Parzival sein können.

Er war enttäuscht, aber nicht bereit aufzugeben.

Es musste einen anderen Ansatz geben. Irgendein Umfeld, wo man ihn kannte. Vielleicht heiße ich nicht Luke, dachte er, aber mein Gesicht gehört allemal mir. Das *Dictionary of American Scientists* enthält lediglich Fotos der bekanntesten Leute wie beispielsweise von Dr. Wernher von Braun. Aber ich muss doch irgendwo Freunde und Kollegen haben, die mich erkennen – ich muss sie nur finden!

Und dann wusste er auf einmal, wo er suchen musste: Zumindest einige seiner Bekannten mussten Raketen-Spezialisten sein.

Wo findet man Naturwissenschaftler? An den Universitäten. Im Lexikon fand er unter dem Stichwort ›Washington‹ eine Liste der Universitäten in der Stadt, und weil er zuvor schon in Georgetown gewesen war und daher den Weg kannte, entschied er sich für die Georgetown University. Dem Stadtplan entnahm er, dass der große Campus mindestens fünfzig Straßenzüge umfasste. Die Uni verfügte wahrscheinlich über eine große physikalische Fakultät mit Dutzenden von Professoren.

Einer von denen muss mich doch kennen, dachte er.

Voller Hoffnung verließ er die Bibliothek und begab sich wieder zu seinem Wagen.

## 14.30 Uhr

**Die Zünder waren ursprünglich nicht zur Zündung im Vakuum konstruiert. Für die Jupiter-Rakete mussten sie umgebaut werden, sodass 1. das gesamte Triebwerk in einem luftdichten Behälter versiegelt ist, 2. für den Fall einer Beschädigung dieses Behälters auch der Zünder noch separat in einem luftdichten Behälter versiegelt ist und 3. der Zünder überhaupt im Vakuum zünden kann. Bei dieser mehrfachen Absicherung gegen Störfälle handelt es sich um ein Konstruktionsprinzip, das als Redundanz bezeichnet wird.**

Die Kuba-Konferenzrunde machte Kaffeepause, und Anthony rannte zurück ins Q-Gebäude, um sich über den neuesten Stand der Dinge zu informieren. Insgeheim betete er zum Himmel, dass sein Team irgendetwas herausgefunden hatte, irgendeinen Hinweis, der Aufschluss über Lukes Verbleib geben konnte.

Pete kam ihm auf der Treppe entgegen. »Hier ist was Merkwürdiges«, sagte er.

Anthony Herz schlug höher vor hoffnungsvoller Erwartung. »Her damit!«

»Ein Bericht von der Polizei in Georgetown. Da kommt eine Hausfrau vom Einkaufen nach Hause und stellt fest, dass man bei ihr eingebrochen und die Dusche benutzt hat. Der Eindringling ist verschwunden, hat aber einen Koffer und einen Stapel dreckiger alter Klamotten da gelassen.«

Anthony fühlte sich wie elektrisiert. »Endlich – das ist der Durchbruch!«, sagte er. »Geben Sie mir die Adresse!«

»Sie meinen, das ist unser Mann?«

»Da bin ich mir sicher! Er hat es satt, wie ein Pennbruder herumzulaufen. Also bricht er in ein leeres Haus ein, duscht und rasiert sich und zieht ein paar anständige Kleider an. Das ist typisch für ihn – er hasst es, schlecht angezogen zu sein.«

»Sie kennen ihn offenbar sehr gut«, sagte Pete nachdenklich.

Anthony merkte, dass er schon wieder einen Fehler gemacht hatte. »Nein, tu ich nicht!«, blaffte er. »Ich habe nur seine Akte gelesen.«

»Entschuldigung«, sagte Pete und fügte nach einer kurzen Pause hinzu: »Ich frag mich, wieso er seine Klamotten zurückgelassen hat.«

»Schätze, dass die Frau nach Hause kam, bevor er fertig war.«

»Was macht die Kuba-Konferenz?«

Anthony hielt eine Sekretärin an, die gerade vorbeikam. »Bitte rufen Sie im Konferenzsaal im P-Gebäude an und sagen Sie Mr. Hobart, dass ich heftige Magenschmerzen habe. Mr. Maxell muss mich nach Hause fahren.«

»Magenschmerzen«, wiederholte sie unbewegt.

»Genau!«, bestätigte Anthony und ging. Über die Schulter rief er ihr zu: »Es sei denn, Ihnen fällt was Besseres ein!«

Er verließ das Gebäude. Pete folgte ihm, und gemeinsam sprangen sie in seinen alten Cadillac. »Die Sache muss möglicherweise sehr sensibel behandelt werden«, sagte er, während er den Weg nach Georgetown einschlug. »Gut daran ist, dass Luke uns ein paar Indizien hinterlassen hat. Problematisch dürfte sein, dass uns keine hundert Mann zur Verfügung stehen, die jeder Spur hinterherjagen können. Deshalb habe ich vor, die Washingtoner Polizei für uns arbeiten zu lassen.«

»Viel Glück dabei«, sagte Pete skeptisch. »Und was soll ich tun?«

»Seien Sie nett zu den Cops und überlassen Sie das Reden mir.«

»Das bringe ich gerade noch zustande, glaub ich.«

Anthony fuhr schnell und fand auch rasch die in dem Polizeibericht angegebene Adresse. Es war ein kleines Einfamilienhaus in einer ruhigen Seitenstraße. Vor dem Haus parkte ein Streifenwagen.

Bevor Anthony eintrat, studierte er die gegenüber liegende Straßenseite und musterte kritisch alle Häuser. Kurz darauf hatte er gefunden, was er suchte: ein Gesicht im ersten Stock, das ihn beobachtete. Es gehörte einer älteren Frau mit weißen Haaren. Als sie merkte, dass er sie ansah, trat sie nicht etwa vom Fenster zurück, sondern erwiderte seinen Blick mit unverfrorener Neugier. Die Klatschtante aus der Nachbarschaft – genau das, was er brauchte. Er lächelte und winkte ihr, was sie mit einem Neigen ihres Kopfes quittierte.

Anthony wandte sich ab und ging auf das Haus zu, in das eingebrochen worden war. Dort, wo das Schloss aufgebrochen war, bemerkte er Kratzer und eine kleine Absplitterung am Türstock – ein sauberer Profi-Job ohne unnötige Beschädigungen, dachte er. Das passt zu Luke.

Eine attraktive junge Frau öffnete die Tür. Sie war schwanger – dauert nicht mehr lange, dachte Anthony. Sie führte ihn und Pete ins Wohnzimmer. Auf dem Sofa saßen zwei Männer, rauchten und tranken Kaffee. Der eine war ein uniformierter Streifenbeamter, der andere, ein junger Mann in einem billigen Kunstseide-Anzug, wahrscheinlich ein Inspektor. Vor ihnen stand ein Kaffeetisch mit schrägen Beinen und einer mit rotem Plastik beschichteten Platte. Auf dem Tisch lag ein offener Koffer.

Anthony stellte sich vor, zeigte aber nur den Polizisten seinen Dienstausweis. Er wollte nicht, dass Mrs. Bonetti – und mit ihr alle Freundinnen und Nachbarinnen – erfuhren, dass die CIA an dem Fall interessiert war. Deshalb sagte er zu ihr: »Wir sind Kollegen der Herren von der Polizei.«

Der Inspektor hieß Lewis Hite. »Ist Ihnen Näheres über diese Angelegenheit bekannt?«, fragte er vorsichtig.

»Ja, ich denke, wir haben ein paar Informationen, die Ihnen weiterhelfen können. Aber zuerst muss ich wissen, was Sie schon herausgefunden haben.«

Hite breitete mit einer Geste der Verwunderung die Hände aus. »Wir haben hier einen Koffer, der einem gewissen Rowley Anstruther jr. aus New York gehört. Bricht da einfach in Mrs. Bonettis Haus ein, geht duschen und verschwindet wieder. Seinen Koffer lässt er hier. Da soll nun einer draus schlau werden!«

Anthony sah sich den Koffer, der kaum halb voll war, genauer an. Er war aus braunem Leder und von guter Qualität. Anthony ging den Inhalt durch: saubere Hemden und Unterwäsche, aber keine Schuhe, keine Hose, kein Jackett.

»Sieht so aus, als wäre Mr. Anstruther erst heute, von New York kommend, in Washington eingetroffen«, sagte er.

Hite nickte, aber Mrs. Bonetti sagte voller Bewunderung: »Woher wissen Sie denn das?«

Anthony lächelte. »Inspektor Hite wird es Ihnen erklären.« Er wollte Hite nicht die Schau stehlen und ihn dadurch brüskieren.

»Der Koffer enthält frische Unterwäsche, aber keine getragene«, erklärte Hite. »Der Mann hat also seine Kleidung noch nicht gewechselt, das heißt, er hat aller Wahrscheinlichkeit nach noch nicht auswärts übernachtet und ist erst heute Morgen abgereist.«

»Wie ich hörte, hat er auch ein paar alte Kleider hier gelassen«, sagte Anthony.

Der Streifenpolizist – sein Name war Lonnie – sagte. »Ich hab sie.« Er hob einen Karton hoch, der neben dem Sofa stand. »Regenmantel«, sagte er, während er den Inhalt auseinander klambüserte. »Hemd, Hose, Schuhe.«

Anthony erkannte die Sachen: Es waren die Lumpen, die Luke getragen hatte. »Ich kann mir nicht vorstellen, dass es tatsächlich Mr. Anstruther war, der in dieses Haus eingedrungen ist«, sagte er. »Vermutlich hat man ihm heute Vormittag seinen Koffer gestohlen, wahrscheinlich am Bahnhof.« Er sah den Polizisten an. »Lonnie, würden Sie bitte die Wache anrufen, die für den Bahnhof zuständig ist, und fragen, ob ein solcher Diebstahl gemeldet wurde? Vorausgesetzt, Mrs. Bonetti gestattet uns, ihr Telefon zu benutzen.«

»Aber selbstverständlich«, sagte sie. »Es steht draußen im Flur.«

»Der Diebstahlsbericht sollte eine Liste mit dem Inhalt des Koffers enthalten«, fuhr Anthony fort. »Ich glaube, Sie werden feststellen, dass ein Anzug und ein Paar Schuhe dazugehören – die fehlen uns nämlich hier.« Sie sahen ihn alle verwundert an. »Bitte notieren Sie genau, um was für einen Anzug es sich handelt.«

»Okay.« Der Polizist verschwand im Flur.

Anthony war mit sich zufrieden. Es war ihm gelungen, die Leitung der Ermittlungen an sich zu ziehen, ohne die zuständigen Polizeibeamten vor den Kopf zu stoßen. Inspektor Hite sah ihn an, als warte er auf Instruktionen. »Mr. Anstruther muss athletisch gebaut sein, etwa eins fünfundachtzig groß und um die achtzig Kilo schwer«, sagte er. »Lewis, wenn Sie mal die Hemden überprüfen würden ... Schätze, wir haben da Größe 39 oder 40.«

»Die ... die habe ich schon überprüft«, sagte Hite.

»Hätte ich mir eigentlich denken können, dass Sie mir schon um Einiges voraus sind.« Anthony schmeichelte ihm mit einem schiefen Lächeln. »Wir haben ein Bild von dem Mann, von dem wir annehmen, dass er den Koffer gestohlen hat und in dieses Haus eingebrochen ist.« Anthony nickte Pete zu, der Hite daraufhin einen Stapel Fotos gab. »Einen Namen haben wir für ihn leider noch nicht«, log Anthony. »Er ist eins fünfundachtzig groß, um die achtzig Kilo schwer, von athletischem Körperbau und behauptet möglicherweise, er habe sein Gedächtnis verloren.«

»Und was steckt hinter der ganzen Geschichte?«, wollte Hite wissen. »Der Bursche wollte Anstruthers Kleider und kam dann hier her, um sich umzuziehen?«

»Ja, so ähnlich.«

»Aber warum?«

In Anthonys Blick lag die Bitte um Verständnis. »Das darf ich Ihnen nicht sagen, tut mir leid.«

Hite war's zufrieden. »Geheim, was? Kein Problem.«

Lonnie kam zurück. »Stimmt haargenau, was den Diebstahl betrifft. An der Union Station. Heute Vormittag um elf Uhr dreißig.«

Anthony nickte. Er hatte bei den beiden Polizisten mächtig Eindruck geschunden. »Und der Anzug?«

»Marineblau mit Nadelstreifen.«

Anthony wandte sich wieder an den Inspektor. »Sie können also ein Fahndungsfoto mit Beschreibung rausschicken, einschließlich der Kleider, die er trägt.«

»Glauben Sie denn, er ist noch in Washington?«

»Ja.« Anthony war sich dessen keineswegs so sicher, wie er vorgab, doch fiel ihm nach wie vor kein Grund ein, warum Luke Washington hätte verlassen sollen.

»Ich nehme an, er sitzt in einem Auto.«

»Dann kümmern wir uns einmal darum.« Anthony wandte sich an Mrs. Bonetti. »Wie heißt denn bitte die weißhaarige alte Dame, die schräg gegenüber von Ihnen wohnt?«

»Rosemary Sims.«

»Sie schaut wohl die ganze Zeit aus dem Fenster?«

»Wir nennen sie Schnüffel-Rosy.«

»Hervorragend.« Anthony wandte sich an den Inspektor. »Wollen wir uns einmal mit ihr unterhalten?«

»Yep.«

Sie überquerten die Straße und klopften bei Mrs. Sims an die Tür. Sie öffnete sofort, denn sie hatte schon im Flur auf die beiden Männer gewartet. »Ich habe ihn gesehen!«, sagte sie ohne Umschweife. »Wie er reinging, sah er aus wie ein Schnapsbruder. Als er rauskam, war er picobello angezogen!«

Anthony gab Hite mit einem Wink zu verstehen, dass er die Fragen stellen solle.

»Hatte der Mann einen Wagen, Mrs. Sims?«, fragte Hite.

»Ja, so ein blau-weißes Ford-Modell. Ich glaube nicht, dass

es jemandem hier in der Straße gehört.« Sie sah ihn listig an. »Ich weiß, was Sie mich jetzt fragen wollen.«

»Haben Sie zufällig das Kennzeichen erkannt?«, fragte Hite.

»Jawohl«, verkündete Mrs. Sims triumphierend. »Ich habe es aufnotiert.«

Anthony lächelte.

## 15.00 Uhr

**Die oberen Stufen der Rakete sind in einem Aluminiumgehäuse mit Magnesiumlegierung untergebracht. Die oberste Stufe ruht auf einem Kugellager, das es ihr ermöglicht, sich während des Fluges zu drehen. Die Zahl der Umdrehungen zur Verbesserung der Flugbahnpräzision liegt bei ca. 550 in der Minute.**

Siebenunddreißigste Straße, Ende O-Straße: Die schmiedeeisernen Tore der Georgetown-Universität standen offen. Eine matschige Rasenfläche war auf drei Seiten von hohen Gebäuden im neugotischen Stil eingefasst, die aus grauem Stein errichtet und mit Bossenwerk verziert waren. Studenten und Dozenten in Winter- und Regenmänteln huschten von einem Gebäude zum anderen. Luke fuhr langsam auf das Universitätsgelände und stellte sich vor, dass vielleicht der eine oder andere ihn erkennen und »Hey, Luke! Komm mal her!« rufen würde – und der Albtraum wäre vorüber.

Viele Professoren trugen Priesterkragen, woraus Luke folgerte, dass es sich um eine katholische Universität handeln musste, die zudem ausschließlich Männern vorbehalten zu sein schien.

Bin ich Katholik, fragte er sich.

Er parkte vor dem Haupteingang, einer Säulenhalle mit Dreifachbogen, die als *Healy Hall* ausgewiesen war. Er ging hinein. An der Rezeption saß eine Frau – das erste weibliche Wesen, das er auf dem Gelände sah. Sie erklärte ihm, dass sich die physikalische Fakultät unmittelbar unter ihnen befinde; er müsse wieder hinaus und eine Treppe hinuntergehen, die unter die Säulenhalle führte. Luke hatte das Gefühl, dem Kern des

Geheimnisses näher zu rücken – wie ein Schatzsucher, der in die Grabkammern einer ägyptischen Pyramide vordringt.

Den Angaben der Frau folgend gelangte er in ein großes Labor mit Experimentiertischen in der Mitte und Türen auf beiden Seiten, die zu kleineren Büroräumen führten. An einem der Tische arbeiteten mehrere Männer – ausnahmslos Brillenträger – an den Einzelteilen eines Mikrowellen-Spektrographen. Ihrem Alter nach zu urteilen, handelte es sich um Professoren und graduierte Studenten. Gut möglich, dass er den einen oder anderen von ihnen kannte. Erwartungsvoll ging er auf die Gruppe zu.

Einer der Älteren bemerkte ihn zuerst, aber in seinen Augen blitzte kein Wiedererkennen. »Kann ich Ihnen helfen?«

»Ich hoffe es«, sagte Luke. »Gibt es hier irgendwo ein geophysikalisches Seminar?«

»O nein, wie das?«, erwiderte der Mann. »An dieser Universität gilt ja schon die Physik als unwichtiges Nebenfach!« Die anderen lachten.

Luke präsentierte sich allen Blicken, doch niemand schien ihn zu kennen. Ich hab die falsche Uni ausgesucht, dachte er betreten; wahrscheinlich wäre es besser gewesen, zur George-Washington-Universität zu fahren. »Und was ist mit Astronomie?«, fragte er.

»Wie bitte? Ja, natürlich. Den Himmel studieren wir. Unser Observatorium ist berühmt.«

Lukes Stimmung hob sich. »Und wo ist es?«

Der Mann deutete auf eine Tür auf der Rückseite des Labors. »Gehen Sie durch bis zum anderen Ende des Gebäudes, dann sehen Sie es hinter dem Baseball-Stadion.« Er wandte sich wieder seinen Geräten zu.

Luke ging durch einen langen, dunklen, schmutzigen Korridor, der sich über die gesamte Länge des Gebäudes erstreckte, in die angegebene Richtung. Ein gebeugter Mann in professoralem Tweed kam ihm entgegen. Luke sah ihm in die Augen, bereit, sofort zu lächeln, falls der Professor ihn erkennen sollte. Doch der Mann streifte ihn nur mit einem nervösen Blick und huschte vorbei.

Unverzagt ging Luke weiter und versuchte sein Glück bei allen anderen, die ihm begegneten und aussahen wie Wissenschaftler. Aber kein Einziger ließ auch nur entfernt ahnen, dass er ihn kannte. Als Luke das Gebäude verließ, sah er Tennisplätze vor sich und konnte den Potomac River überblicken; im Westen, jenseits eines Sportplatzes, erhob sich eine weiße Kuppel.

Mit steigender Erwartung näherte er sich seinem Ziel. Auf dem flachen Dach eines niedrigen Gebäudes war ein großes drehbares Observatorium installiert, dessen Kuppel sich zu einem Teil aufschieben ließ. Eine so teure Einrichtung erlaubte den Schluss, dass es sich um eine ernst zu nehmende astronomische Abteilung handelte. Luke betrat das Gebäude.

Die Räume gruppierten sich um eine massive Mittelsäule, die das gewaltige Gewicht der Kuppel trug. Luke öffnete eine Tür und blickte in eine Bibliothek, in der sich jedoch kein Mensch aufhielt. Er probierte es an einer anderen Tür. Eine attraktive Frau, ungefähr in seinem Alter, saß an einer Schreibmaschine. »Guten Morgen«, sagte er. »Ist der Professor da?«

»Sie meinen Father Heyden?«

»Äh ... ja, natürlich.«

»Und wer sind Sie?«

»Ich ... äh ...« Dummerweise hatte er nicht daran gedacht, dass man ihn nach seinem Namen fragen könnte. Sein Zögern bewirkte, dass die Sekretärin misstrauisch die Brauen hoch zog. »Er wird mich nicht kennen«, sagte er und verbesserte sich sofort. »Das heißt, er wird mich schon kennen, hoffe ich, allerdings nicht meinen Namen.«

Ihr Misstrauen wuchs. »Aber Sie haben doch einen Namen?«

»Luke. Professor Luke.«

»Und von welcher Universität kommen Sie, Professor Luke?«

»Von ... äh ... New York.«

»Können Sie das spezifizieren? In New York gibt es viele akademische Institutionen.«

Luke verließ der Mut. In seiner Begeisterung hatte er sich auf eine solche Begegnung nicht vorbereitet – und nun war er drauf und dran, alles zu verpfuschen. Wer im Loch sitzt, sollte nicht unbedingt weitergraben, dachte er. »Ich bin nicht hier her gekommen, um mich einem Kreuzverhör zu unterziehen«, sagte er, jetzt ohne Lächeln und in kühlem Tonfall. »Bitte teilen Sie Father Heyden mit, dass Professor Luke, der Raketen-Spezialist, da ist und gerne ein paar Worte mit ihm sprechen würde, ja?«

»Ich fürchte, das wird nicht möglich sein«, erwiderte die Sekretärin unnachgiebig.

Luke stürmte aus dem Zimmer und schmetterte die Tür hinter sich zu. Seine Wut auf sich selbst war größer als die auf die Sekretärin, die ja nichts weiter tat, als ihrem Chef die Belästigung durch einen offenkundigen Spinner ersparen.

Er beschloss, sich noch ein wenig umzusehen und an verschiedene Türen zu klopfen – bis ihn jemand erkannte oder bis er hinausgeworfen wurde. Er stieg die Treppe ins erste Stockwerk hinauf. Das Gebäude war nahezu menschenleer. Eine Holztreppe ohne Geländer führte ins Observatorium. Luke kletterte hoch, sah hinein, doch auch dort war keine Seele. Voller Bewunderung betrachtete er das große Drehteleskop mit seinem komplizierten Steuerungssystem aus Zahnrädern und Hebeln, ein wahres Meisterwerk der Technik, und fragte sich, was er nun tun sollte.

Die Sekretärin kam hinter ihm die Treppe hoch. Er rechnete mit einer Auseinandersetzung, aber aus den Worten der Frau sprach Mitgefühl. »Sie haben … Probleme, nicht wahr?«, sagte sie.

Mit Freundlichkeit hatte er nicht gerechnet. Er spürte einen Kloß in der Kehle. »Es ist mir sehr peinlich«, sagte er, »aber ich habe mein Gedächtnis verloren. Ich weiß, dass ich auf dem Gebiet der Raketentechnologie tätig bin, und hoffte, hier irgendjemandem zu begegnen, der mich vielleicht erkennt.«

»Momentan ist niemand hier«, sagte die Sekretärin. »Professor Larkley hält gerade einen Vortrag über Raketentreibstoffe im Smithsonian Museum. Es handelt sich um eine Veranstaltungsreihe zum Internationalen Geophysikalischen Jahr. Die anderen Mitglieder der Fakultät sind ebenfalls dort.«

Luke sah sofort wieder einen Hoffnungsschimmer. Statt einem einzigen Geophysiker konnte er dort einen ganzen Saal voll treffen. »Wo ist das Smithsonian Museum?«

»In der Innenstadt, gleich beim Mall-Park in Höhe der Zehnten Straße.«

Im Laufe des Tages war er lange genug in Washington herumgekurvt, um zu wissen, dass es nicht weit war. »Wann beginnt der Vortrag?«

»Er hat um drei Uhr angefangen.«

Luke sah auf seine Uhr. Es war 15.30 Uhr. Wenn er sich beeilte, konnte er um vier Uhr dort sein. »Im Smithsonian Museum«, wiederholte er.

»Genauer gesagt, im Aircraft Building, das liegt auf der Rückseite des Museums.«

»Wissen Sie, mit wie vielen Zuhörern gerechnet wird?«

»Mit ungefähr hundertzwanzig.«

Von denen kennt mich garantiert einer, dachte Luke.

»Ich danke Ihnen«, sagte er, rannte die Treppe hinunter und verließ das Gebäude.

# 15.30 Uhr

**Durch die Drehung der zweiten Raketenstufe wird die Flugbahn stabilisiert, weil sich die Schubunterschiede der elf gebündelten Einzeltriebwerke ausgleichen.**

Billie schäumte vor Wut. Len Ross hatte versucht, sich bei den Leuten von der Sowerby-Stiftung anzubiedern. Die Stelle des Forschungsdirektors gebührte dem besten Wissenschaftler, nicht einem aalglatten Streber. Selbst am Nachmittag, als die Sekretärin des Klinikleiters anrief und sie bat, umgehend in sein Büro zu kommen, war ihr Zorn noch nicht verraucht.

Charles Silverton war Buchhalter, aber er hatte einen Sinn für die Bedürfnisse der Wissenschaftler. Das Krankenhaus gehörte einer Treuhandgesellschaft, deren Ziel es war, sowohl zum Verständnis der Geisteskrankheiten als auch zu deren Linderung beizutragen. Silverton sah seine Aufgabe darin, dafür zu sorgen, dass die Mediziner nicht durch administrative und finanzielle Probleme von ihrer Arbeit abgelenkt wurden. Billie mochte ihn.

Sein Büro war in der ehemaligen viktorianischen Villa einst das Esszimmer gewesen: Der offene Kamin und die Stuckverzierungen waren noch Überbleibsel aus jener Zeit. Mit einer Handbewegung bat Silverton Billie, Platz zu nehmen, und sagte: »Haben Sie heute Morgen mit den Leuten von der Sowerby-Stiftung gesprochen?«

»Ja. Len hat sie herumgeführt, und ich hab mich der Gruppe angeschlossen. Wieso?«

Silverton ging auf ihre Frage nicht ein. »Könnte es sein, dass Sie etwas gesagt haben, was als anstößig empfunden werden konnte?«

Billie runzelte die Stirn. Die Frage war ihr ein Rätsel. »Nicht, dass ich wüsste. Wir haben nur über den neuen Anbau gesprochen.«

»Ich hätte Sie wirklich gerne auf dem Posten des Forschungsdirektors gesehen, wissen Sie.«

Das klang alarmierend. »Was heißt hier ›hätte‹? Die Vergangenheitsform missfällt mir.«

»Len Ross ist ein kompetenter Wissenschaftler«, fuhr Silverton fort, »aber Sie sind eine Ausnahmeerscheinung. Sie haben mehr geleistet als er, obwohl sie zehn Jahre jünger sind.«

»Heißt das etwa, dass die Stiftung Lens Bewerbung unterstützt?«

Silverton zögerte. Die Sache war ihm offensichtlich peinlich. »Ich fürchte, sie besteht sogar auf seiner Ernennung – als Voraussetzung für ihren Zuschuss.«

»Die muss ja wohl der Teufel geritten haben!« Billie war wie vor den Kopf geschlagen.

»Kennen Sie jemanden, der Beziehungen zur Stiftung hat?«

»Ja. Einer meiner ältesten Freunde ist ein Treuhänder. Er heißt Anthony Carroll und ist der Patenonkel meines Sohnes.«

»Und warum sitzt er im Komitee? Womit verdient er sein Geld?«

»Er arbeitet für das Außenministerium, aber seine Mutter ist sehr gut betucht. Er ist in verschiedenen wohltätigen Organisationen engagiert.«

»Trägt er Ihnen irgendetwas nach?«

Sekundenlang kehrte Billie in die Vergangenheit zurück. Nach der Katastrophe, die zu Lukes Abgang von Harvard geführt hatte, war sie sehr wütend auf Anthony gewesen und nie wieder mit ihm ausgegangen. Später hatte sie ihm jedoch vergeben – und zwar, weil er sich so um Elspeth gekümmert hatte. Elspeth war damals in eine schwere Krise geraten. Ihre akademischen Leistungen ließen nach, sodass sogar ihr Studienabschluss in Gefahr geriet. Sie lief herum wie in Trance, ein bleiches Gespenst mit langem rotem Haar, wurde immer dünner und schwänzte ihre Seminare. Es war Anthony, der sie gerettet hatte. Die beiden kamen einander näher, obgleich ihre Beziehung eher von Freundschaft als von Verliebtheit geprägt war. Sie lernten gemeinsam, und Elspeth fing sich wieder, sodass sie am Ende doch noch genug aufholte, um ihre Prüfung zu bestehen. Anthony aber gewann dadurch Billies Achtung zurück. Seither waren sie Freunde.

Jetzt sagte sie zu Charles Silverton: »Ja, wir hatten mal Probleme, aber das ist sehr lange her und die Sache ist inzwischen längst bereinigt.«

»Vielleicht sitzt in dem Komitee auch jemand, der Lens Arbeit besonders schätzt.«

Billie dachte nach. »Len hat einen anderen Ansatz als ich«, sagte sie dann. »Er ist Freudianer und sucht nach psychoanalytischen Erklärungen. Wenn ein Patient plötzlich seine Lesefähigkeit verliert, nimmt Len an, dass der Betreffende eine unbewusste Angst vor der Literatur unterdrückt. Ich dagegen würde immer erst einmal von einem möglichen Hirnschaden ausgehen.«

»Dann wäre es also denkbar, dass ein überzeugter Freudianer im Ausschuss gegen Sie ist.«

»Kann schon sein«, seufzte Billie. »Dürfen die denn so was? Ich finde das unfair.«

»Ungewöhnlich ist es auf jeden Fall«, sagte Silverton. »Im Normalfall mischen sich Stiftungen nicht in Entscheidungen ein, die professioneller Erfahrung bedürfen. Aber ein Gesetz, das solche Einmischungen verbietet, gibt es nicht.«

»Wie dem auch sei – ich bin jedenfalls nicht bereit, diese Entscheidung tatenlos hinzunehmen. Was war die Begründung?«

»Ich bekam einen informellen Anruf des Vorsitzenden. Er sagte, im Komitee herrsche die Meinung vor, dass Len besser qualifiziert sei.«

Billie schüttelte den Kopf. »Es muss was anderes dahinter stecken.«

»Warum fragen Sie nicht Ihren Freund?«

»Genau das werde ich tun«, sagte sie.

## 15.45 Uhr

**Mithilfe eines Stroboskops wurde genau berechnet, wo die Gewichte zur perfekten Austarierung des Raketengehäuses angebracht werden mussten. Widrigenfalls würde das Innere des Gehäuses in so starke Schwingungen geraten, dass die gesamte Konstruktion auseinander fallen würde.**

Bevor er den Campus der Georgetown-Universität verließ, hatte Luke seinen Stadtplan zurate gezogen. Unterwegs sah er auf die Uhr. Die Fahrt würde ungefähr zehn Minuten dauern. Angenommen, er brauchte weitere fünf Minuten, um den Hörsaal zu finden, so konnte er es gerade noch rechtzeitig zum Ende des Vortrags schaffen. Und dann würde er endlich wissen, wer er war.

Fast elf Stunden waren vergangen, seit dieser Albtraum seinen Anfang genommen hatte. Doch da er sich an nichts erinnern konnte, was vor diesem Tag geschehen war, kam es ihm vor, als habe er in seinem ganzen Leben nichts anderes erlebt.

Er bog rechts ab in die Neunte Straße, die in südlicher Richtung zum Mall-Park führte. Wenige Augenblicke später hörte er eine Funkstreifensirene aufheulen, nur ein einziges Mal. Sein Herz stockte.

Im Rückspiegel tauchte ein Streifenwagen mit blinkendem Warnlicht auf. Auf dem Vordersitz saßen zwei Polizisten. Der eine deutete auf den Bordstein und rief in sein Mikrofon: »Fahren Sie rechts ran!«

Luke war wie am Boden zerstört. So kurz vor dem Ziel!

War ihm vielleicht ein geringfügiger Verstoß gegen die Straßenverkehrsordnung unterlaufen, und sie wollten ihm einen

Strafzettel verpassen? Selbst wenn das alles war – die Polizisten würden ihn nach seinem Führerschein fragen, und er hatte weder den noch sonst irgendwelche Ausweispapiere bei sich. Aber es ging wohl kaum nur um ein kleines Verkehrsdelikt: Er saß am Steuer eines gestohlenen Wagens. Er hatte gehofft, dass der Diebstahl erst gemeldet würde, wenn der Eigentümer abends aus Philadelphia zurückkehrte, aber irgendetwas war schief gelaufen. Die Cops wollten ihn festnehmen.

Doch dazu mussten sie ihn erst einmal erwischen.

Er schaltete innerlich auf Flucht. Vor ihm in der Einbahnstraße fuhr ein langer Lastzug. Ohne weiter nachzudenken, trat Luke aufs Gaspedal und setzte zum Überholen an.

Die Polizisten stellten ihre Sirene an und folgten ihm.

Luke scherte vor dem Lastwagen wieder ein. Er fuhr sehr schnell und handelte nun instinktiv: Er rammte den Automatikhebel auf P und drehte das Steuerrad hart nach rechts.

Der Ford rutschte vor und drehte sich dabei um die eigene Achse. Der Laster scherte nach links aus, um einen Zusammenstoß zu vermeiden, und zwang dadurch den Streifenwagen, bis zum äußersten linken Rand der Straße auszuweichen.

Damit der Wagen nicht blockierte, schaltete Luke in den Leerlauf. Als der Ford zur Ruhe kam, stand er gegen die Fahrtrichtung. Luke schaltete wieder auf *Drive* und stieg aufs Gas – und nun ging es in verkehrter Richtung die Einbahnstraße hinunter.

Die Entgegenkommenden wichen in halsbrecherischen Manövern nach links oder rechts aus, um einen Frontalunfall zu vermeiden. Luke riss das Steuer nach rechts, um der Kollision mit einem Stadtbus zu entgehen, dann schnitt er einen Kombi und raste weiter gegen ein wütendes Hupkonzert an. Ein alter Lincoln aus der Vorkriegszeit schleuderte auf den Bürgersteig und prallte gegen einen Laternenpfahl. Ein Motorradfahrer verlor die Kontrolle über seine Maschine und stürzte. Luke hoffte, dass er sich nicht ernsthaft verletzt hatte.

Er schaffte es bis zur nächsten Kreuzung und bog dort nach rechts in eine breite Avenue ein, überfuhr mit hoher Geschwindigkeit mehrere rote Ampeln und warf einen Blick in den Rückspiegel. Von dem Streifenwagen war weit und breit nichts mehr zu sehen.

Er wendete wieder und fuhr in südlicher Richtung weiter. Er hatte sich verfahren, wusste aber, dass der Mall-Park weiter im Süden lag. Da der Polizeiwagen außer Sicht war, wäre es nun eigentlich ratsam gewesen, mit normaler Geschwindigkeit zu fahren, doch inzwischen war es vier Uhr, und Luke war weiter von der Smithsonian-Institution entfernt als noch vor fünf Minuten. Wenn ich zu spät komme, sind die Zuhörer alle schon fort, dachte er und stieg wieder aufs Gas.

Die Straße nach Süden war zu Ende, und Luke sah sich gezwungen, rechts abzubiegen. In rasendem Tempo umkurvte er langsamere Fahrzeuge und versuchte dabei noch, sich Straßennamen einzuprägen. Er befand sich auf der D-Straße, erreichte eine Minute später die Siebte Straße und bog nach Süden ab.

Das Glück war ihm wieder hold! Alle Ampeln zeigten grün. Mit über hundert Stundenkilometern raste er die Constitution Avenue entlang – und plötzlich war er im Park.

Zu seiner Rechten erhob sich hinter einer Rasenfläche ein großes, dunkelrotes Gebäude, das an ein Märchenschloss erinnerte. Nach den Angaben auf der Karte musste es das Museum sein. Er hielt an und sah auf die Uhr. Es war fünf nach vier. Die Zuhörer brachen bestimmt schon auf. Er fluchte, sprang aus dem Wagen und lief über den Rasen.

Die Sekretärin hatte ihm gesagt, dass der Vortrag im Aircraft Building auf der Rückseite stattfinde. Wo befand er sich jetzt – vor oder hinter dem Gebäude? Es sah nach der Vorderfront aus. An der Seite verlief ein Fußweg durch einen kleinen Garten. Luke folgte ihm und erreichte eine breite, zweispurige Straße. Noch immer im Laufschritt stieß er auf ein kunstvoll geschmiedetes Eisentor, das zum Hintereingang des Museums führte. Rechts von ihm, neben einer Grünfläche, erhob sich ein Gebäude, das wie ein alter Flugzeughangar aussah.

Luke trat ein und sah sich um. An der hohen Decke hingen die verschiedensten Luftfahrzeuge: alte Doppeldecker, ein Düsenjäger aus dem Zeiten Weltkrieg, sogar ein Heißluftballon. Auf dem Boden standen Glasvitrinen mit Fliegerdekorationen, Fliegerkleidung, Luftbildkameras und Fotografien.

Luke sprach einen livrierten Aufseher an: »Ich bin hier wegen des Vortrags über Raketentreibstoffe.«

»Da sind Sie leider zu spät dran«, sagte der Mann und sah auf seine Uhr. »Es ist zehn nach vier, der Vortrag ist schon vorbei.«

»Wo hat er denn stattgefunden? Vielleicht kann ich den Referenten noch erwischen.«

»Ich glaube, er ist schon gegangen.«

Luke fasste den Mann scharf ins Auge und sagte langsam: »Beantworten Sie mir nur die eine verdammte Frage: Wo war es?«

Der Aufseher bekam es mit der Angst zu tun. »Da hinten am anderen Ende der Halle«, sagte er hastig.

Luke rannte in die angegebene Richtung. Am Ende der Halle war ein Vortragsraum improvisiert worden – mit Rednerpult, Tafel und Stuhlreihen. Das Publikum war größtenteils schon gegangen, doch ein harter Kern von acht oder neun Männern hatte sich in eine Ecke zurückgezogen und war dort in eine eifrige Diskussion vertieft. In der Mitte der Gruppe stand ein weißhaariger Herr, bei dem es sich möglicherweise um den Vortragenden handelte.

Luke verließ der Mut. Vor ein paar Minuten hatten sich hier noch über hundert Wissenschaftler aus seinem Fachgebiet aufgehalten – übrig geblieben war gerade mal eine Hand voll. Gut möglich, dass keiner von ihnen Luke kannte.

Der weißhaarige Mann blickte kurz auf und wandte sich wieder seinen Gesprächspartnern zu. Ob er Luke erkannt hatte, ließ sich nicht sagen. Er führte das Wort und redete ohne Pause weiter. »Nitromethan lässt sich kaum kontrollieren. Sie können die Sicherheitsfaktoren nicht einfach übergehen.«

»Man kann aber Sicherheitsmaßnahmen in den Prozess einbauen – vorausgesetzt, der Treibstoff ist gut genug«, sagte ein junger Mann im Tweedanzug.

Das Thema war Luke vertraut. Eine verwirrende Fülle von unterschiedlichen Raketentreibstoffen war getestet worden, darunter viele erheblich stärkere als die herkömmliche Kombination aus Alkohol und flüssigem Sauerstoff. Doch alle hatten sie ihre Nachteile.

Ein Mann mit Südstaatenakzent sagte: »Was halten Sie von asymmetrischem Dimethylhydrazin? Wie ich gehört habe, testen sie es gerade im Jet Propulsion Laboratory in Pasadena.«

Unvermittelt mischte sich Luke ein: »Es funktioniert, ist aber tödlich giftig.«

Alle drehten sich nach ihm um. Der weißhaarige Mann runzelte die Stirn und wirkte leicht verärgert; die Unterbrechung durch einen Fremden passte ihm nicht.

Der junge Mann im Tweedanzug reagierte erschrocken. »Mein Gott, Luke«, sagte er. »Was tun Sie denn in Washington?«

Luke war so glücklich, dass er auf der Stelle hätte losheulen können.

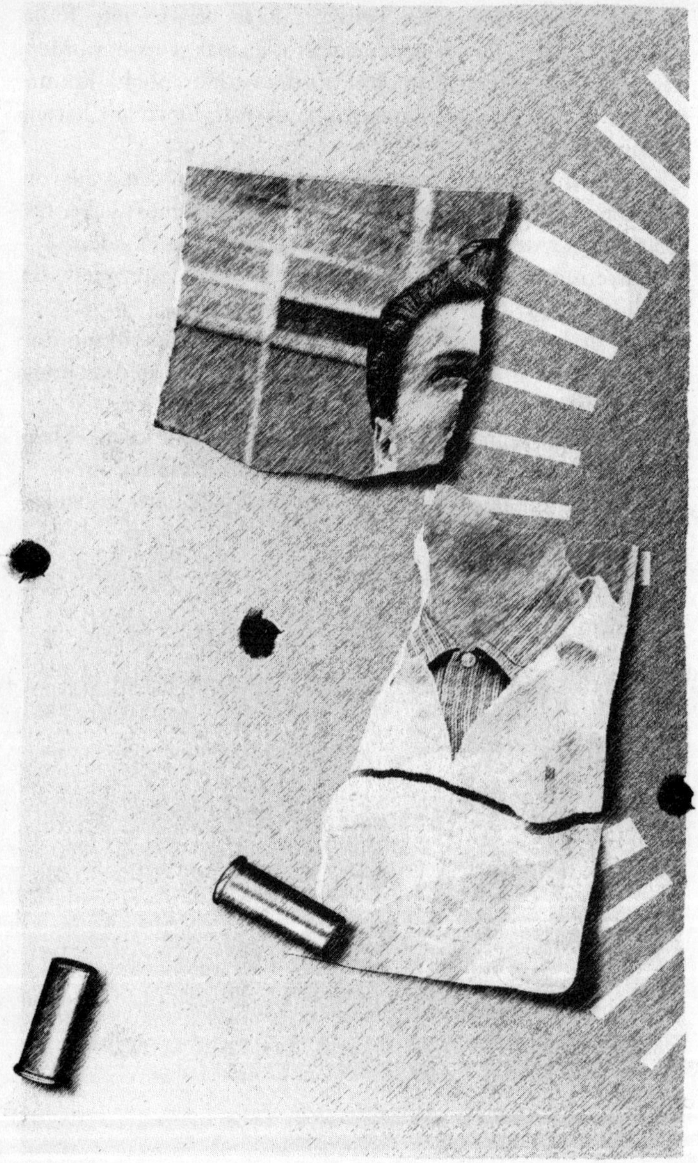

Dritter Teil
530

## 16.15 Uhr

**Zur Vermeidung von Resonanzvibrationen, welche die Rakete im Weltraum zerreissen könnten, variiert ein über Band gesteuertes Programm im Gehäuse die Rotationsgeschwindigkeit in den oberen Stufen zwischen 450 und 750 Umdrehungen pro Minute.**

Luke hatte es buchstäblich die Sprache verschlagen. Das Gefühl der Erleichterung war so stark, dass es ihm schier die Kehle abschnürte. Den ganzen Tag lang hatte er sich zu Ruhe und Vernunft gezwungen – jetzt aber stand er kurz vor dem Zusammenbruch.

Die anderen Experten hatten von seinem psychischen Ausnahmezustand nichts mitbekommen und nahmen ihr Gespräch wieder auf. Nur der junge Mann im Tweedanzug schien sich Sorgen zu machen und sagte: »Sind Sie okay, Luke?«

Luke nickte. Dann gelang es ihm, sich vier Worte abzuringen: »Können wir … miteinander sprechen?«

»Aber natürlich. Hinter der Gebrüder-Wright-Ausstellung ist ein kleines Büro, Professor Larkley hat es vorhin auch benutzt.«

Er führte Luke zu einer Tür. »Ich habe diesen Vortrag übrigens organisiert«, sagte er.

Das Büro war spartanisch möbliert: ein paar Stühle, ein Schreibtisch, ein Telefon. Sie setzten sich. »Was ist denn passiert?«, fragte der Mann.

»Ich habe mein Gedächtnis verloren.«

»Mein Gott!«

»›Autobiografische Amnesie‹ nennt man das. Ich kenne mich nach wie vor in meinem Fachgebiet aus – nur deshalb habe ich euch Jungs hier überhaupt gefunden. Aber über mich selbst weiß ich so gut wie gar nichts.«

Der junge Mann war sichtlich schockiert. »Wissen Sie denn, wer ich bin?«

Luke schüttelte den Kopf. »Ich weiß ja nicht einmal genau, wie ich selber heiße.«

»Uff…« Der Mann war völlig konsterniert. »So was kenne ich bisher höchstens aus dem Kino.«

»Ich brauche Sie. Sie müssen mir alles erzählen, was Sie über mich wissen.«

»Das kann ich mir vorstellen … Äh … Wo soll ich denn anfangen?«

»Sie haben mich Luke genannt.«

»Alle nennen Sie Luke. Sie sind Dr. Claude Lucas, aber ich glaube, ›Claude‹ hat Ihnen nie so recht gefallen. Ich bin Will McDermot.«

Überwältigt von Erleichterung und Dankbarkeit, schloss Luke die Augen. Er kannte seinen Namen! »Ich danke Ihnen, Will.«

»Über Ihre Familie kann ich Ihnen nichts sagen. Wir sind uns nur ein paar Mal auf wissenschaftlichen Konferenzen begegnet.«

»Wissen Sie, wo ich wohne?«

»Huntsville, Alabama, glaube ich. Sie arbeiten für die ABMA – die Army Ballistic Missile Agency im Redstone Arsenal in Huntsville. Aber Sie sind Zivilist, kein Armeeoffizier. Ihr Chef ist Wernher von Braun.«

»Ich kann Ihnen gar nicht sagen, wie gut es tut, all diese Dinge zu erfahren!«

»Es hat mich sehr überrascht, Sie hier zu sehen, denn Ihr Team ist gerade dabei, eine Rakete zu starten, mit der zum ersten Mal ein amerikanischer Satellit in den Weltraum geschossen werden soll. Ihre Leute sind alle unten in Cape Canaveral. Wie man hört, kann es heute Abend so weit sein.«

»Ich las darüber heute Morgen in der Zeitung. Mein Gott – und an dieser Rakete soll ich mitgearbeitet haben?«

»Ja. An der *Explorer*. Es handelt sich um den wichtigsten Raketenstart in der Geschichte des amerikanischen Weltraumprogramms – vor allem nach dem Erfolg des russischen Sputnik und dem Fehlschlag der Navy-Rakete Vanguard.«

Luke war selig. Noch vor ein paar Stunden hatte er sich für einen trunksüchtigen Penner gehalten – und jetzt stellte sich heraus, dass er ein Wissenschaftler auf dem Höhepunkt seiner Karriere war. »Aber dann müsste ich doch jetzt beim Start in Cape Canaveral sein!«, rief er.

»Genau… Und warum sind Sie das nicht? Wissen Sie das?«

Luke schüttelte den Kopf. »Ich bin heute Morgen in der Herrentoilette der Union Station aufgewacht. Wie ich dahin gekommen bin, weiß ich beim besten Willen nicht.«

McDermots Antwort war begleitet von einem Lächeln von Mann zu Mann: »Klingt ganz so, als wären Sie gestern auf einer heißen Party gewesen.«

»Gestatten Sie mir die absolut ernst gemeinte Frage: Bin ich so einer? Saufe ich so viel, dass ich danach umkippe?«

»Um das zu beantworten, kenne ich Sie nicht gut genug.« McDermot kniff die Brauen zusammen. »Es würde mich allerdings überraschen. Sie wissen ja, wie wir Wissenschaftler sind. Wir hocken beisammen, trinken Kaffee und reden über unsere Arbeit – das ist unsere Vorstellung von einer Party.«

Klingt plausibel, dachte Luke. »Sich einfach voll laufen zu lassen ist für unsereinen offenbar nicht interessant genug«, sagte er. Aber er fand keine andere Erklärung für die prekäre Situation, in die er geraten war. Wer war dieser Pete? Warum hatte man ihn beschattet? Und wer waren die beiden Männer, die im Bahnhof nach ihm Ausschau gehalten hatten?

Er überlegte, ob er Will McDermot das alles erzählen sollte, verwarf den Gedanken aber gleich wieder. Es klang alles so merkwürdig, dass McDermot ihn womöglich noch für verrückt halten würde. Stattdessen sagte er: »Ich werde in Cape Canaveral anrufen.«

»Gute Idee.« Will nahm den Hörer vom Telefon und wählte

die Null. »Will McDermot hier. Kann ich von diesem Apparat ein Ferngespräch führen? Ich danke Ihnen.« Er reichte den Hörer Luke.

Luke ließ sich von der Auskunft die Nummer geben und wählte. »Hier spricht Dr. Lucas.« Es tat ihm ungeheuer gut, seinen Namen angeben zu können. »Ich würde gerne jemanden vom *Explorer*-Team sprechen.«

»Die Leute befinden sich in den Hangars D und R«, sagte die männliche Stimme in der Vermittlung. »Bleiben Sie bitte am Apparat.«

Einen Augenblick später meldete sich eine andere Stimme. »Army Security, Colonel Hide.«

»Hier spricht Dr. Lucas …«

»Luke! Endlich! Wo, zum Teufel, stecken Sie?«

»Ich bin in Washington.«

»Und was, bei allen Göttern, treiben Sie dort? Wir sind hier schier am Durchdrehen. Der Militärische Abschirmdienst sucht Sie, das FBI auch, ja wir haben sogar die CIA eingeschaltet!«

Jetzt ist mir klar, was das für Agenten da im Bahnhof gewesen sind, dachte Luke. »Hören Sie«, sagte er. »Mir ist was ganz Verrücktes zugestoßen. Ich habe mein Gedächtnis verloren. Seit heute Morgen wandere ich in der Stadt umher und versuche rauszufinden, wer ich bin. Jetzt habe ich endlich ein paar Physiker gefunden, die mich kennen.«

»Das ist ja unfassbar! Wie konnte das passieren, um Himmels willen?«

»Ich hoffte, Sie könnten mir das erklären, Colonel.«

»Sie haben mich immer Bill genannt.«

»Bill.«

»Okay. Gut, ich sage Ihnen, was ich weiß: Am Montagmorgen sind Sie abgereist. Sie sagten, Sie hätten in Washington was zu erledigen. Sie sind von Patrick aus geflogen.«

»Patrick?«

»Ja, vom Luftwaffenstützpunkt Patrick unweit von Cape Canaveral. Marigold hat den Flug für Sie gebucht …«

»Wer ist Marigold?«

»Ihre Sekretärin in Huntsville. Sie hat Ihnen auch Ihre übliche Suite im Carlton-Hotel in Washington reservieren lassen.«

Ein Hauch von Neid lag in der Stimme des Colonels, und Luke fragte sich kurz, was mit der »üblichen Suite« wohl gemeint war. Aber es gab wichtigere Fragen. »Habe ich irgendjemandem erzählt, warum ich nach Washington fliege?«

»Marigold hatte für Sie einen Termin bei General Sherwood im Pentagon vereinbart – gestern Vormittag um zehn. Aber da sind Sie nicht aufgetaucht.«

»Habe ich einen Grund dafür angegeben, warum ich mit dem General sprechen wollte?«

»Offenbar nicht.«

»Wofür ist er zuständig?«

»Militärischer Abschirmdienst – aber er ist auch ein Freund Ihrer Familie. In dem Gespräch hätte es um alles Mögliche gehen können.«

Es muss sich um eine hoch brisante Angelegenheit gedreht haben, dachte Luke, andernfalls wäre ich nicht so kurz vor dem Raketenstart von Cape Canaveral abgereist. »Findet der Start heute Abend denn statt?«

»Nein, wir haben Probleme mit dem Wetter. Er ist auf morgen Abend, 22.30 Uhr, verschoben worden.«

Was habe ich bloß die ganze Zeit getrieben, fragte sich Luke. »Habe ich Freunde hier in Washington?«, wollte er wissen.

»Ja, sicher. Einer von ihnen ruft jede Stunde bei mir an. Bern Rothsten heißt er.« Hide nannte ihm eine Telefonnummer.

Luke kritzelte die Zahlen auf einen Notizblock. »Ich rufe ihn sofort an.«

»Zuallererst sollten Sie sich vielleicht bei Ihrer Frau melden.«

Luke erstarrte. Die Luft blieb ihm weg. Frau, dachte er. Ich habe eine Frau.

»Sind Sie noch da?«, fragte Hide.

Luke fing wieder an zu atmen. »Bill, äh …«

»Ja?«

»Wie heißt sie?«

»Elspeth«, sagte Hide. »Ihre Frau heißt Elspeth. Ich kann Sie zu ihr durchstellen. Bleiben Sie dran.«

Luke hatte ein nervöses Gefühl im Magen. Das ist doch dämlich, dachte er. Sie ist meine Frau, da brauche ich doch nicht nervös zu werden.

»Hier Elspeth. Luke, bist du es?«

Sie hatte eine warme, tiefe Stimme mit präziser Aussprache und ohne besonderen Akzent. Luke sah eine große, selbstbewusste Frau vor sich. »Ja, hier ist Luke. Ich habe mein Gedächtnis verloren.«

»Geht es dir gut? Ich habe mir solche Sorgen um dich gemacht.«

Er war tief gerührt, dass es da jemanden gab, der sich um ihn Sorgen machte. »Ja, inzwischen schon, glaube ich«, sagte er.

»Was, um alles in der Welt, ist bloß geschehen?«

»Ich weiß es nicht. Ich bin heute Morgen in der Herrentoilette der Union Station aufgewacht und habe seither versucht, herauszufinden, wer ich bin.«

»Alle Welt ist auf der Suche nach dir. Wo bist du denn jetzt?«

»Im Aircraft Building des Smithsonian.«

»Kümmert sich jemand um dich?«

Luke lächelte Will McDermot zu. »Ein Kollege hat mir geholfen. Außerdem habe ich die Telefonnummer von Bern Rothsten. Aber ich glaube, dass ich eigentlich keine Hilfe brauche. Mir geht's prächtig – nur habe ich eben mein Gedächtnis verloren.«

Will McDermot erhob sich. Es war ihm offensichtlich peinlich, das Gespräch mitzuhören. »Ich lasse Sie jetzt allein und warte draußen«, flüsterte er Luke zu.

Luke nickte dankbar.

»Du weißt also auch nicht mehr, warum du so überstürzt nach Washington geflogen bist?«, fragte Elspeth.

»Nein. Anscheinend habe ich es dir nicht gesagt.«

»Du sagtest, es wäre besser, wenn ich es nicht wüsste. Aber ich war total durcheinander. Ich habe einen alten Freund von uns in Washington angerufen, Anthony Carroll. Er arbeitet bei der CIA.«

»Hat er irgendwas unternommen?«

»Er hat dich am Montagabend im Carlton angerufen. Ihr habt euch für Dienstagmorgen zum Frühstück verabredet – aber da hast du dich nicht blicken lassen. Ich rufe ihn gleich an und sage ihm, dass alles in Ordnung ist.«

»Dann ist also ziemlich klar, dass mir zwischen Montagabend und Dienstagfrüh irgendetwas zugestoßen sein muss.«

»Du solltest zum Arzt gehen und dich untersuchen lassen.«

»Mir geht's gut. Aber ich habe noch wahnsinnig viele Fragen. Haben wir Kinder?«

»Nein.«

Luke spürte eine gewisse Traurigkeit, die ihm vertraut vorkam, wie der dumpfe Schmerz einer alten Wunde.

»Seit unserer Hochzeit vor vier Jahren bemühen wir uns, ein Baby zu bekommen«, fuhr Elspeth fort, »aber bisher hat es nicht geklappt.«

»Leben meine Eltern noch?«

»Deine Mutter, ja. Sie wohnt in New York. Dein Vater ist vor fünf Jahren gestorben.«

Wie aus dem Nichts überkam Luke eine tiefe Trauer. Er hatte alle Erinnerungen an seinen Vater verloren und würde ihn nie wieder sehen. Es war traurig, unsagbar traurig.

Elspeth fuhr fort: »Du hast zwei Brüder und eine Schwester, alle jünger als du. Deine kleine Schwester, Emily, ist dir von allen am liebsten. Sie ist zehn Jahre jünger als du und lebt in Baltimore.«

»Kannst du mir ihre Telefonnummern geben?«

»Ja, natürlich. Warte einen Augenblick, ich suche sie dir raus.«

»Ich würde gerne mit ihnen sprechen – warum, weiß ich nicht.« Luke hörte einen unterdrückten Schluchzer am anderen Ende der Leitung. »Weinst du?«

Elspeth schniefte. »Schon gut.« Er stellte sich vor, wie sie ein Taschentuch aus der Handtasche nahm. »Du hast mir plötzlich … so leid getan«, sagte sie unter Tränen. »Das muss ja furchtbar gewesen sein.«

»Ja, in manchen Augenblicken schon.«

»Hier sind die Telefonnummern.« Sie las sie ihm vor.

»Sind wir reich?«, fragte Luke, nachdem er die Nummern notiert hatte.

»Dein Vater war ein sehr erfolgreicher Bankier. Er hat dir eine Menge Geld hinterlassen. Wieso fragst du?«

»Bill Hide sagte, ich wäre in meiner ›üblichen Suite‹ im Carlton untergekommen.«

»Vor dem Krieg war dein Vater als Berater für die Regierung Roosevelt tätig. Wenn er in Washington zu tun hatte, nahm er gerne seine Familie mit. Du hattest immer eine Ecksuite im Carlton – wahrscheinlich hältst du dich also nur an die Familientradition.«

»Dann leben wir beide, du und ich, also nicht nur von meinem Gehalt bei der Armee?«

»Nein. Aber wir achten in Huntsville darauf, dass wir uns im Lebensstil nicht allzu sehr von dem deiner Kollegen unterscheiden.«

»Ich könnte dir den ganzen Tag lang Fragen stellen. Zuerst will ich aber unbedingt herausfinden, was mit mir passiert ist. Könntest du ein Flugzeug nehmen und heute Abend hierher kommen?«

Einen Moment lang herrschte Schweigen. »Mein Gott – warum?«

»Um mir bei der Lösung dieses Rätsels zu helfen. Ich könnte Unterstützung gebrauchen – und Gesellschaft.«

»Du solltest das alles schleunigst vergessen und nach Cape Canaveral kommen.«

Das war undenkbar. »Nein, vergessen kann ich das nicht.

Ich muss wissen, was das alles zu bedeuten hat. Es ist einfach zu seltsam, als dass man darüber hinwegsehen könnte.«

»Luke, ich kann Cape Canaveral jetzt unmöglich verlassen. Wir stehen kurz vor dem Start des ersten amerikanischen Satelliten, da kann ich das Team einfach nicht im Stich lassen!«

»Da hast du wohl Recht.« Er verstand die Situation, fühlte sich aber dennoch gekränkt durch ihre Weigerung. »Wer ist Bern Rothsten?«

»Er war mit dir und Anthony Carroll in Harvard und ist jetzt Schriftsteller.«

»Er wollte anscheinend Kontakt mit mir aufnehmen. Vielleicht weiß er, was hier gespielt wird.«

»Ruf mich später wieder an, ja? Ich bin heute Abend im Starlite Motel erreichbar.«

»Okay.«

»Pass auf dich auf, Luke, bitte!«, sagte sie ernst.

»Mach ich, ich versprech's dir.« Er legte auf.

Einen Augenblick lang saß er schweigend da und dachte nach. Er fühlte sich emotional ausgelaugt. Ein Teil von ihm wollte nichts Anderes als so schnell wie möglich ins Hotel und ausruhen. Doch am Ende siegte Lukes Neugier. Wieder griff er zum Telefon, wählte die Nummer von Bern Rothsten und sagte, als sich am anderen Ende der Leitung jemand meldete: »Hier spricht Luke Lucas.«

Bern hatte eine raue Stimme mit der Andeutung eines New Yorker Akzents. »Luke, Gott sei Dank! Was, zum Teufel, war denn mit dir los?«

»Das wollen alle wissen. Tatsache ist, dass ich dazu überhaupt nichts sagen kann, außer dass ich mein Gedächtnis verloren habe.«

»Du hast dein Gedächtnis verloren?«

»So ist es.«

»Au, Mist! Weißt du, wie das passiert ist?«

»Nein. Ich hatte gehofft, du könntest mir vielleicht weiterhelfen.«

»Vielleicht, ja.«

»Warum wolltest du mit mir reden?«

»Ich hab mir Sorgen gemacht. Du hast mich am Montag von Huntsville aus angerufen.«

Das war neu. »Moment mal… Von *Huntsville* aus?«

»Yeah.«

»Ich dachte, ich wäre aus Florida gekommen.«

»Bist du auch. Aber du hast in Huntsville einen Zwischenstopp eingelegt, weil du dort was Wichtiges zu erledigen hattest.«

Das hatten weder Bill Hide noch Elspeth erwähnt. Vielleicht wussten sie nichts davon. »Und weiter?«

»Du sagtest, du wärest auf dem Weg hier her, wolltest mich treffen und würdest mich aus dem Carlton anrufen. Das hast du aber nie getan.«

»Dann ist mir am Montagabend irgendetwas zugestoßen.«

»Sieht so aus, ja. Übrigens, da gibt es jemanden, den du anrufen kannst. Dr. Billie Josephson ist eine weltweit anerkannte Gedächtnis-Expertin.«

Der Name kam ihm bekannt vor. »Ich glaube, ich habe in der Bibliothek ein Buch von ihr in den Fingern gehabt.«

»Sie ist außerdem meine Ex-Frau und eine alte Freundin von dir.« Bern gab Luke die Telefonnummer.

»Ich rufe sie sofort an! Bern…«

»Ja?«

»Ich verliere mein Gedächtnis, und es stellt sich heraus, dass eine alte Freundin von mir eine weltweit anerkannte Expertin für solche Sachen ist. Irrer Zufall, was?«

»Da ist was dran«, sagte Bern.

## 16.45 Uhr

**Die letzte Stufe, die den Satelliten trägt, ist 2,03 m lang und nur 15,25 cm breit. Sie wiegt nur 13,5 kg und hat die Form eines Ofenrohrs.**

Auf Billies Plan stand ein einstündiges Gespräch mit einem Patienten, einem Football-Spieler, der sich beim Zusammenprall mit einem Gegner eine Gehirnerschütterung zugezogen hatte. Der Mann war ein interessanter Fall, weil er sich an alles erinnern konnte, was bis eine Stunde vor dem Spiel geschehen war – und danach an nichts mehr, bis zum dem Moment, da er mit dem Rücken zum Spielfeld an der Außenlinie stand und sich wunderte, wie er dorthin geraten war.

Billie war während des Gesprächs nicht ganz bei der Sache. Sie musste an die Sowerby-Stiftung und Anthony Carroll denken. Als die Sitzung mit dem Football-Spieler zu Ende war und sie Anthony anrufen konnte, fühlte sie sich frustriert und ungeduldig.

Sie hatte Glück und erreichte ihn gleich beim ersten Versuch in seinem Büro. »Anthony«, sagte sie brüsk. »Was geht da eigentlich vor?«

»'ne ganze Menge«, erwiderte er. »Ägypten und Syrien haben beschlossen, gemeinsame Sache zu machen. Die Röcke werden kürzer, und Roy Campanella hat sich bei einem Autounfall den Hals gebrochen und wird vermutlich nie mehr für die Dodgers spielen können.«

Billie unterdrückte den Impuls, ihn anzuschreien. »Man hat mich bei der Besetzung des Forschungsdirektorpostens hier am Krankenhaus übergangen«, sagte sie mit erzwungener Ruhe. »Len Ross hat den Job bekommen. War dir das bekannt?«

»Ja, das hab ich wohl gewusst.«

»Ich begreife das nicht. Ich hielt es immer für möglich, gegen einen hoch qualifizierten Außenseiter zu verlieren – gegen Sol Weinberg aus Princeton zum Beispiel oder einen anderen von diesem Kaliber. Aber dass ich besser bin als Len, weiß jeder.«

»Tatsächlich?«

»Na, komm schon, Anthony! Das weißt du doch selber. Verdammt, *du* warst es doch, der mich vor Jahren dazu ermuntert hat, in dieser Richtung weiterzuforschen, damals nach Kriegsende, als wir …«

»Schon gut, schon gut, ich erinnere mich«, unterbrach er sie. »Diese Geschichte fällt nach wie vor unter Geheimhaltung, das weißt du.«

Es wollte Billie nicht in den Kopf, dass bestimmte Dinge, die sie während des Krieges getan hatten, noch immer als geheim gelten konnten. Und wenn schon! »Also, warum habe ich den Job nicht bekommen?«

»Sollte ich das wissen?«

Sie empfand diese Antwort als demütigend, doch ihr Bedürfnis, die Hintergründe zu erfahren, war größer als die Peinlichkeit. »Die Stiftung besteht auf Len.«

»Das Recht hat sie, glaub ich.«

»Anthony, red mit mir!«

»Ich rede doch mit dir.«

»Du bist Mitglied im Stiftungsbeirat. Es ist höchst ungewöhnlich für ein solches Gremium, sich bei solchen Entscheidungen einzumischen. Normalerweise überlässt man sie den Experten. Du musst doch wissen, warum sie sich zu einem so ungewöhnlichen Schritt entschlossen haben.«

»Tut mir leid, ich weiß es nicht. Ich vermute mal, dass es – offiziell – einen solchen Schritt nie gegeben hat. Mit Sicherheit fand zu diesem Thema keine Sitzung statt – darüber wüsste ich nämlich garantiert Bescheid.«

»Bei Charles klang es ziemlich endgültig.«

»Daran zweifle ich auch gar nicht – schade für dich! Aber

solche Entscheidungen werden nicht unbedingt in der Öffentlichkeit getroffen. Wahrscheinlicher ist, dass der Direktor und ein oder zwei Mitglieder des Beirats sich im Cosmos Club mal zu einem Drink getroffen und die Sache ausgemauschelt haben. Einer von denen hat dann Charles angerufen und ihn informiert. Und da Charles es sich nicht leisten kann, die Burschen gegen sich aufzubringen, hat er eben zugestimmt. So laufen diese Dinge. Mich überrascht lediglich, dass Charles so offen zu dir war.«

»Es hat ihn ganz schön mitgenommen, glaub ich. Er versteht einfach nicht, wie sie so etwas tun konnten. Ich dachte, du wüsstest es vielleicht.«

»Wahrscheinlich ist es irgendwas ganz Blödes. Hat Ross Familie?«

»Verheiratet, vier Kinder.«

»Hoch bezahlte Frauen in Top-Jobs anstelle von Ehemännern, die eine große Familie ernähren müssen – das ist nicht so ganz nach dem Geschmack des Direktors.«

»Herrgott! Ich habe auch ein Kind und eine alte Mutter, um die ich mich kümmern muss!«

»Ich hab ja nicht gesagt, dass das logisch ist. Hör zu, Billie, ich muss jetzt weg. Ich ruf dich später zurück.«

»Okay«, sagte sie.

Billie legte auf und starrte das Telefon an. Sie wusste nicht, was sie von all dem halten sollte. Irgendwas an dem Gespräch kam ihr nicht geheuer vor – aber sie wusste nicht, was und warum. Dass Anthony von den Intrigen der anderen Mitglieder des Stiftungsbeirats keine Ahnung haben wollte, war absolut nachvollziehbar – weshalb also glaubte sie ihm nicht? Erst allmählich ging ihr auf, dass er ihr ausgewichen war, was im Grunde gar nicht zu ihm passte. Am Ende hatte er ihr das Wenige, was er wusste, erzählt – aber nur widerstrebend. Unterm Strich bestärkte dies nur ihren Eindruck.

Anthony log.

## 17.00 Uhr

**Die Vierstufenrakete besteht aus leichtgewichtigem Titanium anstatt aus rostfreiem Stahl. Die Gewichtseinsparung gestattet es der Rakete, ein entscheidendes Kilogramm mehr an wissenschaftlichem Gerät mitzunehmen.**

Kaum hatte Anthony den Hörer aufgelegt, da klingelte das Telefon schon wieder. Er nahm ab und hörte Elspeths Stimme. Sie klang hochgradig nervös. »Um Himmels willen, ich warte seit einer Viertelstunde darauf, zu dir durchgestellt zu werden!«

»Ich sprach gerade mit Billie. Sie …«

»Schon gut. Ich habe gerade mit Luke gesprochen.«

»*Jesus!* Wie das?«

»Halt den Mund und spitz die Ohren! Er war im Smithsonian, im Aircraft Building. Bei einem ganzen Haufen Physiker.«

»Bin schon unterwegs.« Anthony legte auf und rannte zur Tür hinaus. Pete sah ihn und rannte ihm hinterher. Sie liefen hinunter zum Parkplatz und sprangen in Anthonys Wagen.

Dass Luke mit Elspeth gesprochen hatte, brachte Anthony an den Rand der Verzweiflung. Die Vermutung lag nahe, dass in Kürze alle Dämme brachen. Nur wenn er jetzt vor allen anderen bei Luke war, konnte er die Katastrophe noch verhindern. Sie brauchten vier Minuten bis zur Kreuzung Independence Avenue und Zehnte Straße. Vor dem Hintereingang zum Museum parkten sie den Wagen und rannten in den alten Hangar, das so genannte Aircraft Building.

Neben dem Eingang befand sich ein Münzfernsprecher – von Luke dagegen war weit und breit nichts zu sehen.

»Wir trennen uns hier«, sagte Anthony. »Ich gehe rechts rum, Sie links.« Er schlenderte durch die Ausstellungsfläche und inspizierte die Gesichter der männlichen Besucher, die sich entweder ansahen, was in den Vitrinen geboten wurde, oder aber die Luftfahrzeuge, die an der Decke hingen, bewunderten. Am Ende traf er wieder mit Pete zusammen, der mit einer Geste andeutete, dass auch er mit leeren Händen da stand.

Auf einer Seite befanden sich Waschräume und einige Büros. Pete überprüfte die Herrentoilette, Anthony warf einen Blick in die Büros. Luke musste von einem dieser Telefone aus angerufen haben – aber er war nicht mehr da.

Pete kam aus der Toilette und sagte: »Nichts.«

»Das ist eine Katastrophe«, sagte Anthony.

Pete runzelte die Stirn. »Wirklich? Eine Katastrophe? Dann ist der Kerl doch wichtiger, als Sie mir gesagt haben?«

»Und ob«, sagte Anthony. »Er könnte der gefährlichste Mann Amerikas sein.«

»Au weh!«

Vor der Wand am Ende der Halle sah Anthony übereinander gestapelte Stühle und ein rollbares Rednerpult. Ein junger Mann im Tweedanzug unterhielt sich mit zwei Männern in Overalls. Anthony fiel ein, dass Elspeth gesagt hatte, Luke befinde sich in Gesellschaft eines »ganzen Haufens Physiker«. Vielleicht gelang es ihm ja doch noch, die Fährte aufzunehmen.

Er ging auf den Mann im Tweedanzug zu und sagte: »Entschuldigung, hat hier gerade eine Veranstaltung stattgefunden oder was?«

»Ja«, bestätigte der junge Mann. »Professor Larkley hat einen Vortrag über Raketentreibstoffe gehalten. Ich bin Will McDermot und habe den Vortrag im Rahmen des Internationalen Geophysikalischen Jahres organisiert.«

»War Dr. Claude Lucas auch hier?«

»Ja. Sind Sie ein Freund von ihm?«

»Ja. Wissen Sie, dass er sein Gedächtnis verloren hat?«

»Ja. Bis ich ihm seinen Namen nannte, wusste er nicht einmal, wie er heißt.«

Anthony verkniff sich einen Fluch. Genau davor fürchtete er sich, seit Elspeth ihm von Lukes Anruf erzählt hatte: Luke wusste, wer er war.

»Ich muss dringend wissen, wo Dr. Lucas ist«, sagte Anthony.

»So ein Pech! Sie haben ihn ganz knapp verfehlt.«

»Hat er gesagt, wo er als Nächstes hingeht?«

»Nein. Ich empfahl ihm sehr, einen Arzt zu konsultieren und sich gründlich untersuchen zu lassen. Aber er sagte, ihm fehle nichts. Nach meinem Eindruck stand er unter einem schweren Schock.«

»Ja, danke… Ich danke Ihnen für Ihre Hilfe.« Anthony drehte sich um und verließ mit schnellen Schritten das Gebäude. Innerlich tobte er vor Wut.

Draußen auf der Independence Avenue fiel ihm ein Streifenwagen auf. Zwei Polizisten waren ausgestiegen und überprüften einen Wagen, der auf der gegenüber liegenden Seite parkte. Als er näher kam, erkannte Anthony, dass es sich um einen blauweißen Ford handelte. »Schauen Sie sich das an!«, sagte er zu Pete und überprüfte das Kennzeichen. Es war das Fahrzeug, das Schnüffel-Rosy vom Fenster ihrer Wohnung in Georgetown aus gesehen hatte.

Er zeigte den Polizisten seinen CIA-Ausweis. »Überprüfen Sie diesen Wagen, weil er im Parkverbot steht?«, wollte er wissen.

Der Ältere der beiden antwortete: »Nein. Uns war in der Neunten Straße ein Mann aufgefallen, der diesen Wagen fuhr. Er ist uns dann aber entkommen.«

»Sie haben ihn entkommen lassen?«, fragte Anthony ungläubig.

»Er wendete in der Einbahnstraße und fuhr im Gegenverkehr zurück«, erklärte der jüngere der beiden. »Ein Teufelskerl von einem Fahrer, das muss man ihm lassen.«

»Ein paar Minuten später haben wir das Fahrzeug dann hier entdeckt – aber der Fahrer war verschwunden.«

Anthony hätte die beiden am liebsten am Kragen gepackt

und mit den Holzköpfen gegeneinander geschlagen. Stattdessen sagte er: »Der flüchtige Mann kann inzwischen einen anderen Wagen gestohlen haben und entkommen sein.« Er entnahm seiner Brieftasche eine Visitenkarte. »Wenn Sie von einem Autodiebstahl hier in der Gegend hören, würden Sie mich dann bitte unter dieser Nummer anrufen?«

Der alte Polizist las die Karte und sagte: »Sie können sich auf mich verlassen, Mr. Carroll.«

Anthony und Pete kehrten wieder zu ihrem gelben Cadillac zurück und fuhren los.

»Was, glauben Sie, wird er jetzt tun?«, fragte Pete.

»Ich weiß es nicht. Gut möglich, dass er sich auf dem schnellsten Weg zum Flughafen durchschlägt und nach Florida fliegt. Kann aber auch sein, er geht zum Pentagon, vielleicht auch in sein Hotel. Mein Gott, vielleicht hat er sich auch in den Kopf gesetzt, dass er seine Mama in New York besuchen will! Wir müssen ein ziemlich breites Netz spannen.«

Auf der Fahrt zurück zum Q-Gebäude sagte Anthony kein Wort mehr. Er dachte nach.

Erst im Büro wurde er wieder gesprächig: »Ich will zwei Mann am Flughafen, zwei Mann an der Union Station und zwei Mann am Busbahnhof haben. Zwei weitere sollen hier vom Büro aus sämtliche Verwandte, Freunde und Bekannte von Luke anrufen, derer sie habhaft werden können, und fragen, ob sie ihn erwarten oder von ihm gehört haben. Sie, Pete, gehen mit zwei Mann zum Carlton, nehmen sich dort ein Zimmer und überwachen die Lobby. Ich stoße später zu Ihnen.«

Pete ging, und Anthony schloss die Tür hinter ihm.

Zum ersten Mal an diesem Tag hatte Anthony Carroll Angst. Nun, da Luke wieder wusste, wer er war, ließ sich nicht vorhersagen, was er noch alles herausfinden würde. Ein Projekt, das Anthonys größter Triumph hätte werden sollen, drohte in einem Fiasko zu enden, das seine Karriere beenden konnte.

Sogar sein Leben stand auf dem Spiel.

Nur wenn es ihm gelang, Luke baldmöglichst zu finden, ließ sich die Sache noch halbwegs kitten. Aber er würde drastische

Maßnahmen ergreifen müssen. Es genügte nicht mehr, Luke einfach unter Beobachtung zu halten. Das Problem musste ein für alle Mal gelöst werden.

Schweren Herzens ging Anthony zu dem Foto von Präsident Eisenhower, das an der Wand hing, und zog am linken Rahmen. Das Foto klappte an einem Scharnier heraus und enthüllte einen dahinter befindlichen Safe. Anthony wählte die Kombination, öffnete die Safetür und nahm seine Pistole heraus.

Es war eine Walther P38 Automatic, die Handfeuerwaffe der deutschen Armee im Zweiten Weltkrieg. Sie war Anthony vor seiner Versetzung nach Nordafrika ausgehändigt worden. Er besaß darüber hinaus einen Schalldämpfer, den das OSS extra für diese Waffe hatte herstellen lassen.

Mit dieser Pistole hatte er zum ersten Mal einen Menschen getötet.

Albin Moulier war ein Verräter, der Mitglieder der französischen Widerstandsbewegung der Polizei ans Messer geliefert hatte. Er verdiente den Tod, darüber waren sich die fünf Männer der kleinen Résistance-Zelle einig. Sie standen in einer verfallenen Scheune, meilenweit entfernt von jeder menschlichen Siedlung, und zogen Lose. Es war spätabends. Eine einsame Lampe warf tanzende Schatten auf die groben Steinmauern. Anthony hätte sich darauf herausreden können, dass er der einzige Ausländer unter ihnen war. Doch weil dies seinem Ansehen bei den anderen geschadet hätte, bestand er auf Gleichbehandlung – und zog prompt den kürzesten Strohhalm.

Sie hatten Moulier an das rostige Rad eines demolierten Pflugs gefesselt und ihm nicht einmal die Augen verbunden. Er konnte ihre Diskussion mit anhören und sehen, wie gelost wurde. Als das Todesurteil fiel, machte er sich in die Hose, und als er sah, wie Anthony die Walther zog, schrie er. Das Schreien machte es Anthony leichter: Er wollte ihn rasch töten, damit der Lärm aufhörte. Er schoss Moulier aus naher Distanz zwischen die Augen. Eine Kugel. Danach lobten ihn die anderen und meinten, er habe das wie ein Mann erledigt, ohne Wenn und Aber.

Noch heute verfolgte ihn Moulier in seinen Träumen.

Anthony nahm den Schalldämpfer aus dem Safe, stülpte ihn über den Lauf der Pistole und schraubte ihn fest. Dann zog er seinen langen Kamelhaar-Wintermantel an, einen Einreiher mit tiefen Innentaschen. Er verstaute die Waffe mit dem Griff nach unten in der rechten Manteltasche; der Schalldämpfer ragte nach oben. Ohne den Mantel zuzuknöpfen, langte er mit der Linken in die Tasche, zog die Pistole am Schalldämpfer hinaus und nahm sie in die Rechte. Dann legte er mit dem Daumen den Sicherungshebel an der linken Seite in »Feuer«-Stellung. Der gesamte Vorgang dauerte ungefähr eine Sekunde. Allerdings machte der Schalldämpfer die Waffe unhandlich. Es wäre leichter gewesen, beide Teile separat zu transportieren, doch Anthony schloss nicht aus, dass ihm im Ernstfall nicht genug Zeit bleiben würde, den Schalldämpfer anzubringen.

Er knöpfte seinen Mantel zu und ging.

# 18.00 Uhr

**Der Satellit ist nicht rund, sondern projektilförmig. Theoretisch müsste eine Kugel stabiler sein. Da der Satellit in der Praxis jedoch hervorstehende Funkantennen haben muss, ist eine reine Kugelform schon aus diesem Grunde illusorisch.**

Luke nahm sich ein Taxi und ließ sich zur Georgetown-Nervenklinik fahren. An der Rezeption nannte er seinen Namen und gab an, dass er einen Termin bei Dr. Josephson habe.

Sie war am Telefon bezaubernd gewesen: besorgt um ihn und froh darüber, seine Stimme zu hören. Sie hatte ihm aufmerksam zugehört, als er von seinem Gedächtnisverlust erzählte und wollte ihn baldmöglichst sehen. Sie sprach mit Südstaatenakzent, und sie klang so, als ob ihr ein permanentes, immer wieder aufflackerndes Lachen in der Kehle stecke.

Jetzt kam sie die Treppe heruntergerannt – eine kleine Frau im weißen Laborkittel, mit großen braunen Augen und vor Aufregung leicht geröteten Wangen. Luke konnte nicht umhin zu lächeln, als er sie erblickte.

»Es ist so toll, dich wiederzusehen!«, sagte sie, fiel ihm um den Hals und drückte ihn an sich.

Luke hätte sich am liebsten revanchiert und sie ebenfalls gedrückt, unterließ es jedoch doch aus Angst davor, etwas zu tun, was sie als anstößig hätte empfinden können. Stattdessen blieb er steif stehen und reckte die Hände in die Höhe wie bei einem Überfall.

Billie lachte. »Du kennst mich nicht mehr«, sagte sie. »Aber sei beruhigt! Ich bin fast harmlos.«

Er ließ die Arme um ihre Schultern fallen. Ihr kleiner Körper war weich und rund unter dem Laborkittel.

»Komm jetzt!«, sagte sie, »ich zeig dir mein Büro.« Sie führte ihn die Treppen hinauf.

Sie überquerten gerade einen breiten Korridor, als eine weißhaarige Frau im Bademantel zu Billie sagte: »Frau Doktor! Ihr Freund gefällt mir aber!«

Billie grinste und sagte: »Sie können ihn als Nächste haben, Marlene.«

Billie besaß nur ein kleines Büro mit einem einfachen Schreibtisch und einem stählernen Aktenschrank, doch sie hatte es sich mit Blumen und einem wilden abstrakten Gemälde in lebhaften Farben recht hübsch eingerichtet. Sie reichte Luke Kaffee, öffnete eine Packung Plätzchen und begann, ihm Fragen über seinen Gedächtnisverlust zu stellen.

Während Luke ihre Fragen beantwortete, machte Billie sich Notizen. Da Luke seit zwölf Stunden nichts gegessen hatte, aß er sämtliche Plätzchen auf. Billie lächelte und sagte: »Willst du noch mehr? Ich habe noch eine Packung da.« Er schüttelte den Kopf.

»Gut, jetzt habe ich schon ein ziemlich klares Bild von der Sache«, sagte Billie schließlich. »Du hast eine globale Amnesie, bist aber, davon abgesehen, offensichtlich geistig gesund. Deinen körperlichen Zustand kann ich nicht beurteilen, weil ich keine Allgemeinärztin bin. Ich rate dir – das ist meine Pflicht –, dich so bald wie möglich einer gründlichen medizinischen Untersuchung zu unterziehen.« Sie lächelte. »Aber krank siehst du mir nicht aus, nur etwas mitgenommen.«

»Ist diese Form der Amnesie heilbar?«

»Nein, das ist sie nicht. Der Prozess ist im Allgemeinen irreversibel.«

Das war ein Schock. Luke hatte insgeheim gehofft, dass alles, was er vergessen hatte, mit einem Schlag wiederkehren würde. »Herr im Himmel!«, murmelte er.

»Lass dich nicht entmutigen«, sagte Billie freundlich. »Die Betroffenen verfügen nach wie vor über alle ihre geistigen

Fähigkeiten. Sie können das Vergessene neu lernen, und so gelingt es ihnen meistens, die Fäden ihres Lebens wieder aufzunehmen und ganz normal weiterzuleben. Du schaffst das schon.«

Trotz der furchtbaren Neuigkeit, die er von ihr erfahren hatte, musste Luke sich eingestehen, dass er diese Frau mit wachsender Faszination beobachtete. Er konzentrierte sich zunächst auf ihre Augen, die vor Mitgefühl zu leuchten schienen, dann auf ihren ausdrucksvollen Mund und schließlich darauf, wie sich das Licht der Schreibtischlampe in ihren dunklen Locken brach. Am liebsten hätte er dieser Frau ewig weiter zugehört.

»Was kann eine solche Amnesie verursacht haben?«, wollte er wissen.

»Zunächst muss man an eine mögliche Hirnschädigung denken. Allerdings sind bei dir keine äußerlichen Anzeichen einer Verletzung zu erkennen, und Kopfschmerzen hast du, wie du sagtest, ja auch keine.«

»Das stimmt. Was gibt es sonst noch für Ursachen?«

»Es gibt da noch verschiedene Möglichkeiten«, erklärte Billie geduldig. »Langzeit-Stress zum Beispiel, ein plötzlicher Schock oder Drogen. Die Amnesie kann ferner als Nebenwirkung einer Schizophrenie-Behandlung auftreten, bei der Elektroschocks und medikamentöse Therapie kombiniert wurden.«

»Lässt sich in irgendeiner Weise feststellen, was bei mir dahinter steckt?«

»Nicht mit absoluter Sicherheit. Du hattest heute Morgen einen Kater, sagtest du. Wenn das kein normaler Alkoholrausch war, könnten es auch die Folgen von Drogen sein. Aber eine definitive Antwort wird dir kein Arzt geben können. Du musst einfach rausfinden, was zwischen Montagabend und heute Morgen mit dir passiert ist.«

»Na ja, dann weiß ich wenigstens, wonach ich suchen muss«, sagte Luke. »Schocks, Drogen oder Schizophrenie-Behandlung.«

»Du bist nicht schizophren«, sagte Billie. »Du hast ein ganz normales Verhältnis zur Realität. Was hast du als Nächstes vor?«

Luke erhob sich. Irgendetwas in ihm sträubte sich, die Gesellschaft dieser bezaubernden Frau aufzugeben, doch hatte sie ihm alles gesagt, was sie wusste. »Ich werde jetzt Bern Rothsten aufsuchen, vielleicht kann er mir weiterhelfen.«

»Hast du ein Auto?«

»Ich habe den Taxifahrer gebeten, auf mich zu warten.«

»Ich bringe dich hinaus.«

Als sie die Treppe hinuntergingen, nahm Billie liebevoll seinen Arm.

»Wie lange bist du eigentlich schon von Bern geschieden?«, fragte Luke.

»Seit fünf Jahren. Lange genug, um wieder gut Freund mit ihm zu sein.«

»Ich habe da noch eine merkwürdige Frage, aber ich muss sie einfach stellen: Hatten wir mal was miteinander?«

»Aber ja!«, sagte Billie. »Und zwar ganz schön heftig.«

# 1943

Am Tag der Kapitulation Italiens stieß Billie in der Eingangshalle des Q-Gebäudes mit Luke zusammen.

Zuerst wusste sie gar nicht, wer er war. Sie sah einen mageren, etwa dreißigjährigen Mann in einem zu groß geratenen Anzug, und ihr Blick ging über ihn hinweg, ohne dass sie ihn erkannte.

Dann sprach er sie an: »Billie? Erinnerst du dich nicht an mich?«

Sie kannte natürlich die Stimme, und die allein genügte, ihr Herz schneller schlagen zu lassen. Doch als sie dann noch einmal den Mann ins Auge fasste, von dem die Stimme kam, stieß sie unwillkürlich einen leisen Entsetzensschrei aus. Sein Kopf sah aus wie ein Totenschädel. Das einst glänzend schwarze Haar war stumpf. Der Hemdkragen war zu weit, und die Anzugjacke sah aus, als hinge sie über einem Kleiderbügel aus Draht. Die Augen waren die eines alten Mannes.

»Luke!«, rief sie. »Du siehst ja furchtbar aus!«

»Danke«, erwiderte er mit einem müden Lächeln.

»Oh, entschuldige …«, fügte Billie hastig hinzu.

»Macht nichts. Ich weiß, dass ich ein bisschen Gewicht verloren habe. Da, wo ich war, gab's nicht gerade viel zu essen.«

Sie wollte ihn umarmen, nahm aber davon Abstand, weil sie nicht wusste, ob ihm das recht gewesen wäre.

»Was führt denn dich hierher?«, fragte er.

Sie holte tief Luft. »Eine Übung – Kartenlesen, Funk, Handfeuerwaffen, Selbstverteidigung ohne Waffen.«

Er grinste. »Für Jiu-jitsu sind deine Klamotten aber nicht geschaffen.«

Trotz des Krieges hatte Billie ihre Vorliebe für modische

Kleidung nicht aufgegeben. Sie trug eine blassgelbe Kombination aus einer kurzen Bolerojacke und einem gewagten kniekurzen Rock sowie einen großen Hut, der wie ein umgedrehter Teller aussah. Mit dem kargen Sold, den die Armee ihr zahlte, konnte sie sich natürlich nicht die neueste Mode leisten – sie hatte vielmehr ihre gesamte Garderobe mithilfe einer geborgten Nähmaschine selbst geschneidert. Ihr Vater hatte all seinen Kindern das Nähen beigebracht.

»Ich verstehe diese Bemerkung als Kompliment«, sagte sie mit einem Lächeln. Allmählich verflog der Schock. »Wo bist du denn gewesen?«

»Hast du ein paar Minuten Zeit? Können wir uns unterhalten?«

»Aber sicher.« Eigentlich stand ein Kurs in Kryptographie auf ihrem Stundenplan. Der kann warten, dachte sie. »Komm, gehen wir raus.«

Es war ein warmer Septembernachmittag. Luke zog seine Anzugjacke aus und warf sie sich über die Schulter. Sie schlenderten zum Reflecting Pool. »Wie kommst du ins OSS?«

»Anthony Carroll hat das arrangiert«, sagte sie. Jobs im ›Office of Strategic Services‹ galten als höchst ehrenvoll und waren entsprechend begehrt. »Anthony konnte dank des Einflusses seiner Familie hier landen. Er ist jetzt Bill Donovans persönlicher Assistent.« General Donovan, genannt »Wild Bill«, war Chef des OSS. »Ich hatte ein Jahr lang einen General durch Washington chauffiert, deshalb war ich echt froh über diesen Posten. Anthony hat seine Stellung dazu genutzt, lauter alte Freunde aus Harvard unterzubringen. Elspeth ist in London, Peg in Kairo – und du und Bern, ihr beide wart, wie ich höre, irgendwo hinter den feindlichen Linien, nicht wahr?«

»In Frankreich«, sagte Luke.

»Und wie war's da?«

Er zündete sich eine Zigarette an. Das war eine neue Angewohnheit. In Harvard hatte er nicht geraucht – jetzt sog er den Rauch in seine Lunge, als wäre es der Odem des Lebens. »Der erste Mensch, den ich getötet habe, war ein Franzose«, sagte er unvermittelt.

Es war schmerzhaft deutlich, dass er darüber reden musste. »Erzähl mir, wie es dazu kam«, sagte Billie.

»Er war ein Polizist, ein Gendarm. Hieß Claude, genau wie ich. Eigentlich kein schlechter Kerl – Antisemit zwar, aber kein schlimmerer als der Durchschnittsfranzose oder meinetwegen auch ein Haufen Amerikaner. Er stolperte zufällig in ein Bauernhaus, wo sich meine Gruppe traf. Was wir vorhatten, ließ sich nicht verbergen: Auf dem Tisch waren Karten ausgebreitet, und in der Ecke standen die Gewehre. Und Bern zeigte den Franzmännern gerade, wie man eine Zeitbombe einstellt.« Luke lachte kurz auf, ein seltsames Lachen ohne jeden Humor. »Der Idiot versuchte, uns festzunehmen. Aber das spielte keine Rolle. Er musste ohnehin getötet werden, ganz egal, was er tat.«

»Und was hast du getan?«, flüsterte Billie.

»Ich nahm ihn mit vors Haus und schoss ihm eine Kugel in den Hinterkopf.«

»O mein Gott!«

»Er war nicht sofort tot. Es dauerte ungefähr eine Minute.«

Billie nahm seine Hand und drückte sie, und er hielt sie fest. Hand in Hand wanderten sie um den langen, schmalen Teich herum. Luke berichtete von einem anderen Vorfall – von einer Résistance-Kämpferin, die in Gefangenschaft geraten und gefoltert worden war. Billie weinte, und die Tränen liefen ihr im Licht der Septembersonne über die Wangen. Während der Nachmittag verstrich und es allmählich kühler wurde, redete sich Luke ein furchtbares Kriegserlebnis nach dem anderen von der Seele: in die Luft gejagte Fahrzeuge; Mordanschläge auf deutsche Offiziere; Résistance-Kameraden, die bei Schusswechseln ums Leben kamen; jüdische Familien, die mit unbestimmtem Ziel abtransportiert wurden, die Kinder vertrauensvoll an der Hand.

Zwei Stunden lang waren sie schon unterwegs, als Luke plötzlich stolperte. Billie fing ihn auf und verhinderte, dass er zu Boden stürzte. »Mein Gott, bin ich müde«, sagte er. »Ich schlafe so schlecht in letzter Zeit.«

Billie rief ein Taxi und brachte Luke in sein Hotel.

Er wohnte im Carlton. Die Armee kam normalerweise für solchen Luxus nicht auf, doch Billie erinnerte sich daran, dass Lukes Familie sehr wohlhabend war. Er hatte eine Ecksuite. Im Wohnzimmer stand ein Flügel, und außerdem gab es – was Billie noch nie gesehen hatte – sogar im Badezimmer ein Telefon.

Sie rief den Zimmerservice und bestellte Hühnersuppe, Rührei, warme Brötchen und ein Glas kalte Milch. Luke setzte sich auf die Couch und begann mit einer weiteren Geschichte aus dem Krieg, einer komischen diesmal, bei der es um einen Sabotageanschlag auf eine Fabrik ging, die Kochtöpfe für die deutsche Armee herstellte. »Ich lief in diese große Werkhalle rein, wo ungefähr fünfzig muskelbepackte Frauen von großer Leibesfülle den Schmelzofen heizten und die Gussformen behämmerten. Ich brüllte: ›Raus aus dem Gebäude! Es wird gleich gesprengt!‹ Aber die Frauen lachten mich aus! Sie wollten nicht fliehen, sondern gingen gleich wieder an ihre Arbeit. Sie glaubten mir nicht.« Ehe Luke zu Ende erzählen konnte, kam das Essen.

Billie unterschrieb die Rechnung, gab dem Kellner ein Trinkgeld und stellte die Teller auf den Tisch. Als sie sich umdrehte, war Luke eingeschlafen.

Sie weckte ihn auf, aber er schaffte es nur noch bis ins Schlafzimmer, wo er aufs Bett fiel. »Geh nicht fort!«, murmelte er noch, dann schlief er wieder ein.

Sie zog ihm die Stiefel aus und lockerte sachte seine Krawatte. Durchs offene Fenster wehte eine sanfte Brise – Decken brauchte er keine.

Billie setzte sich auf die Bettkante und betrachtete ihn eine Zeit lang. Ihre Gedanken kehrten zurück zu der langen Fahrt von Cambridge nach Newport vor bald zwei Jahren. Sie streichelte seine Wange mit der Außenseite ihres kleinen Fingers, wie damals in jener Nacht. Er rührte sich nicht.

Sie nahm ihren Hut ab, zog die Schuhe aus, dachte einen Augenblick nach, schlüpfte dann aus Jacke und Rock. In Unterwäsche und Strümpfen legte sie sich neben ihn aufs Bett, schlang ihre Arme um seine knochigen Schultern, bettete seinen Kopf an ihren Busen und hielt ihn fest.

»Jetzt ist alles wieder gut«, sagte sie. »Schlaf, solange du willst. Wenn du aufwachst, bin ich bei dir.«

Es wurde Nacht. Die Temperatur sank. Billie schloss das Fenster und zog ein Betttuch über sie beide. Kurz nach Mitternacht schlief sie ein, die Arme um seinen warmen Körper geschlungen.

Im Morgengrauen, nachdem er zwölf Stunden lang geschlafen hatte, erhob sich Luke plötzlich und verschwand im Bad. Nach ein paar Minuten kehrte er zurück und legte sich wieder ins Bett. Er hatte Anzug und Oberhemd ausgezogen und war nur noch mit seiner Unterwäsche bekleidet. Er nahm Billie in die Arme und zog sie an sich. »Da ist noch etwas, was ich vergessen habe, dir zu erzählen«, sagte er. »Etwas sehr Wichtiges.«

»Was?«

»Ich habe in Frankreich ständig an dich gedacht. Jeden Tag.«

»Hast du das?«, flüsterte sie. »Hast du das wirklich?«

Luke antwortete nicht. Er war wieder eingeschlafen.

Sie lag in seiner Umarmung und stellte sich vor, wie er in Frankreich sein Leben aufs Spiel gesetzt und an sie gedacht hatte, und sie war dabei so glücklich, dass sie glaubte, ihr Herz müsse zerspringen.

Um acht Uhr morgens ging sie ins Wohnzimmer der Suite, rief im Q-Gebäude an und meldete sich krank. Zum ersten Mal seit über einem Jahr beim Militär nahm sie sich frei. Sie badete, wusch sich die Haare, zog sich an und bestellte beim Zimmerservice Kaffee und Cornflakes. Der Kellner nannte sie »Mrs. Lucas«. Billie war froh, dass sie nicht von einer Kellnerin bedient wurde, denn einer Frau wäre der fehlende Ehering aufgefallen.

Sie hatte gedacht, der Kaffeeduft würde Luke aufwecken, doch dem war nicht so. Billie las die *Washington Post* von vorne bis hinten durch, übersprang nicht einmal die Sportseiten. Auf dem Briefpapier des Hotels schrieb sie gerade an ihre Mutter in Dallas, als Luke in Unterwäsche aus dem Schlafzimmer gestolpert kam, das schwarze Haar verstrubbelt, Wange und Kinn von Bartstoppeln bläulich umschattet. Froh darüber, dass er wach war, lächelte sie ihn an.

Er wirkte sehr durcheinander: »Wie lange habe ich geschlafen?«

Sie sah auf die Armbanduhr. Es war fast zwölf Uhr mittags. »Ungefähr achtzehn Stunden.« Sie hätte nicht sagen können, was in seinem Kopf vorging. Freute er sich darüber, dass sie da war? War ihm ihre Gegenwart peinlich? Oder wollte er sogar, dass sie jetzt ging?

»O Gott«, sagte er. »Seit einem Jahr habe ich nicht mehr so tief geschlafen.« Er rieb sich die Augen. »Warst du die ganze Zeit hier? Du siehst ja putzmunter aus!«

»Ich habe auch ein bisschen geschlafen.«

»Du warst die ganze Nacht hier?«

»Du hast mich darum gebeten.«

Luke kniff die Brauen zusammen. »Ja, ich glaube, ich erinnere mich …« Er schüttelte den Kopf. »Meine Güte, was ich alles geträumt habe.« Er ging zum Telefon. »Zimmerservice? Bringen Sie mir ein T-Bone-Steak, kurz gebraten, mit drei Spiegeleiern. Dazu Orangensaft, Toast und Kaffee.«

Billie runzelte die Stirn. Sie hatte noch nie die Nacht mit einem Mann verbracht und wusste daher nicht, womit am nächsten Morgen zu rechnen war. Aber dies hier war enttäuschend. Es war dermaßen unromantisch, dass sie es fast als Beleidigung empfand. Sie fühlte sich an ihre Brüder erinnert – auch die erwachten des Morgens mit Stoppelbart, mürrisch und gefräßig. Allerdings legte sich das, wenn sie sich gewaschen und gefrühstückt hatten.

»Warten Sie!«, sagte Luke ins Telefon und sah Billie an. »Möchtest du auch etwas?«

»Ja, ein Glas Eistee.«

Er wiederholte ihre Bestellung und legte auf. Dann setzte er sich neben Billie auf die Couch und sagte: »Ich hab viel geredet gestern.«

»Das ist die Wahrheit.«

»Wie lange?«

»Ungefähr fünf Stunden ununterbrochen.«

»Es tut mir leid.«

»Keine Ursache. Was immer du tust – es soll dir nachher nicht leid tun.« Tränen stiegen ihr in die Augen. »Ich werde das mein Leben lang nicht vergessen.«

Er ergriff ihre Hände. »Ich bin so froh, dass wir uns wiedergesehen haben.«

Ihr Herz schlug höher. Das war mehr, als sie sich erhofft hatte. »Ich auch«, sagte sie.

»Ich würde dich gerne küssen, aber ich stecke seit vierundzwanzig Stunden in den gleichen Klamotten.«

Ihr war, als bräche irgendwo in ihr eine Feder, und sie spürte zu ihrem Erschrecken, dass sie feucht war. So schnell war ihr das noch nie passiert.

Aber sie hielt sich zurück. Sie wusste noch nicht, wohin das alles führen sollte. Die ganze Nacht über hatte sie Zeit gehabt, eine Entscheidung zu treffen, doch sie hatte nicht einmal darüber nachgedacht. Jetzt fürchtete sie, die Kontrolle über sich zu verlieren, sobald sie Luke berührte. Was dann?

Mit dem Krieg hatten sich die strengen Moralvorstellungen in Washington gelockert, doch Billie bezog diesen Wandel nicht auf sich. Sie verschränkte die Hände im Schoß und sagte: »Ich habe bestimmt nicht vor, dich zu küssen, bevor du dich angezogen hast.«

Er streifte sie mit einem skeptischen Blick. »Hast du Angst, du könntest dich kompromittieren?«

Die Ironie in seiner Stimme ließ sie zusammenzucken. »Was soll denn das heißen?«, fragte sie.

Er zuckte mit den Schultern. »Immerhin haben wir die Nacht zusammen verbracht.«

Billie fühlte sich verletzt und war empört. »Ich bin hier geblieben, weil du mich darum gebeten hast!«, protestierte sie.

»Ja, ja, schon recht. Reg dich nicht auf!«

Aber Billies Sehnsucht nach ihm hatte sich schlagartig in ebenso heißen Zorn verwandelt. »Du bist gestern vor Erschöpfung zusammengebrochen, und ich habe dich ins Bett gebracht«, sagte sie wütend. »Dann hast du mich gebeten, nicht fortzugehen, und deshalb bin ich bei dir geblieben.«

»Ich weiß das zu schätzen.«

»Okay, aber dann red nicht daher, als ob ich mich wie … wie eine Hure benommen hätte!«

»Das habe ich nicht gemeint.«

»Und ob! Nach dem, was du gesagt hast, habe ich mich schon so weit kompromittiert, dass ich tun und lassen kann, was ich will – es kommt ohnehin nicht mehr darauf an.«

Luke seufzte tief. »Nein, das wollte ich dir nicht unterstellen, niemals. Mein Gott, du machst eine Affäre aus einer völlig beiläufigen Bemerkung.«

»*Zu* beiläufig, verdammt noch mal.« Das Problem war: Sie hatte sich tatsächlich kompromittiert.

Es klopfte an die Tür.

Sie sahen einander an. Luke sagte: »Der Zimmerservice, schätze ich.«

Billie wollte nicht, dass ein Kellner sie mit einem Mann in Unterwäsche sah. »Geh ins Schlafzimmer!«, sagte sie.

»Okay.«

»Aber vorher gib mir noch deinen Ring.«

Er blickte auf seine linke Hand. Am kleinen Finger trug er einen goldenen Siegelring. »Warum?«

»Damit der Kellner denkt, ich wäre verheiratet.«

»Aber ich nehme den Ring niemals ab.«

Die Antwort verstärkte Billies Zorn: »Verschwinde jetzt!«, zischte sie.

Er ging ins Schlafzimmer. Billie öffnete die Tür der Suite, und eine Kellnerin schob den Service-Wagen herein. »Bitte sehr, Miss«, sagte sie.

Billie wurde rot. In dem Wort »Miss« lag eine Beleidigung. Sie zeichnete die Rechnung ab, gab aber kein Trinkgeld. »Bitte sehr«, sagte sie und wandte sich ab.

Die Kellnerin entfernte sich. Billie hörte die Dusche rauschen. Sie fühlte sich erschöpft. Stundenlang hatte sie sich im Banne einer zutiefst romantischen Leidenschaft befunden – und dann waren binnen Sekunden alle Blütenträume zerstoben. Der sonst so charmante Luke hatte sich in einen grobschlächtigen Bär verwandelt. Wie konnte so etwas passieren?

Was immer dahinter stecken mochte – er hatte es geschafft, dass sic sich billig vorkam. In ein, zwei Minuten würde er aus dem Badezimmer kommen, sich zu ihr setzen und mit ihr frühstücken, als wären sie ein Ehepaar. Aber sie waren nicht verheiratet, und Billie fühlte sich immer unwohler in ihrer Haut.

Wenn es dir nicht mehr gefällt – wieso bist du dann eigentlich noch hier, dachte sie. Eine gute Frage!

Sie setzte ihren Hut auf. Es war besser, jetzt zu gehen – mit jenem Rest an Würde, der ihr noch verblieben war.

Sie überlegte, ob sie Luke eine kurze Notiz hinterlassen sollte. Das Rauschen der Dusche brach ab. Gleich würde er wiederkommen, nur mit einem Bademantel bekleidet, nach Seife duftend, das Haar noch feucht, die Füße nackt – schlichtweg zum Anbeißen. Nein, für einen Zettel zum Abschied blieb keine Zeit mehr.

Billie verließ die Suite und zog leise die Tür hinter sich zu.

In den nächsten vier Wochen sah sie ihn fast täglich.

Anfangs war er jeden Tag im Q-Gebäude zur Berichterstattung. Zur Mittagszeit holte er sie ab, und sie aßen zusammen in der Cafeteria oder kauften sich Sandwiches und verzehrten sie im Park. Lukes Verhalten war wieder so wie früher: eine entspannte Höflichkeit, bei der Billie sich anerkannt und geborgen fühlte. Die Wunde, die sein Benehmen im Carlton hinterlassen hatte, heilte. Vielleicht war es auch für ihn das erste Mal, dass er die Nacht mit einer Frau verbracht hat, dachte sie, und vielleicht ging es ihm genauso wie mir – dass er einfach nicht wusste, was sich in solch einer Situation gehört. Er war mit ihr so burschikos umgesprungen wie vielleicht mit seiner Schwester – und vielleicht war seine Schwester auch das einzige Mädchen, das ihn bis dato in Unterwäsche gesehen hatte.

Am Wochenende fragte er sie, ob sie mit ihm ausgehen wolle, und so sahen sie sich am Samstagabend den Film *Jane Eyre* an. Am Sonntag trafen sie sich zum Kanufahren auf dem Potomac. Ein Hauch von Verwegenheit hing in der Luft. Washington war voller junger Männer, die entweder auf dem Weg zur Front waren oder auf Heimaturlaub – Männer, für die Gewalt und Tod zum täglichen Leben gehörten. Sie wollten spielen, trinken, tanzen, lieben, weil es vielleicht ihre letzte Chance dazu war. Die Bars waren gerammelt voll, und kein alleinstehendes Mädchen brauchte den Abend als Mauerblümchen zu verbringen. Die Alliierten befanden sich auf der Siegerstraße, doch zerplatzte die Seifenblase des Überschwangs täglich von neuem, wenn man erfuhr, dass Verwandte, Nachbarn und Kommilitonen aus dem College an der Front gefallen waren oder Verwundungen erlitten hatten.

Luke nahm ein wenig zu und konnte allmählich auch wieder besser schlafen. In seinen Augen stand nicht mehr dieser gehetzte Blick. Er kaufte sich Kleidung, die ihm passte – kurzärmelige Hemden, weiße Hosen und einen marineblauen Flanellanzug, den er trug, wenn sie abends miteinander ausgingen. Ein bisschen von seiner alten Lausbubenhaftigkeit kehrte zurück.

Sie führten endlose Gespräche. Billie erklärte ihm, wie das Studium der menschlichen Psyche mit der Zeit zur Ausrottung der Geisteskrankheiten führen würde, und er erzählte ihr, wie die Menschen eines Tages zum Mond fliegen würden. Sie riefen sich noch einmal jenes schicksalhafte Wochenende in Harvard ins Gedächtnis zurück, das ihrer beider Leben verändert hatte. Sie sprachen über den Krieg und wie lange er noch dauern könnte: Billie war überzeugt, dass die Deutschen nach dem Fall Italiens nicht mehr lange Widerstand leisten konnten;

Luke rechnete indessen damit, dass es noch Jahre dauern würde, bis die Japaner aus dem Pazifik vertrieben waren. Manchmal gingen sie auch mit Anthony und Bern aus und führten in Bars politische Streitgespräche wie damals in ihrer gemeinsamen College-Zeit, in einer anderen Welt. Einmal flog Luke übers Wochenende zu seiner Familie nach New York, und Billie vermisste ihn so sehr, dass ihr vor Sehnsucht regelrecht schlecht wurde. Nie war sie seiner überdrüssig, niemals hatte sie auch nur im Entferntesten das Gefühl, sich in seiner Gegenwart zu langweilen. Er war rücksichtsvoll, witzig und gescheit.

Ungefähr zweimal in der Woche gerieten sie sich heftig in die Haare, und jedes Mal folgte ihre Auseinandersetzung dem Vorbild des ersten Streits in seiner Hotelsuite. Luke machte irgendeine flapsige oder arrogante Bemerkung oder traf Entscheidungen über die Gestaltung des gemeinsamen Abends, ohne Billie vorher gefragt zu haben. Es kam auch vor, dass er behauptete, er kenne sich in manchen Dingen einfach besser aus als sie – bei Radios und Autos zum Beispiel, auch im Tennis. Billie protestierte dann stets vehement, worauf er ihr vorwarf, sie mache mal wieder aus einer Mücke einen Elefanten. Der Versuch, ihm beizubringen, dass an seiner Einstellung etwas nicht stimmte, brachte sie regelmäßig immer mehr in Fahrt, und Luke kam sich allmählich vor wie ein Zeuge der Gegenseite im Kreuzverhör. In der Hitze des Gefechts verstieg Billie sich zu Übertreibungen und wilden Unterstellungen oder sagte etwas, wovon sie selbst wusste, dass es Unsinn war. Luke reagierte darauf, indem er ihr Unaufrichtigkeit vorwarf und sagte, es sei sinnlos, mit ihr zu reden, weil sie zu jeder Schandtat bereit sei, bloß um am Ende als Siegerin aus dem Streit hervorzugehen. Dann ließ er sie einfach stehen, überzeugter denn je, er sei im Recht. Und binnen weniger Minuten verwandelte sich Billies Zorn in Verzweiflung. Sie lief ihm nach, bat ihn um Verzeihung, wollte, dass alles wieder gut war. Anfangs begegnete er ihr mit versteinerter Miene, dann sagte sie etwas, das ihn zum Lachen brachte – und schon schmolz er dahin.

Doch in all der Zeit besuchte sie ihn nicht ein einziges Mal in seinem Hotel, und wenn sie ihn küsste, war es nicht mehr als ein keusches Streifen seiner Lippen – und selbst das nur in der Öffentlichkeit. Trotzdem spürte sie jedes Mal, wenn sie ihn berührte, jenes fließende Gefühl in sich und wusste ganz genau, dass sie nicht weitergehen durfte, es sei denn, sie war bereit, den ganzen Weg zu gehen.

Der sonnige September verwandelte sich in einen kühlen Oktober – und Luke wurde wieder an die Front geschickt.

Er erhielt die Nachricht an einem Freitagnachmittag. Im Foyer des Q-Gebäudes wartete er auf Billies Dienstschluss. Sie sah ihm an, dass etwas Schlimmes geschehen war. »Was ist passiert?«, fragte sie sofort.

»Ich muss wieder nach Frankreich.«

Sie war entsetzt. »Wann?«

»Am Montagmorgen verlasse ich Washington. Bern übrigens auch.«

»Herrgott noch mal – habt ihr nicht schon mehr als genug getan?«

»Vor der Gefahr habe ich keine Angst«, sagte er. »Aber ich will dich nicht verlassen.«

Tränen traten ihr in die Augen. Sie schluckte heftig. »Noch zwei Tage.«

»Ich muss packen.«

»Ich helfe dir.«

Sie gingen in sein Hotel.

Kaum hatten sie die Tür der Suite hinter sich geschlossen, da griff Billie Luke am Pullover und neigte ihren Kopf nach hinten, um sich von ihm küssen zu lassen. Von Keuschheit war jetzt keine Rede mehr. Sie ließ ihre Zungenspitze über seine Lippen gleiten, die untere und die obere, dann öffnete sie den Mund für seine Zunge.

Sie schlüpfte aus ihrem Mantel. Darunter trug sie ein Kleid mit weißblauen Längsstreifen und einem weißen Kragen. »Fass meine Brüste an«, sagte sie.

Er sah sie verblüfft an.

»Bitte!«

Seine Hände schlossen sich um ihre kleinen Brüste. Sie machte die Augen zu und konzentrierte sich ganz auf das Gefühl.

Sie rissen sich voneinander los. Billie starrte Luke voller Verlangen an und prägte sich seine Gesichtszüge ein. Nie wollte sie dieses besondere Blau seiner Augen vergessen, nie die schwarze Locke, die ihm immer wieder in die Stirn fiel, nie den Bogen seines Kiefers, das weiche Kissen seines Mundes. »Ich will ein Foto von dir haben«, sagte sie. »Hast du eines?«

»Ich schleppe keine Fotos von mir selber herum«, sagte er grinsend und fügte in New Yorker Akzent hinzu: »Bin ich etwa Frank Sinatra?«

»Du musst doch irgendwo ein Bild von dir haben.«

»Vielleicht habe ich ein Familienfoto. Lass mich nachsehen.« Er ging ins Schlafzimmer.

Billie folgte ihm.

Seine abgewetzte braune Ledertasche lag auf einem Kofferständer – wahrscheinlich schon seit vier Wochen, vermutete Billie. Luke nahm einen silbernen Bilderrahmen heraus, der sich öffnen ließ wie ein kleines Buch. Zwei Fotos befanden sich darin, auf jeder Seite eines. Er zog ein Bild heraus und reichte es ihr.

Das Foto war vor drei oder vier Jahren aufgenommen worden und zeigte einen jüngeren, schwereren Luke im Polohemd. Ein älteres Ehepaar – vermutlich seine Eltern – sowie zwei etwa fünfzehnjährige Zwillingsbrüder und ein kleines Mädchen waren ebenfalls auf dem Bild zu sehen. Alle trugen sie Strandkleidung.

»Das kann ich nicht nehmen«, sagte Billie, obwohl sie es von ganzem Herzen begehrte. »Es gehört dir, da ist ja deine Familie drauf.«

»Ich möchte aber, dass du es an dich nimmst. Das bin ich. Ich bin ein Teil meiner Familie.«

Genau das gefiel ihr an dem Bild. »Hast du es in Frankreich dabeigehabt?«

»Ja.«

Das Foto bedeutete ihm sehr viel, weshalb Billie es kaum über sich brachte, es ihm wegzunehmen – doch gerade, weil es ihm so wichtig war, wurde es auch für sie noch wertvoller. »Zeig mir das andere«, sagte sie.

»Welches?«

»In dem Rahmen stecken doch zwei Fotos.«

Luke schien zu zögern, zeigte es ihr dann aber doch. Das zweite Bild war aus dem Jahrbuch von Radcliffe ausgeschnitten. Es war ein Foto von Billie.

»Das hattest du auch in Frankreich dabei?«, fragte sie. Ihre Kehle war auf einmal wie zugeschnürt, und das Atmen fiel ihr schwer.

»Ja.«

Billie brach in Tränen aus. Es war unerträglich. Er hatte ihr Bild aus dem Jahrbuch ausgeschnitten und es zusammen mit dem Bild seiner Familie stets bei sich getragen, in all dieser Zeit, in der sein Leben ständig in Gefahr gewesen war. Sie hatte nicht einmal geahnt, dass sie ihm so viel bedeutete.

»Warum weinst du?«, fragte er.

»Weil du mich liebst«, antwortete sie.

»Das stimmt«, sagte er. »Ich habe mich bloß nie getraut, es dir zu sagen. Ich liebe dich seit dem Wochenende von Pearl Harbour.«

Ihre Leidenschaft schlug in Wut um. »Wie kannst du so etwas sagen, du Mistkerl? Du hast mich doch sitzen lassen!«

»Wenn wir beide damals ein Paar geworden wären, hätten wir Anthonys Leben zerstört.«

»Zum Teufel mit Anthony!« Sie hämmerte mit den Fäusten auf seine Brust, doch Luke schien es kaum wahrzunehmen. »Wie konntest du Anthonys Glück über das meine stellen, du Schuft?«

»Alles andere wäre unehrenhaft gewesen.«

»Aber siehst du denn nicht ein, dass wir schon seit zwei Jahren hätten zusammen sein können!« Die Tränen flossen ihr die Wangen hinab. »Jetzt bleiben uns nur noch zwei Tage – zwei lausige, gottverdammte Tage!«

»Dann hör auf zu heulen und küss mich wieder«, sagte Luke.

Sie schlang die Arme um seinen Hals und zog seinen Kopf zu sich herab. Ihre Tränen flossen zwischen ihre Lippen und in ihre Münder. Luke begann, ihr Kleid aufzuknöpfen. »Reiß es doch einfach auf!«, verlangte sie ungeduldig. Er zerrte daran, und alle Knöpfe sprangen bis zur Taille hinunter ab. Beim zweiten Ruck riss das Kleid ganz auf. Billie ließ es über die Schultern gleiten und stand in Slip und Strümpfen vor ihm.

Er wirkte sehr ernst und feierlich. »Bist du dir auch ganz sicher, dass du das willst?«

Billie fürchtete, seine moralischen Zweifel könnten ihn lähmen. »Ich muss es!«, schrie sie. »Ich muss es. Bitte hör jetzt nicht auf!«

Er drückte sie sanft aufs Bett. Sie lag auf dem Rücken, und er legte sich auf sie und stützte sich mit den Ellbögen ab. Dann sah er ihr in die Augen. »Ich habe das noch nie gemacht.«

»Schon gut«, erwiderte sie. »Ich auch nicht.«

Das erste Mal war es ziemlich schnell vorüber, doch eine Stunde später wollten sie es noch einmal tun, und diesmal dauerte es schon länger. Billie sagte ihm, dass sie alles tun wolle und ihm jede Lust bereiten, von der er bisher nur geträumt hätte. Sie sei zu jeder sexuellen Intimität bereit.

Sie liebten sich das ganze Wochenende, rasend vor Lust – und getrieben von der Angst, dass sie sich vielleicht nie wieder sehen würden.

Nachdem Luke am Montagmorgen abgereist war, weinte Billie zwei Tage lang.

Acht Wochen später stellte sie fest, dass sie schwanger war.

# 18.30 Uhr

**Wissenschaftler können die Hitze- und Kälteextreme, denen der Satellit im Weltraum ausgesetzt sein wird, wenn er aus der tiefen Dunkelheit des Erdschattens ins gleissende, ungefilterte Sonnenlicht taucht, nur annähernd einschätzen. Um die Auswirkungen in Grenzen zu halten, ist der Zylinder teilweise mit 0,32 cm breiten Streifen aus glänzendem Aluminiumoxid gestrichen, welche die sengenden Sonnenstrahlen reflektieren. Darüber hinaus ist er gegen die absolute Kälte des Raums mit Glasfaser isoliert.**

Ja, wir waren mal zusammen«, sagte Billie, als sie in der Klinik gemeinsam die Treppe hinuntergingen.

Lukes Mund war trocken. Er stellte sich vor, wie er ihre Hand hielt und ihr bei Kerzenlicht über einen Tisch hinweg in die Augen blickte, wie er sie küsste und wie sie sich vor seinen Augen auszog. Sein Gewissen protestierte, denn er wusste ja, dass er verheiratet war – nur konnte er sich an seine Frau nicht erinnern, während Billie bei ihm war, sich angeregt mit ihm unterhielt, lächelte und leicht nach parfümierter Seife duftete.

Am Eingang blieben sie stehen. »Haben wir uns geliebt?«, fragte Luke und sah Billie dabei prüfend an. Bisher war ihre Miene leicht zu lesen gewesen – doch plötzlich schien das Buch zugeschlagen zu sein, und er sah nur noch einen unbedruckten Einband.

»O ja«, sagte sie, und obwohl die Antwort in lockerem Tonfall gehalten war, lag Betroffenheit in ihrer Stimme. »Ich hab dich für den einzigen Mann auf der Welt gehalten.«

Er fragte sich, wie es hatte passieren können, dass er sich

eine Frau wie sie durch die Finger schlüpfen ließ. Es war eine Tragödie, die schlimmer war als jeder Gedächtnisverlust. »Aber dann hast du dich eines Besseren belehren lassen.«

»Ich bin jetzt alt genug zu wissen, dass es keinen edlen Ritter gibt, sondern eben nur ein Rudel Männer mit all ihren Unzulänglichkeiten. Manchmal tragen sie eine schimmernde Rüstung, doch irgendwo hat auch die immer Rostflecken.«

Er wollte alles ganz genau wissen, doch es gab einfach zu viele Fragen. »Und dann hast du also Bern geheiratet.«

»Ja.«

»Was ist er für ein Mann?«

»Ein kluger Bursche. Alle meine Männer müssen was im Kopf haben, sonst langweilen sie mich. Und stark sollten sie sein – stark genug, um eine Herausforderung für mich zu sein.« Sie lächelte das Lächeln einer Frau mit einem großen Herzen.

»Und warum ist es schief gegangen?«, wollte Luke wissen.

»Gegensätzliche Wertvorstellungen. Das klingt abstrakt – aber Bern hat in zwei Kriegen sein Leben für die Sache der Freiheit aufs Spiel gesetzt, erst im Spanischen Bürgerkrieg und dann im Zweiten Weltkrieg. Die Politik hatte für ihn immer Vorrang.«

Eine Frage interessierte Luke mehr als alle anderen. Da ihm keine elegante Umschreibung einfallen wollte, fiel er mit der Tür ins Haus: »Und hast du inzwischen wieder einen?«

»Aber sicher. Er heißt Harold Brodsky.«

Luke kam sich ziemlich dumm vor. Natürlich war sie in festen Händen – sie war eine schöne, geschiedene Frau in den Dreißigern, bei der die Männer, die mit ihr ausgehen wollen, Schlange stehen. Er lächelte bedauernd. »Und ist er nun der edle Ritter?«

»Nein, aber er ist gescheit, er bringt mich zum Lachen, und er betet mich an.«

Der Neid traf ihn wie ein Stich ins Herz. Harold der Glückliche, dachte er und sagte: »Und teilt wahrscheinlich deine Wertvorstellungen.«

»Ja. Das Wichtigste in seinem Leben ist ihm sein Kind – er

ist Witwer –, und an zweiter Stelle kommt seine Arbeit an der Uni.«

»In welchem Fach?«

»Jodchemie. Meine Einstellung zur Arbeit ist die gleiche.« Sie lächelte. »In puncto Männer bin ich vielleicht nicht mehr so blauäugig, aber was die Erforschung der Geheimnisse des menschlichen Geistes betrifft, habe ich mir, glaube ich, meinen Idealismus bewahrt.«

Damit waren sie wieder bei seiner gegenwärtigen Hauptsorge. Die Erinnerung daran traf Luke wie ein unerwarteter Schlag, erschreckend und schmerzhaft. »Ich wünschte, du könntest das Geheimnis meiner geistigen Verfassung enträtseln.«

Billie runzelte die Stirn, und Luke kam trotz der Last seiner Probleme nicht umhin festzustellen, wie hübsch sie aussah, wenn sie verblüfft ihre Nase krauste. »Es ist merkwürdig«, sagte sie. »Vielleicht leidest du tatsächlich unter einer äußerlich nicht erkennbaren Schädelverletzung. Aber in diesem Fall ist es wirklich seltsam, dass du keine Kopfschmerzen hast.«

»Nicht die geringsten.«

»Dass du weder alkohol- noch drogenabhängig bist, merke ich, wenn ich dich nur anschaue. Und wenn du einen furchtbaren Schock erlitten oder ein schwere, ausgedehnte Stressphase hinter dir hättest, müsste ich das erfahren haben – entweder von dir selbst oder über unsere gemeinsamen Freunde.«

»Dann bleibt also nur noch …«

Sie schüttelte den Kopf. »Nein, schizophren bist du ganz bestimmt nicht – es ist daher so gut wie ausgeschlossen, dass man dich einer kombinierten Psychopharmaka- und Elektroschocktherapie unterzogen hat, die ihrerseits den Gedächtnisver…«

Sie unterbrach sich mitten im Wort und sah – den Mund offen, die Augen weit aufgerissen – bezaubernd erschrocken aus.

»Was meinst du?«, fragte Luke.

»Mir ist gerade wieder Joe Blow eingefallen.«

»Wer ist das?«

»Joseph Bellow. Der Name kam mir so … so erfunden vor.«

»Und?«

»Er wurde gestern am späten Nachmittag, nachdem ich bereits gegangen war, hier eingeliefert – und mitten in der Nacht schon wieder entlassen, und das war wirklich höchst ungewöhnlich.«

»Was hatte er?«

»Er war schizophren.« Billie wurde plötzlich blass. »Au, Mist…«

Luke wurde langsam klar, woran sie dachte. »Und dieser Patient…«

»Komm, sehen wir uns das Krankenblatt an.«

Billie drehte sich um, und sie liefen wieder die Treppe hinauf, eilten durch einen langen Flur und betraten einen Raum, den ein Schriftzug an der Tür als Registratur auswies. Er war leer.

Billie knipste das Licht an, öffnete eine Schublade, die mit »A–D« bezeichnet war, blätterte die Unterlagen durch, zog eine Akte heraus und las vor: »Männlich, weiße Hautfarbe, eins fünfundachtzig groß, zweiundachtzig Kilogramm schwer, siebenunddreißig Jahre alt.«

Lukes Vermutung bestätigte sich. »Du meinst, das war ich?«

Sie nickte. »Der Patient wurde einer Behandlungsmethode unterzogen, die globale Amnesie hervorruft.«

»Mein Gott!« Luke war gleichermaßen entsetzt wie neugierig. Wenn Billie Recht hatte, so hatte man ihm das mit Absicht angetan. Und das erklärte wiederum, warum man ihm dauernd nachspionierte. Es gab da vermutlich jemanden, der großes Interesse daran hatte, dass die Behandlung auch funktionierte. »Wer war das?«

»Mein Kollege Dr. Leonard Ross hat den Patienten aufgenommen. Len ist Psychiater. Ich würde gerne wissen, mit welcher Begründung er diese Behandlung angeordnet hat. Normalerweise wird ein Patient eine Zeit lang unter Beobachtung gehalten, bevor man ihn therapiert, meistens mehrere Tage lang. Vor allem kann ich mir überhaupt keine medizinische Rechtfertigung dafür vorstellen, dass man den Patienten unmittelbar nach einer solchen Behandlung wieder entlässt – selbst, wenn die Angehörigen zustimmen. Das ist gegen alle Regeln.«

»Dann sitzt Ross jetzt ganz schön in der Tinte, oder?«

Billie seufzte. »Eher nein. Wenn ich mich beschwere, wird man mir Rachsucht vorwerfen. Es wird heißen, ich bin sauer, weil Len den Job bekommen hat, den ich eigentlich haben wollte, nämlich Forschungsdirektor hier im Hause.«

»Wann war das?«

»Heute.«

Luke fiel aus allen Wolken. »Ross wurde *heute* befördert?«

»Ja. Ein Zufall war das wohl nicht.«

»Weiß Gott nicht! Er ist bestochen worden. Man hat ihm für den Fall, dass er diese irreguläre Behandlung durchführt, die Beförderung versprochen.«

»Das kann ich nicht glauben ... Doch, es ist möglich. Len ist so schwach ...«

»Und er ist das Werkzeug eines anderen. Irgendjemand, der in der Klinikhierarchie höher angesiedelt ist als er, muss ihn dazu veranlasst haben.«

»Nein.« Billie schüttelte den Kopf. »Die Sowerby-Stiftung, die den Posten finanziert, hat auf Ross als Forschungsdirektor bestanden. Das weiß ich von meinem Vorgesetzten. Wir konnten uns beide keinen Reim darauf machen. Aber jetzt weiß ich Bescheid.«

»Das passt eigentlich alles ins Bild – nur das Letzte will mir noch nicht in den Kopf: In dieser Stiftung sitzt einer, der will, dass ich mein Gedächtnis verliere?«

»Ich kann mir schon vorstellen, wer«, sagte Billie. »Anthony Carroll. Er gehört dem Stiftungsrat an.«

Der Name kam Luke bekannt vor. Er erinnerte sich, dass Anthony der CIA-Mann war, den Elspeth erwähnt hatte. »Bleibt noch die Frage nach dem Warum.«

»Aber immerhin haben wir jetzt jemanden, den wir fragen können«, sagte Billie und griff zum Telefon.

Während sie wählte, versuchte Luke Ordnung in seine Gedanken zu bringen. Ein Schock nach dem anderen hatte die vergangene Stunde bestimmt. Da war als Erstes die Eröffnung gewesen, dass sein Gedächtnis nicht zurückkehren würde. Dann hatte er erfahren, dass er Billie geliebt – und sie dann doch verloren hatte. Er begriff nicht, wie er so dumm hatte sein können. Und jetzt hatte er herausgefunden, dass ihm die Amnesie mit Absicht zugefügt worden war und dass ein CIA-Mann dafür die Verantwortung trug. Noch immer gab es allerdings nicht den geringsten Hinweis auf das Motiv dafür.

»Ich möchte mit Anthony Carroll sprechen«, sagte Billie in die Sprechmuschel. »Hier ist Dr. Josephson.« Ihr Ton klang gebieterisch. »Okay, dann richten Sie ihm bitte aus, dass ich dringend mit ihm reden muss.« Sie sah auf die Uhr. »Sorgen Sie dafür, dass er mich in genau einer Stunde zu Hause anruft.« Unvermittelt verdüsterte sich ihre Miene. »Machen Sie mir nichts vor, Freundchen! Ich weiß, dass Sie ihn Tag und Nacht erreichen können, egal, wo er sich gerade herumtreibt!« Sie knallte den Hörer auf die Gabel.

Ihre Blicke begegneten sich. Billie wirkte verlegen. »Tut mir leid«, sagte sie, »aber der Kerl sagte zu mir: ›Ich seh mal, was ich für Sie tun kann.‹ So, als ob ich ihm auch noch dankbar sein müsste.«

Luke erinnerte sich, dass Elspeth gesagt hatte, Anthony Carroll, Bern und er selbst seien alte Kumpel aus Harvard-Zeiten. »Dieser Anthony«, sagte er, »soll doch ein Freund von mir sein, hab ich gedacht.«

*»Yeah.«* Billie nickte und runzelte besorgt die Stirn. »Das dachte ich eigentlich auch.«

## 19.30 Uhr

**Ein entscheidendes Hindernis für die bemannte Weltraumfahrt ist das Temperaturproblem. Um die Wirksamkeit der Isolierung zu überprüfen, führt die »Explorer« vier Thermometer mit: drei in der Aussenhülle zur Messung der Oberflächentemperatur und eines im Instrumentengehäuse zur Messung der Innentemperatur. Angestrebt wird eine mittlere Temperatur zwischen fünf und einundzwanzig Grad Celsius, in der ein Mensch problemlos existieren kann.**

Bern wohnte in der Massachusetts Avenue oberhalb der malerischen Schlucht des Rock Creek in einem Viertel mit vielen großen Villen und Botschaftsgebäuden. Das Thema Spanien beherrschte seine Wohnung: Da gab es reich verzierte Möbel im spanischen Kolonialstil, verschlungene Formen aus dunklem Holz, und an den kalkweißen Wänden hingen Gemälde, die sonnenversengte Landschaften zeigten. Luke musste daran denken, was Billie ihm erzählt hatte: Bern hatte im Spanischen Bürgerkrieg gekämpft.

Es fiel nicht schwer, sich Bern dabei vorzustellen. Zwar lichtete sich sein dunkles Haar, und ein Bäuchlein wölbte sich über dem Gürtel seiner Hose, doch sein Gesicht hatte einen harten Zug, und im Blick seiner grauen Augen lag eine gewisse Kälte. Luke fragte sich, ob ihm dieser mit beiden Beinen im Leben stehende Mann die abenteuerliche Geschichte, die er ihm erzählen wollte, abkaufen würde.

Bern schüttelte Luke herzlich die Hand und servierte ihm starken Kaffee in einer kleinen Tasse. Auf der Musiktruhe stand im Silberrahmen das Foto eines Mannes mittleren Alters.

Sein Hemd war zerrissen, und in der Hand hielt er ein Gewehr. Luke nahm das Bild auf und sah es sich näher an.

»Largo Benito«, erklärte Bern. »Der tollste Mann, den ich je kennen gelernt habe. Wir kämpften zusammen in Spanien. Mein Sohn heißt nach ihm, aber Billie nennt ihn Larry.«

Bern sah im Spanienkrieg anscheinend die schönste Zeit seines Lebens. Luke fragte sich neidvoll, was wohl die schönste Zeit *seines* Lebens war und sagte resigniert: »Ich hatte wahrscheinlich auch mal großartige Erinnerungen an irgendetwas ...«

Bern sah ihn kritisch an: »Was, zum Teufel, wird hier eigentlich gespielt, alter Junge?«

Luke setzte sich und berichtete, was er und Billie in der Klinik herausgefunden hatten. »Pass auf, ich erzähle dir jetzt, was mir, so wie ich das sehe, zugestoßen ist. Ob du 's mir abkaufst, weiß ich nicht, aber erzählen tue ich es dir auf jeden Fall, weil ich hoffe, dass du vielleicht ein bisschen Licht ins Dunkel dieser mysteriösen Affäre bringen kannst.«

»Dann lass mal hören.«

»Also: Am Montag, kurz vor dem geplanten Raketenstart, kam ich nach Washington, um mich aus Gründen, die mir nach wie vor völlig schleierhaft sind, mit einem Armeegeneral zu treffen. Ich wollte mit niemandem sonst darüber reden. Meine Frau machte sich Sorgen um mich. Sie rief Anthony an und bat ihn, ein bisschen auf mich aufzupassen. Anthony und ich verabredeten uns daraufhin zu einem gemeinsamen Frühstück am Dienstagmorgen.«

»Verständlich. Anthony ist dein ältester Freund. Als ich euch kennen lernte, wart ihr Zimmergenossen.«

»Was nun kommt, ist weitgehend Spekulation. Ich traf mich also mit Anthony zum Frühstück, bevor ich mich auf den Weg ins Pentagon machte. Er hat mir ein Schlafmittel in den Kaffee geschüttet, mich in seinen Wagen verfrachtet und mich dann nach Georgetown in die Nervenklinik gebracht. Irgendwie muss er schon vorher dafür gesorgt haben, dass Billie ihm nicht in die Quere kam – vielleicht hat er aber auch nur gewartet, bis sie Feierabend machte. Auf jeden Fall achtete er darauf, dass sie mich nicht zu Gesicht bekam, und lieferte mich unter einem falschen Namen ein. Dann hat er sich Dr. Len Ross geschnappt, von dem er wusste, dass er bestechlich war. Da er Beiratsmitglied der Sowerby-Stiftung ist, hat Anthony Len so weit gebracht, dass er mich einer Behandlung unterwarf, an deren Ende ich mein Gedächtnis verloren hatte.«

Luke machte eine Pause und wartete darauf, dass Bern die ganze Geschichte als lächerlich abtat; dass er sagte: So was gibt's doch gar nicht, das ist nichts als die Ausgeburt einer hyperaktiven Fantasie. Doch ganz im Gegenteil. Zu Lukes Verblüffung sagte er bloß: »Aber warum nur, um Himmels willen, warum?«

Luke fühlte sich gleich ein wenig wohler. Wenn Bern mir glaubt, komme ich vielleicht einen Schritt weiter, dachte er und sagte: »Konzentrieren wir uns zunächst einmal auf das Wie und stellen das Warum erst mal zurück.«

»Okay.«

»Anthony musste seine Spuren verwischen, also hat er mich gleich wieder aus der Klinik rausgeholt, hat mir – als ich noch bewusstlos von der Behandlung war – irgendwelche Lumpen übergezogen und mich dann im Bahnhof abgeladen, zusammen mit einem Komplizen, dessen Aufgabe es war, mir weiszumachen, ich wäre schon seit ewigen Zeiten ein Landstreicher und Penner, und der außerdem beobachten sollte, ob die Behandlung tatsächlich eine Amnesie bewirkt hatte.«

Jetzt konnte Bern seine Skepsis nicht mehr verbergen. »Aber er muss doch gewusst haben, dass du früher oder später die Wahrheit herausfinden wirst.«

»Nicht unbedingt – oder jedenfalls nicht die ganze. Sicher, er musste damit rechnen, dass ich nach ein paar Tagen oder Wochen meine Identität wiederfinde. Trotzdem ging er davon aus, dass ich auch dann noch an die Geschichte mit der Sauftour glauben würde. Es kommt vor, dass Leute nach einem schweren Rausch ihr Gedächtnis verlieren; zumindest wird das kolportiert. Angenommen, mir wären Zweifel gekommen und ich hätte ein paar neugierige Fragen gestellt – die Spur wäre tot gewesen. Billie hätte den mysteriösen Patienten wahrscheinlich längst vergessen, und wenn nicht, so hätte Ross die entsprechenden Unterlagen rechtzeitig vernichtet gehabt.«

Bern nickte nachdenklich. »Ein riskanter Plan, aber durchaus nicht ohne Erfolgschancen. Mehr kann man sich in der Geheimdienstarbeit im Allgemeinen nicht erhoffen.«

»Es wundert mich, dass du nicht skeptischer bist.«

Bern zuckte mit den Schultern.

Luke ließ nicht locker. »Gibt es einen Grund dafür, dass du mir diese Geschichte so ohne weiteres abnimmst?«

»Wir alle kennen die Geheimdienstarbeit aus eigener Erfahrung. Da kommen solche Dinge schon mal vor.«

Luke hatte den Eindruck, dass Bern ihm etwas vorenthielt. Ihm blieb nichts anderes übrig, als ihn eindringlich zu bitten. »Du, Bern, wenn du tatsächlich noch etwas weißt, dann sag es mir, um Gottes willen. Ich brauche jede Hilfe, die ich kriegen kann.«

Bern fühlte sich jetzt offensichtlich unwohl in seiner Haut. »Ja«, sagte er, »da gibt es noch etwas … aber das ist geheim, und ich will niemanden in Schwierigkeiten bringen.«

Luke sah einen Hoffnungsschimmer. »Bitte, Bern, sag es mir. Ich bin wirklich völlig verzweifelt.«

Berns Blick wurde hart. »Das glaube ich dir gerne«, sagte er und holte tief Luft. »Na gut, meinetwegen. Hör zu: Gegen Ende des Krieges haben Billie und Anthony an einem Sonderprojekt des OSS mitgearbeitet, dem so genannten ›Wahrheitsdrogen-Komitee‹. Wir beide, du und ich, wussten damals noch nichts davon, doch später, als ich mit Billie verheiratet war, erfuhr ich dann, worum es ging. Sie suchten nach Drogen, die das Verhalten von Gefangenen im Verhör beeinflussen. Sie probierten es mit Mescalin, Barbituraten, Scopolamin und Cannabis. Ihre Testpersonen waren Soldaten, die im Verdacht standen, mit den Kommunisten zu sympathisieren. Billie und Anthony besuchten Kasernen in Atlanta, Memphis und New Orleans, gewannen das Vertrauen des Verdächtigen, gaben ihm einen präparierten Joint und sahen dann zu, ob er Geheimnisse verriet.«

Luke lachte. »Ein Haufen Idioten bekam also einen freien Trip!«

Bern nickte. »Ja, auf dieser Ebene war das Ganze ein bisschen komisch. Nach dem Krieg ging Billie zurück an die Uni und schrieb ihre Doktorarbeit über die Auswirkungen verschiedener legaler Drogen – wie beispielsweise Nikotin – auf den Geisteszustand der Betroffenen. Später, als Professorin, arbeitete sie weiter auf diesem Gebiet und spezialisierte sich auf die Frage, inwieweit Drogen und andere Faktoren das menschliche Gedächtnis beeinflussen.«

»Aber für die CIA hat sie nicht gearbeitet, oder?«

»Davon ging ich auch aus. Aber da habe ich mich getäuscht.«

»O Gott!«

»Im Jahr 1950, als Roscoe Hillenkoetter Direktor war, startete die Agency ein Projekt, das unter dem Codenamen ›Bluebird‹ lief. Es wurde auf Hillenkoetters Veranlassung aus einer Schwarzen Kasse finanziert, sodass es in den Akten keine Spuren hinterließ. Bei Bluebird ging es um die Kontrolle über den menschlichen Geist. Sie finanzierten eine ganze Reihe legitimer Forschungsprojekte an den Universitäten und schleusten die Gelder durch Stiftungen, um ihre wahre Herkunft zu verschleiern. Auch Billies Arbeit wurde so finanziert.«

»Was hielt sie davon?«

»Wir haben uns darüber gestritten. Ich meinte, es wäre ein Unding; die CIA habe vor, Menschen einer Gehirnwäsche zu unterziehen. Billie meinte, jede Form wissenschaftlicher Erkenntnis könne nutzbringend angewendet oder aber missbraucht werden; sie leiste unschätzbare Forschungsarbeit und es sei ihr völlig egal, wer für die Rechnung aufkomme.«

»War das der Grund dafür, dass ihr euch habt scheiden lassen?«

»In gewisser Weise schon. Ich schrieb damals das Skript für eine Radio-Serie mit dem Titel *Detektivgeschichten*, wollte aber ins Filmgeschäft. 1952 erarbeitete ich dann ein Drehbuch über eine geheime Regierungsbehörde, die nichtsahnende Bürger per Gehirnwäsche manipuliert. Jack Warner kaufte mir die Story ab. Aber Billie hab ich nichts davon erzählt.«

»Warum nicht?«

»Ich wusste, dass die CIA den Film verhindern würde.«

»Können die so etwas überhaupt?«

»Und ob die das können! Darauf kannst du Gift nehmen.«

»Was geschah dann?«

»Der Film erschien 1953. Frank Sinatra spielte einen Nachtklub-Sänger, der Zeuge eines politischen Mordes wird. Daraufhin nimmt man ihm mithilfe eines geheimen Verfahrens das Gedächtnis. Joan Crawford spielte seine Managerin. Es war ein riesiger Hit – und ich ein gemachter Mann. Die Filmstudios rannten mir die Tür ein mit lukrativen Angeboten.«

»Und Billie?«

»Billie nahm ich zur Premiere mit.«

»Und da war sie vermutlich sauer.«

Bern lächelte traurig. »Sie raste vor Wut. Sie warf mir vor, vertrauliche Informationen benutzt zu haben, die ich von ihr bekommen hatte. Sie war felsenfest davon überzeugt, dass die CIA ihr den Geldhahn zudrehen und ihre Forschungsvorhaben ruinieren würde. Es war das Ende unserer Ehe.«

»Das meinte Billie also damit, als sie von ›gegensätzlichen Wertvorstellungen‹ sprach.«

»Ja, das stimmt auch. Sie hätte dich heiraten sollen – ehrlich gesagt, ich habe nie begriffen, warum sie das nicht getan hat.«

Luke stockte das Herz. Er wollte unbedingt wissen, wie Bern zu dieser Bemerkung kam, doch fürs Erste verschob er die Frage. »Um auf das Jahr 1953 zurückzukommen …«, sagte er. »Ich nehme an, dass die CIA ihr den Geldhahn *nicht* zugedreht hat.«

»Richtig.« Aus Berns Miene sprach Verbitterung und Wut. »Sie haben stattdessen meine Karriere ruiniert.«

»Wie das?«

»Ich wurde auf meine Staatstreue hin überprüft. Da ich bis

zum Ende des Krieges überzeugter Kommunist gewesen war, bot ich natürlich ein leichtes Ziel. Ich kam in Hollywood auf die schwarze Liste und bekam nicht einmal meinen Job beim Rundfunk zurück.«

»Was für eine Rolle hat Anthony dabei gespielt?«

»Nach dem, was Billie mir erzählte, tat er sein Bestes, um mich zu schützen, wurde aber überstimmt.« Bern runzelte die Stirn. »Aber wenn ich deine Geschichte höre, bekomme ich da meine Zweifel.«

»Was hast du dann getan?«

»Ein paar Jahre lang ging mir 's ziemlich dreckig. Dann fielen mir *Die schrecklichen Zwillinge* ein.«

Fragend zog Luke eine Braue hoch.

»Das ist eine Kinderbuchserie.« Bern deutete auf ein Bücherregal. Die grellbunten Umschläge sorgten für Farbtupfer. »Du hast sie übrigens alle dem Kind deiner Schwester vorgelesen.«

Es freute Luke zu hören, dass er einen Neffen oder eine Nichte hatte – oder vielleicht sogar mehrere. Die Vorstellung, ihnen etwas vorzulesen, gefiel ihm.

Es gibt noch so viel, das ich über mich erfahren muss, dachte er.

Mit einer Handbewegung umfasste er die teure Wohnung. »Die Bücher müssen sehr erfolgreich sein.«

Bern nickte. »Die erste Geschichte schrieb ich unter Pseudonym und vermarktete sie mithilfe eines Literaturagenten, der Mitleid mit den Opfern der Hexenjagd unter Senator McCarthy hatte. Das Buch war ein großer Bestseller – und seither habe ich jedes Jahr zwei neue Bücher für die Reihe geschrieben.«

Luke erhob sich, nahm ein Buch aus dem Regal und las:

> Was ist klebriger – Honig oder geschmolzene Schokolade? Das mussten die Zwillinge unbedingt herausbekommen, und deshalb machten sie das Experiment, das Mom so in Wut versetzte.

Er lächelte. Dass Kinder so etwas mochten, konnte er sich gut vorstellen. Doch dann wurde er plötzlich traurig. »Elspeth und ich haben keine Kinder.«

»Ich weiß auch nicht, warum«, sagte Bern. »Du wolltest eigentlich immer eine große Familie haben.«

»Wir haben alles versucht, aber es hat nicht sollen sein.« Luke klappte das Buch zu. »Bin ich glücklich verheiratet, Bern?«

Bern seufzte. »Wenn du mich schon fragst: nein.«

»Und warum nicht?«

»Irgendwas hat zwischen euch nicht gestimmt, aber du wusstest nicht, was. Einmal hast du mich angerufen und mich um Rat gefragt, aber ich konnte dir nicht helfen.«

»Vor ein paar Minuten hast du gesagt, dass Billie eigentlich mich hätte heiraten sollen.«

»Ihr zwei wart mal völlig vernarrt ineinander.«

»Und was ist dann geschehen?«

»Ich weiß es wirklich nicht. Nach dem Krieg hattet ihr mal einen großen Krach. Aber worum es dabei genau ging …«

»Da werde ich wohl Billie fragen müssen.«

»Ja, das wäre wohl das Beste.«

Luke stellte das Buch wieder ins Regal. »Immerhin verstehe ich jetzt, warum dir meine Geschichte nicht von vornherein völlig unglaubwürdig vorkam.«

»Ja«, sagte Bern. »Ich glaube, dass Anthony dafür verantwortlich ist.«

»Aber kannst du dir auch vorstellen, warum?«

»Ich habe nicht die geringste Ahnung.«

## 20.00 Uhr

**Wenn die Temperaturschwankungen grösser sind als erwartet, können die Germanium-Transistoren überhitzen. Andererseits können die Quecksilber-Batterien einfrieren, und der Satellit wird keine Daten mehr zur Erde übertragen.**

Billie saß vor ihrer Frisierkommode und frischte ihr Make-up auf. Sie hielt ihre Augen für ihr attraktivstes Merkmal und verwandte stets größte Sorgfalt auf sie: schwarzer Eyeliner, grauer Lidschatten, ein bisschen Wimperntusche. Die Schlafzimmertür stand offen. Aus dem Fernseher unten ertönte Gewehrfeuer: Larry und Becky-Ma sahen *Bonanza*.

Eigentlich hatte sie keine Lust zu einem Rendezvous heute Abend. Die Ereignisse des Tages hatten starke Leidenschaften in ihr geweckt. Sie kochte vor Wut, weil sie den Job, den sie so gerne gehabt hätte, nicht bekommen hatte; sie war bestürzt über das, was Anthony getan hatte – und sie registrierte mit Verwirrung und nicht ohne ein Gefühl der Bedrohung, dass die alte Chemie zwischen ihr und Luke nach wie vor wirkte, brisant und gefährlich wie eh und je. Sie merkte, dass sie ihre Beziehungen zu Anthony, Luke, Bern und Harold neu überdachte und sich dabei fragte, ob sie in ihrem Leben immer die richtigen Entscheidungen getroffen hatte. Nach allem, was geschehen war, kam ihr die Vorstellung, den Abend vor dem Fernseher zu verbringen und das Kraft-Theater anzusehen irgendwie schal vor, so sehr sie Harold auch mochte.

Das Telefon klingelte.

Billie sprang von ihrem Hocker auf und lief zum Apparat, der auf dem Nachttisch neben ihrem Bett stand. Aber Larry war schneller gewesen als sie und hatte unten im Flur schon abgenommen. Sie hörte Anthonys Stimme: »Hier spricht die CIA. Washington steht kurz vor einer Invasion durch hüpfende Kohlköpfe.«

Larry kicherte. »Onkel Anthony, du bist es!«

»Wenn Ihnen ein Kohlkopf begegnet, versuchen Sie nicht – ich wiederhole: versuchen Sie *nicht*, mit ihm zu diskutieren …«

»Ein Kohlkopf kann doch gar nicht sprechen!«

»Die einzige Möglichkeit, mit ihm fertigzuwerden, besteht darin, dass man ihn mit einer Scheibe Brot totschlägt.«

»Du spinnst doch, Onkel Anthony!« Larry lachte.

»Anthony, ich höre mit!«, sagte Billie.

»So, und jetzt rein in deinen Schlafanzug, Larry, okay?«, sagte Anthony.

»Okay«, sagte Larry und legte auf.

Anthonys Stimme veränderte sich. »Billie?«

»Am Apparat.«

»Du wolltest, dass ich dich zurückrufe. Dringend. Hast unserem Diensthabenden die Hölle heiß gemacht, hab ich gehört.«

»Richtig. Anthony, was, zum Teufel, hast du vor?«

»Da müsstest du dich schon ein bisschen genauer ausdrücken …«

»Herrgott noch mal, so quatsch doch nicht schon wieder um den heißen Brei herum! Schon bei unserem letzten Gespräch war ich mir sicher, dass du gelogen hast – ich kannte bloß die Wahrheit nicht. Jetzt kenne ich sie. Ich weiß, was du Luke vergangene Nacht in meiner Klinik angetan hast.«

Am anderen Ende der Leitung herrschte Schweigen.

»Ich will eine Erklärung dafür«, sagte Billie.

»Am Telefon kann ich darüber beim besten Willen nicht sprechen. Aber wenn wir uns in den nächsten Tagen irgendwo treffen könnten …«

»Da pfeif ich drauf!« Billie war nicht bereit, sich weiter vertrösten zu lassen. »Ich will jetzt sofort Bescheid wissen.«

»Du weißt doch, ich kann nicht …«

»Du kannst alles, was du dir in den Kopf setzt, also verstell dich nicht.«

Anthony protestierte. »Du solltest mir eigentlich vertrauen, Billie. Wir sind seit zwanzig Jahren befreundet.«

»Ja, und du hast mich schon bei unserem ersten Rendezvous in die größten Schwierigkeiten gebracht.«

»Und darüber regst du dich heute noch auf?« In Anthonys Stimme schwang ein Lächeln mit.

Billie beruhigte sich etwas. »Nein, verdammt noch mal. Ich will dir ja vertrauen. Du bist schließlich der Patenonkel meines Sohnes.«

»Ich erkläre dir alles, wenn wir uns morgen irgendwo treffen können.«

Billie hätte um ein Haar zugestimmt, doch dann musste sie wieder daran denken, was Anthony getan hatte. »Gestern Abend hast *du* mir nicht vertraut, nicht wahr? Du hast mich hintergangen, in meiner eigenen Klinik.«

»Ich habe dir doch schon gesagt, dass ich das alles erklären kann.«

»Das hättest du tun sollen, *bevor* du mich so hinters Licht geführt hast! Entweder du sagst mir jetzt die Wahrheit, oder ich gehe sofort nach dem Ende dieses Gesprächs zum FBI. Du hast die Wahl.«

Männer zu bedrohen war gefährlich: Oft wurden sie dann erst recht starrsinnig. Aber Billie wusste, wie sehr die CIA Einmischungen seitens des FBI hasste und fürchtete, vor allem, wenn die Agency im Grenzbereich zur Illegalität arbeitete, wovon man in den meisten Fällen ausgehen konnte. Die »Feds«, die eifersüchtig ihr exklusives Recht auf die Spionejagd im eigenen Land hüteten, hätten mit Wonne jede Gelegenheit wahrgenommen, wegen des Verdachts auf illegale Praktiken auf amerikanischem Boden gegen die CIA zu ermitteln. Wenn bei Anthonys Aktivitäten wirklich alles mit rechten Dingen zuging, war Billies Drohung bedeutungslos – überschritt er aber die Grenzen der Legalität, dann bekam er es jetzt mit der Angst zu tun.

Er seufzte. »Na gut. Ich bin gerade in einer Zelle, und dein Telefon wird vermutlich nicht abgehört.« Er machte eine Pause. »Es wird dir nicht leicht fallen, mir das zu glauben.«

»Probier's halt.«

»Also, meinetwegen. Luke ist ein Spion, Billie.«

Im ersten Augenblick war sie wie vor den Kopf geschlagen. Dann sagte sie: »Das ist doch hirnverbrannt.«

»Er ist Kommunist und ein Agent Moskaus.«

»Ach Gott, nein! Wenn du dir einbildest, dass ich dir das abkaufe …«

»Es ist mir inzwischen völlig gleichgültig, ob du mir glaubst oder nicht glaubst.« Anthonys Stimme klang plötzlich rau. »Luke hat seit Jahren Raketengeheimnisse an die Sowjets verraten. Was glaubst du denn, wie die Russen sonst ihren Sputnik ins All gebracht hätten, während unser Satellit noch auf der Werkbank lag? In der Wissenschaft haben sie glücklicherweise gar keinen Vorsprung. Aber sie profitieren nicht nur von ihren eigenen, sondern auch von unseren Forschungen. Und dafür ist Luke verantwortlich.«

»Anthony, wir beide kennen Luke seit über zwanzig Jahren. Für Politik hat er sich nie auch nur die Bohne interessiert!«

»Kannst du dir eine bessere Tarnung vorstellen?«

Billie zögerte. War es möglich, dass Anthony Recht hatte? Ein echter Spion würde natürlich vorgeben, dass ihn Politik nicht interessiere. Oder er würde sogar den strammen Republikaner spielen … »Aber Luke würde niemals sein Vaterland verraten.«

»So was gibt's immer wieder. Erinnerst du dich? Als er bei der Résistance war, hat er sogar mit Kommunisten zusammengearbeitet. Natürlich standen sie damals auf unserer Seite – aber Luke hat die Zusammenarbeit nach dem Krieg offenbar weitergepflegt. Persönlich bin ich übrigens der Meinung, dass ihr beide damals nur deshalb nicht geheiratet habt, weil Luke fürchtete, es könne zu Konflikten mit seiner Arbeit für die Roten kommen.«

»Er hat Elspeth geheiratet.«

»Ja, aber die beiden haben keine Kinder.«

Billie setzte sich auf die Bettkante und war wie betäubt. »Kannst du das alles belegen?«

»Ich kann es *beweisen* – und zwar mit Blaupausen der höchsten Geheimhaltungsstufe, die er einem bekannten KGB-Offizier übergeben hat.«

Billie wusste nicht mehr, woran sie war: Was von alledem sollte sie glauben? »Selbst mal angenommen, das stimmt alles – warum hast du ihm dann sein Gedächtnis nehmen lassen?«

»Um sein Leben zu retten.«

Das war nun definitiv zu viel. »Das begreife ich nicht.«

»Billie, wir waren drauf und dran, ihn zu töten.«

»Wer wollte ihn töten?«

»Wir, die CIA. Du weißt doch, dass die Armee in Kürze ihren ersten Satelliten starten wird. Wenn diese Rakete nicht funktioniert, werden die Russen auf unabsehbare Zeit den Weltraum beherrschen – so wie die Englander zweihundert Jahre lang Amerika beherrschten. Du musst begreifen, dass Luke die schlimmste Bedrohung seit Kriegsende für die Macht und das Prestige der Vereinigten Staaten darstellt. Der Beschluss, ihn zu erledigen, stand innerhalb einer Stunde nach seiner Enttarnung.«

»Warum stellt man ihn nicht einfach als Spion vor Gericht?«

»Und zeigt damit der ganzen Welt, wie unsere miserable Spionageabwehr zugelassen hat, dass die Sowjets seit Jahren sämtliche Geheimunterlagen über unser Raketenprogramm bekamen? Stell dir mal vor, wie sich das auf unseren Einfluss in all diesen unterentwickelten Ländern auswirken würde, die schon jetzt mit Moskau flirten! Über diese Option wurde nicht einmal diskutiert.«

»Und was geschah dann?«

»Ich habe die anderen eben dazu überredet, es auf eine andere Weise zu versuchen. Dazu habe ich mich an die allerhöchsten Stellen gewandt. Außer dem Direktor der CIA und dem Präsidenten weiß niemand, was ich getan habe. Und es hätte ja auch beinahe geklappt – wenn Luke eben nicht so ein furchtbar zäher Kerl wäre. Ich hätte ihn retten *und* die ganze Sache geheim halten können. Hätte er nur geglaubt, dass er sein Gedächtnis nach einer durchsoffenen Nacht verloren hat, und wäre er eine Zeit lang als Penner durch die Gegend gelaufen – ich hätte alles unter den Teppich kehren können. Nicht einmal er selbst hätte erfahren, was für Geheimnisse er verraten hat.«

Billie dachte einen Augenblick lang an sich selbst. »Du hast ohne jedes Zögern meiner Karriere geschadet.«

»Um Lukes Leben zu retten! Ich glaube nicht, dass irgendwelches Zögern da in deinem Sinne gewesen wäre.«

»Sei nicht so verdammt arrogant, das war schon immer dein schlimmster Fehler.«

»Wie dem auch sei – Luke hat meinen Plan durchkreuzt, und zwar mit deiner Hilfe. Ist er jetzt bei dir?«

Billie spürte, wie sich die Haare in ihrem Nacken sträubten.

»Ich muss mit ihm reden, bevor er noch mehr Schaden anrichtet. Wo ist er?«

Billie reagierte instinktiv – und log: »Ich weiß es nicht.«

»Du würdest mir nichts verschweigen, oder?«

»Natürlich würde ich! Du hast mir immerhin gerade mitgeteilt, dass dein Verein Luke umbringen wollte. Dir zu sagen, wo er sich aufhält, wäre idiotisch von mir – falls ich es überhaupt wüsste. Aber ich weiß es nicht.«

»Billie, jetzt hör mir mal gut zu: Ich bin seine einzige Hoffnung. Wenn du ihm das Leben retten willst, dann sag ihm, er soll mich anrufen.«

»Ich denk darüber nach«, sagte Billie, doch Anthony hatte bereits aufgelegt.

## 20.30 Uhr

**Die Instrumenteneinheit hat weder Türen noch Öffnungsklappen. Wenn die Ingenieure in Cape Canaveral an den Geräten arbeiten wollen, müssen sie die gesamte Hülle abnehmen. Das ist zwar umständlich, spart aber kostbares Gewicht – ein entscheidender Faktor beim Kampf gegen die Anziehungskraft der Erde.**

Als Luke den Telefonhörer auflegte, zitterte seine Hand.

Bern fragte: »Was, um Himmels willen, hat sie gesagt? Du siehst aus wie ein Gespenst!«

»Anthony behauptet, ich sei ein russischer Spion«, erklärte Luke.

Bern kniff die Augen zusammen. »Und …?«

»Als die CIA das rausfand, wollten die Kerle mich umbringen. Anthony hat sie dann aber davon überzeugt, dass man das Gleiche erreicht, wenn man bloß mein Gedächtnis auslöscht.«

»Klingt halbwegs plausibel«, kommentierte Bern kühl.

Luke war fix und fertig. »Mein Gott«, sagte er, »könnte denn da etwas Wahres dran sein?«

»Quatsch.«

»Das weißt du doch nicht!«

»Doch, ich weiß es.«

In Luke regte sich beinahe so etwas wie Hoffnung. »Wieso?«

»Weil *ich* ein russischer Spion war.«

Luke starrte ihn an. Das wurde ja immer besser! »Wir hätten beide Spione sein können, ohne voneinander zu wissen«, sagte er.

Bern schüttelte den Kopf. »Du hast meine Karriere beendet.«

»Ich?«

»Willst du noch 'ne Tasse Kaffee?«

»Nein, danke, der macht mich ganz benommen.«

»Du siehst furchtbar aus. Wann hast du zum letzten Mal gegessen?«

»Billie hat mir ein paar Kekse gegeben. Vergiss die Fresserei und sag mir, was du weißt!«

Bern erhob sich. »Ich mach dir 'ne Stulle, bevor du mir hier noch umkippst.«

Jetzt erst wurde Luke klar, dass ihm vor Hunger schon der Magen wehtat. »Na gut.«

Sie gingen in die Küche. Bern holte einen Laib Roggenbrot aus dem Kühlschrank, dazu ein Stück Butter, Corned-Beef und eine Bermudazwiebel. Luke lief das Wasser im Munde zusammen.

»Es war im Krieg«, erzählte Bern, während er vier Scheiben Brot mit Butter bestrich. »Die Résistance hatte sich in Gaullisten und Kommunisten aufgespalten, und beide Seiten rangelten schon um die beste Startposition nach dem Krieg. Roosevelt und Churchill wollten vermeiden, dass die Kommunisten durch Wahlen an die Macht kamen. Also bekamen nur die Gaullisten Waffen und Munition.«

»Und was hab ich dazu gesagt?«

Bern schichtete Corned-Beef, Senf und Zwiebelringe auf die Brotscheiben. »Die Politik der Franzosen hat dich wenig interessiert – du wolltest bloß die Nazis besiegen und wieder nach Hause. Aber ich hatte andere Ziele. Ich wollte gleiches Recht für alle.«

»Und wie?«

»Ich hab den Kommunisten gesteckt, dass wir einen Fallschirmabwurf erwarteten, sodass sie uns überfallen und die für uns gedachte Lieferung stehlen konnten.« Bern schüttelte traurig den Kopf. »Mann, haben die das grandios vermasselt! Geplant war, dass sie uns auf dem Rückweg scheinbar zufällig begegnen und eine brüderliche Teilung fordern. Stattdessen haben sie uns, kaum war das Zeug am Boden, noch an der Abwurfstelle angegriffen. Daher wusstest du, dass wir verraten worden waren. Und der Verdacht fiel sofort auf mich.«

»Wie hab ich reagiert?«

»Du hast mir einen Kuhhandel angeboten. Ich sollte aufhören, für Moskau zu spionieren, und zwar auf der Stelle. Dafür wolltest du, was den Vorfall betraf, den Mund halten, und zwar bis in alle Ewigkeit.«

»Und dann?«

Bern zuckte die Achseln. »Wir haben uns beide an die Abmachung gehalten. Aber ich glaube nicht, dass du mir je verziehen hast. Jedenfalls war unsere Freundschaft danach nicht mehr die gleiche wie früher.«

Eine graue Siamkatze erschien wie aus dem Nichts und miaute. Bern warf eine Scheibe Fleisch auf den Boden. Die Katze verspeiste sie und leckte sich die Pfoten.

Luke sagte: »Wenn ich Kommunist gewesen wäre, hätte ich dich gedeckt.«

»Genau.«

Allmählich begann Luke an seine eigene Unschuld zu glauben. »Ich hätte natürlich auch noch nach dem Krieg Kommunist werden können.«

»Unmöglich. So was passiert einem in der Jugend oder überhaupt nicht.«

Das klang logisch. »Aber aus Geldgier hätte ich spionieren können.«

»Du brauchst kein Geld. Deine Familie ist steinreich.«

Das stimmte. Elspeth hatte ihm das erzählt. »Also irrt sich Anthony.«

»Oder er lügt.« Bern schnitt die belegten Brote durch und legte sie auf zwei Teller, deren Dekor nicht zusammenpasste. »Was zu trinken?«

»Ja, bitte.«

Bern nahm zwei Flaschen Coca-Cola aus dem Kühlschrank und entfernte die Kronkorken. Er reichte Luke einen Teller und eine Flasche, nahm die beiden anderen für sich und ging voraus ins Wohnzimmer.

Luke war hungrig wie ein Wolf. Mit wenigen Bissen hatte er sein Brot hinuntergeschlungen. Bern sah ihm amüsiert dabei zu. »Hier, nimm meins auch noch«, sagte er.

Luke schüttelte den Kopf. »Nein, danke.«

»Nun mach schon und iss! Ich sollte sowieso auf Diät gehen.«

Da nahm Luke auch Berns Brot und begann es hinunterzuschlingen.

»Angenommen, Anthony lügt tatsächlich«, fuhr Bern fort. »Was sind dann die *wahren* Gründe dafür, dass er dir das Gedächtnis hat nehmen lassen?«

Luke schluckte. »Das muss etwas mit meinem plötzlichen Aufbruch von Cape Canaveral am Montag zu tun haben.«

Bern nickte. »Wären sonst auch zu viele Zufälle.«

»Ich muss was ungeheuer Wichtiges entdeckt haben, irgendwas, das so brisant war, dass ich sofort ins Pentagon und darüber reden musste.«

Bern runzelte die Stirn. »Warum hast du niemandem in Cape Canaveral erzählt, was du entdeckt hast?«

Luke überlegte. »Wahrscheinlich habe ich dort niemandem getraut.«

»Okay. Doch bevor du das Pentagon erreichen konntest, hat Anthony dich abgefangen.«

»Richtig. Anscheinend habe ich *ihm* getraut und folglich auch von meiner Entdeckung erzählt.«

»Und dann?«

»Er hielt sie für so wichtig, dass er mein Gedächtnis ausgelöscht hat. Das Geheimnis durfte – in seinen Augen – nie gelüftet werden.«

»Aber was kann es bloß gewesen sein?«

»Sobald ich das rausgefunden habe, weiß ich auch, was mit mir passiert ist.«

»Wo willst du anfangen?«

»Ich denke, als Erstes gehe ich mal in mein Hotelzimmer und sehe meine Sachen durch. Dabei finde ich vielleicht einen Hinweis.«

»Wenn Anthony dein Gedächtnis ausgelöscht hat, dann hat er garantiert auch deine Habseligkeiten gefilzt.«

»Eindeutige Beweismittel wird er entfernt haben, ja. Aber vielleicht ist auch was dabei, dessen Bedeutung er nicht erkannt hat. Jedenfalls muss ich mich vergewissern.«

»Und dann?«

»Sonst lohnt sich die Suche nur noch in Cape Canaveral. Ich fliege also zurück, noch heute Abend …« Luke sah auf seine Armbanduhr. Es war bereits nach neun. »Oder morgen Früh.«

»Bleib über Nacht hier«, sagte Bern.

»Warum?«

»Ich weiß nicht. Der Gedanke, dass du heute Nacht allein bist, gefällt mir nicht. Geh ins Carlton, hol dein Zeug und komm wieder her. Morgen Früh bring ich dich dann zum Flughafen.«

Luke nickte. Dann sagte er verlegen: »Die Sache ist verzwickt genug. Du verhältst dich wie ein guter Freund, Bern.«

Bern zuckte die Achseln. »Wir kennen uns schließlich seit Ewigkeiten.«

Damit konnte sich Luke nicht zufrieden geben. »Aber du hast mir eben erst erzählt, dass unsere Freundschaft durch diesen Zwischenfall in Frankreich einen schweren Knacks bekommen hat.«

»Das stimmt.« Bern sah Luke offen in die Augen. »Deine Einstellung war: Wer dich einmal verrät, der verrät dich auch ein zweites Mal.«

»Das glaub ich dir sofort«, sagte Luke nachdenklich. »Aber ich hatte Unrecht, was?«

»Ja«, sagte Bern, »das hattest du.«

**Die Instrumenteneinheit neigt vor dem Start zur Überhitzung. Die Lösung für dieses Problem ist ein typisches Beispiel für die hausbackenen, aber effektiven Methoden, mit denen das übereilte »Explorer«-Projekt vorangetrieben wird: An der Außenhaut der Rakete wird mithilfe eines Elektromagneten ein mit Trockeneis gefüllter Behälter angebracht. Sobald die Einheit sich aufheizt, wird durch einen Thermostat ein Ventilator angestellt. Unmittelbar vor dem Start wird der Magnet abgekoppelt, und das Kühlaggregat fällt zu Boden.**

Anthonys gelber Cadillac Eldorado stand an der K-Straße zwischen Fünfzehnter und Sechzehnter Straße versteckt hinter einer Reihe von Taxis, deren Fahrer auf einen Wink vom Türsteher des Carlton-Hotels warteten. Anthony, der selbst im Wagen saß, hatte freie Sicht auf die geschwungene Auffahrt und das überdachte, hell erleuchtete Portal, vor dem die Fahrzeuge anhielten. Pete hatte sich ein Zimmer im Hotel gemietet und wartete dort nun auf Anrufe der Agenten, die Luke inzwischen in der ganzen Stadt suchten.

Einerseits wünschte sich Anthony, keiner von ihnen würde sich melden und Luke ihnen irgendwie entwischen. Das hätte ihm die bitterste Entscheidung seines Lebens erspart. Andererseits aber wollte er geradezu verzweifelt Luke wiederfinden und die Sache selber in die Hand nehmen.

Luke war ein alter Freund von ihm, ein anständiger Mensch, ein treuer Ehemann und ein hervorragender Wissenschaftler. Doch unter dem Strich spielte das keine Rolle. Alle hatten sie im Krieg anständige Männer umgebracht, die zufällig auf der falschen Seite standen. Jetzt, im Kalten Krieg, stand eben Luke auf der falschen Seite. Was das Ganze so schwer macht, ist, dass ich den Burschen so gut kenne, dachte Anthony.

Pete kam aus dem Hotel gehastet, und Anthony drehte das Seitenfenster herunter. »Ackie hat eben angerufen«, sagte Pete. »Luke ist in der Wohnung von Bernard Rothsten in der Massachusetts Avenue.«

»Na endlich«, sagte Anthony. Er hatte vorausgesehen, dass Luke bei seinen alten Freunden Hilfe suchen würde, und daher sowohl vor Berns als auch vor Billies Haus Agenten postiert. Dass er Recht behalten hatte, erfüllte ihn mit freudloser Befriedigung.

»Wenn er geht, folgt Ackie ihm mit dem Motorrad«, fügte Pete hinzu.

»Gut.«

»Glauben Sie, er wird hier auftauchen?«

»Vielleicht. Ich wart's mal ab.« Im Hotelfoyer warteten zwei weitere Agenten, die Anthony sofort informieren würden, falls Luke durch einen anderen Eingang hereinkam. »Der andere heiße Tipp ist der Flughafen.«

»Dort haben wir vier Männer.«

»Okay. Ich denke, damit haben wir alles abgedeckt.«

Pete nickte. »Ich setz mich wieder ans Telefon.«

In düsterer Stimmung malte Anthony sich das Szenario aus, das ihm jetzt bevorstand. Luke wäre verwirrt und unsicher, sehr vorsichtig, aber auch darauf bedacht, ihm Fragen zu stellen. Und er, Anthony, würde versuchen, ihn an einen Ort zu locken, wo sie allein waren. Dann war es nur noch eine Frage von Sekunden, bis sich die Chance bot, die Pistole mit dem Schalldämpfer aus der Innentasche seines Mantels zu ziehen.

Luke würde natürlich einen letzten Versuch unternehmen, sein Leben zu retten. Einfach aufzugeben war wider seine Natur. Er würde durchs Fenster fliehen wollen, zur Tür rennen oder auf ihn losgehen. Aber ich werde ganz kühl bleiben, dachte Anthony, ich habe schon früher einmal getötet – nein, die Nerven werde ich nicht verlieren. Mit ruhiger Hand werde ich die Waffe auf Lukes Brust richten und mehrmals abdrücken, in der festen Überzeugung, ihn damit auszuschalten. Luke wird umfallen. Dann werde ich zu ihm gehen, seinen Puls fühlen und ihm, falls nötig, den Gnadenschuss geben. Und dann ist mein ältester Freund tot.

Probleme waren keine zu erwarten. Anthony besaß die unmissverständlichen Beweise für den Verrat – die Blaupausen mit Lukes handschriftlichen Bemerkungen darauf. Dass sie von einem sowjetischen Spion stammten, konnte er nicht direkt beweisen, aber der CIA genügte sein Wort.

Die Leiche würde natürlich gefunden werden und eine Untersuchung zur Folge haben. Früher oder später würde die Polizei entdecken, dass die CIA Interesse an dem Toten gehabt hatte, und anfangen, Fragen zu stellen. Aber die Agency hatte reiche Erfahrung in der Blockade unerwünschter Nachforschungen. Man würde der Polizei erzählen, bei der Verbindung zwischen dem Toten und der Agency handele es sich um eine Frage der nationalen Sicherheit; sie sei daher top secret. Mit dem Mord hätte sie natürlich nichts zu tun.

Wer immer dies infrage stellte – sei es ein Cop, ein Reporter oder ein Politiker –, den würde man auf seine staatsbürgerliche Treue überprüfen. Agenten würden Freunde, Nachbarn und Verwandte des Betroffenen befragen und dabei nicht mit düsteren Anspielungen auf kommunistische Neigungen sparen. Die Untersuchung würde selbstverständlich im Sande verlaufen – die Glaubwürdigkeit des Opfers aber wäre ein für alle Mal ruiniert.

Ein Geheimdienst kann sich eben alles erlauben, dachte Anthony mit grimmiger Zuversicht.

Ein Taxi bog in die Hotelauffahrt ein, und Luke stieg aus. Er trug einen marineblauen Mantel und einen grauen Hut – beides musste er sich irgendwann im Laufe des Tages gekauft oder gestohlen haben. Auf der anderen Straßenseite stoppte Ackie Horwitz sein Motorrad. Anthony stieg aus und schlenderte auf den Hoteleingang zu.

Luke wirkte erschöpft, doch seine Miene verriet finstere

Entschlossenheit. Während er den Taxifahrer bezahlte, warf er Anthony einen Blick zu, erkannte ihn jedoch nicht. Er verzichtete auf das Wechselgeld und ging ins Hotel. Anthony folgte ihm.

Sie waren beide im gleichen Alter, siebenunddreißig. In Harvard hatten sie sich kennen gelernt, mit achtzehn – ein halbes Leben war das jetzt her.

Dass es so weit hat kommen müssen, dachte Anthony voller Bitterkeit. Dass es so weit hat kommen müssen …

Luke wusste, dass ihm von Berns Wohnung aus jemand auf einem Motorrad gefolgt war. Jetzt war er gespannt wie eine Bogensehne, und alle seine Sinne waren hellwach.

Das Foyer des Carlton sah aus wie ein riesiger Salon, vollgestellt mit Imitationen französischer Möbel. Damit sie das perfekte Rechteck des Raumes nicht unterbrachen, waren Rezeption und Portiersloge in Nischen gegenüber dem Eingang untergebracht. Unweit der Tür zur Bar standen zwei Frauen in Pelzmänteln und schwatzten mit einer Gruppe Männer in Smokings. Livrierte Pagen und das schwarz befrackte Personal am Empfang gingen ruhig und effizient ihrer Beschäftigung nach. Dies war ein Ort des Luxus, dafür geschaffen, die Nerven erschöpfter Reisender zu beruhigen. Bei Luke bewirkte er gar nichts.

Ein rascher Blick durch den Raum ließ ihn sofort zwei Männer erkennen, die Agenten sein mussten. Einer saß auf einem eleganten Sofa und las eine Zeitung, der andere stand in der Nähe des Aufzugs und rauchte eine Zigarette. Beide sahen nicht aus, als gehörten sie hierher. Sie trugen Arbeitskleidung – Geschäftsanzüge und Regenmäntel, ihre Hemden und Krawatten entsprachen nicht der späten Stunde, und insgesamt machten sie keineswegs den Eindruck, als wollten sie den Abend in teuren Restaurants und Bars verbringen.

Luke erwog, sofort kehrt zu machen und das Hotel wieder zu verlassen – aber das hätte ihn keinen Schritt vorangebracht. Also ging er zur Rezeption, nannte seinen Namen und bat um seinen Zimmerschlüssel. Als er sich abwandte, sprach ihn ein Fremder an: »Hey, Luke!«

Das war der Mann, der das Hotel hinter ihm betreten hatte. Er sah nicht aus wie ein Agent, doch Luke hatte seine Erscheinung vage registriert: Er hatte etwa seine Größe und hätte durchaus seriös wirken können, war aber dafür zu nachlässig gekleidet. Sein teurer Kamelhaarmantel war alt und abgetragen, die Schuhe sahen aus, als wären sie noch nie gewienert worden, und seine Haare verlangten nach einem guten Friseur. Seine Stimme allerdings verriet Autorität.

Luke sagte: »Ich fürchte, ich weiß nicht, wer Sie sind. Ich habe mein Gedächtnis verloren.«

»Anthony Carroll. Ich bin heilfroh, dass ich dich endlich erwischt habe!« Zur Begrüßung steckte er die Hand aus.

Luke spannte seine Muskeln an. Er wusste noch immer nicht, ob Anthony Freund oder Feind war. Er gab ihm die Hand und sagte: »Ich habe dir eine ganze Menge Fragen zu stellen.«

»Und ich bin bereit, sie alle zu beantworten.«

Luke nahm sich Zeit, starrte seinem Gegenüber ins Gesicht und fragte sich, womit er anfangen sollte. Anthony sah nicht aus wie ein Mann, der einen alten Freund verraten würde. Er hatte ein offenes, intelligentes Gesicht, nicht hübsch, aber ansprechend. Schließlich fragte Luke: »Wie konntest du mir das antun?«

»Ich musste – zu deinem eigenen Besten. Ich hab versucht, dir das Leben zu retten.«

»Ich bin kein Spion.«

»Ganz so einfach ist die Sache nicht.«

Luke versuchte herauszufinden, was in Anthonys Kopf vorging. Ob der die Wahrheit sagte, konnte er nicht entscheiden. Aber er wirkte ernsthaft, in seinen Zügen lag auch nicht die Andeutung von Verschlagenheit. Dennoch war Luke überzeugt, dass er ihm etwas vorenthielt. »Deine Story, dass ich für Moskau arbeite, nimmt dir kein Mensch ab.«

»Wer ist kein Mensch?«

»Weder Bern noch Billie.«

»Die wissen nicht alles.«

»Sie kennen mich.«

»Ich auch.«

»Was weißt du, das sie nicht wissen?«

»Das will ich dir gern erzählen. Aber hier können wir nicht reden. Was ich zu sagen habe, ist geheim. Wollen wir nicht in mein Büro gehen? In fünf Minuten sind wir dort.«

Nein, Anthonys Büro wollte Luke nicht betreten – nicht, bevor der ihm eine Unzahl Fragen zufriedenstellend beantwortet hatte. Aber er sah ein, dass die Hotellobby kein geeigneter Ort für eine strikt vertrauliche Unterhaltung war. »Gehen wir doch in meine Suite«, schlug er vor. Das brachte ihn aus der Reichweite der beiden anderen Agenten und ließ die Initiative bei ihm: Allein würde Anthony ihn nicht überwältigen können.

Nach kurzem Zögern willigte Anthony ein und sagte: »Okay.«

Sie gingen durch das Foyer und betraten den Aufzug. Luke sah nach, welche Nummer sein Schlüssel trug: 530. »Fünfter Stock«, sagte er zum Liftboy. Der Mann schloss die Türen und legte den Hebel um.

Während der Fahrt sprachen sie kein Wort. Luke musterte Anthonys Kleidung: den alten Mantel, den zerknitterten Anzug, die nichtssagende Krawatte. Erstaunlicherweise gelang es dem Mann, die nachlässige Garderobe mit legerer Selbstsicherheit zu tragen.

Und dann entdeckte Luke, dass der weiche Mantelstoff auf der rechten Seite ein wenig tiefer hing. Das hieß, dass ein schwerer Gegenstand in der Tasche steckte.

Ihm wurde kalt vor Angst. Er hatte einen schlimmen Fehler begangen.

Er hatte nicht damit gerechnet, dass Anthony eine Waffe bei sich tragen könnte.

Luke versuchte, seiner Miene nichts anmerken zu lassen, dachte aber fieberhaft nach. War Anthony imstande, ihn direkt hier im Hotel zu erschießen? In der Suite gab es keine Zeugen. Und der Knall? Vielleicht hatte die Pistole einen Schalldämpfer.

Als der Aufzug im fünften Stock hielt, knöpfte Anthony seinen Mantel auf.

Damit er schneller ziehen kann, dachte Luke.

Sie stiegen aus. Luke wusste nicht, in welcher Richtung sein Zimmer lag, doch Anthony wandte sich sofort nach rechts.

Also ist er schon einmal in meinem Zimmer gewesen, dachte Luke. Er schwitzte in seinem Mantel und hatte das Gefühl, als wäre ihm so etwas schon einmal passiert, sogar öfter als einmal, wenn auch vor langer Zeit. Er bedauerte jetzt, dass er die Pistole des Polizisten, dem er den Finger gebrochen hatte, nicht behalten hatte. Nur – heute Morgen um neun hatte er noch keine Ahnung gehabt, worin er verstrickt war; er hatte bloß geglaubt, er habe einfach sein Gedächtnis verloren.

Er versuchte sich zu beruhigen. Es hieß noch immer Mann gegen Mann: Anthony hatte eine Waffe, aber Luke kannte jetzt seine Absichten. Sie hatten gleichgezogen.

Auf dem Weg durch den langen Flur hielt Luke klopfenden Herzens Ausschau nach einem Gegenstand, mit dem er Anthony niederschlagen konnte: eine schwere Vase, ein Aschenbecher aus Bleikristall, ein Bild mit einem festen Rahmen. Er fand nichts.

Bevor wir die Suite betreten, muss ich mir irgendwas einfallen lassen, dachte er. Ob ich Anthony die Waffe abnehmen kann? Vielleicht, aber das Risiko ist zu groß. Das Ding kann bei einer Schlägerei leicht losgehen, und niemand kann vorhersagen, auf wen von beiden es im kritischen Augenblick gerichtet ist …

Sie kamen zur Tür, und Luke zog seinen Schlüssel hervor. Ein Schweißtropfen rann ihm übers Gesicht. Sobald er die Suite betrat, war er ein toter Mann.

Er schloss auf und stieß die Tür zurück.

»Komm rein«, sagte er und trat beiseite, um seinem Gast den Vortritt zu lassen.

Anthony zögerte, dann betrat er an Luke vorbei die Suite.

Luke hakte seinen Fuß um Anthonys rechten Knöchel, legte beide Hände flach auf Anthonys Schulterblätter und drückte fest dagegen. Anthony stolperte und stürzte. Er krachte gegen einen kleinen Regency-Tisch und warf eine große Vase mit Narzissen um. Verzweifelt nach Halt suchend, griff er nach einer Stehlampe mit Messingfuß und rosa Seidenschirm, doch die Lampe stürzte mit ihm zu Boden.

Luke zog die Tür zu und rannte um sein Leben. Er raste durch den Flur zurück: Der Lift war fort. Er riss den Notausgang auf, kam zur Treppe und rannte sie hinunter. Im vierten Stock stieß er mit einem Zimmermädchen zusammen, das einen Stapel Handtücher trug. »Entschuldigung!«, rief er, als das Mädchen kreischte und die Handtücher in alle Richtungen flogen.

Sekunden später hatte er die Treppe hinter sich und kam zu einem schmalen Korridor. Auf der einen Seite führten ein paar Stufen hinauf, und der Türbogen gab den Blick ins Foyer frei.

Anthony wusste, dass es ein Fehler war, das Zimmer als Erster zu betreten, doch Luke hatte ihm keine Wahl gelassen. Ein Glück, dass er sich nicht ernsthaft verletzt hatte! Einen Augenblick lang war er wie betäubt, dann rappelte er sich auf, machte kehrt, ging zur Tür und öffnete sie. Er spähte hinaus und sah Luke den Korridor entlangrennen. Als er sich an die Verfolgung machte, schlug Luke einen Haken und verschwand, vermutlich im Treppenhaus.

Anthony rannte hinterher, so schnell er konnte. Aber er musste fürchten, Luke nicht einholen zu können, denn der war mindestens so durchtrainiert wie er selbst. Hoffentlich waren Curtis und Malone im Foyer so gescheit, Luke festzuhalten!

Ein Stockwerk tiefer wurde Anthony kurz von einem Zimmermädchen aufgehalten, das auf dem Boden kniete und verstreute Handtücher auflas. Luke musste mit ihr zusammengestoßen sein. Anthony fluchte und verlangsamte seinen Schritt, als er sie umrundete. Da hörte er den Aufzug kommen und anhalten. Sein Herz schlug höher: Vielleicht hatte er ja Glück.

Ein Pärchen in Abendgarderobe, das offensichtlich von einer Feier im Restaurant kam und ein wenig beschwipst war, trat heraus. Anthony drängelte sich an den beiden vorbei in den Lift und sagte: »Erdgeschoss, und zwar schnellstens.«

Der Boy schlug die Türen zu und legte den Hebel um. Machtlos starrte Anthony die aufleuchtenden Etagenziffern an, die in langsamer Folge abwärts zählten. Endlich erreichte der Aufzug das Erdgeschoss. Die Türen glitten zur Seite, und Anthony trat hinaus.

Luke betrat das Foyer gleich neben den Lifttüren. Mutlosigkeit überkam ihn. Die beiden Agenten, die er schon vorhin entdeckt hatte, standen jetzt vor dem Haupteingang und blockierten ihm den Weg nach draußen. Unmittelbar darauf öffneten sich die Lifttüren neben ihm, und Anthony erschien.

Fliehen oder Bleiben? Die Entscheidung musste in Sekundenschnelle fallen.

Er hatte keine Lust, gegen drei Männer gleichzeitig anzutreten. Sie würden ihn, in Kürze auch noch unterstützt vom hoteleigenen Sicherheitsdienst, mit an Gewissheit grenzender Wahrscheinlichkeit überwältigen. Anthony brauchte bloß seinen CIA-Ausweis zu präsentieren, und alle würden spuren. Am Ende sitze ich hinter Schloss und Riegel, das steht fest, dachte Luke.

Er drehte sich um und rannte in den Korridor zurück, der ihn ins Innere des Hotels führte. Hinter sich hörte er die stampfenden Schritte Anthonys, der ihn verfolgte. Irgendwo musste es eine Hintertür geben – Lieferanten betraten das Hotel wohl kaum durch den Haupteingang.

Er schlüpfte durch einen Vorhang und fand sich in einem kleinen Innenhof wieder, der im Stil eines mediterranen Straßencafés dekoriert war. Auf der Tanzfläche wiegten sich mehrere Paare zu den Klängen der Musik. Luke kurvte zwischen den Tischen hindurch auf eine Tür zu, erreichte sie und gelangte in einen nach links führenden schmalen Korridor. Er rannte ihn hinunter und war sicher, der Rückseite des Hotels nahe zu sein – aber noch immer war weit und breit kein Ausgang zu sehen.

Der Gang endete in einer Art Anrichte, wo letzte Hand an die anderswo gekochten Mahlzeiten gelegt wurde. Ein halbes Dutzend Kellner nahmen die Teller mit den Gerichten von den Warmhalteplatten und arrangierten sie auf Tabletts. In der Mitte des Raums führte eine Treppe nach unten. Luke drängte sich an den Kellnern vorbei zu den Stufen und ignorierte die Stimme, die ihm nachrief: »Hören Sie, mein Herr! Da dürfen Sie nicht hinunter!« Als Anthony hinter ihm auftauchte, sagte dieselbe Stimme voller Empörung: »Wo sind wir hier eigentlich? Am Hauptbahnhof?«

Im Keller befand sich die Hotelküche, ein schweißtreibendes Fegefeuer, in dem Dutzende von Köchen für Hunderte von Menschen kochten. Gasflammen flackerten, Dampf wallte, Kasserollen blubberten vor sich hin. Kellner schrien Köche an, und die Köche schrien die Küchenhilfen an. Sie alle waren viel zu beschäftigt, um auf Luke zu achten, der sich an Kühlschränken und Herden, an Tellerstapeln und Gemüsefässern vorbeidrückte.

Am anderen Ende der Küche fand er eine Treppe, die wieder hinaufführte – zum Lieferanteneingang, wie er vermutete. Falls nicht, war er in einer Sackgasse gelandet. Er nahm seine Chance wahr und fegte die Stufen hinauf. Oben fand er eine Flügeltür und stürzte hinaus in die kalte Nachtluft.

Er war in einem dunklen Hof gelandet. Eine trübe Lampe über der Tür beleuchtete riesige Mülltonnen und gestapelte Holzkisten, die wahrscheinlich Obst enthalten hatten. Fünfzig Meter weiter zu seiner Rechten sah er einen hohen Drahtzaun mit geschlossenem Tor und dahinter eine Straße. Seinem Orientierungssinn nach musste das die Fünfzehnte Straße sein.

Er rannte auf das Tor zu. Hinter sich hörte er, wie die Tür krachend aufgestoßen wurde. Das musste Anthony sein. Und sie waren allein.

Er erreichte das Tor. Es war geschlossen und mit einem großen Vorhängeschloss aus Stahl gesichert. Wenn doch nur ein

Fußgänger in Sichtweite wäre, bangte Luke, dann würde sich Anthony nicht trauen zu schießen. Aber nirgendwo war ein Mensch zu sehen.

Mit wild klopfendem Herzen hangelte sich Luke den Zaun hinauf. Oben angelangt, hörte er den Seufzer einer Pistole mit Schalldämpfer. Aber er spürte nichts. Es war nicht leicht, auf fünfzig Meter Entfernung und im Dunkeln ein bewegliches Ziel zu treffen, unmöglich war es allerdings auch nicht. Luke schwang sich über das Tor. Die Pistole hustete erneut. Luke landete auf dem Boden, stolperte, stürzte. Da fiel ein dritter erstickter Schuss. Luke sprang auf die Füße und rannte in östlicher Richtung davon. Die Waffe hörte er nicht mehr.

An der nächsten Ecke nahm er sich die Zeit, einen Blick zurückzuwerfen. Von Anthony war nichts zu sehen.

Er war ihm entkommen.

Anthonys Beine drohten unter ihm wegzuknicken. Er stützte sich mit einer Hand an der kalten Mauer ab, bis er sein Gleichgewicht wieder gefunden hatte. Im Hof stank es nach faulendem Gemüse. Er musste an Verfall und Verwesung denken.

Dies war der härteste Job seines Lebens; dagegen war die Hinrichtung Albin Mouliers ein Kinderspiel gewesen. Als er auf die über den Drahtzaun kletternde Gestalt Lukes gezielt hatte, hätte er es fast nicht über sich gebracht abzudrücken.

Schlimmer hätte es nicht kommen können. Luke war immer noch am Leben – und nun, nachdem auf ihn geschossen worden war, doppelt wachsam und entschlossener denn je, die Wahrheit herauszufinden.

Die Küchentür wurde aufgestoßen. Malone und Curtis erschienen im Hof. Verstohlen ließ Anthony die Pistole wieder in die Innentasche seines Mantels gleiten. Dann, noch immer außer Atem, rief er: »Über den Zaun – verfolgt ihn!« Dass sie Luke nicht erwischen würden, war ihm von vornherein klar.

Als die beiden außer Sicht waren, begann Anthony, die Kugeln und die Geschosshülsen einzusammeln.

# 22.30 Uhr

**Die Konstruktion der Rakete basiert auf den Plänen der deutschen V2, die während des Krieges auf London abgefeuert worden war. Das Triebwerk sieht sogar genau gleich aus. Die Beschleunigungsmesser, Relais und Kreisel stammen alle aus der V2. Die Treibstoffpumpe leitet Wasserstoffperoxid über einen Cadmium-Katalysator. Die dabei freigesetzte Energie treibt eine Turbine an – auch dies entspricht dem Vorbild der V2.**

Der trockene Martini, den Harold Brodsky mixte, war gut, und auch Mrs. Rileys Tunfisch-Auflauf war so lecker wie versprochen. Zum Nachtisch servierte Harold Kirschkuchen mit Eiskrem. Billie hatte ein schlechtes Gewissen. Er gab sich so viel Mühe, doch ihre Gedanken waren ständig bei Luke und Anthony, ihrer gemeinsamen Vergangenheit und der rätselhaften neuen Verquickung ihrer Schicksale.

Während Harold Kaffee kochte, rief sie zu Hause an und vergewisserte sich, dass mit Larry und Becky-Ma alles in Ordnung war. Dann schlug Harold vor, ins Wohnzimmer zu gehen und fernzusehen. Er zauberte eine Flasche teuren französischen Cognac hervor und goss großzügig bemessene Mengen in zwei voluminöse Schwenker. Will er sich damit Mut antrinken oder will er meine Widerstandsschwelle senken, fragte Billie sich. Sie ließ sich das Bukett des Cognacs in die Nase steigen, nippte aber nicht ein einziges Mal am Glas.

Auch Harold wirkte nachdenklich. Normalerweise war er ein glänzender Unterhalter, witzig und schlagfertig, und Billie hatte immer viel zu lachen in seiner Gesellschaft, doch an diesem Abend schien er mit seinen Gedanken ganz woanders zu sein.

Sie sahen sich den Thriller *Run, Joe, Run!* an. Jan Sterling spielte eine Kellnerin, die ein Verhältnis mit einem ehemaligen Gangster hat (gespielt von Alex Nichol). Doch die imaginären Gefahren auf dem Bildschirm konnten Billies Interesse nicht fesseln. Immer wieder schweiften ihre Gedanken ab und beschäftigten sich mit der mysteriösen Frage, was Anthony Luke angetan hatte. Im OSS hatten sie alle möglichen Gesetze gebrochen, und Anthony war noch immer beim Geheimdienst. Dennoch schockierte es Billie, wie weit er gegangen war. Galten in Friedenszeiten nicht andere Regeln?

Welche Motive hatte Anthony überhaupt? Bern hatte angerufen, ihr von seinen Bekenntnissen gegenüber Luke erzählt und damit nur bestätigt, wovon Billie intuitiv ohnehin schon überzeugt war: dass Luke einfach kein Spion sein konnte. Aber vielleicht glaubte Anthony tatsächlich an die Spionagegeschichte – und wenn dem nicht so war: Welche Gründe hatte er für sein Vorgehen?

Harold stellte den Fernseher ab und goss sich einen weiteren Cognac ein. »Ich habe mir Gedanken über unsere Zukunft gemacht«, sagte er.

Billie war ratlos. Er wollte ihr einen Heiratsantrag machen. Noch gestern hätte sie Ja gesagt. Heute aber mochte sie nicht einmal daran denken.

Harold nahm ihre Hand. »Ich liebe dich«, sagte er. »Wir kommen gut miteinander aus, wir haben die gleichen Interessen, und beide haben wir ein Kind – aber das ist nicht der Grund. Ich glaube, ich würde dich sogar dann heiraten wollen, wenn du eine Kellnerin wärst, die Kaugummi kaut und für Elvis Presley schwärmt.« Billie lachte.

»Ich bete dich an«, fuhr er fort, »ganz einfach, weil du du bist. Ich weiß, dass es nicht nur Einbildung ist, denn das ist mir schon mal passiert, ein einziges Mal, mit Lesley. Ich habe sie von ganzem Herzen geliebt, bis sie mir genommen wurde. Zweifel sind also ausgeschlossen. Ich liebe dich, und ich wünsche mir, dass wir für immer zusammen bleiben.« Er sah Billie an und fragte: »Was denkst du darüber?«

Sie seufzte. »Ich mag dich sehr, Harold. Ich würde auch gerne mit dir ins Bett gehen, ich glaube, das wäre toll.« Er hob die Augenbrauen, unterbrach sie jedoch nicht. »Und natürlich drängt sich mir der Gedanke auf, wie viel leichter alles wäre, wenn es da jemanden gäbe, mit dem ich die Lasten des Lebens teilen könnte.«

»Das ist schön.«

»Gestern noch wär mir das genug gewesen. Ich hätte gesagt, ja, ich liebe dich, lass uns heiraten. Aber heute bin ich einem Mann aus meiner Vergangenheit begegnet, und da spürte ich plötzlich wieder, wie die Liebe damals mit einundzwanzig war.« Sie sah ihn offen an. »Bei dir empfinde ich das nicht, Harold.«

Noch hatte er den Mut nicht gänzlich verloren. »Wir sind schließlich alle älter geworden, nicht wahr?«

»Vielleicht hast du Recht.« Sie wünschte sich ihre einstige Wildheit und Leidenschaft zurück und dachte: Was für ein törichter Wunsch bei einer geschiedenen Frau mit einem siebenjährigen Kind! Um Zeit zu gewinnen, hob sie den Cognacschwenker an die Lippen.

Es klingelte an der Haustür.

Billies Herz schlug höher.

»Zum Kuckuck, wer kann das denn sein?«, sagte Harold verärgert. »Ich hoffe bloß, das ist nicht Sidney Bowman, der um diese nachtschlafene Zeit meinen Wagenheber borgen will.« Er stand auf und ging in den Flur hinaus.

Billie wusste, wer geklingelt hatte. Sie stellte ihren unberührten Cognac ab und stand auf.

Sie hörte Lukes Stimme. »Ich muss mit Billie reden.«

Billie war ungeheuer glücklich und wusste nicht, warum.

Harold sagte: »Ich kann mir nicht vorstellen, dass sie um diese Zeit gestört werden will.«

»Es ist wichtig.«

»Woher wissen Sie, dass sie hier ist?«

»Ihre Mutter hat es mir gesagt. Tut mir leid, Harold, aber mir fehlt die Zeit für langes Geschwätz.« Billie hörte einen dumpfen Schlag, gefolgt von einem Protestschrei Harolds.

Luke hatte sich offenbar mit Gewalt Einlass verschafft. Sie ging zur Tür und spähte in die Diele. »Immer langsam mit den jungen Pferden, Luke!«, rief sie. »Das ist Harolds Haus.« Luke hatte seinen Mantel zerrissen und seinen Hut verloren; er sah vollkommen derangiert aus. »Was ist denn nun schon wieder passiert?«, fragte sie.

»Anthony hat auf mich geschossen.«

Billie war entsetzt. »Anthony? Mein Gott, was ist denn in den gefahren? Er hat tatsächlich auf *dich* geschossen?«

Harold wirkte plötzlich ängstlich. »Was soll dieses Gerede über eine Schießerei?«

Luke ignorierte ihn. »Es ist an der Zeit, dass man an höherer Stelle von diesen Vorgängen erfährt«, sagte er zu Billie. »Ich wende mich jetzt direkt ans Pentagon, fürchte aber, dass mir dort niemand glauben wird. Kommst du mit und stärkst mir den Rücken?«

»Selbstverständlich«, sagte sie und nahm ihren Mantel von der Flurgarderobe.

Harold sagte: »Billie, um Himmels willen – wir waren mitten in einem sehr wichtigen Gespräch!«

Luke sagte: »Ich brauche dich wirklich dringend.«

Billie zögerte. Sie wusste, was sie Harold antat. Er hatte diesen Abend zweifellos schon seit längerem geplant. Auf der anderen Seite war Luke in Lebensgefahr. »Es tut mir leid«, sagte sie zu Harold. »Ich muss ihn begleiten.« Sie hob ihm die Lippen zum Abschiedskuss entgegen, aber er wandte sich ab.

»Sei nicht so«, sagte Billie. »Wir sehen uns morgen.«

»Macht, dass ihr fortkommt!«, erwiderte Harold wutentbrannt. »Alle beide!«

Billie ging hinaus. Luke folgte ihr.

Harold warf hinter ihnen die Tür ins Schloss.

**1956 kostete das Jupiter-Programm 40 Millionen Dollar, 1957 140 Millionen. Für 1958 wird erwartet, dass die Summe auf über 300 Millionen steigt.**

Anthony zog in dem Hotelzimmer, das Pete für sie angemietet hatte, die Schreibtischschublade auf und entnahm dem hauseigenen Briefpapier einen Umschlag. Dann kramte er drei Patronenhülsen sowie die drei verformten Kugeln, die er auf Luke abgefeuert hatte, aus seiner Manteltasche, steckte sie in das Kuvert, klebte es zu und ließ es wieder in der Tasche verschwinden. Bei der ersten sich bietenden Gelegenheit wollte er diese Indizien loswerden.

Worum es jetzt ging, war Schadensbegrenzung. Er hatte nur sehr wenig Zeit – umso penibler musste er vorgehen. Es galt, sämtliche Spuren des Vorfalls zu tilgen. Die Arbeit lenkte ihn von der Selbstverachtung ab, die einen so bitteren Geschmack in seinem Mund verbreitete.

Der Dienst habende Direktionsassistent betrat das Zimmer. Er war ein kleiner, adrett gekleideter, kahlköpfiger Mann – und sichtlich erbost.

»Bitte nehmen Sie Platz, Mr. Suchard«, sagte Anthony. Er zeigte dem Mann seinen CIA-Ausweis.

»CIA!«, japste Suchard, und seine Empörung schwand rasch.

Anthony nahm eine Visitenkarte aus seiner Brieftasche. »Auf der Karte steht ›Außenministerium‹. Wichtig ist jedoch die Telefonnummer. Darunter können Sie mich jederzeit erreichen, wenn Sie mich brauchen.«

Suchard nahm die Karte so vorsichtig an sich, als handele es sich um eine Briefbombe. »Was kann ich für Sie tun, Mr. Carroll?« Er sprach mit einem leichten Akzent, den Anthony für den eines Schweizers hielt.

»Zunächst einmal möchte ich mich für den kleinen Aufruhr entschuldigen, den wir vorhin verursacht haben.«

Suchard nickte knapp. Nein, so ohne weiteres verzieh er den Vorfall nicht. »Glücklicherweise haben unsere Gäste kaum etwas davon mitbekommen. Nur das Küchenpersonal und einige Kellner sahen, wie Sie den Herrn verfolgten.«

»Es freut mich, dass wir den Betrieb Ihres schönen Hauses nicht allzu sehr gestört haben, obgleich es um eine Frage der nationalen Sicherheit ging.«

Verblüfft zog Suchard die Augenbrauen in die Höhe. »Der nationalen Sicherheit?«

»Natürlich darf ich Ihnen keine Einzelheiten über den Fall verraten …«

»Natürlich nicht.«

»Dennoch hoffe ich, dass ich mich auf Ihre Diskretion verlassen kann.«

Hotelangestellte pflegten stolz auf ihre Diskretion zu sein. Suchard nickte beflissen. »Selbstverständlich können Sie das.«

»Vielleicht erübrigt es sich auch, der Direktion des Hauses Bericht über den Vorfall zu erstatten.«

»Vielleicht …«

Anthony zog ein Bündel Geldscheine hervor. »Das Außenministerium verfügt über eine Art Fonds für Fälle, in denen Schadenersatz angebracht ist.« Er pflückte eine Zwanzig-Dollar-Note heraus, und Suchard nahm sie an. »Und sollte es Ungelegenheiten mit dem Personal geben …« Anthony zählte weitere vier Zwanziger ab und gab sie ihm.

Für einen Direktionsassistenten war das eine riesige Bestechungssumme. »Vielen Dank, Sir«, sagte Suchard. »Ich bin sicher, dass wir Ihren Wünschen entsprechen können.«

»Sollte Ihnen irgendjemand Fragen stellen, sagen Sie am besten, Sie hätten nichts gesehen.«

»Aber selbstverständlich.« Suchard stand auf. »Wenn wir sonst noch etwas für Sie tun können …«

»Ich werde mich melden.« Anthony nickte zum Zeichen, dass das Gespräch beendet war, und Suchard ging.

Pete kam ins Zimmer. »Der Sicherheitschef der Armee in Cape Canaveral ist Colonel Bill Hide«, sagte er. »Er wohnt im Starlite-Motel.« Er gab Anthony einen Zettel mit einer Telefonnummer und ging wieder hinaus.

Anthony wählte die Nummer und wurde mit Hides Zimmer verbunden. »Hier spricht Anthony Carroll, CIA, Abteilung Technische Dienste«, meldete er sich.

Hide sprach langsam und unmilitärisch gedehnt. Er klang, als hätte er schon einige Drinks intus. »Schön, was kann ich für Sie tun, Mr. Carroll?«

»Ich rufe Sie an wegen Dr. Lucas.«

»Ach ja?«

Das klang fast ein wenig feindselig. Anthony beschloss, dem Mann Honig ums Maul zu schmieren. »Ich hätte gern Ihren Rat, Colonel, wenn Sie zu dieser späten Stunde ein paar Minuten für mich erübrigen können.«

Hide wurde zugänglicher. »Selbstverständlich, ich tue, was ich kann.«

Das klang schon besser. »Ich glaube, Ihnen ist bekannt, dass Dr. Lucas seit kurzem ein eher seltsames Verhalten an den Tag legt. Bei einem Wissenschaftler, der sich im Besitz von geheimen Informationen befindet, ist so etwas höchst bedenklich.«

»Zweifelsohne.«

Anthony wollte Hide das Gefühl geben, selbst die Fäden zu ziehen. »Was halten Sie von seiner geistigen Verfassung?«

»Beim letzten Mal, als ich ihn gesehen habe, kam er mir noch ganz normal vor, aber als ich vor ein paar Stunden mit ihm telefonierte, sagte er mir, er habe sein Gedächtnis verloren.«

»Das ist leider nicht alles. Er hat ein Auto gestohlen, ist in ein Haus eingebrochen, hat sich mit einem Polizisten geprügelt und dergleichen mehr.«

»Meine Güte, dann ist er in einem schlimmeren Zustand, als ich ahnte.«

Er geht mir auf den Leim, dachte Anthony erleichtert und setzte gleich noch eins drauf: »Wir halten sein Benehmen für irrational, aber Sie kennen ihn besser als wir. Was, glauben Sie, ist die Ursache?« Anthony hielt die Luft an und dachte: Hoffentlich gibt Hide jetzt die richtige Antwort.

»Teufel auch«, sagte der Colonel, »meiner Meinung nach muss er so 'ne Art Nervenzusammenbruch hinter sich haben.« Genau das war es, was Anthony Hide hatte glauben machen wollen. Hide hielt es jetzt für seine eigene Idee und versuchte, Anthony von ihr zu überzeugen. »Sehen Sie, Mr. Carroll«, fuhr er fort, »die Armee betraut doch keine Idioten mit einem Projekt der höchsten Geheimhaltungsstufe! Normalerweise ist Luke so vernünftig wie Sie oder ich. Irgendetwas muss ihn aus der Bahn geworfen haben.«

»Er scheint zu glauben, eine Art Verschwörung gegen ihn sei im Gange – aber Sie meinen, da ist nichts dran?«

»Absolut nichts.«

»Also sollen wir die Sache niedrig hängen, oder? Ich meine, es besteht kein Anlass, das Pentagon zu alarmieren, oder?«

»Nein, nein«, sagte Hide besorgt. »Am besten rufe ich dort selbst an und warne die Leute schon mal vor, dass Luke nicht mehr alle Tassen im Schrank hat.«

»Wie Sie wünschen.«

Pete kam herein. Anthony bedeutete ihm mit erhobenem Finger zu warten und sagte mit gesenkter Stimme in die Sprechmuschel: »Wie's der Zufall will, bin ich ein alter Freund von Dr. und Mrs. Lucas. Ich werde versuchen, Luke dazu zu überreden, dass er sich in psychiatrische Behandlung begibt.«

»Klingt vernünftig.«

»Schön, dann bedanke ich mich bei Ihnen, Colonel. Sie haben mich einigermaßen beruhigt. Wir werden jetzt strikt nach Ihren Vorschlägen handeln.«

»Es war mir ein Vergnügen. Wenn Sie noch weitere Fragen haben oder sonst noch etwas mit mir bereden wollen, können Sie mich jederzeit anrufen.«

»Das werde ich gerne tun.« Anthony legte auf.

»Psychiatrische Behandlung?«, fragte Pete.

»Nur zu seinem Besten«, sagte Anthony und überdachte noch einmal die Lage. Im Hotel blieben keine Beweise zurück. Das Pentagon war gewarnt für den Fall, dass Luke dort aufkreuzte und Bericht erstatten wollte. Blieb nur noch die Klinik, in der Billie arbeitete.

Er stand auf. »In einer Stunde bin ich wieder da«, sagte er. »Sie bleiben hier, Pete. Aber nicht im Foyer. Schnappen Sie sich Malone und Curtis und schmieren Sie einen Kellner vom Zimmerservice, damit er Sie in Lukes Suite lässt. Ich hab das Gefühl, dass er noch mal zurückkommt.«

»Und dann?«

»Dann lassen Sie ihn ja nicht wieder abhauen – unter keinen Umständen!«

# 24.00 Uhr

**Die Jupiter-C-Rakete wird mit Hydyne angetrieben, einem geheimen, hoch wirksamen Treibstoff, der um zwölf Prozent stärker ist als der alkoholhaltige Treibstoff, der in der Normalausführung der Redstone verbrannt wird. Hydyne ist eine giftige, ätzende Substanz, die aus ADMH – Asymmetrischem Dimethyl-Hydrazin – und Diäthylen-Triamin zusammengesetzt ist.**

Billie lenkte ihren roten Thunderbird auf den Parkplatz der Georgetown-Nervenklinik und würgte den Motor ab. Colonel Lopez vom Pentagon parkte seinen düster olivfarbenen Ford Fairlane auf dem Platz neben ihr.

»Er glaubt mir kein Wort«, sagte Luke wütend.

»Das kannst du ihm nicht zum Vorwurf machen«, wandte Billie vernünftig ein. »Der Direktionsassistent des Carlton behauptet, niemand sei durch die Küche gejagt worden, und auf dem Gelände hinter der Lieferantenzufahrt wurden keine Patronenhülsen gefunden.«

»Anthony hat alle Beweise beseitigt.«

»Ich weiß das, aber Colonel Lopez nicht.«

»Ein Glück, dass wenigstens du mir hilfst.«

Sie stiegen aus und gingen mit dem Colonel, einem geduldigen Latino mit intelligentem Gesicht, in das Gebäude. Billie nickte dem Portier grüßend zu und führte die beiden Männer die Treppe hinauf und durch einen Flur in die Registratur, wo die Akten aufbewahrt wurden.

»Ich werde Ihnen jetzt die Unterlagen über einen Mann namens Joseph Bellow zeigen, dessen physische Merkmale mit denen von Dr. Lucas übereinstimmen«, erklärte sie.

Der Colonel nickte.

»Sie werden sehen«, fuhr Billie fort, »dass er am Dienstag aufgenommen und behandelt und am Mittwochmorgen um vier Uhr entlassen wurde. Dazu muss man wissen, dass es ganz und gar ungewöhnlich ist, einen schizophrenen Patienten zu behandeln, ohne ihn zuvor eine Zeit lang zu beobachten. Und dass es gegen jede Erfahrung und Regel verstößt, Patienten einer Nervenklinik um vier Uhr morgens zu entlassen, brauche ich Ihnen wohl nicht zu sagen.«

»Ich verstehe«, sagte Lopez in neutralem Tonfall.

Billie zog die Schublade auf, nahm die Bellow-Akte heraus, legte sie auf den Schreibtisch und schlug sie auf.

Die Akte war leer.

»O Gott!«, sagte sie.

Luke starrte den Schnellhefter ungläubig an. »Ich hab die Unterlagen vor nicht einmal sechs Stunden mit eigenen Augen gesehen!«

Lopez erhob sich. »Schön, das war's dann wohl.«

Luke hatte das albtraumhafte Gefühl, in einer surrealen Welt zu leben, in der ihm irgendwelche Dunkelmänner antun konnten, was ihnen in den Sinn kam. Sie konnten auf ihn schießen und sein Gehirn manipulieren – und er war unfähig, ihnen etwas nachzuweisen. »Vielleicht bin ich ja wirklich schizophren«, murmelte er trübsinnig.

»Also, ich bin's nicht«, sagte Billie. »Und ich hab die Akte ebenfalls gesehen.«

»Aber jetzt ist sie nicht da«, sagte Lopez.

»Moment mal«, sagte Billie. »Bellows Einlieferung muss im Tagesregister vermerkt sein. Das wird am Empfangstisch aufbewahrt.« Sie schob die Schublade mit solcher Vehemenz zu, dass es krachte.

Unten im Foyer sprach Billie mit dem Portier. »Zeigen Sie mir bitte das Register, Charlie.«

»Sofort, Dr. Josephson.« Der junge Schwarze hinter dem Tresen suchte eine Weile herum. »Verflixt, wo ist das Ding denn abgeblieben?«, sagte er.

»Herr im Himmel!«, murmelte Luke.

Das Gesicht des Portiers wurde vor Verlegenheit noch dunkler. »Vor zwei Stunden war es noch hier, das weiß ich genau.«

In Billies Miene schien sich ein Gewitter zusammenzubrauen. »Sagen Sie mir eins, Charlie: War Dr. Ross heute Abend hier?«

»Ja, Madam. Er ist erst vor wenigen Minuten gegangen.«

Sie nickte. »Wenn Sie ihn das nächste Mal sehen, fragen Sie ihn, wo die Liste geblieben ist. Er weiß es garantiert.«

»Ja, das mach ich bestimmt.«

Luke kochte vor Wut. »Eine Frage, Colonel«, sagte er, an Lopez gewandt. »Hat, bevor wir uns heute Abend getroffen haben, jemand anders mit Ihnen über mich gesprochen?«

Lopez zögerte. »Ja.«

»Wer?«

Der Mann zögerte erneut, dann sagte er: »Ich denke, Sie haben ein Recht, das zu erfahren. Wir bekamen einen Anruf von Colonel Hide aus Cape Canaveral. Er sagte, die CIA hätte Sie beobachtet und berichtet, Sie würden sich irrational verhalten.«

Luke nickte voller Ingrimm. »Anthony, mal wieder.«

Billie wandte sich an Lopez: »Teufel auch, Colonel, mir fällt jetzt auch nichts mehr ein, womit wir Sie überzeugen könnten. Und da wir keine Beweise haben, kann ich 's Ihnen noch nicht mal übel nehmen, dass Sie uns nicht glauben.«

»Ich habe nicht behauptet, dass ich Ihnen nicht glaube«, sagte Lopez.

Luke war so verblüfft, dass er den Colonel mit neu entfachter Hoffnung anstarrte.

»Ich könnte noch glauben«, fuhr Lopez fort, »Sie hätten sich bloß eingebildet, dass ein CIA-Mann Sie durchs Carlton-Hotel gejagt und im Hinterhof auf Sie geschossen hat. Ich könnte sogar noch annehmen, dass Sie mit der Frau Doktor hier konspiriert haben, um mir vorzugaukeln, es habe da eine Akte existiert, die nun verschwunden ist. Was ich allerdings nicht glaube, ist, dass Charlie hier am Empfang in die Konspiration eingeweiht ist. Es muss ein Tagesregister geben, und das ist verschwunden. Und dass Sie es waren, der es verschwinden ließ, halte ich für höchst unwahrscheinlich – was hätten Sie schon davon? Aber wer war es dann? Fest steht, dass irgendwer etwas zu verbergen hat.«

»Sie glauben mir also?«, fragte Luke.

»Was gibt's da zu glauben? Sie wissen nicht, was hier eigentlich gespielt wird – und ich auch nicht. Aber irgendwas ist hier im Busch, und ich denke, es hat etwas mit der Rakete zu tun, die wir in Kürze starten wollen.«

»Was werden Sie nun tun?«

»Ich werde für Cape Canaveral den höchsten Sicherheitsalarm anordnen. Ich war schon mal dort und weiß, wie lasch sie mit den Vorschriften umgehen. Morgen Früh werden sie nicht mehr wissen, wo ihnen der Kopf steht.«

»Und was ist mit Anthony?«

»Ich habe einen Freund bei der CIA. Dem werde ich Ihre Geschichte erzählen und ihm sagen, dass ich keine Ahnung habe, ob sie stimmt oder nicht, aber dass ich mir Sorgen mache.«

»Das bringt uns doch auch nicht weiter!«, protestierte Luke. »Wir müssen erfahren, was wirklich los ist, warum sie mein Gedächtnis zerstört haben!«

»Der Meinung bin ich auch«, sagte Lopez. »Aber mehr kann ich nicht tun. Alles andere liegt bei Ihnen.«

»Herrgott noch mal«, sagte Luke. »Das heißt, dass ich wieder allein dastehe.«

»Nein, tust du nicht«, sagte Billie. »Du hast mich.«

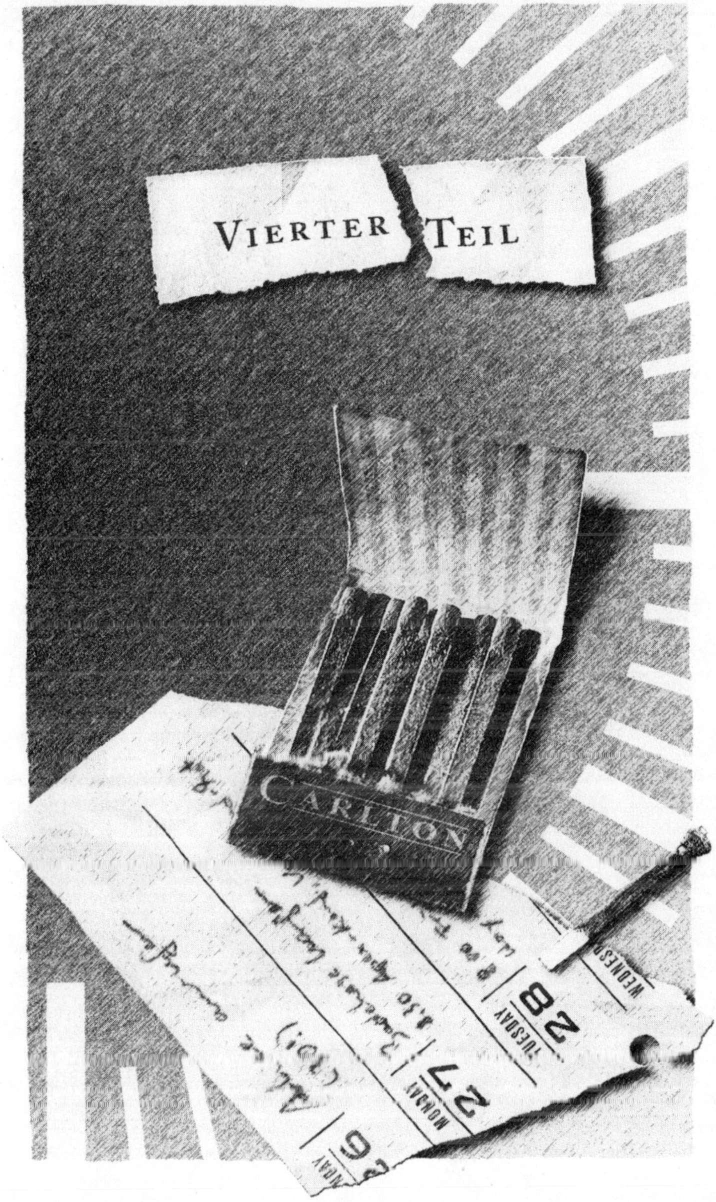
VIERTER TEIL
CARLTON
TUESDAY
28
MONDAY
27

## 1.00 Uhr

**Der neue Treibstoff basiert auf einem Nervengas und ist äusserst gefährlich. Er wird per Schiene in Spezialwagons angeliefert, die zur Vermeidung von Leckagen mit Stickstoff ummantelt sind. Schon ein einziger Tropfen auf der Haut wird umgehend vom Blutkreislauf absorbiert und wirkt tödlich. Die Techniker sagen: »Wenn's nach Fisch stinkt, hau ab, so schnell du kannst.«**

Billie fuhr schnell und bediente die dreigängige Knüppelschaltung des Thunderbird mit großem Selbstvertrauen und Geschick. Luke sah es mit Bewunderung. Sie fegten durch die stillen Straßen von Georgetown, erreichten jenseits der Brücke uber den Fluss die Innenstadt von Washington und nahmen Kurs auf das Carlton.

Luke spürte neue Kräfte in sich. Er kannte jetzt seinen Feind, hatte eine Kameradin, die ihm zur Seite stand, und wusste, was er zu tun hatte. Zwar wusste er noch immer nicht genau, was ihm zugestoßen war, doch er war fest entschlossen, das Rätsel zu lösen, und voller Ungeduld und Tatendrang

Billie parkte das Auto um die Ecke vor dem Eingang des Hotels. »Ich geh zuerst rein«, sagte sie. »Falls sich irgendein verdächtiges Subjekt im Foyer rumtreibt, komm ich sofort wieder raus. Wenn du dagegen siehst, dass ich meinen Mantel ausziehe, dann ist die Luft rein.«

Luke gefiel der Plan nicht so recht. »Was ist, wenn Anthony da drin ist?«

»Er wird mich nicht gleich erschießen.« Sie stieg aus dem Wagen.

Luke überlegte, ob er sich auf einen Streit mit Billie einlassen sollte, nahm jedoch davon Abstand. Vermutlich hat sie ja Recht, dachte er. Und Anthony hat wahrscheinlich mein Hotelzimmer längst gründlich gefilzt und alle denkbaren Hinweise auf das Geheimnis, das er so verzweifelt wahren will, zerstört oder entfernt ... Andererseits: Er muss auch den Anschein von Normalität aufrechterhalten, damit die Lügengeschichte, ich hätte nach einer wilden Sauferei mein Gedächtnis verloren, nicht auffliegt. Also werden meine Sachen noch einigermaßen vollständig sein. Vielleicht helfen sie mir auf dem Weg zurück zu mir selbst – und vielleicht hat Anthony den einen oder anderen Hinweis übersehen ...

Sie näherten sich dem Hotel getrennt, wobei Luke auf der anderen Straßenseite blieb. Er beobachtete, wie Billie durchs Portal ging, und freute sich an ihrem flotten Gang und am Schwung ihres Mantels. Die Glastüren gaben den Blick in die Lobby frei. Sofort kam ein Portier auf sie zu; die schicke Frau, die so spät am Abend unbegleitet das Hotel betrat, machte ihn misstrauisch. Luke sah Billie sprechen und erriet was sie sagte: »Ich bin Mrs. Lucas, mein Mann kommt jeden Moment nach.« Dann zog sie ihren Mantel aus.

Luke überquerte die Straße und betrat das Hotel.

Für die Ohren des Portiers bestimmt, sagte er: »Ich will noch kurz einen Anruf erledigen, bevor wir raufgehen, Schatz.« Auf dem Empfangstisch stand ein Haustelefon, doch Luke wollte nicht, dass der Portier das Gespräch mithörte. Neben der Rezeption befand sich ein kleiner Raum mit einem Münztelefon in einer Zelle. Luke ging hinein, Billie folgte ihm und schloss die Tür. Sie standen sehr nahe beieinander. Er steckte eine Vierteldollarmünze in den Schlitz, wählte die Nummer des Hotels und hielt den Hörer ein wenig vom Ohr weg, sodass Billie mithören konnte. Trotz seiner inneren Anspannung fand er es wunderbar aufregend, ihr so nahe zu sein.

»Sheraton-Carlton, guten Morgen.«

Tatsächlich, es war schon Morgen – Donnerstagmorgen. Seit zwanzig Stunden war er ununterbrochen auf den Beinen.

Trotzdem fühlte er sich nicht müde, dazu war er zu angespannt. »Zimmer fünfhundertdreißig bitte.«

Die Dame in der Vermittlung zögerte. »Sir, es ist bereits nach ein Uhr – ist es wirklich dringend?«

»Dr. Lucas hat mich gebeten, ihn anzurufen, egal, um welche Uhrzeit.«

»Sehr wohl, Sir.«

Nach einer kurzen Pause ertönte das Rufzeichen. Lukes Gedanken wurden beherrscht von der Nähe des warmen Körpers im violetten Seidenkleid. Es kostete ihn große Überwindung, seinen Arm nicht um die schmalen, hübschen Schultern zu legen und Billie an sich zu ziehen.

Nach viermaligem Klingeln – Luke wollte schon glauben, dass seine Suite leer war – wurde doch noch der Hörer abgenommen. Also lag tatsächlich Anthony oder einer seiner Gorillas auf der Lauer. Das war zwar ärgerlich, doch Luke war es allemal lieber, wenn er wusste, wo der Feind seine Truppen stationiert hatte.

»Hallo?«, sagte eine Stimme. Luke erkannte sie nicht genau. Nach Anthony klang sie nicht, aber es konnte Pete sein.

Luke spielte den Beschwipsten: »He, Ronnie, Tim hier. Wir wa-warten alle auf dich!«

Der Mann brummte empört. »Besoffen«, murmelte er, und es klang, als spräche er mit einer dritten Person. »Du hast das falsche Zimmer erwischt, Kumpel.«

»O je, das tut mir aber leid, ich hoff, ich hab keinen ausm Schlaf …« Luke brach ab, als am anderen Ende der Leitung aufgelegt wurde.

»Es ist also einer drin«, stellte Billie fest.

»Wahrscheinlich mehr als einer.«

»Ich weiß, wie wir sie rauskriegen.« Sie grinste. »Das hab ich mal in Lissabon gemacht, im Krieg. Komm mit.«

Sie verließen die Telefonzelle. Luke bemerkte, wie Billie unauffällig ein Streichholzheftchen aus einem Aschenbecher neben dem Aufzug fischte. Der Portier fuhr sie mit dem Fahrstuhl in die fünfte Etage.

Sie fanden das Zimmer mit der Nummer 530 und gingen leise daran vorbei. Billie öffnete eine ungekennzeichnete Tür und stand vor einem Wäscheschrank. »Perfekt«, sagte sie mit gesenkter Stimme. »Ist ein Feuermelder in der Nähe?«

Luke sah sich um und fand rasch, was er suchte. Es war einer jener Feuermelder, die in Gang gesetzt werden, indem man mit einem Hämmerchen eine Glasscheibe einschlägt. »Dort«, sagte er.

»Gut.« In dem Schrank lagen Laken und Wolldecken säuberlich auf Holzregalen gestapelt. Billie entfaltete eine Decke und ließ sie auf den Schrankboden fallen. Weitere Decken folgten, bis ein lockerer Haufen entstanden war. Luke ahnte, was sie vorhatte, und fand seine Annahme bestätigt, als Billie einen Zettel mit einer Frühstücksbestellung von einem Türknauf nahm, ihn mit einem Streichholz anzündete und das Papier mit der auflodernden Flamme an die aufgehäuften Decken hielt. »Jetzt siehst du, warum du niemals im Bett rauchen sollst«, sagte sie.

Als der Stapel Feuer gefangen hatte, legte Billie Betttücher nach. Ihr Gesicht war rot vor Hitze und Erregung, und sie sah verführerischer denn je aus. In kurzer Zeit entwickelte sich ein prasselndes Lagerfeuer. Rauch quoll aus dem Schrank und breitete sich im Gang aus.

»Zeit für den Feuermelder«, sagte Billie. »Wir wollen schließlich keine Toten oder Verletzten.«

»Genau«, bestätigte Luke, und wieder ging ihm durch den Kopf: Sie sind keine Kollaborateure. Jetzt allerdings verstand er den Sinn. Als er für die Résistance Fabriken und Lagerhäuser sprengte, hatte er sich offenbar dauernd Sorgen gemacht, dass unschuldige französische Zivilisten bei den Aktionen Schaden nehmen könnten.

Er packte das Hämmerchen, das neben dem Feuermelder an einer Kette hing. Ein leichter Schlag genügte, und die Glasscheibe zerbrach. Luke drückte auf den großen roten Knopf. Eine Sekunde später erschütterte ein gellendes Klingeln den stillen Korridor.

Luke und Billie zogen sich zurück, den Flur hinunter und vom Aufzug fort, bis sie gerade noch die Tür von Lukes Suite durch den Qualm sehen konnten.

Die Tür zum nächstgelegenen Zimmer wurde aufgerissen, und eine Frau im Nachthemd kam heraus. Sie sah den Rauch, kreischte auf und rannte zur Treppe. Aus einer anderen Tür trat, in Hemdsärmeln und mit einem Bleistift in der Hand, ein Mann, der anscheinend noch gearbeitet hatte; dann tauchte, in Decken gehüllt, ein junges Pärchen auf, das der Alarm, wie es aussah, im intimsten Augenblick überrascht hatte. Ein Mann im zerknitterten rosa Pyjama rieb sich die verschlafenen Augen. Binnen kurzem war der Flur voller hustender Menschen, die sich durch den Rauch den Weg zum Treppenhaus ertasteten.

Ganz langsam öffnete sich auch die Tür zu Zimmer Nummer 530.

Luke sah einen großen Mann in den Flur treten und glaubte in der Düsternis auf dessen Wange ein großes, weinfarbenes Muttermal zu erkennen: Pete. Die Gestalt zögerte, schien sich dann zu einem Entschluss durchzuringen und schloss sich den Flüchtenden an. Hinter ihm verließen zwei weitere Männer die Suite und folgten dem ersten.

»Alle sind raus«, sagte Luke.

Gemeinsam mit Billie betrat er die Suite, schloss die Tür, um den Rauch draußen zu halten und zog seinen Mantel aus.

»O mein Gott«, flüsterte Billie. »Das gleiche Zimmer!«

Mit starrem Blick und weit aufgerissenen Augen sah sie sich um. »Ich kann es nicht fassen«, sagte sie. Ihre Stimme klang so belegt, dass Luke sie kaum verstehen konnte. »Es ist genau die gleiche Suite!«

Er blieb stehen und beobachtete sie. Billie war schier überwältigt von ihren Gefühlen. »Was war denn hier los?«, fragte er sie schließlich.

Befremdet schüttelte sie den Kopf. »Die Vorstellung, dass du dich nicht daran erinnerst, fällt mir verdammt schwer.« Sie ging jetzt im Zimmer umher. »In dieser Ecke dort stand ein Flügel«, sagte sie. »Stell dir bloß vor – ein Klavier in einem Hotelzimmer!« Sie warf einen Blick ins Bad. »Und hier drin gab's ein Telefon! Ich hatte vorher noch nie ein Telefon in einem Badezimmer gesehen.«

Luke wartete geduldig. Ihr Gesicht verriet Traurigkeit – und noch etwas anderes, das er nicht genau benennen konnte.

»Während des Krieges kamst du mal auf Heimaturlaub in die Staaten«, fuhr Billie fort. »Da hast du hier gewohnt.« Und dann platzte es aus ihr heraus: »Hier in dieser Suite haben wir uns geliebt.«

Er warf einen Blick ins Schlafzimmer. »Auf dem Bett da, nehme ich an?«

»Nicht bloß auf dem Bett!« Billie kicherte und wurde gleich wieder ernst. »Wie jung wir damals waren!«

Die Vorstellung, sich mit dieser bezaubernden Frau der Liebe hinzugeben, war unerträglich aufregend. »Herrgott, wenn ich mich doch bloß erinnern könnte!«, rief Luke, und seine Stimme klang schwer vor Verlangen.

Zu seiner Verblüffung errötete Billie.

Luke ging zum Telefon, nahm den Hörer ab und wählte die Vermittlung. Das Feuer sollte sich unter keinen Umständen weiter ausbreiten. Erst nach längerem Klingeln meldete sich jemand. »Hier spricht Mr. Davies«, sagte Luke hastig. »Ich habe den Alarm ausgelöst. Ein Wäscheschrank bei Zimmer 540 brennt!« Er legte auf, ohne die Antwort abzuwarten.

Billie hatte ihre Emotionen inzwischen wieder im Griff. Aufmerksam sah sie sich um.

»Deine Kleider sind hier«, sagte sie.

Auf dem Bett im Schlafzimmer lagen ein hellgraues Sportjackett aus Tweedstoff und ein Paar anthrazitfarbene Flanellhosen, die aussahen, als wären sie gerade aus der Reinigung gekommen. Er nahm an, dass er sie auf dem Herflug getragen und zum Aufbügeln gegeben hatte. Auf dem Fußboden stand ein Paar dunkelbraune Halbschuhe; in einem davon steckte, ordentlich zusammengerollt, ein Gürtel aus Krokodilleder.

Luke zog die Nachttischschublade auf und fand eine Brieftasche, ein Scheckheft und einen Füllfederhalter. Interessanter war ein dünner Terminkalender mit einer Liste von Telefonnummern auf den letzten Seiten. Er blätterte ihn rasch durch, bis er die laufende Woche erreichte.

Sonntag, 26.
Alice anrufen (30!)

Montag, 27.
Badehose kaufen
8.30 Apex-Konf., Vanguard-Mot.

Dienstag, 28.
8.00 Frühst. m. A. C., Hay-Adams, Café

Billie trat neben ihn, um zu sehen, was er da las. Dabei legte sie eine Hand auf seine Schulter. Es war eine beiläufige Geste, aber die Berührung fuhr ihm wohlig durch alle Glieder. Er fragte: »Hast du eine Ahnung, wer Alice sein könnte?«

»Deine kleine Schwester.«

»Wie alt ist sie?«

»Sieben Jahre jünger als du, das heißt, sie ist jetzt dreißig.«

»Daher vielleicht die Zahl. Wahrscheinlich habe ich sie zu ihrem Geburtstag angerufen. Ich könnte es gleich noch mal tun und sie fragen, ob ich irgendetwas Ungewöhnliches erzählt habe.«

»Gute Idee.«

Luke fühlte sich immer besser. Stück für Stück rekonstruierte er sein Leben. »Ich muss ohne Badezeug nach Florida gekommen sein.«

»Wer denkt schon dran, dass man im Januar schwimmen kann?«

»Genau, deshalb steht hier für Montag der Eintrag ›Badehose kaufen‹. Am Morgen war ich um 8.30 Uhr im Vanguard-Motel.«

»Was ist eine ›Apex-Konferenz‹?«

»Ich glaube, das hat was mit der Flugbahn von Raketen zu tun. Ob ich selbst daran gearbeitet habe, kann ich natürlich nicht sagen, aber ich weiß, dass die Berechnung sehr wichtig und sehr kompliziert ist. Wenn man den Satelliten in die ständige Erdumlaufbahn befördern will, muss die zweite Stufe exakt auf dem Scheitelpunkt der Kurve gezündet werden.«

»Du könntest die anderen Teilnehmer der Sitzung ausfindig machen und dich mit ihnen unterhalten.«

»Ja, das mach ich.«

»Und am Dienstag hast du dann mit Anthony im Café des Hay-Adams-Hotels gefrühstückt.«

»Danach sind keine Termine mehr eingetragen.«

Luke studierte die letzten Seiten des Kalenders. Dort standen die Telefonnummern von Anthony, Billie und Bern, von seiner Mutter und Alice sowie zwanzig oder dreißig weitere, die ihm nichts sagten. »Fällt dir irgendwas auf?«, fragte er Billie. Sie schüttelte den Kopf.

Es gab ein paar vielversprechende Spuren, denen man nachgehen konnte, aber keine eindeutigen Hinweise. Obwohl Luke nichts anderes erwartet hatte, war ihm ein wenig der Wind aus den Segeln genommen. Er steckte den Terminkalender ein und sah sich im Zimmer um. Ein schon etwas ramponierter schwarzer Lederkoffer lag offen auf einer Ablage. Er stöberte darin herum, fand saubere Hemden und Unterwäsche, ein Notizbuch, halb voll geschrieben mit mathematischen Berechnungen, und ein Taschenbuch mit dem Titel *Der alte Mann und das Meer*. Seite 143 hatte ein Eselsohr.

Billie inspizierte das Badezimmer. »Rasierzeug, Kulturbeutel, Zahnbürste – das wär's schon.«

Im Schlafzimmer riss Luke alle Schranktüren und Schubladen auf, während Billie das Gleiche im Wohnzimmer tat. Luke fand in einem Schrank einen schwarzen Mantel aus Schurwolle und einen schwarzen Homburg, sonst nichts. »Totale Ebbe«, rief er zu Billie hinüber. »Und bei dir?«

»Hier auf dem Schreibtisch sind die Anrufe notiert, die für

dich eingegangen sind. Von Bern, einem Colonel Hide und einer Person namens Marigold.«

Luke ging davon aus, dass Anthony die Anrufe als harmlos eingestuft und auf die Vernichtung der Liste bewusst verzichtet hatte, um keinen zusätzlichen Verdacht zu erregen.

»Wer ist Marigold?«, fragte Billie. »Weißt du das?«

Luke überlegte. Irgendwann im Laufe des Tages hatte er den Namen schon einmal gehört. Dann fiel es ihm wieder ein. »Sie ist meine Sekretärin in Huntsville«, sagte er. »Colonel Hide erwähnte, dass sie meinen Flug reserviert hat.«

»Ob du ihr vielleicht den Grund für deine Reise genannt hast?«

»Das bezweifle ich. In Cape Canaveral habe ich niemanden eingeweiht.«

»Marigold ist nicht in Cape Canaveral. Und deiner Sekretärin vertraust du vielleicht mehr als allen anderen.«

Luke nickte. »Möglich ist alles. Ich prüf das nach. Bis jetzt ist es jedenfalls die interessanteste Spur.« Er zog den Terminkalender hervor und studierte noch einmal die Telefonnummern auf den letzten Seiten. »Bingo«, sagte er dann. »›Marigold, privat‹.« Er setzte sich an den Schreibtisch und wählte die Nummer. Allmählich wurde die Zeit knapp. Es war nicht auszuschließen, dass Pete und die anderen Agenten bald zurückkehrten.

Billie schien seine Gedanken zu lesen, denn sie begann, seine Sachen in den schwarzen Lederkoffer zu packen.

Am Telefon meldete sich eine verschlafene Frau mit einem lang gezogenen Alabama-Akzent. Am Klang ihrer Stimme erriet Luke, dass sie schwarz war. »Es tut mir leid, dass ich so spät störe«, sagte er. »Ist dort Marigold?«

»Doktor Lucas! Gott sei Dank, dass Sie anrufen! Wie geht es Ihnen?«

»So weit ganz gut, glaube ich, danke.«

»Was, in aller Welt, ist Ihnen bloß zugestoßen? Niemand wusste, wo Sie waren – und nun heißt es, Sie haben Ihr Gedächtnis verloren! Stimmt das?«

»Ich fürchte, ja.«

»Wie kann denn so was passieren?«

»Ich weiß es nicht, aber ich hoffe, Sie können mir helfen, es herauszufinden.«

»Wenn ich kann …«

»Ich würde gerne wissen, wieso ich mich so plötzlich entschlossen habe, am Montag nach Washington zu fliegen. Hab ich Ihnen das erzählt?«

»Ganz bestimmt nicht, und dabei war ich so neugierig!«

Das war genau die Antwort, mit der Luke gerechnet hatte – trotzdem war er enttäuscht. »Habe ich irgendwas angedeutet, woraus Sie bestimmte Schlüsse hätten ziehen können?«

»Nein.«

»Was habe ich denn gesagt?«

»Sie sagten, Sie müssten über Huntsville nach Washington fliegen, und haben mich gebeten, die Flüge bei MATS zu reservieren.«

MATS war die Fluglinie des Militärs, und Luke nahm an, dass er damit fliegen durfte, wenn er für die Armee tätig war. Ein Punkt machte ihn hellhörig. »Ich bin über Huntsville geflogen?« Das hatte bislang niemand erwähnt.

»Sie sagten, Sie wollten dort für ein paar Stunden Station machen.«

»Und warum?«

»Ja, da haben Sie dann etwas Seltsames gesagt: Ich sollte niemandem erzählen, dass Sie nach Huntsville kämen.«

»Aha!« Luke spürte, dass dies ein wichtiger Hinweis war. »Es war also ein heimlicher Besuch?«

»Ja. Und ich habe ihn auch geheim gehalten. Der Militärische Abschirmdienst und das FBI haben mich befragt, aber ich hab keinem davon erzählt, weil Sie mir das gesagt hatten. Als die Leute mir erklärten, Sie wären verschwunden, sind mir dann doch Zweifel gekommen, aber ich hab mir gedacht, ich halt mich lieber an das, was Sie mir aufgetragen haben. Hab ich 's nun richtig gemacht?«

»O je, Marigold, das weiß ich nicht! Aber Sie haben

sich sehr loyal verhalten, das freut mich.« Draußen im Flur herrschte plötzlich Stille. Der gellende Feueralarm war verstummt, und Luke wurde klar, dass ihnen nicht mehr viel Zeit blieb. »Ich muss jetzt gehen«, sagte er zu Marigold. »Vielen Dank für Ihre Hilfe.«

»Geht schon klar. Geben Sie gut auf sich Acht, ja?« Sie hängte ein.

»Ich hab dir deinen Kram gepackt«, sagte Billie.

»Danke.« Luke nahm seinen schwarzen Mantel aus dem Schrank, zog ihn an und setzte den Hut auf. »Jetzt machen wir uns besser aus dem Staub, bevor diese Dunkelmänner zurückkommen.«

Sie fuhren zu einem Imbiss, der rund um die Uhr geöffnet hatte. Er lag in der Nähe der FBI-Zentrale und nur einen Katzensprung von Chinatown entfernt. »Ich frage mich, wann morgens der erste Flug nach Huntsville geht«, sagte Luke, nachdem sie sich Kaffee bestellt hatten.

»Wir brauchen den offiziellen Flugplan«, sagte Billie.

Luke ließ den Blick durch das Lokal schweifen. Er sah ein Polizisten-Duo, das Doughnuts verspeiste, vier betrunkene Studenten, die sich Hamburger bestellten, und zwei spärlich gekleidete Frauen, die vielleicht Prostituierte waren. »Ich kann mir nicht vorstellen, dass sie so was hier hinter der Theke rumliegen haben«, sagte er.

»Ich wette, Bern hat einen. Auf solche Sachen sind Schriftsteller immer ganz wild. Sie müssen ja dauernd irgendwas nachschlagen.«

»Bern schläft jetzt wahrscheinlich.«

Billie stand auf. »Dann wecke ich ihn eben. Hast du mal 'nen Dime?«

»Aber sicher.« In Lukes Tasche klimperten noch immer die Münzen, die er am Vortag gestohlen hatte.

Billie ging zu dem Telefon neben den Waschräumen. Luke trank seinen Kaffee in kleinen Schlucken und beobachtete sie. Während sie sprach, lächelte sie, legte den Kopf schräg, umschmeichelte einen Menschen, den sie aus dem Schlaf geholt hatte. Sie sah hinreißend aus. Luke begehrte sie mit jeder Faser seines Körpers.

Billie kehrte zum Tisch zurück und sagte: »Er kommt her und bringt uns das Ding.«

Luke sah auf die Uhr. Es war zwei Uhr morgens. »Wahrscheinlich fahr ich von hier aus direkt zum Flughafen. Ich hoffe, es gibt eine frühe Maschine.«

Billie runzelte die Stirn. »Gibt es einen Termin einzuhalten?«

»Kann sein. Ich frage mich immer noch, was mich dazu bewogen hat, alles stehen und liegen zu lassen und nach Washington zu jagen. Das muss irgendwie mit dieser Rakete zusammenhängen. Gut möglich, dass der Start gefährdet ist. Was sonst?«

»Sabotage?«

»Genau. Und wenn ich Recht habe, muss ich es vor halb elf heute Abend beweisen.«

»Möchtest du, dass ich dich nach Huntsville begleite?«

»Du musst dich doch um deinen Sohn kümmern.«

»Den kann ich bei Bern lassen.«

Luke schüttelte den Kopf. »Lieber nicht … Aber danke für das Angebot.«

»Du wolltest schon immer alles alleine durchziehen.«

»Darum geht's nicht«, erwiderte er und dachte: Wie sage ich es ihr bloß? »Ich fände es schön, wenn du mitkämst. Und genau da liegt der Hund begraben – es wäre einfach *zu* schön.«

Über die Resopalplatte des Tisches griff sie nach seiner Hand. »Schon okay«, sagte sie.

»Ich weiß nicht, wo mir der Kopf steht! Ich bin mit einer anderen verheiratet, habe aber keine Ahnung, was ich für sie empfinde. Was ist sie für eine Frau?«

Billie schüttelte den Kopf. »Über Elspeth kann ich mit dir nicht sprechen. Du musst sie selber wiederentdecken.«

»Ja, vermutlich.«

Billie zog seine Hand an ihre Lippen und küsste sie sanft.

Luke schluckte. »Hab ich dich schon immer so gern gehabt oder ist das neu?«

»Nein, neu ist das nicht.«

»Wir kommen anscheinend prächtig miteinander aus.«

»Nein. Wir streiten uns dauernd. Aber wir beten uns an.«

»Wir waren Mann und Frau, hast du gesagt. In dieser Hotelsuite …«

»Hör auf.«

»War's schön?«

Sie sah ihn an mit Tränen in den Augen. »So schön wie nie wieder.«

»Wieso bin ich dann nicht mit dir verheiratet?«

Billie fing an zu weinen. Leise Schluchzer schüttelten ihren schmalen Körper. »Weil …« Sie wischte sich die Augen und holte tief Luft, dann überfiel sie erneut das heulende Elend. Endlich sprudelten die Worte aus ihr heraus: »Du warst so böse auf mich, dass du fünf Jahre lang kein Wort mit mir gewechselt hast.«

Anthonys Eltern besaßen ein Gestüt in Virginia, unweit von Charlottesville, nur wenige Stunden von Washington entfernt. Das große Holzhaus war weiß gestrichen, und in den weitläufigen Seitenflügeln fand sich Platz für ein Dutzend Schlafzimmer. Da gab es die Pferdeställe und einen Tennisplatz, einen See und einen Bach, Weiden und Wälder. Das alles hatte Anthonys Mutter von ihrem Vater geerbt – und noch fünf Millionen Dollar dazu.

Luke besuchte die Farm am Freitag nach der Kapitulation Japans. Mrs. Carroll hieß ihn an der Haustür willkommen. Die nervöse Blondine, deren einstige Schönheit sich noch erahnen ließ, brachte ihn in einem kleinen, makellos sauberen Schlafzimmer mit auf Hochglanz gebohnertem Dielenboden und einem hohen, altmodischen Bett unter.

Luke zog seine Uniform aus – er war inzwischen zum Major befördert worden – und schlüpfte in graue Flanellhosen und ein schwarzes Sportjackett aus Kaschmir. Als er seine Krawatte band, steckte Anthony den Kopf zur Tür herein. »Cocktails gibt's im Salon, sobald du fertig bist«, erklärte er.

»Ich bin gleich so weit«, sagte Luke. »Welches Zimmer hat Billie?«

Ein irritiertes Stirnrunzeln verdüsterte vorübergehend Anthonys Miene. »Die Mädchen sind im anderen Flügel, muss ich gestehen«, sagte er. »In diesen Dingen ist der Admiral furchtbar altmodisch.« Sein Vater hatte sein ganzes Leben bei der Marine zugebracht.

»Kein Problem«, sagte Luke und zuckte die Achseln. Er hatte sich in den vergangenen drei Jahren im vom Feind besetzten Europa viele Nächte um die Ohren geschlagen: Das

Schlafzimmer seiner Liebsten würde er auch im Dunkeln finden.

Als er um sechs Uhr hinunterging, warteten seine alten Freunde auf ihn – nicht nur Anthony und Billie, auch Elspeth, Bern und Berns Freundin Peg waren da. Während des Krieges war Luke lange Zeit mit Bern und Anthony zusammen gewesen, und den Urlaub hatte er stets mit Billie verbracht. Elspeth und Peg hatte er dagegen seit 1941 nicht mehr gesehen.

Der Admiral reichte ihm einen Martini, und Luke gönnte sich einen großen Schluck. Wenn jetzt nicht Zeit zum Feiern war, wann dann? Die Unterhaltung war laut und lebhaft. Anthonys Mutter verfolgte das Spektakel mit unbestimmt zufriedener Miene, und sein Vater kippte die Cocktails schneller als alle anderen.

Beim Dinner musterte Luke seine Altersgenossen genau und verglich sie mit den vielversprechenden jungen Leuten, die vor vier Jahren solche Angst gehabt hatten, aus Harvard verwiesen zu werden. Elspeth war nach drei Jahren eiserner Kriegsrationen in London erschreckend abgemagert; selbst ihr prachtvoller Busen schien geschrumpft zu sein. Peg, das schlampige Mädchen mit dem großen Herzen, zeigte sich nun wie aus dem Ei gepellt, doch ihr kunstvoll geschminktes Gesicht wirkte hart und zynisch. Bern sah mit seinen siebenundzwanzig Jahren zehn Jahre älter aus, als er war. Er hatte seinen zweiten Krieg und die dritte Verwundung hinter sich und trug das abgezehrte Gesicht eines Mannes, der zu viel Leid gesehen hat, eigenes wie fremdes.

Anthony war am besten davongekommen. Zwar hatte auch er einige Kämpfe erlebt, den größten Teil des Krieges jedoch in Washington verbracht. Sein Selbstvertrauen, sein Optimismus und sein ausgefallener Humor hatten keinen Schaden genommen.

Auch Billie wirkte kaum verändert. Entbehrung und Trauer hatte sie schon in ihrer Kindheit kennen gelernt; vielleicht hatte der Krieg ihr deshalb nicht viel anhaben können. Sie hatte zwei Jahre als Geheimagentin in Lissabon verbracht. Von den Anwesenden wusste nur Luke, dass sie dort einen Menschen getötet hatte, einen Mann, der im Hinterhof eines Cafés geheime Informationen an den Feind hatte verkaufen wollen. Mit lautloser Perfektion hatte sie ihm die Kehle durchgeschnitten. Doch Billie war nach wie vor ein kleines, strahlendes Energiebündel, im einen Moment fröhlich, im nächsten fuchsteufelswild. Ihr lebhaftes, sich unablässig änderndes Mienenspiel zu studieren war ein Vergnügen, dessen Luke niemals überdrüssig wurde.

Sie hatten großes Glück, dass sie alle noch am Leben waren. In den meisten vergleichbaren Gruppen gab es den Verlust zumindest eines Freundes zu beklagen. Luke hob sein Weinglas. »Trinken wir auf alle, die überlebt haben – und auf alle, denen es nicht gelungen ist!«

Sie tranken, und dann sagte Bern: »Ich hab auch einen Toast. Trinken wir auf die Männer, die der Kriegsmaschinerie der Nazis das Rückgrat gebrochen haben. Trinken wir auf die Rote Armee!«

Sie folgten alle seiner Aufforderung, der Admiral jedoch mit saurer Miene. »Ich denke, es reicht nun mit den Trinksprüchen«, sagte er schließlich.

Bern war noch immer ein überzeugter Kommunist, doch Luke war sich sicher, dass er nicht mehr für Moskau arbeitete. Sie hatten ein Abkommen geschlossen, und Luke glaubte, dass Bern sich daran hielt. Trotzdem hatte ihre Freundschaft die alte, warme Selbstverständlichkeit verloren. Vertrauen war wie Wasser in der hohlen Hand – es rann so leicht durch die Finger und war dann für immer verloren.

Kaffee wurde im Salon serviert. Luke reichte die Tassen herum. Als er Billie Zucker und Sahne anbot, sagte sie leise: »Ostflügel, erster Stock, letzte Tür links.«

»Sahne?«

Sie hob eine Augenbraue.

Luke unterdrückte ein Lachen und gab ihr die Tasse.

Gegen halb elf bestand der Admiral darauf, dass die Männer ins Billardzimmer umsiedelten. Auf einem Sideboard standen harte Getränke und kubanische Zigarren zur gefälligen

Bedienung. Luke lehnte weiteren Alkohol ab: Er freute sich darauf, bald neben Billies warmem, willigem Körper unter die Decke schlüpfen zu können. Dort gleich in Tiefschlaf zu fallen wäre das Letzte gewesen.

Der Admiral goss sich ein großes Glas Bourbon ein und schleppte Luke zum anderen Ende des Raums, um ihm seine Waffensammlung zu zeigen, die in einer Glasvitrine ausgestellt war. In Lukes Familie gab es keine Jäger. Für ihn waren Waffen Geräte, mit denen man Menschen umbrachte, keine Tiere, daher hatte er auch keine Freude daran. Außerdem konnte er sich des Gefühls nicht erwehren, dass Waffen und Schnaps schlecht zusammenpassten. Dennoch täuschte er aus Gründen der Höflichkeit Interesse vor.

»Ich kenne und achte Ihre Familie, Luke«, sagte der Admiral, während sie ein Enfield-Gewehr betrachteten. »Ihr Vater ist ein sehr bedeutender Mann.«

»Danke«, sagte Luke. Es klang ihm wie die Präambel zu einer vorbereiteten Rede. Sein Vater war während des Krieges einer der führenden Köpfe im Office of Price Administration gewesen, der einflussreichen Preisregulierungsbehörde, doch der Admiral sah in ihm vermutlich nach wie vor nur den bekannten Bankier.

»Sie werden auch bei der Brautschau Rücksicht auf Ihre Familie nehmen müssen, mein Junge«, fuhr der Admiral fort.

»Gewiss, Sir«, sagte Luke und fragte sich, was der alte Mann im Sinn haben mochte.

»Die kommende Mrs. Lucas wird eines Tages einen Platz in den höchsten Rängen der amerikanischen Gesellschaft einnehmen. Suchen Sie sich ein Mädchen, das diesen Ansprüchen gewachsen ist.«

Darauf also lief das hinaus! Verärgert stellte Luke das Gewehr wieder in den Schrank. »Ich werd's mir merken, Admiral«, sagte er und wandte sich ab.

Der Admiral legte ihm die Hand auf den Arm und hinderte ihn am Gehen. »Was immer Sie auch tun, werfen Sie sich nicht weg.«

Luke beschränkte sich darauf, den alten Herrn finster anzusehen. Nein, er wollte ihm nicht mit einer Frage die Gelegenheit geben, noch deutlicher zu werden. Er ahnte die Antwort – und die blieb besser unausgesprochen.

Aber der Admiral ging jetzt aufs Ganze. »Sehen Sie zu, dass Sie nicht an dieser kleinen Jüdin hängen bleiben – sie ist Ihrer nicht wert.«

Luke knirschte mit den Zähnen. »Entschuldigen Sie, aber über solche Dinge spreche ich lieber mit meinem eigenen Vater.«

»Aber Ihr Herr Vater weiß doch nichts von ihr, oder?«

Luke errötete. Damit hatte der Admiral unstrittig ins Schwarze getroffen. Weder kannte Billie seine Eltern noch er ihre Mutter.

Es war einfach kaum Zeit dafür gewesen. Ihre Liebe war eine Kriegsaffäre, beschränkt auf einige gestohlene Augenblicke. Aber das war nicht der einzige Grund. Tief in seinem Innern gab es eine hartnäckige, kleingeistige Stimme, die ihm immer wieder zuflüsterte, dass ein Mädchen aus einer bettelarmen jüdischen Familie gewiss nicht den elterlichen Vorstellungen von der richtigen Frau für ihn entsprach. Sie würden Billie akzeptieren, dessen war er sich sicher – ja, sie würden sie letzten Endes sogar lieben, aus den gleichen Gründen, aus denen er sie liebte. Aber am Anfang würde eine kleine Enttäuschung stehen. Luke wartete daher auf die richtige Gelegenheit, Billie in seinem Elternhaus einzuführen, ein entspanntes Beisammensein, das allen Beteiligten genug Zeit ließ, einander kennen zu lernen.

Das Körnchen Wahrheit in der Unterstellung des Admirals machte Luke nur noch zorniger. Es fiel ihm schwer, seine Wut im Zaum zu halten: »Verzeihen Sie, Admiral, aber ich darf Sie davon in Kenntnis setzen, dass ich derartige Bemerkungen als persönliche Beleidigung auffasse.«

Es wurde mucksmäuschenstill im Zimmer, doch der Admiral erkannte Lukes kaum verhüllte Drohung nicht. »Das verstehe ich ja, mein Junge, aber ich bin um einiges länger auf der Welt als Sie und weiß, wovon ich rede.«

»Pardon, aber Sie kennen die Betroffenen ja gar nicht.«

»Ach, ich weiß vielleicht mehr über die fragliche Dame als Sie.«

Im Tonfall des Admirals lag eine Warnung, doch Luke war inzwischen so außer sich, dass er ihn überhörte. »Einen feuchten Kehricht tun Sie!«, gab er zurück, und die Grobheit war durchaus beabsichtigt.

Bern machte den Versuch, die Wogen zu glätten. »He, Leute, nehmt das alles nicht so bierernst, ja? Lasst uns lieber ein paar Kugeln versenken.«

Aber nun war der Admiral nicht mehr zu bremsen. Er legte Luke den Arm um die Schultern und sagte mit einer angemaßten Vertraulichkeit, die Luke verabscheute: »Schauen Sie, mein Sohn, ich bin auch nur ein Mann und kann Sie gut verstehen. Solange Sie die Sache nicht allzu ernst nehmen, ist nichts dabei, wenn Sie ab und zu 'ne kleine Nutte vögeln. Wir alle haben …«

Er brachte seinen Satz nie zu Ende. Luke drehte sich um, legte beide Hände auf die Brust des Admirals und gab ihm einen heftigen Stoß. Der alte Mann stolperte rückwärts, ruderte mit den Armen, und sein Bourbonglas flog durch die Luft. Verzweifelt versuchte er, das Gleichgewicht zu halten, doch es gelang ihm nicht; er landete mit dem Hinterteil voran auf dem Teppich, und Luke brüllte ihn an: »Wenn Sie nicht sofort aufhören, stopfe ich Ihnen Ihr Drecksmaul mit der Faust!«

Kalkweiß im Gesicht, packte Anthony ihn am Arm und sagte: »Um Himmels willen, Luke, reiß dich endlich zusammen!«

Bern trat zwischen die beiden und den noch immer auf dem Boden hockenden Admiral. »Immer mit der Ruhe, meine Herrschaften«, sagte er.

»Zum Teufel mit der Ruhe!«, fauchte Luke. »Was ist denn das für eine Art? Da lädt dich ein Kerl in sein Haus ein, nur um dann deine Freundin zu beleidigen. Höchste Zeit, dass einer dem alten Dummkopf Manieren beibringt!«

»Sie *ist* aber ein Flittchen«, röhrte der Alte auf dem Teppich. »Ich muss das wohl wissen, verdammt noch mal!« Und nun brüllte er. »Schließlich habe ich ihre Abtreibung bezahlt!«

Luke war wie vom Blitz getroffen. »Abtreibung?«

»Ja, zum Teufel!« Der Alte rappelte sich auf. »Anthony hat sie geschwängert, und ich musste tausend Dollar hinlegen, damit sie den kleinen Wechselbalg los wurde.« Sein Mund verzerrte sich zu einem gehässigen Grinsen. »Und jetzt erzählen Sie mir noch mal, dass ich nicht weiß, wovon ich rede!«

»Sie lügen!«

»Fragen Sie Anthony.«

Luke fixierte Anthony.

Der schüttelte den Kopf. »Es war nicht mein Kind. Das hab ich meinem Vater bloß gesagt, damit er mir die tausend Dollar gab. Es war dein Baby, Luke.«

Luke errötete bis zu den Haarwurzeln. Der betrunkene alte Admiral hatte ihn zum Idioten degradiert. Er selbst war derjenige, der keine Ahnung hatte. Er hatte geglaubt, Billie zu kennen, und doch hatte sie ein so gravierendes Ereignis vor ihm geheim gehalten. Er hatte ein Kind gezeugt, und seine Freundin hatte es abtreiben lassen. Und alle wussten davon, bloß er nicht. Es war eine entsetzliche Demütigung.

Im Sturmschritt verließ er das Zimmer. Er ging durch die Eingangshalle und platzte in den Salon. Dort hielt sich nur noch Anthonys Mutter auf; die Mädchen mussten schon zu Bett gegangen sein. Mrs. Carroll sah sein Gesicht und fragte: »Luke, mein Lieber, stimmt etwas nicht?« Er beachtete sie nicht, ging wieder hinaus und knallte die Tür hinter sich zu.

Er rannte die Treppe hinauf in den Ostflügel, fand rasch Billies Zimmer und trat ein, ohne anzuklopfen.

Den Kopf auf die Hand gestützt, lag sie nackt auf dem Bett und las, und ihr dunkles Lockenhaar fiel ihr ins Gesicht wie eine brechende Welle. Der Anblick raubte Luke einen Moment lang den Atem. Das Licht der Nachttischlampe zeichnete mit einer goldenen Linie die Konturen ihres Körpers nach, von der geraden, schmalen Schulter über die Hüfte und ein schlankes Bein bis hinab zu den roten Zehennägeln. Doch ihre Schönheit heizte seinen Zorn nur noch weiter an.

Glücklich lächelnd blickte sie zu ihm auf, doch dann sah sie sein Gesicht, und ihr Miene verdüsterte sich.

»Hast du mich jemals hintergangen?«, schrie er sie an.

Erschrocken setzte sie sich auf. »Nein, nie!«

»Der Trottel von Admiral da unten behauptet, er hätte dir eine Abtreibung bezahlt!«

Sie wurde blass. »O nein«, flüsterte sie.

»Ist das wahr?«, schrie Luke. »Sag's mir!«

Sie nickte, brach in Tränen aus und vergrub das Gesicht in den Händen.

»Also hast du mich doch hintergangen.«

»Es tut mir leid«, schluchzte sie. »Ich wollte das Kind ja haben – ich habe es mir so sehr gewünscht! Aber ich konnte nicht mit dir darüber sprechen. Du warst in Frankreich, und ich wusste nicht, ob du jemals zurückkommen würdest. Ich musste alles ganz allein entscheiden.« Ihre Stimme hob sich. »Es war die schlimmste Zeit meines Lebens!«

Luke fühlte sich wie betäubt. »Das Kind war von mir«, sagte er. »Ich habe ein Kind gezeugt.«

In Sekundenschnelle schlug Billies Stimmung um. »Nun werd nicht gleich ruhrselig«, sagte sie spöttisch. »Als du mich gebumst hast, war dir dein Sperma völlig egal, also kannst du dir jetzt auch diese Gefühlsduselei sparen. Kommt ohnehin viel zu spät.«

Das saß. »Du hättest es mir sagen müssen. Selbst wenn ich damals nicht erreichbar war, hättest du 's mir bei der erstbesten Gelegenheit sagen müssen, spätestens bei meinem nächsten Heimaturlaub.«

Billie seufzte. »Ja, ich weiß. Aber Anthony meinte, ich solle besser schweigen. Es ist nicht gerade schwer, ein Mädchen davon zu überzeugen, dass sie dergleichen besser für sich behält. Niemand hätte je von der Sache erfahren, wenn dieser gottverfluchte Admiral Carroll sein Maul gehalten hätte.«

Die Ruhe, mit der sie über ihren Verrat sprach, brachte Luke schier um den Verstand. Tat sie doch glatt so, als wäre der Umstand, dass sie sich hatte erwischen lassen, ihr einziger Fehler gewesen! »Mit so etwas kann ich nicht leben«, sagte er.

Sie wurde ganz leise. »Was meinst du damit?«

»Du hast mich hintergangen – bei einer so lebenswichtigen Sache! Wie soll ich dir da jemals wieder vertrauen?«

Die Verzweiflung stand ihr in den Augen. »Du willst mir damit sagen, dass es vorbei ist?« Luke gab keine Antwort, und sie fragte weiter: »Ich seh's doch, ich kenne dich einfach zu gut. Es stimmt, oder?«

»Ja.«

Sie fing wieder an zu weinen. »Du Idiot!«, rief sie unter Tränen. »Du weißt nichts, absolut gar nichts vom Leben. Du kennst bloß den Krieg.«

»Der Krieg hat mich gelehrt, dass nichts so wichtig ist wie Treue und Loyalität.«

»Quatsch. Wenn wir Menschen unter Druck gesetzt werden, lügen wir das Blaue vom Himmel herunter, das hast du immer noch nicht begriffen.«

»Auch gegenüber denen, die wir lieben?«

»Die belügen wir am allermeisten, weil wir sie so verdammt gern haben. Was glaubst du, warum wir die reine Wahrheit bloß Pfarrern, Seelenklempnern und wildfremden Leuten erzählen, die wir zufällig im Zug treffen? Weil wir sie nicht lieben! Nur deshalb ist es uns vollkommen egal, was sie von uns halten.«

Was sie sagte, klang geradezu aufreizend logisch. Aber Luke hatte für solche Ausflüchte nur Verachtung übrig. »Meine Einstellung zum Leben ist eine grundlegend andere.«

»Du hast leicht reden, du Glückspilz«, erwiderte Billie voller Bitterkeit. »Du kommst aus einer intakten Familie, hast nie einen schweren Verlust, nie eine Zurückweisung erlebt, hast Heerscharen von Freunden. Der Krieg mag hart für dich gewesen sein, aber man hat dich weder gefoltert noch zum Krüppel geschossen, und um ein Feigling zu sein, fehlt es dir an Fantasie. Dir ist noch nie etwas ernsthaft Schlimmes zugestoßen. Klar, dass du nie lügst – aus demselben Grund, aus dem Mrs. Carroll keine Suppendosen klaut.«

Unglaublich – sie hatte sich tatsächlich eingeredet, *er* wäre an allem schuld! Nein, es war sinnlos, weiter mit jemandem zu reden, der sich selbst so gründlich an der Nase herumführen konnte. Angewidert wandte er sich zum Gehen. »Wenn das deine Meinung von mir ist, dann musst du heilfroh darüber sein, dass unsere Beziehung beendet ist.«

»Nein, ich bin nicht froh.« Tränen liefen ihr übers Gesicht. »Ich liebe dich, ich hab nie einen anderen geliebt. Es tut mir leid, dass ich dich hintergangen habe. Aber ich bin nicht bereit, ewig in Sack und Asche zu gehen, weil ich in einer Krise vielleicht die falsche Entscheidung getroffen habe.«

Er wollte sie gar nicht in Sack und Asche sehen. Er erwartete gar nichts mehr von ihr. Er wollte bloß noch fort – fort von ihr, fort von ihren gemeinsamen Freunden, fort von Admiral Carroll und raus aus diesem verfluchten Haus.

Irgendwo in seinem Hinterkopf erhob sich ein kleine Stimme, die ihm sagte: Du bist drauf und dran, Luke, das Kostbarste wegzuwerfen, das du jemals besessen hast. Sie warnte ihn, dass er aufs Bitterste bereuen würde, wie dieses Gespräch verlaufen war, und dass es ihn noch jahrelang in der Seele schmerzen würde. Aber er war so aufgebracht, so beschämt, so tief getroffen und verletzt, dass er alle Warnungen in den Wind schlug.

Er ging zur Tür.

»Geh nicht weg!«, flehte Billie.

»Scher dich zum Teufel!«, sagte er und ging hinaus.

## 02.30 Uhr

**Der neue Treibstoff hat die Schubkraft der Jupiter auf 369 Kilonewton gesteigert und im Verbund mit der Vergrösserung des Tanks die Brenndauer von 121 auf 155 Sekunden verlängert.**

Anthony hat damals zu mir gehalten«, sagte Billie. »Ich war völlig am Ende. Tausend Dollar! Wo hätte ich die auftreiben sollen? Er hat sie von seinem Vater bekommen und die Schuld auf sich genommen. Er war einfach ein Mensch, ein Freund. Und deshalb fällt es mir ja auch so schwer, sein gegenwärtiges Verhalten zu verstehen.«

»Ich begreife nicht, wie ich dich aufgeben konnte«, sagte Luke. »Hab ich denn damals nicht verstanden, was du durchgemacht hast?«

»Es war nicht allein deine Schuld«, sagte Billie müde. »Ich dachte das damals zwar, aber heute sehe ich auch meine Rolle in dem Schlamassel etwas differenzierter.« Ihr war anzusehen, dass der lange Bericht sie erschöpft hatte.

Eine ganze Weile lang saßen sie einander still gegenüber, durch tiefes Bedauern zum Schweigen gebracht. Luke fragte sich, wie lange Bern wohl für die Fahrt von Georgetown hierher brauchen würde; dann kehrten seine Gedanken wieder zu Billies Geschichte zurück. »Ich bin nicht gerade begeistert von dem, was ich da über mich gehört habe«, sagte er schließlich. »Habe ich wirklich meine beiden besten Freunde, dich und Bern, verloren, bloß weil ich so ein sturer Hund war, der nicht verzeihen kann?«

Billie zögerte, dann lachte sie. »Wozu ein Blatt vor den Mund nehmen? Ja, genau so war es!«

»Und deshalb hast du Bern geheiratet.«

Wieder lachte sie. »Du unverbesserlicher Egoist!«, sagte sie in liebevollem Ton. »Ich hab Bern nicht geheiratet, weil du mich verlassen hast. Ich hab ihn geheiratet, weil er einer der besten Männer der Welt ist. Er ist klug, er ist lieb, und er ist gut im Bett. Es hat mich Jahre gekostet, bis ich über dich weg war, aber als ich es endlich geschafft hatte, da hab ich mich in Bern verliebt.«

»Und wir beide, du und ich, sind wieder Freunde geworden?«

»Ganz langsam, ja. Wir haben dich immer gemocht, wir alle, obwohl du manchmal ein halsstarriger Mistkerl warst. Als Larry geboren wurde, hab ich dir geschrieben, und du hast uns besucht. Dann, im Jahr drauf, hat Anthony eine riesige Party zu seinem dreißigsten Geburtstag gegeben, und du bist gekommen. Du warst damals schon wieder in Harvard und hast an deiner Doktorarbeit gesessen. Wir anderen waren alle in Washington – Anthony, Elspeth und Peg bei der CIA, ich forschte an der George-Washington-Universität, und Bern schrieb Manuskripte für den Rundfunk. Aber du bist mehrmals im Jahr in die Stadt gekommen, und dann haben wir uns jedes Mal getroffen.«

»Wann habe ich Elspeth geheiratet?«

»Das war 1954 – im gleichen Jahr, als Bern und ich geschieden wurden.«

»Weißt du, warum ich sie geheiratet habe?«

Billie zögerte, und Luke dachte: Die Antwort sollte ihr eigentlich leicht fallen. Sie müsste einfach nur sagen: Weil du sie geliebt hast, natürlich! Aber das tat sie nicht. »Diese Frage kann ich dir nicht beantworten«, sagte sie endlich.

»Ich werd Elspeth fragen.«

»Ich wünschte, du tätest es, ja.«

Er sah sie aufmerksam an. In dieser letzten Bemerkung lag eine gewisse Schärfe. Luke überlegte noch, ob er ihr mehr darüber entlocken könnte, als draußen ein weißer Lincoln Continental vorfuhr. Bern sprang heraus und kam ins Lokal.

»Entschuldige, dass wir dich geweckt haben«, sagte Luke zu ihm.

»Schon gut«, sagte Bern. »Billie gehört nicht zu der Sorte Frauen, deren Glaubensbekenntnis lautet: Wenn ein Mann schläft, lass ihn in Ruhe. Wenn sie wach ist, sollen es alle anderen gefälligst auch sein. Hättest du nicht dein Gedächtnis verloren, wüsstest du das. Hier.« Er ließ ein dickes Heft auf den Tisch fallen. Auf dem Einband stand: *Offizieller Flugplan – erscheint monatlich.* Luke nahm es auf.

Billie sagte: »Schlag unter Capital Airlines nach – die fliegen in den Süden.«

Luke fand die entsprechenden Seiten. »Da gibt's eine Maschine, die geht fünf vor sieben – bis dahin sind's nur noch vier Stunden.« Er las genauer nach. »Ach, Mist, die landet ja in jedem Dorf in Dixieland und ist erst um 14.30 Uhr Ortszeit in Huntsville.«

Bern setzte eine Brille auf und las über Lukes Schulter mit. »Der nächste Flieger geht dann erst um neun, aber der macht nicht so viele Zwischenlandungen, und außerdem ist es eine Viscount. Damit wärst du schon kurz vor Zwölf in Huntsville.«

»Ich würde ja die spätere Maschine nehmen, aber ich hab keine große Lust, länger als unbedingt nötig in Washington rumzuhängen«, sagte Luke.

»Das ist nicht dein einziges Problem«, meinte Bern. »Nummer zwei ist: Anthony hat bestimmt ein paar Aufpasser am Flughafen postiert.«

Luke runzelte die Stirn. »Vielleicht könnte ich von hier mit dem Auto losfahren und irgendwo unterwegs ins Flugzeug umsteigen.« Er studierte wieder den Flugplan. »Die frühere Maschine landet zum ersten Mal in einem Kaff namens Newport News. Wo liegt das denn?«

»Bei Norfolk, Virginia«, sagte Billie.

»Dort landet sie jedenfalls zwei Minuten nach acht. Könnte ich rechtzeitig dort sein?«

»Bis dahin sind's dreihundert Kilometer«, sagte Billie. »Sagen wir, vier Stunden. Dann hast du immer noch eine Stunde Spielraum.«

»Mehr sogar, wenn du meinen Wagen nimmst«, sagte Bern. »Der fährt hundertsiebzig Spitze.«

»Du würdest mir dein Auto borgen?«

Bern lächelte. »Wir beide haben einander schon das Leben gerettet. Was ist da ein Auto?«

Luke nickte. »Danke.«

»Aber du hast noch ein drittes Problem«, sagte Bern.

»Und welches ist das?«

»Man hat mich auf dem Weg hierher verfolgt.«

**Die Tanks für den Treibstoff sind mit kleinen Trennwänden ausgestattet, damit die Flüssigkeit nicht herumschwappt. Ohne diese Dämpfer ist die Bewegung des Treibstoffs so heftig, dass eine Testrakete – Jupiter 1B – nach 93 Sekunden Flugzeit auseinander brach.**

Einen Straßenzug weiter saß Anthony am Steuer seines gelben Cadillac. Er hatte dicht hinter einem Laster geparkt, damit der auffällige Wagen einigermaßen getarnt blieb, doch er selber konnte das Restaurant und ein Stück Gehsteig, das vom durch die Fenster fallenden Licht erhellt wurde, deutlich sehen. Es schien eine Stammkneipe der Cops zu sein: Außer Billies rotem Thunderbird und Berns weißem Continental parkten zwei Streifenwagen auf der Straße vor dem Lokal.

Ackie Horwitz war zur Beobachtung von Bern Rothstens Wohnung abgestellt gewesen, und zwar mit der Order, sich nicht von der Stelle zu rühren, bevor Luke auftauchte. Doch als Bern mitten in der Nacht seine Wohnung verließ, war Ackie gewitzt genug, sich über die Anweisungen hinwegzusetzen und Bern auf dem Motorrad zu folgen. Und als Bern das Schnellrestaurant betrat, hatte Ackie sofort im Q-Gebäude angerufen und Anthony alarmiert.

Jetzt kam Ackie in seiner ledernen Motorradkluft aus dem Lokal, in der einen Hand einen Becher Kaffee, in der anderen einen Schokoriegel. Vor dem Wagenfenster blieb er stehen. »Lucas ist da drin«, sagte er.

»Ich hab's doch gewusst!«, sagte Anthony mit maliziöser Zufriedenheit.

»Aber hat sich umgezogen. Trägt jetzt einen schwarzen Mantel und hat einen schwarzen Hut auf.«

»Den anderen Hut hat er im Carlton verloren.«

»Rothsten ist bei ihm. Und die Frau.«

»Sonst noch Gäste?«

»Vier Bullen, die sich dreckige Witze erzählen, ein Typ, der an Schlaflosigkeit leidet und die Frühausgabe der *Washington Post* liest, zwei Nutten und dann noch der Koch.«

Anthony nickte. In Gegenwart der Polizisten konnte er gegen Luke nichts unternehmen. »Wir warten hier, bis Luke rauskommt, dann folgen wir ihm, beide. Diesmal wird er uns nicht wieder entwischen.«

»Alles klar.« Ackie ging zu seinem Motorrad, das hinter Anthonys Wagen parkte, schwang sich auf den Sattel und trank seinen Kaffee.

Anthony traf seine Entscheidung. Sie würden Luke in einer stillen Straße einholen, ihn überwältigen und in ein CIA-Versteck in Chinatown bringen. Sobald er dann Ackie los war, würde er Luke töten.

Anthony war es eiskalt ums Herz. Noch im Carlton hatte ihn vorübergehend ein Anflug von Sentimentalität überkommen, danach aber war er mit sich zurate gegangen und hatte beschlossen, über Freundschaft und Verrat erst wieder nachzudenken, wenn diese Angelegenheit ausgestanden war. Er wusste, dass er das Richtige tat. Mit seinen Gewissensbissen konnte er sich nach getaner Pflicht auch noch beschäftigen.

Die Tür des Lokals ging auf.

Zuerst kam Billie heraus. Da das grelle Licht sie nur von hinten anstrahlte, konnte Anthony ihr Gesicht nicht sehen, doch er erkannte sie an ihrer schmalen Figur und an dem ihr eigenen flotten Gang. Dann kam ein Mann in schwarzem Mantel und mit einem schwarzen Hut auf dem Kopf: Luke. Er und Billie gingen zu dem Thunderbird. Als Letztes erschien eine Gestalt im Trenchcoat und stieg in den weißen Lincoln.

Anthony ließ den Motor an.

Der Thunderbird fuhr an, der Lincoln hinterdrein. Anthony wartete einige Sekunden lang, dann fuhr auch er los, gefolgt von Ackie auf seinem Motorrad.

Billie fuhr in westlicher Richtung, und der kleine Konvoi folgte ihr. Anthony hielt etwa anderthalb Straßenzüge Abstand, doch da die Stadt wie ausgestorben war, merkten die Verfolgten sicher, dass man hinter ihnen her war. Anthony nahm es mit Gleichmut: Auf Täuschungsmanöver konnte er inzwischen verzichten. Was jetzt kam, war der Showdown.

An der Vierzehnten Straße stoppten sie an einer roten Ampel. Anthony hielt hinter Berns Lincoln. Als die Ampel grün wurde, schoss Billies Thunderbird plötzlich davon, während der Lincoln sich nicht vom Fleck rührte.

Anthony fluchte, setzte ein paar Meter zurück, schob die automatische Schaltung auf *Drive* und drückte das Gaspedal durch. Der große Wagen schoss vorwärts, passierte den stehenden Lincoln und jagte dem Thunderbird hinterher.

Billie kurvte durch das Straßengewirr hinter dem Weißen Haus und kümmerte sich weder um rote Ampeln noch um Abbiegeverbote oder Einbahnstraßen. Anthony folgte ihr, verzweifelt bemüht, sie nicht entkommen zu lassen, aber der Cadillac war bei weitem nicht so wendig wie der Thunderbird, und so vergrößerte sich Billies Vorsprung zusehends.

Ackie überholte Anthony und blieb Billie auf den Fersen. Anthony ahnte inzwischen, was sie vorhatte: Zuerst wollte sie mit ihrem halsbrecherischen Zickzackkurs den Cadillac abhängen, und dann auf einer Schnellstraße dem Motorrad davonziehen, das der Höchstgeschwindigkeit des Thunderbird – über zweihundert Stundenkilometer – nichts entgegenzusetzen hatte.

»Tod und Teufel!«, fluchte er.

Dann kam ihm das Glück zu Hilfe. Billie, die mit quietschenden Reifen eine Kurve nahm, fuhr direkt in eine Überflutung. Aus einer geplatzten Wasserleitung an der Bordsteinkante schoss eine Wasserfontäne, und die Straße war über ihre gesamte Breite bereits fünf bis zehn Zentimeter hoch überschwemmt. Billie verlor die Herrschaft über ihren Wagen. Das Heck des Thunderbird scherte in einem weiten Bogen aus, und der Wagen drehte sich in einem Halbkreis. Ackie konnte ihm eben noch ausweichen, doch seine Maschine rutschte unter ihm weg; er stürzte und rollte durchs Wasser, war aber sofort wieder auf den Beinen. Anthony trat mit aller Kraft auf die Bremse, sodass der Cadillac vor der nächsten Kreuzung schlitternd zum Stehen kam. Der Thunderbird war über die Straße geschleudert und dann ebenfalls zum Stehen gekommen, das Heck nur Zentimeter von einem parkenden Wagen entfernt. Anthony fuhr sofort wieder an, hielt unmittelbar vor dem Kühler des Thunderbird und blockierte somit dessen Fluchtweg. Billie saß in der Falle.

Ackie stand bereits an der Fahrertür, Anthony rannte auf die Beifahrerseite. »Raus aus dem Auto!«, schrie er und zog seine Pistole.

Die Wagentür öffnete sich, und der schwarz gekleidete Mann stieg aus.

Anthony erkannte auf den ersten Blick, dass es nicht Luke war, sondern Bern.

Er drehte sich um und spähte in die Richtung, aus der sie gekommen waren. Von einem weißen Lincoln war weit und breit nichts zu sehen.

Die blanke Wut stieg in ihm auf. Die beiden hatten die Mäntel getauscht, und Luke war in Berns Auto entkommen. »Du Vollidiot!«, schrie er Bern an und hätte ihn am liebsten auf der Stelle erschossen. »Du weißt ja gar nicht, was du angerichtet hast!«

Bern blieb aufreizend ruhig. »Na, dann raus mit der Sprache, Anthony«, sagte er. »Was hab ich denn angestellt?«

Anthony wandte sich ab und steckte die Waffe wieder ein.

»Moment mal«, sagte Bern. »Du bist uns noch ein paar Erklärungen schuldig. Was du Luke angetan hast, war kriminell.«

»Ich muss dir gar nichts erklären«, fauchte Anthony.

»Luke ist kein Spion.«

»Woher willst du denn das wissen?«

»Ich weiß es eben.«

»Ich glaube dir nicht.«

Bern sah ihn unnachgiebig an. »Doch, das tust du«, sagte er. »Du weißt ganz genau, dass Luke kein sowjetischer Agent ist. Warum, zum Teufel, tust du dann so, als ob er einer wäre?«

»Zur Hölle mit dir«, sagte Anthony und stapfte davon.

Billie lebte in Arlington, einem grünen Vorort auf jener Seite des Potomac, die zu Virginia gehört. Anthony fuhr durch ihre Straße. Als er an ihrem Haus vorbei kam, sah er auf der anderen Straßenseite einen dunklen Chevrolet, welcher der CIA gehörte. Er fuhr um die Ecke und parkte.

Innerhalb der nächsten beiden Stunden würde Billie heimkommen. Sie wusste bestimmt, wo Luke hingefahren war, würde es ihm aber nicht sagen. Er hatte ihr Vertrauen verloren, und sie stand nun unverbrüchlich auf Lukes Seite – es sei denn, man setzte sie unter extremen Druck.

Und genau das hatte Anthony vor.

Bin ich verrückt geworden, fragte er sich, und in seinem Kopf keimte leiser Zweifel auf. Ist diese Hetzjagd wirklich diesen hohen Preis wert? Gibt es überhaupt die geringste Rechtfertigung für das, was ich vorhabe?

Er schob alle Bedenken beiseite. Er hatte sich schon vor langer Zeit für den Weg entschieden, den er jetzt beschritt, und nicht einmal Luke würde es gelingen, ihn davon abzubringen.

Er holte eine schwarze Lederschatulle aus dem Kofferraum. Sie war nicht größer als ein gebundenes Buch. Außerdem nahm er eine kleine Stabtaschenlampe an sich. Dann ging er zu dem Chevy, schlüpfte neben Pete auf den Beifahrersitz und richtete seinen Blick auf die dunklen Fenster von Billies kleinem Haus.

Das wird das Schlimmste sein, das ich je getan habe, dachte er.

»Vertrauen Sie mir?«, fragte er Pete.

Petes entstelltes Gesicht verzog sich zu einem verlegenen

Grinsen. »Was ist denn das für eine Frage? Natürlich vertraue ich Ihnen.«

Die meisten der jungen Agenten brachten Anthony eine Art Heldenverehrung entgegen, doch Pete hatte noch einen besonderen Grund für seine Loyalität. Es war zwar eine uralte Geschichte, die Sache mit der Prostituierten, die Pete bei seiner Bewerbung verschwiegen hatte, und Pete war ihm zwar nichts mehr schuldig, aber er wusste immer noch, dass Anthony davon wusste. Darauf spielte Anthony jetzt an: »Angenommen, ich täte etwas, das Sie für völlig falsch halten – würden Sie mich trotzdem noch unterstützen?«

Pete zögerte. Als er endlich antwortete, klang seine Stimme belegt vor innerer Erregung. »Ich will Ihnen eines sagen«, begann er und starrte durch die Windschutzscheibe hinaus auf die Fahrbahn, die im Licht der Straßenlaternen vor ihnen lag. »Sie sind für mich immer wie ein Vater gewesen. Das ist alles.«

»Ich werde jetzt etwas tun, das Ihnen nicht gefallen wird, und ich brauche dazu Ihr Vertrauen, dass es doch das Richtige ist.«

»Das haben Sie – ich sag's Ihnen doch.«

»Ich geh jetzt rein«, sagte Anthony. »Hupen Sie, wenn jemand kommt.«

Leise schlich er die Auffahrt hinauf, umrundete die Garage und ging zur Hintertür. Mit seiner Stablampe leuchtete er durchs Küchenfenster. In der Dunkelheit standen der vertraute Tisch, die vertrauten Stühle.

Mein ganzes Leben hat aus Betrug und Verrat bestanden, dachte er, und eine Woge von Selbstekel überkam ihn. Aber so abgrundtief wie heute bin ich noch nie gesunken …

Er kannte sich gut aus im Haus. Zunächst überprüfte er das Wohnzimmer, dann Billies Schlafzimmer. In beiden war niemand. Dann sah er in Becky-Mas Zimmer. Sie schlief tief und fest, und auf dem Nachttisch lag ihr Hörgerät. Zuletzt schlüpfte er in Larrys Zimmer.

Er leuchtete dem schlafenden Kind ins Gesicht, und vor lauter Gewissensbissen wurde ihm übel. Er setzte sich auf die

Bettkante und knipste die Lampe an. »He, Larry, aufwachen«, sagte er. »Nun mach schon.«

Der Junge schlug die Augen auf. Er brauchte einen Augenblick, um sich zurechtzufinden, doch dann grinste er und sagte: »Onkel Anthony!«

»Zeit zum Aufstehen«, sagte Anthony.

»Wie spät ist es denn?«

»Noch ganz früh.«

»Und was machen wir jetzt?«

»Das ist eine Überraschung«, sagte Anthony.

## 04.30 Uhr

**Mit einer Geschwindigkeit von ca. 33 m pro Sekunde schiesst der Treibstoff in die Brennkammer eines Raketentriebwerks. Die Verbrennung beginnt, sobald die Flüssigkeiten aufeinander treffen. Die Hitze der Flamme lässt die Flüssigkeiten rasch verdampfen. Der Druck steigt schnell auf mehrere hundert Bar, die Temperatur auf 2750° Celsius.**

Bern sagte zu Billie: »Du bist verliebt in Luke, stimmt's?«

Sie saßen in ihrem Auto vor dem Haus, in dem Bern wohnte. Billie wollte nicht mit hineinkommen – es drängte sie, so schnell wie möglich nach Hause zu fahren, zu Larry und Becky-Ma.

»Verliebt?«, fragte sie ausweichend. »Meinst du?« Sie war unsicher, wie viel sie ihrem Ex-Ehemann anvertrauen wollte. Sie waren Freunde, aber sie teilten keine intimen Geheimnisse.

»Schon gut«, sagte Bern. »Mir ist seit langem klar, dass du eigentlich Luke hättest heiraten sollen. Ich glaube, du hast nie aufgehört, ihn zu lieben. Mich hast du auch geliebt, aber auf eine ganz andere Art.«

Er hatte Recht. Ihre Liebe zu Bern war ein sanftes, ruhiges Gefühl. Jener Wirbelsturm der Leidenschaft, der sie hinwegriss, wenn Luke in ihrer Nähe war, hatte sie in seiner Gegenwart nie überkommen. Und wenn sie sich nach ihren Gefühlen gegenüber Harold fragte – freundliche Zuneigung oder Taumel der Leidenschaft –, dann war die Antwort niederschmetternd klar. Das Gefühl, das sich einstellte, wenn sie an Harold dachte, war schön, aber lau. Sie hatte kaum Erfahrungen mit Männern – außer mit Luke und Bern hatte sie mit niemandem geschlafen –, aber ihre Intuition sagte ihr, dass Harold in ihr nie erwecken würde, was Luke in ihr hervorrief: Eine brennende Sehnsucht und ein sexuelles Verlangen, die sie schwach und hilflos machten.

»Luke ist verheiratet«, sagte sie. »Und zwar mit einer sehr schönen Frau.« Sie dachte einen Moment lang nach. »Ist Elspeth sexy?«

Bern runzelte die Stirn. »Schwer zu sagen. Sie könnte es sein, beim richtigen Mann. Mir ist sie immer kalt vorgekommen, aber sie hat sich auch nie für einen anderen als für Luke interessiert.«

»Es ist sowieso egal. Luke ist der Typ des treuen Ehemanns. Er würde Elspeth nicht einmal verlassen, wenn sie ein Eisberg wäre – und zwar aus reinem Pflichtgefühl.« Sie machte eine Pause. »Ich muss dir was gestehen.«

»Schieß los.«

»Ich möchte mich bei dir bedanken. Weil du dir die Worte ›Ich hab's dir doch gleich gesagt‹ verkniffen hast. Deine Zurückhaltung verdient Anerkennung.«

Bern lachte. »Du denkst an unseren großen Krach.«

Billie nickte. »Du hast behauptet, meine Arbeit würde zur Gehirnwäsche missbraucht. Jetzt hat sich deine Vorhersage bewahrheitet.«

»Trotzdem habe ich mich geirrt. Deine Arbeit war notwendig. Wir müssen verstehen, was im menschlichen Gehirn vor sich geht. Jedes Wissen kann zu verbrecherischen Zwecken missbraucht werden, doch wir können den Fortschritt der Wissenschaft nicht aufhalten. Aber jetzt mal was anderes: Hast du irgendeine Vermutung, was Anthony im Sinn haben könnte?«

»Das Einzige, was ich mir vorstellen kann, ist, dass Luke da unten in Cape Canaveral einem Spion auf die Spur gekommen ist und deshalb im Pentagon Alarm schlagen wollte. Aber in Wirklichkeit ist der Spion ein Doppelagent, der auch für uns arbeitet, und deshalb will Anthony ihn unbedingt schützen.«

Bern schüttelte den Kopf. »Das reicht nicht. Wenn Anthony Luke in die Sache mit dem Doppelagenten eingeweiht hätte, wäre das Problem aus der Welt gewesen. Dazu hätte er nicht Lukes Gedächtnis auslöschen müssen.«

»Wahrscheinlich hast du Recht. Und vor ein paar Stunden hat Anthony auf Luke *geschossen*! Ich weiß ja, manchen Männern verwirrt diese Geheimdienstarbeit irgendwann das Hirn. Aber ich kann mir einfach nicht vorstellen, dass die CIA tatsächlich einen amerikanischen Staatsbürger umbringt, bloß weil sie einen Doppelagenten schützen will.«

»Natürlich würde sie das«, sagte Bern. »Aber in diesem Fall wäre es unnötig. Anthony hätte Luke schlicht und einfach vertrauen können.«

»Hast du eine bessere Theorie?«

»Nein.«

Billie zuckte die Achseln. »Ich glaube, es spielt gar keine Rolle mehr. Anthony hat seine Freunde verraten und verkauft – wer schert sich da noch um die Gründe? Tatsache ist, dass wir ihn verloren haben. Und er war ein guter Freund.«

»Das Leben ist 'ne Hühnerleiter, beschissen von oben bis unten«, sagte Bern. Er küsste Billie auf die Wange und stieg aus dem Auto. »Sag mir Bescheid, wenn du morgen von Luke hörst.«

»Mach ich.«

Bern ging ins Haus, und Billie startete den Wagen.

Sie überquerte die Memorial-Brucke, umfuhr den Natio
nalfriedhof und kurvte im Zickzack durch die Vorstadtstraßen nach Hause. Wie immer fuhr sie rückwärts in ihre Einfahrt; das hatte sie sich angewöhnt, weil beim Aufbruch meistens Eile geboten war. Im Haus hängte sie ihren Mantel an den Garderobenständer in der Diele und ging sofort die Treppe hoch. Unterwegs knöpfte sie ihr Kleid auf, zog es über den Kopf und warf es über einen Stuhl. Dann streifte sie sich die Schuhe von den Füßen, ging ins Kinderzimmer und sah nach Larry.

Beim Anblick des leeren Betts schrie sie auf.

Zuerst suchte sie im Badezimmer, dann bei Becky-Ma. »Larry!«, schrie sie mit sich überschlagender Stimme. »Wo bist du?« Sie rannte die Treppe hinunter und suchte ihn unten in jedem Zimmer. Noch immer nur in Unterwäsche lief sie aus dem Haus und sah in der Garage und im Hof nach. Wieder im Haus, inspizierte sie erneut jedes Zimmer, riss Schränke und Türen auf, guckte unter jedes Bett, durchsuchte jeden Winkel, der groß genug war, dass sich ein Siebenjähriger dort hätte verstecken können.

Er war fort.

Becky-Ma kam aus ihrem Schlafzimmer, ihr runzliges Gesicht voller Angst. »Was ist los?«, fragte sie mit zittriger Stimme.

»Wo ist Larry?«, rief Billie.

»In seinem Bett, dachte ich.« Als ihr klar wurde, was passiert war, ging ihre Stimme in ein jammervolles Stöhnen über.

Billie blieb einen Moment lang stehen, atmete mehrmals tief durch und bezwang ihre Panik. Dann ging sie in Larrys Zimmer und unterzog es einer genauen Musterung.

Alles war ordentlich aufgeräumt, nicht das geringste Indiz deutete auf eine handgreifliche Auseinandersetzung hin. Im Schrank fand sie den blauen Schlafanzug mit den Teddybärmotiven, den Larry gestern Abend angezogen hatte; er lag anständig zusammengefaltet im Fach. Die Sachen, die sie ihm für die Schule herausgelegt hatte, waren fort. Was immer geschehen war – Larry hatte sich vor seinem Verschwinden angezogen. Es sah aus, als hätte ihn jemand abgeholt – jemand, dem er vertraute.

Anthony.

Im ersten Moment empfand sie Erleichterung. Anthony würde Larry nichts tun. Doch dann kamen Zweifel auf. Vor ein paar Stunden noch hätte sie auch behauptet, Anthony würde Luke nichts antun, und dann hatte er auf ihn geschossen. Anthonys Verhalten war unberechenbar geworden. Und Larry musste zumindest einen großen Schreck bekommen haben, als man ihn mitten in der Nacht aus dem Bett holte, ihn sich anziehen ließ und von ihm verlangte, ohne Abschied von seiner Mutter das Haus zu verlassen.

Sie musste ihn wiederhaben, und zwar schnell.

Billie lief die Treppe hinunter, um Anthony anzurufen. Das Telefon klingelte, bevor sie es erreichte. Sie riss den Hörer an sich. »Ja?«

»Hier ist Anthony.«

»Was fällt dir eigentlich ein?«, schrie sie. »Wie kannst du nur so grausam sein?«

»Ich muss wissen, wo Luke ist«, antwortete er kühl. »Es ist unglaublich wichtig.«

»Er ist nach –« Sie hielt mitten im Satz inne. Vielleicht war diese Information ihre letzte Waffe.

»Er ist wohin?«

Billie holte tief Luft. »Wo ist Larry?«

»Bei mir. Es geht ihm gut, mach dir keine Sorgen.«

Das trieb sie zur Weißglut. »Ich mach mir Sorgen, wann's mir passt, du Idiot!«

»Sag mir einfach, was ich wissen muss, und alles kommt wieder in Ordnung.«

Nur allzu gern hätte sie ihm gelaubt und ihm die Antwort in die Ohren gebrüllt, nur allzu gern darauf vertraut, dass er Larry dann sofort heimbringen würde, doch sie widerstand der Versuchung mit aller Macht. »Hör zu. Sobald ich meinen Sohn sehe, sag ich dir, wo Luke ist.«

»Vertraust du mir denn nicht?«

»Soll das ein Witz sein?«

Anthony seufzte. »Okay. Komm zum Jefferson Memorial.«

Sie empfand einen gewissen Triumph. »Wann?«

»Sieben Uhr.«

Sie warf einen Blick auf ihre Uhr. Es war kurz nach sechs. »Ich komme.«

»Billie …«

»Was ist?«

»Komm allein.«

»Ja, ja.« Sie hängte auf.

Becky-Ma stand neben ihr. Sie wirkte zerbrechlich und alt. »Was gibt es?«, fragte sie. »Was ist hier los?«

Billie gab sich den Anschein von Gelassenheit. »Larry ist

bei Anthony. Er muss reingekommen sein und ihn abgeholt haben, als du schon geschlafen hast. Ich fahre jetzt los und hole ihn heim. Wir brauchen uns keine Gedanken mehr zu machen.«

Sie ging die Treppe hinauf. In ihrem Schlafzimmer nahm sie den Stuhl vor der Frisierkommode auf und stellte ihn vor den Kleiderschrank. Sie stieg hinauf, holte einen kleinen Koffer herunter, kletterte wieder vom Stuhl herunter, legte den Koffer aufs Bett und öffnete ihn.

Sie schlug ein Tuch auf und legte einen 45-er Colt frei.

Im Krieg waren sie alle mit Colts ausgerüstet worden. Obwohl Billie den ihren nur als Erinnerungsstück behalten hatte, reinigte und ölte sie ihn aus irgendeinem Impuls heraus regelmäßig. Ihre These war: Ist auf dich mal scharf geschossen worden, dann fühlst du dich nie wieder richtig wohl, wenn du nicht selbst irgendwo eine Knarre liegen hast.

Mit dem Daumen drückte sie auf den Knopf an der linken Seite des Knaufs, gleich hinter dem Abzug, und zog das Magazin heraus. Im Koffer lag eine Schachtel mit Munition. Sie lud das Magazin mit sieben Patronen, die sie nacheinander gegen die Feder drückte. Dann schob sie das Magazin wieder in den Handgriff, bis sie spürte, wie es einrastete. Schließlich zog sie den Schlitten, sodass eine Patrone in den Lauf rückte.

Als sie sich umdrehte, stand Becky-Ma in der Tür. Sie starrte auf die Waffe.

Sekundenlang erwiderte Billie den Blick ihrer Mutter, ohne ein Wort zu sagen.

Dann rannte sie aus dem Haus und sprang ins Auto.

**Die erste Raketenstufe enthält annähernd 25000 kg Treibstoff. Dieser wird innerhalb von 2 Minuten und 35 Sekunden verbrannt.**

Berns Lincoln Continental zu fahren war ein reines Vergnügen. Der windschnittige Straßenkreuzer glitt mit einer Geschwindigkeit von annähernd hundertsechzig Stundenkilometern mühelos über die verlassenen Straßen im nachtschlafenen Virginia. Als Washington allmählich hinter ihm zurückblieb, war es Luke, als entkomme er gleichzeitig einem Albtraum. So erfüllte ihn die Fahrt in diesen frühen Morgenstunden obendrein mit der Hochstimmung einer erfolgreichen Flucht.

Es war noch dunkel, als er in Newport News ankam und auf den kleinen Parkplatz vor dem verschlossenen Flughafengebäude fuhr. Nirgendwo war Licht zu sehen, nur in einer Telefonzelle neben dem Eingang brannte eine einsame Glühbirne. Luke stellte den Motor ab und lauschte der Stille. Es war eine klare Nacht, der Flugplatz lag im Sternenlicht. Die geparkten Flugzeuge wirkten seltsam reglos, wie Pferde, die im Stehen schlafen.

Nach über vierundzwanzig Stunden ohne Schlaf fühlte er sich hoffnungslos übermüdet, und doch ging es in seinem Hirn drunter und drüber. Er war in Billie verliebt. Dreihundert Kilometer von ihr entfernt, konnte er es sich endlich eingestehen. Aber was hatte das zu bedeuten? Liebte er sie schon immer – oder war es nur ein vorübergehendes Verknalltsein, eine Wiederholung jener Schwärmerei, die ihn damals im Jahre 1941 so unversehens überfallen hatte? Und was war mit Elspeth? Warum hatte er sie geheiratet? Genau das hatte er Billie gefragt, und sie hatte ihm die Antwort verweigert.

»Ich werde Elspeth fragen«, hatte er gesagt.

Er sah auf seine Uhr. Bis zum Abflug blieb ihm noch über eine Stunde – mehr Zeit als genug. Er stieg aus dem Wagen und ging zu der Telefonzelle.

Elspeth nahm sofort ab, als wäre sie bereits wach gewesen. Die Vermittlung im Hotel erklärte, die Kosten für das Gespräch liefen auf ihre Rechnung, und sie sagte: »Ja, ja, stellen Sie nur durch.«

Urplötzlich war Luke verlegen. »Äh … guten Morgen, Elspeth.«

»Ich bin so froh, dass du anrufst!«, sagte sie. »Ich war ganz außer mir vor Sorge – was ist eigentlich los?«

»Ich weiß gar nicht, wo ich anfangen soll.«

»Geht's dir gut?«

»Ja, inzwischen wieder. Also, zuerst mal, es war Anthony, dem ich diesen Gedächtnisverlust verdanke. Er hat mir eine Sonderbehandlung aus Elektroschocks und Drogen verabreichen lassen.«

»Warum denn das, um Gottes willen?«

»Er behauptet, ich wäre ein sowjetischer Spion.«

»Das ist doch absurd.«

»Jedenfalls hat er das zu Billie gesagt.«

»Du hast also Billie getroffen?«

Luke spürte einen aggressiven Unterton in Elspeths Stimme. »Sie … sie hat mir geholfen«, sagte er. Er erinnerte sich, dass er Elspeth gebeten hatte, nach Washington zu kommen und ihm zu helfen. Sie hatte das jedoch abgelehnt.

Elspeth wechselte das Thema. »Von wo aus rufst du an?«, wollte sie wissen.

Er zögerte. Es war nicht auszuschließen, dass seine Feinde Elspeths Telefon angezapft hatten. »Das möchte ich eigentlich nicht sagen, es könnte jemand mithören.«

»Schon gut, ich verstehe. Was hast du als Nächstes vor?«

»Ich muss herausfinden, was das ist, das ich, wenn's nach Anthony geht, unbedingt vergessen soll.«

»Wie willst du das anstellen?«

»Das will ich am Telefon lieber nicht sagen.«

Ihre Stimme verriet Ungeduld. »Es ist wirklich schade, dass du mir so gut wie gar nichts erzählen kannst.«

»Eigentlich habe ich auch angerufen, weil ich dich noch ein paar Dinge fragen wollte.«

»Okay, schieß los.«

»Warum können wir keine Kinder bekommen?«

»Das wissen wir nicht. Du warst voriges Jahr bei einem Spezialisten, aber der meinte, es sei alles in Ordnung. Und ich war jetzt vor ein paar Wochen bei einer Ärztin in Atlanta. Sie hat mehrere Tests gemacht. Derzeit warten wir auf die Ergebnisse.«

»Könntest du mir erzählen, wie's zu unserer Heirat gekommen ist?«

»Ich hab dich verführt.«

»Wie?«

»Ich hab so getan, als hätte ich Seife im Auge, damit du mich küsst. Das ist der älteste Trick der Welt, und es ist mir richtig peinlich, dass du drauf reingefallen bist.«

War das humorvoll gemeint? Zynisch? Sowohl das eine wie das andere? Luke hätte es nicht sagen können. »Erzähl mir genau, wie das war, als ich dir den Heiratsantrag gemacht habe.«

»Na ja, ich hatte dich jahrelang nicht gesehen, und dann haben wir uns 1954 in Washington wieder getroffen«, begann sie. »Ich war damals noch bei der CIA. Du hast im Jet Propulsion Laboratory in Pasadena gearbeitet und kamst zu Pegs Hochzeit hergeflogen. Beim Frühstück saßen wir nebeneinander.« Elspeth überlegte einen Augenblick und Luke wartete geduldig. Als sie weitersprach, klang ihre Stimme weich. »Wir haben geredet und geredet – es war, als wären keine dreizehn Jahre vergangen und wir wären immer noch ein Studentenpärchen, das noch das ganze Leben vor sich hatte. Ich musste früher gehen – ich hab damals das Jugendorchester in der Sechzehnten Straße dirigiert, und es war eine Probe angesetzt. Du hast mich begleitet …«

Die Kinder, aus denen sich das Orchester zusammensetzte, waren ausnahmslos arm und überwiegend schwarzer Hautfarbe. Die Probe fand in einer Slum-Kirche statt. Die Musikinstrumente hatten sie sich erbettelt, geborgt oder in Leihhäusern besorgt. Sie probten die Ouvertüre zu Mozarts Oper *Die Hochzeit des Figaro*, und es war kaum zu glauben: Sie spielten gut.

Es lag an Elspeth. Sie war eine anspruchsvolle Lehrerin, der keine falsche Note und kein falscher Takt entging. Doch sie korrigierte ihre Schüler mit unendlicher Geduld. Hoch gewachsen, im gelben Kleid, stand sie vor dem Orchester und dirigierte mit Elan. Ihr rotes Haar flog, und ihre langen, eleganten Hände zogen mit leidenschaftlicher Gestik die Töne nur so aus den Jugendlichen heraus.

Zwei Stunden dauerte die Probe, und Luke saß sie wie verzaubert ab. Es entging ihm nicht, dass alle Jungen in Elspeth verliebt waren und alle Mädchen so sein wollten wie sie.

»Diese Kinder sind genauso musikalisch wie die Sprösslinge von irgendwelchen Reichen mit 'nem Steinway-Flügel im Wohnzimmer«, sagte sie hinterher im Auto. »Trotzdem habe ich einen Haufen Probleme wegen meiner Truppe.«

»Wieso denn das?«

»Niggerfreundin nennt man mich«, erklärte sie. »Und dass ich keine weitere Karriere bei der CIA gemacht habe, hat auch damit zu tun.«

»Versteh ich nicht.«

»Wer Schwarze wie menschliche Wesen behandelt, steht im Verdacht, Kommunist zu sein. Daher werd ich 's nie weiter als bis zur Sekretärin bringen. Das heißt allerdings nicht viel.

Frauen bringen es in dem Verein ohnehin höchstens bis zur Sachbearbeiterin.«

Sie nahm Luke mit zu sich nach Hause in eine kleine, ordentliche Wohnung mit ein paar modernen, eckigen Möbeln. Luke mixte Martinis, und Elspeth kochte Spaghetti in der winzigen Küche. Luke erzählte ihr von seinem Job.

»Das freut mich riesig für dich«, sagte sie mit neidloser Begeisterung. »Du wolltest ja immer den Weltraum erforschen – jedenfalls hast du schon damals in Harvard dauernd davon gesprochen.«

Er lächelte. »Ja, und damals hielten es die meisten für die alberne Träumerei von Science-Fiction-Autoren.«

»Ich bin immer noch skeptisch, ob es sich jemals realisieren lassen wird.«

»Ich glaub schon«, erwiderte er ernst. »Die Hauptprobleme wurden während des Krieges von deutschen Wissenschaftlern gelöst. Die Deutschen haben Raketen gebaut, die in Holland abgefeuert wurden und in London niedergingen.«

»Ich war dort und ich erinnere mich – wir haben sie ›Summer-Bomben‹ genannt.« Ein Schauder überlief sie. »Eine hat mich beinahe erwischt. Ich war während eines Luftangriffs unterwegs zu meinem Büro, weil ich einen Agenten instruieren musste, der ein paar Stunden später über Belgien abspringen sollte. Da hörte ich hinter mir eine Bombe einschlagen. Sie macht ein scheußliches Geräusch wie *Wupp!* Danach hörst du Glas splittern und Mauern bersten, und ein heftiger Luftstoß weht Staub und kleine Steinchen auf. Eines war mir klar: Wenn ich mich umgedreht und nachgesehen hätte, wär ich in Panik geraten, hätte mich auf den Boden geworfen, die Augen zugekniffen und mich zu einer Kugel zusammengerollt. Also hab ich den Blick stur nach vorne gerichtet und bin weitergegangen.«

Das Bild der jungen Elspeth, die im Bombenhagel durch die dunklen Straßen geht, berührte Luke, und er empfand eine tiefe Dankbarkeit dafür, dass sie überlebt hatte. »Tapfere Frau«, murmelte er.

Sie zuckte die Schultern. »Ich fühlte mich nicht besonders tapfer. Ich hatte bloß Angst.«

»An was hast du dabei gedacht?«

»Dreimal darfst du raten.«

Plötzlich fiel ihm wieder ein, dass Elspeth sich, wenn sie sonst nichts zu tun hatte, gerne mit mathematischen Problemen beschäftigte. »An Primzahlen?«, fragte er aufs Geratewohl.

Sie lachte. »An die Fibionacci-Reihe.«

Luke nickte. Der Mathematiker Fibionacci war von zwei Kaninchen ausgegangen, die jeden Monat zwei Junge bekamen, welche wiederum einen Monat nach ihrer Geburt zwei Junge in die Welt setzten. Die Frage hieß: Wie viele Kanincheneltern gibt es nach einem Jahr? Die Antwort lautete 144. Eine der berühmtesten Zahlenreihen der Mathematik war jedoch die Anzahl der Kaninchenpaare pro Monat: 1, 1, 2, 3, 5, 8, 13, 21, 34, 55, 89, 144 ... Jede neue Ziffer entstand aus der Summe der beiden vorangegangenen.

»Als ich im Büro ankam, war ich bei der vierzigsten Fibionacci-Zahl angelangt«, sagte Elspeth.

»Weißt du noch, welche das ist?«

»Klar doch: einhundertzwei Millionen, dreihundertvierunddreißigtausend und einhundertfünf ... Unsere Raketen beruhen also auf den alten Fernraketen der Deutschen?«

»Richtig. Auf ihrer V2, um genau zu sein.« Luke durfte eigentlich nicht über seine Arbeit sprechen, doch sein Gegenüber war Elspeth, die vermutlich noch schärferen Sicherheitsbestimmungen unterworfen war als er selber. »Wir bauen eine Rakete, die in Arizona starten und in Moskau explodieren kann. Und wenn uns das gelingt, dann können wir auch zum Mond fliegen.«

»Es ist also das gleiche Prinzip, nur in größerem Maßstab?«

Noch nie war ihm ein Mädchen begegnet, das so großes Interesse an Raketentechnik gezeigt hatte. »Ja. Wir brauchen größere Triebwerke, stärkeren Treibstoff, bessere Steuerungssysteme und dergleichen mehr. Keines dieser Probleme ist unlösbar. Außerdem arbeiten die deutschen Experten inzwischen für uns.«

»Ja, das hab ich auch schon gehört.« Elspeth wechselte das Thema. »Und was treibst du sonst so? Hast du eine Freundin?«

»Derzeit nicht.« Seit dem Bruch mit Billie vor neun Jahren war er mal mit dieser, mal mit jener Frau ausgegangen, hatte auch hin und wieder mit einer geschlafen. Tatsache war jedoch, dass keine ihm viel bedeutet hatte – doch das ging Elspeth nichts an.

Einmal hatte es eine Frau gegeben, in die er sich hätte verlieben können, ein großes Mädchen mit braunen Augen und wilden Locken. Ihre Energie und Lebenslust erinnerten ihn an Billie. Kennen gelernt hatte er sie in Harvard, als er an seiner Doktorarbeit saß. Eines späten Abends waren sie gemeinsam über den Campus geschlendert, und da hatte sie plötzlich seine Hände genommen und gesagt: »Ich bin verheiratet.« Dann hatte sie ihn geküsst und war gegangen. Das war das einzige Mal gewesen, dass er beinahe sein Herz verloren hätte.

»Und was ist mit dir?«, fragte er. »Peg ist verheiratet, Billie lässt sich schon wieder scheiden – mir scheint, du hast einiges aufzuholen.«

»Ach, du kennst doch uns ›Regierungsmädchen‹!« Der Ausdruck ›government girls‹ war ein Klischee, das die Zeitungen in die Welt gesetzt hatten. In Washington arbeiteten so viele junge Frauen für die Behörden, dass ihre Anzahl die der ledigen Männer um fünf zu eins überstieg. Die Folge war, dass sie als sexuell frustriert galten und angeblich nach Männerbekanntschaften gierten. Luke glaubte nicht, dass Elspeth zu dieser Kategorie gehörte, doch davon ganz abgesehen: Es war ihr gutes Recht, seine Frage nur ausweichend zu beantworten.

Sie bat ihn, auf den Herd zu achten, während sie sich frisch machte. Ein großer Topf mit Spaghetti und ein kleinerer mit blubbernd kochender Tomatensoße standen auf den Platten. Luke legte Jackett und Krawatte ab und rührte die Soße mit einem Holzlöffel. Der Martini hatte ihn in eine versöhnliche Stimmung versetzt, das Essen duftete hervorragend, und er befand sich in Gesellschaft einer Frau, die er mochte. Er war glücklich.

Plötzlich hörte er, dass Elspeth ihn rief. In ihrer Stimme lag ein hilfloser Ton, der für sie absolut untypisch war: »Luke, kannst du mal kommen?«

Er ging ins Badezimmer. Elspeths Kleid hing an der Innenseite der Tür, und sie stand vor ihm in einem trägerlosen, pfirsichfarbenen Büstenhalter, einem dazu passenden Unterrock, in Strümpfen und in Schuhen. Obwohl sie mehr Textilien am Körper trug, als wenn sie gerade vom Strand gekommen wäre, fand Luke ihren Anblick in Unterwäsche fast unerträglich erregend. Sie hielt die Hand vors Gesicht. »Verflixt, ich hab Seife ins Auge gekriegt! Kannst du versuchen, sie mir rauszuspülen?«

Luke ließ kaltes Wasser ins Waschbecken laufen. »Beug dich vor und halt dein Gesicht übers Becken«, sagte er und half ein wenig nach, indem er seine linke Hand zwischen ihre Schulterblätter drückte. Die blasse Haut ihres Rückens war warm und weich unter seiner Berührung. Mit der Rechten schöpfte Luke Wasser und wusch ihr das Auge aus.

»Schon besser«, sagte sie.

Wieder und wieder spülte er nach, bis Elspeth sagte, das Brennen wäre jetzt weg. Da richtete er sie auf und tupfte ihr mit einem sauberen Handtuch das Gesicht trocken. »Dein Auge ist ein bisschen blutunterlaufen, aber das ist nicht weiter schlimm, glaub ich«, sagte er.

»Ich muss grässlich aussehen.«

»Ach was.« Er sah sie unverwandt an. Auch mit einem roten Auge und stellenweise nassem Haar war sie so Atem beraubend hinreißend wie an jenem Tag vor über zehn Jahren, als er sie zum ersten Mal gesehen hatte. »Du bist wunderschön.«

Obwohl Luke das Handtuch beiseite gelegt hatte, hielt sie ihm ihr Gesicht noch entgegen. Ihre Lippen lächelten und waren leicht geöffnet. Sie zu küssen, war die leichteste Sache der

Welt. Elspeth erwiderte den Kuss, zunächst ein wenig zögernd, doch dann schlang sie die Arme um seinen Hals, zog sein Gesicht zu sich heran und küsste ihn richtig.

Ihr BH drückte auf seine Brust. Das hätte sehr erotisch wirken können, aber das Drahtgestell war so steif, dass es Luke durch die dünne Baumwolle seines Hemdes unangenehm kratzte. Er löste sich von Elspeth und kam sich wie ein Tölpel vor.

»Was ist?«, fragte sie.

Er tippte auf den BH und sagte grinsend: »Das Ding tut mir weh.«

»Du armes Kerlchen«, sagte sie mit gespielter Anteilnahme, griff hinter sich und öffnete mit einer raschen Bewegung den Verschluss. Der Büstenhalter fiel zu Boden.

Vor Jahren hatte er ihre Brüste manchmal berührt, doch gesehen hatte er sie nie. Sie waren weiß und rund, und die Spitzen hatten sich vor Erregung aufgerichtet. Elspeth warf Luke die Arme um den Hals und schmiegte sich an ihn. Ihre Brüste waren weich und warm. »Spürst du sie?«, sagte sie. »Genau so sollen sie sich anfühlen.«

Nach einer Weile nahm er sie auf die Arme, trug sie ins Schlafzimmer und legte sie aufs Bett. Elspeth streifte sich die Schuhe von den Füßen. Er fasste nach der Taille ihres Unterrocks und fragte: »Darf ich?«

Sie kicherte. »Ach, Luke, was bist du höflich!«

Er grinste und kam sich ein bisschen dämlich vor, wusste aber auch nicht, was er sonst hätte tun sollen. Elspeth hob die Hüften an, und er streifte ihr den Unterrock ab. Der pfirsichfarbene Schlüpfer passte zu den anderen Dessous.

»Frag jetzt nicht«, sagte sie. »Zieh ihn mir einfach aus.«

Sie liebten sich langsam und intensiv. Sie zog seinen Kopf zu sich herab und küsste sein Gesicht, während er immer wieder in sie eindrang und sich ihr wieder entzog. »Wie sehr habe ich mich danach gesehnt«, flüsterte sie ihm ins Ohr, und dann schrie sie auf vor Lust, mehrere Male, und ließ sich erschöpft zurückfallen.

Bald darauf schlief Elspeth tief, während Luke wach lag und über sein Leben nachdachte.

Er hatte sich immer eine Familie gewünscht. Glück war für ihn gleichbedeutend mit einem großen Haus voller lärmender Kinder und Freunde und Haustiere. Doch inzwischen war er schon vierunddreißig und immer noch Junggeselle, und die Jahre schienen schneller und schneller vorüberzugehen. Seit dem Krieg hat meine Karriere Vorrang gehabt, sagte er sich. Er war an die Uni zurückgekehrt und hatte die verlorenen Jahre aufgeholt. Aber das war nicht der eigentliche Grund dafür, dass er noch immer allein war. In Wahrheit hatte es nur zwei Frauen gegeben, die je sein Herz berührt hatten: Billie und Elspeth. Billie aber hatte ihn hintergangen – und Elspeth war jetzt bei ihm, neben ihm. Er sah ihren verlockenden Körper im schwachen Licht der Straßenlaternen, das vom Dupont Circle her durch die Gardinen schimmerte. Konnte es etwas Schöneres geben, als Nacht für Nacht mit einer Frau zuzubringen, die nicht nur klug war, sondern auch mutig wie eine Löwin, die wunderbar mit Kindern umgehen konnte und obendrein eine hinreißende Schönheit war?

Als der Tag anbrach, stand er auf, kochte Kaffee und trug ihn auf einem Tablett ins Schlafzimmer, wo Elspeth aufrecht im Bett saß und appetitlich schläfrig aussah. Sie lächelte ihn glücklich an.

»Ich muss dich was fragen«, sagte er, setzte sich auf die Bettkante und nahm ihre Hand. »Willst du mich heiraten?«

Ihr Lächeln verschwand, und sie wirkte auf einmal ganz verstört. »Ach, du meine Güte«, sagte sie. »Darf ich darüber nachdenken?«

## 07.00 Uhr

**DIE ANTRIEBSGASE FLIESSEN DURCH DIE RAKETENDÜSE WIE EINE TASSE HEISSER KAFFEE DURCH DIE KEHLE EINES SCHNEEMANNS.**

Als Anthony vor dem Jefferson Memorial vorfuhr, saß Larry zwischen ihm und Pete auf dem Vordersitz. Es war noch dunkel, und weit und breit war keine Menschenseele zu sehen. Er wendete den Wagen und stellte ihn so ab, dass seine Scheinwerfer jedes andere Fahrzeug anstrahlten, das sich näherte.

Das Denkmal bestand aus einem doppelten Säulenkreis mit einem Kuppeldach und stand auf einem hohen Sockel, den man von der Rückseite über eine Treppe besteigen konnte. »Die Statue selber ist sechs Meter hoch und wiegt fünf Tonnen«, erklärte er Larry. »Sie ist aus Bronze.«

»Wo ist sie?«

»Hinter diesen Pfeilern. Von hier aus kannst du sie nicht sehen.«

»Wir hätten bei Tag herkommen sollen«, greinte Larry.

Anthony hatte schon des Öfteren etwas mit Larry unternommen. Sie waren zusammen im Weißen Haus gewesen, im Zoo und im Smithsonian Museum. Jedes Mal hatten sie Hotdogs zu Mittag gegessen und Eiskrem am Nachmittag, und bevor Anthony Larry wieder nach Hause brachte, kaufte er ihm immer noch ein Spielzeug. Larry war begeistert von diesen Ausflügen, und Anthony mochte sein Patenkind. Aber heute stimmte etwas nicht, und das merkte der Junge. Es war viel zu früh, und er vermisste seine Mutter. Wahrscheinlich spürte er auch die angespannte Stimmung im Auto.

Anthony öffnete die Tür. »Warte mal einen Augenblick, Larry«, sagte er. »Ich muss ein paar Takte mit Pete reden.«

Beide Männer stiegen aus. Ihr Atem dampfte in der kalten Luft.

»Ich bleibe hier«, sagte Anthony zu Pete. »Sie nehmen den Jungen und zeigen ihm das Denkmal. Bleiben Sie auf dieser Seite, damit sie ihn sehen kann, wenn sie kommt.«

»Okay.« Petes Stimme klang kalt und gepresst.

»Mir geht das selber gegen den Strich, glauben Sie mir«, sagte Anthony. In Wirklichkeit war ihm längst alles egal. Larry war unglücklich und Billie halb verrückt vor Sorge, aber die beiden würden darüber schon hinwegkommen, und was ihn selbst betraf, so konnte er sich nicht mehr von Gefühlsduseleien aufhalten lassen. »Wir tun dem Kind nichts an, und seiner Mutter auch nicht«, sagte er in dem Bemühen, Pete bei der Stange zu halten. »Aber sie wird uns sagen, wo wir Luke finden können.«

»Und dann geben wir ihr das Kind wieder.«

»Nein.«

»Nein?« Die Dunkelheit ließ Petes Miene nicht erkennen, aber sein Tonfall verriet Entsetzen. »Warum denn nicht?«

»Für den Fall, dass wir später noch weitere Informationen von ihr brauchen.«

Pete ist nicht wohl in seiner Haut, aber er wird zumindest vorerst Ruhe geben, dachte Anthony und öffnete die Wagentür. »Komm, Larry. Onkel Pete zeigt dir jetzt das Denkmal.«

Larry stieg aus. Mit sorgfältig formulierter Höflichkeit sagte er: »Wenn wir es angeguckt haben, würde ich gerne nach Hause fahren.«

Anthony blieb das Wort im Halse stecken. Larrys Tapferkeit gab ihm fast den Rest. Doch er fasste sich rasch und antwortete in ruhigem Ton: »Das besprechen wir mit deiner Mama. Und jetzt los mit euch.«

Das Kind griff nach Petes Hand, und die beiden gingen um das Monument herum zur Treppe auf der Rückseite. Eine Minute später tauchten sie im Licht der Autoscheinwerfer vor den Säulen auf.

Anthony sah auf die Uhr. In sechzehn Stunden war der Raketenstart vorbei und alles andere auch, so oder so. Sechzehn

Stunden waren aber auch eine lange Zeit, in der Luke grenzenlosen Schaden anrichten konnte.

Ich muss ihn endlich erwischen, dachte Anthony, und zwar so schnell wie möglich… Eigentlich müsste Billie schon da sein. Sie wird doch wohl kommen? Nein, um die Polizei zu alarmieren oder sich irgendwelche Tricks einfallen zu lassen, ist sie viel zu durcheinander und hat viel zu viel Angst…

Er hatte Recht. Wenige Sekunden später tauchte ein Auto auf. Die Farbe konnte Anthony nicht erkennen, aber ein Ford Thunderbird war es. Er hielt zwanzig Meter vor Anthonys Cadillac, und eine kleine, schmale Gestalt sprang heraus. Den Motor ließ sie laufen.

»Hallo, Billie«, sagte Anthony.

Ihr Blick glitt von ihm zu dem Denkmal, wo sie Pete und Larry auf dem hohen Sockel stehen und ins Innere des Pfeilerkreises gucken sah. Sie starrte zu ihnen hinauf und rührte sich nicht vom Fleck.

Anthony ging auf sie zu. »Keine unüberlegte Dramatik, Billie – das würde Larry beunruhigen.«

»Wer beunruhigt hier wen, du Scheißkerl?« Ihre Stimme brach vor Anspannung. Sie war den Tränen nahe.

»Ich musste es tun.«

»Kein Mensch *muss* so etwas tun.«

Ihre Feindseligkeit wunderte ihn kaum, doch die Verachtung, die sie ihm entgegenbrachte, traf ihn trotzdem. Er sagte: »Kennst du das Jefferson-Zitat, das in sechzig Zentimeter hohen Buchstaben in diesem Denkmal steht? Es lautet: ›Vor dem Altar Gottes habe ich ewige Feindschaft geschworen jeglicher Form der Tyrannei über den menschlichen Geist.‹ Das ist der Grund, weshalb ich das alles tue.«

»Deine Motive können mir gestohlen bleiben. Welche Ideale du auch mal gehabt haben magst, du hast sie längst aus den Augen verloren. Aus einem so niederträchtigen Verrat kann nichts Gutes entstehen.«

Es war Zeitverschwendung, mit ihr zu diskutieren. »Wo ist Luke?«, fragte er abrupt.

Billie schwieg eine ganze Weile lang. Endlich sagte sie: »Luke ist auf dem Weg nach Huntsville. Mit dem Flugzeug.«

Anthony entfuhr ein tiefer Seufzer der Befriedigung. Nun hatte er, was er brauchte.

Dennoch war Billies Antwort auch eine Überraschung für ihn. »Wieso nach Huntsville?«

»Dort baut die Armee ihre Raketen.«

»Das weiß ich. Aber warum fliegt er ausgerechnet heute dorthin? Das große Ereignis findet doch in Florida statt.«

»Ich weiß nicht, warum.«

Anthony versuchte, ihre Miene zu lesen, doch dazu war es zu dunkel. »Ich glaube, du verschweigst mir was.«

»Es ist mir egal, was du glaubst. Ich nehme jetzt meinen Sohn mit und fahre heim.«

»Nein, das tust du nicht«, sagte Anthony. »Wir behalten ihn noch eine Weile.«

»Warum? Ich hab dir doch gesagt, wo Luke ist!« Angst und Verzweiflung lagen in ihrer Stimme.

»Vielleicht kannst du uns noch anderweitig helfen.«

»Das ist unfair!«

»Du wirst es überleben.« Er wandte sich ab.

Das war sein Fehler.

Billie hatte schon mit so etwas gerechnet.

Als Anthony auf seinen Wagen zu ging, stürzte sie sich auf ihn und rammte ihm die rechte Schulter ins Kreuz. Sie wog nur fünfundfünfzig Kilo, und er musste etwa einen halben Zentner schwerer sein als sie, doch sie profitierte vom Überraschungsmoment und ihrer Wut. Anthony stöhnte auf vor Schmerz und Verblüffung und fiel nach vorn auf Hände und Knie.

Billie zog den 45-er Colt aus ihrer Manteltasche.

Als Anthony aufzustehen versuchte, griff sie ihn erneut an, diesmal von der Seite. Er stürzte zu Boden, rollte zwei-, dreimal um die eigene Achse und blieb mit dem Gesicht nach oben liegen. Schon ging Billie neben ihm in die Knie und schob ihm brutal den Lauf der Pistole in den Mund. Sie spürte, wie ein Zahn abbrach.

Anthony erstarrte.

Mit Absicht entsicherte Billie die Waffe. In Anthonys Blick lag Todesangst. Damit, dass sie bewaffnet sein könnte, hatte er nicht gerechnet. Blut tropfte auf sein Kinn.

Billie sah auf. Larry und der Mann in seiner Begleitung besichtigten noch immer das Denkmal und hatten von dem Kampf nichts mitbekommen. Billie wandte sich wieder Anthony zu. »Ich zieh dir jetzt die Pistole aus der Fresse«, sagte sie keuchend. »Wenn du dich rührst, knall ich dich ab. Wenn du noch am Leben bist, rufst du deinen Komplizen und sagst ihm genau, was ich dir vorsage.« Sie zog ihm die Waffe aus dem Mund und richtete sie auf sein linkes Auge. »Los«, sagte sie. »Ruf ihn.«

Anthony zögerte.

Die Mündung der Pistole berührte sein Augenlid.

»Pete!«, rief er.

Pete sah sich um. Schweigen. Dann fragte er verwundert: »Wo sind Sie?« Anthony und Billie befanden sich im Schatten, das Scheinwerferlicht erreichte sie nicht.

Billie sagte: »Sag ihm, er soll bleiben, wo er ist.«

Anthony sagte kein Wort. Billie drückte ihm die Pistole aufs Auge. Anthony rief: »Bleiben Sie, wo Sie sind!«

Pete legte die flache Hand über die Augen und spähte in die Dunkelheit. »Was ist los?«, rief er. »Ich kann Sie nicht sehen!«

Billie rief: »Larry, hier ist Mom. Steig in den Thunderbird!«

Pete packte Larrys Arm.

»Der Mann lässt mich nicht!«, kreischte Larry.

»Bleib ganz ruhig, Larry!«, schrie Billie. »Onkel Anthony wird dem Mann gleich sagen, dass er dich gehen lassen soll.« Sie drückte den Pistolenlauf fester auf Anthonys Auge.

»Ja, ja!«, rief Anthony. Sie milderte den Druck. Er brüllte: »Lassen Sie den Jungen gehen!«

Pete fragte: »Bestimmt?«

»Tun Sie, was ich sage, um Himmels willen – sie bedroht mich mit einer Pistole!«

»Okay!« Pete ließ Larrys Arm los.

Larry rannte zur Rückseite des Denkmals, tauchte Sekunden später zu ebener Erde wieder auf und stürmte auf Billie zu. »Nicht hierher!«, befahl sie und bemühte sich, ihre Stimme ruhig klingen zu lassen. »Setz dich ins Auto, schnell!«

Larry rannte zum Thunderbird, sprang hinein und knallte die Tür zu.

Mit einer peitschenden Bewegung schlug Billie, so stark sie konnte, Anthony die Waffe rechts und links ins Gesicht. Er schrie auf vor Schmerz, doch bevor er sich rühren konnte, schob sie ihm noch einmal den Lauf in den Mund. Stöhnend lag er da. »Vergiss das nicht, wenn du mal wieder in Versuchung gerätst, ein Kind zu entführen«, sagte sie.

Sie zog die Waffe heraus und stand auf. »Bleib liegen!«, befahl sie. Rückwärts ging sie auf ihr Auto zu, die Pistole nach wie vor auf Anthony gerichtet. Ein kurzer Blick auf das Denkmal verriet ihr, dass Pete sich nicht von der Stelle bewegt hatte.

Sie stieg in ihren Wagen.

Larry fragte: »Hast du eine Pistole?«

Sie stopfte den Colt wieder in ihre Tasche. »Alles in Ordnung?«, fragte sie ihren Sohn.

Er fing an zu weinen.

Billie rammte den Schaltknüppel in den ersten Gang und raste davon.

## 08.00 Uhr

**Die kleineren Raketentriebwerke, welche die zweite, dritte und letzte Startphase bestreiten, verbrennen einen festen Treibstoff, der unter dem Namen T17-E2 bekannt ist, ein Polysulfid mit Ammoniumperchlorat als Oxidant. Jede Stufe treibt die Rakete mit ungefähr 7,11 kN Schubkraft weiter in den Weltraum.**

Bern goss warme Milch über Larrys Cornflakes, während Billie ein Ei aufschlug, um französischen Toast zu machen. Sie trösteten ihr Kind mit Essen, doch Billie hatte das Gefühl, dass die Erwachsenen ebenfalls Trost brauchten. Larry schaufelte die Cornflakes in sich hinein und hörte dabei Radio.

»Ich bring Anthony um, diesen Hurensohn«, murmelte Bern so leise, dass Larry ihn nicht hören konnte. »Ich schwör's dir, ich leg den Scheißkerl um.«

Billies Wut war verraucht. Sie hatte Anthony die Pistole um die Ohren geschlagen, das genügte ihr. Jetzt überwogen Sorge und Angst – einerseits um Larry, der einen furchtbaren Schrecken bekommen hatte, andererseits aber auch um Luke. »Ich fürchte, Anthony wird versuchen, Luke umzubringen«, sagte sie. »Vor ein paar Stunden hätte ich das noch nicht für möglich gehalten, aber jetzt bin ich eines Besseren belehrt.«

Bern ließ ein Stück Butter in die heiße Bratpfanne fallen und stippte eine Scheibe Weißbrot in die Eierpanade, die Billie geschlagen hatte. »So leicht lässt sich Luke nicht umbringen«, sagte er.

»Aber er wähnt sich in Sicherheit – er weiß nicht, dass ich Anthony gesagt habe, wo er ist.« Während Bern das mit Ei getränkte Brot briet, ging Billie in der Küche auf und ab und nagte an ihrer Unterlippe. »Anthony ist vermutlich schon auf dem Weg nach Huntsville. Lukes Flugzeug braucht Ewigkeiten. Anthony kann einen MATS-Flug nehmen und vor Luke dort sein. Ich muss Luke irgendwie warnen.«

»Willst du am Flughafen eine Nachricht für ihn hinterlassen?«

»Darauf will ich mich nicht verlassen. Ich glaube, ich muss selber hinfliegen. Da gab's doch noch eine Viscount, die um neun abfliegt, oder? Wo ist dieser Flugplan?«

»Dort auf dem Tisch.«

Flug Nummer 271 startete Punkt neun in Washington und hatte, anders als Lukes Flug, nur zwei Zwischenlandungen. Ankunftszeit in Huntsville war 12.04 Uhr, Lukes Maschine landete dagegen erst um 14.23 Uhr. Billie konnte ihn auf dem Flughafen abfangen. »Ich kann's schaffen«, sagte sie.

»Dann tu's.«

Ein Blick auf Larry ließ Billy zögern. Zwei Neigungen kämpften in ihrer Brust.

Bern erriet, was in ihr vorging. »Dem geht's bald wieder prächtig.«

»Ich weiß, aber ich will ihn nicht allein lassen, nicht ausgerechnet heute.«

»Ich pass schon auf ihn auf.«

»Lässt du ihn die Schule schwänzen?«

»Ja, das ist eine gute Idee, zumindest für heute.«

»Ich bin fertig mit meinen Cornflakes!«, rief Larry.

»... und kannst einen Toast vertragen, was?« Bern nahm einen Teller zur Hand und ließ eine Scheibe darauf gleiten. »Möchtest du Ahornsirup dazu?«

»Ja.«

»Ja – und?«

»Ja, bitte.«

Bern goss Sirup aus einer Flasche darüber.

Billie setzte sich ihrem Sohn gegenüber und sagte: »Ich möchte, dass du heute nicht in die Schule gehst, Larry.«

»Aber wir haben doch Schwimmen!«

»Vielleicht geht Daddy mit dir schwimmen.«

»Aber ich bin doch gar nicht krank!«

»Ich weiß, mein Schatz, aber du hattest einen ziemlich anstrengenden Morgen und musst dich ein bisschen ausruhen.« Larrys Protest machte Billie Mut. Er erholte sich offenbar schnell. Dennoch hatte sie Bedenken, ihn zur Schule zu schicken, solange diese undurchsichtige Angelegenheit noch nicht geklärt war.

Aber sie konnte ihn getrost bei seinem Vater lassen. Bern war ausgebildeter Geheimagent und konnte seinen Sohn vor so ziemlich allem schützen. Okay, dachte sie, ich fliege nach Huntsville. »Mach dir heute einen schönen Tag mit Daddy, und morgen gehst du vielleicht schon wieder in die Schule, okay?«

»Okay.«

»Mom muss jetzt gehen.« Nur keine große Abschiedsszene – die würde den Jungen nur ängstigen. »Bis später dann«, sagte sie wie beiläufig.

Als sie hinaus ging, hörte sie Bern sagen: »Ich wette, du schaffst keine zweite Scheibe von diesem Toast.«

»Klar schaff ich die!«, gab Larry zurück.

Billie schloss die Tür.

# Fünfter Teil

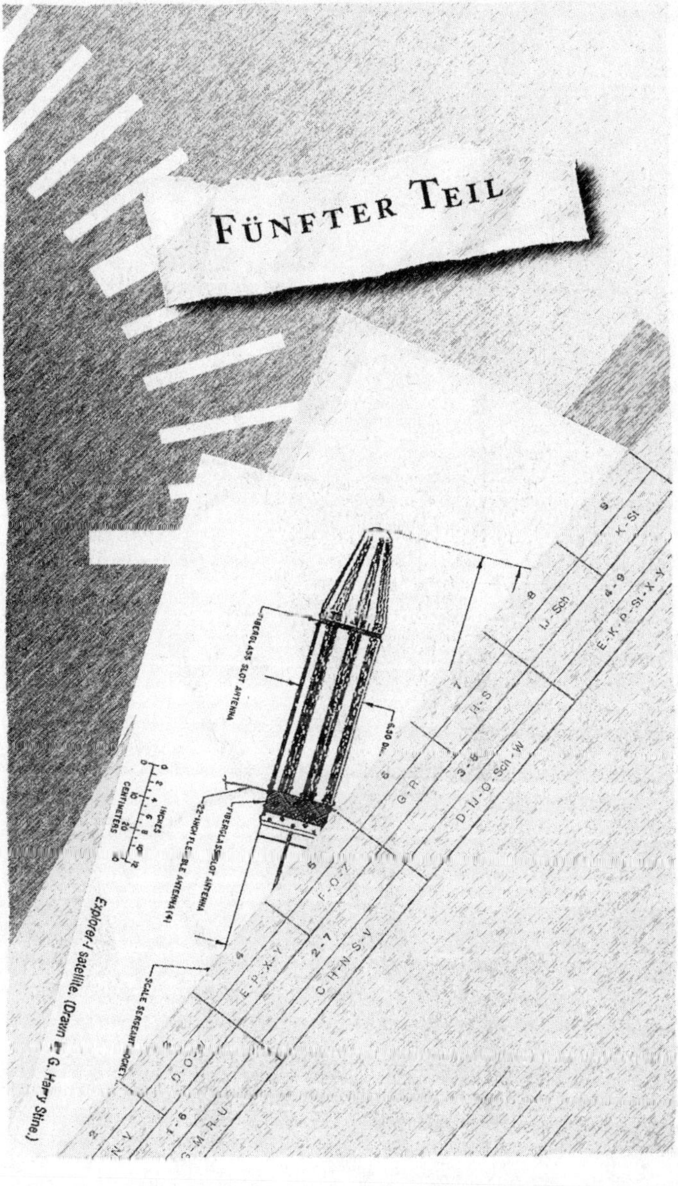

## 10.45 Uhr

**Die Rakete hebt senkrecht ab, dann neigt sie sich in eine Flugbahn von 40° zum Horizont. Solange die Triebwerke brennen, wird die erste Stufe durch bewegliche Karbonflügel im Abgasstrahl und aerodynamische Heckleitwerke gelenkt.**

Luke hatte sich kaum angeschnallt, da übermannte ihn auch schon der Schlaf. Den Start der Maschine in Newport News bekam er gar nicht mit. Er schlief fest, solange die Maschine in der Luft war, wachte aber stets auf, wenn sie bei einer ihrer zahlreichen Zwischenlandungen in Virginia und North Carolina über die Landepiste rumpelte.

Jedes Mal, wenn er die Augen öffnete, bekam er es vorübergehend mit der Angst zu tun. Er sah dann auf die Uhr und rechnete aus, wie viele Stunden und Minuten ihm noch bis zum Start der Rakete blieben. Wenn die kleine Maschine über das Flugfeld zum Terminal rollte, rutschte er nervös in seinem Sitz hin und her. Ein paar Leute stiegen aus, ein oder zwei andere stiegen zu, und der Flieger hob wieder ab. Es war wie eine Busfahrt.

In Winston-Salem wurde aufgetankt, und die Passagiere stiegen für ein paar Minuten aus. Vom Flughafengebäude rief Luke Redstone Arsenal an und ließ sich Marigold Clark geben, seine Sekretärin.

»Doktor Lucas!«, sagte sie. »Wie geht's Ihnen?«

»Danke, gut, aber ich habe nur ein oder zwei Minuten Zeit. Ist der Start immer noch für heute Abend angesetzt?«

»Ja, auf 22.30 Uhr.«

»Ich bin auf dem Weg nach Huntsville – meine Maschine

landet um 14.23 Uhr. Ich versuche herauszufinden, warum ich am Montag dort war.«

»Ihr Erinnerungsvermögen ist nicht zurückgekehrt?«

»Nein. Sie wissen auch nicht, weshalb ich in Huntsville war?«

»Ich sagte Ihnen ja schon: Sie haben es mir nicht erzählt.«

»Was hab ich dort getan?«

»Lassen Sie mich einen Moment nachdenken ... Ich habe Sie in einem Wagen der Armee am Flughafen abgeholt und hierher zum Stützpunkt gefahren. Sie sind ins Rechenzentrum gegangen und dann allein zum Südrand des Geländes gefahren.«

»Was befindet sich dort am Südrand?«

»Die Anlagen für Bodentests. Ich denke, Sie sind wohl in die Werkstatt gegangen – dort arbeiten Sie manchmal –, aber genau weiß ich das nicht, weil ich nicht bei Ihnen war.«

»Und danach?«

»Sie haben mich gebeten, Sie nach Hause zu fahren.« Luke spürte eine gewisse Strenge in ihrem Ton. »Ich habe im Auto gewartet. Nach ein paar Minuten kamen Sie wieder heraus, und ich habe Sie zum Flughafen gebracht.«

»Und das war alles?«

»Das ist alles, was ich weiß.«

Luke gab ein frustriertes Brummen von sich. Er hatte fest geglaubt, Marigold könne ihm irgendwie weiterhelfen.

In seiner Verzweiflung verlegte er sich auf eine ganz andere Art von Fragen. »Was habe ich für einen Eindruck gemacht?«

»So weit ganz normal, aber nicht ganz bei der Sache ... geistesabwesend, ja, das ist das Wort, das ich gesucht habe. Irgendetwas machte Ihnen Kummer – aber das kommt bei euch Wissenschaftlern ja alle Nase lang vor, da reg ich mich schon gar nicht mehr drüber auf.«

»Hab ich normale Klamotten getragen?«

»Eins von Ihren guten Tweed-Jacketts.«

»Hatte ich sonst etwas bei mir?«

»Nur Ihren kleinen Koffer. Ach ja, und einen Schnellhefter.«

Luke hielt sekundenlang die Luft an. »Einen Schnellhefter?«, fragte er und schluckte.

Eine Stewardess unterbrach ihn. »Bitte gehen Sie wieder an Bord, Sir.«

Er legte eine Hand über die Sprechmuschel und sagte: »Eine Minute noch.« Dann sagte er zu Marigold: »War das ein besonderer Schnellhefter?«

»Armee-Standardware, dünner Karton, gelbbraun, groß genug für Geschäftsbriefe.«

»Wissen Sie, was darin gewesen sein könnte?«

»Irgendwelche Unterlagen, wie's aussah.«

Luke versuchte, regelmäßig zu atmen. »Wie viele Blatt Papier? Eins, zehn, hundert?«

»Vielleicht fünfzehn oder zwanzig, meiner Schätzung nach.«

»Haben Sie zufällig gesehen, was drauf stand?«

»Nein, Sir, Sie haben die Seiten nicht rausgenommen.«

»Und hatte ich den Hefter immer noch, als Sie mich zum Flughafen gefahren haben?«

Schweigen am anderen Ende.

Die Stewardess kreuzte erneut auf. »Sir, wenn Sie jetzt nicht an Bord gehen, müssen wir ohne Sie starten.«

»Ich komme, ich komme sofort!« Er fing an, seine Frage an Marigold zu wiederholen. »Hatte ich den Hefter immer noch – «

»Ich hab schon verstanden«, unterbrach sie ihn. »Ich versuche mich zu erinnern.«

Er biss sich auf die Lippe. »Nehmen Sie sich Zeit.«

»Ob Sie ihn mit im Haus hatten, weiß ich nicht.«

»Aber am Flughafen?«

»Nein, ich glaube nicht. Wissen Sie, ich seh wieder, wie Sie ins Terminal gegangen sind, und da hatten Sie in einer Hand eine Tasche, und in der anderen … nichts.«

»Sind Sie sicher?«

»Ja, jetzt schon. Sie müssen diesen Hefter irgendwo gelassen haben, entweder auf dem Stützpunkt oder bei Ihnen zu Hause.«

Lukes Gedanken überschlugen sich. Der Schnellhefter war der Grund für seinen Flug nach Huntsville, dessen war er sich sicher. Er enthielt das Geheimnis, das er entdeckt hatte und das Anthony ihn so verzweifelt vergessen machen wollte. Vielleicht war es eine Fotokopie des Originals, und er hatte sie irgendwo in Sicherheit gebracht. Aus diesem Grund hatte er Marigold gebeten, niemandem von seinem Besuch zu erzählen.

Wenn ich diesen Hefter finden kann, dann kenne ich auch das Geheimnis, um das es geht, dachte er.

Die Stewardess hatte ihn stehen lassen, und er sah, wie sie über das Rollfeld lief. Die Propeller des Flugzeugs drehten sich bereits.

»Ich glaube, dieser Hefter ist von entscheidender Bedeutung«, sagte er zu Marigold. »Würden Sie sich mal umsehen, ob er irgendwo zu finden ist?«

»Mein Gott, Dr. Lucas, wir sind bei der Armee! Wissen Sie denn nicht, dass hier Millionen von diesen gelbbraunen Dingern rumliegen? Woher soll ich wissen, dass es der ist, den Sie in der Hand hatten?«

»Sehen Sie sich einfach um, vielleicht liegt ja irgendwo einer rum, der da nicht hingehört. Sobald ich in Huntsville bin, suche ich ihn bei mir zu Hause. Wenn ich da nichts finde, komme ich zum Stützpunkt raus.« Luke hängte auf und rannte los, um die Maschine noch zu bekommen.

## 11.00 Uhr

**Der Flugplan wird im Voraus programmiert. Während des Flugs aktivieren an den Computer übermittelte Signale das Lenkungssystem, damit die Rakete auf Kurs bleibt.**

Die MATS-Maschine nach Huntsville war voller Generäle. Im Redstone Arsenal wurden nicht nur Weltraumraketen geplant. Es war das Hauptquartier des Army Ordnance Missile Command. Anthony, der sich in solchen Dingen auf dem Laufenden hielt, wusste, dass eine ganze Reihe von Waffen auf dem Stützpunkt entwickelt und getestet wurde – von der baseballgroßen Red Eye für Bodentruppen zur Abwehr feindlicher Kampfflugzeuge bis hin zur riesigen Boden-Boden-Rakete Honest John. Der Stützpunkt war ein beliebter Treffpunkt für hochrangige Lamettaträger.

Anthony trug eine Sonnenbrille, damit niemand die zwei blauen Augen sah, die Billie ihm verpasst hatte. Seine Lippe hatte aufgehört zu bluten, und den abgebrochenen Zahn sah man nur, wenn er sprach. Trotz seiner Verletzungen war er voller Tatkraft: Er war Luke wieder dicht auf den Fersen.

War es nicht am einfachsten, ihn gleich bei erstbester Gelegenheit zu töten? Ja, es war geradezu verführerisch einfach. Was Anthony allerdings Sorgen machte, war die Tatsache, dass er Lukes Pläne nicht genau kannte. Er musste sich entscheiden. Doch als er das Flugzeug bestieg, war er seit achtundvierzig Stunden auf den Beinen und schlief daher sofort ein. Er träumte, er wäre wieder einundzwanzig, die hohen Bäume auf dem Campus von Harvard trügen frische grüne Blätter, und vor ihm öffneten sich wie eine breite Straße die Chancen auf ein Leben in Glanz und Gloria. Er kam erst wieder zu sich, als Pete ihn rüttelte, weil ein Korporal die Flugzeugtür öffnete. Er setzte sich auf und sog die warme Luft von Alabama ein.

Huntsville besaß einen Zivilflughafen, aber dort landeten sie nicht. Der MATS-Flug endete auf der Piste des Stützpunkts Redstone Arsenal. Der Terminal war eine kleine Holzhütte, der Tower eine offene Stahlkonstruktion mit einem einzigen Kontrollraum an der Spitze.

Anthony schritt über das verdorrte Gras des Vorfelds und schüttelte den Kopf, um wieder zu sich zu kommen. Bei sich trug er die kleine Tasche mit seiner Waffe, einem falschen Pass und fünftausend Dollar in bar – seine Notausrüstung, ohne die er nie einen Flug antrat.

Sein Adrenalinspiegel war gestiegen und belebte ihn. In den kommenden Stunden würde er zum ersten Mal seit dem Krieg einen Menschen töten. Sein Magen zog sich bei dem Gedanken daran zusammen. Wo werde ich es tun, dachte er. Ich könnte Luke am Zivilflughafen abpassen, ihm folgen und ihn irgendwo unterwegs niederschießen … Aber das Risiko ist hoch. Wenn Luke merkt, dass er verfolgt wird, geht er mir vielleicht wieder durch die Lappen – zuzutrauen ist es ihm. Ein leichtes Ziel ist der Mann nicht. Wenn ich nicht höllisch aufpasse, entkommt er mir noch einmal …

Am besten wäre es, wenn ich wüsste, wo Luke hin will. Ich könnte ihm an seinem Ziel auflauern … Anthony wandte sich an Pete: »Ich mache ein paar Erkundigungen auf dem Stützpunkt«, sagte Anthony zu Pete. »Sie fahren zum Flughafen und passen auf. Wenn Luke eintrifft oder etwas Unvorhergesehenes passiert, können Sie mich hier erreichen.«

Am Rande des Rollfelds wartete ein junger Mann in Leutnantsuniform mit einem Schild, auf dem stand: »Mr. Carroll, Außenministerium«. Anthony schüttelte ihm die Hand. »Die besten Empfehlungen von Colonel Hickam, Sir«, sagte der Leutnant förmlich. »Wie vom Außenministerium gewünscht, stellen wir Ihnen einen Wagen zur Verfügung.« Er deutete auf einen dunkel olivfarbenen Ford.

»Sehr schön«, sagte Anthony. Vor dem Abflug hatte er auf dem Stützpunkt angerufen und dreist behauptet, er handele auf direkten Befehl von CIA-Direktor Dulles. Für eine wichtige Mission, deren Einzelheiten streng geheim seien, verlange er die Unterstützung der Armee. Der Trick hatte funktioniert: Der Leutnant jedenfalls schien eifrig darauf bedacht, ihm alles recht zu machen.

»Colonel Hickam würde sich freuen, wenn Sie bei Gelegenheit im Hauptquartier vorbeischauen würden.« Der Leutnant reichte Anthony einen Plan des Stützpunkts. Das Gelände war, wie Anthony feststellte, riesengroß und erstreckte sich meilenweit nach Süden bis zum Tennessee River. »Das Hauptquartier ist auf dem Plan markiert«, fuhr der Soldat fort. »Außerdem haben wir bereits eine Nachricht für Sie: Mr. Carl Hobart in Washington erwartet Ihren Rückruf.«

»Ich danke Ihnen, Leutnant. Wo finde ich das Büro von Dr. Claude Lucas?«

»Das dürfte im Rechenzentrum sein.« Der junge Mann zog einen Bleistift hervor und malte ein Kreuzchen auf den Plan. »Aber die Burschen dort sind diese Woche alle in Cape Canaveral.«

»Hat Dr. Lucas eine Sekretärin?«

»Ja – Mrs. Marigold Clark.«

Anthony hielt es für möglich, dass sie Lukes Pläne kannte. »Gut. Leutnant, dies ist mein Kollege Pete Maxell. Er muss am Zivilflughafen eine Maschine abwarten.«

»Ich werde ihn gerne hinfahren, Sir.«

»Das weiß ich zu schätzen. Wenn er mich hier auf dem Stützpunkt erreichen muss, wie stellt er das am besten an?«

Der Leutnant musterte Pete. »Sie können jederzeit eine Nachricht in Colonel Hickams Büro hinterlassen, Sir. Ich werde dann versuchen, sie zu Mr. Carroll durchzustellen.«

»Das genügt«, sagte Anthony entschieden. »An die Arbeit!«

Er setzte sich in den Ford, studierte den Plan und fuhr los. Das hier war eine typische Armeebasis: Pfeilgerade Straßen führten durch durch wildes Wald- und Buschland, unterbrochen von regelmäßigen, rechteckigen Rasenflächen, die so kurz gehalten waren wie der Haarschnitt eines Wehrpflichtigen. Die Gebäude waren alle aus braunem Backstein und hatten flache Dächer. Die Beschilderung war hervorragend, und Anthony fand das Rechenzentrum auf Anhieb; es war in Form eines T gebaut und nur zwei Stockwerke hoch. Anthony fragte sich, warum man beim Rechnen so viel Platz brauchte, bis er darauf kam, dass riesige Elektronengehirne in dem Gebäude stehen mussten.

Er parkte direkt vor dem Haus und dachte nach. Es ging zunächst um die Beantwortung einer ganz simplen Frage: Wo wird Luke hingehen, wenn er in Huntsville ist? Diese Marigold wusste das vermutlich, doch war sie Luke sicher treu ergeben und Fremden gegenüber vorsichtig, vor allem Fremden mit zwei Veilchen im Gesicht. Andererseits hatte man sie zu einem Zeitpunkt, da die meisten Mitarbeiter nach Cape Canaveral gereist waren, um das große Ereignis mitzuerleben, hier in Huntsville zurückgelassen; daher fühlte sie sich vermutlich ein wenig einsam und gelangweilt.

Anthony betrat das Gebäude. In einer Art Vorzimmer standen drei kleine Schreibtische mit jeweils einer Schreibmaschine. Zwei Schreibtische waren unbesetzt, am dritten saß eine Schwarze von ungefähr fünfzig Jahren; sie trug ein Baumwollkleid mit aufgedruckten Gänseblümchen und eine Brille mit strassbesetztem Gestell.

»Guten Tag«, sagte Anthony.

Die Frau sah auf. Er nahm seine Sonnenbrille ab. Ihre Augen weiteten sich vor Verblüffung über seinen Anblick. »Hallo! Kann ich Ihnen helfen?«

Mit gespieltem Ernst sagte er: »Ma'm, ich suche nach einer Ehefrau, die mich nicht zusammenschlägt.«

Marigold brach in Gelächter aus.

Anthony zog einen Stuhl heran und setzte sich neben ihren Schreibtisch. »Ich komme aus Colonel Hickams Büro und suche nach einer Marigold Clark«, sagte er. »Wo finde ich sie?«

»Das bin ich.«

»O nein. Die Miss Clark, die ich suche, ist eine erwachsene Frau. Sie sind doch nur ein junges Mädchen.«

»Jetzt hören Sie auf mit dem Quatsch«, sagte sie, aber sie lächelte breit.

»Dr. Lucas ist auf dem Weg hierher – ich nehme an, Sie wissen das.«

»Er hat mich heute Morgen angerufen.«

»Um welche Uhrzeit erwarten Sie ihn?«

»Seine Maschine landet um 14.23 Uhr.«

Gut zu wissen. »Er wird also gegen drei Uhr nachmittags hier sein.«

»Nicht unbedingt.«

Aha. »Warum nicht?«

Sie erzählte ihm, was er wissen wollte. »Doktor Lucas fährt erst nach Hause, bevor er hierher kommt.«

Luke fuhr vom Flughafen direkt nach Hause! Das war perfekt. Anthony konnte sein Glück kaum fassen. Ich kann dort auf ihn warten und ihn erschießen, sobald er zur Tür hereinkommt, dachte er. Es gibt keine Zeugen, und wenn ich mit Schalldämpfer arbeite, hört niemand den Schuss. Die Leiche lasse ich einfach liegen. Wenn ich Glück habe, wird sie, da Elspeth in Florida ist, erst nach Tagen gefunden …

»Vielen Dank«, sagte Anthony zu Marigold und stand auf. »Es war mir eine Freude.« Bevor sie ihn nach seinem Namen fragen konnte, verließ er das Büro.

Er kehrte zu seinem Wagen zurück und fuhr zum Hauptquartier, einem langen, monolithartigen Bau mit drei Stockwerken, der wie ein Gefängnis aussah. Er fand Colonel Hickams Büro. Der Colonel war nicht anwesend, doch ein Sergeant zeigte ihm ein unbesetztes Büro mit einem Telefon.

Er rief im Q-Gebäude an, ließ sich aber nicht mit Carl Hobart, seinem Chef, verbinden, sondern gleich mit dessen Vorgesetztem George Cooperman.

»Was gibt's, George?«, fragte er.

»Hast du heute Nacht auf wen geschossen?«, fragte Cooperman, und seine Raucherstimme klang noch rauer als sonst.

Mit einiger Überwindung schlüpfte Anthony in die Rolle des Draufgängers, die bei Cooperman immer Eindruck machte. »Teufel auch, wer hat dir das denn gepfiffen?«

»Irgendein Colonel aus dem Pentagon hat Tom Ealy in der Direktion angerufen, und Ealy hat's Carl Hobart gesteckt, der prompt einen Orgasmus bekam.«

»Beweise gibt's keine, ich hab alle Hülsen aufgelesen.«

»Dieser Colonel hat ein etwa neun Millimeter großes Loch in der Mauer gefunden und sich den Rest zusammengereimt. Hast du wen getroffen?«

»Leider nein.«

»Du bist jetzt in Huntsville, stimmt's?«

»Ja.«

»Du sollst sofort zurückkommen.«

»Ein Glück, dass ich gar nicht mit dir gesprochen habe.«

»Hör zu, Anthony, du weißt, dass ich dir so viel Leine wie möglich lasse, weil du damit was erreichst. Aber in diesem Fall kann ich nichts mehr für dich tun. Von nun an stehst du allein auf weiter Flur, mein Freund.«

»Genau mein Stil.«

»Viel Glück.«

Anthony legte auf und starrte eine Weile auf den Apparat. Viel Zeit blieb ihm nicht mehr. Die Rolle des verwegenen Einzelkämpfers hatte sich abgenutzt, die Befehlsverweigerung ihre Grenzen. Er musste die Angelegenheit jetzt so schnell wie möglich über die Bühne bringen.

Er rief in Cape Canaveral an und ließ sich mit Elspeth verbinden. »Hast du mit Luke gesprochen?«, fragte er sie.

»Er hat mich heute Morgen um halb sieben angerufen.« Ihre Stimme klang zitterig.

»Von wo?«

»Er wollte mir nichts sagen, weder wo er war noch wo er hin wollte oder was er vorhatte. Er hatte Angst, meine Leitung könne angezapft sein. Aber er hat mir gesagt, dass er dich für seinen Gedächtnisverlust verantwortlich macht.«

»Er ist unterwegs nach Huntsville. Ich bin jetzt auf dem

Redstone Arsenal und fahre gleich zu eurem Haus, um dort auf ihn zu warten. Wie komme ich rein?«

Sie antwortete mit einer Gegenfrage. »Versuchst du immer noch, ihn zu schützen?«

»Selbstverständlich.«

»Es passiert ihm also nichts?«

»Ich tu alles, was ich kann.«

Einen Moment lang herrschte Schweigen, dann sagte Elspeth: »Im Garten hinterm Haus steht ein Topf mit einer Bougainvillea, da drunter liegt ein Schlüssel.«

»Danke.«

»Gib Acht auf Luke, ja?«

»Ich hab dir doch gesagt, ich tue mein Möglichstes!«

»Schrei mich nicht so an!«, sagte Elspeth, und der alte Kampfgeist klang schon wieder durch.

»Ich kümmere mich schon um ihn.« Anthony legte auf.

Er erhob sich. Im selben Augenblick klingelte das Telefon. Anthony zögerte. Es konnte Hobart sein. Doch Hobart wusste nicht, dass er sich in Colonel Hickams Büro aufhielt. Das wusste nur Pete – oder?

Er nahm den Hörer ab.

Es war Pete. »Dr. Josephson ist hier!«, sagte er.

»Mist!« Anthony hatte fest damit gerechnet, dass sie aus dem Spiel war. »Kommt sie gerade aus dem Flugzeug?«

»Ja, das muss eine schnellere Maschine gewesen sein als die, mit der Lucas kommt. Sie sitzt im Terminal. Scheint auf wen zu warten.«

»Auf ihn natürlich«, sagte Anthony entschieden. »Verfluchtes Weib. Sie will ihn warnen, ihm sagen, dass wir ihm auf den Fersen sind. Sie müssen sie dort wegschaffen, Pete.«

»Wie denn das?«

»Mir egal – Hauptsache, sie verschwindet!«

**Die Umlaufbahn der »Explorer« verläuft in einem Winkel von 43° zum Äquator. Von der Erdoberfläche aus betrachtet, wird er zunächst auf Südostkurs gehen und über den Atlantischen Ozean zur Südspitze Afrikas fliegen. Von dort aus geht es in nordöstlicher Richtung über den Indischen Ozean und Indonesien zum Pazifik.**

Der Flughafen von Huntsville war klein, aber sehr belebt. Im Terminal – es gab nur einen einzigen – befanden sich das Büro einer Autovermietung, verschiedene Automaten und eine Reihe von Telefonzellen. Als Billie eintraf, erkundigte sie sich nach Lukes Flug und erfuhr, dass er fast eine Stunde Verspätung haben und folglich erst gegen 15.15 Uhr in Huntsville landen würde. Sie hatte also drei Stunden Zeit totzuschlagen.

Sie holte sich einen Schokoriegel und eine Limonade aus den Automaten. Dann setzte sie ihren Attachékoffer ab, der den 45-er Colt enthielt, lehnte sich an die Mauer und dachte nach. Wie sollte sie vorgehen? Das Wichtigste war: Luke musste vor Anthony gewarnt werden – und das wollte sie tun, sobald sie ihn erblickte. So vorbereitet, würde er Vorsichtsmaßnahmen ergreifen können. Verstecken konnte er sich allerdings nicht. Sein Ziel war es, herauszufinden, was er am vergangenen Montag hier in Huntsville getan hatte, und das ging nur, wenn er mobil blieb. Die damit verbundenen Risiken musste er in Kauf nehmen.

Kann ich in irgendeiner Weise zu seiner Sicherheit beitragen, fragte sich Billie.

Sie zerbrach sich noch den Kopf darüber, als eine junge

Frau in der Uniform der Capital Airlines sie ansprach. »Sind Sie Dr. Josephson?«

»Ja.«

»Ich habe eine telefonische Nachricht für Sie.« Die Frau reichte ihr einen Umschlag.

Billie runzelte die Stirn. Wer wusste, dass sie hier war? »Danke«, murmelte sie und riss das Kuvert auf.

»Keine Ursache. Bitte lassen Sie uns wissen, wenn wir Ihnen noch in anderer Weise behilflich sein können.«

Billie sah auf und lächelte. Sie hatte ganz vergessen gehabt, wie höflich man hier im Süden war. »Mach ich«, sagte sie. »Vielen Dank für Ihr Angebot.«

Die junge Frau entfernte sich, und Billie las die Nachricht: »Bitte Dr. Lucas anrufen, Huntsville JE 6-4231.«

Das war eine Überraschung. Konnte Luke denn schon hier sein? Und wie hatte er erfahren, dass sie kam?

Es gab nur eine Möglichkeit, das herauszufinden. Sie warf die Limonadenflasche in einen Abfalleimer und suchte sich eine Telefonzelle.

Kaum hatte sie die angegebene Nummer gewählt, wurde auch schon abgehoben. Eine Männerstimme sagte: »Testlabor für Bauelemente.«

Das klang, als wäre Luke bereits auf dem Stützpunkt. Wie war ihm das gelungen? »Dr. Claude Lucas, bitte«, sagte sie.

»Einen Moment bitte.« Kurze Zeit später meldete der Mann sich wieder. »Dr. Lucas ist im Augenblick nicht an seinem Platz. Wer spricht bitte?«

»Dr. Bilhah Josephson. Ich habe eine Nachricht bekommen, ich solle ihn unter dieser Nummer anrufen.«

Der Tonfall des Mannes änderte sich abrupt. »Oh, Dr. Josephson, ich bin sehr froh, dass Sie sich melden! Dr. Lucas legt großen Wert darauf, mit Ihnen zu sprechen.«

»Was tut er hier? Ich dachte, er wäre noch unterwegs.«

»Der Militärische Abschirmdienst hat ihn in Norfolk, Virginia, aus dem Flugzeug geholt und mit einer Sondermaschine weiterbefördert. Er ist schon über eine Stunde hier.«

In ihre Erleichterung, dass Luke in Sicherheit war, mischte sich Verwunderung. »Und was treibt er dort?«

»Ich denke, Sie wissen Bescheid.«

»Na ja, ich glaube schon. Wie geht's voran?«

»Gut – aber genauere Auskünfte kann ich Ihnen nicht geben, jedenfalls nicht am Telefon. Können Sie nicht zu uns herauskommen?«

»Wo sind Sie denn?«

»Das Labor liegt an der Straße nach Chattanooga, etwa eine Stunde Fahrt von der Stadt aus. Ich könnte Ihnen einen Fahrer schicken, aber schneller geht es, wenn Sie sich ein Taxi nehmen oder ein Auto mieten würden.«

Billie zog einen Notizblock aus ihrer Handtasche. »Sagen Sie mir, wie ich fahren muss.« Dann fielen ihr die guten Manieren des Südens ein, und sie fügte hinzu: »Wenn Sie so freundlich sein wollen.«

## 13.00 Uhr

**Die erste Raketenstufe muss abrupt abgeschaltet und sofort abgestossen werden, sonst könnte sie durch den graduellen Schubverlust der zweiten Stufe in die Quere kommen und die Flugbahn verfälschen. Sobald der Druck in den Treibstoffleitungen abfällt, schliessen sich die Ventile. Fünf Sekunden später wird die erste Stufe durch die Zündung der Absprengbolzen mit den Sprungfedern abgetrennt. Die Federn erhöhen die Geschwindigkeit der zweiten Stufe um 80 cm pro Sekunde und gewährleisten eine saubere Trennung.**

Anthony kannte den Weg. Vor zwei Jahren, kurz nachdem Luke und Elspeth in ihr neues Haus gezogen waren, hatte er ein Wochenende bei ihnen verbracht. In einer Viertelstunde war er dort. Das Haus lag am Echols Hill, einer Straße mit lauter großen alten Häusern, nur wenige Straßenzüge von der Stadtmitte entfernt. Anthony parkte um die Ecke, damit Luke nicht gleich erkannte, dass er Besuch hatte.

Dann ging er zu Fuß zum Haus zurück. Er hätte sich eigentlich gelassen und zuversichtlich fühlen sollen. Sämtliche Trümpfe waren in seiner Hand: Das Überraschungsmoment, die Zeit, eine Waffe. Und doch war ihm übel vor banger Erwartung. Schon zweimal war er sicher gewesen, Luke erwischt zu haben, und doch war der ihm beide Male wieder entkommen.

Er hatte noch immer keine Ahnung, weshalb Luke nach Huntsville statt nach Cape Canaveral geflogen war. Dieses unerklärliche Vorgehen ließ vermuten, dass es etwas gab, wovon er, Anthony, nichts wusste, irgendeine unerfreuliche Überraschung, mit der er jederzeit konfrontiert werden konnte.

Das Haus war weiß und im Kolonialstil der Jahrhundertwende errichtet, wozu auch die typische, mit Säulen umrahmte Veranda gehörte. Für einen bei der Armee beschäftigten Wissenschaftler war es zu luxuriös, doch Luke hatte nie vorgegeben, dass er allein von seinem Gehalt als Mathematiker lebe. Anthony öffnete das Törchen in der niedrigen Mauer und betrat den Garten. Ein Einbruch ließe sich problemlos bewerkstelligen, erübrigte sich jedoch. Auf der Rückseite des Hauses stand neben der Küchentür ein voluminöser Terrakotta-Topf, in dem eine Bougainvillea wucherte. Darunter lag ein großer Eisenschlüssel.

Anthony schloss die Haustür auf und trat ein.

Von außen wirkte das Haus auf sympathische Weise altmodisch, innen war es ultramodern. Ihre Küche hatte Elspeth mit allen Schikanen ausgestattet. Die große Diele war in hellen Pastellfarben gehalten, im Wohnzimmer stand eine Konsole mit Fernseher und Plattenspieler, und das Esszimmer war mit modernen Stühlen und Sideboards auf schrägen Füßen ausgestattet. Anthony, dem herkömmliche Möbel lieber waren, musste zugeben: Das hatte Stil.

Nun stand er im Wohnzimmer, starrte auf die geschwungene, in rosafarbenem Vinyl gepolsterte Couch und erinnerte sich deutlich an das Wochenende, das er hier verbracht hatte. Binnen einer Stunde war ihm klar gewesen, dass es um die Ehe der beiden nicht zum Besten stand. Elspeth flirtete mit diesem und jenem, was bei ihr immer ein Zeichen von innerer Anspannung war, und die zwanghaft fröhliche Gastfreundschaft, die Luke zur Schau trug, war ganz und gar untypisch für ihn.

Der Anlass war eine Cocktailparty am Samstagabend gewesen, eingeladen waren die jungen Leute vom Stützpunkt. Im Wohnzimmer wimmelte es von schlecht gekleideten Wissenschaftlern, die ununterbrochen über Raketen sprachen. Junge Offiziere diskutierten über ihre Beförderungschancen, und hübsche Frauen schwatzten über die Merkwürdigkeiten des Lebens auf einem Militärstützpunkt. Der Plattenspieler arbeitete einen Stapel Jazz-LPs ab, doch die Musik klang an jenem Abend nicht fröhlich, sondern eher klagend. Luke und Elspeth betranken sich – was bei beiden äußerst selten vorkam. Elspeth flirtete immer heftiger, während Luke zunehmend stiller wurde. Es hatte Anthony in der Seele wehgetan, mit ansehen zu müssen, wie unglücklich diese beiden Menschen, die er mochte und bewunderte, miteinander waren. Das Wochenende hatte ihn regelrecht deprimiert.

Und nun stand das lange Drama ihrer so eng ineinander verwobenen Lebensläufe vor seinem unvermeidlichen Ende. Anthony beschloss, das Haus zu durchsuchen. Was er finden wollte, wusste er nicht, aber er hielt es für möglich, auf den einen oder anderen Hinweis zu stoßen, der ihm verriet, aus welchem Grund Luke herkommen wollte, und ihn vor unvorhersehbaren Gefahren warnte. Er fand in der Küche ein Paar Gummihandschuhe und streifte es sich über. Es war mit einer kriminaltechnischen Untersuchung des Mordes zu rechnen; deshalb wollte er keine Fingerabdrücke hinterlassen.

Zuerst nahm er sich das Arbeitszimmer vor, einen kleinen Raum voller Bücherborde mit wissenschaftlicher Literatur. Er setzte sich an Lukes Schreibtisch, von wo aus der Blick in den Garten fiel, und zog die Schubladen auf.

Zwei Stunden lang durchsuchte Anthony das Haus gründlich vom Dachboden bis zum Keller. Er fand nichts.

Er sah in jeder Tasche jedes Anzugs nach, der in Lukes gut gefülltem Kleiderschrank hing. Er durchsuchte jedes Buch im Arbeitszimmer nach irgendwelchen Papieren, die zwischen den Seiten versteckt sein mochten. Er nahm in dem riesigen Kühlschrank mit den Doppeltüren den Deckel von jeder Plastikdose. Er ging in die Garage und durchstöberte den hübschen schwarzen Chrysler 300C – die schnellste in Serie gebaute Limousine der Welt, wenn man den Zeitungen Glauben schenken wollte – von den stromlinienförmigen Scheinwerfern bis zu den Haifischflossen am Heck.

Einige intime Geheimnisse offenbarten sich ihm: Elspeth färbte sich das Haar, nahm ein Schlafmittel, das es nur auf

Rezept gab, und litt an Verstopfung. Luke benutzte ein Antischuppen-Shampoo und hatte den *Playboy* abonniert.

Auf dem Tischchen in der Diele lagen einige Briefe – von der Zugehfrau dorthin gelegt, vermutlich. Anthony ging sie kurz durch, doch es war nichts Interessantes dabei: Eine Postwurfsendung mit den Sonderangeboten eines Supermarkts, *Newsweek*, eine Ansichtskarte von Ron und Monica aus Hawaii, mehrere Fensterumschläge, die vermutlich Geschäftsbriefe enthielten.

Anthonys Durchsuchung blieb ergebnislos. Er wusste immer noch nicht, welches Ass Luke unvermutet aus dem Ärmel schütteln konnte.

Er ging wieder ins Wohnzimmer und suchte sich einen Fleck, von dem aus er sowohl den Vorgarten durch die Jalousien als auch die Diele durch die offen stehende Tür beobachten konnte. Dann setzte er sich auf die rosa Vinylcouch, zog seine Waffe, stellte fest, dass sie geladen war und setzte den Schalldämpfer auf.

Er versuchte, sich Mut zu machen, indem er sich die bevorstehenden Ereignisse vorstellte. Ich werde sehen, wie Luke ankommt, dachte er. Wahrscheinlich in einem Taxi, das er sich am Flughafen genommen hat. Ich werde beobachten, wie er durch den Vorgarten geht, seinen Schlüssel herauszieht und die Haustür aufschließt. Er wird die Diele betreten, die Haustür schließen und dann in die Küche gehen. Im Vorbeigehen wird er einen Blick ins Wohnzimmer werfen und mich auf der Couch sehen. Er wird stehen bleiben, überrascht die Augenbrauen hochziehen, und den Mund aufmachen, um ein paar Worte zu sagen. In seinem Kopf formen sich Sätze wie: »Anthony? Was machst du denn …?« Doch er wird diese Worte nie aussprechen. Sein Blick wird auf den Revolver fallen, den ich im Schoß halte und mit dem ich auf ihn ziele, und im Bruchteil einer Sekunde wird er wissen, was ihm bevorsteht …

Und dann werde ich ihn erschießen.

**Ein System aus Pressluftdüsen am hinteren Teil der Instrumenteneinheit wird im Weltraum den Neigungswinkel der Raketenspitze kontrollieren.**

Billie hatte sich verfahren.

Das war ihr nun schon seit einer halben Stunde klar. Wenige Minuten vor ein Uhr hatte sie den Flughafen in einem gemieteten Ford verlassen, war ins Zentrum von Huntsville gefahren und von dort aus auf die Schnellstraße 59 nach Chattanooga. Sie hatte sich gefragt, aus welchem Grund das Testlabor für Bauelemente eine ganze Stunde entfernt vom Stützpunkt lag, und war zu dem Schluss gekommen, dass dafür wohl Sicherheitsgründe ausschlaggebend waren: Vielleicht bestand die Gefahr, dass die Teile bei den Tests explodierten. Allzu viele Gedanken hatte sie sich allerdings nicht darüber gemacht.

Ihre Wegbeschreibung lautete, sie solle nach genau 56,3 Kilometern hinter Huntsville rechts in eine Landstraße einbiegen. Sie hatte den Tageskilometerzähler auf der Hauptstraße auf null gestellt, doch als die Zahlen sich auf 56,3 drehten, war weit und breit keine Abzweigung nach rechts zu sehen. Sie machte sich deswegen keine großen Gedanken und bog bei nächster Gelegenheit, etwa drei Kilometer weiter, rechts ab.

Die Wegbeschreibung, die so präzise gewirkt hatte, als sie sie aufschrieb, passte nicht so recht zu der Strecke, die sie fuhr, und allmählich wuchs ihre Besorgnis. Dennoch hielt sie sich zunächst weiter an den Plan und interpretierte ihn nach den jeweiligen örtlichen Gegebenheiten. Der Mann, mit dem sie telefoniert hatte, war offenbar nicht halb so zuverlässig, wie er geklungen hatte. Es wäre besser gewesen, sie hätte mit Luke selber sprechen können.

Die Landschaft wandelte sich; sie wurde urwüchsiger, die Farmhäuser wirkten baufällig, die Zäune heruntergekommen, und die Straßen wiesen Schlaglöcher auf. Die Kluft zwischen dem, was Billie zu sehen erwartete, und dem, was sie tatsächlich sah, wuchs und wuchs, bis sie schließlich entmutigt die Hände hob und sich eingestand, dass sie in der Wildnis gelandet war. Sie ärgerte sich furchtbar – über sich selber ebenso wie über den Idioten, der ihr diese Wegbeschreibung gegeben hatte.

Sie wendete und versuchte zurückzufahren, befand sich aber schon bald wieder auf Straßen, die sie noch nie gesehen hatte, und fragte sich, ob sie vielleicht im Kreis herumfuhr. Am Rande eines Feldes, auf dem ein Schwarzer in Latzhose und Strohhut den harten Boden mit einem Handpflug umgrub, hielt Billie an und erkundigte sich. »Ich suche das Testlabor für Bauelemente vom Redstone Arsenal«, sagte sie.

Der Mann sah sie überrascht an. »Vom Stützpunkt? Da müssen Sie zurück nach Huntsville fahren und quer durch die Stadt auf die andere Seite.«

»Aber sie haben hier draußen so eine Art Werksgebäude.«

»Hab nie eins gesehen.«

Das brachte sie auch nicht weiter. Am besten rief sie im Labor an und fragte noch einmal nach dem Weg. »Kann ich Ihr Telefon benutzen?«

»Hab kein Telefon.«

Sie wollte ihn schon nach der nächsten öffentlichen Telefonzelle fragen, als ihr der ängstliche Ausdruck in seinen Augen auffiel. Sie erkannte, dass sie ihn in eine prekäre Lage brachte: Er allein auf einem Feld mit einer weißen Frau, die nicht wusste, was sie wollte. Billie bedankte sich rasch bei ihm und fuhr weiter.

Nach drei Kilometern stieß sie auf eine baufällige Futtermittelhandlung mit einer Telefonzelle davor. Sie hielt an, stieg aus und sah auf den Zettel mit der Nachricht von Luke, auf dem auch die Telefonnummer stand. Sie steckte einen Dime in den Schlitz und wählte.

Am anderen Ende wurde sofort abgehoben. Ein junger Mann sagte: »Hallo?«

»Kann ich Dr. Claude Lucas sprechen?«, fragte sie.

»Da haben Sie die verkehrte Nummer, Schätzchen.«

Mache ich denn heute alles falsch, fragte sie sich verzweifelt. »Ist dort nicht Huntsville JE 6-4231?«

Pause. »Ja, genau das steht hier drauf.«

Billie sah noch einmal nach der angegebenen Nummer auf Lukes Nachricht. Sie hatte keinen Fehler gemacht. »Ich versuche, das Testlabor für Bauelemente zu erreichen.«

»Das mag ja sein, aber gelandet sind Sie hier in einer Telefonzelle auf dem Flughafen Huntsville.«

»In einer *Telefonzelle?*«

»Ja, Madam.«

Billie ging auf, dass sie reingelegt worden war.

Die Stimme am anderen Ende fuhr fort: »Ich will gerade meine Mutter anrufen und ihr sagen, dass sie mich abholen kann, und wie ich den Hörer abnehme, fragen Sie nach einem Knaben namens Claude.«

»So ein Mist!«, sagte Billie. Sie knallte den Hörer auf die Gabel, voller Zorn auf sich selber, weil sie so leichtgläubig in die Falle gegangen war.

Luke war bestimmt nicht in Norfolk aus dem Flugzeug geholt und mit einer Armeemaschine nach Huntsville geflogen worden, und er war auch nicht in diesem Testlabor, wo immer das sein mochte. Die ganze Geschichte war erstunken und erlogen, allein zu dem Zweck, sie, Billie, aus dem Wege zu schaffen – und das hatte bestens geklappt. Sie sah auf die Uhr. Luke musste inzwischen gelandet sein. Anthony hatte ihn abgepasst, und was sie selbst betraf, so hätte sie ebenso gut in Washington bleiben können!

In stiller Verzweiflung fragte sie sich, ob Luke überhaupt noch am Leben war.

Aber wenn er noch lebte, konnte sie ihn vielleicht immer

noch warnen. Um eine Nachricht auf dem Flughafen zu hinterlassen, war es zu spät, aber es musste doch irgendjemanden geben, den sie anrufen konnte. Sie zermarterte sich das Hirn. Dann fiel ihr ein: Luke hat doch eine Sekretärin auf dem Stützpunkt – wie hieß sie gleich? Wie eine Blume …

Marigold.

Billie rief auf dem Redstone Arsenal an und ließ sich mit der Sekretärin von Dr. Lucas verbinden.

Eine Frau, die den lang gezogenen Dialekt von Alabama sprach, meldete sich: »Rechenlabor, guten Tag, Sie wünschen?«

»Ist dort Marigold?«

»Ja.«

»Hier ist Dr. Josephson, eine Freundin von Dr. Lucas.«

»Ja?« Marigold klang misstrauisch.

Billie wollte, dass die Frau ihr vertraute. »Wir haben schon einmal miteinander gesprochen, glaube ich. Ich heiße Billie.«

»Oh, ja, ich erinnere mich. Wie geht es Ihnen?«

»Ich bin in Sorge. Ich habe eine Nachricht für Luke. Es ist sehr dringend. Ist er bei Ihnen?«

»Nein, Ma'm. Er ist nach Hause gefahren.«

»Was will er dort?«

»Er sucht einen Hefter.«

»Einen Hefter?« Billie erkannte die Bedeutung der Aussage sofort. »Vielleicht einen Hefter, den er Montag hier gelassen hat?«

»Davon weiß ich nichts«, sagte Marigold.

Natürlich – Luke hatte Marigold angewiesen, seinen Besuch am Montag geheim zu halten. Aber darauf kam es jetzt nicht an. »Wenn Sie Luke sehen oder wenn er Sie anruft, können Sie ihm dann bitte etwas von mir ausrichten?«

»Selbstverständlich.«

»Sagen Sie ihm, Anthony ist hier.«

»Das ist alles?«

»Er weiß dann Bescheid. Marigold … Vielleicht sollte ich lieber den Mund halten, denn Sie könnten meinen, ich sei übergeschnappt, aber ich muss es Ihnen einfach sagen: Ich glaube, Luke ist in Gefahr.«

»Durch diesen Anthony?«

»Ja. Glauben Sie mir?«

»Es sind schon seltsamere Dinge vorgekommen. Hat das alles was damit zu tun, dass er sein Gedächtnis verloren hat?«

»Ja. Wenn Sie ihm ausrichten, was ich gesagt habe, könnte es ihm das Leben retten. Ich meine das ernst.«

»Ich sehe zu, was ich tun kann, Frau Doktor.«

»Ich danke Ihnen.« Billie hängte ein.

Gab's vielleicht noch jemanden, mit dem Luke sich in Verbindung setzen könnte? Elspeth fiel ihr ein.

Billie rief die Vermittlung an und ließ sich mit Cape Canaveral verbinden.

## 15.45 Uhr

**Nach der Abstossung der ausgebrannten ersten Stufe führt die Flugbahn der Rakete durch den luftleeren Raum, auf Kurs gehalten von einem Raumlage- und -kontrollsystem, das dafür sorgt, dass sie immer exakt parallel zur Erdkrümmung fliegt.**

In Cape Canaveral herrschte schlechte Stimmung. Das Pentagon hatte einen Sicherheitsalarm ausgelöst. Wer am Morgen zur Arbeit erschien und darauf brannte, die letzten Tests und Kontrollen vor dem so wichtigen Raketenstart vorzunehmen, musste zunächst einmal in einer langen Schlange vor dem Tor warten. Einige hatten drei Stunden in der heißen Sonne Floridas herumgestanden. Manchen war das Benzin ausgegangen, bei anderen hatte das Kühlwasser gekocht, oder die Air-Condition war ausgefallen. Motoren waren ausgegangen und nicht wieder angesprungen. Jedes Auto war durchsucht worden – Kühlerhauben wurden geöffnet, Golftaschen aus Kofferräumen gehoben, Ersatzreifen aus ihrer Verankerung genommen. Die Gemüter gerieten in Rage, als auch alle Brieftaschen aufgeklappt, alle Lunchpakete ausgewickelt und der Inhalt jeder Handtasche auf einen aufgebockten Tisch gekippt wurde, sodass Colonel Hides Militärpolizisten die Lippenstifte, Liebesbriefe, Tampons und Alka-Seltzer-Schachteln aller weiblichen Angestellten begrapschen konnten.

Und das war noch längst nicht alles. Kaum in ihren Laboratorien und Büros und Werkstätten angekommen, wurden die Mitarbeiter erneut gestört. Sicherheitstrupps durchwühlten ihre Schubladen und ihre Aktenablagen, durchsuchten die Vakuum- und Oszillatorenschränke und entfernten die Prüfplaketten von ihren Werkzeugen und Geräten. »Menschenskinder, wie sollen wir da eine Rakete an den Start bringen?«, beschwerten sie sich, doch die Männer vom Militärischen Abschirmdienst bissen nur die Zähne zusammen und machten weiter. Trotz der Störungen war der Start noch immer für 22.30 Uhr anberaumt.

Elspeth war froh über den Aufruhr, bemerkte doch in dem allgemeinen Tohuwabohu niemand ihre hochgradige Aufregung und Nervosität, die sich sogar negativ auf ihre Arbeit auswirkten. Sie machte Fehler bei der Terminplanung und wurde mit den jeweils neuesten Versionen nicht rechtzeitig fertig, doch Willy Fredrickson war zu abgelenkt, um ihr deswegen Vorwürfe zu machen. Sie wusste nicht, wo Luke war, und hatte obendrein das unangenehme Gefühl, Anthony nicht mehr trauen zu können.

Als am Nachmittag, ein paar Minuten vor 16 Uhr, das Telefon auf ihrem Schreibtisch klingelte, fürchtete sie, ihr Herz würde versagen.

Sie riss den Hörer von der Gabel. »Ja?«

»Hier ist Billie.«

»*Billie?*« Die Überraschung hätte größer nicht sein können. »Wo bist du?«

»In Huntsville. Ich versuche, Luke zu erreichen.«

»Was macht er denn in Huntsville?«

»Er sucht eine Akte, die er am Montag hier gelassen hat.«

Elspeths Mund blieb offen. »Er war am Montag in Huntsville? Davon hab ich ja gar nichts gewusst.«

»Niemand wusste davon außer Marigold. Elspeth, hast du eine Ahnung, was eigentlich los ist?«

Sie lachte bitter. »Bisher dachte ich das, aber so allmählich verstehe ich gar nichts mehr.«

»Ich glaube, Luke ist in Lebensgefahr.«

»Wie kommst du denn darauf?«

»Anthony hat gestern Nacht auf ihn geschossen.«

Elspeth wurde eiskalt. »O mein Gott!«

»Genaueres kann ich dir jetzt nicht sagen, es ist zu kompliziert. Wenn Luke dich anruft, Elspeth, sagst du ihm dann, dass Anthony in Huntsville ist?«

Elspeth hatte sich noch immer nicht von ihrem Schock erholt. »Äh … ja, natürlich.«

»Das könnte ihm das Leben retten.«

»Ich verstehe. Billie … Du, noch was.«

»Ja?«

»Kümmere dich um Luke, ja?«

Pause. »Wie meinst du das?«, fragte Billie dann. »Du klingst, als lägst du im Sterben.«

Elspeth gab keine Antwort. Sekunden später brach sie die Verbindung ab.

Ein Schluchzen stieg ihr in die Kehle. Es kostete sie große Überwindung, nicht die Beherrschung zu verlieren. Tränen helfen niemandem, hielt sie sich vor und beruhigte sich langsam.

Dann wählte sie die Nummer ihres Hauses in Huntsville.

# 16.00 Uhr

**Der erdfernste Punkt, den »Explorer« auf seiner elliptischen Umlaufbahn erreicht, liegt bei 2900 km, der erdnächste bei 280 km. Die Umlaufgeschwindigkeit des Satelliten beträgt knapp 29000 km pro Stunde.**

Anthony hörte ein Auto. Er blickte aus dem Vorderfenster von Lukes Haus und sah ein Taxi am Straßenrand halten. Er tastete nach dem Sicherheitsverschluss seines Revolvers. Sein Mund war plötzlich trocken.

In diesem Augenblick klingelte das Telefon.

Es stand auf einem der beiden dreieckigen Beistelltische neben der Couch. Entsetzt starrte Anthony den Apparat an. Es klingelte zum zweiten Mal. Anthony war wie gelähmt vor Unentschlossenheit. Er warf einen Blick aus dem Fenster und sah Luke aus dem Taxi steigen. Der Anruf konnte bedeutungslos sein, vielleicht hatte sich bloß jemand verwählt. Es war aber auch möglich, dass man ihm eine entscheidende Information mitteilen wollte.

Panische Angst stieg in ihm auf. Er konnte nicht telefonieren und gleichzeitig jemanden erschießen.

Der Apparat klingelte zum dritten Mal. Völlig außer sich, nahm Anthony ab. »Ja?«

»Elspeth hier.«

»Was? Was?«

Ihre Stimme klang gedämpft und angestrengt. »Er sucht nach einem Hefter, den er am Montag in Huntsville gebunkert hat.«

Anthony ging ein Licht auf: Luke hatte einen weiteren Satz Fotokopien von den Blaupausen gemacht, neben dem, mit dem er nach Washington geflogen war. So, wie man es ihm bei der Agentenausbildung im Krieg beigebracht hatte. Bei der heimlichen Zwischenlandung in Huntsville hatte er diese Kopien versteckt. Anthony verfluchte sich, dass er nicht früher auf diesen Gedanken gekommen war. »Weiß sonst noch wer davon?«, fragte er.

»Marigold, seine Sekretärin. Und Billie Josephson – sie hat es mir erzählt. Vielleicht wissen auch noch andere Bescheid.«

Luke bezahlte gerade den Taxichauffeur. Anthony lief die Zeit davon.

»Ich muss diese Akte haben«, sagte er zu Elspeth.

»Genau das hab ich mir gedacht.«

»Hier ist sie nicht, ich hab das Haus gerade von oben bis unten durchsucht.«

»Dann muss sie auf dem Stützpunkt sein.«

»Ich muss Luke folgen, wenn er sie sucht.«

Luke kam auf die Haustür zu.

»Ich hab keine Zeit mehr«, sagte Anthony und knallte den Hörer auf die Gabel.

Er rannte durch die Diele in die Küche und hörte das kratzende Geräusch, das Lukes Schlüssel im Schlüsselloch verursachte. Er verließ das Haus durch die Hintertür und zog sie leise zu. Außen steckte der Schlüssel noch. Lautlos drehte Anthony ihn um, bückte sich und schob ihn wieder unter den Blumentopf.

Auf allen vieren robbte er über die Terrasse, wobei er sich dicht am Haus und unterhalb der Fenster hielt. So kam er um die Ecke und erreichte die Vorderseite des Hauses. Von dort bis zur Straße gab es keine Deckung mehr. Er musste es auf gut Glück versuchen.

Anthony stellte sich vor, wie Luke jetzt die Tasche absetzte und seinen Mantel aufhängte. Dass er dabei aus dem Fenster sah, war eher unwahrscheinlich. Jetzt oder nie, dachte Anthony.

Er biss die Zähne zusammen und ging los.

Mit schnellen Schritten gelangte er zum Gartentor und widerstand dabei der Versuchung, einen Blick zurückzuwerfen. Jeden Moment rechnete er damit, Luke brüllen zu hören: »He da! Halt! Halt oder ich schieße!«

Nichts geschah.

Anthony erreichte die Straße und entfernte sich.

**Der Satellit ist mit zwei winzigen Radiosendern ausgestattet. Sie werden mit Quecksilberbatterien betrieben, die nicht grösser sind als gewöhnliche Taschenlampenbatterien. Auf jedem Sender können gleichzeitig vier Kanäle zur Datenübertragung genutzt werden.**

Oben auf der Fernsehtruhe im Wohnzimmer stand neben einer Bambuslampe ein dazu passender Bambus-Bilderrahmen mit einer Farbfotografie, auf der eine blendend schöne Rothaarige in einem elfenbeinfarbenen Hochzeitskleid aus Seide zu sehen war. Daneben stand, im grauen Cut mit gelber Weste, Luke.

Er sah sich Elspeth genau an. Die Frau hätte ein Filmstar sein können – groß, elegant, kurvenreich, wie sie war. Der Mann, der sie heiratete, durfte sich glücklich schätzen.

Das Haus gefiel ihm weniger gut. Beim ersten Anblick, von außen noch, war ihm warm ums Herz geworden: Die schattige Veranda, an deren Säulen sich Glyzinien emporrankten, gefiel ihm. Im Inneren jedoch dominierten harte Kanten, blitzblank polierte Oberflächen und grelle Farben. Alles war zu sauber, zu geschleckt. Mit einem Schlag wusste er, dass er am liebsten in einem Haus wohnte, in dem sich die Regalbretter vor Büchern bogen und der Hund schlafend in der Diele lag; wo auf dem Klavier Ringe von heißen Kaffeetassen zu sehen waren und auf der Zufahrt ein umgekipptes Dreirad lag, das erst weggeräumt werden musste, bevor man das Auto in die Garage fahren konnte.

In diesem Haus gab es weder Kinder noch Haustiere. Es gab keine Unordnung und keinen Schmutz. Es sah aus wie ein

Anzeigenhaus in einer Frauenzeitschrift oder die Kulisse einer Familienserie. Die Menschen, die sich in diesen Räumen aufhielten, waren, so schien es ihm, nur Schauspieler.

Er fing an zu suchen. Ein gelbbrauner Schnellhefter der Armee musste doch unschwer zu finden sein – es sei denn, er hätte den Inhalt herausgenommen und den Hefter weggeworfen. Luke saß am Schreibtisch im Arbeitszimmer – *seinem* Arbeitszimmer – und durchsuchte die Schubladen. Er fand nichts von Belang.

Er ging in den ersten Stock.

Eine Weile betrachtete er das große Doppelbett mit den gelb-blauen Bezügen. Es fiel ihm schwer zu glauben, dass er viele, viele Nächte in diesem Bett verbracht hatte – gemeinsam mit dem atemberaubenden Geschöpf auf dem Hochzeitsbild.

Er öffnete den Kleiderschrank. Beim Anblick der Stange voller marineblauer und grauer Anzüge und Tweedjacketts, der dezent gestreiften oder im Tattersallcheck karierten Hemden, der sorgfältig übereinander gestapelten Pullover und der polierten Schuhe in ihren Fächern durchfuhr ihn ein freudiger Schock. Seit über vierundzwanzig Stunden trug er nun schon diesen gestohlenen Anzug. Gern hätte er sich ein paar Minuten zum Duschen und Umziehen genehmigt, doch er widerstand der Versuchung. Er hatte einfach keine Zeit.

Er durchsuchte das Haus gründlich. Mit jedem Blick erfuhr er mehr über sich und seine Frau. Sie mochten Glenn Miller und Frank Sinatra, sie lasen Hemingway und Scott Fitzgerald, sie tranken Dewar's Scotch, aßen All-Bran-Frühstücksflocken und putzten sich die Zähne mit Colgate. Dass Elspeth viel Geld für teure Unterwäsche ausgab, entdeckte er, als er ihren Wäscheschrank durchsuchte. Er selber musste ein großer Freund von Eiskrem sein, denn der Gefrierschrank war voll davon, und so schmal, wie Elspeths Taille war, gab es wohl kaum ein Nahrungsmittel, von dem sie jemals größere Mengen vertilgte.

Schließlich gab er seine Suche auf.

In einer Küchenschublade lagen die Schlüssel für den Chrysler in der Garage. Er wollte zum Stützpunkt fahren und dort weitersuchen.

Bevor er ging, nahm er die Post in der Diele auf und ging sie durch. Alles sah ganz und gar geschäftsmäßig aus, wie Rechnungen oder dergleichen. In seiner Verzweiflung, irgendeinen Hinweis zu finden, riss er die Umschläge auf und warf einen kurzen Blick auf jeden Brief.

Einer kam von einer Ärztin in Atlanta.

Sehr geehrte Mrs. Lucas!

Nach Ihrer jährlichen Generaluntersuchung liegen mir nun die Ergebnisse der Blutsenkung vor, und ich kann Ihnen mitteilen, dass alles in Ordnung ist.

Dennoch …

Luke hörte auf zu lesen. Irgendetwas sagte ihm, dass es nicht seine Art war, anderer Leute Post zu lesen. Andererseits ging es hier um seine Ehefrau, und das Wort »dennoch« klang ominös. Vielleicht gab es ein gesundheitliches Problem, von dem er Kenntnis haben sollte.

Er las den nächsten Absatz.

Dennoch: Sie haben Untergewicht, Sie leiden an Schlafstörungen, und als Sie bei mir in der Praxis waren, hatten Sie offenkundig vorher geweint, wiewohl Sie mir sagten, es sei alles in Ordnung. Das alles sind Symptome für eine Depression.

Luke runzelte die Stirn. Das klang besorgniserregend. Warum war Elspeth deprimiert? Bin ich so ein schlechter Ehemann, dachte er.

Depressionen werden durch Hormonumstellungen ausgelöst, durch ungelöste seelische Probleme wie zum Beispiel Eheschwierigkeiten oder Kindheitstraumata, wie etwa den frühen Verlust eines Elternteils. Eine psychotherapeutische Behandlung, gegebenenfalls auch in Verbindung mit einer medikamentösen Therapie (Antidepressiva), ist angeraten.

Das klingt ja immer schlimmer, dachte Luke. Ist Elspeth psychisch krank?

In Ihrem Fall habe ich keine Zweifel, dass der depressive Zustand eine Spätfolge der Tubusligatur ist, die Sie 1954 vornehmen ließen.

Luke wusste nicht, was eine Tubusligatur war. Er ging in sein Arbeitszimmer, knipste die Schreibtischlampe an, nahm *Das Medizinische Handbuch für die ganze Familie* aus dem Regal und schlug das Wort nach. Die Erklärung warf ihn fast um. Eine Tubusligatur war die am weitesten verbreitete Sterilisierungsmethode für Frauen, die keine Kinder haben wollten.

Luke ließ sich in seinen Stuhl fallen, legte das Lexikon vor sich auf die Schreibtischplatte und studierte die Einzelheiten, die den Ablauf der entsprechenden Operation erklärten. Er hatte Frauen darüber sprechen hören, dass sie sich die Eileiter hätten durchtrennen lassen – jetzt wusste er, was damit gemeint war.

Sein Gespräch mit Elspeth vom Morgen fiel ihm wieder ein. Er hatte gefragt, warum sie keine Kinder haben könnten, und sie hatte geantwortet: »Das wissen wir nicht. Du warst voriges Jahr bei einem Spezialisten, aber der meinte, es sei alles in Ordnung. Und ich war jetzt vor ein paar Wochen bei einer Ärztin in Atlanta. Sie hat mehrere Tests gemacht. Derzeit warten wir auf die Ergebnisse.«

Lauter Lügen. Sie wusste ganz genau, warum sie keine Kinder bekommen konnten – sie hatte sich sterilisieren lassen.

Ja, bei einer Ärztin in Atlanta war sie gewesen, allerdings bloß zu einer Routineuntersuchung – und nicht, um ihre Fruchtbarkeit überprüfen zu lassen.

Luke fühlte sich elend. Das war ein furchtbares Täuschungsmanöver. Warum hat Elspeth mich belogen, fragte er sich und warf einen Blick auf den nächsten Absatz des Briefes.

> Dieser Eingriff kann in jedem Alter Depressionen auslösen, wird er jedoch, wie in Ihrem Fall, sechs Wochen vor der Hochzeit vorgenommen…

Luke saß da mit offenem Mund. Da stimmte etwas hinten und vorn nicht. Elspeths Unaufrichtigkeit hatte schon kurz vor der Hochzeit angefangen!

Wie hatte sie das organisiert? Luke konnte sich nicht daran erinnern, natürlich, aber er konnte es erraten. Wahrscheinlich hatte sie ihm gesagt, sie müsse einen kleinen Eingriff vornehmen lassen, eine »Frauensache« eben, und er hatte sich damit zufrieden gegeben.

Er las den Absatz bis zum Ende.

> Dieser Eingriff kann in jedem Alter Depressionen auslösen, wird er jedoch, wie in Ihrem Fall, sechs Wochen vor der Hochzeit vorgenommen, sind sie nahezu unvermeidlich. Sie hätten danach in regelmäßigen Abständen Ihren behandelnden Arzt aufsuchen sollen.

Lukes Zorn legte sich, als ihm klar wurde, wie sehr Elspeth gelitten haben musste. Noch einmal las er:

> Sie haben Untergewicht, Sie leiden an Schlafstörungen, und als Sie bei mir in der Praxis waren, hatten Sie offenkundig vorher geweint, wiewohl Sie mir sagten, es sei alles in Ordnung.

Sie musste durch die Hölle gegangen sein, eine Hölle, die sie sich selbst geschaffen hatte!

Dass Luke Mitleid mit ihr empfand, änderte nichts an der Erkenntnis, dass ihre Ehe auf einer Lüge basierte. Er dachte an das Haus, das er eben erst durchsucht hatte, und gestand sich ein, dass es ihm nicht wie ein Heim vorkam. In dem kleinen Arbeitszimmer fühlte er sich zwar durchaus wohl, und beim Anblick seines Kleiderschranks hatte er sogar so etwas wie ein Wiedererkennen gespürt, aber alles andere unter diesem Dach war das Abbild einer ihm fremden Ehe. Ihm kam es nicht darauf an, ob sie die modernste Kücheneinrichtung hatten oder das schickste Mobiliar. Alte Teppiche und Familienerbstücke wären ihm lieber gewesen. Am meisten aber wünschte er sich Kinder – und Kinder versagte sie ihm. Vier Jahre lang hatte sie ihn nach Strich und Faden belogen.

Der Schock lähmte ihn. Er saß an seinem Schreibtisch und starrte durchs Fenster, während sich allmählich die Abenddämmerung über die Hickorybäume im Garten senkte. Wie hatte er zulassen können, dass sein Leben in eine solche Sackgasse geriet? Er rief sich noch einmal ins Gedächtnis zurück, was er in den vergangenen sechsunddreißig Stunden durch Elspeth, Billie, Anthony und Bern über sich erfahren hatte, und versuchte, daraus schlau zu werden. Habe ich mich allmählich verirrt, wie ein Kind, das sich immer weiter von zu Hause entfernt, fragte er sich. Oder gibt es irgendwo einen Wendepunkt, einen Moment, in dem ich eine falsche Entscheidung getroffen, eine Weggabelung, an der ich die falsche Richtung eingeschlagen habe? Bin ich einfach nur schwach und aus Mangel an klaren Zielvorstellungen ins Unglück geraten? Oder habe ich ein gravierendes charakterliches Defizit?

Ich muss ein miserabler Menschenkenner sein. Mit Anthony, der versucht hat, mich umzubringen, war ich bis vor kurzem befreundet. Mit Bern, einem zuverlässigen Freund, habe ich gebrochen. Mit Billie habe ich mich verkracht und Elspeth geheiratet, und doch hat Billie alles stehen und liegen lassen, um mir zu helfen, während Elspeth mich von Anfang an hintergangen hat.

Ein großer Nachtfalter stieß gegen die Fensterscheibe. Das Geräusch schreckte Luke aus seiner Grübelei. Er warf einen Blick auf die Uhr und stellte entsetzt fest, dass es schon nach sieben war.

Die mysteriöse Akte war der Schlüssel zu dem Rätsel, das sein Leben belastete. Bei ihr musste er anfangen. Da sie sich nicht hier im Haus befand, musste sie irgendwo auf dem Stützpunkt sein. Ich drehe jetzt die Lichter aus, sagte er sich, schließe das Haus ab, hole den schwarzen Wagen aus der Garage und fahre raus zum Redstone Arsenal.

Die Zeit drängte. Der Raketenstart war für halb elf angesetzt. Ihm blieben nur noch drei Stunden, um herauszufinden, ob es tatsächlich ein Komplott gab mit dem Ziel, den Start zu sabotieren.

Aber Luke blieb an seinem Schreibtisch sitzen und starrte mit leerem Blick durch das Fenster in den dunkelnden Garten hinaus.

## 19.30 Uhr

**Einer der Sender ist stark, aber kurzlebig – er wird nur zwei Wochen lang funktionieren. Das schwächere Signal des anderen Senders wird zwei Monate lang zu empfangen sein.**

In Lukes Haus brannte kein Licht, als Billie daran vorbei fuhr. Was hatte das zu bedeuten? Es gab drei Möglichkeiten. Erstens: Es war niemand da. Zweitens: Anthony saß im Dunkeln und wartete auf Luke, um ihn zu erschießen. Drittens: Luke lag in seinem Blut da und war tot. Die Ungewissheit machte Billie fast verrückt vor Angst.

Sie hatte alles total verpatzt, tödlich verpatzt vielleicht. Noch vor ein paar Stunden war sie an Ort und Stelle gewesen, um Luke rechtzeitig zu warnen und zu retten – und dann hatte sie sich durch einen simplen Trick fortlocken lassen. Erst nach Stunden hatte sie wieder nach Huntsville zurückgefunden und dort Lukes Haus ausfindig gemacht. Ob er wenigstens eine ihrer Warnungen erhalten hatte, wusste sie nicht. Billie ärgerte sich maßlos über ihre Inkompetenz und war wie besessen von der Angst, ihr Versagen könne Luke das Leben gekostet haben.

Sie fuhr um die nächste Kurve, hielt an, atmete tief durch und zwang sich zur Ruhe. Ich muss wissen, was in diesem Haus vor sich geht, dachte sie. Und wenn Anthony dort wartet? Ich könnte mich anschleichen und darauf spekulieren, ihn zu überraschen … Nein, das ist zu gefährlich. Einen Mann zu erschrecken, der eine Schusswaffe in der Hand hält, ist noch nie besonders klug gewesen … Ich kann natürlich auch ganz offen zur Haustür gehen und klingeln. Wird er mich kaltblütig erschießen, bloß weil ich ihm schon wieder in die Quere komme? Zuzutrauen wär's ihm. Aber ich darf mein Leben nicht leichtfertig aufs Spiel setzen. Ich habe ein Kind, das seine Mutter braucht.

Auf dem Beifahrersitz neben ihr lag der Diplomatenkoffer. Sie machte ihn auf und nahm den 45-er Colt heraus. Der schwere, dunkle Stahl in ihrer Hand war ihr unangenehm. Die Männer, mit denen sie im Krieg zusammengearbeitet hatte, waren alle begeisterte Waffenträger gewesen. Die Faust um einen Pistolengriff zu schließen, einen Revolverlauf herumzuwirbeln oder den Schaft einer Flinte zwischen Hals und Schulter zu drücken bereitete einem Mann offenbar sinnliches Vergnügen. Billie empfand nichts dergleichen. Für sie waren Waffen brutal und grausam, zu nichts anderem geschaffen als dazu, Fleisch und Knochen lebender, atmender Menschen zu zerreißen und zu zermalmen. Waffen jagten ihr Schauer über die Haut.

Die Pistole im Schoß, wendete sie den Wagen und fuhr zu Lukes Haus zurück.

Mit quietschenden Bremsen stoppte sie, stieß die Tür auf, packte ihren Colt und war mit einem Satz aus dem Auto. Bevor irgendwer im Haus hätte reagieren können, sprang sie über die niedrige Mauer und rannte über den Rasen.

Von drinnen war kein Laut zu hören.

Billie rannte seitwärts am Haus entlang zur Rückseite, duckte sich an der Tür vorbei und spähte durch ein Fenster ins Innere. Im schwachen Licht einer entfernten Straßenlaterne sah sie, dass es sich um ein einfaches Flügelfenster mit einem einzigen Riegel handelte. Das Zimmer dahinter wirkte leer. Sie drehte die Waffe in der Hand und schlug mit dem Griff das Fenster ein, ständig darauf gefasst, den Schuss zu hören, der ihr Leben beenden würde. Nichts geschah. Sie langte durch die zerbrochene Scheibe, entriegelte das Fenster und schob es auf. Mit der Waffe in der Rechten kletterte sie hinein und drückte sich flach gegen eine Wand. Schemenhaft erkannte sie die Umrisse eines Schreibtischs und mehrerer Bücherregale. Sie befand sich in einem kleinen Büro. Instinktiv spürte sie, dass sich außer ihr niemand im Haus befand, doch die Angst davor, im Dunkeln plötzlich über Lukes Leiche zu stolpern, war noch immer riesengroß.

Langsam bewegte sie sich durchs Zimmer und fand die Tür. Ihre Augen hatten sich inzwischen an die Dunkelheit gewöhnt und sahen in eine leere Diele. Vorsichtig betrat sie sie, die Waffe schussbereit in der Hand, schlich in der Düsternis durchs ganze Haus und fürchtete bei jedem Schritt, Lukes Leiche zu entdecken.

Aber in keinem der Zimmer stieß sie auf einen Menschen.

Am Ende ihrer Suche stand sie im größten Schlafzimmer, starrte auf das Doppelbett, in dem Luke sonst mit Elspeth schlief, und fragte sich, was tun. Um ein Haar wären ihr die Tränen gekommen, so erleichtert war sie, dass sie nirgendwo den toten Luke gefunden hatte. Doch wo war er? Hatte er seine Pläne geändert und war gar nicht hier gewesen? Hatte man ihn etwa doch umgebracht und seine Leiche verschwinden lassen? War Anthonys Anschlag aus irgendeinem Grund fehl geschlagen? Oder hatte Luke rechtzeitig eine ihrer Warnungen bekommen?

Sie kannte nur einen Menschen, der ihr möglicherweise Auskunft geben konnte: Marigold.

Billie ging wieder in Lukes Arbeitszimmer und schaltete das Licht an. Ein medizinisches Lexikon lag auf dem Schreibtisch, aufgeschlagen auf einer Seite, auf der Methoden zur Sterilisierung von Frauen erklärt wurden. Billie runzelte verwundert die Stirn, dachte aber nicht weiter darüber nach, sondern rief die Auskunft an und fragte nach der Telefonnummer von Marigold Clark. Als sie schon fürchtete, Lukes Sekretärin besitze vielleicht gar kein Telefon, nannte man ihr eine Nummer in Huntsville.

Ein Mann meldete sich – Marigolds Ehemann, vermutete Billie. »Sie ist zur Chorprobe«, sagte er. »Mrs. Lucas ist in Florida unten. Bis sie wieder da ist, dirigiert Marigold den Chor.«

Billie erinnerte sich daran, dass Elspeth Dirigentin des Studentinnenchors von Radcliffe gewesen war und später ein Orchester für schwarze Jugendliche geleitet hatte. In ähnlicher Weise schien sie auch hier in Huntsville engagiert zu sein, und Marigold war offenbar ihre Stellvertreterin. »Ich muss ganz dringend mit Marigold sprechen«, sagte Billie. »Glauben Sie, ich könnte sie eine Minute bei der Chorprobe stören?«

»Begeistert wird sie nicht sein. Aber probieren Sie 's in der Calvary Gospel Church, Mill Street.«

»Vielen Dank, Sie haben mir sehr geholfen.«

Billie ging zu ihrem Wagen. Sie suchte die Mill Street auf dem Stadtplan der Autovermietung und fuhr hin. Die Kirche war ein feiner Backsteinbau in einer armen Gegend. Als Billie die Wagentür öffnete, konnte sie schon den Chor hören, und als sie die Kirche betrat, schlug die Musik wie eine Meereswoge über ihr zusammen. Die Sänger hatten sich am gegenüber liegenden Ende aufgestellt. Es waren nur an die dreißig Männer und Frauen, aber sie klangen wie hundert:

*»Everybody 's gonna have a wonderful time up there – oh! Glory, hallelujah!«*

Beim Singen klatschten sie in die Hände und schwangen im Rhythmus mit. Ein Klavierspieler klimperte den dazu passenden Barrelhouse-Blues, und eine große Frau, die mit dem Rücken zu Billie stand, dirigierte den Chor mit kraftvollen Bewegungen.

Die Kirchenbänke bestanden aus säuberlich aufgereihten Klappstühlen aus Holz. Billie setzte sich in den Hintergrund, wohl wissend, dass ihr Gesicht hier weit und breit das einzige weiße war. All ihren Ängsten zum Trotz ging ihr die Musik zu Herzen. Für sie als gebürtige Texanerin verkörperten die mitreißenden Harmonien die Seele des Südens.

So ungeduldig sie darauf wartete, Marigold ihre Fragen stellen zu können, so klar war ihr auch, dass sie mehr erreichen würde, wenn sie respektvoll das Ende des Liedes abwartete.

Der Schlussakkord klang ziemlich hoch, und kaum war er verklungen, sah sich die Dirigentin um. »Ihr seid in eurer Konzentration gestört worden«, sagte sie, an den Chor gewandt. »Ich frag mich, von wem. Wir machen eine kurze Pause.«

Billie ging zu ihr. »Ich bitte um Entschuldigung für die Störung«, sagte sie. »Sind Sie Marigold Clark?«

»Ja«, sagte die Frau argwöhnisch. Sie war um die fünfzig und trug eine strassbesetzte Brille. »Aber Sie sind mir unbekannt.«

»Wir haben heute schon miteinander telefoniert. Ich bin Billie Josephson.«

»Oh! Hi, Doktor Josephson.«

Sie entfernten sich ein paar Schritte von den anderen, und Billie fragte: »Haben Sie was von Luke gehört?«

»Nein, seit heute Morgen nichts mehr. Ich erwartete ihn am Nachmittag auf dem Stützpunkt, aber er kam nicht. Wie geht es ihm? Es ist ihm doch nichts zugestoßen?«

»Ich weiß es nicht. Ich bin bei ihm zu Hause gewesen, aber da war niemand. Ich werde die Befürchtung nicht los, dass man ihn umgebracht hat.«

Marigold schüttelte verblüfft den Kopf. »Ich arbeite jetzt schon zwanzig Jahre bei der Armee, aber so was hab ich noch nie erlebt.«

»Wenn er noch am Leben ist, befindet er sich in höchster Gefahr«, sagte Billie und sah Marigold fest in die Augen. »Glauben Sie mir?«

Marigold zögerte eine Weile. »Ja, Madam, das tu ich«, sagte sie schließlich.

»Also müssen Sie mir helfen«, sagte Billie.

## 21.30 Uhr

**Das Funksignal des stärkeren Senders kann von Amateurfunkern in aller Welt empfangen werden, das schwächere Signal des zweiten dagegen nur von Funkstationen mit besonderer Ausstattung.**

Anthony saß auf dem Stützpunkt Redstone Arsenal in seinem Armee-Ford, spähte in die Dunkelheit und behielt aufmerksam die Tür zum Rechenlabor im Auge. Er hatte den Wagen in ungefähr zweihundert Meter Entfernung auf dem Parkplatz vor dem Hauptgebäude abgestellt.

Im Labor suchte Luke nach der ominösen Akte. Weil er schon selbst dort gesucht hatte, wusste Anthony, dass Luke nichts finden würde – genauso, wie er gewusst hatte, dass Lukes Suche bei sich zu Hause vergeblich sein würde. Was er jedoch inzwischen nicht mehr vorhersagen konnte, waren Lukes nächste Schritte – er konnte nur noch abwarten, bis Luke sich auf den Weg machte, und dann versuchen, ihm auf den Fersen zu bleiben.

Immerhin, die Zeit arbeitete gegen Luke. Mit jeder Minute, die verging, verringerte sich die Gefahr, die von ihm ausging. In einer Stunde sollte die Rakete starten. War es wirklich möglich, dass Luke innerhalb einer Stunde noch alles ruinierte? Anthony wusste nur eines: In den vergangenen zwei Tagen hatte sein alter Freund ein ums andere Mal bewiesen, dass man ihn nicht unterschätzen durfte.

Kaum hatte er den Gedanken zu Ende gedacht, da öffnete sich die Labortür, und gelbes Licht durchflutete die dunkle Nacht. Eine Gestalt tauchte auf und ging auf den schwarzen Chrysler am Straßenrand zu. Luke kam, wie erwartet, mit leeren Händen aus dem Labor. Er stieg in seinen Wagen und fuhr davon.

Anthonys Herzschlag beschleunigte sich. Er startete den Motor, schaltete die Scheinwerfer ein und nahm die Verfolgung auf.

Die Straße führte schnurgerade nach Süden. Nach etwa anderthalb Kilometern bremste Luke vor einem lang gestreckten Flachbau ab und schwenkte auf den dazu gehörigen Parkplatz ein. Anthony fuhr vorbei, beschleunigte und verschwand in der Nacht. Nach vierhundert Metern, an einer Stelle, an der er von Lukes Position aus nicht mehr zu sehen war, wendete er. Als er zurückkam, stand der Chrysler noch da, Luke selbst aber war fort.

Anthony fuhr auf den Parkplatz und stellte den Motor ab.

Luke war sich sicher gewesen, dass er die gesuchte Akte im Rechenlabor finden würde, und deshalb hatte er auch so lange dort gebraucht. Er hatte erst jeden Ordner in seinem eigenen Büro geprüft und dann auch im Hauptbüro, wo die Sekretärinnen saßen. Gefunden hatte er nichts.

Aber es gab noch eine Möglichkeit. Nach Marigolds Aussage war er am Montag auch im Konstruktionsgebäude gewesen. Dazu musste es einen Grund gegeben haben. Es ist meine letzte Hoffnung, dachte er. Finde ich den Ordner dort auch nicht, dann bin ich mit meinem Latein am Ende – und die Zeit ist abgelaufen. Dann startet die Rakete in Cape Canaveral – oder sie startet eben nicht, lahm gelegt durch Sabotage …

Im Konstruktionsgebäude herrschte eine ganz andere Atmosphäre als im Rechenlabor, wo wegen der riesigen, hoch empfindlichen Elektronengehirne, die Schubkräfte, Geschwindigkeiten und Flugbahnen berechneten, kein Stäubchen zu sehen war. Verglichen damit, ging es bei den Ingenieuren geradezu schlampig zu, und es roch überall nach Schmieröl und Gummi.

Luke eilte durch einen Korridor. Die Wände waren bis auf Taillenhöhe dunkelgrün, darüber hellgrün gestrichen. An den meisten Türen waren Namensschilder, und alle Namen waren mit einem »Dr.« versehen, was die Vermutung nahe legte, dass es sich um die Büros der Wissenschaftler handelte. Ein Schild mit der Aufschrift »Dr. Claude Lucas« sah er zu seiner Enttäuschung nirgends. Wahrscheinlich habe ich hier kein zweites Büro, sondern allenfalls irgendwo einen Schreibtisch, dachte er.

Am Ende des Flurs gelangte er in einen großen, offenen Raum mit einem halben Dutzend Stahltischen. Am anderen Ende führte eine offen stehende Tür in ein Laboratorium mit Arbeitsflächen aus Granit über grünen Metallschubladen. Hinter den Granitplatten befand sich eine große, zweiflügelige Tür, die sich, wie es aussah, zu einer Laderampe auf der Außenseite des Gebäudes öffnete.

Unmittelbar links von Luke war die Wand gesäumt mit einer Reihe Schließfächer, die alle mit Namenstafeln gekennzeichnet waren. Und auf einem Fach stand tatsächlich der Name *Dr. Claude Lucas*.

Er zog seinen Schlüsselbund hervor und wählte einen Schlüssel, der so aussah, als könne er passen. Er passte tatsächlich, und Luke öffnete die Tür. Auf einem hohen Regalbrett lag ein Schutzhelm, darunter hingen an einem Haken mehrere blaue Overalls, und auf dem Boden stand ein Paar schwarzer Gummistiefel.

Und dort, neben den Stiefeln, steckte eine gelbbraune Mappe aus Armeebeständen.

In der Mappe lag ein großer brauner Umschlag, der bereits aufgeschlitzt war. Als Luke die darin enthaltenen Unterlagen herausnahm, sah er sofort, dass es sich um Fotokopien von Blaupausen für Raketenbauteile handelte.

Sein Herz hämmerte in der Brust. Rasch ging er zu einem der Stahltische und breitete die Papiere unter einer Lampe aus. Er brauchte nicht lange, um herauszufinden, dass die Zeichnungen den Selbstzerstörungsmechanismus der Jupiter C-Rakete darstellten.

Ein furchtbarer Schrecken durchfuhr ihn.

Der Selbstzerstörungsmechanismus, mit dem jede Rakete ausgestattet war, ermöglichte es, den Flugkörper, sollte er vom Kurs abkommen und Menschenleben am Boden gefährden, während des Fluges zu sprengen. An der Hauptstufe der Jupiter war über die gesamte Länge der Rakete eine Zündschnur gespannt. Am oberen Ende befand sich eine Zündkapsel, aus der zwei Drähte herausragten. Wenn man zwischen den Drähten eine elektrische Spannung erzeugte, würde die Kapsel, wie Luke der Konstruktionszeichnung entnahm, die Zündschnur in Brand setzen und diese den Tank aufreißen. Der auslaufende Treibstoff würde sich entzünden und die Rakete zerstören.

Ausgelöst wurde die Sprengung durch ein kodiertes Funksignal. Die Blaupausen zeigten zwei identische Stecker, einen für den Sender am Boden, den anderen für den Empfänger im Satelliten. Der eine verwandelte das Funksignal in einen komplizierten Code, der andere empfing das Signal und setzte, wenn der Code stimmte, die beiden Drähte unter Spannung. Ein Diagramm auf einem anderen Blatt – keine Reinzeichnung, sondern eine hastig hingeworfene Skizze – zeigte genau, wie die Stecker geschaltet waren, sodass jeder, dem dieses Diagramm zur Verfügung stand, das Signal nachahmen konnte.

Luke erkannte es sofort: Der Plan war genial. Die Saboteure brauchten weder Sprengstoff noch Zeitzünder. Ohne auch nur in die Nähe der Rakete kommen zu müssen, bedienten sie sich einfach der eingebauten Technik. Hatten sie erst einmal den Code, brauchten sie nicht einmal das Gelände von Cape Canaveral zu betreten. Das Funksignal konnte von einem Sender übertragen werden, der meilenweit von der Abschussrampe entfernt war.

Luke besah sich den Umschlag genauer. Er war adressiert an einen Mr. Theo Packman im Motel Vanguard. Und dieser Mr. Packman befand sich in eben diesem Moment vielleicht schon mit einem Funkgerät irgendwo im Gebiet von Cocoa Beach und wartete darauf, die Rakete ein paar Sekunden nach dem Start in die Luft zu jagen.

Wenn er die Unterlagen erhalten hatte, hieß das. Der Umschlag war mit der Maschine geschrieben, aber anscheinend das Original. Die Kopien waren ebenso offensichtlich Kopien von Kopien. Und Luke war sich in diesem Moment sicher, obwohl ihm nicht klar war, woher er es wusste, dass er die Vorlagen an den Adressaten weitergeschickt hatte. Die übliche Vorgehensweise in der Gegenspionage …

Luke warf einen Blick auf die elektrische Uhr an der Wand. 22.15 Uhr. Noch konnte er Cape Canaveral anrufen und den Start verschieben lassen. Er griff nach dem Telefonhörer auf dem Schreibtisch.

Eine Stimme sagte: »Leg wieder auf, Luke.«

Mit dem Hörer in der Hand drehte sich Luke langsam um. Anthony stand in der Tür. Er trug seinen Kamelhaarmantel, beide Augen waren blauschwarz verfärbt, die Lippe geschwollen. In der Hand hielt er einen Revolver mit aufgesetztem Schalldämpfer, der auf Luke zeigte.

Langsam und widerwillig legte Luke den Hörer auf. »Du warst in dem Wagen hinter mir«, sagte er.

»Ich dachte, in der Eile merkst du es wahrscheinlich nicht.«

Luke starrte den Mann an, den er so falsch beurteilt hatte. Gab es irgendein Zeichen, das er übersehen hatte, irgendeine Eigenschaft, die ihm hätte sagen müssen, dass er es mit einem Verräter zu tun hatte? Anthonys Gesicht war von sympathischer Hässlichkeit, die auf beträchtliche Charakterstärke schließen ließ, nicht aber auf Doppelzüngigkeit. »Wie lange arbeitest du schon für Moskau?«, fragte Luke. »Seit dem Krieg?«

»Schon länger. Seit Harvard.«

»Warum?«

Anthonys Lippen verzogen sich zu einem seltsamen Lächeln. »Für eine bessere Welt.«

Vor langer Zeit, das wusste Luke, hatten viele kluge und vernünftige Leute an das Sowjetsystem geglaubt, doch hatte die Lebenswirklichkeit unter Stalin diese Weltanschauung in ihren Grundfesten erschüttert.

»Du glaubst immer noch daran?«, fragte Luke skeptisch.

»In gewisser Weise, ja. Es bleibt, trotz allem, was passiert ist, immer noch unsere beste Hoffnung.«

Vielleicht hatte er sogar Recht. Luke konnte das nicht beurteilen. Aber darum ging es eigentlich auch gar nicht. Was er nicht begreifen konnte, war der persönliche Verrat. »Wir waren zwanzig Jahre lang befreundet«, sagte er. »Aber gestern Abend hast du auf mich *geschossen*.«

»Ja.«

»Und du bist wirklich bereit, deinen ältesten Freund umzubringen? Für eine Sache, von der du nur noch halbwegs überzeugt bist?«

»Ja, und du wärst das auch. Im Krieg haben wir beide immer wieder Menschenleben aufs Spiel gesetzt, unser eigenes wie das anderer. Weil es richtig war.«

»Belogen haben wir uns, glaube ich, nicht. Und schon gar nicht auf einander geschossen.«

»Wir hätten es getan, wenn's nötig gewesen wäre.«

»Das glaube ich nicht.«

»Hör zu. Angenommen, ich ließe dich jetzt am Leben – würdest du versuchen, mich an der Flucht zu hindern?«

Trotz seiner Todesangst sagte Luke, wütend wie er war, die Wahrheit: »Ja, verdammt!«

»Obwohl du weißt, dass ich auf dem elektrischen Stuhl ende, wenn man mich erwischt?«

»Ja … ich glaube schon.«

»Also bist du ebenfalls bereit, deinen Freund zu töten.«

Kann man mich wirklich mit Anthony auf eine Stufe setzen, fragte sich Luke betroffen. »Ich würde dich vor Gericht bringen. Das ist kein Mord.«

»Tot ist tot, oder?«

Luke nickte langsam. »Ja, da hast du wohl Recht.«

Anthony hob die Waffe und zielte mit ruhiger Hand auf Lukes Herz.

Luke ließ sich hinter den Stahltisch fallen.

Die schallgedämpfte Pistole hustete. Mit einem metallischen Scheppern durchschlug die Kugel die Tischplatte. Das

Mobiliar war billig und der Stahl, aus dem es hergestellt war, nur dünn. Aber es hatte genügt, um den Schuss abzufälschen.

Luke rollte sich unter den Tisch. Er nahm an, dass Anthony durchs Zimmer stürmen würde, um einen zweiten Schuss auf ihn abzugeben. Er schob seinen Rücken direkt unter die Tischplatte, packte mit beiden Händen die Beine am vorderen Ende und richtete sich auf. Der Tisch hob sich vom Boden und kippte langsam nach vorn. Von der wahnwitzigen Hoffnung beseelt, Anthony über den Haufen rennen zu können, stürmte Luke los, ohne zu sehen, wohin. Dann krachte der Tisch zu Boden.

Doch Anthony lag nicht unter ihm.

Luke stolperte über den Tisch, der mit den Beinen nach oben vor ihm lag, taumelte, fiel auf Hände und Knie und stieß sich den Kopf an einem der Stahlbeine. Vor Schmerzen ganz benommen, rollte er sich zur Seite und setzte sich auf. Als er aufblickte, sah er sich Anthony gegenüber, der breitbeinig im Durchgang zum Labor stand und beidhändig mit der Pistole auf ihn zielte. Er war dem unbeholfenem Angriff ausgewichen und in den Rücken seines Gegners gelangt. Luke saß buchstäblich in der Falle und wusste, dass sein letztes Stündlein geschlagen hatte. In einer Sekunde war alles vorbei.

»Anthony!«, brüllte eine Stimme. »Halt!«

Es war Billie.

Anthony stand wie fest gefroren, die Waffe noch immer auf Luke gerichtet. Luke drehte langsam den Kopf. Billie stand in der Tür, ihr Pullover ein roter Farbklecks vor dem militärischen Grün der Wand. Ihre roten Lippen waren entschlossen zusammengepresst. Mit ruhiger Hand hielt sie eine automatische Pistole, deren Mündung auf Anthony gerichtet war. Hinter ihr stand, sichtlich erschrocken und verängstigt, eine schwarze Frau mittleren Alters.

»Lass die Waffe fallen!«, schrie Billie.

Luke schloss nicht aus, dass Anthony ihn jetzt doch noch erschießen würde. Wenn er ein in der Wolle gefärbter, überzeugter Kommunist war, opferte er möglicherweise bereitwillig sein eigenes Leben. Sinn machte es allerdings keinen, denn Billie hätte in diesem Fall die Blaupausen behalten, und die waren sehr beredt.

Langsam ließ Anthony die Arme sinken, behielt die Waffe jedoch in der Hand.

»Lass sie fallen, oder ich schieße!«

Anthony zeigte wieder sein verzerrtes Lächeln. »Nein, das tust du nicht«, sagte er. »Dazu bist du nicht kaltblütig genug.« Den Lauf der Waffe noch immer auf den Boden gerichtet, begann er, sich rückwärts der offen stehenden Tür ins Labor zu nähern. Dort befand sich, wie Luke sich erinnerte, eine weitere Tür, die offenbar ins Freie führte.

»Bleib stehen!«, schrie Billie.

»Du glaubst doch nicht, dass eine Rakete mehr wert ist als ein Menschenleben, auch wenn dieser Mensch ein Verräter ist ...«, sagte Anthony, ohne seine Absetzbewegung zu unterbrechen. Er war nur noch zwei Schritte von der Tür entfernt.

»Stell mich nicht auf die Probe!«, brüllte Billie.

Luke starrte sie an. Er hatte keine Ahnung, ob sie schießen würde oder nicht.

Anthony drehte sich um und huschte durch die offene Tür ins Labor.

Billie schoss nicht.

Anthony sprang über eine Laborbank und warf sich gegen eine Doppeltür, die sofort aufsprang. Dann verschwand er in der Dunkelheit der Nacht.

Luke rappelte sich auf. Billie kam mit weit ausgebreiteten Armen auf ihn zu. Er warf einen Blick auf die Uhr an der Wand: 22.29 Uhr. Ihm blieb noch eine Minute, Cape Canaveral zu warnen.

Er wandte sich von Billie ab und griff nach dem Telefon.

## 22.29 Uhr

**Die wissenschaftlichen Instrumente an Bord des Satelliten sind so konstruiert, dass sie den beim Start entstehenden Druck von einem Vielfachen der Erdanziehungskraft schadlos überstehen.**

Als im Blockhaus abgenommen wurde, sagte Luke: »Hier Luke, geben Sie mir den Startleiter.«

»Der ist gerade – «

»Ich weiß, was er gerade tut! Holen Sie ihn her, aber dalli!«

Es gab eine Pause. Im Hintergrund hörte Luke den Countdown: »Zwanzig, neunzehn, achtzehn ...«

Eine andere Stimme meldete sich, angespannt und ungeduldig: »Hier Willy – was ist denn los, zum Teufel?«

»Jemand hat den Selbstzerstörungs-Code.«

»Scheiße! Wer?«

»Wahrscheinlich ein Spion. Die Bande wird die Rakete in die Luft jagen. Sie müssen sofort den Start abbrechen.«

Die Stimme im Hintergrund zählte: »Elf, zehn – «

»Woher wissen Sie das?«, fragte Willy.

»Ich habe Schaltpläne der kodierten Stecker gefunden und einen Umschlag, der an einen Mann namens Theo Packman adressiert ist.«

»Das ist kein Beweis. Auf einer so dürftigen Basis kann ich den Start nicht absagen.«

Luke seufzte, von plötzlichem Fatalismus übermannt. »Herrgott, was soll ich sonst noch sagen? Ich hab Ihnen erzählt, was ich weiß. Die Entscheidung liegt bei Ihnen.«

»Fünf, vier – «

»Verdammter Mist!« Willys Stimme hob sich. »Countdown abbrechen!«

Luke sank in seinem Stuhl zusammen. Er hatte es geschafft. Als er aufblickte, sah er die ängstlichen Gesichter von Billie und Marigold vor sich. »Der Start ist abgebrochen«, sagte er.

Billie zog den Saum ihres Pullovers hoch und stopfte die Pistole in den Bund ihrer Skihose.

»So was«, sagte Marigold, nach Worten ringend. »Also, ich muss schon sagen …«

Aus dem Telefonhörer drang das Gebrumm ärgerlicher Fragen aus dem Blockhaus an Lukes Ohr. Dann meldete sich eine neue Stimme. »Luke? Hier Colonel Hide. Was geht da vor, zum Teufel?«

»Ich weiß jetzt, warum ich am Montag so Hals über Kopf nach Washington geflogen bin. Kennen Sie einen gewissen Theo Packman?«

»Äh … ja, ich glaube, das ist ein freier Journalist mit einem Faible für Raketen. Schreibt für ein paar europäische Zeitungen.«

»Ich habe einen an ihn adressierten Umschlag gefunden, der Kopien von Blaupausen für das Selbstzerstörungssystem enthält, einschließlich einer Skizze mit der Schaltung der kodierten Stecker.«

»Jesus! Mit diesen Informationen kann man die Rakete während des Fluges sprengen!«

»Genau. Und ich vermute, er hat sie trotz allem erhalten. Deshalb hab ich Willy überredet, den Start abzubrechen.«

»Gott sei Dank!«

»Hören Sie, Sie müssen sofort diesen Packman aufspüren. Das Kuvert war ans Vanguard-Motel adressiert. Kann sein, dass Sie ihn dort finden.«

»Verstanden.«

»Packman hat einen Verbindungsmann in der CIA, einen Doppelagenten namens Anthony Carroll. Das ist der Mann, der mich in Washington abgefangen hat, bevor ich mich mit meinen Informationen ans Pentagon wenden konnte.«

»Ein Verräter in der CIA?«, fragte Hide ungläubig.

»Ja, ich bin mir ganz sicher.«

»Ich rufe gleich die Agency an und informiere sie.«

»Gut.« Luke legte auf. Er hatte getan, was er konnte.

Billie sagte: »Und nun?«

»Ich glaube, ich fliege nach Cape Canaveral. Der Start wird jetzt wohl morgen Abend um die gleiche Zeit stattfinden. Ich wäre gern dabei.«

»Ich auch.«

Luke grinste. »Das hast du dir auch verdient. Du hast die Rakete gerettet.« Er stand auf und umarmte sie.

»Dein Leben, du Blödmann! Die Rakete kann mir gestohlen bleiben. Ich hab dir dein Leben gerettet.« Sie küsste ihn.

Marigold hüstelte. »Von Huntsville nach Cape Canaveral fliegt heute keine Maschine mehr«, sagte sie in geschäftsmäßigem Ton.

Luke und Billie lösten sich voneinander. Es fiel ihnen sichtlich schwer.

»Die nächste Möglichkeit ist ein MATS-Flug morgen Früh um 5.30 Uhr«, fuhr Marigold fort. »Sie könnten aber auch noch einen Zug der Southern Railway erwischen. Er geht von Cincinnati nach Jacksonville und hält gegen ein Uhr nachts in Chattanooga. Mit Ihrem hübschen neuen Automobil schaffen Sie 's nach Chattanooga in zwei Stunden.«

Billie sagte: »Mit dem Zug? Warum nicht?«

Luke nickte. »Okay.« Sein Blick fiel auf den umgestürzten Tisch, dessen Beine in die Luft ragten. »Irgendwer wird der Militärpolizei die Einschusslöcher erklären müssen.«

Marigold sagte: »Darum kümmere ich mich morgen Früh. Ich kann mir nicht vorstellen, dass Sie hier herumsitzen und Fragen beantworten wollen.«

Sie gingen zusammen hinaus. Lukes Auto und Billies Mietwagen standen auf dem Parkplatz. Anthonys Gefährt war verschwunden.

Billie umarmte Marigold. »Vielen, vielen Dank«, sagte sie. »Sie waren einfach wunderbar.«

Verlegen flüchtete sich Marigold wieder in praktische Erwägungen. »Soll ich bei Hertz den Mietwagen für Sie abgeben?«

»Das wäre schön, ja. Vielen Dank.«

»Also fort mit Ihnen! Überlassen Sie alles mir.«

Billie und Luke stiegen in den Chrysler und fuhren los.

Sie waren bereits auf dem Highway, als Billie sagte: »Eine Frage haben wir noch nicht geklärt.«

»Ich weiß«, erwiderte Luke. »Wer hat die Blaupausen an Theo Packman adressiert?«

»Es muss jemand in Cape Canaveral sein, einer von den Experten.«

»Genau.«

»Hast du irgendeine Ahnung, wer es sein könnte?«

Luke zuckte zusammen. »Ja.«

»Warum hast du Hide nichts davon erzählt?«

»Weil ich keinerlei Beweis für meinen Verdacht habe, nicht einmal eine logische Begründung. Er beruht allein auf Intuition – und trotzdem bin ich mir ganz sicher.«

»Wer ist es?«

»Ich glaube, es ist Elspeth«, antwortete Luke schweren Herzens.

# 23.00 Uhr

**Das Telemetrie-Chiffriergerät benutzt Ringkerne mit Hysterese-Schleifen zur Erzeugung einer Reihe von Eingangsparametern von Satelliten-Instrumenten.**

Elspeth konnte es nicht fassen. Sekunden vor der Zündung war der Start verschoben worden! Der Erfolg war so nahe gewesen, der größte Triumph ihres Lebens in Reichweite – und am Ende war ihr dann doch wieder alles entglitten.

Sie war nicht im Blockhaus – der Aufenthalt dort war den unmittelbaren Entscheidungsträgern vorbehalten –, sondern stand auf dem flachen Dach des Verwaltungsgebäudes, gemeinsam mit einer Gruppe von Sekretärinnen und Büroangestellten, welche die vom Flutlicht angestrahlte Abschussrampe durch Ferngläser beobachteten. Die Nacht in Florida war warm, die Meeresluft feucht. Mit jeder weiteren Minute, die verging, ohne dass die Rakete abgehoben hätte, wuchsen die Befürchtungen, und nun ging ein kollektives Stöhnen durch die Menge, als Techniker in Overalls aus den Bunkern ausschwärmten und sich an die komplizierte Aufgabe machten, alle Systeme still zu legen. Die letzte Bestätigung kam, als der mobile Wartungsturm langsam auf seinen Schienen vorwärts glitt und die weiße Rakete in seine stählernen Arme schloss.

Elspeth war zutiefst enttäuscht. Was, zum Teufel, war denn nun wieder schief gelaufen?

Ohne ein Wort zu verlieren, ließ sie die anderen stehen und machte sich auf den Weg zum Hangar R. Der Schritt ihrer langen Beine verriet Entschlossenheit. Kaum war sie wieder in ihrem Büro, klingelte das Telefon. Sie riss den Hörer von der Gabel. »Ja?«

»Was ist los?« Es war Anthonys Stimme.

»Sie haben den Start abgebrochen. Ich weiß nicht, warum – weißt du 's?«

»Luke hat die Papiere gefunden. Er muss bei euch angerufen haben.«

»Konntest du ihn nicht dran hindern?«

»Ich hatte ihn schon im Visier – buchstäblich! –, doch da tauchte plötzlich Billie auf. Sie war bewaffnet.«

Bei der Vorstellung, wie Anthony Luke mit der Pistole bedrohte, spürte Elspeth Übelkeit im Magen. Dass ihm ausgerechnet Billie in die Quere gekommen war, machte alles nur noch schlimmer. »Ist Luke unverletzt?«

»Ja – und ich bin's auch. Aber Theos Name steht auf den Papieren. Luke hat den Umschlag aufbewahrt.«

»Oh, so ein Mist!«

»Du musst Theo finden, bevor man ihn festnimmt. Sie sind ihm inzwischen sicher schon auf den Fersen.«

»Lass mich nachdenken … Er ist am Strand … zehn Minuten von hier, wenn ich mich beeile. Ich kenne sein Auto, ein Hudson Hornet …«

»Dann nichts wie los!«

»*Yep!*« Elspeth knallte den Hörer auf die Gabel, hetzte hinaus, rannte quer über den Parkplatz und sprang in ihr Auto.

Der weiße Bel Air war ein Kabriolett, doch wegen der Moskito-Plage am Cape ließ Elspeth das Verdeck stets oben und die Fenster geschlossen. Sie fuhr schnell zum Tor und wurde durchgewinkt – die strenge Sicherheitsüberprüfung betraf nur die Hereinkommenden. Elspeth bog nach Süden ab.

Eine ausgebaute Straße zum Strand gab es nicht, nur eine Anzahl schmaler, ungeteerter Pisten, die vom Highway durch die Dünen führten. Elspeth entschloss sich gleich für die erste Abfahrt und wollte dann unmittelbar am Strand weiterfahren. Auf diese Weise konnte sie Theos Auto nicht übersehen. Angestrengt spähte sie ins Buschwerk am Straßenrand und versuchte, im Scheinwerferlicht die Piste zu erkennen. Obwohl sie es eilig hatte, musste sie langsam fahren, um die Abzweigung nicht zu verpassen.

Plötzlich tauchte seitwärts von ihr ein Wagen auf, gefolgt von einem zweiten und einem dritten. Elspeth trat auf die Bremse und blinkte nach links. Vom Strand her kam eine nicht enden wollende Autokolonne: Die Schaulustigen hatten inzwischen erkannt, dass der Start verschoben worden war – auch sie hatten Ferngläser und gesehen, wie der Wartungsturm wieder in seine alte Stellung glitt. Und nun wollten sie, alle auf einmal, nach Hause.

Elspeth musste warten. Der schmale Weg zum Strand ließ keinen Gegenverkehr zu. Hinter ihr hielt ein anderer Autofahrer und hupte ungeduldig. Elspeth stöhnte vor Erbitterung. Sie kam hier einfach nicht durch. Kurz entschlossen stellte sie den Blinker ab und trat das Gaspedal durch.

Bei der nächsten Abzweigung bot sich das gleiche Bild: Eine endlose Fahrzeugschlange kroch aus einem Weg, der für Gegenverkehr zu schmal war. »Zur Hölle mit euch!«, fluchte sie lauthals vor sich hin. Trotz der laufenden Klima-Anlage war ihr der Schweiß ausgebrochen. Der Zugang zum Strand war hoffnungslos blockiert. Sie musste sich etwas anderes einfallen lassen. War es sinnvoll, am Straßenrand abzuwarten, bis Theos Auto vorbeikam? Das war reine Glücksache. Wohin würde sich Theo wenden, wenn er den Strand hinter sich gelassen hatte? Am besten passte sie ihn an seinem Motel ab.

Sie raste durch die Nacht. Ob Colonel Hide und die Militärpolizei am Vanguard schon auf Theo warteten? Möglicherweise hatten sie zuerst die örtliche Polizei oder das FBI benachrichtigt. Um Theo festzunehmen, brauchten sie einen Haftbefehl, so viel war Elspeth klar, obwohl die Gesetzeshüter meist Mittel und Wege fanden, solche Unannehmlichkeiten zu umgehen. Auf jeden Fall würde es ein paar Minuten dauern, bis der Fahndungstrupp abmarschbereit war. Wenn ich mich beeile, dachte Elspeth, kann ich den Cops noch zuvorkommen.

Das Vanguard lag in einem kleinen Einkaufszentrum an der

Schnellstraße, zwischen einer Tankstelle und einem Laden für Köder und Angelausrüstung. Direkt vor dem Motel befand sich ein großer Parkplatz. Weit und breit waren weder Polizisten noch Armeeangehörige zu sehen. Aber auch Theos Auto fehlte. Elspeth suchte sich einen Platz in der Nähe des Eingangs und stellte den Motor ab. Von hier aus entging ihr niemand, der das Motel betrat oder verließ.

Lange brauchte sie nicht zu warten. Schon nach zwei Minuten traf der gelb-braune Hudson Hornet ein. Theo hielt am anderen Ende des Parkplatzes unweit der Straße und stieg aus. Er war ein kleiner Mann mit schütterem Haar in Chinos und Freizeithemd.

Elspeth stieg aus ihrem Wagen.

Sie öffnete schon den Mund, um Theo quer über den Parkplatz hinweg etwas zuzurufen, als zwei Einsatzfahrzeuge der Polizei auftauchten.

Elspeth stand wie festgenagelt.

Es waren die Streifenwagen des Bezirkssheriffs von Cocoa County. Sie fuhren schnell, aber ohne Blaulicht und Sirene. Zwei Zivilfahrzeuge folgten und hielten quer zur Einfahrt, sodass niemand den Parkplatz verlassen konnte.

Theo nahm sie zunächst gar nicht wahr. Er kam quer über den Platz auf Elspeth und die Motelrezeption zu.

Schlagartig wusste Elspeth, was sie zu tun hatte – vorausgesetzt, ihre Nerven spielten mit. Bleib jetzt bloß ruhig, ermahnte sie sich, holte tief Luft und ging Theo entgegen.

Als er näher kam, erkannte er sie und sagte laut: »Was ist denn passiert, verdammt und zugenäht? Haben sie den Start abgebrochen?«

Elspeth sagte mit gesenkter Stimme: »Gib mir deine Autoschlüssel.« Sie streckte die Hand aus.

»Wozu?«

»Dreh dich um.«

Er warf einen Blick über seine Schulter und sah die Polizeiautos. »Scheiße! Wen suchen die hier?«, fragte er mit bebender Stimme.

»Dich. Bleib ganz ruhig. Und gib mir die Schlüssel.«

Er ließ sie in ihre ausgestreckte Hand fallen.

»Geh weiter«, befahl sie. »Mein Kofferraum ist nicht abgeschlossen. Steig rein.«

»In den Kofferraum?«

»Ja!« Elspeth ließ ihn stehen und ging weiter.

Sie erkannte Colonel Hide und andere halbwegs vertraute Gesichter aus Cape Canaveral. Hinzu kamen vier Beamte der örtlichen Polizei und zwei große, gut gekleidete junge Männer, bei denen es sich möglicherweise um FBI-Agenten handelte. Sie hatten sich um Hide versammelt, und im Augenblick kümmerte sich keiner um Elspeth, die inzwischen schon hören konnte, was Hide anordnete: »Zwei Männer überprüfen die Zulassungsnummern der Fahrzeuge hier auf dem Parkplatz. Alle anderen gehen mit mir rein.«

Elspeth erreichte Theos Wagen und schloss den Kofferraum auf. Der Lederkoffer, der den Sender enthielt, war sehr schwer. Sie wusste nicht, ob sie ihn überhaupt tragen konnte. Sie hob ihn an und zerrte ihn über die Kante des Kofferraums. Mit einem dumpfen Schlag landete er auf dem Boden. Rasch klappte Elspeth den Kofferraumdeckel wieder zu.

Sie warf einen Blick in die Runde. Hide erteilte seinen Leuten immer noch Anweisungen. Sie sah, wie sich am gegenüber liegenden Ende des Parkplatzes der Kofferraumdeckel ihres eigenen Wagens, wie von Geisterhand bewegt, langsam schloss. Theo hatte es also geschafft. Damit war die Hälfte des Problems schon bewältigt.

Elspeth biss die Zähne zusammen, nahm den Koffer am Griff und hob ihn an. Er war schwer wie eine Kiste voll Blei. Nach ein paar Metern wurden ihre Finger taub von dem Gewicht, und sie musste den Koffer absetzen. Mit der linken Hand schaffte sie weitere zehn Meter, dann waren die Schmerzen stärker als ihr Wille, und sie musste ihn erneut absetzen.

Hinter ihr marschierten Colonel Hide und seine Leute über den Parkplatz auf den Moteleingang zu. Elspeth betete darum, dass Hide ihr nicht ins Gesicht sehen würde, auch wenn es in der Dunkelheit wenig wahrscheinlich war, dass er sie erkannte. Im Notfall hätte sie sich natürlich auch irgendeine Geschichte einfallen lassen können, um ihre Anwesenheit zu erklären – aber was war, wenn er einen Blick in ihren Koffer werfen wollte?

Sie griff nun wieder mit der Rechten nach dem Koffer. Diesmal konnte sie ihn nicht einmal mehr anheben. Sie gab ihre Bemühungen auf und begann ihn stattdessen über den Beton zu schleifen, wobei sie hoffte, dass das Geräusch nicht die Aufmerksamkeit der Cops auf sie lenken würde.

Endlich erreichte sie ihren Wagen. Sie öffnete gerade den Kofferraum, als ein uniformierter Polizist auf sie zukam. Er lächelte freundlich und fragte höflich: »Kann ich Ihnen behilflich sein, Ma'm?«

Theos Gesicht, kreideweiß und von Angst verzerrt, starrte sie aus dem Kofferraum an.

»Ich hab's schon«, antwortete sie dem Cop aus dem Mundwinkel. Mit beiden Händen hievte sie den Koffer hoch und ließ ihn ins Auto gleiten. Ein unterdrückter Schmerzenslaut entfuhr Theo, als eine Ecke ihn traf. Mit einer raschen Bewegung schlug Elspeth den Kofferraumdeckel zu und lehnte sich dagegen. Ihre Arme fühlten sich an, als wollten sie jeden Moment abfallen.

Sie sah den Polizisten an. Hatte er Theo bemerkt? Der Mann grinste sie bloß verwirrt an.

»Mein Daddy hat mir beigebracht, meine Koffer immer so zu packen, dass ich sie selber tragen kann«, sagte Elspeth.

»Starkes Mädchen«, sagte der Cop mit leisem Vorwurf in der Stimme.

»Trotzdem vielen Dank.«

Die anderen Männer gingen vorbei und steuerten zielstrebig auf das Motelbüro zu. Elspeth wandte sich ab, um jeden Blickkontakt mit Hide zu vermeiden. Der Polizist zögerte. »Sie reisen ab?«, fragte er.

»Ja.«

»Ganz allein?«

»Richtig.«

Er bückte sich, sah durchs Wagenfenster, musterte Vorder- und Rücksitze. Dann richtete er sich wieder auf, sagte »Gute Fahrt!«, und entfernte sich.

Elspeth stieg ein und ließ den Motor an.

Zwei weitere uniformierte Polizisten waren auf dem Parkplatz geblieben und kontrollierten die Kennzeichen. Bei einem von ihnen hielt Elspeth an. »Lassen Sie mich wegfahren, oder muss ich die ganze Nacht hier bleiben?«, fragte sie, um ein freundliches Lächeln bemüht.

Der Cop prüfte ihre Zulassungsnummer. »Sind Sie allein?«

»Ja.«

Durchs Fenster inspizierte er die Rücksitze. Elspeth hielt die Luft an. »Okay«, sagte er endlich. »Sie können fahren.«

Er setzte sich in einen der beiden Wagen, welche die Einfahrt blockierten, und fuhr ihn zur Seite.

Elspeth steuerte durch die entstehende Lücke, bog auf die Schnellstraße ein und trat das Gaspedal bis zum Anschlag durch.

Die Erleichterung machte sie unvermittelt ganz schwach. Ihre Arme zitterten, und sie musste das Tempo drosseln. »Allmächtiger Gott«, keuchte sie. »Das war vielleicht knapp!«

## 24.00 Uhr

**Vier Peitschenantennen, die aus dem Satellitenzylinder ragen, senden Funksignale an Empfangsstationen rund um den Globus. Explorer wird auf einer Frequenz von 108 MHz senden.**

Anthony musste Alabama so schnell wie möglich hinter sich lassen. Die Musik spielte jetzt in Florida. In den nächsten vierundzwanzig Stunden würde sich in Cape Canaveral entscheiden, ob er zwanzig Jahre lang für die Katz gearbeitet hatte oder nicht, und da musste er vor Ort sein.

Der Flughafen von Huntsville war noch nicht geschlossen, und am Rande der Rollbahn strahlten Lichter. Das bedeutete, dass in der Nacht noch mindestens eine Maschine ankam oder abflog. Er stellte den Armee-Ford am Straßenrand vor dem Terminal hinter einer Limousine und zwei Taxis ab. Keine Menschenseele war zu sehen. Er machte sich nicht die Mühe, den Wagen abzuschließen, sondern eilte sofort in die Abflughalle.

Dort war alles still, aber nicht menschenleer. Ein Mädchen saß hinter einem Flugschalter und schrieb etwas in ein Buch, und zwei schwarze Frauen in Overalls wischten den Boden. Drei Männer standen wartend herum, einer in einer Chauffeursuniform, die beiden anderen in den zerknitterten Klamotten und den Schirmmützen der Taxifahrer. Pete saß auf einer Bank.

Anthony musste ihn jetzt loswerden, zu Petes eigenem Besten. Zwei Zeuginnen hatten die Szene im Konstruktionsgebäude auf dem Stützpunkt miterlebt, Billie und Marigold. Eine der beiden würde bei nächster Gelegenheit Meldung machen. Die Armee würde sich bei der CIA beschweren, und George

Cooperman hatte bereits unmissverständlich zu verstehen gegeben, dass er Anthony nicht länger decken konnte. Den Schein, er sei in legaler CIA-Mission unterwegs, konnte Anthony nicht mehr wahren. Das Spiel war aus, und so schickte er Pete besser nach Hause, bevor der auch noch mit hineingezogen wurde.

Eigentlich hätte Pete nach zwölfstündiger Warterei auf dem Flughafen zu Tode gelangweilt sein müssen, doch als Anthony eintraf, machte er einen aufgeregten und angespannten Eindruck. »Endlich!«, rief er und sprang auf.

»Fliegt hier noch irgendwas ab heute Nacht?«, fragte Anthony übergangslos.

»Nichts. Eine Landung ist noch fällig, von Washington her, aber vor Sieben in der Frühe geht nichts mehr ab.«

»Verflucht. Ich muss sofort nach Florida.«

»Um halb sechs geht ein MATS-Flug von Redstone zum Luftwaffenstützpunkt Patrick bei Cape Canaveral.«

»Das muss reichen.«

Petes Verlegenheit war fast mit Händen zu greifen. Er schien die Worte gewaltsam herauszupressen, als er sagte: »Sie können nicht nach Florida fliegen.«

Deshalb also diese Anspannung. »Und wieso nicht?«, erwiderte Anthony kühl.

»Ich hab mit Washington telefoniert. Carl Hobart war selbst am Apparat. Wir müssen zurück – und zwar ›ohne Widerrede‹, um ihn zu zitieren.«

Anthony hätte vor Wut an die Decke gehen können, gab sich aber bloß frustriert. »Diese Arschlöcher«, bemerkte er. »Man kann doch einen Einsatz im Außendienst nicht von der Zentrale aus führen!«

Aber Pete kaufte ihm das nicht mehr ab. »Mr. Hobart sagt, wir müssen einsehen, dass die Operation abgeblasen ist. Von jetzt an kümmert sich die Armee um die Angelegenheit.«

»Das können wir nicht zulassen. Die Armee hat von Sicherheitsfragen keine Ahnung.«

»Ich weiß, aber ich glaube, es bleibt uns keine andere Wahl, Sir.«

Anthony versuchte, ruhig durchzuatmen. Früher oder später musste es ja so weit kommen. Dass er ein Doppelagent war, glaubte man bei der CIA noch nicht, aber man wusste, dass er aus dem Ruder gelaufen war und wollte ihn stillschweigend aus dem Verkehr ziehen.

Allerdings hatte sich Anthony über die Jahre mit großer Sorgfalt eine loyale Truppe aufgebaut, und dieses Kapital konnte noch nicht ganz aufgezehrt sein. »Wir tun Folgendes«, sagte er zu Pete. »Sie fliegen zurück nach Washington. Sagen Sie denen dort, ich hätte den Befehl verweigert. Damit sind Sie aus dem Schneider – und die Verantwortung liegt allein bei mir.« Er hatte sich schon halb abgewandt, als sei Petes Zustimmung für ihn eine Selbstverständlichkeit.

»Okay«, sagte Pete. »Mit der Antwort habe ich gerechnet. Niemand kann von mir erwarten, dass ich Sie kidnappe.«

»So ist es«, sagte Anthony beiläufig und verbarg seine Erleichterung darüber, dass Pete es nicht auf einen Konflikt ankommen ließ.

»Aber da ist noch etwas Anderes«, fuhr Pete fort.

Anthony drehte sich wieder zu ihm um und ließ sich seine Empörung anmerken. »Was kommt jetzt noch?«

Pete errötete, und das Muttermal in seinem Gesicht verfärbte sich violett. »Man hat mich beauftragt, Ihre Waffe zu konfiszieren.«

Anthony spürte, dass sich die Schlinge um seinen Hals zuzog. Nein, seine Waffe würde er nicht abgeben, das kam überhaupt nicht infrage. Mit gezwungenem Lächeln sagte er: »Dann sagen Sie den Herrschaften, ich hätte das abgelehnt.«

»Es tut mir leid, Sir … Ich kann Ihnen gar nicht sagen, wie sehr. Aber Mr. Hobarts Anweisungen waren sehr präzise. Wenn Sie mir die Waffe nicht freiwillig aushändigen, muss ich die hiesige Polizei informieren.«

In diesem Moment erkannte Anthony, dass er Pete töten musste.

Einen Augenblick lang drohte ihn der Kummer zu überwältigen. In welche Abgründe des Verrats war er geraten! Dass dies die logische Konsequenz jenes hehren Ziels sein sollte, dem er vor zwanzig Jahren sein Leben verschrieben hatte, war für ihn kaum fassbar. Doch dann überkam ihn tödliche Ruhe. Im Krieg hatte er gelernt, wie hart manche Entscheidungen sein konnten. Der Kriegsschauplatz war inzwischen ein anderer, doch die Prioritäten hatten sich nicht geändert. Nur noch der Sieg zählte, der Sieg um jeden Preis.

»Dann ist wohl alles vorbei«, sagte er mit einem Seufzer, der nicht gespielt war. »Ich halte die Entscheidung zwar nach wie vor für hirnverbrannt. Aber ich habe alles getan, was ich tun konnte.«

Pete versuchte gar nicht erst, seine Erleichterung zu verbergen. »Danke«, sagte er. »Ich bin froh, dass Sie 's mit Fassung tragen.«

»Keine Angst, ich mache Ihnen keinen Vorwurf. Ich weiß genau, dass Sie auf direkten Befehl von Hobart handeln.«

Pete setzte eine entschlossene Miene auf. »Sie werden mir jetzt also Ihre Handfeuerwaffe aushändigen?«

»Selbstverständlich.« Die Pistole steckte in Anthonys Manteltasche, doch er sagte: »Sie liegt im Kofferraum.« Er wollte, dass Pete ihn zum Auto begleitete, tat aber so, als sei genau das Gegenteil der Fall. »Warten Sie, ich hol sie.«

Wie erwartet, fürchtete Pete, Anthony wolle ihm entwischen. »Ich gehe mit«, sagte er hastig.

Anthony tat, als zögere er und gäbe dann nach. »Wie Sie wollen.« Er ging zur Tür, und Pete folgte ihm. Das Auto stand dreißig Meter weiter am Straßenrand. Kein Mensch war zu sehen.

Anthony öffnete den Kofferraum mit dem Daumen und hob den Deckel. »Bitte sehr«, sagte er.

Pete beugte sich vor und sah hinein.

Anthony zog die Waffe mit dem aufgesetzten Schalldämpfer aus der Innentasche seines Mantels. Der wahnwitzige Gedanke durchzuckte ihn, sich das Ding in den Mund zu stecken, abzudrücken und damit dem Albtraum ein für alle Mal ein Ende zu setzen.

Die kurze Verzögerung war ein folgenschwerer Fehler.

»Ich seh keine Pistole«, sagte Pete und drehte sich um.

Er reagierte sofort. Bevor Anthony den Revolver mit dem unhandlichen Schalldämpfer in Anschlag bringen konnte, trat Pete einen Schritt zur Seite und holte aus. Ein ungezielter Fausthieb traf Anthony an der Schläfe, dass er ins Taumeln geriet. Der Schlag mit der anderen Faust traf den Unterkiefer, worauf Anthony rückwärts stolperte und stürzte. Doch als er auf dem Boden lag, hob er die Waffe. Pete sah, was passieren würde. Todesangst verzerrte sein Gesicht, und er hob die Hände, als könnten sie ihn vor der Kugel schützen. Anthony drückte in rascher Folge dreimal hintereinander ab.

Alle drei Kugeln fanden ihr Ziel in Petes Brust, und aus drei Löchern in seinem grauen Mohair-Anzug schoss Blut. Mit einem dumpfen Schlag fiel Pete auf die Straße.

Anthony rappelte sich auf und steckte die Waffe ein. Er sah die Straße auf und ab. Niemand kam zum Flughafen, und niemand war aus dem Gebäude gekommen. Er beugte sich über Petes Leiche.

Pete sah ihn an. Er war nicht tot.

Anthony schluckte die aufsteigende Übelkeit hinunter, hob den blutenden Körper auf, kippte ihn in den offen stehenden Kofferraum und zog erneut die Waffe. Pete krümmte sich vor Schmerzen und starrte ihn aus entsetzten Augen an. Schüsse in die Brust mussten nicht unbedingt tödlich sein: Wenn Pete bald in ein Krankenhaus kam und behandelt wurde, konnte er vielleicht überleben. Anthony zielte auf Petes Kopf. Pete versuchte etwas zu sagen, doch aus seinem Mund kam nur Blut. Anthony drückte ab.

Petes Muskeln entspannten sich. Die Augen fielen zu.

Anthony schlug den Kofferraumdeckel zu und brach darüber zusammen. Zum zweiten Mal an diesem Tag war er niedergeschlagen worden. Sein Kopf dröhnte, und ihn schwindelte. Schlimmer aber als der körperliche Schaden war das Wissen um das, was er getan hatte.

Eine Stimme fragte: »Alles in Ordnung, Kumpel?«

Anthony richtete sich auf, stopfte die Waffe wieder in seinen Mantel und drehte sich um. Ein Taxi hatte hinter ihm angehalten, und der Fahrer kam mit besorgter Miene näher. Es war ein Schwarzer mit grau meliertem Haar.

Hat der Mann was gesehen? Anthony wusste nicht, ob er noch die Kraft aufbringen würde, einen Zeugen zu töten.

Der Taxifahrer sagte: »Ganz schön schwer, was Sie da in Ihren Kofferraum geladen haben.«

»Einen Teppich«, erwiderte Anthony schwer atmend.

Der Mann sah ihm mit der unverhohlenen Neugierde des Provinzlers ins Gesicht. »Hat Ihnen wer ein blaues Auge verpasst? Oder sogar zwei?«

»Ein kleiner Unfall.«

»Kommen Sie mit rein, trinken Sie 'ne Tasse Kaffee oder so was.«

»Nein, danke. Ich brauche nichts.«

»Wie Sie wollen.« Der Taximann schlenderte langsam ins Flughafengebäude.

Anthony stieg in seinen Wagen und fuhr davon.

# 01.30 Uhr

**Die wichtigste Aufgabe der Sender besteht darin, Signale zu senden, die es den Bodenstationen ermöglichen, den Weg des Satelliten zu verfolgen – und damit zu beweisen, dass er sich auf der richtigen Umlaufbahn befindet.**

Langsam fuhr der Zug im Bahnhof von Chattanooga an. In dem engen Schlafwagenabteil zog Luke sein Jackett aus und hängte es auf, dann setzte er sich auf die Kante des unteren Betts und band seine Schnürsenkel auf. Billie saß im Schneidersitz auf dem Bett und sah ihm zu. Die Lichter des Bahnhofs flackerten vorbei und blieben im Dunkel zurück. Der Zug nahm Fahrt auf, rollte in die südliche Nacht. Sein Ziel war Jacksonville, Florida.

Luke löste seine Krawatte. Billie sagte: »Wenn das ein Striptease sein soll, dann fehlt noch das gewisse Etwas.«

Luke grinste reumütig. Es war die Unentschlossenheit, die ihn so langsam machte. Sie waren gezwungen gewesen, ein gemeinsames Abteil zu nehmen; es hatte kein anderes mehr gegeben. Und er sehnte sich danach, Billie in die Arme zu schließen. Alles, was er in den vergangenen Tagen über sich selbst und sein Leben in Erfahrung gebracht hatte, sagte ihm, dass Billie die Frau seines Lebens war, die Frau, mit der er zusammenleben wollte und sollte. Trotz alledem zögerte er.

»Was denkst du?«, fragte sie.

»Dass mir das alles zu schnell geht.«

»Siebzehn Jahre sind gar nichts?«

»Für mich sind es nur zwei Tage, denn an mehr kann ich mich nicht erinnern.«

»Mir kommt es vor wie eine Ewigkeit.«

»Ich bin noch mit Elspeth verheiratet.«

Billie nickte ernst. »Aber sie hat dich jahrelang belogen.«

»Also soll ich mir nichts, dir nichts, aus ihrem Bett in deins springen?«

Billie wirkte gekränkt. »Du sollst tun, was du willst.«

Er versuchte es ihr zu erklären. »Ich hab das Gefühl, ich suche eine bequeme Ausrede, und das gefällt mir nicht.« Und als sie darauf nicht antwortete, fügte er hinzu: »Du glaubst das nicht, oder?«

»Nein«, sagte sie. »Ich will heute Nacht mit dir schlafen. Ich kann mich nämlich noch verdammt gut daran erinnern, wie 's war, und das will ich wiederhaben, am liebsten sofort.« Sie sah aus dem Fenster. Der Zug raste durch eine kleine Ortschaft – zehn Sekunden lang flogen Lichter vorbei, dann versanken sie wieder in der Dunkelheit. »Aber ich kenne dich«, fuhr sie fort. »Du hast noch nie nur für den Augenblick leben können, nicht einmal in unserer Studentenzeit. Du brauchst immer Zeit, um alles gründlich zu überdenken und dich langsam davon zu überzeugen, dass du auch ja das Richtige tust.«

»Ist das denn so schlecht?«

Sie lächelte. »Nein. Und ich bin froh, dass du so bist. Es macht dich so grundsolide und verlässlich. Wärest du anders, ich glaube, dann hätt ich dich nicht…« Ihre Stimme verlor sich.

»Was wolltest du sagen?«

Sie sah ihm in die Augen. »Dann hätte ich dich nicht so sehr geliebt, nicht so lange Zeit.« Sie überspielte ihre Verlegenheit mit einer Flapsigkeit: »Auf jeden Fall täte dir eine Dusche gut.«

Das war zweifellos richtig. Er trug noch immer dieselben Kleider, die er vor sechsunddreißig Stunden gestohlen hatte. »Jedes Mal, wenn ich daran dachte, mich umzuziehen, kam was Dringendes dazwischen«, sagte er. »Ich hab frische Sachen in meiner Tasche.«

»Egal. Vielleicht solltest du in dein Bettchen raufsteigen und mir Platz machen. Ich will mir die Schuhe ausziehen.«

Folgsam kletterte Luke die kurze Leiter hinauf, legte sich aufs obere Bett und drehte sich auf die Seite, den Ellbogen aufs Kissen, den Kopf in die Hand gestützt. »Wenn du dein Gedächtnis verlierst, dann ist das, als finge das Leben noch mal von vorne an«, sagte er. »Als würdest du neu geboren. Jede frühere Entscheidung kann revidiert werden.«

Billie streifte ihre Schuhe ab und stand auf. »Mir ginge das auf den Wecker«, sagte sie. Mit einer fließenden Bewegung schlüpfte sie aus ihren schwarzen Skihosen und stand plötzlich nur noch in Pullover und weißem Höschen da. Sie fing Lukes Blick auf, grinste und sagte: »Schon gut, du darfst zugucken.« Sie griff hinter sich unter den Pullover und öffnete den Verschluss ihres Büstenhalters. Dann zog sie den linken Arm aus dem Ärmel, fasste mit der Rechten unter den Pullover, um den Träger von der Schulter zu streifen, schob den linken Arm wieder durch den Ärmel und zog den BH mit der Bravur eines Zauberkünstlers aus dem rechten Ärmel.

»Bravo«, sagte Luke.

Sie betrachtete ihn nachdenklich. »Dann legen wir uns also jetzt schlafen?«

»Ich glaube schon.«

»Okay.« Sie stellte sich auf die Kante der unteren Koje, reckte sich zu ihm hinauf und hielt ihm das Gesicht zum Kuss entgegen. Luke beugte sich vor und berührte ihre Lippen mit den seinen. Sie schloss die Augen. Er spürte ihre Zungenspitze kurz über seine Lippen zucken, dann zog sich Billie zurück, und ihr Gesicht verschwand.

Er legte sich auf den Rücken und dachte daran, dass sie keinen Meter weit unter ihm lag, dachte an ihre schönen nackten Beine und ihre runden Brüste unter dem weichen Angorapullover. Gleich darauf war er eingeschlafen.

Er hatte einen sehr erotischen Traum: Er war Zettel im »Sommernachtstraum«, hatte Eselsohren, und sein haariges Gesicht wurde von Titanias Feen – nackten Mädchen mit schlanken Beinen und runden Brüsten – über und über mit Küssen bedeckt. Titania persönlich, die Feenkönigin, knöpfte ihm die

Hose auf – und die Räder des Zuges trommelten dazu einen hartnäckigen Rhythmus …

Langsam wachte er auf, nicht willens, das Land der Feen zu verlassen und in die Welt der Eisenbahnen und Raketen zurückzukehren. Sein Hemd stand offen und seine Hose war fort. Neben ihm lag Billie und küsste ihn. »Bist du endlich wach?«, murmelte sie in sein Ohr – ein ganz normales Ohr, kein Eselsohr. Billie kicherte. »Ich will das nicht an einen Kerl verschwenden, der dabei pennt.«

Luke berührte sie und ließ seine Hand ihre Flanke entlang nach unten gleiten. Den Pullover hatte sie noch an, doch das Höschen war fort. »Ich bin wach«, sagte er heiser.

Sie hob sich auf Hände und Knie, sodass sie über ihm war, wie schwebend in dem engen Raum unterhalb der Abteildecke. Sie suchte seinen Blick und senkte ihren Körper langsam auf ihn herab. Er stöhnte auf vor Lust, als er in sie hinein glitt. Der Zug schaukelte hin und her, und die Schienen sangen zu einem erotischen Takt.

Luke schob die Hand unter ihren Pullover, um ihre Brüste zu umfassen. Die Haut war weich und warm.

»Du hast ihnen gefehlt«, flüsterte Billie ihm ins Ohr.

Es kam Luke vor, als lebe er noch immer halb im Traum. Der Zug schaukelte, Billie küsste sein Gesicht, und hinter den Fenstern zog, Meile um Meile, Amerika vorbei. Er schlang seine Arme um ihren Rücken und hielt sie ganz fest, als müsse er sich davon überzeugen, dass sie aus Fleisch und Blut war und nicht aus Spinnfäden aus dem Märchenland. Gerade wollte er sich wünschen, es möge bis in alle Ewigkeit so weitergehen, da verlangte sein Körper sein Recht, und er klammerte sich an Billie fest, während Wogen reinen Entzückens über ihn hereinbrachen.

Als es vorbei war, sagte sie: »Lieg still. Halt mich fest.« Er rührte sich nicht. Sie vergrub ihr Gesicht an seinem Hals, heiß streifte ihr Atem seine Haut. Während er flach dalag, noch immer mit ihr vereint, schien Billie ein innerer Krampf zu befallen. Sie zuckte, wieder und immer wieder, bis sie schließlich tief aufseufzte und entspannte.

Sie lagen minutenlang still da, doch Luke war nicht müde und Billie offenbar auch nicht, denn sie sagte: »Ich hab eine Idee. Wir sollten uns waschen.«

Er lachte. »Ja, das ist überfällig. Jedenfalls bei mir.«

Billie rollte von ihm hinunter und stieg die Leiter hinab. Luke folgte ihr. In der Abteilecke war ein winziges Waschbecken angebracht. In dem Schränkchen darüber fand Billie ein kleines Handtuch und ein Stück Seife. Sie ließ das Becken mit heißem Wasser voll laufen. »Erst wasch ich dich, dann wäschst du mich«, sagte sie. Sie tränkte das Handtuch mit Wasser, rieb Seife hinein und begann.

Es war herrlich intim und erotisch. Luke schloss die Augen. Billie seifte seinen Bauch ein, dann kniete sie nieder, um seine Beine zu waschen. »Du hast was ausgelassen«, sagte er.

»Keine Sorge, das beste Stück heb ich mir bis zuletzt auf.«

Als sie fertig war, tat er das Gleiche mit ihr und fand das noch erregender. Dann legten sie sich wieder hin, diesmal auf das untere Bett.

»So«, sagte Billie, »kannst du dich noch daran erinnern, was oraler Sex ist?«

»Nein«, sagte Luke. »Aber ich glaube, ich kann's mir vorstellen.«

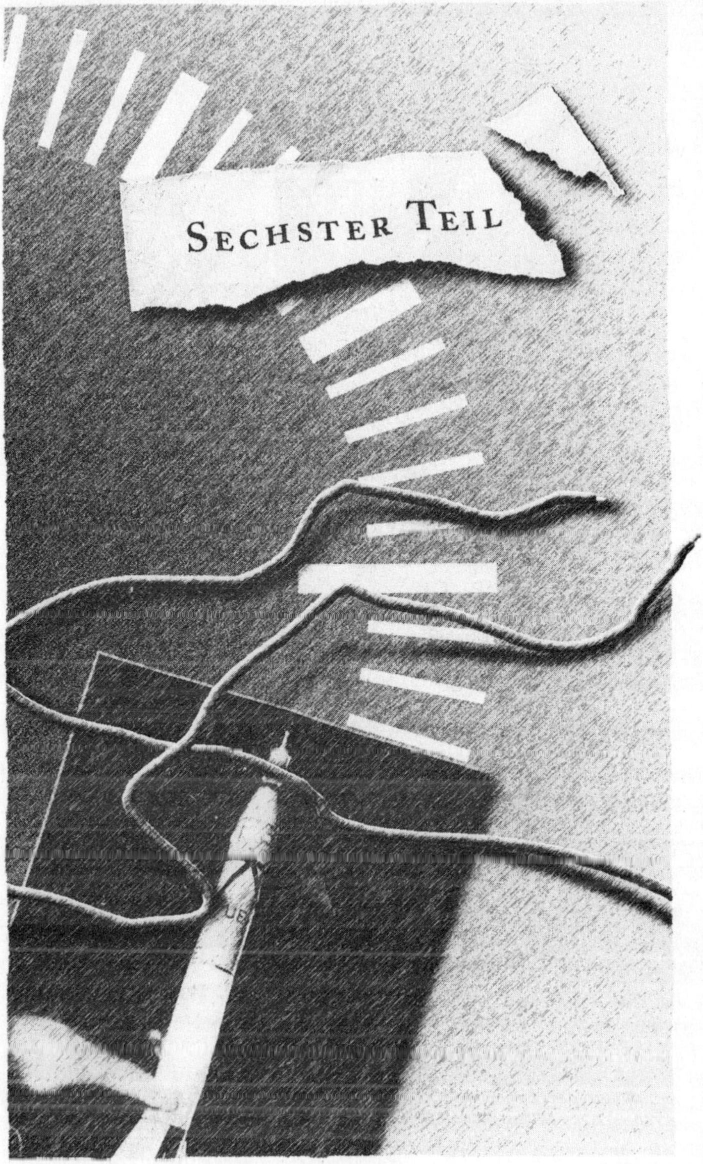
SECHSTER TEIL

**Um dem Satelliten immer auf der Spur bleiben zu können, hat das Jet Propulsion Laboratory eine neue Funktechnik entwickelt, die »Microlock« genannt wird. Die Microlock-Stationen verwenden ein Phasen-Rückkopplungssystem, das in der Lage ist, Funksignale von lediglich einem Tausendstel Watt aus einer Entfernung von 36 000 Kilometern wahrzunehmen.**

Anthony flog in einer kleinen Maschine nach Florida, die bei jedem Windstoß über Alabama und Georgia bockte und schaukelte. Seine Mitreisenden waren ein General und zwei Colonels, die ihn umgehend erschossen hätten, wenn ihnen der Zweck seiner Reise bekannt gewesen wäre.

Er landete auf dem Luftwaffenstützpunkt Patrick, wenige Kilometer südlich von Cape Canaveral. Der Terminal bestand aus ein paar kleinen Räumen auf der Rückseite eines Hangars. Anthony hatte sich schon ausgemalt, von einem Sonderkommando des FBI in Empfang genommen zu werden, lauter Agenten in ordentlichen Anzügen und gewienerten Schuhen, die nur darauf warteten, ihn zu verhaften, doch gekommen war lediglich Elspeth.

Sie wirkte ausgelaugt. Zum ersten Mal sah Anthony, dass sie allmählich in die Jahre kam. Ihre blasse Gesichtshaut zeigte erste Andeutungen von Runzeln; auch hielt sie ihren hoch gewachsenen Körper nicht mehr so kerzengerade wie früher. Sie führte ihn zu ihrer weißen Corvette, die draußen in der heißen Sonne stand.

Kaum saßen sie im Wagen, fragte Anthony: »Wie geht's Theo?«

»Ein bisschen angekratzt, der Gute, aber er wird sich erholen.«

»Hat die Polizei eine Personenbeschreibung von ihm?«

»Ja – Colonel Hide hat ihnen eine gegeben.«

»Wo versteckt sich Theo?«

»In meinem Motelzimmer. Dort bleibt er, bis es dunkel wird.« Elspeth fuhr los. Sie verließ das Gelände der Air Base und fuhr auf der Schnellstraße nach Norden. »Was ist mit dir? Wird die CIA deine Beschreibung an die Polizei geben?«

»Glaub ich nicht.«

»Dann kannst du dich also einigermaßen frei bewegen. Das ist gut, denn du wirst dir ein Auto kaufen müssen.«

»Die Agency löst ihre internen Probleme am liebsten ohne Hilfe von außen. Derzeit glaubt man in Washington, ich wäre durchgedreht. Sie haben nur eines im Sinn: mich aus dem Verkehr ziehen, bevor ich sie blamieren kann. Wenn sie sich Lukes Geschichte anhören, wird ihnen aufgehen, dass sie jahrelang einen Doppelagenten in ihren Reihen hatten. Kann durchaus sein, dass dann ihre Entschlossenheit, die Sache unter den Teppich zu kehren, noch wächst. Ich kann mich natürlich irren, aber ich glaube nicht, dass sie eine riesige Suchaktion nach mir starten werden.«

»Und da auf mir bisher nicht einmal der Schatten eines Verdachts liegt«, sagte Elspeth, »sind wir alle drei noch im Spiel und haben unsere Chance. Wir können unseren Plan immer noch durchziehen.«

»Luke hat dich nicht in Verdacht?«

»Er hat nicht den geringsten Grund dazu.«

»Wo ist er jetzt?«

»In einem Zug, sagt Marigold.« Bitterkeit mischte sich in ihre Stimme. »Mit Billie.«

»Wann wird er hier sein?«

»Ich weiß nicht genau. Der Nachtzug bringt ihn nach Jacksonville. Von dort aus, die Küste entlang, gibt es nur einen Bummelzug. Irgendwann heute Nachmittag wird er ankommen, schätze ich.«

Eine Weile lang fuhren sie schweigend weiter. Anthony versuchte sich zu beruhigen. In vierundzwanzig Stunden war alles vorüber. Bis dahin gab es zwei Möglichkeiten: Entweder sie hatten der Sache, der sie ihr Leben verschrieben hatten, einen historischen Schub gegeben und würden in die Geschichtsbücher eingehen – oder aber sie hatten versagt, und die Eroberung des Weltraums war wieder ein Wettstreit mit zwei Konkurrenten geworden.

Elspeth streifte Anthony mit einem Seitenblick. »Was wirst du tun nach heute Nacht?«

»Das Land verlassen.« Er klopfte auf den kleinen Koffer, den er auf dem Schoß hielt. »Alles da, was ich brauche – Pässe, Bargeld, ein paar einfache Dinge zur Tarnung.«

»Und dann?«

»Moskau.« Auf dem Flug hatte er schon intensiv über seine Zukunft nachgedacht. »Die Abteilung Washington beim KGB, stell ich mir vor.« Anthony hatte den Rang eines Majors beim KGB inne. Elspeth war Oberst. Sie war schon länger dabei als er, ja, sie hatte Anthony damals in Harvard überhaupt erst angeworben. »Ich schätze, dass ich eine gehobene Beraterfunktion bekomme«, fuhr er fort. »Schließlich kenne ich die CIA besser als irgendwer sonst im Sowjetblock.«

»Wie wird dir das Leben in der UdSSR gefallen?«

»Im Arbeiterparadies, meinst du?« Er grinste ironisch. »Du hast doch George Orwell gelesen. Einige Tiere sind gleicher als die anderen. Ich denke, eine Menge hängt davon ab, wie das heute Abend ausgeht. Wenn wir die Sache durchziehen, sind wir Helden. Wenn nicht …«

»Bist du denn gar nicht nervös?«

»Doch, natürlich. Am Anfang werd ich mich wohl ziemlich einsam fühlen – keine Freunde, keine Familie, und Russisch kann ich auch nicht. Aber vielleicht heirate ich ja dann irgendwann und ziehe eine Horde kleiner Genossen groß.« Mit schnodderigen Antworten versuchte er seine tief sitzenden Ängste zu überspielen. »Ich hab mich vor langer Zeit dazu entschlossen, mein Privatleben höheren Zielen zu opfern.«

»Ich habe dieselbe Entscheidung getroffen. Aber bei der Vorstellung, ich müsste nach Moskau ziehen, wird mir immer noch angst und bange.«

»Das wird dir erspart bleiben.«

»Ja. Die Zentrale will um jeden Preis, dass ich hier bleibe.«

Sie hatte offenkundig mit ihrem Führungsoffizier gesprochen, wer immer das war. Die Entscheidung, Elspeth an Ort und Stelle zu belassen, überraschte Anthony nicht. Seit vier Jahren waren russische Wissenschaftler bis ins Detail über das amerikanische Raumfahrtprogramm informiert. Sie bekamen alle wichtigen Berichte, alle Testergebnisse, jede Blaupause zu sehen, die von der armeeinternen Abteilung für Raketentechnik produziert wurde – alles dank Elspeth. Das Redstone-Team hätte ebenso gut gleich für das sowjetische Weltraumprogramm arbeiten können. Elspeth war der Grund dafür, dass die Sowjets im Rennen um die Eroberung des Weltraums die Nase vorn hatten. Sie war mit Abstand ihre wichtigste Spionin in dieser Phase des Kalten Krieges.

Ihre Arbeit hatte von ihr, wie Anthony wusste, ein großes persönliches Opfer gefordert. Obwohl sie Luke hauptsächlich geheiratet hatte, um das amerikanische Raumfahrtprogramm ausspionieren zu können, war ihre Liebe zu ihm echt, und dass sie ihn über die Jahre hinweg belügen musste, hatte ihr das Herz gebrochen. Ihr Lohn war der Weltraum-Triumph der Sowjetunion, der heute Abend besiegelt werden sollte. Er rechtfertigte alles.

Anthonys Erfolge standen denen Elspeths kaum nach. Als sowjetischer Agent war er bis in die höchsten Ebenen der CIA vorgedrungen. Bei dem Tunnel in Berlin, mit dem angeblich das sowjetische Kommunkationssystem angezapft worden war, handelte es sich in Wirklichkeit um einen Desinformationskanal. Der KGB hatte ihn dazu benutzt, die CIA in die Irre zu führen. Die Amerikaner verschwendeten Millionen auf die Observation von Personen, die keine Spione waren, auf die Unterwanderung von Organisationen, die niemals in kommunistischen Diensten gestanden hatten, und auf die Diskreditierung von Politikern in der Dritten Welt, die in Wahrheit pro-amerikanisch eingestellt waren. Anthony wollte sich, wenn ihn in seiner künftigen Moskauer Wohnung die Einsamkeit überkam, an seine Erfolge erinnern – und das würde ihm das Herz wärmen.

Zwischen den Palmen vor ihnen am Straßenrand sah er über einem Schild mit der Aufschrift *Starlite Motel* das riesige Modell einer Weltraumrakete. Elspeth fuhr langsamer und bog auf das Motelgelände ein. Der Empfang befand sich in einem niedrigen Gebäude mit eckigen Strebepfeilern, die ihm einen futuristischen Anstrich verliehen. Elspeth parkte so weit wie möglich von der Straße entfernt. Die Motelzimmer befanden sich in einem zweistöckigen Gebäude, das einen großen Swimmingpool umschloss, wo sich bereits ein paar Frühaufsteher sonnten. Im Hintergrund war der Strand zu sehen.

Trotz aller Zuversicht, die er Elspeth gegenüber an den Tag gelegt hatte, wollte Anthony von möglichst wenig Leuten gesehen werden. Er zog daher seinen Hut tief in die Stirn und hatte es sehr eilig, als sie vom Wagen zu Elspeths Zimmer im ersten Stock gingen.

Auch bei der Einrichtung strapazierte das Motel das Thema Raumfahrt. Die Lampenschirme hatten die Form von Raketen, und an den Wänden hingen Bilder mit stilisierten Planeten und Sternen. Theo stand am Fenster und sah auf den Ozean hinaus. Elspeth stellte die beiden Männer einander vor und bestellte beim Zimmerservice Kaffee und Doughnuts. Theo fragte Anthony: »Wie ist Luke mir auf die Spur gekommen? Hat er Ihnen das erklärt?«

Anthony nickte. »Ja, am Montag. Er hat Xerografien auf dem Apparat in Hangar R gemacht. Dort gibt es zur Sicherheit ein Eintragungsbuch neben der Maschine; man trägt das Datum, die Uhrzeit und die Anzahl der Kopien ein, die man macht, und unterschreibt dann. Luke fiel auf, dass zwölf Kopien mit ›WvB‹ abgezeichnet waren, das heißt Wernher von Braun.«

Elspeth erklärte: »Ich habe immer von Brauns Namen benutzt, weil kein Mensch sich traut, den Chef zu fragen, wofür er so viele Kopien braucht.«

»Aber Luke«, fuhr Anthony fort, »war etwas bekannt, was weder Elspeth noch sonst jemand wusste – dass nämlich von Braun an jenem Tag in Washington war. Da läutete bei ihm eine Alarmglocke. Er ging ins Postzimmer und fand die Kopien in einem Umschlag, der an Sie, Theo, adressiert war. Aber er fand keine Hinweise auf die Person, welche die Sendung zur Post gegeben hatte. Er kam zu dem Schluss, dass er hier unten niemandem trauen konnte, und flog deshalb nach Washington. Aber nicht, ohne zuvor die ursprüngliche Sendung an Sie weiterzuleiten und für sich selbst zwei Sicherheitskopien zu machen, von denen er eine, wie sich inzwischen herausstellte, in Huntsville deponiert hat. Elspeth hat mich glücklicherweise angerufen, sodass es mir möglich war, Luke noch rechtzeitig abzufangen, bevor er plaudern konnte.«

Elspeth sagte: »Aber jetzt sind wir wieder genauso weit wie am Montag! Luke hat alles wiederentdeckt, was wir ihn vergessen lassen wollten.«

Anthony fragte sie: »Was, glaubst du, wird die Armee jetzt tun?«

»Sie könnte den Selbstzerstörungsmechanismus unbrauchbar machen und die Rakete trotzdem starten. Aber wenn das rauskäme, wäre der Teufel los, und das Theater würde ihnen den Erfolg verderben. Ich glaube eher, dass sie den Code ändern. Wer die Rakete sprengen will, braucht dann ein anderes Signal.«

»Und wie funktioniert diese Änderung?«

»Das weiß ich nicht.«

Es klopfte an der Tür. Anthony war sofort auf der Hut, doch Elspeth beruhigte ihn: »Ich hab Kaffee bestellt.« Theo verschwand im Badezimmer, und Anthony kehrte der Tür den Rücken zu. Damit es natürlich aussah, öffnete er den Kleiderschrank und tat so, als inspiziere er seine Garderobe. Ein hellgrauer Anzug von Luke mit Fischgrätmuster hing dort, und in einem Fach lag ein Stapel blauer Hemden. Elspeth ließ den

Kellner nicht herein, sondern blieb in der Tür stehen. Sie unterschrieb die Rechnung und gab dem Mann ein Trinkgeld; dann nahm sie ihm das Tablett ab und schloss die Tür.

Theo kam aus dem Badezimmer, und Anthony nahm wieder Platz.

Er sagte: »Was können wir tun? Wenn sie den Code ändern, sind wir arm dran. Wir können die Rakete dann nicht mehr sprengen.«

Elspeth setzte das Kaffeetablett ab. »Ich muss rausfinden, was sie vorhaben, und mir dann überlegen, wie wir am besten reagieren.« Sie nahm ihre Handtasche und legte sich ihre Jacke um die Schultern. »Kauft euch ein Auto«, sagte sie. »Sobald es dunkel ist, fahrt runter zum Strand und parkt möglichst nahe am Zaun des Geländes von Cape Canaveral. Ich treffe euch dann dort. Aber jetzt lasst euch erst einmal den Kaffee schmecken.« Sie ging hinaus.

Nach einer Weile sagte Theo: »Eines muss man ihr lassen: Gute Nerven hat sie.«

Anthony nickte. »Die braucht sie auch.«

# 16.00 Uhr

**Auf einer Nord-Süd-Linie, die ungefähr dem 65. Längengrad westlich von Greenwich entspricht, sind zahlreiche Bodenstationen wie an einer Kette aufgereiht. Jedes Mal, wenn der Satellit darüber hinwegfliegt, empfangen sie Signale von ihm.**

Der Countdown stand auf X minus 390 Minuten.

Die Countdown-Zeit lief bisher im Einklang mit der Normalzeit, doch Elspeth wusste, dass sich das ändern konnte. Wenn irgendetwas Unvorhergesehenes geschah und eine Verzögerung verursachte, wurde der Countdown angehalten; war das Problem gelöst, lief er dort weiter, wo er aufgehört hatte, auch wenn inzwischen zehn oder fünfzehn Minuten vergangen waren. Oft war es so, dass sich der Zeitunterschied vergrößerte, je näher der Moment der Triebwerkzündung rückte. Die Countdown-Zeit fiel dann immer weiter hinter die normale Uhrzeit zurück.

Heute hatte der Countdown eine halbe Stunde vor zwölf Uhr mittags begonnen, um X minus 660 Minuten. Elspeth war unentwegt auf Achse gewesen, um mit ihrem Zeitplan auf dem Laufenden zu bleiben, und achtete darauf, dass ihr keine Änderung im Verfahren entging. Bis jetzt hatte sie allerdings noch nicht den geringsten Hinweis darauf entdeckt, wie sich die Experten gegen die drohende Sabotage zu schützen gedachten – und allmählich verlor sie jede Hoffnung.

Alle Welt wusste inzwischen, dass Theo Packman ein Spion war. Der Mann an der Rezeption des Vanguard-Motels hatte überall herumerzählt, dass Colonel Hide mit vier Polizisten und zwei Männern vom FBI eine Razzia vorgenommen und am Empfang nach Theos Zimmernummer gefragt hatte. Die Raumfahrt-Gemeinde stellte sehr schnell die Verbindung zwischen dieser Nachricht und dem Abbruch des Starts in letzter Sekunde her, sodass inzwischen kein Mensch in Cape Canaveral der offiziellen Erklärung, der Jetstream sei stärker geworden, mehr Glauben schenkte. Am Vormittag war das Wort ›Sabotage‹ in aller Munde – nur schien niemand zu wissen, was dagegen unternommen wurde, und wer es wusste, verlor kein Wort darüber.

Der Mittag ging in den Nachmittag über, und Elspeths Anspannung stieg. Bis jetzt hatte sie, um ja keinen Verdacht zu erregen, noch keine direkten Fragen gestellt, doch mittlerweile war ihr klar, dass sie über kurz oder lang ein größeres Risiko würde eingehen müssen. Erfuhr sie nicht bald, was geplant war, blieb ihr keine Zeit mehr für Gegenmaßnahmen.

Luke hatte sich noch nicht blicken lassen. Einerseits sehnte sie sich nach ihm, andererseits fürchtete sie die Begegnung. Sie vermisste ihn in den Nächten, wenn er nicht neben ihr lag. War er jedoch da, musste sie ständig daran denken, dass sie ihre gesamte Energie darauf verwandte, seine Träume zu zerstören. Ihr langjähriges Täuschungsmanöver hatte ihre Ehe vergiftet, das wusste sie. Dennoch sehnte sie sich danach, sein Gesicht zu sehen, seine ernste, höfliche Stimme zu hören, seine Hand zu berühren und ihn zum Lächeln zu bringen.

Die Wissenschaftler im Blockhaus machten Pause. Ohne ihre Kontrollkonsolen zu verlassen, aßen sie ihre Sandwiches und tranken ihren Kaffee. Betrat eine attraktive Frau den Raum, gab es normalerweise ein bisschen Anmache, doch heute blieb alles ruhig, und die Atmosphäre war gespannt. Alle warteten nur darauf, dass irgendetwas schief ging: dass eine Warnlampe aufleuchtete und eine Überspannung, ein defektes Teil oder eine Systemstörung meldete. Sobald eine Störung auftrat, änderte sich die Stimmung schlagartig: Sie versenkten sich in das technische Problem und wurden dabei immer munterer; sie suchten nach Erklärungen, dachten im Kollektiv über Lösungsmöglichkeiten nach, improvisierten eine Reparatur. Sie gehörten zu jener Art von Menschen, die am glücklichsten waren, wenn es irgendetwas auszubessern gab.

Elspeth saß neben Willy Fredrickson, ihrem Chef, der mit dem Kopfhörer um den Hals einen Käsetoast verzehrte. »Sie wissen wahrscheinlich, dass überall von einem Sabotageversuch die Rede ist«, sagte Elspeth im Plauderton.

Willys Blick verriet Missbiligung – was Elspeth als Zeichen dafür nahm, dass er genau wusste, wovon sie sprach. Doch bevor er antworten konnte, sagte einer der Techniker im Hintergrund »Willy« und deutete auf seine eigenen Kopfhörer.

Willy legte sein Sandwich beiseite, setzte die Kopfhörer auf und sagte: »Hier Fredrickson.« Dann hörte er eine Minute lang nur zu und sagte schließlich: »Okay«, in sein Mikrofon, »so schnell wie möglich.« Dann blickte er auf und verkündete: »Stoppt den Countdown!«

Elspeth war gespannt wie eine Bogensehne. War das der lang ersehnte Hinweis? Erwartungsvoll hob sie Notizblock und Bleistift.

Willy nahm den Kopfhörer wieder ab. »Zehn Minuten Verzögerung«, sagte er. Seine Stimme verriet nicht mehr als die übliche Gereiztheit angesichts einer Störung. Er biss wieder in seinen Toast.

Elspeth, auf genauere Informationen aus, fragte: »Soll ich den Grund erwähnen?«

»Wir müssen einen Röhrenkondensator austauschen, der offenbar rauscht.«

Das ist durchaus möglich, dachte Elspeth. Kondensatoren waren wichtig für die Bodenüberwachung, und jedes Rauschen – winzige elektrische Entladungen – konnte ein Indiz für den Ausfall des Geräts sein. Überzeugt war Elspeth von der Erklärung jedoch nicht, und daher entschloss sie sich, soweit es ihr möglich war, der Sache auf den Grund zu gehen.

Sie kritzelte eine Notiz, dann stand sie auf, winkte den anderen fröhlich zu und ging hinaus. Vor dem Blockhaus wurden die Schatten länger. Der weiße Schaft von *Explorer I* ragte in den Himmel wie ein Telegrafenmast. Elspeth stellte sich vor, wie die Rakete startete, sich mit enervierender Langsamkeit auf ihrer Rückstoßflamme von der Abschussrampe hob und in die Nacht stieg. Dann sah sie einen Lichtblitz, heller als die Sonne, die Rakete explodierte, Metallteile flogen wie Glasscherben umher, vor dem Nachthimmel glühte ein rotschwarzer Feuerball, und in der Luft lag wie der Triumphschrei aller Armen und Vergessenen dieser Erde ein ohrenbetäubendes Dröhnen.

Mit langen Schritten ging sie über den sandigen Rasen zu der betonierten Abschussrampe und betrat auf der Rückseite des Wartungsturms den Stahlraum in dessen Sockel, in dem Büros und der Maschinenpark untergebracht waren. Harry Lane, dem die Aufsicht über den Serviceturm oblag, telefonierte gerade und machte sich mit einem dicken Bleistift Notizen. Als er auflegte, fragte Elspeth: »Zehn Minuten Verzögerung?«

»Könnte auch länger dauern.« Er sah sie nicht an, doch das hatte nichts zu bedeuten: Er war immer unhöflich, denn Frauen an der Abschussrampe waren ihm ein Gräuel.

Elspeth kritzelte etwas auf ihren Block und fragte: »Der Grund?«

»Austausch eines nicht funktionierenden Bauteils«, sagte er.

»Würden Sie mir bitte sagen, um *welches* Bauteil es sich handelt?«

»Nein.«

Es war zum Verrücktwerden. Noch immer konnte Elspeth nicht sagen, ob er aus Sicherheitsgründen Stillschweigen wahrte oder ob er einfach bloß unangenehm sein wollte. Sie wandte sich zum Gehen. Und just in diesem Moment kam ein Techniker im ölverschmierten Overall herein. »Hier ist der alte, Harry«, sagte er.

Er hielt einen Verbindungsstecker in seiner dreckigen Hand.

Elspeth wusste genau, was es war: Der Stecker für das Gerät, mit dem das chiffrierte Selbstzerstörungssignal empfangen wurde. Die herausragenden Stifte waren im Stecker so kompliziert miteinander verbunden, dass nur das dafür vorgesehene spezielle Funksignal die Sprengkapsel aktivieren konnte.

Rasch ging sie zur Tür hinaus, damit Harry ihre triumphierende Miene nicht sah. Das Herz klopfte ihr bis zum Hals, als sie hinauseilte und zu ihrem Jeep ging.

Sie setzte sich auf den Fahrersitz und versuchte den Plan der Experten nachzuvollziehen. Um Sabotage zu verhindern, ersetzten sie den Stecker durch einen neuen, der anders geschaltet war und auf einen anderen Code reagierte. Auch am Sender musste ein übereinstimmender Stecker angebracht werden. Die neuen Stecker waren vermutlich im Laufe des Tages aus Huntsville eingeflogen worden.

Das sieht logisch aus, dachte sie zufrieden – immerhin wusste sie jetzt endlich, wie die Armee reagierte. Aber wie können wir sie jetzt noch überlisten, fragte sie sich.

Die Stecker wurden stets in Vierersets hergestellt, wobei das zweite Paar für den Fall eines Defekts in Reserve gehalten wurde. Das Ersatzpaar hatte Elspeth am vergangenen Sonntag als Vorlage für jene Skizze gedient, mit der sie Theo die Schaltung erklärte und ihm die Chance gab, den Funkcode nachzuahmen und die Explosion auszulösen. Jetzt, dachte sie besorgt, muss ich das Ganze noch mal von vorne machen: das Ersatzpaar auftreiben, den Stecker für das Sendegerät auseinander nehmen und die Schaltung abzeichnen.

Sie startete den Jeep und fuhr schnell zu den Hangars zurück. Statt in Hangar R zu gehen, wo ihr Schreibtisch stand, betrat sie Hangar D und ging in den Telemetrieraum. Dort hatte sie beim letzten Mal die Ersatzstecker gefunden.

Hank Mueller und zwei andere Wissenschaftler stützten sich auf eine Werkbank und betrachteten mit ernster Miene ein kompliziertes elektrisches Aggregat. Bei Elspeths Anblick hellte sich seine Miene auf, und er sagte: »Achttausend.«

Seine Kollegen stöhnten auf und machten sich aus dem Staub.

Elspeth unterdrückte ihre Ungeduld. Vor allem anderen musste sie das Zahlenspiel mit ihm spielen. »Die dritte Potenz von zwanzig«, sagte sie.

»Das reicht nicht.«

Sie dachte einen Moment lang nach. »Okay, es ist die Summe aus vier aufeinander folgenden dritten Potenzen: elf hoch drei plus zwölf hoch drei plus dreizehn hoch drei plus vierzehn hoch drei ist gleich achttausend.«

»Sehr gut.« Er gab ihr einen Dime und sah sie erwartungsvoll an.

Elspeth durchforstete ihr Hirn auf der Suche nach einer interessanten Zahl, dann sagte sie: »Kubikwurzeln in 16830.«

Hank runzelte die Stirn und spielte den Beleidigten. »Das kann ich nicht ausrechnen, dazu brauche ich eine Rechenmaschine!«, sagte er missbilligend.

»Sie kennen die Zahl nicht? Es ist die Summe aus allen aufeinander folgenden Dreierpotenzen von 1,134 bis 2,133.«

»Das hab ich nicht gewusst!«

»Ich weiß es auch nur, weil meine Eltern die Hausnummer 16830 hatten, als ich auf dic High School ging.«

»Das ist das erste Mal, dass Sie meinen Dime behalten können.« In seiner Verzagtheit wirkte Hank regelrecht komisch.

Sie konnte das Labor nicht durchsuchen: Sie musste Hank dirckt fragen. Glücklicherweise waren die anderen Manner außer Hörweite. »Haben Sie das Ersatzpaar für die neuen Stecker aus Huntsville?«, platzte es aus ihr heraus.

»Nein«, erwiderte er und sah noch verzagter aus als zuvor. »Es heißt, sie wären hier nicht sicher genug. Dic Stecker liegen in einem Safe.«

Elspeth war froh, dass er nicht fragte, warum sie das alles wissen wollte. »In welchem Safe?«

»Das haben sie mir nicht gesagt.«

»Ist ja auch egal.« Sie tat, als würde sie sich etwas auf ihren Notizblock schreiben. Dann ging sie hinaus.

In ihren hochhackigen Schuhen rannte sie über den sandigen Boden zum Hangar R. Sie war wieder voller Zuversicht. Allerdings blieb noch viel zu tun. Draußen dunkelte es bereits.

Es gab nur einen Safe, der ihrer Meinung nach infrage kam, und der stand in Colonel Hides Büro.

An ihrem Schreibtisch spannte sie ein Armeekuvert in ihre

Schreibmaschine und tippte: *Dr. W. Fredrickson – persönlich.* Dann faltete sie zwei leere Bögen Papier, steckte sie in den Umschlag und klebte ihn zu.

Sie ging damit zu Hides Büro, klopfte und trat ein. Er war allein, saß hinter seinem Schreibtisch und rauchte eine Pfeife. Lächelnd sah er auf; wie die meisten Männer freute er sich stets beim Anblick eines hübschen Gesichts. »Elspeth«, sagte er in seiner gedehnten Sprechweise. »Was kann ich für Sie tun?«

»Könnten Sie das für Willy im Safe aufbewahren?« Sie reichte ihm den Umschlag.

»Aber sicher«, sagte er. »Was ist das denn?«

»Er hat's mir nicht gesagt.«

»Natürlich.« Hide drehte sich mit seinem Stuhl und öffnete den Schrank dahinter. Elspeth blickte ihm über die Schulter und sah eine Stahltür mit einem Zahlenschloss. Sie trat näher. Die Skala war unterteilt in die Zahlen 1-99, wobei nur die Zehnerzahlen als Ziffern angegeben waren. Alle anderen Zahlen waren durch Kerben markiert. Obwohl sie sehr gute Augen hatte, fiel es Elspeth schwer, genau zu erkennen, an welchen Kerben Hide den Drehknopf einrasten ließ. Sie beugte sich weit über den Schreibtisch, um besser sehen zu können. Die erste Nummer war leicht: 10. Dann wählte er eine Nummer knapp unter 30, also entweder 29 oder 28. Die nächste Zahl lag zwischen 10 und 15. Die Kombination lautete also ungefähr 10-29-13. Das konnte sein Geburtsdatum sein, der 28. oder 29. Oktober 1911, 1912, 1913 oder 1914. Insgesamt ergaben sich acht Möglichkeiten.

Wenn ich ein paar Minuten in diesem Büro allein wäre, könnte ich sie in kürzester Zeit alle ausprobieren, dachte Elspeth.

Hide öffnete die Tür. Im Safe lagen zwei Stecker.

»Heureka«, flüsterte Elspeth.

»Wie bitte?«, fragte Hide.

»Ich hab nichts gesagt.«

Er räusperte sich, warf den Umschlag in den Safe, klappte die Tür wieder zu und drehte am Zahlenschloss.

Elspeth war schon unterwegs zur Bürotür. »Vielen Dank, Colonel.«

»Stets zu Diensten.«

Nun musste sie abwarten, bis er sein Büro verließ. Von ihrem Schreibtisch aus hatte sie seine Tür nicht im Blickfeld. Allerdings musste er, wenn er das Gebäude verließ, an ihrem Büro vorüber. Sie ließ ihre Tür offen stehen und schob einen Holzkeil darunter.

Ihr Telefon klingelte. Es war Anthony. »Wir fahren hier in ein paar Minuten ab«, sagte er. »Hast du, was wir brauchen?«

»Noch nicht, aber es wird nicht mehr lange dauern.« Sie wäre gerne so optimistisch gewesen, wie sie klang. »Was für ein Auto hast du dir gekauft?«

»Einen hellgrünen Mercury Monterey, vierundfünfziger Modell, das altmodische ohne Haifischflossen.«

»Ich werd's erkennnen. Wie geht's Theo?«

»Er fragt mich, was er nach heute Abend tun soll.«

»Ich nahm an, er fliegt nach Europa zurück und arbeitet weiter für *Le Monde*.«

»Er hat Angst, dass man ihn dort aufspüren wird.«

»Das ist gut möglich. Er sollte dich besser begleiten.«

»Das will er aber nicht.«

»Versprich ihm irgendwas«, sagte sie ungeduldig. »Alles was er will, wenn er nur heute Abend auf Zack ist.«

»Mach ich.«

Colonel Hide ging an ihrer Tür vorbei.

»Ich muss gehen«, sagte sie zu Anthony, legte auf und verließ ihr Büro. Hide war nicht verschwunden, sondern stand in der Tür nebenan und unterhielt sich mit den Mädchen in der Schreibstube. Seine Bürotür lag nach wie vor in seinem Blickfeld, sodass Elspeth keine Chance hatte, sich heimlich hineinzuschleichen. Sie blieb noch eine Weile stehen und wünschte inständigst, er würde endlich weitergehen – doch als er es schließlich tat, ging er in sein Büro zurück.

Und dort blieb er zwei Stunden lang.

Elspeth wurde schier wahnsinnig. Die Kombination hatte

sie; sie musste bloß noch in dieses Büro und den Safe öffnen, doch Hide wollte einfach nicht gehen. Er ließ sich von seiner Sekretärin aus dem Imbisswagen draußen, den sie den »Küchenschabenexpress« nannten, Kaffee holen. Nicht einmal die Toilette suchte er auf. Elspeth verfiel schon in wilde Fantastereien und malte sich aus, wie sie ihn unter Umständen ausschalten konnte. Im OSS hatte man ihr beigebracht, wie man einen Menschen mit einem Nylonstrumpf erwürgt, aber sie hatte es nie ausprobiert. Groß und stark, wie Hide war, würde er sich auf jeden Fall heftig wehren.

Sie selbst setzte keinen Schritt vor ihr Büro. Ihr Terminplan war vergessen. Willy Fredrickson würde toben, aber was spielte das jetzt noch für eine Rolle?

Alle paar Minuten sah sie auf ihre Armbanduhr. Es war fünf vor halb neun, als Hide endlich wieder an ihrer Tür vorbeikam. Elspeth sprang auf und sah noch, wie er die Treppe hinunterging. Es waren nur noch zwei Stunden bis zum Start: Wahrscheinlich ging Hide zum Blockhaus.

Ein anderer Mann kam durch den Korridor auf sie zu. Mit unsicherer Stimme, die sie sofort erkannte, sagte er: »Elspeth?« Ihr Herz setzte einen Schlag aus, dann trafen sich ihre Blicke.

Es war Luke.

**Informationen von den Aufzeichnungsgeräten des Satelliten werden mithilfe von Tönen über Funk gesendet. Die verschiedenen Instrumente benutzen Töne unterschiedlicher Frequenzen, sodass die »Stimmen« beim Empfang elektronisch getrennt werden können.**

Diesen Augenblick hatte Luke gefürchtet.

Er hatte Billie am Starlite abgesetzt. Sie wollte dort ein Zimmer nehmen, sich ein wenig frisch machen und dann rechtzeitig mit dem Taxi nach Cape Canaveral fahren, um den Start mitzuerleben. Er selbst hatte sich auf schnellstem Wege ins Blockhaus begeben und sich dort, nachdem ihm mitgeteilt worden war, dass der Start nunmehr um 22.45 Uhr stattfinden sollte, von Willy Fredrickson die Vorkehrungen gegen einen möglichen Sabotageversuch erklären lassen. Hundertprozentig überzeugt war Luke von den Maßnahmen nicht; er hätte Theo Packman lieber hinter Schloss und Riegel gesehen und außerdem gerne gewusst, wo Anthony abgeblieben war. Immerhin, Schaden konnten die beiden mit dem inzwischen ungültigen Code keinen mehr anrichten. Und die neuen Stecker wurden, wie Willy sagte, in einem Safe aufbewahrt.

Hatte er Elspeth erst einmal gesehen, würde er sich vielleicht weniger Gedanken machen. Außer Billie hatte er niemandem von seinem Verdacht gegen sie erzählt – zum einen, weil er es nicht ertrug, sie zu beschuldigen, zum anderen, weil ihm jeder Beweis fehlte. Doch wenn er ihr in die Augen sah und sie bat, ihm die Wahrheit zu sagen, würde er Bescheid wissen.

Schweren Herzens stieg er die Treppe im Hangar R hinauf.

Er musste mit Elspeth über ihr jahrelanges Täuschungsmanöver sprechen und ihr beichten, dass er ihr untreu gewesen war. Er hätte nicht sagen können, welches von beidem schlimmer war.

Oben angelangt, kam ihm ein Mann in der Uniform eines Colonels entgegen, der im Vorbeigehen sagte: »Hallo, Luke, schön, dass Sie wieder da sind! Bis später im Blockhaus!« Da tauchte plötzlich aus einem der Büros entlang des Korridors eine große rothaarige Frau auf, der man auf den ersten Blick ansah, dass sie sehr beunruhigt war. Im Türrahmen blieb sie stehen; die Haltung ihres gertenschlanken Körpers verriet gespannte Aufmerksamkeit. Ohne von Luke Notiz zu nehmen, sah sie dem Colonel nach, der jetzt die Treppe hinunterging. Sie war noch schöner als auf ihrem Hochzeitsfoto. Ihr blasses Gesicht schimmerte wie die Oberfläche eines Sees in der Morgendämmerung. Wie ein Schock durchfuhr Luke eine heftige Gemütsbewegung, eine starke, zärtliche Zuneigung zu dieser Frau.

Erst als er sie ansprach, bemerkte sie ihn. »Luke!« Rasch kam sie auf ihn zu. Ihr freudiges Begrüßungslächeln war aufrichtig, doch Luke erkannte die Angst in ihren Augen. Sie warf die Arme um ihn und küsste ihn auf den Mund – was ihn nicht hätte überraschen dürfen, denn sie war seine Frau, und er war die ganze Woche lang fort gewesen. Eine Umarmung war die natürlichste Sache der Welt. Dass er einen Verdacht gegen sie hegte, konnte sie nicht wissen. Sie spielte daher weiter ihre Rolle als normale Ehefrau.

Er brach den Kuss ab und löste sich aus ihrer Umarmung. Elspeth runzelte die Stirn und sah ihn prüfend an. »Was ist das?«, fragte sie. Dann schnupperte sie an ihm, und unvermittelt verdüsterte Wut ihre Miene. »Du riechst nach Sex, du Schwein!« Sie stieß ihn fort. »Du hast Billie Josephson gebumst, du Scheißkerl!« Die rüde Sprache ließ einen zufällig vorüber gehenden Wissenschaftler vor Schreck zusammenzucken, doch Elspeth nahm keine Rücksicht auf ihn. »Du hast sie in diesem gottverdammten Zug gevögelt!«

Er wusste nicht, was er darauf sagen sollte. Obwohl sie ihn viel ärger betrogen hatte als er sie, schämte er sich seines Tuns. Alles, was er in diesem Augenblick zu ihr sagen konnte, musste zwangsläufig nach einer Ausrede klingen. Luke hasste Ausreden. Sie degradierten jeden, der sich ihrer bediente, zu einer jämmerlichen Figur. Also hielt er lieber den Mund.

Ihr Zorn verflog so schnell, wie er gekommen war. »Ich hab für so was keine Zeit«, sagte sie und musterte aufmerksam den Korridor in beiden Richtungen. Sie wirkte ungeduldig und schien mit ihren Gedanken ganz woanders zu sein.

Argwöhnisch fragte Luke: »Was hast du denn zu tun, das so viel wichtiger wäre als ein Gespräch zwischen uns beiden?«

»Meine Arbeit!«

»Die kannst du vergessen.«

»Was soll das heißen, zum Teufel? Ich muss jetzt gehen. Wir reden später miteinander.«

»Das glaube ich nicht«, sagte er fest.

Sein Ton ließ sie aufhorchen. »Was meinst du damit?«

»Zu Hause lag ein Brief an dich. Ich habe ihn geöffnet und gelesen.« Er zog das Schreiben aus der Jackentasche und gab ihn ihr. »Er stammt von einer Ärztin in Atlanta.«

Ihr Gesicht wurde noch blasser, als es ohnehin schon war. Sie nahm den Brief aus dem Kuvert und begann zu lesen. »O mein Gott«, flüsterte sie.

»Du hast dir sechs Wochen vor unserer Hochzeit die Eileiter durchtrennen lassen«, sagte er und konnte es noch immer kaum fassen.

Tränen stiegen ihr in die Augen. »Ich wollte das nicht«, sagte sie. »Ich musste.«

Luke dachte daran, was die Ärztin über Elspeths Zustand geschrieben hatte – Schlaflosigkeit, Gewichtsverlust, plötzliche Weinkrämpfe, Depressionen –, und eine Welle von Mitgefühl überkam ihn. Seine Stimme war nur noch ein Flüstern. »Es tut mir leid, dass du nicht glücklich bist«, sagte er.

»Sei nicht so nett zu mir, das kann ich nicht ertragen!«

»Komm, wir gehen in dein Büro.« Er nahm ihren Arm,

führte sie in ihr Zimmer und schloss die Tür. Elspeth ging automatisch zu ihrem Schreibtisch, setzte sich und suchte in ihrer Handtasche fahrig nach einem Taschentuch. Luke zog sich den großen Stuhl hinter dem Chefschreibtisch heran und setzte sich neben Elspeth.

Sie putzte sich die Nase. »Es hat nicht viel gefehlt, und ich hätte mich geweigert«, sagte sie. »Diese Operation hat mir das Herz gebrochen.«

Er sah sie aufmerksam an und bemühte sich um einen sachlichen, distanzierten Ton. »Man hat dich dazu gezwungen, nicht wahr?«, sagte er und hielt inne. Elspeths Augen weiteten sich. »Der KGB, meine ich«, fuhr Luke fort, und nun starrte sie ihn voller Entsetzen an. »Man hat dir befohlen, mich zu heiraten, damit du das Raumfahrtprogramm ausspionieren kannst. Der KGB hat von dir verlangt, dass du dich sterilisieren lässt, weil du nicht in einen Loyalitätskonflikt kommen solltest: Hier deine Auftraggeber, dort deine Kinder ...« Luke erkannte eine tiefe Traurigkeit in Elspeths Augen und wusste in diesem Moment, dass er Recht hatte. »Versuch dich nicht mit irgendwelchen Lügen rauszureden«, fügte er noch schnell hinzu. »Ich glaube dir kein Wort mehr.«

»Schon recht«, sagte Elspeth.

Sie gab alles zu. Luke lehnte sich zurück. Es war vorbei. Er fühlte sich atemlos und verletzt, als wäre er von einem Baum gefallen.

»Ich habe es immer wieder rausgeschoben, weil ich mich nicht entscheiden konnte«, sagte Elspeth, und Tränen liefen ihr übers Gesicht. »Morgens war ich fest entschlossen, den Eingriff durchführen zu lassen. Um die Mittagszeit hab ich dich angerufen, und da hast du von einem Haus mit einem großen Garten geschwärmt, in dem unsere Kinder rumtollen können ... Da war ich dann fest entschlossen, mich auf die Hinterfüße zu stellen und meinen Auftraggebern die Stirn zu bieten. Wenn ich dann nachts allein in meinem Bett lag, geriet ich ins Grübeln. Ich dachte darüber nach, wie leicht es wäre, an die dringend benötigten Informationen zu kommen, wenn ich dich bloß heiratete … Und so änderte ich meine Meinung wieder und beschloss, alles zu tun, was man von mir verlangte.«

»Beides vereinbaren konntest du nicht?«

Elspeth schüttelte den Kopf. »Es war ja ohne Kinder schon fast unerträglich: Ich liebte dich und musste dich gleichzeitig ausspionieren. Mit Kindern hätte ich meine Aufgabe nie erfüllen können.«

»Was hat letzten Endes den Ausschlag gegeben?«

Sie schnäuzte sich und wischte sich das Gesicht. »Du wirst mir nicht glauben, aber es war Guatemala.« Sie lachte kurz auf; es klang irgendwie seltsam. »Die armen Menschen dort wollten nichts als Schulen für ihre Kinder, eine Gewerkschaft, die ihnen einen gewissen Schutz bieten sollte, und eine Chance, sich ihren Lebensunterhalt zu verdienen. Aber dadurch wäre der Bananenpreis um ein paar Cents gestiegen – und das passte United Fruit nicht! Was also tat Amerika? Wir stürzten die Regierung und setzten eine faschistische Marionette ein. Ich war damals bei der CIA und wusste daher genau, was gespielt wurde. Dass diese Geizhälse in Washington ein armes Land in die Pfanne hauen konnten, ohne dass ihnen jemand auf die Finger geklopft hätte, hat mich maßlos geärgert. Dass sie so unverfroren logen und schließlich auch noch die Presse so weit brachten, den Bürgern unseres Landes vorzuflunkern, es habe sich um einen Aufstand einheimischer Antikommunisten gehandelt … Du wirst denken, wie kann man sich darüber nur so aufregen – aber ich kann dir gar nicht sagen, wie wütend ich war.«

»Wütend genug, um deinem eigenen Körper Schaden zuzufügen.«

»Und dich zu täuschen und meine Ehe zu ruinieren.« Elspeth hob den Kopf, und ihre Miene verriet Stolz. »Aber welche Hoffnung bleibt noch für diese Welt, wenn eine Nation aus bettelarmen Bauern es nicht wagen darf, sich selber aus dem Elend zu befreien, ohne dass sie von Onkel Sams Stiefel zertreten wird? Das Einzige, was ich wirklich bereue, ist, dass ich dir keine Kinder geschenkt habe. Das war übel. Auf alles andere bin ich stolz.«

Luke nickte. »Ich glaube, ich verstehe dich.«

»Das ist immerhin etwas.« Elspeth seufzte. »Was wirst du jetzt tun? Rufst du das FBI?«

»Soll ich das etwa?«

»Dann ende ich auf dem elektrischen Stuhl wie die Rosenbergs, darüber musst du dir im Klaren sein.«

Er fuhr zusammen, als hätte ihn jemand mit einem Messer gestochen. »Um Gottes willen!«

»Es gibt eine Alternative.«

»Und die wäre?«

»Lass mich gehen. Ich setze mich ins erste Flugzeug nach Übersee, nach Paris, Frankfurt, Madrid, nach irgendwo in Europa. Und dort nehme ich eine Maschine nach Moskau.«

»Ist das dein Ziel? Willst du in Moskau deine Tage beschließen?«

»Ja.« Sie grinste etwas verkrampft. »Ich bin KGB-Offizier im Range eines Oberst, musst du wissen. In den Vereinigten Staaten wäre ich nie so weit gekommen.«

»Du müsstest sofort aufbrechen«, sagte Luke.

»Okay.«

»Ich bringe dich zum Tor. Und dann gibst du mir deinen Ausweis, damit du nicht wieder hereinkommen kannst.«

»Okay.«

Luke versuchte, sich ihr Gesicht genau einzuprägen. »Das ist dann wohl der Abschied.«

Elspeth griff nach ihrem Täschchen. »Lass mich erst noch zur Toilette gehen, ja?«

»Selbstverständlich«, sagte Luke.

## 21.30 Uhr

**Die wissenschaftliche Hauptaufgabe des Satelliten ist die Messung kosmischer Strahlen. Dafür hat Dr. James Van Allen von der State University of Iowa ein Experiment entwickelt. Das wichtigste Instrument an Bord ist ein Geigerzähler.**

Elspeth verließ das Büro, wandte sich nach links, ging an der Damentoilette vorbei und schlüpfte in Colonel Hides Büro.

Es war leer.

Sie schloss die Tür hinter sich und lehnte sich, zitternd vor Erleichterung, dagegen. Ihre Augen füllten sich mit Tränen, und die Konturen des Büros verschwammen. Der größte Triumph ihres Lebens war in greifbare Nähe gerückt. Aber soeben war ihre Ehe mit dem besten Mann, der ihr je begegnet war, endgültig gescheitert, und sie hatte sich verpflichtet, ihre Heimat zu verlassen und den Rest ihres Lebens in einem Land zu verbringen, das sie noch nie gesehen hatte.

Elspeth schloss die Augen und zwang sich, langsam und tief durchzuatmen: Eins – aus, zwei – aus, drei – aus. Schon wenig später fühlte sie sich besser.

Sie sperrte die Tür ab, ging zum Schrank hinter Hides Schreibtisch und kniete sich vor den Safe. Mit reiner Willenskraft zwang sie ihre zitternden Hände zur Ruhe. Aus irgendeinem Grund fiel ihr ein Satz aus den Lateinstunden in der Schule ein: *Festina lente.* Eile mit Weile.

Sie wiederholte Hides Vorgehensweise beim Öffnen des Safes. Zuerst drehte sie das Zahlenschloss viermal gegen den Uhrzeigersinn und hielt bei Zehn inne. Dann drehte sie es dreimal in die die entgegengesetzte Richtung und stoppte bei

29. Zum Schluss erfolgten wieder zwei Drehungen gegen die Uhr bis zur 14. Elspeth zog am Griff. Die Safetür bewegte sich nicht.

Von draußen erklangen Schritte und die Stimme einer Frau. Die Geräusche aus dem Korridor wirkten unnatürlich laut, wie in einem Albtraum. Doch die Schritte verklangen, und die Stimme verebbte.

Die erste Ziffer war die 10, das wusste Elspeth. Sie versuchte es noch einmal. Die zweite Ziffer war 29 oder 28 gewesen. Diesmal wählte sie 28, dann wieder 14.

Die Safetür bewegte sich immer noch nicht.

Sie hatte erst zwei Möglichkeiten von insgesamt acht ausprobiert. Ihre Finger waren feucht vom Schweiß, und sie wischte sie an ihrem Kleid ab. Als Nächstes versuchte sie es mit 10, 29, 13, dann mit 10, 28, 13.

Jetzt hatte sie die Hälfte aller Möglichkeiten abgehakt.

Aus der Ferne hörte sie eine Sirene Alarm blasen – zweimal kurz und einmal lang, und das dreimal in Folge. Dieses Warnsignal besagte, dass das Personal das Gelände um die Abschussrampe zu verlassen hatte. In einer Stunde sollte der Start erfolgen. Elspeth warf unwillkürlich einen kurzen Blick auf die Tür, dann galt ihre Aufmerksamkeit wieder dem Safe.

Mit der Kombination 10, 29, 12 klappte es nicht.

Aber mit 10, 28, 12.

Überglücklich drehte sie den Griff und zog die schwere Tür auf.

Die beiden Stecker lagen noch da. Elspeth gestattete sich ein siegessicheres Lächeln.

Um die Stecker auseinander zu nehmen und die Schaltung abzuzeichnen, reichte die Zeit nicht mehr. Sie musste sie zum Strand mitnehmen, wo Theo dann entweder die Schaltung kopieren oder den Stecker gleich in seinen eigenen Sender einbauen konnte.

Sie erkannte eine neue Gefahrenquelle: War es möglich, dass innerhalb der nächsten Stunde das Fehlen der Ersatzstecker auffiel? Möglich ja, aber nicht wahrscheinlich: Colonel

Hide war zum Blockhaus gegangen, und es war kaum damit zu rechnen, dass er vor dem Start noch einmal zurückkehrte. Das Restrisiko musste Elspeth in Kauf nehmen.

Wieder waren vor der Tür Schritte zu hören. Jemand versuchte hereinzukommen.

Elspeth hielt den Atem an.

Die Stimme eines Mannes rief: »Hey, Bill, bist du da drin?« Es klang wie Harry Lane. Was wollte der denn, zum Teufel? Er rüttelte am Türgriff. Elspeth verhielt sich still. Harry sagte: »Bill schließt doch normalerweise seine Tür nicht ab, oder?«

Eine andere Stimme erwiderte: »Weiß ich nicht. Ich nehme an, als Chef des Abschirmdiensts kann er seine Tür abschließen, wann er will.«

Elspeth hörte, wie Schritte sich entfernten, dann die rasch leiser werdende Stimme Harrys: »Sicherheit! Dass ich nicht lache! Der will doch bloß vermeiden, dass ihm jemand seinen Scotch klaut.«

Elspeth holte die Stecker aus dem Safe und stopfte sie in ihre Handtasche. Dann schloss sie die Safetür und verdrehte das Zahlenrad. Zum Schluss klappte sie auch den Schrank zu.

Sie ging zur Bürotür, drehte den Schlüssel und öffnete.

Draußen stand Harry Lane.

»Oh!«, sagte sie erschrocken.

Er runzelte die Stirn. »Was haben Sie da drin gemacht?«, wollte er wissen. Seine Stimme klang vorwurfsvoll.

»Ach, nichts«, sagte sie schwach und versuchte, um ihn herumzugehen.

Er packte sie am Arm und hielt sie fest. »Wenn Sie nichts gemacht haben – wieso haben Sie dann die Tür versperrt?« Er drückte so fest zu, dass ihr der Arm wehtat.

Das reizte Elspeth bis aufs Blut. In ihrer Wut nahm sie davon Abstand, sich wie ein ertappter Sünder zu verhalten.

»Lassen Sie sofort meinen Arm los, Sie hirnloser Teddybär, oder ich kratze Ihnen Ihre verdammten Augen aus!«, fuhr sie ihn an.

Verblüfft ließ Lane sie los und trat einen Schritt zurück. Dennoch blieb er hartnäckig: »Ich will immer noch wissen, was Sie da drin zu suchen hatten!«

Da kam ihr eine Idee. »Ich musste meinen Hüftgürtel richten. Weil die Damentoilette besetzt war, hab ich in Bills Abwesenheit sein Büro benutzt. Er hätte bestimmt nichts dagegen.«

»Oh …« Harry sah belämmert aus. »Nein … äh, nein, ich glaube, das hätte er nicht.«

Elspeth schlug einen versöhnlichen Ton an. »Ich weiß ja, dass wir auf die Sicherheit achten müssen, aber das ist noch lang kein Grund, mir fast den Arm zu brechen.«

»Tut mir leid.«

Sie ließ ihn stehen, atmete tief durch und ging zurück in ihr Büro.

Luke saß noch genau da, wo sie ihn verlassen hatte, und brütete vor sich hin. »Ich bin so weit«, sagte sie.

Er erhob sich. »Du fährst von hier aus direkt ins Motel«, sagte er.

Seine Stimme klang klar und sachlich, aber Elspeth las ihm am Gesicht ab, dass er innerlich sehr aufgewühlt war und sich bemühte, seine Gefühle zu unterdrücken. Sie sagte einfach: »Ja.«

»Morgen Früh fährst du nach Miami und nimmst die erstbeste Maschine, die dich außer Landes bringt.«

»Ja.«

Er nickte zufrieden. Gemeinsam gingen sie die Treppe hinunter in die warme Nacht. Luke begleitete sie zu ihrem Auto. Als sie die Tür öffnete, sagte er: »Du gibst mir jetzt deinen Ausweis.«

Elspeth klappte ihre Handtasche auf – und erschrak bis ans Herz: Obenauf, über einem Make-up-Beutel aus gelber Seide, lagen, verhängnisvoll unverkennbar, die Stecker. Doch Luke sah sie nicht – er hatte den Blick abgewandt, weil er es für unhöflich hielt, heimlich in die Handtasche einer Dame zu spähen. Elspeth nahm ihren Sicherheitsausweis heraus, gab ihn Luke und ließ die Handtasche zuschnappen.

Luke steckte den Ausweis ein und sagte: »Ich fahre dir mit dem Jeep bis zum Tor hinterher.«

Das war der endgültige Abschied. Elspeth brachte kein Wort heraus. Sie stieg in ihren Wagen und knallte die Tür zu.

Die aufsteigenden Tränen hinunterschluckend fuhr sie an. Hinter ihr tauchten die Scheinwerfer von Lukes Jeep auf und folgten ihr. Als sie an der Abschussrampe vorbeifuhren, sah Elspeth, wie der Wartungsturm auf seinen Schienen zentimeterweise zurückglitt und die weiße Rakete startklar im Flutlicht stehen ließ. Ohne Stütze wirkte sie so labil, dass man den Eindruck hatte, schon der unvorsichtige Rempler eines Vorübergehenden könne sie umwerfen. Elspeth sah auf die Uhr. Eine Minute vor zehn. Ihr blieben noch sechsundvierzig Minuten.

Ohne anzuhalten verließ sie das Gelände. Die Scheinwerfer von Lukes Jeep im Rückspiegel wurden kleiner und verschwanden nach der ersten Kurve. »Lebwohl, mein Liebster«, sagte sie laut und fing an zu weinen.

Diesmal versagte ihre Selbstbeherrschung. Die ganze Fahrt über weinte sie rückhaltlos. Die Tränen liefen ihr übers Gesicht, ihre Brust hob und senkte sich unter qualvollen Schluchzern. Die Lichter der Fahrzeuge, die ihr auf der Küstenstraße entgegenkamen, nahm sie nur noch als verwischte, vorüberhuschende Streifen wahr. Beinahe hatte sie die Abfahrt zum Strand verpasst. Als sie es merkte, trat sie heftig auf die Bremse, drehte sich um die eigenen Achse, geriet auf die Gegenfahrbahn und zwang dort ein Taxi zu einer Notbremsung. Der Fahrer hupte gellend; sein ausbrechender Wagen verfehlte das Heck der Corvette nur um Haaresbreite. Doch Elspeth hatte Glück: Sie erwischte die Abfahrt noch. Ihr Wagen holperte über die unebene Sandpiste und kam zum Stehen. Das Herz schlug ihr bis zum Hals. Beinahe hätte sie noch alles ruiniert.

Mit dem Ärmel wischte sie sich das Gesicht ab, gab wieder Gas und fuhr, langsamer jetzt und vorsichtiger, zum Strand hinunter.

Nachdem Elspeth abgefahren war, blieb Luke vor dem Tor in seinem Jeep sitzen und wartete auf Billie. Er war kurzatmig und fühlte sich leicht benommen, als wäre er kopfüber gegen eine Mauer gerannt, läge auf dem Boden und bemühe sich, wieder zu Sinnen zu kommen. Elspeth hatte alles zugegeben. Obwohl er schon seit vierundzwanzig Stunden keine Zweifel mehr daran hatte, dass sie für die Sowjets arbeitete, kam die endgültige Bestätigung wie ein Schock. Natürlich gab es Spione, jeder wusste das. Ethel und Julius Rosenberg waren wegen Spionage zum Tode verurteilt worden und auf dem elektrischen Stuhl gestorben. Doch von solchen Fällen erfuhr man im Normalfall nur aus der Zeitung. Luke konnte es noch immer kaum fassen, dass er vier Jahre lang mit einer Spionin verheiratet gewesen war.

Um 22.15 Uhr traf Billie ein; sie hatte sich ein Taxi genommen. Luke bürgte beim Sicherheitspersonal mit seiner Unterschrift für sie, dann stiegen sie in den Jeep und fuhren Richtung Blockhaus. »Elspeth ist fort«, sagte Luke.

»Ich glaube, ich hab sie gesehen«, erwiderte Billie. »Fährt sie ein weißes Kabrio?«

»Genau, das war sie.«

»Wir wären um ein Haar mit ihr zusammengestoßen. Ihr Wagen schleuderte quer über die Straße auf uns zu. Ich hab ihr Gesicht im Scheinwerferlicht gesehen. Da haben nur ein paar Zentimeter gefehlt.«

Luke runzelte die Stirn. »Wieso macht sie so was?«

»Sie ist von der Straße abgebogen.«

»Sie hat mir versprochen, direkt ins Starlite zu fahren.«

Billie schüttelte den Kopf. »Nein, sie fuhr zum Strand.«

»Zum Strand?«

»Sie hat einen dieser Dünenwege genommen.«

»Mist«, sagte Luke und wendete den Jeep.

Elspeth fuhr langsam den Strand entlang und starrte die vielen Menschen an, die sich wegen des bevorstehenden Starts im Dünengelände versammelt hatten. Jedes Mal, wenn sie Kinder oder Frauen sah, ließ sie den Blick schnell weitergleiten. Doch es gab auch viele Raketenfans, die in reinen Männergruppen um ihre Autos herumstanden, hemdsärmelig und mit Ferngläsern und Kameras bewaffnet. Sie rauchten Zigaretten und tranken Kaffee oder Bier. Elspeth suchte einen vier Jahre alten Mercury Monterey. Anthony hatte zwar gesagt, der Wagen wäre grün, aber das Licht reichte nicht aus, um Farben zu erkennen.

Sie begann ihre Suche am belebten Ende des Strandes gleich hinter dem Stützpunkt, doch Anthony und Theo waren dort nicht zu finden. Wahrscheinlich haben sie sich ein ruhigeres Plätzchen gesucht, dachte sie und arbeitete sich langsam gen Süden vor, ständig begleitet von der Angst, sie könne die beiden noch verfehlen.

Endlich erblickte sie einen großen Mann, der in Hosen mit altmodischen Trägern an einem hellen Auto lehnte und durchs Fernglas die Lichter von Cape Canaveral beobachtete. Elspeth hielt an und sprang aus dem Wagen. »Anthony!«, rief sie leise.

Der Mann ließ das Fernglas sinken, und sie erkannte, dass es ein Fremder war. »Entschuldigen Sie«, sagte sie und fuhr weiter.

Sie sah auf ihre Armbanduhr: halb elf. Die Zeit würde kaum noch reichen. Sie hatte die Stecker, und alles war bereit, sie musste bloß noch zwei Männer an einem Strand finden.

Allmählich standen die Fahrzeuge nicht mehr dicht an dicht, und schließlich vergrößerten sich die Zwischenräume auf an die hundert Meter. Elspeth fuhr schneller. Ein Wagen passte auf die Beschreibung, doch als sie näher kam, wirkte er verlassen. Just in dem Moment, als sie wieder beschleunigte, hupte es hinter ihr.

Sie bremste und blickte zurück. Ein Mann war ausgestiegen und winkte ihr zu. Anthony! »Gott sei Dank«, sagte sie. Sie setzte zurück, hielt und sprang aus dem Wagen. »Ich hab die Ersatzschalter«, sagte sie.

Theo stieg aus dem zweiten Wagen und öffnete seinen Kofferraum. »Gib her«, sagte er. »Mach schnell, um Himmels willen!«

## 22.48 Uhr

**Der Countdown erreicht Null.**
**Im Blockhaus sagt der Startleiter: »Zündung!« Ein Mitarbeiter der Crew zieht an einem Metallring und dreht ihn um. Das ist die Handbewegung, mit der die Triebwerke gezündet werden.**
**Vorgeschaltete Ventile öffnen sich und setzen die Treibstoffzufuhr in Gang. Das Ventil für den flüssigen Sauerstoff ist geschlossen, und der Schleier aus weißem Rauch, der die Rakete umgibt, verschwindet schlagartig.**
**Der Startleiter sagt: »Tanks unter Druck.«**
**In den folgenden elf Sekunden geschieht gar nichts.**

Der Jeep raste in aberwitziger Geschwindigkeit den Strand entlang und umkurvte Familien und andere Zuschauergruppen, die sich dort versammelt hatten. Luke musterte die Autos und überhörte die Protestschreie jener, die von aufwirbelnden Sandfontänen eingedeckt wurden. Billie stand neben ihm und hielt sich an der Oberkante der Windschutzscheibe fest. »Siehst du ein weißes Kabriolett?«, rief er ihr durch den rauschenden Fahrtwind zu.

Sie schüttelte den Kopf. »Das sollte doch leicht zu finden sein!«

»Richtig«, sagte Luke. »Wo stecken sie also, zum Teufel?«

**Der letzte Versorgungsschlauch fällt von der Rakete ab. Eine Sekunde später entzündet sich der vorab eingesprühte Treibstoff, und die Turbine der ersten Raketenstufe erwacht donnernd zum Leben. Während**

SICH SCHUBKRAFT AUFBAUT, ENTWEICHT EINE LANGE ORANGEFARBENE STICHFLAMME AUS DEM UNTEREN ENDE DER RAKETE.

»Beeilen Sie sich, Theo, schnell!«, rief Anthony.

»Halt den Mund!«, sagte Elspeth zu ihm.

Sie standen über den offenen Kofferraum des Mercury gebeugt und sahen zu, wie Theo an seinem Sender herumfummelte. Er brachte Drähte an den Antennen eines der Stecker an, die Elspeth ihm gegeben hatte.

Ein gewaltiges Röhren wie ferner Donner war zu hören. Alle drei sahen auf.

MIT NERVTÖTENDER LANGSAMKEIT HEBT DIE RAKETE VON DER ABSCHUSSRAMPE AB.

IM BLOCKHAUS SCHREIT JEMAND: »NA LOS, BABY!«

Billie entdeckte den weißen Bel Air neben einer dunkleren Limousine. »Da!«, schrie sie.

»Ich seh sie!«, brüllte Luke zurück.

Hinter dem dunkleren Wagen drängten sich drei Leute um den offenen Kofferraum. Billie erkannte Elspeth und Anthony. Der zweite Mann musste Theo Packman sein. Keiner der drei blickte in den Kofferraum, vielmehr starrten sie alle über die Dünen Richtung Cape Canaveral.

Billie war sofort klar, dass sich der Sender im Kofferraum befinden musste und dass die drei in Kürze versuchen würden, das Signal zur Sprengung der Rakete zu geben. Aber warum guckten sie in die Luft? Billie wandte den Blick Cape Canaveral zu. Zu sehen war nichts, doch sie hörte jetzt ein tiefes, grummelndes Röhren wie von einem Schmelzofen in einer Stahlhütte.

Die Rakete hob ab.

»Wir kommen zu spät!«, schrie sie.

»Halt dich fest!«, rief Luke.

Sie klammerte sich an die Windschutzscheibe, und der Jeep legte sich in die Kurve.

PLÖTZLICH ZIEHT DIE RAKETE AN. IM EINEN MOMENT SCHEINT SIE NOCH ZÖGERND ÜBER DER ABSCHUSSRAMPE ZU SCHWEBEN, IM NÄCHSTEN MOMENT JAGT SIE, EINEN FEUERSCHWEIF HINTER SICH HER ZIEHEND, WIE EINE GEWEHRKUGEL IN DEN NACHTHIMMEL.

Trotz des Gebrülls der Rakete hörte Elspeth noch ein zweites Geräusch, das Aufheulen eines Automotors. Sekunden später erfasste der Lichtkegel der Scheinwerfer die drei Menschen, die um das Heck des Mercury herum standen. Elspeth sah einen Jeep auf sie zukommen und erkannte, dass er sie rammen wollte. »Schnell!«, schrie sie.

Theo befestigte den letzten Draht.

An seinem Sender befanden sich zwei Schalter, auf dem einen stand ›ARM‹, auf dem anderen ›DESTROY‹.

Der Jeep kam näher.

Theo legte den Entsicherungsschalter um.

AM STRAND NEIGEN SICH TAUSEND GESICHTER ZURÜCK UND SEHEN, WIE DIE RAKETE KERZENGERADE IN DEN HIMMEL STEIGT. GEWALTIGER JUBEL BRICHT AUS.

Luke hielt direkt auf das Heck des Mercury zu.

Beim Wenden war der Jeep langsamer geworden, doch seine Geschwindigkeit betrug noch immer etwa dreißig Stundenkilometer. Billie sprang während der Fahrt hinaus, rannte ein Stück neben dem Jeep her, stürzte und überschlug sich.

Elspeth warf sich in letzter Sekunde beiseite. Dann gab es ein ohrenbetäubendes Krachen und das schrille Geräusch von splitterndem Glas.

Das Heck des Mercury wurde zusammengedrückt, der Wagen machte einen Satz nach vorn, und der Kofferraumdeckel knallte zu. Luke glaubte, dass einer der beiden Männer, entweder Theo oder Anthony, zwischen die beiden Fahrzeuge geraten war, konnte es jedoch nicht mit Sicherheit sagen. Er selber wurde heftig nach vorn geworfen. Das untere Ende des Steuerrads grub sich in seinen Brustkasten, und er spürte den scharfen Schmerz brechender Rippen. Unmittelbar darauf schlug seine Stirn gegen die Oberkante des Lenkrads. Warmes Blut rann über sein Gesicht.

Er zog sich hoch und sah sich nach Billie um. Sie war offenbar glimpflich davongekommen: Sie saß im Sand und rieb sich die Unterarme, schien aber nicht zu bluten.

Vor der Motorhaube lag Theo Packman mit ausgestreckten Armen und Beinen auf dem Boden und rührte sich nicht. Anthony stützte sich auf Hände und Knie; er sah mitgenommen aus, war aber offenbar nicht verletzt. Elspeth, die rechtzeitig zur Seite gesprungen war, rappelte sich gerade wieder auf, stürzte auf den Mercury zu und versuchte, den Kofferraum zu öffnen.

Luke sprang aus dem Jeep und rannte auf sie zu. Als der Kofferraumdeckel aufging, war er bei ihr und gab ihr einen Stoß. Elspeth fiel in den Sand.

Anthony schrie: »Keine Bewegung!«

Luke drehte sich um. Anthony beugte sich über Billie und drückte ihr eine Pistole gegen den Hinterkopf.

Der rote Feuerschweif glich einem strahlenden Kometen am nächtlichen Himmel. Solange er noch zu sehen war, konnte die Rakete noch zerstört werden. Erst in knapp einhundert Kilometer Höhe war die erste Stufe ausgebrannt. Danach verschwand sie aus dem Blickfeld der Beobachter, weil der erheblich geringere Feuerstrahl der zweiten Stufe von der Erde aus nicht mehr wahrgenommen werden konnte. Ihr Verschwinden war somit auch ein Zeichen dafür, dass der Selbstzerstörungsmechanismus nicht mehr funktionierte: In dieser Phase trennte sich die erste Stufe mit dem Sprengsatz vom Rest der Rakete, fiel zurück und stürzte bald darauf in den Atlantik. Dem Satelliten konnte sie nach erfolgter Trennung keinen Schaden mehr zufügen.

Die Abtrennung der ersten Stufe sollte zwei Minuten und fünfundzwanzig Sekunden nach der Zündung erfolgen. Nach Lukes Schätzung waren inzwischen etwa zwei Minuten vergangen. Es blieben also noch etwa fünfundzwanzig Sekunden.

Zeit genug, einen Schalter umzulegen.

Elspeth kam wieder auf die Beine.

Luke sah Billie an. Sie hatte sich auf ein Knie gestützt, wie eine Sprinterin im Startblock, und verharrte wie festgefroren vor dem langen Schalldämpfer von Anthonys Pistole, der sich in ihre schwarzen Locken grub. Anthonys Hand war absolut ruhig.

Bist du bereit, Billies Leben einer Rakete wegen zu opfern, fragte sich Luke.

Die Antwort lautete: Nein.

Aber was passiert, wenn ich mich bewege? Wird Anthony Billie erschießen? Zuzutrauen wär es ihm.

Elspeth beugte sich erneut über den Kofferraum.

Doch da bewegte sich Billie.

Sie riss den Kopf zur Seite und warf sich gleichzeitig nach hinten, sodass sie mit den Schultern gegen Anthonys Beine prallte.

Mit einem Hechtsprung war Luke bei Elspeth und stieß sie vom Wagen fort.

Die schallgedämpfte Waffe hustete, als Anthony und Billie übereinander purzelten.

Enstsetzt starrte Luke die beiden an. Anthony hatte abgedrückt, doch hatte er Billie auch getroffen? Sie rollte sich von ihm fort, offenbar unverletzt, und Luke konnte wieder atmen. Doch im gleichen Augenblick hob Anthony, noch auf dem Boden liegend, den Arm und zielte auf Luke.

Luke sah dem Tod ins Auge. Eine merkwürdige Ruhe kam über ihn. Er hatte getan, was er konnte.

Eine ganze Weile lang passierte gar nichts. Dann hustete Anthony, und Blut lief aus seinem Mund. Jetzt erst erkannte Luke, dass Anthony bei seinem Sturz abgedrückt und sich selbst getroffen hatte. Nun fiel die Waffe aus der schlaffen Hand, und Anthony kippte rückwärts in den Sand, die Augen blicklos in den Himmel gerichtet.

Elspeth sprang auf und beugte sich zum dritten Mal über den Sender.

Luke hob den Blick. Der Feuerschweif war nur mehr ein Glühwürmchen im Weltraum. Noch während Luke ihm nachsah, erlosch das Licht, und der Schalter klickte.

Elspeth blickte gen Himmel.

Doch es war zu spät. Die erste Stufe war ausgebrannt und löste sich. Die Lunte hatte sich vermutlich noch entzündet, aber es war kein Treibstoff mehr da, den sie hätte in Brand setzen können. Überdies war der Satellit nicht mehr mit der ersten Stufe verbunden.

Luke seufzte. Es war alles ausgestanden. Er hatte die Rakete gerettet.

Billie legte die Hand auf Anthonys Brust, dann fühlte sie seinen Puls. »Nichts«, sagte sie. »Er ist tot.«

Im gleichen Moment drehten Luke und Billie sich Elspeth zu. »Du hast schon wieder gelogen«, sagte Luke zu ihr.

Elspeth starrte ihn an, ein hysterisches Flackern in den Augen. »Und wir hatten doch Recht!«, schrie sie. »Wir hatten Recht!«

Hinter ihr sah man Familien und andere Touristen, die den Start beobachtet hatten, ihre Sachen zusammenpacken. Niemand war nahe genug gewesen, um den Kampf mitzubekommen: Aller Augen hatten am Himmel gehangen.

Elspeth sah Luke und Billie an, als wolle sie noch etwas sagen, doch nach einer Weile wandte sie sich stumm ab. Sie stieg in ihren Wagen, knallte die Tür zu, und startete den Motor.

Statt jedoch auf die Straße zu zu fahren, nahm sie Kurs aufs Meer. Entsetzt sahen Luke und Billie, wie sie direkt ins Wasser hineinfuhr.

Der Bel Air kam zum Stehen, als die Wellen seinen Kotflügel umspülten, und Elspeth stieg aus. Im Licht der Scheinwerfer sahen Luke und Billie, wie sie begann, in den Ozean hinauszuschwimmen.

Luke wollte ihr nach, doch Billie hielt ihn am Arm fest.

»Sie wird sich umbringen!«, sagte er in ohnmächtiger Verzweiflung.

»Du kannst sie nicht mehr erreichen«, sagte Billie. »Du würdest dich dabei nur selber umbringen!«

Luke hätte es immer noch versucht, doch da verschwand Elspeth aus dem Lichtkegel der Scheinwerfer. Sie war eine schnelle Schwimmerin, und Luke sah ein, dass er sie in der Dunkelheit niemals finden würde. Niedergeschlagen ließ er den Kopf hängen.

Billie legte die Arme um ihn, und kurz darauf tat er es ihr nach.

Urplötzlich brach die ganze Anspannung der vergangenen drei Tage über ihm zusammen. Er taumelte und wäre beinahe gefallen, doch Billie hielt ihn aufrecht.

Es dauerte eine ganze Zeit lang, bis er sich einigermaßen erholt hatte. Sie standen auf dem Strand, die Arme umeinander gelegt, und sahen beide in die Höhe.

Der Himmel war voller Sterne.

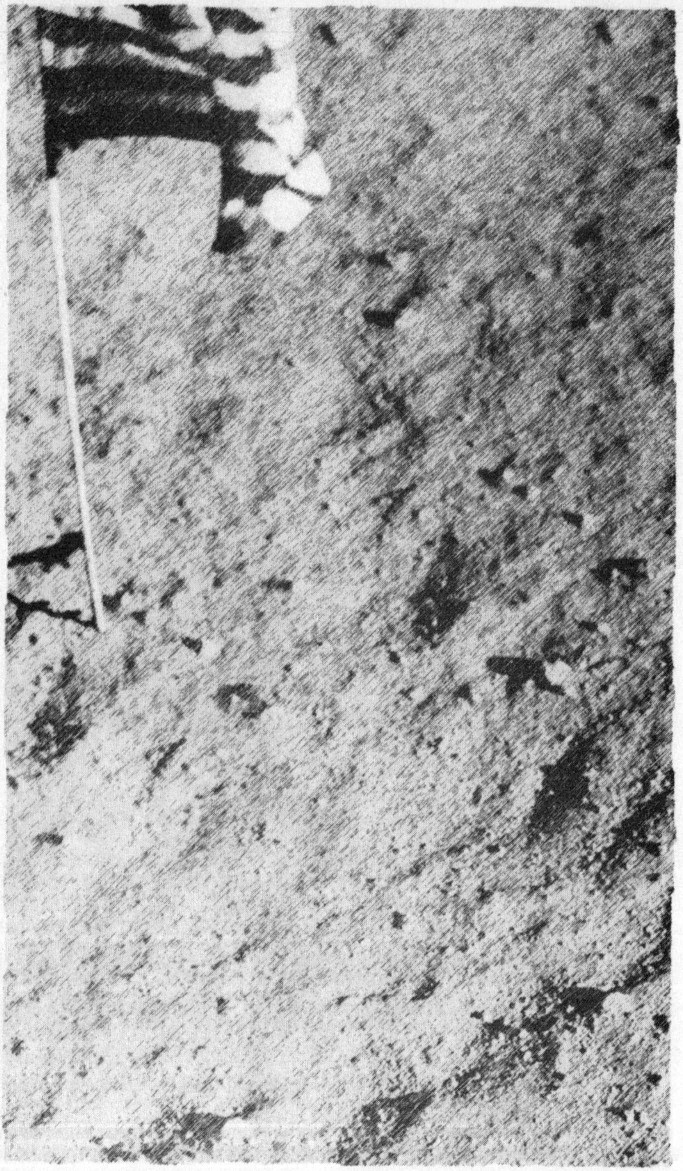

Epilog

Der Geigerzähler an Bord der »Explorer« mass eine kosmische Strahlung, die um ein Tausendfaches höher lag als erwartet. Dank der neu gewonnenen Informationen konnten die Strahlungsgürtel oberhalb der Erdatmosphäre kartiert werden. Sie wurden nach jenem Wissenschaftler von der State University of Iowa, der das Ausgangsexperiment entwickelt hatte, Van-Allen-Gürtel genannt.

Das Mikrometeoriten-Experiment kam zu dem Ergebnis, dass jährlich zweitausend Tonnen kosmischen Staubs über der Erde niedergehen.

Die Krümmung der Erdkugel erwies sich als ein Prozent flacher, als man zuvor angenommen hatte.

Am aufschlussreichsten für die Pioniere der Raumfahrt waren indessen die Temperaturangaben aus der »Explorer«. Sie zeigten, dass es möglich ist, die Hitzeentwicklung im Innern einer Rakete so unter Kontrolle zu bringen, dass Menschen im Weltraum überleben können.

Luke gehörte zu dem NASA-Team, das *Apollo 11* auf den Mond schickte.

Zu jener Zeit lebte er mit Billie, die in Baylor die Abteilung für Wahrnehmungspsychologie leitete, in einem großen, gemütlichen alten Haus in Houston. Sie hatten drei Kinder: Catherine, Louis und Jane. (Sein Stiefsohn Larry lebte ebenfalls bei ihnen, verbrachte den Juli 1969 aber bei seinem Vater Bern.)

Am Abend des 20. Juli hatte Luke zufällig frei. Daher saß er wenige Minuten vor neun Uhr Ortszeit mit seiner Familie vor dem Fernseher, gemeinsam mit der halben Erdbevölkerung. Neben ihm auf der großen Couch hatte Billie Platz genommen, und Jane, das Nesthäkchen, saß auf seinem Schoß. Die anderen Kinder lagen auf dem Teppich neben dem Hund, einem gelben Labrador namens Sidney.

Als Neil Armstrong den Mond betrat, rollte eine Träne über Lukes Wange.

Billie nahm seine Hand und drückte sie.

Die neunjährige Catherine, ein Abbild ihrer Mutter Billie, sah ihn aus ernsten braunen Augen an. Dann fragte sie flüsternd: »Warum weint Daddy, Mama?«

»Das ist eine lange Geschichte, mein Schatz«, sagte Billie. »Eines Tages werd ich sie dir erzählen.«

*Explorer I* sollte ursprünglich zwei bis drei Jahre im Weltraum bleiben. In Wirklichkeit umkreiste sie die Erde zwölf Jahre lang. Am 31. März 1970 schließlich trat sie unweit der Osterinsel über dem Pazifischen Ozean wieder in die Erdatmosphäre ein, wo sie um 05.47 Ortszeit verglühte. Sie hatte die Erde 58 376 Mal umkreist und dabei eine Strecke von insgesamt 2 670 945 000 Kilometern zurückgelegt.

Viele Menschen haben großzügig Zeit und Mühe aufgewendet, damit ich den Hintergrund dieser Geschichte korrekt schildern konnte. Die meisten dieser Helfer hat Dan Starer von der Firma Research for Writers in New York City für mich aufgetrieben, mit dem ich schon seit meinem Buch *Der Mann aus St. Petersburg* im Jahre 1981 zusammenarbeite.

Mein besonderer Dank gilt folgenden Personen:

In Cambridge, Massachusetts: Ruth Helman, Isabelle Yardley, Fran Mesher, Peg Dyer, Sharon Holt und den Studenten im Pforzheimer House sowie Kay Stratton.

Im St. Regis Hotel, vormals Carlton, in Washington, D. C.: Pförtner Louis Alexander, Page Jose Muzo, Generalmanager Peter Walterspiel sowie seinem Assistenten Pat Gibson.

An der Georgetown University: Archivar Jon Reynolds; Edward J. Finn, emeritierter Professor für Physik; sowie Val Klump vom Astronomy Club.

In Florida: Henry Magill, Ray Clark, Henry Paul und Ike Rigell, die alle am ersten Raumfahrtprogramm mitarbeiteten; und Henri Landwirth, dem ehemaligen Manager des Motels Starlite.

In Huntsville, Alabama: Tom Carney, Cathy Carney und Jackie Gray vom Magazin *Old Huntsville*; Roger Schwerman vom Redstone Arsenal; Michael Baker, Command Historian of the US Army Aviation & Missile Command; David Alberg, Kurator am U.S. Space & Rocket Center; sowie Dr. Ernst Stuhlinger.

Mehrere Mitglieder meiner Familie lasen erste Entwürfe und lieferten kritische Anmerkungen, insbesondere meine Frau Barbara Follett, meine Stieftöchter Jann Turner und Kim Turner sowie mein Vetter John Evans. Dank schulde ich auch den Lektorinnen und Lektoren Phyllis Grann, Neil Nyren und Suzanne Baboneau sowie den Agentinnen und Agenten Amy Berkower, Simon Kipskar und, vor allen anderen, Al Zuckerman.